浙江文献集成

主　编　刘正伟　薛玉琴

本卷主编　刘正伟　王荣辰

夏丏尊全集

第三卷　语文教学

浙江大学出版社

ZHEJIANG UNIVERSITY PRESS

夏丏尊木刻画像（王国瑞作）

在浙江省立第一师范学校编辑《校友会志》（1914）

为浙江省立第一师范学校作校歌（1914）

在《春晖》发表《我在国文科教授上最近的
一信念——传染语感于学生》（1924）

与刘薰宇合著的《文章作
法》由开明书店出版（1926）

指导国立暨南大学学生创办《秋野》杂志（1927）

与叶圣陶合著的《文心》由开明
书店出版（1934）

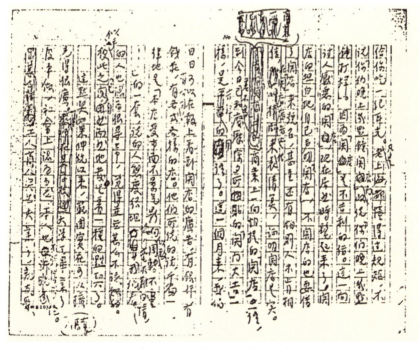

《一种默契》手稿（1935）

立达学园高中部普通科第十二班毕业生合影（1939）

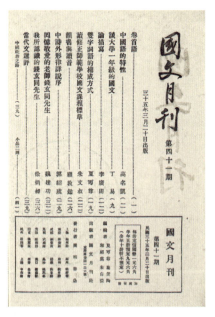

在《国文月刊》发表《双字词语
的构成方式》（1946）

本卷说明

　　本卷收录夏丏尊的语文教学类著述,包括论文、专著,内容涉及汉语文字、词汇、语法教学等,涵盖了阅读、写作等语文教学的重要方面。上起 1919 年,下迄 1946 年。其中与刘薰宇合著的《文章作法》、与叶绍钧合编的《文心》《文章讲话》为整部录入,其他文章均按发表的时间顺序编排。

目　录

1919

"的"字的用法

"的"字的用法，我已经再三研究。研究之后，晓得这字实际上含着四种用法：

第一种用作介词，像"浙江的省教育会"的"的"字。这种用法是和文言上的"之"字一样的。

第二种用作代词，像"来的来，去的去"的"的"字，这是文言上的"者"字；又像"天杀的"的"的"，这是文言上的"所"字。

第三种用作形容词的语尾，像"红的花，绿的叶"的"的"字；"红"，"绿"是形容词，"的"字是他的语尾。

第四种用作副词的语尾，像"堂堂的做个人"的"的"字；"堂堂"是副词，"的"字是他的语尾。

"的"字实际上含着这四种用法。可是这样用法，实际上有时却生出疑难，像"美国的民治的发展"可作两种解说：

一作"美国民治之发展"解，叙述的是民治的发展，"美国"两字不过表明是那一国的民治。在这种用法上，"美国"两字是形容词，"的"字是他的语尾，就是第三种用法。

二作"美国之民治的发展"解，叙述的是美国的发展，"民治"两字是表明他那发展的方法。在这种用法上，"美国"两字是"的"字的宾次，"的"字是介词，就是第四种用法。

因为四种用法单用一个"的"字有这疑难，说解所以就有人主张在特别的时候，再加一个"之"字。他说"美国的民治的发展"当第二解的时候，可以写作"美国之民治的发展"。我想这是不妥当的。何以呢？就是因为这个"之"字的用法就是"浙江的省教育会"的"的"字的用法,这里可以用"之"字,那么"浙江的省教育会"的"的"字,也可以用"之"字去替代。试问"浙江之——"还成一句白话吗?如说"浙江的——"仍旧用"的"字,不用"之"字,那么文法又太不统一了。总之,这种主张,很不妥当,我们是依从不来的。那么,怎样才行呢?我想,这可以用两个字分担这四种用法:

第一种和第二种用法,用"的"字;

第三种和第四种用法,用"底"字。

依这样规定,那么,"美国的民治的发展"一句话,作第一种解说时,可以写作"美国底民治的发展";作第二种解说时,可以写作"美国的民治底发展"。"的"和"底"的读音,照国音略乎有些差别,读的时候,也不会有甚么混淆的。我想就这样区别他,不晓得学术界同人以为怎样?

(原载《浙江省立第一师范学校校友会十日刊》第 6 号,1919 年 11 月 30 日)

1920

浙一师国文教员辞职

　　浙江省立第一师范学校，自四月一日始，已由旧教职员继续维持。惟国文教员夏丏尊、陈望道、刘大白三人，已经辞职。连日该校学生等，推举代表分头恳切挽留，夏等以种种不便，决计不再进校授课。又因各方面有利用彼等进校者，亦有惟恐彼等进校者，又有谓彼等有意破坏团体者，所以彼等特于昨日致书学生，详述辞职之理由，以免各方面误会。兹探得原书如下。

第一师校同学诸君：

　　这几天诸君底代表，天天来要求我们到校授课。我们已经把不便继续就职的理由，再三地对代表说明了。但恐怕诸君一方面，还不能彻底地原谅我们。其余各方面，又不免横生枝节，乱起猜疑。所以不得不再决决绝绝地声明一下。

　　在声明之先，我们还要先向诸君道歉道谢。

　　为什么道歉呢？我们不便继续就职的理由，和诸君毫无关系，所以诸君来挽留我们，我们简直没有正面的理由可说。既没有正面的理由可说，却又因为旁面的理由，决不便满足诸君底要求，实在狠觉得对诸君不起，所以不得不对诸君道歉。

　　为什么道谢呢？并不是说诸君来挽留我们，可以保全我们底位置，所以感谢诸君。我们很明白诸君底挽留，是因为文化运动底缘故，态度既狠光明，用意又极诚恳。所以我们也为文化运动的缘故，不得不对诸君道谢。

现在要说我们底理由了。

（一）浙江底教育当局,呈复省长令,查第一师校的公文上说,"所聘国文教师,学无本原,一知半解……"这几句话,把我们国文教师业务上的信用,完全损坏了。业务上的信用,既然损坏,怎么还可以再到校授课呢? 有人说,这是官厅底话,本来无足重轻的,可以不去管他。但是(1)我们不管他是官厅底话,不是官厅底话,总之是侮辱我们的一个人。无故受了人家底侮辱,难道可以说不去管他吗? (2)就是我们看官厅底话,是无足重轻的,一般社会,却把官厅底话,看得狠重。倘然我们再到校授课,他们一定要说"我们贪图饭碗,不知羞耻了"。那岂不是我们受了官厅底侮辱,还嫌不够,再去招引一般社会底侮辱吗? 这是我们决不便再到校授课的一种理由。

（二）我们自从去年秋季开学以后,这半年当中,受外界底攻击,非常利害,那也不必说了。但是照古人"物必先腐而后虫生"的话,这外界攻击底根原,实在并不从外界起的。所以这半年当中,我们在内部里所受的痛苦,真是一言难尽。那受外界攻击的痛苦,也就从此而来。想来诸君同在校内,决不是不明瞭这种情形的。现在好容易得到了脱离这种痛苦的机会,要是再钻进这痛苦窟来,那真是自作孽了。况且当这暂告段落的时候,在诸君方面,固然是贯澈始终,绝无变化。但是旁的方面,也有主张维持现有地位的,也有主张无代价的牺牲的。在这情形复杂的当中,我们要是进校,不是做破坏现状的罪魁,就是做促进牺牲的机械。诸员试替我们一想,我们还可以到校授课吗? 这是我们决不便再到校授课的又一种理由。

以上把理由说明了,要请诸君澈底地原谅我们。我们并不是对于诸君说"不肯",也不是对于官厅说"不敢",实在是有种种的"不便"。还要忠告诸君一句话,你们第一次宣言上说,"我们今儿挽留经校长,并不是'非经不可式'的挽留"。现在我们希望你们底挽留旧教职员,也别作"非旧不可式"挽留。以后只要注重校长问题,别再把旧教职员全体进校的这句话,和官厅争无谓的意气,让我们也得借此息肩罢。我们从此以后,决和第一师校底职务脱离关系。做一个和诸君永远不断关系的校友。

有可以替诸君尽力的地方,还是一样可以尽力,那么我们虽然很觉得对不起诸君,也借此可以自解了。

诸君,你们以后,向着光明的路上努力为新文化运动奋斗,千万别搀一点替个人谋私利的念头在里面。那么,虽然不免暂时的牺牲,毕竟能得最后的胜利。不然,像西南军政府底一面挂起护法的招牌,一面争权夺利,那终究是不免拆穿西洋镜,不值半文钱的。这种教训多着哩。古人说"殷鉴不远",又说"前事之不忘,后事之师"。诸君记着,这是我们底临别赠言。

一九二〇、四、八

陈望道　夏丏尊　刘大白

（原载《民国日报》1920 年 4 月 10 日）

用字新例

第一表 "他"底分化

性别 数别	男性	女性	通性	中性
单数	"他"	"伊"	"佢"	"彼"
众数	"他们"	"伊们"	"佢们"	"彼等"

△ 说明 身次代词有三种:一是代说话者底名称的,叫作第一身次代词;二是代对话者底名称的,叫作第二身次代词;三是代说到的人或物底名称的,叫作第三身次代词。第三身次代词,在国语里原只有"他""他们"两种,现在已有许多人分作"他""他们","伊""伊们","佢""佢们","彼""彼等"八种。这八种底用法:

1. "他"(单数)和"他们"(众数)是"男性"代词,用来代男性名称。例如说,"他是我底父亲";这"他"代"父亲",就是男性单数的代词。又如说,"他们是我底弟兄";这"他们"代"弟兄",就是男性众数的代词。

2. "伊"(单数)和"伊们"(众数)是"女性"代词,用来代女性名称。例如说,"伊看见世上女子,养大了,专给未来的男子做管家婆,心里很气愤"(《改革》,《点滴》二六一页);这"伊"代一个女子底名称,就是女性单数的代词。又如说,"……并且因为不会澈底瞭解,所以有许多运动参政的妇女以为是时髦举动,伊们底人格和伊们底主义,反因此被一般人看不起"(《妇女主义底发展》,一九二〇年七月三日《觉悟》);这两个"伊们"代那些妇女运动者,就是女性众数的代词。

3."佢"(单数)和"佢们"(众数)是"通性"代词,就是男性和女性通用的代词。例如说,"佢是谁? 不画十六只脚底马,不雕'铜器时代',却在风云火焰中写出这样的象征来;莫非真个是烈火烧心,狂云拥背?"(《题画》一九二零年九月廿三日《觉悟》);这"佢"代不知是男是女的一个画者底名称,就是通性单数的代词。又如说,"泥菩萨呵! 佢们替你作成的噩梦,你到几时醒了?"(《泥菩萨》,《新青年》八卷一);这"佢们"代那些拥护泥菩萨的男男女女底名称,就是通性众数的代词。

4."彼"(单数)和"彼等"(众数)是"中性"代词,用来代不男不女的物底名称。例如说,"我知道'吗'字原则上不用疑问副词在彼前面楔引彼"(《文字漫谈》,一九二零年九月廿八日《觉悟》);这两个"彼"字代"吗"字,就是中性单数的代词。又如说"因为'的''底''地'分别用,文字便格外明显,所以我们就将彼等分别使用了。"这"彼等"代"的""底""地",就是中性众数的代词。

身次代词,第一,第二两身,仍旧只用"我"和"我们","你"和"你们"因为这两身次代词不像第三身次这样,一代替说话者和对话者之外底一切的人或物,一代的是什么,看了就会明白,性底区别也不会终于辨不清楚。

第二表 "的"底分化

用的字 新例 词类	"的"					"底"		"地"
	代词		形容词			介词		副词
用法	代 "者"字	代 "所"字	本来的 形容词 底语尾	名词的 形容词 底语尾	动词的 形容词 底语尾	名词 后面	代词 后面	副词 语尾

△ 说明 旧式文里"的"字底任务,现在由"的""底""地"三字分任:

1."的"有两种用法:

A. 用作代词:

a 代替文言"者"字,如同"杀人的"底"的"。

b 代替文言"所"字,如同"天杀的"底"的"。

B. 用作形容词底语尾：

a 用作本来的形容底语尾，例如"红的花"，"绿的叶"，这"红的"和"绿的"就是形容词；"红"和"绿"本来是形容词，就是彼底语尾。

b 用作名词的形容词底语尾，例如"科学的研究"，"平和的发展"，这"科学的"和"平和的"就是形容词；"科学"和"平和"原是名词，如今附着了个语尾"的"，就成名词的形容词。

C. 用作动词的形容词底语尾，例如"穿的衣"，"做工的器具"，这"穿的"和"做工的"就是形容词；"穿"和"做工"（带受格"工"）原是动词，如今附着了个语尾"的"，就成动词的形容词。

2. "底"用作后置介词，表示"所属"：

A. 用作名词后面，例如"上海底工会"这"底"就是表示工会"所属"地的介词。

B. 用在代词后面，例如"我底书"这"底"就是表示书"所属"的介词。

3. "地"用作副词的语尾。例如"慢慢地走"，这"慢慢地"就是副词，"地"，就是副词底语尾。

第三表　"和"底分化

用的字　新例	"和"	"合"	"同"
词类	连词	连词	介词
用法	连结对等的词	连结用"和"连着的对等词	介绍名词于动词等

△说明　旧式文里"和"字底任务，现在由"和"，"合"，"同"三字分任：

1. "和"用作衡分连词，连结对等的名词，代词，形容词等类。例如说，"这句话，是我和他说的"这就是"这句话，不是别的人说的，是我和他两个人说的"意思；"我"和"他"是对等的，就用衡分连词"和"连结彼。

2. "合"用作衡分连词，连结两串已经用"和"连结着的对等词。例如说，"厂主和工头合工头和工人底关系"这"合"字就是连结已经用"和"连结着的"厂主和工头"，"工头和工人"两串对等词的连词。

3. "同"用作介词,介绍名词,代词于动词等等。例如说,"这句话,是我同他说的",这就是"这句话,我不是同别人说的,是同他说的"意思;"同"底作用,就是介绍代词"他"于动词"说"。

第四表　"那"底分化

用的字 新例	"哪"	"那"
用法	询问	指示

△说明　旧式文里"那"字有"询问"和"指示"两种任务,现在把这两种任务各用一字担当:"询问"用"哪"读上声;"指示"用"那"读去声。

1. "哪"用作询问词。例如"他往那里去了?"这"那"是询问词,"那里"就是"什么地方"底意思,我们便写作"他往哪里去了?"

2. "那"用作指示词。例如前例的答词"他往那里去",这"那"是指示词,"那里"就是答话的所指"那个地方"底意思,我们依旧写作"他往那里去"。

这样分别写出,不但附有各别的"标,点"表明,可以格外明显,就是没有"标,点"标明的处所,也能从彼自身显明究竟是哪一种意思。

一年以来,我们提倡或赞同的"用字新例",现在已积成四种。这四种新例,注意的人逐渐增加,直接间接向我们来询问的也很不少。我们为便同志采用或研究起见,特再整理一次,汇成一叶,供给社会。

我们现在共同认定这四种为用字新例,以后无论写信,作文,著书,译书,编讲义,都照这例实地使用。

署名者

望道　楚伧　力子　汉俊　秋心　丏尊　玄庐　侲工

大白　三昧　妙然　静观　庸觉　申初　拯圜　沧济

一九二○年十月九日

（原载《新妇女》第 4 卷第 2 号,1920 年 10 月）

1921

答龚登朝先生对于"用字新例""怀疑的所在"

　　龚登朝先生本月十三日在学灯上发表了篇"他的分化的讨论",除了对于"佢"字表示怀疑外,全部赞同"用字新例",只有"佢"字,佢却以为不明白。佢底原文如下:

　　民国日报馆印行用字新例,现在找不出来不知其由所举应用"佢"字的例子怎样? 后来随手翻阅孙俍工著的中国语法讲义,代字用法,"他"的分化的语格,同用字新例上的相同,而"佢"字的用例,却找不出来,这是我怀疑的所在。

　　通性的通字,是什么意思呢? 还是通转的意思吗? 假使是通转的意思,那么就认定这个字可以代男性,也可以代女性了;既要代男性,何不直接用男性代名词,而用通性代名词来代呢? 如其这样,那真正所谓代中之代了;可不嫌费事周折吗? 呀! 原来这话错了,通字是共有的解释;用这种代名词意思中含着男女两性的意味;既含着男女两性,至少有两个人,两个人是复数。那末就应该用"他们"或"佢们"了。单数代词,有什么用处呢? 没有用处,那就没有成立的必要了。

　　对于这个怀疑,我们现在分条答复于下。

　　(一)"用字新例"中"佢"字的例证是玄庐先生底"题画"。其文如下:

佢是谁?

不画十六只脚底马,

不画"铜器时代",

却在风云火焰中写出这样的象征来；

莫非真个是烈火烧心，狂云拥背？

（二）"通性"底"通"字是公有的意思。是对于男女两性，尽可替代的意思。

（三）我们对于用"佢"和"佢们"的规定：

a)"佢"用来代不知是男是女的一个人。如我们这里用"佢"代龚先生底名称。玄庐先生用"佢"代那画家。

b)"佢们"可用以代（甲）两性并存的多数，（乙）是男女不明的多数。

（四）我们这样规定底理由，是因为既规定他代男性，伊代女性，在男女性不明的处所，就不该用他或伊。用他，便是确指男的了，用伊，便又确定是女的了。譬如我这文里，如果用伊代龚先生，不就是认龚先生为女性么？用他，又就是认佢为男性了。但我们实在全不知道。这种全不知道的时候，如果伊他之外没有一个"佢"，便只好处处用名词不用代词了；这不是很不便么？所以我们就造了这么一个"佢"。我们对于 b)之（乙）底规定，也是这么个用意。

以上是"用字新例"同人底原意，龚先生看是怎样？

（原载《民国日报·觉悟》，1921 年 10 月 16 日，署名："用字新例"同人）

1923

作文教授上的一个尝试

——教学小品文

国文在学校中，是个问题最多的科目。其中作文教授，尤是最麻烦讨厌的部分。说起这星期要作文，先生学生都大家害怕，先生怕改文课，学生怕作不好，这是一般学校作文教授底现状！

我在春晖担任国文科教授快一年了。这一年中，为想改进作文科教授，曾也费过许多心力，想过许多方法，稿上订正、当面改削、自由命题、共同命题、教授作文方法（曾把文体分为说明、叙事、记事、议论等几种，编了讲义分别讲解），大概普通教授上所用的方式，都已用到，而学生底成绩，总是不良。现在中等学校学生底作文成绩，实在太幼稚了；本校学生底作文能力，较之一般同等学校底学生，也许并不特别不良，但不良总是不良，无法辩解的。

举例来说，叫他们作日记，他们就把一日的行事账簿式地排列起来，甚么"晨几时起床，上午上课四班……九点半钟就寝"，弄成每日一样、每人一样的文字。叫他们作一篇像"公德"题的文字，他们就将甚么"人不可无公德"，"中国人公德不讲究"，"外国人都很讲公德"，"我想，我们非讲公德不可"，"我劝同学们大家要讲公德"等无聊的套话凑集起来，再加以"为甚么呢？因为……所以……"样的自问自答，把篇幅伸长，弄成似是而非敷泛不切的一篇东西。现在通行的是语体，本校各班又都在教授语法，学生在词句间，除了几个特别幼稚者外，毛病不用说是很少的。结果教者可改的只是内容了，不，只是补充内容了。但是又因为他们底文字中，本没有内容，结果补充也无从补充，于是只好就顺序上、繁简上勉强改削一下，把文课还给学生，而学生也感不到特别的兴味，得不到甚么益处。注意点的学生呢，从改笔上理解了关于繁简顺序等表面上的方法。下次作起文来，竟可一字不改，而其内容底空虚无聊，还是依然如故。

这大概是现在普通教育中作文教授底一个公式罢。一般的现状，如果确如我所说，我以为真是很可悲观的事，因为如此作文，是作一千次也没用的。用了语体作文，表面上已叫做"新文章"了，其实除了把文言翻成白话以外，内容上何尝有一点的新气？现代学生文课中底"外国怎样好，中国怎样坏"，同从前学生文课中底"古者……今也则否"有何分别？"西儒说……"、"杜威说……"，不就是新式的"古人有言曰"、"子曰"吗？"我所爱敬的某君……祝你健康"，不就是从前"某某仁兄大人阁下……敬请台安"底变形吗？但改变了文体底形式，而不改变作文的态度，结果总无甚么用处的。

如何可以改变学生作文的态度？我为这问题烦闷长久了！我近来对于学生学国文，有两种见解：一是劝学生不要只从国文去学国文，二是劝学生不要只将国文当国文学。现在学生读了几篇选文，依样模仿，以为记了几句文句或几段大意，作文时可以用的，于是作出文来，就满纸陈言，千篇一例。这就是只从国文去学国文的毛病。现在的所谓选文，并不是像以前的只是空洞的文章，或是含着甚么问题，或是记着甚么事理，内容很复杂的。如果学生只当作国文去读，必至徒记诵着外面的文字，而于重要的内容不去玩索，结果于思想推理方面毫无补益，头脑仍然空虚，仍旧只会作把文言"且夫天下之人……"翻成白话的文章。这就是只将国文当国文学的毛病。

上面所述的我的两种意见，第一种是关于作文教授的，第二种是主要地关系于读解教授的。现在只把我第一种意见的办法来说：

学生作文能力底不发展，我既认为是只从国文去学国文的缘故，那末，叫他们从甚么地方去学国文呢？我所第一叫学生注意的，是自己底生活，叫他们用实生活来做作文底材料。可是在入校前向无玩味自己实生活的习惯的学生们，对于自己底生活，所能说的只是账簿式的一种轮廊（像前面所举的日记例），并不能表出甚么生活的内容或情调来。并且摇笔即来的滥调，往往仍不能免。记得有一次，我出了《我底故乡》的一个题目，竟有一个学生仍打起老调，说甚么"凡人必有故乡……"一类的空话的！

我想设法使学生对于实生活有玩味观察的能力，以救济这个病弊，于是叫学生学作小品，叫他们以一二百字写生活底一断片；一面又编了一点小品文的讲义，教授讲解。行之几时，学生作文底态度及兴味，似乎比前好些。题材以实生活为限，命题听学生自由。学生很喜欢作，作来的文字，虽还不十分好，然较之于以前的空泛，却算已有点进步，至少不至于看了讨厌，替他们改削，也不至徒劳了。现在录几篇学生底成绩，给大家看看。这些成绩中，有的在词句及繁简上已经教者修正，但内容却都是学生自己底本色。

箫声 （钟显谟）

昏暗笼罩了世界，一切都很沉静，像已入了睡乡，做休息的梦了。忽然间，不知从哪里曲曲折折地传来了幽遏的箫声。隐约听去，身子仿佛轻松了许多。心也渐渐地沉下去了。一切物质的欲望，实利的思想，都随着这箫声，悠悠渺渺地逝去，所剩的只有一个空虚的心。

不知在甚么时候，故乡、慈母、儿时之乐都纷然乘虚而入，把空虚的心中，又装满了说不出的悲哀与寂寞了。

插秧 （张健尔）

农人弯了背儿把不满半尺的稻秧在那泥泞而滑的水田中插着，每次插下去的时候，随着手儿发出"卟咚卟咚"的谐音。这较之日间火车通过时那种"克拏克拏"的噪音，真有仙凡之别。

长方形水田中渐渐地满布着嫩绿色的稻秧，那农人在其中，简直好像一幅绝佳的自然画里画着的人物一样。

封校报 （陆灵祺）

电灯明晃晃地照得小房间里白昼似的，七八个人，围坐在一大长桌旁。地板上铺散了一片瓦片似的校报。几双手像机轮开着的时候,动个不息。这一边的人将报一张张像信纸似地折起来,坐在那一边的接去一份份地封起,再贴上印好的送达地址。"呀! 北京方面齐了,上海方面也齐了,还有杭州,还有学校以外的教育机关。"手里做、心里急,眼睛屡次看着桌上一大碗还没用完的浆糊。

提笔　　(汤冠英)

无聊极了,决心要提笔写些东西,写些甚么,自己也没有知道,写甚么好,自己也没有主意。胡思乱想地思索了一回。提笔的手酸了,墨水干了。苍蝇窃吸了墨水去,正在我底第一次穿上的新夏制服上撒粪。唉! 可恶极了。赶去苍蝇,思绪也顿然无形无踪地消灭了。

乒乓　　(何逵雄)

滴滴的微雨方止,疏疏的霞云中露出一线深红色的快归去的日光来。我和C君闲步到高小部,那楼上俱乐部的乒乓球声把我和C君引上楼去。C君先拿着球板与L君打起来,我在旁候着。

一个,两个……C君早已输去了,但他们记错了,还说没有。我板着脸走了。自然地从心坎里发出来的诅咒,却传到口上了。

这也算出了我底气了,我自己一壁走,一壁这样想。

祖母的话　　(郭肇塘)

我还记得那年,我从游艺会里得了金牌。

祖母对我说:"你得了金牌,我的快乐,正和那年你父亲进了秀才一般。"

现在,祖母早已死了,我也没有再得金牌的希望了。

Game　　(吕襄宝)

唉,我们的能力不及他们,现在已经三与一之比了,到Game只有一个球了。心里慌得几乎连网拍都拿不动。

"打得好,还可得到相等。"旁人话未说完,敌手已把球开过来了。我心想很认真的回过去,果然很好的回过去了。那时心里一时觉得很快乐,希望得到相等。不料很急促的球又弹子也似地过来了。我们只注目着球,任他过去,无法可想。

"Game!"对方喊着,我和同组的只好放了网拍,立在域外。同组的虽不怨,我总觉得有些连累了他。

吃饭前后的饭厅　（徐思睿）

第五时的功课退了,肚中正是有点饿的样子。忽然饭厅里面作出叮当叮当的声响,心知就是午膳了。到了饭厅,有几个同学是已经盛好了饭要吃了,有的却正才盛饭赴座,有几个还没有到饭厅,正才从寝室里到饭厅里的走廊里走着。这时饭厅中,发出乒乒乒乒拿碗的、吱吱咯咯移凳的种种声音,还有你言我语种种的喧哗声,热闹得像剧场一般。

人大概到齐了,饭也盛毕了,各人都到了自己的座里。这时比较前几分钟静些。有几桌里的人,批评菜蔬的好歹,几桌的人,谈些不关紧的说话。

像这样的过了十几分钟以后,有的吃罢,有的已出去了,于是声音也渐渐地静寂,只有厨役收碗碟的响声了。

闲步　（刘家□）

春末的斜阳,露出他将辞别的依依不忍的情意,可使人们日间恶他如火如焚的心境,即刻消除无余。那和蔼可亲的回光,反照着蓬勃的枝柯和碧绿的山岩,以及倒映在微波不动的湖水里的幻景和那笼着农烟的四境。明暗不一的远人村落和周围的杂树,远望犹如罩着淡蓝色的蚊帐一般。

我因喘咳吐唾入水里,只见众多小鱼跳出争强,镜也似的水面,就叠起了圆环,转瞬间,平静为之破坏,好一会犹未恢复,我悔了!

蚊　（曹增庆）

正坐在椅子上,诵读英文,忽然一个蚊子来到脚膝下,被它一刺,我身一惊,觉得很难忍,急去拍时,已经飞去了。没有多少时候,仍旧飞近我身边,作嗡嗡的叫声,我静静地等他来,果真他回来原处,他撑直了脚,用口管刺入我底皮肤,两翼向上而平,好像在那里用着他的全副精神似的。我拍死了他,那掌上粘湿的血水,使我感得复仇的快感和对于生命的怜悯。

因限于篇幅,不能将全数成绩揭载,很是恨事。上面所列的成绩,是依题材底种类各选一篇,并非一定择优选录。这样的成绩,原不能就说可以满足,不过学生作文底态度,却可以认为已变了不少。我以为只要学生作文底态度能变,就有方法可想。在这点上,却抱着无限的希望。

小品文性质实近于纯文学,叫中学生作纯文学的作品,似乎太高,并且太虚空不合实用。关于这层,大家或者有所怀疑。我要声明,我底叫学生作小品文,完全是为救济学生底病起见,完全当作药用的。小品自身,原有价值可说,兹不具论。我所认定的,只是其对于作文练习上的价值,略举如下:

(甲)能多作　无论如何,多作总是学文底必要条件之一。现在校中每月二次或三次的文课,实嫌太少。小品文内容自由,材料随处可得,推敲布局,都比长文容易,便于多作。

(乙)能养成观察力　小品文字数不多,当然不能记载大事,用不着敷泛的笔法。非注意到眼前事物底小部分不可,这结果就可使观察力细密而且敏锐。有了细密的观察力,作文必容易好。

(丙)能使文字简洁　现在学生作文最普通的毛病是浮蔓不切,或不应说的说,或应说的反不说,因为他们还没有取舍选择的能力的缘故。小品文非用扼要的手腕不可,断用不着悠缓的笔法。多作小品文,对于材料,自然会熟于取舍选择起来,以后作文,自不致泛而不当了。

(丁)能养成作文的兴趣　我国从前作教师的,往往以国家大事或圣贤道德等为题,叫学生作文,学生对于题材没有充分的知识,当然只好说些泛而不切的套语来敷衍了事(这恐怕不但从前如此,现在的教育上也还是依然如故的)。结果学生没有好成绩,而对于作文的兴趣,也因以萎滞了。小品文是以日常生活为材料的,题材容易捕捉,作了不佳,也容易改作,普通的学生,也可偶然得很好的成绩。既有过好成绩,作者自身就会感到兴趣,喜于从事文字起来。

(戊)可为作长篇的准备 画家作画,先从小部分起,非能完全画一木一石的,决不能作全幅的风景,非能完全写一手一足的,决不能画整个的人物。我们与其教学生作空泛无内容的长文,实不如教学生多作内容充实的短文。

这几种是我教学生作小品文底重要的理由。总之,我觉得现在学生界作文力薄弱极了,薄弱底原因,一般都以为是头脑饥荒的缘故,主张用选文去供给他们材料,或叫他们去涉览书籍。但我以为学生学国文的态度,如果不改,只从国文去学国文,只将国文当国文学,一切改良计划,都收不到甚么效果,弄得不好,还要有害的!现在学生作文力底薄弱,并非由于头脑饥荒,实由于不能吟味咀嚼题材。就是所患的是一种不消化的病症。如果对于患不消化病的人,用过量的食物去治疗,肠胃将愈不清爽,结果或至于无法可治。患不消化症的大概将食物照原形排泄出来。试看,现在学生所作出来的文字,不多就是选文或甚么书报上文字底原形吗?

我们不要对于消化不良的学生,奖励多食了!作文底材料,到处皆是,所苦者只是学生没有消化的能力。我们为要使消化不良的有消化力,非叫他们咀嚼少量的食物不可。叫学生作小品文,就是叫学生咀嚼玩味自己实生活底断片。

教学生小品文,是我近来在国文教授上的一种尝试,原不敢自诩成功,却以为或有可供大家参考的价值,所以特地把意见及经过一切写了出来。

(原载《春晖》第 14 期,1923 年 6 月 16 日,署名:丏尊)

叫学生在课外读些甚么书？

去年以来，我们曾在课外叫学生自己自由读书，做成笔记，每星期一缴，由我们作教师的分担批阅。行之一年，觉得效力很小。仔细想来，这有好几个原因。

（一）学生能力本来薄弱，而中国的书无论新的旧的，实在多不合中等程度之用，要想叫学生自由阅读，原是很难的。

（二）书籍既任学生自由阅读，学生自己又缺乏辨别力，结果，有些学生只要有字的低头都拿来当书读，《小朋友》、《小说世界》也都变了书了。有些学生呢，好高骛远，看起甚么哲学、社会学一类的书来，弄得头脑不清，莫名其妙。

（三）学生向来只读过一篇一篇的文章，并未曾有读整部书的经验，骤然叫他们读整部的书，也只会从表面的文字上去讨生活，不能把书中含义概括摄取。一年以来，学生笔记项目的所记着的"疑问"，都是关于表面的文字上的，至于"阅后感"、"篇段大意"等项目，大都只留空白，如有填写者，也都肤浅可哂。

本年度开学以后，我们鉴于上年的失败，已议决改变方针，每组各有一教师为课外读书指导，学生所阅读的书，须与指导教师商酌，并订定阅读期间，至期由指导教师命题考验阅读成绩，通过后再换新书阅读，其历届成绩，并入正课成绩计算。这办法，使学生得于在学期读毕若干部重要书籍，不至不完卷就半途中止。书的种类，既由师生双方商定，可以适应个人需要，得比较地读于个人有益的书。每书读毕时须经过试验，则学生阅读时自能比较深沈，不致但浮光掠影地只注意文字表面。现在虽新试行,我们自信确可比去年的自由阅读的方法,好了许多。

但是这里有一个大问题跟着发生了！就是:叫学生读些甚么书?

老实说了罢！这并不是新发生的问题,我们在这一年以来,曾没有一天把这个问题放下过的！学生能力如此薄弱,要读的书如此其难,又如此种类繁多,如何处置才好呢?无法之法,不如令学生自己选择令他们能够读的就读,欢喜读的就读,这就是去年叫学生自由阅读的由来。

自由阅读的效果既已像上面所说地靠不住,弄到非限制阅读指示阅读不可,于是"叫学生读甚么书"的问题,也就不能不解决了。

我们相信:在现代学校教育的范围内,要想完全解决这问题,下一个安稳的断定,是谁都不敢自认胜任的。长者指导幼者读书,往往容易犯"阿己所好"的毛病。从来所谓"师承"、"家学"、"宗派"等虽是很好听的名辞,如果平心而论,也就是一种偏向,就是"阿己所好"的结果。近来胡适之先生为清华学生定了一个"国学最低限度"的书目,梁任公先生批评他,说他只以自己为标准。任公先生自己也定了一个"国学入门书目",我想,或者有人也要批评他,说他只以自己为标准,也未可知的。仅仅关于国学一门,要想定出一个妥善的书目,已很困难,何况我们所要想叫学生阅读的书,不限定只是国学呢?

我们要解决这问题,先须吟味"读书"二字的含义,只读书二字囫囵解释,实觉得太笼统,定不出方向来。据我们的经验,"读书"之中,有为修养的,有为知识的;又"读的书"之中,有必读的,有爱读的。两两分配,可得四种区别如下:

　　(甲)知识上的必读书

　　(乙)知识上的爱读书

　　(丙)修养上的必读书

　　(丁)修养上的爱读书

知识有时可影响于修养,修养当然也脱不了知识,这里的分别,原只就大体说的。就大体说,读书和所读的书,确有这二者的不同。《论语》在前清童生是知识上的必读书,在赵普是修养上的爱读书了。《许氏说文》在一般读书人是知识上的必读书,在小学者是知识上的爱读书了。

《法华经》在一般僧人是修养上或知识上的必读书,在天台宗是修养上或知识上的爱读书了。

"读书不必多","旧书常诵出新意",这是对于爱读书的话。东西古今的名哲,尽有毕生只耽读一二种的书(大概是经典)而摄取书外一切,于事理无所不通,文章道德杰出于人的。但他们以前所读过的,却并不止这一二种,爱读《公羊传》的董仲舒,当然也读过《诗》《书》《易》,赵普如果只读了半部《论语》,恐怕连做村学究的资格都没有的罢!

我们要叫学生读的书,当然是指知识上修养上必读的书。至于爱读书,不容说要让学生将来自定的了。那末,现在中等学校的学生,甚么书是必读的呢?

我们以为我们学生所读的书,应照下面所列的两个条件决定:

(1)做普通中国人所不可不读的书。

(2)做现代世界的人所不可不读的书。

这是我们大胆决定的方针,照这两个条件来说,范围太广,要完全使学生遍涉,究竟是一件不可能的事,但是我们并不希望完全十足做到这范围,我们所希望的,只是不出此范围罢了。

我们现在暂定叫学生阅读的书目如下:

论语　孟子　老子　庄子

墨子　荀子　韩非子　吕氏春秋

史记　汉书　论衡　史通

文史通义　文心雕龙　近思录　传习录

明夷待访录　说文部首　九通序　通鉴辑览

古诗源　唐诗(选)　宋词(选)　元曲(选)

新旧约　希腊神话　华严原人论

佛教大纲　法意　民约论

名学浅说　物种原始　天演论

群己群界论　社会通诠　共产党宣言

一元哲学　科学大纲　泰西学案

清代学术概论　宋元戏曲史

中国哲学史大纲　中西文化及其哲学

中国历史究研法　中国人口论

通俗相对论　从牛端到安斯坦

爱罗先珂童话　一个青年的梦

现代小说译丛　点滴

易卜生集　工人绥惠略夫

膈膜　呐喊　上下古今谈

百科小丛书（选）　惜阴英文选刊 以下英文

泰西五十名人传　泰西五十轶事

小本英文说苑　鲁滨孙飘流记

格列佛游记　海客谈瀛录

苦儿暴富记　莎氏乐府演义

威尼思商人　迭更司文学故事述略

朗法罗乐府本事　藤纳孙乐府本事

名人演说　名人论说　名人述异

励志集　古史钩奇录　美国伟人文选

天方夜谈

Carlyle's Hero Worship

Dearborn's How to Learn Easily

Sandwish's How to Study and What to Study

Amicis's Cuore（英译本）

Addison's Sir Rogerde Coverly Papers

Guerler's The Stories of the Greeks

Clark's The Story of Caesar

Blais-dell's Stories from English history

　　我们原不敢说这书目已定得千妥万当，然却信这书目中所列的书，有的是必须读的，有的是可以读而且读了比较地有益的。或者有人说，所列书中，有许多程度太深，现在中学程度的学生恐难以阅读。关于这一层，我们自己也很以为虑。但我们以为学生的程度，实有刺激使提高的必要。如果一味迁就学生的程度,把书的程度放低,那末,现在有许多学生只配看《小朋友》《小说世界》,难道我们能永远任他们如此过去吗?并且,上列书目中,除几种(或一书的若干部分)外,都是普通人所应该阅读而不可不阅读的书。如果一个学生到中学毕业,还不能有阅读的能力,那是教育本身问题,我们应该把教育设法改革,不应该再一味怨书的艰深的。

课外读书,是中等教育上重要问题。近来学生能力的薄弱,或许是课外没有读书的缘故。深望大家起来研究讨论。

（原载《春晖》第 17 期,1923 年 10 月 16 日,署名:丏尊）

初中国语科兼教文言文的商榷

数年以来,语体文以一泻千里的势力,袭入教育界,又经过了许多人的扶助,到今日只要不十二分顽固的人,都认为是正当的文字,只要不十二分顽固的学校,也都堂堂皇皇地教授,早已不成问题了。所成问题的,反是向来在教科上占着正统位置的文言文。

初级中学国语科应否兼教文言文?现在教育者中关于此有两种不能一致的见解。有的主张绝对不教文言文,有的主张兼教一点。我的朋友中,很多主张初中国语科不兼教文言文的。他们所持的理由是:

(一) 因文言文难作难解,所以改用语体。若再兼令学文言文,岂非又于易上加难?

(二) 兼学文言文的目的,最重要的无非是阅读旧时书籍。其实,古来书籍,多非初中学生所能阅读的,十年前的中学生,虽通"之乎者也"的,何曾真能读古书?古书有用者可改译为语体,国故应在专门或大学中分科研究,非初中学生之事。

(三) 如果因现在官厅文告、社会书契以及新闻杂志等,都仍用文言文,所以也令学生兼学文言文,那更不对。为欲使文字简易,非更加励行鼓吹语体文不可,不应再去适应,致延长改革的期间的。

他们主张不兼教文言文的理由,其他当然还有,这几种大概是重要的了。他们是语体文的忠臣,语体文的得有今日,平心而论,多半是他们奋斗的结果。我是主张在初中兼教文言文的,对于他们所持的理由,当然有许多不能赞同的地方。现在无暇一一反驳,只把个人的意见概说于下:

我以为在现在,自小学以至大学的学生,文言文尽可不作,而对于中等程度以上的学生,却希望其能读解普通的文言文。至少,对于文言文,有像对于外国语(普通中学中的英文)的理解力。文言文事实上在社会生活上还占很广的势力,即使有除尽的一日,恐也非眼前的事。如果不授与学生以理解文言文的能力,学生将不能看日报官厅公告以及种种现代社会上种种的文件,这不是大不便利么? 又,做了中国人,中国普通的书,也有阅读的必要,而汗牛充栋的中国书,差不多可以说都是文言做成的。译成语体,又谈何容易。如果中学毕业生还没有阅读普通书的能力,那就不能享受先人精神的遗产,不特本人不幸,恐也不是国家社会之幸吧。不特在中国文化上可悲观,在世界文化上看来,也是可悲观的罢。

我以为:现在做中国普通阶级的人,自己尽管可以不作文言文,而普通社会上所用的种种"顿首再拜""罪孽深重,不自殒灭""漾电""元首""告捷"等须知道,克鲁泡特金的无政府主义固然要知道,许行、陶渊明的无政府主义也须知道。泰谷尔的诗会读固好,李白杜甫的诗会读也好。胡适之的文章要读,胡适之所崇仰的章实斋的文章也要读。所以主张在初中国语科兼教文言文。

上已说过,我是不主张学生再作文言文的。我的教文言文,目的只在读解的方面。专就读解方面着眼,觉得这目的也比较容易达到。原来文言文与语体文的分别,不在别的,只在"词"与"词"的接合不同上。简单点说,就可说只是"的了么呢"与"之乎者也"的分别。只要语体文已通的学生,略给与以若干的文法知识,就可与语体文一样理解,断不至发生甚么困难的。

那末,用甚么材料来做教材呢? 这却是个值得讨论的问题。从前学生专习文言文时,其成绩的不良,大概由于死读选文,专从文字形式上探寻生活,不从根本意义上去寻求。所读的文字,大半都是便于套袭的八大家式文字。这是还承着科举时代的流弊的缘故。语体文流行以来,此弊已消去了不少,此后文言文的教材,当然应辟门径,不应再用空虚无聊的八大家式的文字了。

如上所说,我们兼教文言的目的有二,一是适应现代生活,二是养成读书能力,那末,所用的教材,也应依这二目的而定。

为欲使学生适应现代生活起见,不可不择最实用的文字形式教之。如尺牍、公文、契券、柬启、章程广告、电报,都属此类。

为欲养成学生读书的能力起见,所用的材料,不可不依书酌定。我在本刊第十七期曾发表过一篇关于令学生课书的意见,且附有书目(关于这书目曾有朋友书来责难,答书原书都见本期本刊)。兼教文言文,预备就在这些书中各选出一二篇充作材料。这方法可以使学生知道某部书的性质体裁,可以引起学生读书的兴味,似乎比较有效力些。横竖教师讲解的事总是免不掉的,与其教些空洞的文章,宁可教些比较的切实有用点的文章。这是我的素朴的见解。

本校中学部现有一、二年两级,文言文新从本年起在二年级教授,分量约占全体国语科十分之三四。学生的兴味,似乎比语体文好点。这二月来,所用的材料是《文史通义》中的《文理》,《史通》中的《叙事》,《刘子》中的《去情》,《古诗源》中的《孔雀东南飞》,以后想教的,是《墨子》中的《兼爱》《非战》,《荀子》中的《性恶》《天论》,《论衡》中的《齐世》《问孔》等。

至于实用的文言文,本校已列入选科,在"实用文"的名义之下,系统的教授学生,一般的国语科中,不再列入了。

初中应否兼教文言文?如果兼教文言文,选用甚么作教材?都是很麻烦的问题,所急待讨论的。所以特将我个人的意见及教授现状写了出来,希望大家指教!

(原载《春晖》第 19 期,1923 年 11 月 16 日,署名:丏尊)

答　问

本刊十七号发表了一篇《叫学生在课外读些甚么书？》一文以后，赤民和赤子两位先生由西华第一校寄了一封提出五个疑问的信来。两先生底热忱我们十二分地感谢，因为信里所提出的疑问依我们底推想，必定还有不少的人有同样的感想，所以我们提出来在本刊讨论，对于两先生恕不专函奉复了！

根本上初级中学学生应当而且能够读些什么书，这个问题实在不小，我们现在所提出的范围，也只是供实验，所以在本刊十七号的那篇文里也曾说过，"但我们并不希望完全十足做到这范围，我们所希望的，只是不出此范围吧了"。换句话说，就是我们所定的范围只是最大限度，而不是最小限度，因此就是有少数的书偶为学生一时不能读，似乎也不足为病。在这个原则下面，本大可活动。关于内容，各书的仔细地估量似不必要，但既承两先生不厌其详地向我们垂问，我们也就不能不逐一答覆了。现在照原信分段答复于后。

第十七期《春晖》校刊上先生提学生知识上必读的书，几部多为实用上常识上所需要，但是里面有几册如《论语》《孟子》《史记》《文心雕龙》……民等以为上有研究的余地。

文字愈浅近，人们的程度愈增高，为现代学者所公认。非专门研究文学者或考古者，此种书籍有否阅读的必要？　疑问一

读书这件事，仔细分析起来，差别很不少。许多有价值的书，因为对于某部分关系很密切，或在那部分中位置很高，在专门研究者固非读不

可,而在充足常识的人也不能不观其大略。专门研究的深究穷探的读是一种读法,而观其大略,取其梗概的读也是一种读法。为此专门研究者或考古者有读的必要的书,非专门研究者或考古者也不一定就无读的必要。

读书为求知识,不如说为修养还根本些(参看本刊十七号《读书法》篇)。为求知识而读书,固然以能够对于一部书充分了解为主,倘若不能,就是粗知大略,得其一二也不是有害无益的吧!若就修养而论,更在能体会而不关于量的多寡,果于全书中在兴会浓厚的时候——这是要努力才会发生的——领略得一二也可以修身受用不尽了!但这决不是在一般的书里可以得着的。

其次有许多对于后来的影响极大的书,若不知道大略——最少——读书的时候随处都可遇见困难。即如中国的《论语》和欧西的《圣经》,它们的本身如何且不必过问,但对于文化上的影响绝不算小。我们若不能多少从根本上知他的大意,则他所流演出来的分支怎可以了解呢?在我们所定的范围内,有一部分的书,都是根于这个理由而决定的。

　　此种书籍学说陈旧,多主张尊君攘夷、三纲五常,与现代政体实相违背。中等学生志趣未定,阅之思想上有否妨碍?　疑问二

读了一部书,将他底里面的主张一成不变地拿来使用,或者摆在读者底脑里作一个主宰,固然是一种目的,但读书的目的本不只这一个,也不必就只这一个目的才读书。将书里所主张的或讨论的作研究的对象,或作研究的参证,这也是读书的目的,或者还是第一个重要的目的。

若经过研究以后,而起了相当的或甚至于极真挚的信仰,这种信仰也就非盲从可比,似乎不当抹杀,更不当防阻。反一个方向说,要反对某种主张,也非对于那种主张有深透的研究的人,不能有这种权利,也非经过那样研究的人不能有反对的能力。在或种程度说,对于某主张的研究,反对者比信仰者还更重要。

陈的何以会陈?旧的怎样变旧?尊君攘夷,何以与现代政体相违背,这绝不能无所研究就可下断定的。要使志趣未定的学生读书而不至于为书所役使,恐怕非有特别的指导和训练不能吧!但这是怎样读书和

怎样辅导学生读书的问题,不是书应读不应读的问题了。

从他一方面考究,一部书,即如《论语》,能够流传几千年得到多少人的信崇,绝不能只归功于推崇他的人,他底本身也必有多少值得流传、值得推崇的吧!《论语》中所说的,因时代的关系,有不可强从的部分。这自然用不着和卫道先生一样痛哭流涕地替他辩护曲为解说,但若全称否定地一笔勾销似乎也有点过火了!即如本刊十七号所载《读书法》中所提出来讲的孔子心目中的模范人格"君子"的所须兴的各种条件,就是社会再进多少步,或者也不是行之而有害的吧!至于说到"己所不欲,勿施于人"的道德,更可保证没有破产的时期了!以一部而废全体或者欠公平吧!

刊上说"学生的程度实有刺激使提高的必要",先生的意思是否欲使他们为古文学者,古文学者是否为现在社会所需要?   疑问三

"古文学者是否为现在社会所需要?"这个问题恐怕只有肯定的,或者不独是现在,就是将来古文学者也必有他底相当的地位。至于"欲使他们为古文学者",我们绝对没有这个意思,我们在指导他们的时候不但不以古文学者作标准,任何的单一的标准都没有,我们只抱定一个宗旨,就是顺着他们各自的性格,尽力除去主观的成见。

我们所定的书的范围,古文学也只占一部分——这一部分也不是专为使他们成古文学者才规定——就是一个本身的证明。

所谓学生的程度实有刺激使提高的必要,我们以为这是无可反对的。但提高的意思,是使学生知道向前努力不要死读教本或只看几本《小朋友》《少年》《儿童世界》《学生杂志》……这样的学生,极其量也只可得到"成绩优良"四个大字,而这四个大字实不足以代表"所得知识已经合于他们底力量所及"的意。据我们的考察,若无相当的刺激和提挈,学生绝少能稍微耐点苦加劲用心的。

一般顽固者自小学教科书改为语体后方极端反对,先生主张诵读四书是否要提倡骸骨复生,为他们吐气?   疑问四

我们认四书为可读的理由,前面已大略说过,和原来读经的读四书

实是两件事，所以我们并不想"提倡骸骨复生"，至于"为他们吐气"我们更不作此想了！因为我们有这样的主张，"一般顽固者"或不免借为口实，但我们因此而改变主张，也是因噎废食，不见得就全对吧！矫枉过正这也是我们所想免的！

以能力薄弱的学生叫他们看社会哲学等高深书是否相当？

疑问五

非先有看某书的能力才去看某书，结果就没有能看的书了！练习某项能力只有在某项事实中去奋斗，好系习游泳须先到水里去一样，若要先练习到不会被淹死的程度才可以下水去，那么从哪里去练习呢？自然，初学游泳的人就引他到百尺深渊里，危险比较的大，但这是水底深浅问题，而不是下水不下水的问题了！

五个疑问分条的答覆就此终止了！我们觉得学生底能力薄弱，非有相当底培养不可，学生的常识缺乏，非有相当底补充不可，学生底知识欲太低，非有相当的刺激不可。为此，本校本年度关于学生课外阅书的办法不如上年底的放任。

我们也承认，倘使没有适当地辅导，任学生照我们所定的书底范围选择去读，必定是不惟无益——不相当，不能了解——实反有害——错看了，受了毒而误用——所以现在我们所最注意研究的是在方法上面，而于书的择别反在其次。

"课外读书，是中等教育上重要问题，近来学生能力的薄弱，或许是课外没有读书的缘故。深望大家起来研究讨论。"我们这希望仍然在我们底脑里很热烈地流动。我们所定的范围"原不敢说已定得千妥万当"，我们盼望负有教育责任的朋友们不断地研究，终于定出个更妥更当疑问绝少的范围来，则中等学校于学生受惠不小，这或者文化运动所急切不可缓的一件事吧！

一九二三、十一、十

（原载《春晖》第 19 期，1923 年 11 月 16 日，署名：丏尊）

1926

文章学初编[1]

龚自知编　商务印书馆出版
纸面一七八页　定价 五角五分

　　全书一百七十八面，用四号字排，有黄炎培的序。内容分绪论，格调，创作三大项，据编者例言，是适合高中文科之用。且声明"大体计画，尝参考西籍数种，而尤以旁证吉能氏《实用修辞学原理》为多。"

　　综观全书，有认为不满者几点：

　　（一）抽象的议论太多，具体的例证太少　我国从来论文者每多玄谈，如甚么"神韵"，甚么"气势"之类。这些玄秘的法则，在知者早已瞭解，在不知者虽提示了也无从理会。书中于各项法则下，引有实例者原不少，但只是玄谈的地方犹多。如格调一章屡说及明瞭，警健，优美三要素，而不举正例及反例，叫人怎样知道甚么才是明瞭，警健，优美的文章，甚么是不明瞭，不警健，不优美的文章呢？又如五十八页论词之排列云"散文中字句之排列，一视直捷与气势二者相需之程度而定"。以下别论诗歌，不举例说明所谓"直捷"与"气势"，殊嫌空玄。

　　（二）全书各部分的文字雅俗相差太远　作者似乎是个好古的人，文笔上力求古致。教科书而求古，已嫌不合，即退一步说，为文的希古与随俗，可以随意，但至少在一篇或一书之中，雅俗似须一律的。作者在一书中雅俗杂置，殊可遗憾。试举出实例来，对照一下罢：

　　　　立文之道，惟字与义，字以训正，义以理宣，所谓选词精切，不外

---

　　❶　此文为夏丏尊在《一般》杂志"介绍与评论"栏目发表的书评。

用词能切合义理，勿失之肤泛，勿失之侈泰，致犯辞不称意之病。夫陈思之文，群才之俊，而《武帝诔》云，尊灵永蛰，圣体浮轻，浮轻有似于胡蝶，永蛰颇疑于昆虫，施之尊极，岂其当乎。又勿失之粗心，勿失之寡识，致犯错用不适之病。如潘岳为才，善于哀文，然悲内兄则云感口泽，伤弱子则云心如疑，文在尊极，施之下流，辞虽足哀，义斯替矣。——三十二页

这是"像煞有介事"地在力摹《文心雕龙》或《史通》了。

　　第一步由思考或观察搜集材料，乃创作的主要职能，乃一切文学生产的策源地。文学者之所以独享盛名，卓尔成家，纯由乎此。故自来文章学关于此点，极少规矩格律之可言，全凭作者天赋个性，自辟蹊径，教无可教，学无可学。但间接的由自修上的指导及由可以唤起潜伏创作才的训练，对于此点，亦未尝无相当之裨益耳。——一百八页

这和前段文字，至少似要相差二千年了！在一书中，文字的雅俗相差如此，甚矣，其不统一也！

　　（三）文字不妥善　著文章学的人，原不必一定就是文章的圣手，但既懂了文章的理法，自己的文章，至少似乎应有相当的技能，不至于十分过不去才行。不料《文章学初编》的作者，在这点上竟辜负了我们的期待。雅俗的杂置，不统一，上面已经说过，姑且不再提他，全书中竟还有晦涩难解及不大通顺的地方。试举一二实例于下：

　　一百五十四页，论计画之构成处云："文章学上最易惹起误解者，无过于计画之构造。盖吾人日常所见之文学作品何等自然，何等浑成，何尝有丝毫惨淡经营艰难缔造之痕迹。故当吾人执笔作文，亦往往一任其天机之自然流露，丝毫不加检择，以为自然之为物，固无施不可者。然思想之来，皆作者苦思力索惨淡经营之功，断未有能天然形成不劳而获者。……"

"计画之构造"似费解，"盖"字下一段文字，和"故"字下一段文字联读起来，似乎有些不大通顺。

　　二十九页论求读者情感之经济处云："求读者情感之经济，其一

部由警健而来,一部则由优美而来。"

这几乎是谁也不能懂得的文章了。

一百五十五页论文章计画之机械方法云:"凡作者必当自为计画,固矣。然于此有为凡有结构之文学作品关于计画上所共同具备之定律数则。舍之,则作品必凌乱无次。……"

这用"然"字起的一句,长至二十九字,文脉复杂,不读数次,谁也不能就懂的。全书中这类缺点很多,恕不一一列举。

还有文字本身并无大疵,因了行次写法,竟犯了可笑的毛病的。如一百五十七页云:

"欲材料计画之免于沈晦,有三要件可述。兹特别诠证之如次:"

接着就分三段说,款目的写法如下:

(1)第一要件为显著

(2)第二要件为衔接

(3)第三要件为阶进

这真是少见的格式。似乎在作者,(1)(2)(3)和一二三是两种东西。

还有前后名称不一致,意思自相矛盾的。如:

"论理学研究思考之规则,其目的在求结论之精当。文章学亦研究思考之规则,求其内容之精当。但文章于精当而外,尚须具感动诱导等作用,与论理学上之推测式,仅以推理为职志者究有不同,此则文章学与论理学之区别也。"——三页

"文章创作之原理,其实无过吾人日常用以彼此传达知识感情意志之逻辑原理……"——一百十页

前称"论理学",后称"逻辑",称谓已不一致。前谓文章学与论理学不同,后谓"文章创作之原理,其实无过吾人日常用以彼此传达知识感情意志之逻辑原理",真是自己挑战了。至于逻辑的是否可以传达成情意志,且不去追诘他。

以上是我对于这本《文学章初编》的批评:如果仔细审查起来,不满足的处所,当然还有,但现在就终止于此了。作者在例言中曾有"编者学

识肤陋,仓卒成编,纰缪当所不免。详加订正,请俟异日"的谦辞,希望能自详加订正。又,如果要出续编的话,也希望小心些!

(原载《一般》第 1 卷第 2 号,1926 年 10 月,署名:默之)

文章作法

序

　　这是我六七年来的讲义稿,前五章是一九一九年在长沙第一师范时编的,第六章小品文,是一九二二年在白马湖春晖中学时编的,二者性质不同,现在就勉强凑集在一处。附录三篇,都是在校报上发表过的。也顺便附列在后面。

　　教师原是忙碌者,国文教师尤其是忙碌者中的忙碌者,全书诸稿,记得都是深夜在呵欠中写成的。讲的时候,学生虽表示有兴昧,但讲过以后,自己就不愿再去看它,觉得别无可存的价值。只把钉成的油印本,摞在书架上。

　　有一天,邻人刘薰宇从尘埃中拿下来看了说是很好,劝我出版,我只是笑而不应。这已是四年的事了。去年,薰宇因立达学园缺乏国文教师,不教数学,改行教国文了,叫我把稿本给他,说要用这去教学生。我告诉他原稿不完全的所在,请他随教随修改。薰宇教了一年,修改了一年,于说明不充足处,使之详明,引例不妥当处,重新更换,费去的心思,实在不少。大家认为可作立达学园比较的固定的教本,为欲省油印的烦累,及兼备别校采用计,就以两人合编的名义,归开明书店出版。

　　本书内容,取材于日本同性质的书籍者殊不少。附录中的《作文底基本的态度》一篇,记得是从五十岚力氏《作文三十讲》中某章"烧直"过来的。顺便声明在这里。

　　　　　　　　一九二六,八,七,丏尊记于上海江湾立达学园。

目 次

绪　言

　　"熟读唐诗三百首,不会吟诗也会吟。"这句话虽然只指示着学习"吟诗"的初步方法,但中国人学习作文,也是同一的态度。原来中国文人是认定"文无定法",只有"神而明之"。所以古代虽然有几部论到作文法的书,如刘勰底《文心雕龙》和唐彪底《读书作文谱》之类以及其他的零碎论文,不是依然脱不了"神而明之"的根本思想,陈义过高,流于玄妙;就是不合时宜。近来在这方面虽已渐渐有人注意,新出版的书也有了好几种,只是适合于中等学校作教科用的,仍不易得;而为应教学上的需要,实在又不能久待;所以参考他国现行关于这一类的书籍,编成这本书以救急。

　　文章本是为了传达自己底意思或情感而作的,所以只是一种工具。单有意思或情感,没有用文字发表出来,就只能保藏在自己底心里,别人无从得知。单有文字而无意思或情感,不过是文字底排列,也不能使读的人得到点什么。意思或情感是文章底内容,文字底结构是文章底形式。内容是否充实,这关系作者底经验,知力,修养。至于形式底美丑,那便是一种技术。严格地说,这两方面虽是同样地没有成法可依赖,但后者毕竟有些基本方法可以遵照,作文法就是讲明这些方法的。

　　技术要达到巧妙的地步,不能只靠规矩,非自己努力锻炼不可。学游泳的人不是只读几本书就能成;学木工的人不是只听别人讲几次便会;作文也是如此,单知道作文法,也不能就作得出好文章。反过来说,不知作文法的人,就是所谓"神而明之"的也竟有成功的。总之,一切技术都相同,仅仅仗那外来的知识而缺乏练习,绝不能纯熟而达到巧妙的境地。"多读,多作,多商量",这话虽然简单,实在是很中肯綮,颠扑不破;要想作好文章的,不能不在这方面下番切实的工夫。

　　照上面所说的一段话,必定有人疑心到作文法全无价值,依旧确信"文无定法"只想"神而明之";这也是错的。专一依赖法则固然是不中用,但法则究竟能指示人以必由的途径,使人得到正规;渔父底儿子虽然善于游泳,但比之于有正当知识,再经过练习的专门家,究竟相差很远。而跟着渔父底儿子去学游泳,比之于跟着专门家去练习也不同;后者总比前者来得正确快速,法则对于技术是必要而不充足的条件,真正凭着练习成功的,必是暗合于法则而不自知的;法则没用而有用,就在这一点,作文法的真价值,也就在这一点。

第一章　作者应有的态度

文章有内容和形式两方面,前面已经讲过。所谓好文章,就是达意表情,使读者读了以后能明瞭作者底本意,感到作者底心情的文章。应当怎样作法才能达到这种地步,这个问题包含很广,实不容易的;但综合起来,最要紧的基本条件,却有两个:(1)真实,(2)明确。

(1)真实　文章是传达自己底意思,情感给别人的东西。倘然自己本来并无这样的意思,情感,当然不应该作表示这样的意思,情感的文章:不然便是说诳了。近来,许多青年欢喜创作,却又并不从实生活上切切实实地观察体验,所以虽然作了许多篇东西,却全同造谣一样,令人读去觉得非常空虚。"情者,文之经;辞者,理之纬;经正而后纬成,理定而后辞畅:此立文之本也。"所以作文先要有真实的"情",才不是"无病呻吟"。所谓"真实",固然不是开发票或记帐式地将事实一件一件地照样写出,应当有所选择;但把很微细的事物,说得很夸张;把很重大的事件,说得很狭小,或竟把有说无,把无说有,都不免成为虚空。

虽然文章是表现作者底实感,往往有扩大缩小的事实,而同一事物大看小看也随人随时不同;但这是以作者底心情作基础,不能凭空妄造。用一块钱买一件东西,是一桩很简单的事;但因时间和各人底情形不同,有的人觉得便宜就说"不过花一块钱";有底人觉得昂贵,就说:"这要一块钱呢!"心情完全不同。但都是真实的,所以没有不合理的地方。"白发三千丈,缘愁似个长","笔落惊风雨,诗成泣鬼神","朝如青丝暮成雪","边亭流血成海水",这类名句所以有价值,就因它们是表现作者底实感;倘若并没这样的心情,徒然用这样笔法来装饰,便是不真实。

（2）明确　文章要能使读的人了解，才算达到作文底目底，所以难解及容易误解的文章，都不能算是好的。古来的名文中，虽也有很深奥，晦涩，非加上注解不能使人明白的，但这不是故意艰深，使人费解。所以这样，是有两种原因：一是它底内容本来深奥；二是言语随着时代变迁，古今不同。

文章本是济谈话之穷的东西，它底作用，原和谈话没有两样。但用谈话来发表意思，情感的时候，大概是彼此觌面的；有不了解的地方，还可当场问清楚。至于文章，是给同时代或异时代任何地方的人看的，很难有询问的机会；万一费解，便要减少效用，或竟失却效用。就是谈话，尚且要力求明了，何况文章呢？

以上两种是作文底消极的条件。不可不慎重遵守。要适合这两种条件，下列几项最要注意：

（1）勿模仿勿剿袭　文章是发表自己底意思或情感，所以不能将别人底文章借来冒充；剿袭底不好，大家都承认的，古来早已有人说过，不必再讲。至于模仿，古来却有不以为非的。什么桐城派、阳湖派的古文呀，汉魏的骈文呀，西昆体的诗呀，……越学得像越好。其实文章原无所谓派别，随着时代而变迁，也无所谓一定的格式。仅仅像得那一家，那一篇，决不能当作好底标准。从另一方面说，文章是表现自己的，各人有各人底天分，有各人底创造力；随人脚跟，结果必定要抑灭了自己底个性；所作底文章，就不能完全自由表示自己底意思，情感，也就不真实，不明确了。

（2）须自己造辞，勿漫用成语或典故　所作的文章，要读的人读了能够得着和作者作时相同的印象，才算是好的；所以对于自己所要发表的意思，情感必须十分忠实。这本不是一件容易的事，第一步工夫，就在用辞。用辞要适如其分，不可太强，也不可太弱，不可太大，也不可太小。从来文人，无不在用辞上下过苦工夫，贾岛底"推敲"就是最显明的例。法国文豪福来培尔教他底学生莫泊三有几句名语，很可做教训。

因为世间没有全然相同的事物，作者对于事物，要先观透它底个性。描写的时候，务须明晰，使读者不致看错。这样，自然和人生底真相，才能在作文中活跃。最要紧的事情，就是选辞。我们应该晓得，表示某事物最适当的言语只有一个，若错用了别语，就容易和别事物混同。

他这段话，真是至言；作者对于要表示的内容，应该搜求最适当的辞来表示它，不要漫把不适当的或勉强适当的辞来张冠李戴。因此，可以说，要在言辞有敏感的人，才能做得出好文章。

晓得这一层，就不至于乱用成语或典故了。成语典故如果真和自己所要表示的内容吻合，用也无妨。但事实上很难得有这样凑巧的事情。如"暮色苍然"是描写晚景的成语，但暮色不一定苍然，若只要描写暮色就用这成语便不真实了。古人灞桥折柳以送行，本是一种特别土风，"阳关""渭城"也是实有所指，现在这种土风已没有了，事实也不相同了，要描写别离的情况，还用"阳关三叠""渭城骊歌"这类的话，也便是不真实明确。又如"莼鲈之思"这句成语，在张翰本是实有这样的情感，若不是吴人，连莼鲈的味都不知道的，也用来表示思念故乡的情感，当然不真实明确了。用成语典故真能确切的实在不多，所以这样的错误触目皆是，非特别留意不可。

和成语典故相类似，用了容易发生错误的，还有外国语和方言。外国语除了已经通行的或真没有适当译语的以外，都应当避去；因为不懂外国语的人见了这种辞是不会懂的；已懂外国语的人见了这种辞又要感着累赘讨厌。方言非有特别理由，就是没有适当的辞可代替的时候，也不宜用，因为文章中杂用方言，别地方的人读了往往不容易明瞭。

（3）注意符号和分段 符号和分段，都是辅助文章使它底意义更比较明确的。符号错误，就易使文章的真意不明，或引起误解；同一句话因符号不同，意义就不相同。例如：

（一）"大军官正擦额上的汗呢！听见了这句话，遂高声喊到：'全胜！'"这句里"全胜！"本是大军官得意的口吻，所以用叹号"！"表出；若用问号，便是表示那大军官还怀疑别一军官的报告，并且和"遂高声喊道"几个字所表示的情调不称；若用住号"。"情调自然也不合，而"全胜"二字所表示的不过是事实的直述，再无别的意味。

（二）"我爱他，是很光明的。"和"我爱他是很光明的。"两句意义全不同;第一句"是很光明的"五个字是指"我爱他"这件事,第二句是指"我"所以"爱他"的原因。

一篇文章虽有一个中心思想,但仔细分析起来,总是联合几个小的中心思想成功的。为了使文章底头绪清楚,应当把关于各个小的中心思想的文字作成一段;换句话说,就是一个小的中心思想应当作一段,而一段中也只应当有一个小的中心思想。文章的内容若十分复杂,一段里面还可分成几小段。分段底标准或依空间底位置,或依时间底顺序,或依事理自然的秩序,全看文章底内容怎样;至于每段底长短,这是全无关系的。

(4)用字上的注意 为使文章明确和翻译外国文便利,关于第三身代名词,这几年常有人主张将"他"字依性别划分,但还没有一定主张;我喜欢单数在男性用"他",在女性用"她",在通性用"它";多数则用"他们","她们","它们"。"的"字也化分成三个:(A)"的"用作代名词和形容词底语尾;(B)"底"用作后置介词,表示所属;(C)"地"用作副词底语尾。"那"字原有"询问"和"指示"两种任务;现在也有人主张分成两个,"询问"用"哪",读上声,"指示"用"那",读去声。这些分别,于文底明确很有关系,虽未全国通用,但在个人无论采用与否却须一致,否则误解就容易发生。

第二章 记事文

第一节 记事文底意义

将人和物底状态,性质,效用等,依照作者所目见,耳闻或想像的情形记述的文字,称为记事文。

例如:

……这一枝梅花只有二尺来高,旁有一枝,纵横而出,约有二三尺长;其间小枝分歧,或如蟠螭,或如僵蚓,或孤削如笔,或密聚如林;真乃"花吐胭脂,香欺兰蕙"。

——《红楼梦》第五十回

案上设着大鼎,左边紫檀架上放着一个大官窑的大盘,盘内盛着数十个娇黄玲珑大佛手;右边洋漆架上悬着一个白玉比目磬,旁边挂着小槌。

——《红楼梦》第四十回

(状态)

可以敌得过代洛西的人,一个都没有,他甚么都好,无论算术,作文,图画,总是他第一,他一学即会,有着惊人的记忆力,凡事不费甚么力气,学问在他,好像游戏一般。

——《爱的教育·级长》

如今长了七八岁,虽然淘气异常,但聪明乖觉,百个不及他一个!

——《红楼梦》第二回

(性质)

那个软烟罗只有四样颜色,一样雨过天青,一样秋香色,一样松绿色的,一样就是银红的。若是做了帐子,糊了窗屉,远远的看着就似烟雾一样。

——《红楼梦》第四十回

这就是鲛绡丝所织。暑热天气,张在堂屋里头,苍蝇蚊子,一个不能进来,又轻又亮。

——《红楼梦》第九十二回

(效用)

上面所举的例,都是记事文。所谓人和物底状态,性质,效用等,都是静的,空间的。这个标准,全是就作者底旨趣说,所以有时被记出的虽是动状,仍是记事文,例如:

堤上虽有微风,河里却毫没有波纹,水面像镜子一般,映出澄清的天空的影。

——《少年的悲哀》

那时候白雾越发降得重,离开房子不过十步路,便看不见那边的窗,只看见一团黑影,里面射出来一条红灯光。河上又发出种奇怪的鼾息声,冰块爆裂声。一只鸡在院子里浓雾中间喔喔的叫着,引起别的鸡也鸣叫起来了,以近及远,慢慢儿一村间只听见一片鸡鸣声音。可是四围除去河流以外,所有都寂静。

——《复活》第十七章

第二节　作记事文底第一步

记事文以记述经验为目的,未曾经验的事物,当然无从记述。就是有时是根据作者底想象,而所记述底是假设的情形,但想象也不是凭空妄造,须有相当的经验作根据。因为这样,要作记事文,先须经验事物,或目见,或耳闻,或参考书籍,从各方面收集材料,更将所得材料按适当的次序排列起来。在初学的人,没有腹案底功夫的,并须将各材料一一地用短文记出。例如要作"西湖"底记事文,先就经验所得,摘出种种的材料。

先查地理书,假定得下面的材料:

（一）西湖在杭州城西,又名西子湖。

（二）西湖是东南的名胜。

再把自己在游西湖的时候的经验,列举出来,假定如下:

（三）从上海坐沪杭车到杭州城站,步行三四里就到。

（四）我到车站的时候,原想坐人力车,后来听说到那里很近,就步行了。

（五）湖直径约十余里,游船往来如织。

（六）舟人说,原有两塔,南面的是雷峰塔,北面的是保俶塔。

（七）水很清,可望见游鱼。

（八）湖滨旅馆很多,我在某旅馆住了几天。

（九）别庄,祠堂相望,风景幽美。

（十）一面滨市,三面皆山。

（十一）山峰连续,最高者是北高峰。

（十二）春夏游人最多,外国人来游的也不少。

（十三）坐小舟行湖中,如入画图。

（十四）有苏白二堤，蜿蜒湖中。

（十五）有林和靖墓，苏小小墓，岳坟等古迹。

（十六）山的有名的是北高峰，葛岭，孤山，南屏山等。

（十七）寺观林立，钟声时到游人底耳际。

（十八）某别庄正在那里开工建筑。

（十九）四围多垂柳，远望如绿烟。

（二十）有人在那里钓鱼。

（二十一）山上多树，水底有草。

这样一个个地排列起来（愈多愈好，）然后再对于材料行一种精密的取舍整理。

［注意］：这种程序，可应用于一切文体，不但记事文如此。

第三节　材料底取舍和整理

从经验事物虽将各项关于事物（题目）的材料收集起来，但这些材料，对于题目并不全然适切。如果将不适切于题目的材料夹杂进去，文章就有不切适的毛病。选择材料底标准：一是适切题目，二是注重特色。例如以"西湖"为题的记事文，前节所列的材料中，如（三）（四）（十八）和（八）底后半部，（六）底前半部，都是"游西湖记"底材料，所以不适切题目，应该舍去。（二十）（二十一）两项不是西湖底特色，也应舍去。

材料取舍完了，其次便是整理。凡是同类的材料，务必集合在一处，将冗繁支离的删去。例如前节（五）底后半部和（十二）可并，因为都是记述游人底情况的。（十一）和（十六）也可并，因为都是记述山的。

既将材料取舍，整理好了，联缀起来，就成文章。现在将前节所举的材料，依上面取舍整理的结果缀成短文如下：

西湖

西湖又名西子湖，在杭州城西，（一）是东南底名胜。（二）湖径广约十几里，（五）一面滨市，三面皆山；山峰连续，最高的是北高峰，（十一）此外有名的有葛岭，孤山，南屏山等。（十六）原有雷峰和保俶两塔对峙，现只保俶塔巍然矗于北面。（六）苏白二隄，蜿蜒湖中。（十四)湖畔有林和靖墓,苏小小墓,岳坟等古迹。(十五)别庄,祠堂相望。(九)寺观林立,钟声时到游人耳际,(十七)湖水清浅,可望见游鱼。(七)四围多垂柳,远望如绿烟。(十九)坐小船行湖中,好像入画图。(十三)春夏间游人最多,游船往来如织,外国人慕名来游的也不少。(十二)

练习:

试自集材料做下列各题:

(1)我们底学校

(2)我底故乡

第四节　记事文底顺序

记事文底顺序大概有两种:一是以观察底顺序为标准,一是以事物本身底关系为标准。简单的记事文,如前节所举的例,通常用第一种。但要记复杂的事物,这种方法,就不适用。如作"飞行机"和"无线电话"等题的记事文,也依作者自己所观察的顺序为文字底顺序,一一联缀起来,那便混杂不清了。

作复杂的记事文,先须注目于关系事物全体的材料,然后顺次及于各部分;各部分底材料中,又是先列大的,后列小的。现在参考书籍,作"鸽"底记事文如下:

鸽是和鸠同类的一种鸟,大都善飞,喜群居。统分野鸽和家鸽两类,家鸽又分菜鸽和飞鸽两类。(一)

野鸽,性情极凶恶;住在山野树林里,以田禾为食,是农家底害鸟底一种。它底羽毛全体暗黑,只有背底中央是灰白色,颈和胸前有紫绿色的光泽,眼睛底颜色不好看。(二)

家鸽为野鸽底变种,性情很驯良,可以和家鸡一样给人家喂养。羽毛眼色,种种不一。飞翔很快,记忆力很强。(1)其中的一种,菜鸽,比较起来,飞得不高,也飞得不远。眼色也不十分好看。只是它底生殖很容易,肉味也很鲜,用来佐菜,喜欢的人极多;就是它底蛋

也是很贵重的食品。(2)(三)

　　飞鸽,放到远处地方去,它也能自己飞回来,可用以传信。但是它生长很不容易,往往孵不出小鸽,因为难得,售价非常的贵。(四)

　　家鸽底品格很多,要分辨它们底好坏和名目,只消看它们底眼睛和毛羽底颜色。(五)

　　菜鸽底眼睛虽不十分好看,但也有几种有趣味的:一种姜黄眼,眼球下面,现着砂子,黄颜色里带些红色。(1)一种桃砂眼,眼球下面的砂是桃红色的。(2)又有一种水砂眼,桃砂底桃红色,还带些淡红色。(3)无论姜黄眼或桃砂眼,眼球里有几粒黑砂,能够上下流动的,又叫流砂;很是名贵。将鸽底身子颠倒转来,眼球里的几粒黑砂,就慢慢地流下,等到再转身过去,又流转了去,真是有趣。(4)(六)

　　飞鸽底眼睛,名目更多,最好看的是藤砂。藤砂又可分成三等:网藤,眼睛里有许多丝,像藤一般的,这种最好;(a)藤砂,只有一二条丝从眼球里现出来,极显明的,比网藤次一些;(b)藤砂中最下等的,丝贴紧在眼球下面,并不显明的。(c)(1)藤砂以外,铁砂眼,眼球里有一种和砂子一般的小粒的;(2)紫砂眼,眼睛颜色带深黑的,也是上品。(3)又有一种硃砂眼,眼睛里有细砂,红得像硃砂一样。(4)(七)

……

这文底顺序画出图来,恰如下所示。

凡是所记的事物,非一见一闻就能明瞭,要从书籍上查考它底效用,构造,历史……的,都应该用这个方法来记述。

练习:

(一)用下列材料作一篇"金字塔"的记事文:

(1)金字塔是五千年前埃及底古建筑,是国王底墓。

(2)金字塔底最大的,高四百八十尺,底底面积九万方尺,是世界最大的建筑物。

(3)建筑的材料是瓦砖和花岗石。

(4)花岗石底最大的,重数百万斤。

(5)金字塔底里面藏着用木乃伊包被包裹的国王底死骸。

(6)金字塔底材料,有一部分是瓦砖,那么五千年以前就有瓦砖,是很明白的事。

(7)木乃伊在金字塔中多数室内底石棺中藏着。

(8)金字塔内有许多地下室。

(9)所谓木乃伊包被,是像皮布样的一种东西,用这包被包裹死骸,可以数千年不腐。

配列上的注意如下:

$$\text{金字塔} \quad \text{全体} \begin{cases} \text{外部} \begin{cases} \text{花岗石} \\ \text{瓦\ \ 砖} \end{cases} \\ \text{内部地下室} \quad \text{石棺——木乃伊包被} \end{cases}$$

(二)依前法就下题作比较精细的文字:

(1)我底家

(2)桃

第五节　文学的记事文

记事文虽以记述事物底状态,性质,效用,使人理解为主;但也有记事物底美丑的一类,而不以使人理解为目的。前一类,称为科学的记事文,只是作者对于事物的认识底报告,比较偏于客观的;前几节所举的例都是。后一类称为文学的记事文,乃是表现作者对于事物的印象,主观的成分比较多。

例如以"月"为题,就有下面的两种作法。

（一）月是星体中最和人相近的。在天空中,一面绕着地球转动,同时随了地球绕太阳而行。它和地球一样,还有自转。它底自转和绕着地球转动,都大约是二十七日有零一周,所以地球上的人只能和它的大部分相见。月上也有山,山岭最高的约二万六千尺至一万七千尺,如阿奔那尼（Apennines）一山,壁立雄峻的奇峰竟有三千多个。它底本体原是黑暗的,只是反射太阳底光以为光。太阳照着的部分全向地球的时候,看去很圆,这叫做"望"。太阳不照着的全黑的部分向着地球的时候,叫做"晦"。太阳照着的和没有照着的各有一部分向着地球的时候,叫做"弦"。

（二）窗外好像水国,近的屋,远的山,都用了不很明白的轮廓,在空中画着。屋角树林底下面,晕着神秘的色光。息灯以后,月光闯入室内,在床上铺着一条青黄色的光带。夜静了,不知那里来的呜咽幽扬的笛声,还隐约地在枕上听得。

上面两篇中,第一篇,读了虽然可以得到关于月底状态和性质底知识,却不能感到月色底美观和月夜底情趣;这便是科学的记事文。第二篇,却恰好相反,只能给读者以月色底美观和月夜底情趣,至于月底性质,状态,却一点不曾写到;这是文学的记事文。

作文学的记事文,须观察,经验和对于材料选择,整理,与作科学的记事文一样。除了这些条件以外,还须特别注意下列各项:

（1）想像　因为文学的记事文,是表现作者所得的印象,所以在记述事物以前,必须将要表现的印象重现于心中,然后执笔。

即如前例关于"月"的文字,内中都是作者曾经目见过的光景,不是凭空假造的。在作这文时,只是将旧有的印象,一一在心中再现,然后依样记述。作这类的文字,务必依自己所感受的记述,不可依赖成语来砌堆,如说到月,不可便用些"月白风清","月明星稀"之类的话。这是第一步工夫,也是最难的事,但惟其难能,所以可贵;能够做到,就不愧为作家了。

（2）注意特色 作文学的记事文,虽然要依作者自己所感受的记述,但局部的琐碎记述,不但不能使光景活现,并且不能使人得到所记述的事物底深刻的印象;所以必须捉住特色,舍弃其余,任读者自己补足。例如,要记述人物,把他的眉毛,眼睛,鼻头,都记上几百字,分裂琐碎,令人看了,就要莫名其妙,不能使所记的人物底状貌在读者心中活现了。现从小说中找几条例来看:

第一个肌肤微丰,身材合中;腮凝新荔,鼻腻鹅脂;温柔沉默,观之可亲。第二个,削肩细腰,长挑身材;鹅蛋脸儿,俊眼修眉,顾盼神飞,文彩精华,见之忘俗。

——《红楼梦》第三回

这马兵都头,姓朱名仝,身长八尺四五,有一部虎须髯,长一尺五寸,面如重枣,目若朗星,似关云长模样,满县人都称他美髯公。……那步兵都头,姓雷名横,身长七尺五寸,紫棠色面皮,有一部扇圈胡须,为他膂力过人,跳二三丈阔涧,满县人都称他做插翅虎。

——《水浒》第十二回

她身材不甚高大,胸脯十分丰满,……脸显得特别的白,这种样子真和久居家中闭户不出的人的脸色相同,仿佛番薯深藏地窖里所变成的颜色一般。她双手十分阔,却不很大;头颈从大衣领里透出来,显得又白又胖。在她那雪白光泽的脸上一双又黑又亮的眼睛不住的闪动,眼神虽然显出十分疲乏的样子,却还有活泼气象,内中有一只眼睛略为斜一点。

——《复活》第一章

这三个例,第一二个虽是旧式的描写法,但寥寥数言中,却能表出迎春和探春,朱仝和雷横的状貌。第三个,也足以表现一个堕落了而久居监狱的女子的神气。所以能够这样,就是捕捉了特色的缘故。

（3）抒述心情 要使所记述的事物在读者心中活跃,不但须记述客观的事物,还须记述主观的心情。换句话说,就是须记述从感觉上得来的印象。所以,要作好的文字,非对于事物有锐敏的感觉不可。例如:

夏天的太阳,已经下了山;跟着就要睡去的树林中,满了森然的寂寞;建筑用的大松底树梢上,反映着就快烧完的晚红,还带着些红光,下面却已经薄暗,带着些湿气了。好像从树枝蒸发出来的又干又触鼻的香气,微微地可以闻得。从远山野火飘来可厌的烟气,夹杂在香气中,却分外地强烈。柔软的夜,不知在什么时候,无声无响地落到地上了。鸟到太阳没落,也停止了声音,唯有啄木鸟还用了很倦怠的音调,在那里发梦呓似的单调的微音。

——《泥沼》

读了这段文章,那夏日傍晚松林中底一种蒸郁寂寞的景象,好像目见身历了。感觉在近代文学上有重要的地位,文字上能加入感觉,就有生气。与其说,"寒风吹着面孔";不如说,"寒风刀刮似地吹着面孔"。与其说,"麦被风吹动";不如说,"麦被风吹得浪一般地摇动"。

因为后者比前者有生气,容易使读者得着印象。我国从来的文章,都只记事物,不记情感,实是一种缺点。

这里所应当注意的,就是所记述的感觉,并不是故意加入的事。作者对于事物果能精密地观察,对于记述果能诚实不欺,心情和感觉自然会流露于笔端。如果只是对这一类的辞硬加上去,不特不好,而且可厌。旧式文章中,凡记述风景的时候,末尾常附加"诚胜地也"或"呜呼,叹观止矣"之类的文句;记述悲惨的人事的时候,末尾又必加"呜呼,可以风矣"或"噫,不亦悲夫"一类的文句。其实,是否"胜地",能否算得"观止","可风""不可风","堪悲""不堪悲",都要读者自己去领略的,不能由作者硬用主观的意见命令式地去强迫。因此这方法现在已不适用,特别在纯文学上不能适用。

(4)使用含着动作的词句　含着动作的词句,比较地容易引起读者的印象。例如:与其说,"门前有小河,隔岸有高山",不如说,"门前流着小河,隔岸耸着高山"。与其说,"海边见鹤",不如说,"海边有鹤飞过"。

不但这样,凡要表示事物,必须在事物有动作的时候,不可在他静止的时候。例如记述学校,必须记它授课或散课的时候;记述城市,必须拣它人马杂沓的时候;记述人物,必须在他言语动作的时候。例如:

大学生缓缓地懒懒地走着,将手掠着大麦的顶,叫天子和冠雀在他脚边飞起,又像石子一般地落在密生的大麦丛里。

——《诱惑》

太阳光正攻击着树林,从繁茂的顶叶上穿过,直用那温和的光亮射在白杨的树干上,竟使这些树干变成松树的干子一般,树叶也都变成蓝色。上面笼罩着蓝白的天,晚霞照着,带了点胭脂的颜色。燕儿高高的飞着,风儿几乎死去了;怠惰的蜜蜂懒洋洋睡沉沉在丁香花上飞着;白蚋虫成群的在单独的远延的树枝上打着。

——《父与子》

练习:

(1)春的田野

(2)元旦的上午

(3)秋的傍晚

第三章　叙事文

第一节　叙事文底意义

记述人和物底动作,变化,或事实底推移的现象的文字,称为叙事文。例如:

宝钗与黛玉回至园中,宝钗因约黛玉往藕香榭去,黛玉因说还要洗澡,便各自散了。

——《红楼梦》第三十六回
(人底动作)

汽笛曼声的叫了。汽船画圆周,缓缓的靠近埠头去。

——《省会》
(物底变化)

叙事文原和记事文一样,同是记述事物的文字;不过记事文以记述事物底状态,性质,效用为主,而叙事文以记述事物底动作,变化为主。

所以记事文是静的,空间底;叙事文是动的,时间的。例如:

(一)牵牛花有红的,紫的,颜色虽很美观,但少实用。

这是述说牵牛花底形状,性质的,是记事文。

(二)院里的牵牛花,红的,紫的,都很鲜艳地开了。

这是述说牵牛花的变化的,是叙事文。

第二节　记事文和叙事文底混合

文体底分类,原只是为说明便利和作者自身态度不同;实际上,并没有纯粹属于某种体裁的文字,记事文和叙事文虽因所记述的对象不同而有区别,在一篇关于事物的记述的文字中,总是互相混杂的。例如:"今天开了三朵牵牛花(叙事),一朵是红的,两朵是蓝的(记事)。"但如果改成,"今天一朵红的和两朵蓝的牵牛花开了。"便是纯粹的叙事文,(甲)又若改为,"今天开的三朵牵牛花,一朵是红的,两朵是蓝的。"(乙)就是纯粹的记事文了。因为(甲)底目底,在使读者知道牵牛花底变化,而(乙)底目,在使读者知道牵牛花底状态。

总之,叙事文和记事文只是作者依旨趣和记述的对象不同,试将下例玩其记叙混合的样子,就可更明白了。

翌晨,玛尔可负了衣包,身体前屈着,跛着脚,彳亍入杜克曼市。(叙)这市在阿根廷共和的底新辟地中,算是繁盛的都会,(记)玛可尔看去,仍像是回到了可特淮、洛塞留、培诺斯爱列斯一样。(叙)依旧都是长而且直的街道,低而白色的家屋。奇异高大的植物,芳香的空气,奇观的光线,澄碧的天空,随处所见,都是意大利所没有的景物。(记)进了街市,那在培诺斯爱列斯曾经验过狂也似的感想重行袭来。每过一家,总要向门口张望,以为或可以见到母亲。逢到女人,也总要仰视一会,以为或者就是母亲。要想询问别人,可是没有勇气大着胆子叫唤。在门口立着的人们,都惊异地向着这衣装褴褛满身尘垢的少年注视。少年想在其中找寻一个亲切的人,发他从胸中轰着的问话。正行走时,忽然见有一旅店,(叙)招牌上写有意大利人的姓名。里面有个戴眼镜的男子和两个女人。(记)玛尔可徐徐地走近门口,

振起了全勇气问：“美贵耐治先生的家在甚么地方？”（叙）

——《爱的教育·六千哩寻母》

练习：

试将下文的叙事和记事的部分分析出来：

> 伊的避暑庄边有一个小小的丘样的土堆，汽船在这前面经过。每逢好天气，伊便走到那里，白装束，披着长的卷螺发，头上戴一顶优美的夏帽子。伊躺在丘上面，用肘弯支拄起来，将衣服安排好许多的襞积，卷螺发的小团子在肩膀周围发着光，而且那一只手，那支着脸的，是耀眼的白。在自己前面，伊摊着一本翻开的书，但眼光并不在这里，却狂热的射在水面上。伊这样的等着伊的豪富的高贵的新郎，伊的幻想的目的。只要他在船上，他便应该看出伊在山上的了。他们看见而且感动而且赶到伊这里来，那只是一眨眼间的事。

——《疯姑娘》

第三节　叙事文底要素

照物理学的说法，一切的现象都含有四个要素：物质、能力、时间、空间。譬如，“今天上午八点四十分火车从江湾开出”这一个现象，“火车”是物质，“开出”是能力底作用，“今天上午八点四十分”是时间，“江湾”是地方。叙事文既是记述现象的，所以也有四个要素：（一）现象的主体，（二）现象的演变，（三）现象发生的时间，（四）现象发生的场所。例如：

> 那日正当三月中浣，早饭后，宝玉携了一套《会真记》，走到沁芳闸桥那边桃花底下一块石头上坐着，展开《会真记》，从头细看。正看到“落红成阵”，只见一阵风过，树上桃花吹下一大斗来，落得满身，满书，满地皆是花片。宝玉要抖将下来，恐怕脚步踏践了；只得兜了花瓣，来至池边，抖在池内。那花瓣浮在水面，飘飘荡荡竟流出沁芳闸去了。回来，只见地下还有许多花瓣。

——《红楼梦》第二十三回

这一段叙事文虽然很短，所有的要素都完全了；分列如下：

（一）主体　宝玉。

（二）事实　看《会真记》，收拾落花。

（三）时间　三月中浣某日早饭后。

（四）场所　沁芳闸桥。

第四节　叙事文底主想

叙事文和记事文一样，对于材料须有所选择。选择的标准，除记事文所说的"适切题目"和"注意特色"以外，还因文底目的而定。这个目的在叙事文中就是主想，大体有三类：

（一）以授与教训为主　　例如传记等。

（二）以授与知识为主　　例如历史等。

（三）以授与趣味为主　　例如小说等。

因了主想底不同，材料选择取舍标准也就不一样。即如要叙述岳飞底事迹，作第一类底叙事文，应当对于他的家教，性行，轶事，格言等详加叙述，而于他底生卒年月，生底地方，官职，战功等却用不着详说；作第二类的叙事文，却恰好相反，生卒年月等应当详尽，家教轶事等只得省略；至于作第三类的叙事文，不但材料底选择不同，并且叙述底方法也就相异。《少年丛书》中的岳飞是第一类叙法，《宋史》中的岳飞是第二类叙法，《说岳传》中的岳飞是第三类叙法。总括一句，第一类以善为主，第二类以真为主，第三类以美为主。

自然，这种分类，不过是就概括的旨趣说，同一文字，有兼两种色彩，或竟兼三种色彩的；不过多少总有所偏重，这偏重的地方，便是一篇文字重要的目底，也就是主想。

作叙事文的时候，材料搜集好了，就要确定主想。主想一定，然后将材料依主想来选择，与主想有关系的便取，无关系的就舍。但有一点须注意，就是同一材料应当取舍，不是材料本身底重要与否的问题，而是与主想的关系重要与否的问题。

例如以"夏日游海边记"为题，而主想是"这日很热，到了海边真凉快"。假定全体材料中有下列各项：

(一)同行某君,他底父亲是个文学家。

(二)我坐了人力车到火车站。

(三)在车站买了车票,然后上车。

(四)火车逢站都停。

就一般的情形说,这种材料,本身实不很重要,而于本文底主想的关系也不深;但如果还有别的材料相关连,因而发生重要关系的时候,却就都有用了。如文章像下面的时候,这种材料,就用得着。

因为太热,并且我是病后,所以坐了人力车到车站。(二)好像我底车慢了,到车站的时候,车已要开,我就急忙买了车票,飞跑上车。(三)这部是慢车,每站都停,车中又热,烦躁极了。(四)同行某君,是某文学家底儿子,很有文学趣味,一路和他谈论文学上的事,免了不少的寂寞。(一)

这样的叙述,所有好像不必要的材料都因了别的材料引到与主想关系重要的地位,就成有用的了。反之,如海边底人口若干,海边底故事,古迹等等,如无别的关连,就不是重要的材料。

练习:

(一)游西湖记

(二)诸葛亮(参考《少年丛书》,《平民小丛书》……等)

第五节　叙事文底观察点

叙事文所叙述的材料,不但是从作者自己经验得来,还有从别人底传说或书籍底记载得来的。材料底来处既然不一,或从甲面说,或从乙面说,当然不能一致。将许多材料连缀成文的时候,如果也这样混乱,文章就有头绪不清,不易了解的毛病。即以《三国志》一书而论,关于诸葛亮伐魏的事,有时说"丞相出师",有时说"诸葛亮入寇",就各段分开来看,固然没有什么不合的地方。但就作者陈寿一个人底笔下而论,一个是以蜀为主体,一个是以魏为主体,居然有两样的观察点,就未免不当了。叙事文底观察点,就是作者所站的地位,可分为三种。

（一）居于发动者一边　　例如说："丞相出师"，就是以发动者的蜀为观察点的。

（二）居于受动者一边　　例如说："诸葛亮入寇"，就是以受动者的魏为观察点的。

（三）居于旁观者一边　　例如说："诸葛亮出师略魏"，就是以旁观者的地位为观察点的。

作叙事文须确定一种观察点，全篇统一，不应摇动。通常的叙事文，以居于旁观者的地位的居多。但在旁观者的地位，作者对于各方面也要保持观察点底一致，不可随意变更。

例一

> 杨幺乘舟湖中，兵在楼上发矢石，(1)官军仰面攻之，见舟而不见人，因而失败。岳飞下令伐君山的树为巨筏，塞满港汊，又用腐木乱草由上流放下，布置稳当，才和杨幺开战。(2)杨幺船遇了草木，轮不能鼓动，贼奔走港中，又被木筏所拒，因被牛皋捉着，诸贼皆降，(3)果然八日就打平了。(4)
>
> ——《平民小丛书·第四十五种·岳飞》

这段本是以旁观的地位来记述的，却是观察点变了几次，(1)从杨幺方面，(2)从岳飞方面，(3)再从杨幺方面，(4)又从岳飞方面，逐条错乱，文字使人觉得繁杂不堪。若以杨幺方面为主改成下面的第一段，或以岳飞方面为主改成下面的第二段，那末文气就一致了。

> （一）杨幺乘舟湖中，兵在楼上发矢石，使官军仰面来攻，见舟不见人，因而致胜。后来又和岳飞打仗，战船遇了岳飞从上流放下来的腐木乱草，轮不能鼓动；奔走港中，又被岳飞伐君山底树所作的巨筏所拒，就被牛皋捉着，部下皆降。

> （二）官军，因杨幺乘舟湖中，兵在楼上发矢石，仰面攻之，见舟而不见人，乃失败。岳飞下令伐君山底树为巨筏，塞满港汊，又用腐木乱草由上流放下，布置妥当，才和杨幺开战。草木既遇杨幺底船，使轮不能鼓动，逼之奔港中。而木筏又拒不令进。牛皋就将杨幺捉着，并招降诸贼。果然八日就打平了。

例二

　　紫鹃在屋里，不见宝玉言语，知他素有痴病，恐怕一时实在抢白了他，勾起他的旧病，倒也不好了；因站起来，细听了一听，又问道："是走了还是傻站着呢？有什么又不说，尽着在这里呕人！已经呕死了一个，难道还要呕死一个么！这是何苦呢？"说着，也从宝玉舐破之处往外一张。见宝玉在那里呆听，紫鹃不便再说，回身剪了剪烛花。忽听宝玉叹了一声道："紫鹃姐姐！你从来不是这样铁心石肠，怎么近来连一句好好儿的话都不和我说了？我固然是个浊物，不配你们理我；但只我有什么不是，只望姐姐说明了；那怕姐姐一辈子不理我，我死了倒做个明白鬼呀！"紫鹃听了，冷笑道："二爷就是这个话呀，还有什么！若就是这句话呢，我们姑娘在时，我也跟着听熟了；若是我们有什么不好处呢，我是太太派来的，二爷倒是回太太去。左右我是丫头们，更算不得什么了！"说到这里，那声儿便哽咽起来。说着，又醒鼻涕。宝玉在外，知他伤心哭了，便急的跺脚道："这是怎么说？我的事情，你在这里几个月，还有什么不知道的？就是别人不肯替我告诉你，难道你还不叫我说，叫我憋死了不成！"说着，也呜咽起来了。

　　　　　　　　　　　　　　——《红楼梦》第一百十三回

　　这文中，除末了"宝玉在外，知他伤心哭了，便急的跺脚道：'这是怎么说？……'说着，也呜咽起来了"一段外，都是从紫鹃方面说的。如果把这段改为："只听得宝玉在外，好像知他伤心哭了，急得跺脚道：'这是怎么说……'说着，也呜咽起来了。"那就全体都是从紫鹃方面叙述了。

例三

　　从前亚剌伯地方，有一个养骆驼人家底儿子，名叫亚利，因为有要事要和他在斯哀治的父亲接头，骑了骆驼，带了水瓶，附队商出发。一路上队商彼此谈谈说说，亚利却只有自己底骆驼和他的朋友。他恨不得就看见他底父亲。

　　热带底太阳，火一样地照着沙漠。遇着难得的有树木和泉水的地方，大家就在此休息，解渴，再把水装满了水瓶，然后出发。夜了就在帐篷中住宿。

这样到了第四日，正午忽然起了大风，把砂吹得满天，走不来路，大家只得中止进行。后来风息了，砂也不飞了，却是出了一桩极大的困难，原来以前是依着骆驼底足迹走的，经过大风以后，骆驼底足迹，如数消灭，方向也认不清楚，大家走来走去，总是找不出路来。这时候水瓶中的水，已经完了，没法再得水，大家都弄得没有方法了。（以上是从亚利一面说的。）

天夜了，队商中一人说："如果明日还不能寻得有水的地方，那末只有把骆驼来杀掉一匹，吃他肚里的水了。"别一个见亚利奔波以后倦睡了，便说："与其杀别个底骆驼，还是杀那小儿亚利的罢。"这样二人在那里商量。（观察点转到队商方面去了。）

亚利倦睡中，听见有人说他底名氏，便仍装了睡着的样子细听。听得二人在那里商量要杀他底骆驼，大惊，他想："如果与他们同伴，骆驼就要被他们杀死，"不能再犹豫了，等到他们睡熟，就偷偷地把骆驼牵出，骑着逃了。

天上照耀着无数的星。亚利因他叔父底平常指示，略晓得关于星辰的事情，大略地知道何星在南，何星在北，他凭着了他这点的知识，定了一个方向，鞭着骆驼前进。

在这样试探方向的当中，天渐渐地亮了；忽见砂上有骆驼新行过的足迹。亚利得了这骆驼足迹底帮助，一直向南走，到了傍晚，隐约地看见前面有火光，急上去看，见有一群队商，在那里张幕野宿，亚利即从骆驼跳下，和他们讲自己受困的情形，请求他们和他同伴。（观察点又转到亚利方面来了。）队商听了亚利的告白，大家都感动起来，允了亚利底要求。（观察点转到队商方面去了。）在斯哀治的父亲，早几天就晓得亚利要来，等得不耐烦起来了，恰好有还乡的朋友，就同伴回来，想在路上碰见亚利。（观察点转到亚利父亲方面去了。）

亚利得了新同伴，就安了心，忽然听得许多骆驼底足音，见又有一群旅客从南方来了。这群旅客之中，有一个就是他底父亲，亚利意外地得着父子相遇,不觉悲喜交集了!

亚利和父亲无恙归家,把路上一切始末,详告他底母亲。(观察点又转到亚利方面来了。)

亚利的母亲,自从送亚利出门以后,心中怀着各种的忧虑,听了亚利底话,就很欢喜,称赞亚利的勇气。(观察点转到亚利底母亲方面去了。)

这篇文字,观察点变动了好几次,如果要专从亚利方面说,那末第四段以后的文字应该改作如下:

天夜了,亚利奔波以后,正倦睡着,忽然从睡梦中,听见同伴队商底话声,一人说:"如果明日还不能寻得有水的地方,那末只有把骆驼来杀掉一匹,吃他肚里的水了"。又一人说:"与其杀别个底骆驼,还是杀那小儿亚利的罢。"

亚利听了这一番话,心里想道:"如果与他们同伴,骆驼就要被他们杀死,不能再犹豫了!"于是等到他们睡熟时候,就偷偷地把骆驼牵出骑着逃了。

天上照耀着无数的星,亚利因他叔父平日的指示,略晓得关于星辰的事情,大略地知道何星在南,何星在北,他凭着了他这点的知识,定了一个方向,鞭着骆驼前进。

在这样试探方向的当中,天渐渐地亮了,忽见砂上有骆驼新行过的足迹,亚利得了这骆驼足迹底帮助,一直向南走;到了傍晚,隐约地看见前面有火光,急上去看,见有一群队商,正在那里张幕野宿。亚利急从骆驼跳下,和他们讲自己受困的情形,请求他们和他同伴。亚利底告白,很感动了队商,他底请求也被他们许可了。

亚利得了新同伴,正安着心,忽然听得许多骆驼底足音,见有一群旅客从南方来了。这群旅客之中,不料有一个就是他底父亲,后来晓得他父亲在斯哀治早知亚利要来,等到不耐烦起来了,恰好有还乡的朋友,就同伴回来,想在路上碰见亚利的。亚利意外地得着父子相遇,不觉悲喜交集了。

亚利和父亲无恙归家,把路上一切始末,详告他底母亲,他底勇气大被母亲称赞。

这样改作以后，观察点一致，文字就一气，不犯繁滞的毛病了。叙事文原是把事件来展开使人看的，性质好像戏曲。观察点底变动，就是戏曲中幕底更动，戏曲中幕不应多变，叙事文底观察点也不应多变。

叙事文因观察点不同，对于同一材料，可作成各方面的文字。这步功夫，在学作叙事文上，很是重要。有这样功夫的作者，对于一件事，就能理解要从那方面叙述才省事。

练习：

下面的例，是以旁观者的态度做的文字。试置观察点于裁判官方面，把它来改成一篇裁判官写给朋友的信。

有一位富人，向朋友讨债。这位朋友说，并不曾借钱，想把债赖了。富人不得已，诉诸法庭。裁判官问原告："你在何处借钱给他？"原告回答说："在某处大树下。"裁判官说："那末要叫大树来做证人了。"就命法吏执行召唤证人的手续。停了一会，裁判官对着表，独自说："证人就快来了。"这时被告不觉自语道："从这里到那枝大树，有六七里路，恐怕没有这样快吧！"裁判官听了这话，就说："你晓得大树所在的地方，这就是你曾经受过钱底证据。"于是把这案判决如下：

"被告曾经向原告借钱，已自身证明。因此，被告应该把钱还给原告。"

第六节　观察点底变动

照前节所说，叙事文底观察点不应变更，使文气一致而不散漫冗繁。但这只是一般的原则，在长篇的，或复杂的叙事文，要将各方面的情形都表现得适当，却不得不变动。大概，事实的间接叙述比直接叙述不易生动，所以在两件或多件事实有相同的重要，而只从一个观察点出发要将各方面都表现出来又非常困难时，观察点就不得不变动了。例如：

亲家再三不肯，王玉辉执意，一径来到家里，把这话对老孺人说了。老孺人道："你怎的越老越呆了，一个女儿要死，你该劝他，怎么倒叫他死？这是什么话说！"王玉辉道："这样死你们是不晓得的。"老孺人听见，痛哭流涕，连忙叫了轿子去劝女儿了。

王玉辉在家依旧看书写字，候女儿底消息。

老孺人劝女儿，那里劝得转，一般每日梳洗，陪着母亲坐。只是茶饭全然不吃，母亲和婆婆着实劝着，千方百计，总不肯吃，饿到六天上，不能起床，母亲看着，伤心惨目，痛入心脾，也就痛倒了。抬了回来，在家里睡着。又过了三日，二更天气，几个火把，几个人来打门，报道："三姑娘饿了八日，在今日午时去世了！"

——《儒林外史》第四十八回

这段文底目的，虽是在写出一个中了礼教底毒的人为虚荣忍心看着自己底女儿饿死；但王玉辉，老孺人和他们底女儿三个人底情况，都同样重要。并且，假定从王玉辉一方面叙述，那末老孺人劝女儿和女儿未死前的各种事情，都无从表现，或难于表现，就是从别一方面叙述，也同样地不能周到。在这种时候，观察点虽变动了好几处，也是应当的。

叙述一件事，那几方面的关系重要，以及那些应当表现，那些不应当表现，全依事件底性质，由作者自己底意见去判断，没有一个简明的标准。凡是有剪裁工夫的作者，当然能够得到这种标准的。上面所举的例，也可以说是有剪裁工夫的。

第七节　叙事文底流动

叙事文底对象，是事物底现象底展开，这展开底情形被叙述成文字的时候，就成了文字上的流动。现象底展开不止，文字底流动也就仍然继续，所以流动是叙事文底特色。

一件事底展开，虽有一定的速度，但叙述这件事底文字，它底流动却有快慢。将事件展开底情况绵密地叙述，把事件中各方面详细地描写的，是慢的记事文，只述事件底概要和其中各方面的大意的，是快的叙事文。例如：

宋江起身净了手，柴进唤一个庄客，提碗灯笼，引领宋江东廊尽头处去净手,便道:"我且躲杯酒。"大宽转穿出前面廊下来。俄延走着,却转到东廊前面,宋江已有八分酒,脚步趄了,只顾踏去。那廊下有一个大汉,因害疟疾,当不住那寒冷,把一锨火在那里向。宋江仰着脸,只顾踏将去,正趺在火锨柄上;把那火锨里炭火,都掀在那汉脸上。那汉吃了一惊,惊出一身汗来。那汉气将起来,把宋江劈胸揪住,大喝道:"这是甚么鸟人! 敢来消遣我?"宋江也吃了一惊,正分说不得,那个提灯笼的庄客,慌忙叫道:"不得无礼——这位是大官人最相待的客官!"那汉道:"'客官',我初来时也是客官! 也曾最相待过! 如今却听庄客搬口,便疏慢了我,正是'人无千日好!'"却待要打宋江,那庄客撇了灯笼,便向前来劝。正劝不开,只见两三盏灯笼飞也似来,柴大官人亲赶到说:"我接不着押司,如何却在这里闹?"那庄客便把趺了火锨的事说一遍。柴进笑道:"大汉,你不认得这位奢遮的押司?"那汉道:"奢遮杀,问他敢比得我郓城宋押司,他可能?"柴进大笑道:"大汉,你认得宋押司不?"那汉道:"我虽不曾认得,江湖上久闻他是个及时雨宋公明——是个天下闻名的好汉!"柴进问道:"如何见得他是天下闻名的好汉?"那汉道:"却才说不了,他便是真大丈夫,有头有尾,有始有终! 我如今只等病好时,便去投奔他。"柴进道:"你要见他么?"那汉道:"不要见他说甚的?"柴进道:"大汉,远便十万八千里,近便只在面前。"柴进指着宋江,便道:"此位便是及时雨宋公明。"那汉道:"真个也不是?"宋江道:"小可便是宋江。"那汉定睛看了看,纳头便拜,说道:"我不信今日早与兄长相见!"宋江道:"何故如此错爱?"那汉道:"却才甚是无礼,万望恕罪,有眼不识泰山!"跪在地下,那里肯起来。宋江忙扶住道:"足下高姓大名?"

——《水浒》第二十一回

这是慢的叙事文。

　　宋江因躲一杯酒,去净手了,转出廊下来,趺了火锨柄,引得那汉焦躁,跳将起来,就欲要打宋江。柴进赶将出来,偶叫起宋押司,因此露出姓名来。那大汉听得是宋江,跪在地下那里肯起? 说道:

"小人有眼不识泰山，一时冒渎兄长，望乞恕罪。"宋江扶起那汉，问道："足下是谁？高姓大名？"

——《水浒》第二十二回

这段所叙的事实和前段相同，只是简单得多，这是快的叙事文。

快的叙事文，以叙述事件底轮廓为目的；慢的叙事文，以叙述事件底情况为目的；两者底分别，正和中国画的写意画和工笔画相同。大体说来，小说属于慢的一类，历史属于快的一类。莎翁底剧本是慢的，兰姆兄妹所做的《莎翁乐府本事》就快了。《三国志》是快的，《三国演义》就慢了。

第八节　叙事文流动底中止

叙事文底特色既然在流动，所以不但这流动须快慢适当，还须慎防中止。所谓流动中止，就是由时间的，动的叙事文，突然转到冗长的，空间的，静的记事文；或插入说明，使动态一时停滞。

例一

　　原来王夫人时常居坐宴息亦不在这正室，只在东边的三间耳房内，于是老妈妈引黛玉进东房来。临窗大炕上铺着猩红洋毯，正面设着大红金线蟒引枕，秋香色金线蟒大条褥。两边设一对梅花式洋漆小几；左边几上文王鼎，匙，箸，香盒，右边几上，汝窑美觚，内插着时鲜花卉，并茗碗，茶具等物。地面下，西一溜四张椅子上都搭着银红撒花椅袱，底下四副脚踏；两边又有一对高几，几上茗碗，瓶花俱备；其余陈设，不必细说。

——《红楼梦》第三回

这段文中，除了第一句是叙事文以外，流动全然中止，以后都成了王夫人房中底记事文。若非把这一大节叙上不可，应当将所记的情况都改成由黛玉眼中看出的，而将末了"其余陈设，不必细说的"话删去，那末流动就没有停滞了。

例二

　　蒋门神见了武松心里先欺他醉，只顾赶将入来。说时迟，那时快，武松先把两个拳头去蒋门神脸上虚影一影，忽然转身便走。蒋门神大怒抢将来，被武松一飞脚踢起，踢中蒋门神小腹上，双手按了，便蹲下去。武松一趸，趸将过来，那只右脚早踢起，直飞在蒋门神额角上，踢着正中，望后便倒。武松追入一步，踏住胸脯，提起这醋钵儿大小拳头，望蒋门神头上便打。（原来说过的，打蒋门神扑手：先把拳头虚影一影，便转身，却先飞起左脚；踢中了，便转过来，再飞起右脚；这一扑有名，唤做"玉环步，鸳鸯脚"。——这是武松平生的真才实学，非同小可!）打得蒋门神在地下叫饶。

——《水浒》第二十八回

这段文中，圆括弧内的话，都是作者所加的解释，这种说明加到叙事文中，也是使流动停滞的原因，若删去了，流动便连续不断，极有生趣。

第九节　叙事文流动底顺逆

叙事文是把事物底变化来展开的，所以流动底方向也有两种。第一种，照那变化自然的顺序，依次叙述，这是顺的。第二种，因为要叙明变化底前因后果，或并行的事件，不能全然依照自然的顺序，而要有所颠倒，这是逆的。例如：

> 天气很冷，天下雪，又快要黑了，已经是晚上——是一年最末的晚上。在这寒冷阴暗中间，一个可怜的女儿，光着头，赤着脚，在街上走。伊从自己家里出来的时候，原是穿着鞋，但这有什么用呢？那是很大的鞋，伊的母亲一直穿到现在，鞋就有那么大。这小女儿见路上两辆马车飞奔过来，慌忙跑到对面时鞋都失掉了。一只是再也寻不着，一个孩子抓起那一只，也拿了逃走了。他说：将来他自己有了小孩，可以当作摇篮用的。所以现在女儿只赤着脚走，那脚已经冻得全然发红发青了。在旧围巾里面，伊兜着许多火柴，手里也拿着一把，整日没有一个人买过伊一点东西，也没有人给伊一个钱。

——《卖火柴的女儿》

> 今年盐政，点得是林如海。这林如海姓林名海，表字如海，乃是前科的探花；今已升兰台寺大夫，本贯姑苏人氏；今点为巡盐御史，到任未久。原来林如海之祖曾袭过列侯，今到如海，业经五世。起

初只袭三世,因当今隆恩圣德,额外加恩,至如海之父又袭一代,至
如海便从科甲出身。

——《红楼梦》第二回

这两例中有好几处是逆行的。逆行虽有不得不用的时候,但初学的
人却宜注意,大概在普通的叙事文是用不到的。

练习:

(一)试就读过的叙事文,举两个观察点变动的例。

(二)试将读过的慢底记事举出一篇改成快的。

第四章　说明文

第一节　说明文底意义

解说事物,剖释事理,阐明意象,以便使人得到关于事物,事理或意
象底知识的文字,称为说明文。例如:

一旁是字的形,一旁是字的声,所以叫做形声。

——《中国文化的根原和近代学问的发达》

科学的起源,不是偶然发见的,因为人类是有理性的动物,有种
种心理的根据,所以发生科学。

——《科学的起源和效果》

说明文底性质,有时好像和科学的记事文相同,有时又好像和叙事
文类似,其实全不一样。

说明文和科学的记事文有什么区别呢? 最重要的一点,就是对象底
范围不同。科学的记事文,虽也是以记述事物底状态,性质,效用为主,
但以特殊的范围为限,是比较具体的;说明文以普遍的范围为对象,是比
较抽象的。如第二章第一节所举的例,第一个是记述一枝梅花底状态,
第二个是记述屋内一部分的陈设,第三个是记述一个人底性质。范围既
狭,所记叙的也比较具体,使人读了自然可以就得到那些知识。但若要

讲到"植物","房屋底构造"和"人类底通性"等一般的事实,以及抽象的事理如"文学底意义""实验主义"等,范围就扩大得多,不是记事文所能胜任的了。

说明文和叙事文底分别比较容易。关于事实的说明,对象虽和叙事文相同,但形式全然相异。如"今天上午八点四十分火车从江湾开出",是叙事文底形式;而"火车从江湾开到上海是在今天上午八点四十分",便是说明文底形式。还有一个区别,叙事文可带作者主观的色彩,说明文却不许可。

第二节　说明文底用途和题式

说明文本来是用较浅近明瞭易于理解的文字去解明事物或事理,使它底关系明瞭,范围确定,意义清晰,给人以关于该事物或事理底普遍的正确的知识,所以用途很广。教师的讲义,科学的教科书,大半是说明文,固不必说;就是学术上的定义,字典上的解释,古书上的注解,事实真象的传达,凡足以使人得到明确的观念和理解的,都要用到说明文。

说明文底题式通常有疑问式和直述式两种:

(一)疑问式

(甲)书籍是甚么?(乙)何谓文学?(丙)科学怎样起源的?

(二)直述式

(甲)书籍;(乙)文学;(丙)科学底起源。

在古文中还有用"说"字或"原"字加到题上的,如"士说""原君"之类,但文中多羼入议论,所以不能因题式而判断文体。

第三节　说明文底条件

说明文最简单的形式,就是单语底定义,复杂的说明文,无非是单语底定义底集合和它们底引申。先就单语底定义来讨论。

例如,"人是有理性的动物"是规定"人"底意义底,就是用"有理性的动物"六个字合起来说明"人"底概念。在这六个字中,又可分成两部分:一,"动物";二,"有理性的"。"动物"是"人"所属的类;"有理性的"是

"人"在所属的类中所具的特色,就是"人"和所属的类中的其他的东西相差的地方,论理学上叫做种差,所以最简单的说明文的形式是:

类＋种差

但通常的说明文,只是这样简单,不能就明瞭,非更详尽不可。因为说明文所说明的既不一定简单,而又是对于未知某事物,某事理的人才有作的必要,所以作法上必须的条件,便须加多,共有六个,分说如下:

(一)所属的种类　为了要使所说明的事物和其他关系较远的事物分离,所以须述它所属的种类,如要使"人"和植物,矿物等分离,就先说他是动物。又以"书籍"和"书信"为例:

(甲)书籍是印刷物。

(乙)书信通常是手写的。

(二)所具的特色　将所属的种类虽已叙述而能使它和其他关系较远的事物分离,但还要使它和关系较近的同属于一类的分离,所以必须述它底特色,如要使"人"和一切别的动物分离,必须叙述他底特点——"有理性的"。

(甲)书籍是预备永久保存,给多数人看的。

(乙)书信是处理一时的事情代谈话用的。

(三)所含的种类　因要内容明瞭,使人更易理解,而且理解底内容更充实,所以将事物所包含的种类叙述也是必要。但分类原须有一定的标准,所以叙述分类须将所用的标准同时叙出。

(甲)书籍在版本上,有刻版的,铅印的。在装订上,有洋装的,中国装的。在文字上,有洋文的,中文的。在内容上,有关于文学的,关于科学的,关于哲学的等等分别。

(乙)书信因所述事件底关系人的多少,有公信和私信的分别。

(四)显明的实例　文字内将显明的实例举出,则愈加明瞭。

(甲)英文教科书是洋文的,国语教科书是中文的……

(乙)例如学校通知书和致全体同学书,是公信,问候某君的信是私信。

(五)对称和疑似　单从事物底本身直述,往往不易明瞭,所以若将对称的,即同属于一类而不是同种的,或疑似的,即好像同种而实不同的事物对照述说,更可使该事物明白显出。学术上的名词大概有对称的,通俗的事物多半有疑似的。

　　植物是生物中不属于动物的一部分。(对称)

　　习字纸也是用笔写的,但不以代谈话为目的,所以不是书信。

(疑似)

(六)语义底限定　语义因使用而多分歧,作说明文时,如果遇了容易误解的时候——如古语新用之类——非特别加以限定不可。例如:

　　共和是国家主权在全体人民,行政首长也由人民选出的一种国体,不是周召共和的共和。

上述各项,是说明作文法上的要件,现在以"文学"为题,应用各要件,示范如下:

　　文学是一种艺术,(一)换句话说,就是以文字做成的艺术。纯粹的文学,通常不以日用为目的。(二)因体裁上有小说,诗歌,戏曲等分别。(五)《红楼梦》是小说,《长恨歌》是诗歌,《西厢记》是戏曲。

(四)

　　文学不是普通的文字,也不是科学,韩愈底《原道》,王船山底《读通鉴论》等,不是文学。物理学讲义,化学教科书等,也不是文学。(三)

　　我国古来,凡是文字都称文学,但是现在的所谓文学完全是小说,诗歌,戏曲底总称,和从前的意义是不同的。(六)

第四节　条件底省略

　　说明文,原是为未知的某事物的人作的,在繁复的说明文,要正确,明晰,固应具备前节所述各条件。但遇某部分确已非常明瞭的时候,也可以省略。

　　(1)普通的省略　容易明瞭而不至误解的事物,或只以使人知道一个概要的,都可以只说大概。例如:

　　(甲)国家是人类社会组织之最大形体,包容一切社会生活。

——《新学制公民教科书》第一册,第六章

(乙)国家是人类为满足需要兴趣而组织的团体,社会也是人类为满足需要兴趣而组织的团体,目的大概相同。但是社会只有人与人的关系,和人所在的土地无关,所以社会成立不限定要占据一定的疆土。人民如果没有一定的疆土,便不能成为国家。

——《政治学大纲》第四章,第三节

(甲)和(乙)同是关于国家底说明,(乙)是详细绵密的说法,(甲)是省略的说法。专门科学的文字都是(乙)类,通常的文字和口头的谈话以(甲)类为多。

(2)因比较而省略　利用读者所已知的事物,两相比较以说明的时候,和已知事物相同的条件,就可省略,这是常用的省略法。例如:

“星云和一团云差不多,微亮,挂在空中,极像缕烟。”

“日本人民受军阀底苦痛,也和我国一样。”

这是利用读者已知的“云”和“烟”来说明“星云”;利用读者已知的“我国军阀底横暴”来说明日本底军阀的。这种方法很有效用,所要注意的,就是比拟要恰当,不然,一样地容易引起误解。

练习:

试依所讲法则,就下题作说明文:

(一)偶像

(二)革命

(三)山

(四)学校

第五章　议论文

第一节　议论文底意义

发挥自己底主张,批评别人底意见,以使人承认为目的的文字,称为议论文。

记事文是记述事物底状态性质的，叙事文是叙述事物底变化的，议论文和它们截然不同，很是明显；最易混同的就是说明文。

说明文关于剖释事理的部分，和议论文很有容易混淆的地方。因为对于一事底内容，真是说得极详尽；那末，它的价值怎样？我们对于它应持的态度怎样？都可不言而喻，用不到再加议论了。例如：把"社会主义"底意义，功用，优劣等都说到详尽无余，那末，社会主义底可行不可行自然非常明瞭。又如：将"教育"底含义，尽量发挥，那末，教育应该怎样？人人应否受教育？也自然可以不必再说，就很明白。

照这样说来，议论文和说明文不是没有差别了吗？这又不然，第一是目的不同。说明文底目的是在使人有所知，议论文不但要使人有所知，还要有所信。

第二是性质不同。试就两者底题式看，就可明瞭。说明文大概用单语为题，如"社会主义"，"教育"，"新生活"之类。议论文则用一个命题为题，如"社会主义可行于中国"，"教育为立国的根本"，"现在应当提倡新生活"之类。一般议论文底题目，虽也有只用单语的，如"男女同学论"，"孔子论"等，但不过是形式的省略，若从文章底内容去考察，便知仍是一命题。因为文中不是主张"男女应当同学"，便是主张"男女不应当同学"，不是说"孔子之道已不适于中国"，就是说"孔子之道仍当遵从"。议论文底题目原是文章底根本主张底概括的缩写，所以表面虽是单语，内容依然是命题。

第三是态度不同。说明文比较地偏于客观的，所以虽有时因各人底见解不同，不能人人一致，也有敌论者，但作者并不预计的。议论文却恰好相反，实际上虽未必就有人反对，作者心目中概假定有敌论者立在前面。因为若一切都成了定论，和数学上的公式一样，本来就无议论的必要了，"男女同学"所以还有议论的必要，正因有人主张也有人反对的缘故。

议论文虽和说明文不同，但议论文中用说明文的地方很多。因为没有说明作基础，判断很不容易下，例如要主张"男女应当同学"，那末，教

育底意义,和男女底关系等,都非先加以说明不可;试就下例玩味一下就更可明瞭了:

> ……但是到了现在,关于女子和文学的观念全然改变了。文学是人生的或一形式的实现,不是生活的附属工具,用以教训或消遣的;它以自己表现为本体,以感染他人为作用。他的效用以个人为本位,以人类为范围。女人则为人类一分子,有独立的人格,不是别的什么附属物。我们在身心状态的区别上,承认有男子女子与儿童的三个世界,但在人类之前都是平等。与男女的成人世界不同的儿童,世间公认其一样的有文学的需要,那么在女子方面这种需要自然更是切要,因为表现自己的与理解他人的情思,实在是人的社会生活的要素;在这一点上,文学正是惟一的修养了。

> ——《女子与文学》

第二节　命题

断定用言语或文字表示出来称为命题。议论文实际上就是对于所提出的命题所给的证明——有必要的时候,还加上相当的说明——所以命题是议论文底根本。命题是完全的一个句子(Sentence),但完全的一个句子,除了表明语句(Indicative)外,疑问语句(Interrogetive),命令语句(Imperative),愿望语句(Optative),惊叹语句(Exclamatory),都不是命题,因为所表示的都不是一个断定,用不到证明。

命题从性质上说,有肯定和否定两种:

（甲）竞争运动应该废止——肯定命题

（乙）竞争运动不应该废止——否定命题

在理论上只有这种形式的句子可以作为议论文的题目,但实际上常有不照这样直写的;(甲)(乙)二项,可有下列各种格式:

甲 { 竞争运动应该废止 / 竞争运动废止论 / 排竞争运动 / 论竞争运动

乙 { 竞争运动不应该废止 / 竞争运动奖励论 / 竞争运动应该保存 / 竞争运动底存废

论题本应是一个命题,就是一个完全的表明语句,但题目除表示论文的主旨外,有时还含有刺激读者的作用。所以如:"女子不该参政吗?""文化运动不要忘了美育。""异哉所谓国体问题!"等形式的题目都有;但实际上不过是从"女子应当参政","文化运动应当注意美育","非国体问题"变化出来的。

作议论文的第一步,就是认定自己所要提出的命题。命题确定了,然后加以证明。所要注意的,就是保持论点,不要变更,使议论出了本命题范围以外。例如论莎士比亚底文学,应当只从文学本身立论,不应该牵涉他幼时窃羊的事情。要排斥耶稣底教义,应当只从他底教义本身下攻击,不应该说他是私生子。因为文学和作者底幼时道德各不相关,教义底好坏和立教者底是私生子非私生子毫无关系。如果要牵涉,就应当先证明两者底关系,必要使人承认幼时道德不好的,长大了也无好文学,私生子不能成伟大的宗教家,然后议论才立得住,不然总是谬论。这种毛病在批评别人底主张的时候很多,往往以攻击私人为压倒对手的武器。其实就是对手果然因为私德上受指斥不敢再答辩,也不是主张失败底证据。

第三节 证明

命题既经认定,就应当加以证明,证明可分两种。

(一)直接证明 即是对于一种主张,找出积极的理由来证明。例如:

> 孟子曰:"不仁哉梁惠王也!仁者以其所爱,及其所不爱;不仁者以其所不爱,及其所爱。"
>
> 公孙丑曰:"何谓也?""梁惠王以土地之故,糜烂其民而战之;大败,将复之,恐不能胜,故驱其所爱子弟以殉之。是之谓:以其所不爱,及其所爱"。
>
> ——《孟子·尽心》

这篇底主旨是说梁惠王不仁,而用"以其所不爱及其所爱"的事实来证明。

(二)间接证明　就是所谓反证,对于一种主张,先证明反对方面底谬误,使自己所说的牢固。例如:

> ……孟子曰:"世俗所谓不孝者五:惰其四支,不顾父母之养,一不孝也;博弈,好饮酒,不顾父母之养,二不孝也;好货财,私妻子,不顾父母之养,三不孝也;从耳目之欲,以为父母戮,四不孝也;好勇斗狠,以危父母,五不孝也:章子有一于是乎?"

——《孟子·离娄》

这篇底主旨是说匡章是孝子,而用他没有不孝的事实来证明。

大概,发表自己底主张,不能不有直接的证明;反驳他人底议论,间接证明最有用。例如,有人主张"足球应当废止",他所持的理由是"足球危险",就可用间接证明法反驳如下:

> 足球危险,不错。但是,世间危险的事情很多,火车也危险,飞机也危险。如果因为危险就应当废止,那末,火车飞机也应当废止了,这是很不合理的。

用这种反驳法应当要注意对手底论点变更。若主张"足球应当废止"的人,因为这个驳议而声明说:"火车飞机虽危险,但有用它们底必要,非足球可比的。"他底根据已全然变更了,最初的理由是"足球危险",后来的理由是"足球危险而且非必要",所以应当认为新论。

第四节　演绎法、归纳法和类推法

演绎法,归纳法和类推法,是论证底基本方法,要知道详细,须求之于论理学,这里所讲的只是一个大概。

(一)演绎法　用含义比较广阔的命题作基础,来论证含义较狭的命题,这是演绎法。例如:

> 学校底功课都应当注意学习,——大前提
>
> 音乐是学校底功课,——小前提
>
> 故音乐应当注意学习。——断案

这是演绎法最基本的形式,通常称为三段论式,是用含义较广的"学校底功课都应当注意学习"和"音乐是学校底功课"两个命题来证明"音

乐应当注意学习"的命题。上列的顺序是论理上的通常的排列法;在文字或语言上,常有变更。试以上式为例:

(1)学校底功课都应当注意学习[的],(大)音乐[既]是学校底功课,(小)所以音乐[也]应当注意学习。(断)

(2)学校底功课都应当注意学习[的],(大)所以音乐[也]应当注意学习[呀],(断)因为音乐[也]是学校底功课。(小)

(3)音乐[既]是学校底功课,(小)学校底功课都应当注意学习[的],(大)音乐[也就]应当注意学习[了]。(断)

(4)音乐[既]是学校底功课,(小)音乐[就]应当注意学习,(断)[因为]学校底功课都应当注意学习[的]。(大)

(5)音乐应当注意学习[呀]!(断)[因为]学校底功课都应当注意学习,(大)音乐[也]是学校底功课。(小)

(6)音乐应当注意学习[的],(断)音乐[既]是学校底功课,(小)学校底功课都应当注意学习[啊]。(大)

[　]内的字是为句子的顺畅附加的,因为无论在文字上或语言上,常常不一定用很质朴的表明语句。大前提,小前提和断案不但排列底顺序可以变更,常常还有省略。例如:

(1)学校底功课都应当注意学习,(大)音乐[也]是学校底功课[呀]!(小)

(2)音乐[既]是学校底功课,(小)音乐[岂不]应当注意学习[吗]?(断)

(3)学校底功课都应当注意学习[的],(大)音乐[就]应当注意学习[了]。(断)

(4)音乐既是学校底功课,就应当注意学习。

(5)学校底功课都应当注意学习,音乐自然不是例外。

只要意义能够明白,在文章上排列变更,要素省略都无妨。为了文章辞调底关系将命题底形式改换也是必要。但若要检查议论底正否,却须依式排列。例如:

(1)桀纣之失天下也,失其民也。

——《孟子·离娄》

(2)天子不能以天下与人。

——《孟子·万章》

(3)他不用功,故要落第。

这些议论若要施以检查,须将省略的补足,成一完全的三段论式如下:

(1)失天下者失其民者也,

　　桀纣失天下者也,

　　故桀纣失其民者也。

(2)天子不能以天下与人,

　　尧为天子,

　　故尧不能以天下与人(舜)。

(3)不用功的学生都要落第,

　　他是不用功的学生,

　　故他要落第。

演绎法底议论,全以两前提作基础,所以如前提中有一不稳固,全论就不免谬误。如前例第三个论式:

不用功的学生都要落第,

他是不用功的学生,

故他要落第。

这论式中,大前提就不甚稳当,因为世间尽有天资聪明不用功而可以不落第的学生。

世间原难有绝对的真理,所以就是论式各段都无误,也不是就没有辨驳底余地。不过各段底无误,是立论底必要条件,若没有这条件,议论底资格都没有了。

练习:

试把下列各议论,补足成三段论式,并检查是否谬误:

(一)试验使学生苦痛,故应废止。

（二）我国有广大的土地，岂有亡国之理。

演绎法底两个前提，原是立论底根据，假若对于一前提不易承认，还须别的三段论法，把这前提来证明。例如要论证"人类必须有教育"的一个命题，假定是用下列的论式：

人类须有知识，——小前提

知识由教育而得，——大前提

故人类必须有教育。——断案

这论式中的小前提，实在是很有疑问的，所以必须再加以证明如下：

生存须有知识，——大前提

人类要生存，——小前提

故人类须有知识。——断案

倘使这论式中的前提还有疑问，那末非再加以证明不可，繁复的议论文大概就是由许多三段论法联合成的。

练习：

试补成下列的论式：

凡人因非全知全能，皆有缺点，故孔子虽圣人也有缺点。

第五节　续前

（二）归纳法　归纳法和演绎法恰好相反，是集合部分而论证全体的论法。例如，用演绎法证明"某人是要死的"，其论式如下：

凡人都是要死的，——大前提

某人是人，——小前提

故某人是要死的。——断案

这例中的大前提"凡人都是要死的"的一个命题是否真实，如果要加以证明，也可用下列的演绎法底论式：

凡生物是要死的，——大前提

人都是生物，——小前提

故凡人都是要死的。——断案

对于这个论式底大前提"凡生物是要死的"的一个命题,若还有疑问,须加以证明,那就不是演绎法所能胜任的,非用归纳法不可了。论式如下:

牛是要死的,马是要死的,羊是要死的,草是要死的,树是要死的……袁世凯死了,西施死了,我底祖父母死了……

牛,马,羊,草,树,……袁世凯,西施,我底祖父母……都是生物,

故生物是要死的。

这式的两前提都是以经验所得的部分集合起来,由此便得到"生物是要死的"的结论。

归纳法中有两个应当遵守的条件:

(一)部分事件的集合须普遍而且没有反例;

(二)有明确的因果关系。

这两个条件,如果能满足一个,大概可以认为没有错误。用例来说:

(1)有角动物都是反刍动物。

在这例中,"有角"和"反刍"有没有原因结果的关系,这在现在的科学上还没有证明,所以不能满足第二个条件;但有角的动物如牛,如羊,如鹿等都是反刍的,并且没有反例,即有角而不是反刍的动物,可以举出,这就满足第一个条件,而可认为正确的了。

(2)有烟的地方必定有火。

这例中的"烟"同"火"是有因果关系的,满足了第二个条件,所以就是不遍举事例,也可认为正确。

(3)文化高的国民都是白皙人种。

这例虽可举出英美德法等国民来作例证,但有印度中国等反例可举,不满足第一个条件,并且,明确的因果关系也没有,又不满足第二个条件。这样的归纳便是谬论。

最有力的归纳论,是第一第二两个条件都能满足的,因为事例既普遍而无相反的例可举,原因结果底关系又极明瞭,自然不易动摇了。所

应注意的,有无反例可举,和人底经验有关系。就现在所经验的范围虽无反例,范围一旦扩大,也许就遇见了反例,所以归纳法所得的断案常是盖然的。但原因结果底关系,既已明确,就有反例可举也不能斥为谬论;这只是原因还没完全举出,或反例另有原因的缘故。例如:

> 居都市的人比居乡村的人来得敏捷。

这是就生活状况的不同,一是刺激很多,一是清闲平淡,可以将原因结果底关系说明的;虽有一二反例,必定别有原因存在,对于原论并不能动摇。

练习:

就下列各命题,广举事例且说明其因果关系:

（一）文化从海岸起始。

（二）卜筮不足信。

（三）健康为功成之母。

（三）类推法　根据已知的事例而推断相类的事例的方法,这是类推法。例如:

> 地球是太阳系底行星,有空气,有水分,有气候底变化,有生物。——已知的事例。

> 火星是太阳系底行星,有空气,有水分,有气候底变化。——相类的事例。

> 故火星有生物。——断案。

类推法应用时须遵守下列的两条件:

（甲）所举的类似点,须是事物底固有性,而不是偶有性;

（乙）被推的事物须不含有与断案矛盾的性质。例如:

（1）孔子与阳虎同是鲁人,同在鲁做官;若依了这些类似点,因孔子是圣人就推断阳虎也是圣人,这便犯了第一个条件;因为这些类似点都是偶有性。

（2）甲乙二鸟,声音,大小,形色都相同。但乙鸟底翅曾受伤折断;若依类似点因甲善飞就推断乙也善飞,这便犯了第二个条件,因为翅底折断和善飞,性质是矛盾的。

练习:

人披毡子则温暖,将毡子包冰,则冰反不易化;试就类推法说明。

第六节　证据底性质分类

判断一件事,总是以经验作根据,而依前两节所举的方法找出证据来。由性质上,证据有种种的不同,分述如下:

(一)因果论　因果论又名盖然论,是根据了"同样的原因必生同样的结果"的假定,以原因证明结果。例如:

(1)某人平日品行方正,(原因)这次的窃案大概和他没有关系。(结果)

(2)他作文成绩素来很好,(原因)这次成绩不良,大概是时间局促的关系。(结果出预想之外因为别有原因的缘故。)

这都是因果论,普通所谓议论,大概是这类最多。因果论所以又名盖然论,就是因为这种议论并不是确切可靠的缘故。对于同一事件,往往可作正反对的因果论,即如前例的:

(1)某人平日品行方正,(原因)这次的窃案大概和他没有关系。(结果)

对于这一个因果论也可作正反对的第二个因果论:

(2)某人近来很穷,(原因)或不得已而窃盗。(结果)

这两个因果论,可以同时发生,在这时候,要决定究竟哪一个成立,实是一件很难的事。就是能够证明某人真是渴不饮盗泉的丈夫,但仍不能将(1)确立而推翻(2),因为还有第三个,第四个乃至无穷个因果论可以发生。即如:

(3)某人底母亲病得很危险,他正困于医药费,(原因)或竟至于窃盗。(结果)

这个因果论更为有力,某人品行既好,当然有孝行,对于母亲底病自是要想尽方法去医治；那末，急不暇择，也是人情。

从这例看来，可知因果论是个确度很小的论法。所以，用这个论法的时候，通常须用"大概"，"或"等推量的语气，万不可取断定的态度。

但因果论虽不是充足的可靠的议论，却是必要的，很有价值的。所以无论何种议论，至少非有一个因果论的证据不可。否则，即使别的证据很多，也不可靠。例如甲有杀乙的嫌疑时，假定有下列各种证据：

(1)乙被杀时，甲确不在家。

(2)甲家有带血迹的刀。

(3)甲底衣上有血。

这类的证据无论有多少，假定甲所以要杀乙的原因一点不明白的时候，依然毫不足凭，而不能据以断定甲是杀乙的。如果能求得上列的事实的一种或一种以上，那就可以认甲为杀乙的嫌疑者。所以仅一因果论的证据虽不足恃，若与别的证据联合起来，就成有价值的论法了。假定所得的事实如下：

(1)甲曾因金钱关系与乙有仇。

(2)甲和乙前几天曾打架而被打伤。

(二)例证论 将和结论相同的事例，引来做议论的证据，叫做例证论。例如：

(1)某人身体原很弱，因从事运动，今已健康，(事例)所以运动是有益于健康的。(结论)

(2)甲学生很用功及了格，乙学生不用功落了第；(事例)所以要及格非用功不可。(结论)

(3)投石于水，就沉下去，投木片于水，则浮在上面；(事例)可知轻的东西是浮的，重的东西是沉的。(结论)

这都是例证论。例证论以部分来推全体，或以甲部分来推乙部分。前一种是归纳法的，归纳底法则应该严重遵守；后一种是类推法的，类推底规则切不可犯。除此以外还有几个条件应当特别注意：

(1)人事和物理底不同 前例中(1)和(2)是人事，(3)是物理。物理以物为对象，物质界是有普遍的法则可寻的，所以大概可以说有一定。

甲石沈了,乙石也沈了,可以说凡石都要沈的;甲木浮起,乙木也浮起,可以说凡木都要浮起的。但人事界底现象,却没有这样的简单。甲从事运动身体康健了,乙从事运动或反而生病;因为体质,情形都不一定相同,结果不一定同也是应该的。丙不用功幸而不落第,就以为不用功可以不落第;某人买彩票发财,就去买;某人底阿哥底学问好,就以为他底学问也好;这些谬误,都是一类。

(2)"假定"不能作例证　例证须是事实,"假定"做不来例证。世间往往有以"假定"作例证而应用例证论的。例如:

(1)精神一到,何事不成;(假定)凡毕生颠沛流离的,都是精神不振作的缘故。

(2)他如果就了商业,已经可以做商店底经理了,何至穷得这样;(假定)所以读书不如经商。

(1)例中,事底成不成非做了以后不能晓得的;(2)例中,经商能不能就做商店经理,而不穷困,也要经了商才可知道的。只悬揣了一个假定,再从这假定立了脚来推论,即使常识上通得过去,总不可靠。

(三)譬喻论　譬喻论和例证论相似,不过例证论是引用和结论相同的事例做证据,譬喻论是引用和结论相似的事例做证据。例如:

(1)加热于蒸汽机关,则机关运转,故热可转成运动。(例证论)

(2)好像蒸汽机关底运转上需石炭的样子,生物在生活上也需食物。(譬喻论)

譬喻论中所最要紧的,就是两方面底类似的关系。譬喻要得当,就是两方面中,各自所存有的关系要有适当的关连。试就上例分解如下:

(1)蒸汽机关底运转上,要发热的东西(石炭),故运动要有发热的东西。(归纳的例证论)

(2)运动要有发热的东西,故生物底运动(生活)也要有发热的东西(食物)。(演绎的因果论)

适当的譬喻,照上面的样子分解起来,例证论和因果论间一定有相当的可以存在的关系。假如其中有一式错误,譬喻论底全体,也就要错误。今示误谬的例于下:

浙江人比湖南人好,好像浙江绸比湖南绸好一样。

这种譬喻论底谬误是谁都晓得的。所以谬误的原因在哪里呢?试分解一下就晓得了:

(1)浙江绸比湖南绸好,所以浙江底一切比湖南底一切好。(归纳的例证论)

(2)浙江底一切比湖南底一切好,所以浙江人比湖南人好。(演绎的因果论)

这二式中,(1)的例证论明明不合归纳底法则,事例既不普遍,因果关系也不明确,要举反例,不论多少都可以举出,如湖南底夏布就比浙江的好之类。(2)的演绎式底大前提既谬误,断案当然也靠不住了。就是分解起来,(1)的归纳式不错,而(2)的演绎式错了,也一样地靠不住。

检查譬喻论底方法,除将它分解以外,还有一种,就是审察两面底关系类似不类似。就前例说:"浙江绸"和"湖南绸"底关系,与"浙江人"和"湖南人"底关系,全不类似。不类似的关系当然不能譬喻的。至于"蒸汽机关"和"石炭"底关系,同"生物"和"食物"底关系,就是类似的了。

譬喻论,我国古来用的很多,现在也着实有不少的人用它,讥诈百出,最易使人受欺,大宜注意辨别。

练习:

试指出下列各譬喻论正否:

(一)国之有海陆军,犹鸟之有两翼,缺一不可。

(二)政府之不必使人民与闻政治,犹父母之不必问家事于子女。

(三)一矢易折,集数矢则难折,人也是这样,孤立易败,协力则无敌。

(四)符号论 符号论和因果论恰相反,因果论是从原因推证结果;符号论是从结果推证原因。例如:

(1)某人没有一定的职业,应当很穷。(因果论)

（2）某人到了严冬还穿夹衣，可见他很穷。（符号论）

符号论是以实际的形迹（符号）来证明所论的真确的。见学生上课时在讲堂中睡眠，说教师不能引起学生底兴味；见水底结冰，说大气底温度在冰点以下；见日本打胜了俄国，说日本比俄国文明程度高，这都是符号论。通俗所谓"理由"的，大概是因果论；所谓"证据"的，大概是符号论。

因为同一事实，可以由种种的原因发生，所以符号论虽是由结果而推论原因的议论，也是不完全可靠。例如：

（1）学生上课时在讲堂中睡眠，足见教师不能引起学生底兴味。

这议论也可有别种的说法：

（2）学生上课时在讲堂中睡眠，足见学生不十分注意学业。

（3）学生上课时在讲堂中睡眠，足见学校底功课太烦重，学生担负不下。

……

符号论一不小心就容易生出谬误。因为是博士，就崇拜他，说他有学问；因为是孔子说的，就相信它一定不错；因为西洋人也这样那样，所以非这样那样不可；看看报上某商店底广告，就信用某店底货物精良，都是这一类底谬论。

符号论中最可靠的，是那结果只有一种原因可以生出来的时候。例如：

（1）河水冰了，可知天气已冷到摄氏表零度以下。

这是可靠的议论，因为除了天气已冷到摄氏表零度以下，没有别的原因可以使河水冰的。但是像：

（2）碗中的水冰了，可知天气已冷到摄氏表零度以下。

这就不大可靠。因为使碗中的水冰的原因还有别的，人工的方法就是一个。

就大概说：自然界底现象，符号论大体可靠，一涉到人事，关系非常复杂，用符号论，大须注意。

第七节　各种议论底联络

前节所述的四种议论,各有缺点;所以单独使用,很不可靠。但是若能将二种以上的议论联结起来,就成有力的议论了。例如甲有杀乙的嫌疑时,如果在同一事情,得到下列种种事实,那末甲是嫌疑犯,差不多可以断定了。

(1)甲底性情粗暴。(因果)

(2)甲与乙曾因金钱关系有宿怨。(因果)

(3)某次甲曾用刀和人格斗。(例证)

(4)乙被害时,甲不在家,其时为夜半。(符号)

(5)甲家中有带血的衣服和刀。(符号)

以上是三种议论的联结,若能四种联结,更为可靠。所应注意的,就是因果论和符号论并不全然可靠,至于例证论和譬喻论更只能作补充用,力量很微弱。即以上例来说,虽已有五个证据,但最多只能说甲有嫌疑,至于甲是否杀乙,依然不能断定。所以,关于这一类事实要下判决,非有确实的人证(和当场见到)或物证(如刀与伤口)不可。因此,裁判官只能用各种方法引诱甲自行承认,而不能依自己所得的盖然的证据推断。因为,上面的事实,甲和别人血斗,和杀的不是乙,甚或别人嫁祸,(4)和(5)都可以存在的,至于(1)(2)(3)都是已过的事,用作证据本来力量很不大。

第八节　议论文底顺序

文章原无一定的成法,议论文底顺序,当然也不能说有一定。以下所说的事项,不过是普通的说法。

(一)命题的位置　议论文原是对于命题的证明,命题当然是议论文底根本。所以命题在一篇文章中应该摆在什么地方;还是先列命题,后来说明呢? 还是先加说明,后出命题呢? 这实在是一个问题。

在最普通的文章,应该先提出命题,使读者开首就了解全篇主旨所在。若是把文章读了半篇,还不能晓得究竟讲点什么,这类不明晰的文章,普通不能算好的。

先列命题,能使文章明晰,却是有时也不应当先将命题列出:

第一,命题容易引起反对的时候　例如对学校学生主张有神论,或对宗教家主张无神论的时候。倘使先把命题揭出,必致开端就惹起观听者底反对,以后虽有很好的证明,也不足动人了。这种时候,应当先从比较广泛点的地方起首。对学生讲有神论,可先从科学说起,说到科学不可恃,再提出有神论来。对宗教家主张无神论,可先说古来有神论和无神论底派别,各揭出其优劣,使听者觉得无神论也有若干的根据,然后再题出自己主张无神论的意见。

第二,命题太平凡的时候　例如在慈善会场中演说"人要有慈善心"的时候,若开端先将命题提出,听的人就厌倦了。这种时候,可从"生存竞争底流弊"等说起,使听者感觉慈善底必要,然后再提出本命题来。

(二)证明底顺序　通常因果论应当列在前面,符号论列在最后。因果论若列在最后,就使已经证明的事情和当面的问题无涉。若四种论证都全备的时候,就是(1)因果论(2)譬喻论(3)例证论(4)符号论,这是最普通的。

先列因果论,使读者豫想有像结论的事实。次列譬喻论和例证论,使读者预想着在别时别地所有的事实,或者在此也要起来。到了最后的符号论,使读者觉得所预期要起来的事实,果真起来,就能深切地信从了。再用前面所举的甲杀乙的事例来说:

(1)甲与乙因金钱关系有宿怨。(使读者预想甲或因此杀乙。)

(2)甲虽是个平和的人,但是愤怒能改变素性;好像水虽平静,遇风也要起浪。(使读者信平和的甲,也可杀乙。)

(3)从前某人某人都是平和的人,都因愤怒及金钱关系,有过杀人的行为。(使读者因从前的实例,坚信甲有杀乙的可能。)

(4)甲家有带血的衣服,且乙被害时,甲确不在家。(因证据使读者坚信甲是杀乙的。)

第九节　作驳论的注意

议论文以推理为根据。除了自然界底现象以外,人类社会底事情,非常复杂;而人底推理又非绝对可恃。所以无论何种名文,总不免有驳击的余地,并且议论原是假定有敌论者存在,否则,已用不到议论。从这一点说,议论文可以说是广义的驳论了。今姑且就一般的所谓驳论,略述一二。

(一)寻求敌论底立脚点　要反驳敌论,自然以从要害驳击为最有效,所以寻求敌论底立脚点是第一步工夫。对于敌论应当找出它底主旨,就是根本的命题。其次,要寻出它证明底根据和法式——演绎或归纳或类比。

(二)反驳底方法　对于敌论所用的证论的法式,既已明瞭,只须检查它违犯那一种条件。但只是将证论推翻,不一定就能打倒敌论底根本命题,所以最重要的还是对于这命题的驳击。

命题由性质上分,有肯定和否定两种,如本章第二节所说;若由分量上分,又有全称和特称两种。例如:

　　(1)凡人是动物 ⎫
　　(2)凡人非木石 ⎬……全称命题
　　(3)有动物为人 ⎫
　　(4)有动物非马 ⎬……特称命题

上例在质上(1)(3)是肯定,(2)(4)是否定;所以从质和量上分,命题有四种:(1)全称肯定,(2)全称否定,(3)特称肯定,(4)特称否定。

将质或量不同,而所含的概念相同的命题对证,称为对当。对当有各种形式,须于论理学中求之。现在只讲其中的一种矛盾对当,即全称肯定和特称否定,以及全称否定和特称肯定。矛盾对当底性质,是此真则彼伪,此伪则彼真,因此对于敌论命题的攻击,这种方法最方便而有效。

议论的命题应当是全称,若为特称立论本已非常无力;所以驳击敌论底全称命题,只须从它底矛盾对当的特称命题下手;因为证明特称命题实较证明全称命题容易。例如:

　　(1)敌论——凡哺乳动物都住在陆上——全称肯定。

　　　　驳论——有哺乳动物(鲸)不住在陆上——特称否定。

(2)敌论——白话不能达古书之义——全称否定。

  驳论——有时白话（教师讲解时）能达古书之义——特称肯定。

上例若驳论成立,敌论当然被推翻,而驳论都是特称,只要有一二例证就可成立,所以最方便而有效。

[注意]证明全称肯定或否定以推翻特称否定或肯定也是矛盾对当,但于作驳论少有用处,所以不详细讲了。

(三)应注意的条件 作驳论应注意的重要条件有下列的三个：

第一,勿助长敌论底声势 敌论者如果是有声望的人,议论往往在一般人底心里有强固的印象。这时候,务必设法使敌论底印象减轻,以便自己底议论容易透入人心,切不可助长敌论底声势,例如对某博士底文字作驳论的时候,如果说：

  某君是个博士,是个大学教授,学问很渊博,他底议论,当然不是我们做中学生的所够得上批评的。不过……

这就是不利于自己的议论。但是也不可因此而发些轻薄的议论去糟蹋对手方,这是作者底人格问题。

第二,勿曲解敌论 驳论是将自己对于敌论的反抗,公诉于一般底读者的文字。对于敌论必须不以恶意去曲解它。否则无论怎样,不能中它底要害,并且不能得读者底同情。

第三,驳论底位置 最有力的驳论,最好放在中部;后半篇可用强有力的方法,发挥自己底主张,使读者忘了所读的是驳论,而信从自己底主张。

以上所说的各项,并不是想取不正当的胜利,只是用来防不应当有的失败,千万不要误用。文章真要动人,非有好人格,好学问做根据不可。仅从方法上着想总是末技。因为所可讲得出的不过是文章的规矩,而不是文章底巧。

练习：

(一)试将读过的议论文的一篇分解它底论证法。

（二）试就所读过的议论文的一篇作驳论。

第六章　小品文

第一节　小品文底意义

从外形底长短上说,二三百字乃至千字以内的短文称为小品文。前几章所讲的记事,叙事,说明和议论等,是从文底内容性质上分的,长文和小品文只是由外形而定。因此小品文底内容性质,全然自由,可以叙事,可以议论,可以抒情,可以写景,毫不受何等的限制。

小品文,我国古来早已有了。如东坡小品,就很有名;普通的所谓"随笔",也可看做小品底一种。近来在各国,小品文更盛行;并且体裁和我国向来的所谓小品文,大不相同,现在的所谓小品文,实即 sketch 底译语。大概都是以片段的文字,表现感想或实生活底一部分的。例如:

雪夜

从早晨就暗淡的天,一到夜就下了雪了。由窗隙钻入的寒气,冷到彻骨,好像是甚么妖魔用了冰冷的手,来捉摸人底头颈似的。才将夜饭碗盏收拾好的母亲,在灯下又开始针线,父亲呢,一心地看着新闻。饭毕就睡了的小妹,好像是日间跑得太利害了,时时在被窝里发出惊叫来。

雪依然没有止,后园里好几次地有竹折断的声音。夜不觉深了,寒气渐渐加重,连远处传来的犬吠声,听去也觉得分外地带着寒森凄清了。（写景）

红蜻蜓

就枯草原上卧了,把书翻开,忽然飞来了一个红蜻蜓,停在书页上面。头影一动,就好像怒了他的样子,即刻飞去了。飞也不远,仍旧回到原处。我寂然不动地看他:尾巴缓缓地孑孑地动着,薄薄的两只翼翅,尽量伸张,好像单叶式飞行机的样子。不时又闪转着那大而发光的眼睛。

在晚秋的当午的强烈的日光中,红色的蜻蜓看去却反觉有点寂寞。(状物)

田畔

倦了在田畔坐息,前面走过了穿着中学校制服的学生们,仔细一看,是K君与N君。他们不知道我在这里,一壁走着,一壁高声地谈着。

唉!唉!在小学校的时候,我比K君N君成绩好得多,先生也说我是有望的少年,只为了贫穷的缘故,就这样朝晚与田夫为伍,我难道竟以田夫过这一生吗?

那未免太悲哀了!但是有甚么法子可想呢?我心如沸了!虽自己不愿哭,眼泪已流下颊上了!(抒情)

鸡

鸡告诉我们天地底觉醒,但所告诉的并不一定是光明。鸡底第一次开声,是夜底最黑暗的时候。

鸡是在深暗中叫的,鸡是在深暗中叫的!(议论感想)

读者读了上面的例,当可明白小品文是怎样的东西了。小品文虽然也有独立制作的,其实多散见于长文中。有名的文学作品中含有小品文极多,几百页的长篇小说,也可看成小品文底连续。在近代作品中,若能节取,随处可得到很好的小品文例。例如:

风雨底强度渐渐地退减,不久,就只剩了雾样的非常美丽的细雨。云的弧线一点点地透升上去,长而且斜的日光,即落在地上了。从云底裂缝里,露出一条碧色的天空,这裂缝次第展开,像个揭去面纱的样子;既而澄净深碧的天空就罩住世界。新鲜的微风拂拂地吹着,好像地球底幸福的叹息,掠着湿雨的小鸟底快乐的歌声,可从田野森林间听得。

——莫泊三《一生》

从黎明起,平常所没有的凝然而沈的浓雾,把一切街道闭住了。这虽若干地轻微透明,不至于全不看见东西,可是在雾中行走的人们,都已浸染着了那不安的暗黄色;女人脸上鲜活的红色以及动人目的衣服花样,都好像隔了一层黑的薄纱,在雾中有时茫然地暗,有时豁然地鲜明。南首天空,在蚊帐样的黑云里,藏着日脚很低的十一月的太阳,比地上远来得明亮;北首则到处沈暗,好像低挂着大大的幕,下面昏黄而黑,物象分辨不清,几同夜间一般。于这沈滞的背景中,模糊地浮出着薄暗的淡灰色的屋宇,在秋天已早荒废了的某花园底门口竖着的两圆柱,看去宛像死人前面列着的一对的黄蜡烛。……

——安得列夫《雾》

祖母死后数年,父母也都跟着作了这墓中的人,到现在已星霜几易了。墓碑满了藓苔,几乎看不出文字,虽默然地立着不告诉我甚么,但到此相对,不觉就如目见墓中人一样。他们生前的情形,都一一不可遏地奔到我心上来,祖母驼圆了背在檐下曝日的光景,父亲底将眼鼻并在一处打大喷嚏的神情,母亲着了围裙浆洗衣服的样子,都显然地在我眼前浮出。

飒然地风来了,树叶瑟瑟地作声。明知道只是树叶底声音,然在我无余念的人底耳中,好像是有一种曾听见过的干皱的沙音,快活的高声,和低而纤弱的喉音,纷然合在一起,在那里忙说着甚么似的。忽然间声音一停,以后就寂然了。

我底心也寂然了。从这寂然的心坎中忽然涌起了怀慕的心情,不觉眼中就含了泪了。唉! 如果可以,我愿就这样到墓中去,不再返尘世了!

——二叶亭四迷《平凡》

以上不过就近代外国文学作品中略举数例,这样好的小品文,在我国好的文学作品中,当然也很不少。如《儒林外史》中的王冕放牛和《水浒传》中的景阳冈一段,都可作小品文读的。读者只要能留心,就可随处得着小品文底范例了。

第二节　小品文在文章练习上的价值

小品文自身原有独立的价值,且不详论。练习小品文,对于作长文

也很有帮助,就是可以增长关于作文所需要的各种能力,所以对于文章练习上,利益很多。兹述一二于下:

(一)可为作长文的准备　画家学画,须先从小部分起,非能完全描一木一石的,决不能画全幅的风景;非能完全写一手一足,决不能画整个的人物。文章也是这样,不能作全部分的文字的,即使作了长篇的文字,也决不会有可观的价值。所以与其乱作无谓的长文,不如多作正确的小品文。换句话说,就是学文须从小品文入手。

(二)能多作　文有三多:多读,多作,多商量;这是学文者无可反对的条件。但长篇文字要多作,实不容易,小品文内容既自由,材料又随处可得,并且因字数很少,推敲,布局都比较容易,很便于多作,能多作,作文的能力就自然进步了。

(三)能养成观察力　小品文形既短小,当然不能容纳大的材料。因此,要作小品文,无论写情写景,非注意到眼前事物底小部分,将它底特色生命来捕捉不可。这么一来,结果就可使观察力细密而且锐敏。细密而且锐敏的观察力,实在是文人最要条件之一。

(四)能使文字简洁　要作小品文,因它底字数有限,断用不着悠缓的笔法,非有扼要的手腕不可。所以学习小品文,可以使文字简洁。初学作文,最普通的毛病是冗漫,宽泛,因为初学者对于材料还没有选择取舍的能力,不容易得着要领的缘故。若作小品文,这毛病立即现出,渐渐自然会简洁起来,而对于材料也能精于选择取舍。这种工作,原是作文底第一步,也就是作文方法底一切。如果真能通达,已可算得有作文的能力的了。

(五)能养成作文的兴味　初学作文的人,往往因为作得不好,打断兴味,而自觉失望,这是常见的事。长篇文字所需的材料既多,安排也不容易,初学的人,当然没有作得好的可能,屡作都不好,兴味就因而萎缩了。小品文以日常生活为材料,并且是片断地收取,因而容易捕捉。材料既不复杂,安排也容易。即使作了不好,改作也不费事。为了这样,学作小品文,既容易像文字,而很好的成绩偶然也可得着,作者底兴味当然可以逐渐浓厚。

学作小品文的好处如要细述,还不止此,但这已很足证明有学它的必要了。读者要学作文章吗? 先努力作小品文罢!

第三节　小品文练习的机会

小品文本随时可作,随地可作,不必再待特别机会。这里姑举一二便于作小品文的机会于下:

(一)日记　日记因人底境遇,职业不同,种类当然很多,但大体可别为二种,一是只记述行事的,一是记述内面生活的。在普通人底日记中,两种时时相合。前者重事实方面,后者重心情方面。例如:

> 晨某时起,到后园散步,早膳后赴学校。授课三小时。傍晚返寓。S君来谈某事。夜接N自沪来信。灯下作复书。阅新到杂志。十时就寝。

> 数日来的苦闷,依然无法自解。来客不少,可是都没有兴高彩烈地接待他们。客散以后,一味只是懊恼,恨不得将案上的东西,掷个粉碎。天一夜,就蒙被睡了。

上面二例,前者是以行事为本位的,后者是以心情为本位的。两者虽任人自由,没有限制,但为练习文章计,应当注意这两方面的调和;一味抒述内心生括,虽嫌虚空,然账簿式的事实的排列,也实在没有趣味。因此,最好的日记,是于记述事实之中,可以表现心情的作法。请看下例:

> 昨晚执笔到一点钟,起来觉得有点倦懈。天仍寒雨,窗外桃花却开了。H来谈,知N已病故,不胜无常之感。忽然间N底往事,就成了全家谈话的材料了。下午到校授课,夜仍译《爱的教育》,只成千百字。

上例虽不甚佳,然可视为两方调和的一例。我国古来,日记中很有可节取的文字;案头现有《复堂日记》,摘录一节如下:

> 积雨旬日,夜见新月徘徊庭阶,方喜晴而础润如汗,雨意未巳。二更猛雨,少选势衰,枕上阅洪北江《伊犁日记》《天山客话》终卷。睡方酣,闻空楼雨声密洒,霆雷如百万军声,急起,已床床屋漏矣。

两炊许时,雷雨始息,重展衾枕,已黎明,是洪先生出关,车三四十里时也。

这是清人谭复堂日记底一节,可以做小品文读的。笔法虽与现代的不合,但对于实生活的忠实的玩味力和表现力,是可以为法的。

一个人每日的生活必有几事可记的。一日的日记,如果分析起来,实有几个独立的小品文可成。但通常日记,却不必使每一事实都成小品文,只要使一日的日记全体为一小品文,或于其中含一小品文就够了。上例就是于一日的日记中,含一小品文的。

日记底价值,可说的很多,练习文章也是价值之一。因为日记是实生活底记录,日记底文字,可以打破一切文字上的陈套;要作好日记,非体会吟味实生活不可。所以从日记去学小品文,是很适当的。

(二)书札 书札与普通文字,径路不同,尽有能作普通文字而不能作书札的。书札有实用与非实用的二种。实用的书札,普通都是随笔写成,不加功夫,至于非实用的,则非有练习功夫的人,是不能作的。日常的书札中,往往含有这实用的与非实用的两方面。例如:作书托友人介绍医生,而附述自己病床底景物,前者是实用的,后者是非实用的。又如:作书约友人来游,而叙述所在地底景物,前者是实用的,后者是非实用的。

讲到趣味,作书札比作日记更多,因为日记是独语,而书札却是对话了。知友把他的生活情况来报知我们的书札,我们都非常乐读;我们能于书札中表现我们底生活,使朋友晓得,他们将怎样地欢喜呢!

我国古来书札中,佳例很多。兹随录一二为例:

> 某启,两日疾有增无减,虽迁闉外,风气稍清,但虚乏尔。儿子何处得《宝月观赋》,琅然诵之。老夫卧听未半,跃然而起;恨二十年相从,知元章不尽。若此赋当过古人,不论今世也。天下岂常如我辈愦愦耶?公不久当自有大名,不劳我辈说也。愿欲与公谈,则实未能,想当后数日耶?

> ——东坡《与米元章》

> 某到黄陂,闻公初五日便发,由信阳路赴关,然数日如有所失

也。欲便归黄州，又雨雪间作。向僧房中明窗下拥数块热炭，读《前汉书·戾太子传赞》，深爱之。反复数遍，知班孟坚非庸人也。方感叹而公书适至，意思豁然。稍晴暖，当扬帆江上放舟还黄也。

———东坡《与李公择》

庭前小梅数株，绿衣素妆，娟好如汉宫人。幽斋无事，静对忘言，或时移书吟咏其下，攀条摇曳，暗香入怀。每当惠风东来，飘拂襟袖，挹其清芬，宛然如见故人。今虽飞琼碎玉，点点青苔；然片光孤影，独仿佛缭绕左右。倘能乘兴而来，巡檐一索，便可共吟楚些，共招落梅魂也。

———汤傅楹《与尤展成》

上所举的例，虽与现代文体不同，然都能表示实生活，不只简单的排列要事，很能使受书的爱读，而且读了增加不少的兴趣。由此可知：要作好书札，非加入实生活的背景不可，若不将实生活作背景，文字就不能动人。试比较下二例：

（甲）　昨日在某处遇见 H 君，知 S 君即将于下星期内赴英伦。我和 H 定于明晚在某处设宴饯行，特写信约你，请届期与会。

（乙）　昨日在某处遇见 H 君，知 S 君即将于下星期内赴英伦。S 君底要赴英留学，原是早有所闻的，却不料别离有这样快！寥寥的朋辈中暂时将又少一人了。已和 H 约定，明晚在某处设宴饯行，特写信给你，请届期与会；于离别以前，大家再一亲 S 君底快活的面影，话一番小学时代的旧事罢。

这是编者漫然作成的例。（甲）和（乙）相较，（甲）是只列事实，（乙）是兼述生活（心情），（乙）底较（甲）有情趣，读了自可了解了吧。

书札中能兼述生活情趣，就能不呆滞而饶兴味。这不但在本文中如此，随处都是这样。举一例说，即如署名下的月日就可有各种记法。"某月某日"，"某月某日灯下"，"某月某日游山归来"，"某月某夜蟋蟀声中"，这些记法，后面的比前面的，趣味就有多少的分别。

这里所应注意的，就是要真实无饰。若专袭套语，徒事修饰，是毫无用处的。只要能表现实生活，就可以使读者引起情趣；若徒把古人或今人底美辞丽句来套袭,就要成呆板讨厌的文字了。旧式书简中,很多这种毛病,不可不知。

第四节　小品文作法上的注意——着眼细处

小品文是记述实生活底一部分的东西,以描写部分为目的。要写全体的事象,当然不是小品文所能胜任的。所以作小品文必须注目于事物底细处,就极微细极琐碎的部分发见材料。习作小品文所以能使人底观察精细锐敏,原因就在这一点。试看下例:

（甲）　鳞云一团,由西上升;飞过月下,即映成五色,到紫色缘边,彩乃消灭。团圞的月悬在天心,皎皎的银光,笼罩着平和的孤村。四边已静寂了,地底下潜藏的夜气,像个呼吸似的从脚下冲发上来。

——《月夜》

（乙）　一到半夜,照例就醒,醒了不觉就悄然。窗外有虫叫着,低低地颤动地叫着,仔细一听;就是每夜叫的那个虫。

我不知于甚么时候哭了,低低地颤动地哭了。忽而知道,这哭的不是我,仍是那个虫。

——《虫声》

上二例都是描写秋夜的;一以月为题,一以虫声为题;一以景色为主,一以作者底心情为主。趣向不同,好坏虽难比较,然秋夜底情调,二者中,何者比较地能表示出来呢? 不用说,后者胜于前者了。这个原因,由于(甲)欲以短小的文字写繁复而大的景物,(乙)却只写虫声(一个虫声)的缘故。

欲在一小文中,遍写一切,结果必致失败。初学者作“春日游某山记”,往往将上午某时出门,途遇某友,由何处上山,在何处休息,何处午餐,游某寺某洞,某时下山,怎样回家等,一一列举于短小的文字中,结果便成了一篇板笨的行事账簿,当然没有甚么趣味可得的。

不但描写景物是这样,即在抒情文,感想文,议论文中,也是如此。小品文底材料,与其取有系统的整个的,不如取偶发的,断片的。例如:

　　去年今日此门中,人面桃花相映红。人面不知何处去,桃花依旧笑春风。

　　这是崔护底诗,所以读了能使人感动,全在他能触物兴感,把偶发的,断片的材料来活写的缘故。如果平铺叙述,把一切事件都说到,就成了"崔护某处人,一日在某处遇一女郎……"样的一篇东西,使人读了,最多也不过得着"哦,有这么一回事"的感觉罢了。

　　就事件底全体来做小品文底材料,结果只能得到点轮廓,不能得其内容。用譬喻来说,轮廓的文字,好像地图,是不能作为艺术品的。我们要作绘画样的文字,不需要地图式的文字。因为从绘画上才有情趣可得,从地图上是不能得到的。

　　从许多断片的部分的材料中,选出最可寄托情感的一点,拿来描写,这是作小品文底秘诀。好像打仗,要用少数的兵去抵御大敌的时候,应该集中兵力,直冲要害,若用包围式的攻战法,就要失败的。

第五节　小品文作法上的注意——印象的

　　精细的部分的描写,胜于粗略的全体的叙述和说明,这是从前节已可知道的。那末,甚么叫做描写呢?

　　描写是照了事象把它来从笔端现出的意思,和绘画所用的意义相同。说明固不是描写,叙述也不是描写。旧式文章中,说明和叙述底分子很多,近来的文章,除了批评文感想文等以外,差不多都以描写底态度出之了。

　　我国古来纯文学作品中,很有描写佳例,随录一二,读者当能了解描写底态度。

　　　　山色倒侵溪影,一路随孤艇。——杨仪《桃源忆故人》
　　　　寒风吹水,微波皱作鱼鳞起。——赵宽《减字木兰令》
　　　　仰视浮云驰,奄忽互相逾。——李陵《与苏武》
　　　　斜日坠荒山,云黑天垂暮,时见空中一雁来,冷入残芦去。

　　　　　　　　　　　　　　　　——蒋冕《卜算子》

　　上列各例,读者对于他们观察事物的精敏,大约佩服了罢! 简单点说:描写就是观察底表出;不会观察事物的人,是断不能描写的。前节所说的宁作小部分的描写,不可作全体的叙述和说明;换句话说,就是要描写的,不可是叙述的说明的。因为短小的文字中,若要装载整个的有系统的材料,必致流于说明叙述,结果便只存了轮廓而使内容完全空虚了。

但从另一方面看,所谓描写的,就是"印象的"底意思。我们与事物相对时,心情中必有一种反应或感觉,这普通称为印象。描写是照了所观察的事象如实写出,就是要把印象写出。所以如果是描写的文字,必会成印象的文字。上面所举的描写诸例,都是印象的,都能将自己对于事物所得的印象,传给读者。

将自己所得的印象,不加解释说明,直现出来,使读者也得着同样的印象,这叫做印象的。试看下例:

(甲) 才开窗,湿而且重的温风即吹来,花坛底花枝都带着水珠,蔷薇已落了许多,有几瓣还乱落在花坛外,沾着些泥土了。油也似的雨,还丝丝地亮晶晶地从檐口挂下,罗岩山山腰以上,无声地放着破絮似的云,铅样的湿烟,低低地笼罩湖水,一切都沈滞得如在水银中一样。

——《时雨的早晨》

(乙) 起来正六时,天还未晴,开窗一看,湿而且重的温风,就迎面吹来。花坛底花枝上,都带着水珠,知道昨夜大雨。蔷薇已落了许多,这蔷薇是今年正月里亲自种的,前天才开,不料就落了。有几瓣还乱落在花坛外,沾着些泥土,这大约是昨夜风大的缘故吧。

油也似的雨,丝丝地亮晶晶地,从檐口挂下,不从檐口去看,却看不出。罗岩山山腰以上,放着破絮似的云,天恐一时不会晴呢。铅样的湿烟,低低地笼罩湖水,一切沈滞得如在水银中一样。唉!真令人闷极了。

上面二例,(甲)只述目见的光景,(乙)则于述光景以外,又加入作者自己底解释或说明。读者读了,不消说,是取前者不取后者的罢。因为前者比较地能把印象传给读者,且所传给于读者的只有印象,所以读了容易感染。至于后者则像以谆谆的态度教示读者一样,读者读了,很感着不自由;且因所传给于读者的不止印象,夹杂着许多不相干的东西,所以印象也就不能分明地传给读者。

我国旧式文字中,往往以作者自己底态度,强迫读者起同感。如叙述一悲事,结尾必用"呜呼,岂不悲哉!"叙述一乐事,必要带"可谓乐事也已"之类。其实这是强迫读者的无理的态度;悲不悲,乐不乐,读者自会感受,何必谆谆然教诲人家呢?

描写! 描写! 部分的精细的分写,胜于全体的叙述和说明! 再进一步说,要印象的描写!

第六节　小品文作法上的注意——暗示的

前节的所谓部分的描写,并非一定主张绝对地描写一部分,目的是要从部分使人仿佛全体。既然能印象的描写,把部分的印象传给别人,全体底影子,必然在其中含着,所以必能将全体底光景,暗示读者。说明的文字易陷于轮廓的,范围常有一定,文字就往往无余情可得;描写的文字,部分虽小,范围却无限制,可以暗示种种复杂的情景于读者。所以数千字的说明,叙述的文字,有时效力反不及百字内外的描写的文字。小品文底价值,大半在此。如果部分的描写,只能收得部分的效果,那就不是好文字。在这个意义上,小品文远比别的长文来得难作。据说,法国雕刻家洛丹,雕刻一胸像的时候,先作一全像,完成了再截去手足,而只留下胸部以上的部分。作小品文也非用这样的态度不可。

不要说明的和叙述的,要描写的,要印象的,暗示的,其实这许多话底根本完全相同。说明和叙述必无余情,能描写,自然会成印象的,同时也自然是暗示的了。试看下例:

> 邻家底柿树,今年又结了许多的实了。这家有一个很可爱的小孩。去年这时候,他爬上树去摘那柿子,不小心翻下来了。他哭得不得了,他底父母赶快将他送到医院里去,结果左手带了残疾了。他垂下了左手走过这树旁的时候,总恨恨地对着树看的。真可怜呢!

——《柿树》

这例彻头彻尾是叙述的说明的,并无趣味,也没有余情,使人读了不过得着一个大概的轮廓,除了说一句"原来如此"以外,并不会起何等的心情。试再看下例:

> 近地的孩子们笑着喊着,忘了一切捉着迷藏。从折手以后,就失了大将地位的芳哥儿,悄然地在他自己门口徘徊,恨恨地对着那柿树底弯曲的枝杈。他是因从这树上翻下,成了一生不可回复的残疾的。

> 圆圆的月亮,从柿树底弯曲的枝杈旁上来了,"月亮弯弯……"芳哥儿用眼角瞟视着在狂耍的俦伴,一面大声地唱了起来,眼泪忽然含不住了。

这例和前例,面目就大异,芳哥儿底悲哀,以及好胜的性格,将来的运命等等,都可在此表露,是有余情有个性的文字。前例是事情底全体,后例却只是一瞬间的光景;而效力上,后者反胜于前者。可知部分的印象的描写,可以暗示全体了。前例是地图式的文字,后例却是绘画式的文字。

用了部分去暗示全体,才会有余情。在这里,可以觉悟小品文并不是容易作的。所谓部分,要有全体作背景才可以,并且,部分与背景底中间,最好要有有机的不可分的关系存在。譬如水上浮着的菱,虽只现一小部分的花叶,但水中却有很繁复的部分潜藏着;而水中潜藏着的繁复的部分,和水上所现出的简单的部分,还有着不可分的有机的关系。

暗示是小品文底生命,但所谓暗示,却可分两部分来看:一是笔法底暗示,一是材料底暗示。前者比较容易,后者实在很难。如能用暗示的笔法去描写暗示的材料,那就是最理想的了。前面所举的崔护底诗,其好处全在他能用暗示的笔法去描写暗示的材料。

第七节　小品文作法上的注意——中心

前面曾说:小品文好像以寡兵抵大敌,非集中兵力,直冲要害不可。又说:如果取整个的多数的材料不如细密写少数的部分的材料。这里所谓中心,也就是这种态度底别一方面。

所谓中心，就是统一的意思。小品文字数不多，如果再散漫无统一，必致减少效用，没有可以逼人的能力。试看下例：

> 仍不到六时就起来了。因循惯了的我，这几天居然把贪睡的恶癖矫正，足见世间没有甚么难事，最要紧的就是克己。克己！克己！校中先生所常讲的"克己"二字底价值，到今方才了解。
>
> 盥洗以后，散步校园，昨夜新晴的天，又下起雨来。满想趁今日星期，出外游耍，现在看去，只好闷居在校里了。"不如意事常八九"，世间大概如此罢。
>
> ——《朝晨》

上例前后两段间，并无何等的联络，所说的全是截然不同的事，就是无中心无统一的文字，令人读了以后，不能得着整个的情味。这样的时候，倒不如把两种材料分作成两篇小品文。

没有中心，文字就要散漫无统一，散漫无统一的文字，断不能动人。但所谓中心，不是一定限于事项的统一，事项虽不前后联络，只要情调心情上能统一时，仍不失为有中心的文字。例如：专写西湖的早景，是统一的。但于一短文中如果兼写西湖底早景，夜景，雨景而确能表出西湖风景底情调（地方色）时，仍不失为有统一有中心的文字。试再看下例：

> 狗叫过好几次了，父亲还没有回来。在洋灯旁缝着衣服的母亲，渐渐把针底运动宽松，手中的布也次第流到桌上去了。
>
> 邻家很远，大哥昨日到上海作学徒去了。窗外的风声，犬声，壁上的时钟声，以及母亲底轻微的鼻息声，都觉得使我感着说不出的寂寥。
>
> 狗又叫近来了。母亲很无力地张开眼来，好像吃了一惊了似的，仍旧提起了皱罗罗布来一针一针地缝着。
>
> 夜不觉深了！
>
> ——《夜》

上例材料上并不统一，尽有前后无关系的事项。但情调却并不散漫，读了可以使人得着一个整个的寂寞无聊的感情。这就是以情调心情为中心的文字。

从此,可知文字不可无中心,这中心用事项来做,或是用情调来做,是不必限定的。只要不是杂凑的文字大概自然都有中心可说,因为我们要忠实地写一事实或一情调时,决不至于说东扯西,弄成无统一的文字的。

第八节 小品文作法上的注意——机智

小品文如奇兵,平板的笔法断难制胜,非有机智不可。我们观察事物,有正面观察和侧面观察二种。正面观察每多平板,常不及侧面观察的来得容易动人。因为正面的部分,是大家都知道的,侧面的部分,往往为人所不顾及的。能将人所忽略的部分,从事观察,文字就容易奇警,而表现也容易成功。

相传:有一画师,出了一个"花衬马蹄香"的画题,叫许多学生各画一幅。大多数的学生都从题目底正面着想,画了许多落花,上面再画一个骑马扬鞭的人。这是何等地杀风景呢!有一个聪明学生却不画一片的花瓣,只画一匹马,另外加上许多只随马蹄飞的蝴蝶,画师非常赞许。这是侧面观察成功底一例。

侧面观察,就是于事物底普通光景以外,再去找出常人心中所无而实际却有的光景来。这虽有赖于观察力底周到,但基本却在机智的活动。凡是事物,无论如何细小,要想用文字把它表现净尽,究竟是不可能的事。用文字表现,要能使人读了如目见身历,收得印象,全在一二关于某事物的特色。只要是特色,虽很小很微,也足暗示某事物底全体。

例如:霉雨时候,要描写这霉时底光景,如果用平板正面的观察底方法来写,不知要用多少字才能写出(其实,无论多少字,也写不完全的)。在这时候,假使有人把"蛛网"详细观察,发见"雾样的细雨,把蛛网糁成白色"的一种特别的光景,把这不大经人意的材料和别的事情景况写入文字中,仅这小小的材料,已足暗示霉天了。试再看下列各句:

(1)正午的太阳,照得山边的路闪闪地发白光。山脚大松树底树身上流着黄白色的脂浆。

——《暑昼》

（2）日光在窗纸上微微摇动，落叶掠下来在窗影上画了很粗的黑线。

——《初冬晴日》

上二例都是侧面描写，并不琐碎地把暑日或初冬底光景来说，而暑日或初冬底光景却已活现了。

以上是机智底一方面的说明。机智还可从别一方面说：就是文字有精彩的部分，和平常的部分可区别。文字坏的，或者是句句都坏；文字好的，却不是句句都好。一篇文中，有几句甚或只有一句好的，有几句平常的。在好的文字中，这好的几句底位置，常配得很适当。

在平常的文字中，加入几句，使成好文字。这种能力，是作文者大概必须的。特别地在作小品文时，这能力格外重要。在小品文中，要有用一句使全体振起的能力才好。试看下例：

> 弱小的菊科花开出来使人全不经意，却颤颤地冷冷地铺满了庭阶。无力的晚阳，照在那些花的上面，着实有些儿寒意。原来秋已来了。

——叶绍钧《母》

这文末句，是使全体统一收束的，在文中很有力量。如果没有末一句，文字就要没有统一，没有余情了。又如：

> 正坐在椅子上诵读英文，忽然一个蚊子来到脚膝下；被他一刺，我身一惊，觉得很难忍，急去拍时，已经飞去了。没有多少时侯，仍旧飞近我身边，作嗡嗡的叫声。我静静地等他来，果真他回到原处，他伸直了脚，用口管刺入我底皮肤，两翼向上而平，好像在那里用着他的全副精神似的。我拍死了的，那掌上粘湿了的血水，使我感得复仇的愉快和对于生命的怜悯。

——某君《蚊》

这篇所以还算好的，关系全在末一句。如没有末一句，全体就没了意义。以上二例都是以末一句使全文振起的；其实有力的句子，并不一定限于放在末了。

以上虽就描写文而说，其实，所谓侧面观察，所谓一句使全文振起，不单限于描写文,在议论感想等类的文字中,也很必要。在议论文感想文中,所谓"警句"者,大都是侧面观察成功的,有振起全文的能力的。例如:

戏子们何等幸福啊!他们自己随意选择了扮作喜剧或扮作悲剧,要苦就苦,要乐就乐,要笑就笑,要哭就哭。但是在实生活上,却不能这样。大抵的男女,都被强迫了做着自己所不愿做的角色。这个世界是舞台,可是却没有好戏。

——王尔德

日日地过去,无论那一日,差不多都是空虚,厌倦,无聊,在后也不留甚么的痕迹!一日一日地过去,这些时间,原实是无意味无智的东西,然而人总希望共同生存。他们赞美人生。他们将希望摆在人生上面,自己上面,及将来上面。啊!他们在将来上面期待着怎样的幸福啊!

那末,为甚么,他们认作来日不像正在过着的今日一样呢?

不,他们并未想过这样的事,他们全不喜想,他们只是一日一日地过去。

"啊!明日,明日!"他们只是这样自慰,直到"明日"将他们投入坟墓中去为止。

可是,一等入了坟墓,他们也就早已不想了。

——屠格涅夫

上二例都是名文,寥寥数言中,实已喝破真理底一面。其末句都很有力,使人读了怒也不是,哭也不是,笑也不是,不知如何才好。又本章第一节所举的《鸡》,差不多全体是警句,可以参照。

第九节　实际作例和添削

(一)第一步　文有用了想像做的,如冒险小说之类,其中所描写的都非作者目见亲历之境,只是想像底产物。就是普通文字中,也不无想像底分子夹杂。但初学的人,用想象作文,实不如从观察作文稳当。观察第一要件在真实,观察力若尚未养成,所想象的也难免不合实际。如画家然,必先从摹写实物人体入手,熟悉各种形态,骨骼,筋肉底变化,然后可从事创作。

但是眼前的材料很多,从哪里观察起呢? 这本不成问题,所以发生这疑问,实由于着手就想创作名文的缘故。老实说,名文并不是一蹴可几的。在初时,最好就部分的,平凡事物中搜集材料,逐渐制作,渐渐地自会熟,达成近于名文的文字。文字底好坏,本不在材料的性质,而在表现的技能。善烹调的,无论用了怎样平常的原料,也能做出可口的肴馔来。世上森罗万象,一入能文者底笔端,就都成了好文章了。

(二)由材料到成文字　无论什么材料都可用,只要仔细观察了,把它写出来,就成文字,这样说法,作文不是很容易的吗? 其实,这是大大的难事。写出原是容易,但要将自己所观察得的,依样传给别人,使别人也起同样的心情,这却很难;并且不如此,文字就没了意义了。

现在试示一二作例罢:

假定我们观察春日的田野,在笔记本上,得到下列的材料:

(1)草青青地长着,草上有两个蝴蝶在那里翩翩飞舞,一个是黄蝴蝶,一个是白蝴蝶。

(2)小川潺潺流着,水面被日光反射成银白色。

(3)远处的树林,晕成紫色,其上飘着蓬蓬的白云。

(4)两个老鹰在空中回旋,不时落近到地面来。

(5)温风吹在身上,日光照在头上,借草坐了,竟想睡去,我不禁立了唱起歌来了。

材料有了,更要把这材料连缀起来成功文字。那末怎样连缀呢? 先就全体材料底性质考察:草——蝴蝶——小川——树林——云——老鹰——温风——日光。这里面,树林和云是远景,老鹰也比较地不近草,蝴蝶,小川是最和作者相近的。照普通的顺序,先说近的,后说远的,原来的排列,似乎也没大错。但依原形连缀拢来,究竟不成文章。第一,接洽不稳;第二,词句未净。

(1)底句虽明瞭,但是不干净,多冗词。"草","草上","两个蝴蝶","黄蝴蝶","白蝴蝶"相同的名词叠出,文趣不好,应改削如下:

青青的草上,有黄白二蝶翩翩飞舞。

这样就够了。(2)没有甚么可删,原形也可用。不过突然与(1)连结,文有点不合拍。如果加入一句"草底尽处",连结起来就不突兀,并且景色也较能表出。

其次是(3)和(4)了。这二者要互易顺序,景物才能统一,为了与上文连结及表出春日的心情起见,上加一句"抬起倦眼仰望",更得情味。其余一仍其旧,将全体连缀起来如下:

青青的草上,有黄白二蝶翩翩飞舞。草底尽处,小川潺潺流着,水面被日光反射成银白色。

抬起倦眼仰望,两个老鹰在空中回旋,不时落近到地面来。远处的树林,晕成紫色,其上飘着蓬蓬的白云。

温风吹在身上,日光照在头上,藉草坐了,竟想睡去,我不禁立了唱起歌来了。

这样,文虽不工,但繁词已去,连结也无大病,春野的景色,春日的情感,已能表出若干了。

再示一例罢。假如有这样的一篇学生日记:

某月日,星期。

早晨近处有一小孩被车子碾伤,门前大喧扰。我只在窗口望了一望,不忍近视。后来知道,这受伤的小孩是某家的独子,送入病院以后即受手术,但愿能就医好。

正预习着明日的功课,李君来了。乃相与共同预习。所预习的是英语。二人彼此猜测先生底发问,不觉都皱了眉。

午餐与李君谈笑共食。

午后到李君家,适他家有亲戚来,李君很忙,我就回来了。

傍晚无事。

灯下继续预习毕,翻阅小说,至敲十一点钟,始惊觉就寝。

先就第一节看,所记的是偶发事项,与自己无直接关系,似乎是可记可不记的材料。如果要记,应只用简洁的词句,不应这样冗长。可改削如下:

早晨,有一个小孩在门口被车子碾伤。附近大喧扰。听说就送入医院去了。

这样已够,再改作如下,则更好:

早晨,有一个小孩在门口被车子碾伤,为之怆然。

"为之怆然"这是感情的语句,加入了可以表出当时的心情。这种表示感情的语句,要简劲有余情,能含蓄丰富才好。

再检查第二节。这节中末句"皱了眉"很好,但开端太冗滞,宜改削如下:

正预习明日的英语,李君来了。乃相与共同预习。彼此猜测先生底发问,不觉皱了眉。

原文,"预习"两见,"所预习的是英文",是无谓的说明。改作如上,就比较妥当了。

第三节无病。第四节"他家有亲戚来"云云,也与自己无关系,可省略,改如下:

午后因送李君,顺便一到他家就归。

第五节的"傍晚无事"全是废话;无事,无事就是了,何必声明呢?当全删。

第六节无病;末句能表出情味,不失为佳句。

第十节　分段与选题

(一)文底分段　文字底分段和句逗性质一样,同是表示区划的。最小的区划是逗,其次是句,再其次是段。有时还有空一行另写,表示比段更大的区划的。

分段不但使文字易读,且使文字有序不紊。分段有长有短,原视人而不同,但大体也有一定的标准,就是要每段自成一段落。用前节的例来说:

青青的草上,有黄白二蝶翩翩飞舞。草底尽处,小川潺潺流着,水面被日光反射成银白色。

抬起倦眼仰望,两个老鹰在空中回旋,不时落近到地面上来。

远处的树林，其上飘着蓬蓬的白云。

　　温风吹在身上，日光照在头上，藉草坐了，竟想睡去，我不禁立了唱起歌来了。

这文是分作三段写成的。第一段着眼近处，第二段着眼远处，两不相同，所以换行另写。第三段是心情的抒述，和前二段叙述事物的又不同，所以再别作一段。换一着眼点，就把文字分段，这是普通的标准。

所要注意的，就是标准只是相机而定的。例如上文第一段，所包含的事物有草，蝶，小川三项，如果在全文描写精细，不这样简单的时候，那末由草而蝶，由蝶而小川，都可说是着眼点底更换，就都应分段了（下面二段也是这样）。上文所以合为一段，一因文字简单，二因所写的都是近景的缘故。

分段还有把每段特别提出的意思，能使分出的文字增加强度。有时，往往因为要想使某文句增加强度，特意分行写列的。试看下例：

　　K 君从车窗探出头来说"再会"，我也说了一声"再会"，不觉声音发颤了，K 君也把眼圈红了起来。汽笛威吓似地一作声，车就开动。我目送那车底移行，不久被树林遮阻，眼前只留着一片的野原。

　　啊！K 君终于去了。

　　我不觉要哭起来了。

这文末二句原可并为一段的，却作二行写着。分段以后，语气加强，连全文都加了强度了。能适当分段，也是文章技巧之一，但须入情合理，不可无谓妄饰。

（二）题的选择　　文字中，有先有题目，后有文字的；有先有文字，后有题目的。旧式文字往往先有题目，随题敷衍。其实，文字底好的，都是作者先有某种要写的事物或思想情感，如实写出，然后再加题目的。特别地在小品文应该如此。

题目应随文底内容而定，自不容说。但陈腐的题目，不能令人注目；有时因题目陈腐，使本文也惹了陈腐的色彩。过于新奇呢，又易使读者读了本文失望。所以题目非推敲斟酌不可。

举例来说，前节所列春日写景的文字，如果要定起题目来，是很多的：“春野”，“春景”，“游春”等等都可以。但我以为不如定为“藉草”来得切实而不落陈套。

在小品文中，文字须苦心制作，题目也须苦心制作。题底好坏，有时竟有关于文底死活。尽有文字普通，因了题目的技巧，就生出生气来的。

今天母鸡又领了一群小鸡到篱外来了。其中最弱的一只，赶不上其余的，只是踉跄地在后跟着。忽然发出异常的叫声，挣扎飞奔，原来后面来了一只小狗。母鸡回奔过来，绕在那小鸡后面，向小狗作着怒势。小鸡快活地奔近兄弟旁边去，小狗慑于母鸡底威势，也就逃走了。

——《亲恩》

这文材料很普通，文字也没有十分大了不得。但“亲恩”的题目，实有非常的技巧。因了题目好的缘故，平凡的本文，也成了奇警了。这是用题目来振起全文的一例。

附录一　作文底基本的态度

我曾看了不少关于文章作法的书籍，觉得普通的文章，其好坏大部分是态度问题；只要能了解文章底态度，文章就自然会好，至少可以不至十分不好的。古今能文的人，他们对于文章法诀，一个说这样，一个说那样，各有各底说法，但是千言万语，都不外乎以读者为对象。务使读者不觉苦痛厌倦而得趣味快乐。所谓要有秩序，要明畅，要有力等等，无非都是想适应读者心情。因为离了读者，就可不必有文章的。

要使文章能适合读者底心情，技巧底研究，原是必要，态度底注意，却比技巧更加要紧。技巧属于积极的修辞，大部分有赖于天分和学力；态度是修辞的底极的方面，全是情理范围中的事，人人可以学得的。要学文章，我以为初步先须认定作文底态度。作文底态度就是文章底 ABC。

初中的学生，有的文字已过得去，有的还是不大好。现在作文用语体,只要学过了语法的,语句上底毛病,当然不大会有,平日文题又很有自由选择的余地,何以还有许多的毛病呢? 我以为毛病都是由态度不对来的。态度不对,无论你加了甚么修饰或技巧,文字也不能像样。不,反觉讨厌,好像五官不正的人擦上了许多脂粉似的。

文章底态度,可以分六种来说。我们执笔为文的时候,可以发生六个问题:

(1)为甚么要做这文?

(2)在这文中所要述的是甚么?

(3)谁在做这文?

(4)在甚么地方做这文?

(5)在甚么时候做这文?

(6)怎样做这文?

用英语来说,就是 Why? What? Who? Where? When? How? 六字可以称为"六 W"。现在试逐条说述。

(1)为甚么要作这文? 这就是所以要作这文的目的。例如:这文是作了给人看的呢,还是自己记着备忘的? 是作了劝化人的呢,还是但想作了使人瞭解自己的意见,或是和人辩论的? 是但求实用的呢,还是想使人见了快乐感得趣味的? 是试验的答案呢,还是普通的论文? 诸如此类,目的可各式各样,因了目的的如何,作法当然不能一律。普通论文中很细密的文字,当作试验答案;就冗琐讨厌了。见了使人感得趣味快乐的美文,用之于实用,就觉得不便了。周子的《爱莲说》,拿到植物学中去当关于说明"莲"底一节,学生就要莫名其妙了。所取的题目虽同,文字依目的而异,认定了目的,依了目的下笔,才能大体不误。

(2)在这文中所要述的是甚么? 这是普通所谓题义,就是文章中底中心思想。作文能把持中心思想,自然不会有题外之文。例如在主张男女同学底文字中,断用不着,"乾道成男,坤道成女""男子三十而娶,女子二十而嫁"等类的废话。在记述风灾的文字,断不许有飓风生起底原因底科学的解释。我在某中学时,有一次入学试验,我出了一个作文题"元旦",有一个受试者开端说甚么"元旦就是正月一日,人民于此日大家休息游玩……"等类的话，中间略述社会欢乐情形，结末又说"……不知国已将亡，……凡我血气青年快从今日元旦觉悟……"等，这是全然忘了题义底例。

（3）谁在做这文？　这是作者底地位问题，也就是作者与读者底关系问题。再换句话说，就是要问以何种资格向人说话。例如：现在大家同在一个学校里，假定这学校还没有高级中学，而大家都希望添办起来，将此希望的意思，大家作一篇文字，教师底文字与学生底的文字，是应该不同的。校长如果也作一篇文字，与教师学生的亦不相同。一般社会上的人，如果也提出文字来，更加各各不同。要点原是一致，而说话的态度，方法等等，却都不能不异的。同样，子对于父，和父对于子不同，对一般人和对朋友不同，同是朋友之中，对新交又和对旧友不同。记得有一个笑话，有一学生写给他父亲的信中说"我钱已用完，你快给我寄十元来——勿误——"父亲见信大怒。这就是误认了地位的毛病了。

（4）在甚么地方做这文？　作这文的所在地，也有认清的必要。或在乡村，或在都会，或在集会（如演说），或在外国，因了地方不同，态度也自须有异。例如在集会中，应采眼前人人皆知的材料，在乡村应采乡村现成的事项。在国外，用外国语，在国内应用本国语（除必不得已须用外国原语者外）。"我们的 Father""你的 Wife"之类，是怪难看难听的。

（5）在甚么时候做这文？　这是自己底时代观念，须得认清的。作这文在前清，还是代民国成立以后？这虽大家都知道的事，但实际上还有人没了解。现在叹气早已用"唉"音了。有许多人还一定要用"呜呼""嗟呼"，明明是总统，偏叫做"元首"，明明是督军，却自称"疆吏"，去年黎元洪底电报，甚至于使人不懂，这不是时代错误是甚么？

（6）怎样做这文？　上面的五种态度都认清了，然后再想做文底方法。用普通文体呢，还是用诗歌体，简单好呢，还是详细好？直说呢，还是婉说？开端怎样说？结末怎样说？先说大旨，后说理由呢？还是先说事实，后加断定？怎样才能使我底本旨显明？怎样才能免掉别人底反驳？关于此种等等，都须自己打算研究。

以上六种，我以为是作文时所必须认清的态度，虽然很平凡，但却必

须知道,把他连结起来,就只是像下面的一句话:

"谁对了谁,为了甚么,在甚么地方,甚么时候,用了甚么方法,说甚么话。"

如果所作的文字,依照这里面的各项检查起来,都没有毛病可指,那就是好文字,至少不会成坏文字了。不特文字如此,言语也是这样。作文说话时只要能留心这"六 W",在语言文字上就可无大过了。

附录二 论记叙文中作者底地位并评现今小说界底文字

普通文字底体裁,一般分为议论,说明,记事,叙事四种。这分类虽由于文字底表面的性质,其实内部还含有作者底态度上的不同。就是作者自己在文中现出不现出的问题。在议论文中,所列的完全是作者对于某事物的判断,作者完全现出在文里;说明文,是以作者底见解来解释某事物的,作者也现出在文中,不过程度较差罢了。至于记事文与叙事文,乃如实记述事物的文字,态度纯属客观,作者在文字上无现出的必要,并且现出了反足以破坏本文底调子。因为记叙文底使命,不在议论某事物底好坏,解释某事物底情形理由,乃在将作者对于某事物的经验如实传给读者,使读者从文字上也得同样的印象。这时候作者所处的只是个媒介底地位,媒介虽有拉拢男女之功,然在已被拉拢的男女之间,却是大大的障碍物,非赶快躲避一旁不可的。

在这里,恐怕有人要问:"那末作者在记叙文中不能发挥自己底人格个性了吗?"我底回答,很是简单。就是作者得因了文字暗示他底个性人格,而在文字底形式上,绝不许露出自己底面目来。"郑伯克段于鄢",孔子虽在"克"字上表示许多深意,然在文字底形式上,除记叙以外,却不占着地位。荷马底人格个性,虽可从《伊里约特》或《奥特赛》等的作品中想像仿佛,但从文字底形式上却没有羼入着自己底解释或议论。

除用了像上文所说的方法,暗示作者底人格个性外,记叙文中,实不容作者露出自己的面目,要露出自己底面目,非在本文以外另起炉灶不可。历史中的"太史公曰""赞曰"等语以下的文字,完全是议论性质,和正文本纪列传中的文字异其态度了的。

记叙文在文字底形式上，要看不出有作者在，才能令人读了如目见身历，得到纯粹的印象。一经作者逐处加入说明或议论，就可减杀读者底趣味。其情形正如恋爱男女喁喁情话着，媒介者突然露出面影来羼入障害一样。凡是好的记叙文，大都是在形式上看不出有作者的。

> 楚子登巢车以望晋军，子重使大宰伯州犁侍于王后。王曰："骋而左右，何也？"曰："召军吏也。""皆聚于中军矣！"曰："合谋也。""张幕矣！"曰："虔卜于先君也。""彻幕矣！"曰："将发命也。""甚嚣且尘上矣！"曰："将塞井夷灶而为行也。""皆乘矣！ 左右执兵而下矣！"曰："听誓也。""战乎？"曰："未可知也。""乘而左右皆下矣！"曰："战祷也。"

这是《左传》中叙焉陵之战的文字中的一节。可谓记叙文中典型的文字。其所以为典型的，就在作者不露面目，能使读者恍如直接耳闻楚子与伯州犁底对话。古来所谓好的记叙文中，也有偶然于记叙中突然加入说明的。但真是很少，并且也只一二句，混入不多。例如《项羽本纪》中：

> ……项王即日因留沛公与饮，项王项伯东向坐，亚父南向坐。[亚父者，范增也。]沛公北向坐，张良西向侍。……

> 章邯令王离涉间围钜鹿，章邯军其南，筑甬道而输之粟，陈余为将，将卒数万人而军钜鹿之北，[此所谓河北之军也。]

又如《左传·宣四年传》：

> 初，若敖娶于䢵，生斗伯比。若敖卒，从其母畜于䢵，淫于䢵子之女，生子文焉。䢵夫人使弃诸梦中。虎乳之。䢵子田，视之，惧而归。夫人以告，遂使收之。[楚人谓乳谷，谓虎於菟，故命之曰斗谷於菟。]以其女妻伯比。实曰令尹子文。

上面[ ]内的句子，都与上下别的句子态度不同。别的是记叙，[ ]内的却是作者加入的说明了。我对于这种句子，另有一个解释，以为不足为病。原来这种句子如果在现在都是夹注性质，应用括号或搭附标，列在本文以外，不过古人尚无这种便利的符号，所以混入正文罢了。

试看,把上例〔 〕中的句子,用括号括出,上下文仍是衔接的。

记叙文应以不露作者面目为正宗,那从前流行的"夹叙夹议",究属滥调。我国从来文人,叙述一悲哀的事实,末尾常有"呜呼悲矣!"的附加语。描写一难得的人物,往往用"呜呼! 可以风矣!"煞脚。其实,这是作者对于读者的专制态度,作者底任务,只要把是悲或可风的事实如实写出,传给读者就够,至于悲不悲,被风不被风,都属于读者的自由,不必用了谆谆教诲的态度来强迫的。

我喜读《孔雀东南飞》,但对于末尾的"多谢后世人,戒哉慎勿忘"二句,常感不快,以为总是缺陷,不如没有了好。因为作者在这二句中突然伸出头来了。同是描写兵祸的诗,我喜读杜甫《石壕吏》,而不甚喜读白乐天底《新丰折臂翁》。因为前者纯系记叙性,后者底末尾"君不闻,开元宰相宋开府,不赏边功防黩武;又不闻,天宝宰相杨国忠,欲求恩幸立边功,边功未立生人怨,请问新丰折臂翁。"一段,完全是作者自己在那里说话,突然露出了面目的。《新丰折臂翁》是《新乐府》五十首之一,据白乐天自序,这五十首是"为君为臣为民为物为事而作,不为文而作"的。

不用说,记叙文中也有以作者自身为对象的。但这只限在文体"自序"或第一人称的小说的时候,这时作者完全与读者对面,作者就是文中的主人翁,一切都用了告语的态度写出。其情形与作者自己做了媒介传给外界某事物的光景于读者时,完全不同的。用主观的态度或第一人称到底,可以,用客观的态度或第三人称到底,也可以。所可非议的只是明明是客观的态度或第三人称的文字,突然作者伸出头来,把主观的或第一人称的态度夹杂进去,使文字失其统一。

中国旧小说中,这种不统一三处很多。内容上作者用了"可以戒矣""可以风矣"的态度含着劝惩主义的不必说,即在文字底形式上,作者时时出头。先就小说文字底腔调看,有下面种种的例可指:

"却说,""正是,""未知后事如何,且听下回分解。"

"前人有诗曰,……"或"有诗为证。"

"说时迟,那时快。"

"闲言不表,且旧正传。"

"也是合当有事。"

这类词句,都是作者的口气,就是作者在文中时时现出了。以上还不过就常用的腔调说,正文中同样的缺陷,也几乎随处皆有。试以《红楼梦》为例:

[第四回中既将薛家母子在荣府中寄居等事略已表明,此回则暂不能写矣,如今且说]林黛玉自在荣府,一来贾母万般怜爱,寝食起居,一如宝玉……(第五回)

……宝玉笑而不答,一径同秦钟上学去了。[原来这义学也离家不远,原系当日始祖所立,恐族中子弟,有不能延师者即入此中读书。凡族中为官者皆有帮助银两以为族中膏火之费,举年高有德之人为塾师。]如今秦宝二人来了,一一的都互相拜见,读起书来。……[原来这学中虽多是本族子弟与些亲戚家子侄,俗语说得好:"一龙九种,种种各别。"未免人多了,就有龙蛇混杂下流人物在内。]自秦宝二人来了,都生得花朵儿一般模样……(第九回)

……金荣只顾得意乱说,却不防还有别人,(谁知)早又触怒了一个人。[你道这人是谁? 原来这人名唤贾蔷,亦系宁府中之正派玄孙……](同上)

再以《水浒》为例:

……十五人眼睁睁地看着那七个人都把这金宝装了去,只是起不来,挣不动,说不得。[我且问你,这七人端的是谁? 不是别人,原来正是晁盖,吴用,公孙胜,刘唐,三阮这七个。恰才那个挑酒的汉子,便是白日鼠白胜。却怎样地用药? 原了挑酒上冈子时,两桶都是好酒,七个人先吃了一桶,刘唐揭起桶盖,又兜了半瓢吃,故意要他们看着,只是叫人死心塌地。次后,吴用去松林里取出药来,抖在瓢里,只做走来饶他酒吃,把瓢去兜时,药已搅在酒里,假意兜半瓢吃,那白胜劈手夺下,倾在桶里——这个便是计策。那计较都是吴用主张,这个唤做"智取生辰纲"。](第十五回)

那妇人回到家中……每日却自和西门庆在楼上任意取乐……这条街上远近人家,无有一人不知此事,却都怕惧西门庆那厮是个刁徒泼皮,谁肯来多管![常言道:"乐极生悲,否极泰来。"光阴迅速,前后又早四十余日。]却说武松自从领了知县言语……(第二十五回)

够了,不必多举了。把上面[ ]中的部分和不加[ ]的部分合读起来,很足使人感到不调和的缺陷。我也认《红楼梦》与《水浒》是有价值的小说,但对于这样的笔法,总觉有点不满。在近世别国的小说中,是找不出这样的手法的。

以上是我个人对于记叙文的见解和对于旧文艺的不满的表示。以下试更以这见地来评现在新作家底创作。在这里,我先要声明二事:(一)我所评的不是作品全体,只是作品底形式部分——文字而已。(二)我因无暇,无钱,不能普遍地搜罗现今当世诸作家底作品来读,所经眼的作品,只是很有限的几篇。

现今诸家底作品,手法上,体裁上,大家都已力求脱去旧套,摹仿他国的了。但就我所见到的有限的若干作品中,似乎还有许多地方未增脱尽旧式,有着我所谓不统一的瑕疵的。例如鲁迅底《风波》中:

老人男人坐在矮凳上,摇着大芭蕉扇闲谈,孩子飞也似地跑,或者蹲在乌桕树下赌玩石子。女人端出乌黑的蒸干菜和松花黄的米饭,热蓬蓬冒烟。河里驶过文人的酒船,文豪见了大发诗兴,说:"无思无虑,这真是田家乐啊!"

[但文豪的话有点不合事实,就因为他们没有听到九斤老太们的话,]这时候九斤老太正在大怒……

又如郁达夫底《沈沦》中:

第一高等学校将开学的时候,他的长兄接到了院长的命令要他回去。他的长兄便把他寄托在一家日本人的家里,几天之后,他的长兄长嫂和他的新生的侄女就回国去了。

[东京的第一高等学校里有一班豫备班,是为中国人特设的。在这豫科里豫备一年卒业之后才能入各地高等学校的正科,与日本学生同学,]他考入豫科的时候,本来填的是文科,后来将在豫科卒业的时候,他的长兄定要他改到医科去,他当时亦没有什么主见,就

听了长兄的话把文科改了。（三十三页）

　　[在生活竞争不十分猛烈，逍遥自在，同中古时代一样的时候，在风气纯良，不与市井小人同处，清闲雅淡的地方，过日子正如做梦一般。]他到了 N 市之后，转瞬之间，已经有半载多了。（三十一页）
又如叶绍钧底《潘先生在难中》中：

　　不知几多人心系着的来车居然到了。闷闷的一个车站就一变而为扰攘的境界，[来客的安心，候客者的快意，以及脚夫的小小发财，我们且都不提，单讲一位从让里来的潘先生。]他当火车没有驶进站场之先，早已调排得十分周妥，他领头，右手提着黑皮包，左手牵着个七岁的孩子。七岁的孩子牵着他的哥哥，[今年九岁，]哥哥又牵着他的母亲，潘师母。潘先生说人多照顾不齐，这么牵着，首尾一气，犹如一条蛇，什么地方都好钻了。他又屡次叮嘱，教大家握得紧紧，切勿放手，尚恐大家忘了，又屡次摇荡他的左手，意思是教他把这个警告打电报一般一站一站递过去。[首尾一气诚然不错，可是也不能全然没有弊端。火车将停时所有的客人和东西，都要涌向车门，潘先生一家的一条蛇是有点尾大不掉了。]（《小说月报》十六卷第一号）

这都是三人称的小说，而其中却夹入着作者主观的议论或说明，就是作者忽然现出，文字在形式上失了统一，应认为手法上的不周到，须改善的。这种文例，据我所见到的着实还不少，反正是同样的例，不多举它。

　　此外，诸家底作品中，还有表面上似不犯上面所说的缺陷，而骨髓里却含有同样不统一的毛病的，例如冰心底《超人》中所列的厨房里跑街的十二岁的孩子禄儿在花篮中附给主人公何彬的信：

　　我也不知道怎样可以报先生的恩德，我在先生门口看了几次，桌子上都没有摆着花儿——这里有的是卖花的。不知道先生看见过没有——这篮子里的花，我也不知道是什么名字，是我自己种的，真是香得很，我最爱他。我想先生也必是爱他，我早就要送给先生了，但是总没有机会，昨天听说先生要走了，所以赶紧送来。

　　我想先生一定是不要的。然而我有一个母亲，她因为爱我的缘故,也很感激先生。先生有母亲么?她也是一定爱先生的。这样,我的母亲和先生的母亲是好朋友了。所以先生必受母亲的朋友的儿子的东西。禄儿叩上。(《超人》九页)

姑勿论贫苦的禄儿能否识字能写信,即使退若干步说,禄儿曾识字能写信,但这样拗曲的论理,究竟不是十二岁的小孩的笔端所能写得出的。揆诸情理,殊不可通。其病源完全与上述各例一样,是作者在作品中露出马脚来。不过一是病在表面,一是病在内部罢了。

易卜生底《娜拉》中,哈尔茂称娜拉为"小鸟",为"可爱的小松鼠",为"可爱的云雀"。马克斯·诺尔道(Max Nordau)在《变质论》中批评他,说:"这是银行经管,辩护士,同居八年了的丈夫,对于已经做了三个子女的母亲的妻所应有的口吻吗?"

套这口气,我对于上面的信,也要发同样的疑问说:"这信是厨房徒弟,十二岁的小孩所做的文字吗?"了!章实斋的《古文十弊》里说:

> 文人固能文矣,文人所书之人不必尽能文也。叙事之文,作者之言也,为文为质,惟其所欲,期如其事而已矣。记言之文,则非作者之言也,为文为质,期于适如其人之言,非作者所能自主也。名将起于卒伍,义侠或奋闾阎,言辞不必经生,记述贵于宛肖。而世有作者,于此多不致思,是之谓优伶演剧。……

这虽为"古文"而说,我以为实是普通记述文字应守的律令,上例正犯了此律令的。

又有不但部分上态度不一致,全篇犯着不统一的毛病的。例如《创造周报》(第十三期)全平的《呆子与俊杰》。

依理,要对于全篇加批评,应把原作全体钞录。为避烦计,只得摘取开端和结尾,显出其全文形式上的态度。并且,我以为但看开端和结尾就够。因为已可看出全文形式上的口气了。原作开端一节是:

> 当去年暑假到来的时候,我的乡人 C 君在平民教养院所获得的美缺,被他的友人 H 君占去了。

结尾一节是:

> 暑假到了,识时务的俊杰 H 君代替 C 君占了教养院的美缺了,

不合时宜的呆子 C 君茫然地离了教养院,绝无留恋。他把他曾进行的艰巨的交际工程完全抛弃了。他开始了在俊杰的对面度那寂寞孤独而被人讥讽的呆子的生涯。

因为文字在叙述上是逆行的,所以结尾仍旧说到开端所说的事情为止。详细请看原作。

就这开端和结尾二节看,就可知道 C 君在文中是主人公,H 君是副主人公,语气是第三人称的。以下就依了这些条件来加以批评。

全篇称"C 君","H 君",则作者立在旁面观察的地位可知。这文中的人名下加称呼,完全是普通称呼性质,和叶绍钧氏的《潘先生在难中》的"潘先生"性质不同。叶底"潘先生",已是专称,和通常称潘某某没甚两样。这文里的称"君",纯粹只是普通称呼。

依上面的立脚点说,原作中凡叙述主人公内生活的处所,几乎全体发生冲突了。例如:

> 大会早已散了。C 君和 H 君并坐在"一路"电车中。他[满怀快乐,满脸高兴。]……

"满脸高兴"呢,是旁观者看得出的,至于"满怀快乐",依上列的条件,似乎是有点通不过去了。更有甚者:

> 电车到了静安寺,他们俩走下车来,步行回去,途中 C 君想:H 君的话确有几分道理……

试问,作者何以知道 C 君在想? 在这样想呢? 这样一一检查,几乎全篇各处都要逢到同类的困难了。

我以为这困难完全在用了一"君"字的缘故,因为"君"字的背后,露出有作者底地位的。

原来在第三人称的小说上作者底立点有三:一是全知的视点(The omniscient point of view),二是限制的视点(The limited point of view),三是纯客观的视点(The rigidly restricted point of view),在全知的视点中,作者好似全知全能的神,从天上注视下界,作中一切人物底内心秘密无不知道。一般描写心理的小说,作者如果不完全立脚于这态度,就在情理上通不过去。制限的视点,是把全知的视点缩小范围,只在作中一人物上,行使其全知的权利,凡借了作中一人物(主人公)而叙述一切者皆是。纯客观的视点范围更狭,作者绝不自认有全知的权利,对于作中人物,但取客观的态度而已。

上例既称"C君""H君",当然是属第三的纯客观的视点的文字,作中人物底内生活,实无知道的权利。若欲改为第一的全知的视点,或第二的限制的视点,则不应称"君",但称C和H就是了。"君"的称呼,实是原文中致命的伤点。

以上是我因了个人的记叙文底见解,对于现今小说界文字上的批评。论理我于指摘缺点以外,应再举国内或国外的小说中的正例,来证明己说。但这有好几个难点,举全文呢,不特不胜其烦,且不知举谁的哪一篇好;举一节呢,又恐读者要发生"以偏盖全"的怀疑,以为一节的无病,不能证明全文的也都无病。无已,只好不举了。据我个人所知,别国名小说中,是少见有这样不统一的文字的。

附录三　我在国文科教授上最近的一信念
——传染语感于学生

无论如何地设法,学生底国文成绩,总不见有显著的进步。因了语法作文法等底帮助,学生文字在结构上形式上,虽已大概勉强通得过去,但内容总仍是简单空虚。这原是历来中学程度学生界底普通的现象,不但现在如此。

为补救这简单空虚计,一般都奖励课外读书,或是在读法上多选内容充实的材料,我也曾如此行着。但结果往往使学生徒增加了若干一知半解的知识,思想愈无头绪,文字反益玄虚。我所见到的现象如此,恐怕一般的现象也难免如此罢。

近来,我因无力多购买新书,时取以前所已读而且喜读的书卷,反复重读,觉得对于一书,先后所受的印象不同。始信"旧书常诵出新意"是真话,而在学生的教授上,也因此得了一种新的启示。以为一般学生头脑上底简单空虚,或者可以用此救济若干的。

我现在的见解，以为：无论是语，是句，凡是文字，都不过是一种寄托某若干意义的符号，这符号因读者底经验能力底程度，感受不同。有的所感受的只是其百分之一二，有的或者能感受得更多一点，要能感受全体，那是难有的事。普通学生在读解正课以及课外读书中，对于一句或一语，误解的不必说了，即使正解，也决非全解，其所感受到的程度，必是很浅。收得既浅，所发表的也自然不能不简单空虚。这在学生实在是可同情的事。

举例来说，"空间"一语，是到处常见的名词。但试问学生对于这名词底了解有多少的程度？这名词因了有天文学的常识与否，了解的程度大相径庭。"光底速度，每秒行十八万哩，有若干星辰，经过四千年，其所发的光还未到地球。"试问在没有这天文学常识的学生，他们能如此了解这名词吗？在学生底心里，所谓"空间"，大概只认为是屋外仰视所及的地方罢。同样，"力"的一语，在学生或只解作用手打人时的情形罢，"美"的一语，在学生或只解作某种女人底面貌底状态罢。

以上是就知的方面说的，情的方面，也是如此。我有一次，曾以"我底家庭"为题，叫学生作文。学生所作的文字，都是"我家在何处，有屋几间，以何为业，共有人口若干……"等类的文句，而对于重要的各人特有的家庭情味，完全不能表现。原来他们把"家庭"只解作一所屋里底一群人了！"春"，"黄昏"，"故乡"，"母亲"，"夜"，"窗"，"灯"，这是何等情味丰富，诗趣充溢的语啊，而在可怜的学生心里，不知是怎样干燥无味杀风景的东西呢！

不但国文科如此，其他如数学科中底所谓"数"，"量"，理科中底所谓"律"，"现象"，历史中底所谓"因果"，"事实"，等等，何尝能使学生有充分的了解？

要把一语底含义以及内容充分了解，这在言语底性质上，在人底能力上，原是万难做到的事。因为一事一物底内容，本已无限，把这无限的内容用了一文字代替作符号，已是无可如何的办法。要想再从文字上去依样感受他底内容，不用说是至难之事。除了学生自己底经验及能力以外，甚么讲解，说明，查字典，都没有大用。夸张点说，这已入了"言语道断"的境地了！

真的！要从文字去感受其所代表事物底全内容，这是"言语道断"之境。在这绝对的境界上，可以说，教师对于学生，甚么都无从帮助。因为教师自身，也并未能全体感受任何一文字底内容。其实，世间决没有能全体感受任何一文字底内容的人，所不同的只是程度之差罢了。数学者对于数理上的各语，所感受的当然比普通人多，法律学者对于法律上底用语，其解释当然比普通人来得精密。一般作教师的，特别的是国文科教师，对于普通文字，应该比学生有正确丰富的了解力。换句话说，对于文字，应有灵敏的感觉。姑且名这感觉为"语感"。

在语感锐敏的人底心里，"赤"不但只解红色，"夜"不但只解作昼的反对罢。"田园"不但只解作种菜的地方，"春雨"不但只解作春天的雨罢。见了"新绿"二字，就会感到希望，自然的化工，少年的气概等等说不尽的情趣，见了"落叶"二字，就会感到无常，寂寥等等说不尽的诗味罢。真的生活在此，真的文学也在此。

自己努力修养，对于文字，在知的方面，情的方面，各具有强烈锐敏的语感，使学生传染了，也成得相当的印象。为理解一切文字底基础，这是国文科教师的任务。并且在文字底性质上，人间底能力上看来，教师所能援助学生的，只此一事。这是我近来的个人的信念。

（《文章作法》，开明书店，1926 年，夏丏尊、刘薰宇合编）

1931

关于国文的学习

一、引言

摆在我面前的题目,是"关于国文的学习"。就是要对中学生诸君谈谈国文的学习法。我虽曾在好几个中学校任过好几年国文科教员,对于这任务,却不敢自信能胜任愉快。因为这题目范围实在太广了,一时无从说起,并且自古迄今,已不知有若干人说过若干的话,著过若干的书,即在现在,诸君平日在国文课里,也许已经听得耳朵要起茧哩。我即使说,也只是些老生常谈而已。

我敢在这里声明,以下所说的不出老生常谈。把老生常谈,择要选取,来加以演述,使中学生诸君容易领会,因而得着好处,是我的目的。这目的如果能达到若干,那就是我对于中学生诸君的贡献了。

二、中学生应具的国文能力

国文二字,是无止境的。要谈中学生的国文学习法,先须豫定中学生应具的国文程度。有了一定的程度,然后学习才有目标,也才有学习法可言。

诸君是中学生,对于毕业时的国文科的学力,各自作着甚样的要求?我原不知道,想来是必各怀着一种期待的吧。我作了许多年的中学国文教员,对于国文科的学力,曾在心中主观地描绘过一个理想的中学生,至今尚这样描绘着。现在试把这理想的人介绍给诸君相识。

他能从文字上理解他人的思想感情,用文字发表自己的思想感情,而且能不至于十分理解错,发表错。

他是一个中国人,能知道中国文化及思想的大概。知道中国的普通成语与辞类,遇不知道时,能利用工具书物,自己查检。他也许不能用古文来写作,却能看得懂普通的旧典籍。他不必一定会作诗,作赋,作词,作小说,作剧本,却能知道甚么是诗,是赋,是词,是小说,是剧本,加以鉴赏。他虽不能博览古昔典籍,却能知道普通典籍的名称,构造,性质,作者及内容大略。

他又是一个世界上的人,一个二十世纪的人,他也许不能直读外国原书,博通他国情形,但因平日的留意,能知道全世界普通的古今事项,知道周比特(Jupiter),阿普罗(Apollo),委娜斯(Venus)等类名词的出处,知道"三位一体""第三国际"等类名词的意义,知道荷马(Homer)拜伦(Byron)是甚么人,知道《神曲》(Devine Comedy)《失乐园》(Paradise Lost)是谁的著作,不会把"梅德林克"误解作乐器中的曼陀铃,把"伯纳特·萧"误解作是一种可吹的萧!(这是我新近在某中学校中听到的笑话,这笑话曾发生于某国文教员。)

我理想中所期待悬拟的中学毕业生的国文科的程度是这样。这期待也许有人以为太过分,但我自信却不然。中学毕业生是知识界的中等分子,常识应该够得上水平线。具备了这水平线的程度,然后升学的可以进窥各项专门学问,不至于到大学里还要听名词动词的文法,读一篇一篇的选文。不升学的可以应付实际生活,自己补修起来,也才有门径。

现在再试将十八年八月教育部颁行的中学课程暂行标准中所规定的高中及初中的毕业最低限度钞列如下:

(甲)高中国文科毕业最低限度:

(一)曾精读名著六种而能了解与欣赏。

(二)曾略读名著十二种而能大致了解欣赏。

(三)能于中国学术思想文学流变文字构造文法及修辞等有简括的常识。

（四）能自由运用语体文及平易的文言文作叙事说理表情达意的文字。

（五）能自由运用最低限度的工具书。

（六）略能检用古文书籍。

（乙）初中国文科毕业最低限度：

（一）曾精读选文，能透彻了解并熟习至少一百篇。

（二）曾略读名著十二种，能了解大意，并记忆其主要部分。

（三）能略知一般名著的种类，名称，图书馆及工具书籍的使用，自由参考阅读。

（四）能欣赏浅近的文学作品。

（五）能以语体文作充畅的文字，无文法上的错误。

（六）能阅览平易的文言文书籍。

把我所虚拟的中学生的国文程度和教育部所规定的中学生国文科毕业最低限度两相比较，似乎也差不多相仿佛。不过教育部的规定，把初中高中截分为二，我则泛就了中学生设想而已。

现在试姑把这定为水平线，当作学习的目标。怎么去达这目标呢？这就是文本所欲说的了。

三、关于阅读

依文字的本质来说，国文的学习途径，普通是阅读与写作二种。阅读就是我在前面所说的"从文字上理解他人的思想感情"的事，写作就是我在前面所说的"用文字发表自己的思想感情"的事。能阅读，能写作，学习文字的目的就已算达到了。

先说阅读。

"阅读甚么？"这是我屡从本志读者及一般青年接到的问题。关于这问题，曾有好几个人开过几个书目。如胡适的《最低限度的国学书目》，梁启超的《国学入门书要目》，此外还有许多人发过不少零碎的意见。但我在这里却不想依据这些意见，因为"国文"与"国学"不同，而且那些书目也不是为现在肄业中学校的诸君开列的。

就眼前的实况说,中学国文尚无标准读本,中学国文课程中的读物,大部分是选文。别于课外由教师酌定若干整册的书籍作为补充。一般的情形既不过如此,当然谈不到甚么高远的不合实际的议论。我在本文中只拟先就选文与教师指定的课外书籍加以说述,然后再涉及一般的阅读。

今天选读一篇冰心的小说,明天来一篇柳宗元的游记,再过一日来一篇《史记》列传,教师走马灯式地讲授,学生打着呵欠敷衍,或则私自携别书观览:这是普通学校中国文教室中的一般情形。本文是只对学生诸君说的,教师方面的话,姑且不提,只就学习者方面来说。中学国文课中既以选文为重要干部,占着时间的大部分,应该好好地加以利用。为防止教师随便敷衍计,我以为不妨由学生豫先请求教师,定就一学年或半学年的选文系统。决定这学年共约选若干篇文字,内容方面属于思想的若干篇,属于文艺的若干篇,属于常识,或偶发事项的若干篇,属于实用的若干篇,形式方面,属于记叙体的若干篇,属于议论体的若干篇,属于传记或小说的若干篇,属于戏剧或诗歌的若干篇,属于书简或小品的若干篇。(此种豫计,只要做教师的不十分撒滥污,照理应该不待学生请求,自己为之。)材料既经定好,对于选文,应该注意切实学习。

我以为最好以选文为中心,多方学习,不要把学习的范围限在选文本身。因为每学年所授的选文,为数无几,至多不过几十篇而已。选文占着国文正课的重要部分,如果于一学年之中,仅就了几十篇文字本身,知得其内容与形式,虽然试验时可以通过,究竟得益很微,不能算是善学者。受到一篇选文,对于其本身的形式与内容,原该首先理解,还须进而由此出发,作种种有关系的探究,以扩张其知识。例如教师今日选授陶潜的《桃花源记》,我以为学习的方面可有下列种种。

(1)求了解文中未熟知的字与辞。

(2)求了解全文的趣意与各节各句的意义。

(3)文句之中如有不能用旧有的文法知识说明者,须求得其解释。

(4)依据了此文玩索记叙文的作法。

（5）藉此领略晋文风格的一斑。

（6）求知作者陶潜的事略，旁及其传记与别的诗文。最好乘此机会去一翻《陶集》。

（7）借此领略所谓乌托邦思想。

（8）追求作者思想的时代的背景。

一篇短短的《桃花源记》于供给文法文句上的新知识以外，还可藉以知道记叙文的体式，晋文的风格，乌托邦思想的一斑，陶潜的传略，晋代的状况等等。如此以某篇文字为中心，就了有关系的各方面扩张了学去，有不能解决的事项，则翻书查字典或请求教师指导，那末读过一篇文字，不但收得其本身的效果，还可连带了习得种种的知识。较之胡乱读过就算者，真有天渊之差了。知识不是可以孤立求得的，必须有所凭藉，就某一点分头扩张追讨，愈追讨关联愈多，范围也愈多。好比雪球，愈滚愈会加大起来。

以上所说的是对于选文的学习法，以下再谈整册的书的阅读。

整册的书，那几种应读？怎样规定范围？这是一个麻烦的问题了。我以为中学生的读书的范围，可分下列的几种。

（1）因选文而旁及的。　　如因读《桃花源记》而去读《陶集》，读《无何有乡见闻记》（威廉·马列斯著）；因读司马谈的《论六家要旨》而去读《论语》《老子》《韩非子》《墨子》等等。

（2）中国普通人该知道的。　　如《四书》，《四史》，《五经》，周秦诸子，著名的唐人的诗，宋人的词，元人的曲，著名的小说，时下的名作。

（3）全世界所认为常识的。　　如基督教的《旧约》《新约》，希腊的神话，各国近代代表的文艺名作。

不消说，上列的许多书，要一一全体阅读，在中学生是不可能的。但无论如何，要当作课外读物尽量加以涉猎，有的竟须全阅或精读。举例来说，四书须全体阅读，诸子则可选择读几篇，诗与词可读前人选本，《旧约》可选读《创世记》、《约伯记》、《雅歌》、《箴言》诸篇，《新约》可就《四福音》中择一阅读。无论全读或是略读，一书到手时，最好先读序，次看目录，了解该书的组织，知道有若干篇，若干卷，若干数目，然后再去翻阅全书,明白其大概的体式,择要读去。例如读《春秋左传》,先须知道甚么叫经,甚么叫传,从甚么公起至甚么公止。读《史记》,先须知道本纪,世家,列传,书表等等的体式。

近来有一种坏风气,大家读书不喜欢努力于基本的学修,而好作空泛工夫。普通的学生案头有胡适的《中国哲学史大纲》《白话文学史》,顾颉刚的《古史辨》;有《小说作法》,有《欧洲文学史》,有《印度哲学概论》,问他读过《四书》《五经》周秦诸子的书吗?不曾。问他读过若干唐宋人的诗词集子吗?不曾。问他读过古代历史吗?不曾。问他读过各派代表的若干小说吗?不曾。问他读过欧洲文艺中重要的若干作品吗?不曾。问他读过若干小乘大乘的经典吗?不曾。这种空泛的读书法,觉得大有纠正的必要。例如胡适的《中国哲学史大纲》原是好书,但在未读过《论语》《孟子》《老子》《庄子》《墨子》等原书的人去读,实在不能得很大的利益。知道了《春秋》《左传》《论语》等原书的大概轮廓,然后去读《哲学史》中的关于孔子的一部分,读过几篇《庄子》,然后再去翻阅《哲学史》中的关于庄子的一部分,才会有意义,才会有真利益。先得了孔子庄子思想的基本的概念,再去讨求关于孔子庄子思想的评释,才是顺路。用喻来说,《论语》《春秋》《诗经》《礼记》是一堆的有孔的小钱,《哲学史》的《孔子》一节,是把这些小钱贯串起来的钱索子,《庄子》中《逍遥游》《大宗师》等一篇一篇的文字,也是小钱,《哲学史》中《庄子》一节是钱索子。没有钱索子,不能把一个个的零乱的小钱,加以串贯整理,固然不愉快,但只有了一根钱索子,而没有许多可贯串的小钱,究竟也觉无谓。我敢奉劝大家,先读些中国关于哲学的原书,再去读哲学史,先读些《诗经》及汉以下的诗集词集,再去读文学史,先读些古代历史书籍,再去读《古史辨》,万一必不得已,也应一壁读《哲学史》《文学史》,一壁翻原书,以求知识的充实。钱索子原是用以串零零碎碎的小钱的,如果你有了钱索子而没有可串的许多小钱,那末你该反其道而行之,去找寻许多的小钱来串才是。

话不觉说得太絮叨了,关于阅读的范围,就此结束,以下试讲一般的阅读方法。

第一是理解。理解又可分两方面来说。(1)关于辞句的;(2)关于全文的。关于辞句的理解,不外乎从辞义的解释入手,次之是文法知识的运用。辞义的解释如不正确,不但读不通眼前的文字,结果还会于写作时露出毛病。因为我们在阅读时收得辞义,一经含糊不甚澈底明白,写作时也就不知不觉地施用,闹出笑话来。(笑话的构成,有种种条件,而辞义的故意误用,就是重要条件之一。)文字不通的原因,非文法不合即用辞与意思不符之故。"名教","概念","观念","幽默"等类名辞的误用,是常可在青年所写的文字中见到的,这就可证明他们当把这些名辞装入脑中去的时候,并未得到过正当的解释了。每逢见到新辞新语,务须求得正解,多翻字典,多问师友,切不可任其含糊。

辞义的解释正确了,逐句的文句已可通解了,那末就可说能理解全文了吗? 尚未。文字的理解,最要紧的是捕捉大意或要旨,否则逐句虽已理解,对于全文,有时仍难免有不得要领之弊。一篇文字,全体必有一个中心思想,每节每段,也必有一个要旨。文字虽有几千字或几万字,其中全文中心思想与每节每段的要旨,却是可以用一句话或几个字来包括的。阅读的人如不能抽出这潜藏在文字背后的真意,只就每句的文字表面支离求解,结果每句是懂了,而全文的真意所在,仍是茫然。本稿纸数有限,冗长的文例,是无法举的。为使大家便于了解着想,略举一二部分的短例如下:

> 当此之时,天下之大,万民之众,王侯之威,谋臣之权,皆欲决于苏秦之策;不费斗量,未烦一兵,未战一士,未绝一弦,未折一矢,诸侯相亲,贤于兄弟。 　　　　　　　　　《战国策》

"天下之大"以下同形式数句,只是"全世"之意,从有"不"字句起至一连数句未甚么,只是"不战"二字之意而已。

> 外物不可必,故龙逢诛,比干戮,箕子狂,恶来死,桀纣亡。人主莫不欲其臣之忠,而忠未必信;故伍员流于江,苌弘死于蜀,藏其血,三年而化为碧。人亲莫不欲其子之孝,而孝未必爱;故孝己忧而曾参悲。 　　　　　　　　　《庄子·外物篇》

这段文字,要旨只是第一句"外物不可必"五字,其余只是敷衍这五字的例证。

> ……大家来至秦氏卧房。刚至房中，便有一股细细的甜香。宝玉此时便觉得眼饧骨软，连说好香。入房向壁上看时，有唐伯虎画的《海棠春睡图》，两边有宋学士秦太虚写的一副对联："嫩寒锁梦因春冷，芳气袭人是酒香。"案上设着武则天当日镜室中设的宝镜，一边摆着赵飞燕立着舞的金盘，盘内盛着安禄山掷过伤了太真乳的木瓜。上面设着寿阳公主于含章殿下卧的宝榻，悬的是同昌公主制的连珠帐。
> 《红楼梦》第五回

把房中陈设写得如此天花乱坠，作者的本意，只是想表出贾家的富丽与秦氏的轻艳而已。

对于一篇文字，用了这样概括的方法，逐步读去，必能求得各节各段的要旨，及全文的真意所在，把长长的文字，归纳于简单的一个概念之中，记忆既易，装在脑子里也可免了乱杂。用譬喻来说，长长的文字，好比一大碗有颜色的水，我们想收得其中的颜色，最好能使之凝积成一小小的颜色块，弃去清水，把小小的颜色块带在身边走。

理解以外，还有所谓鉴赏的一种重要功夫须做，对于某篇文字，要瞭解其中的各句各段及全文旨趣所在，这是属于理解的事。想知道其每句每段或全文的好处所在，这是属于鉴赏的事。阅读了好文字，如果只能理解其意义，而不能知道其好处，犹如对了一幅名画，只辨识了些其中画着的人或是椅子，树木等等，而不去领略那全幅画的美点一样。何等可惜！

鉴赏因了人的程度而不同，诸君于第一年级读过的好文字，到第二年级再读时，会感到有不同的处所，到毕业后再读，就会更觉不同了。从前的所谓好处，到后来有的会觉得并不好，此外别有好的处所，有的或竟更觉得比前可爱。我幼年读唐诗时，曾把好的句加圈。近来偶然拿出旧书来看，就不禁自笑幼稚，发见有许多不对的地方，有好句子而不圈的，有句子并不甚好而圈着的。这种经验，我想一定人人都有，不但对于文字如此，对于书法，绘画，乃至对于整个的人生都如此的。

鉴赏的能力既因人而异，因时而异，关于鉴赏，要想说出一个方法来,原是很不容易的事。姑且把我的经验与所见约略写出一二,以供读者诸君参考。

据我的经验,鉴赏的第一条件,是把"我"放入所鉴赏的对象中去,两相比较。一壁读,一壁自问"如果叫我来说,将怎样?"对于文字全体的布局,这样问;对于各句或句与句的关系,这样问;对于每句的字,也这样问。经这样一问,可生出三种不同的答案来:

(甲)与我的说法相合或差不多,我也能说,觉得并没有甚么。

(乙)我心中早有此意见或感想,可是说不出来,现在却由作者替我代为说出了,觉到一种快悦。

(丙)说法和我全不同,觉得格格不相入。

三种之中属于(甲)的,是平常的文字(在读者看来);属于(乙)的是好文字。属于(丙)的怎样?是否一定是不好的文字?不然。如前所说,鉴赏因人而不同,因时而不同,所鉴赏的文字与鉴赏者的程度如果相差太远,鉴赏的作用就无从成立。"仁者见仁","智者见智","英雄识英雄",是相当可信的话。诸君遇到属于(丙)类的文字时,如果这文字是平常的作品,能确认出错误的处所来,那末直斥之为坏的不好的文字,原无不可。倘然那文字是有定评的名作,那就应该虚心反省,把自己未能同意的事,暂认为能力尚未到此境地,益自奋励。这不但文字如此,书法、绘画,无一不然。康有为沈寐叟的书法,是有定评的,可是在市侩却以为不如汪洵的好,最近西洋立体派未来派的画,在乡下土老看来,当然不及曼陀丁悚的月份牌仕女画来得悦目。

鉴赏的第二要件是冷静。鉴赏有时称"玩赏",诸君在厅堂上挂着的画幅上,他人手中有书画的扇面上,不是常有见到某某先生"清玩",或"雅鉴""清赏"等类的字样吗?"玩"和"鉴"与"赏"有关。这"玩"字大有意味。普通所谓"玩"者,差不多含有游戏的态度,就是"无所为而为",除了这事的本身以外,别无其他目的的意味。读小说时,如果急急要想知道全体的梗概,热心地"未知以后如何,且看下回分解"地急忙读去,虽有好文字,恐也无从玩味,看不出来,第二次第三次再读,就不同了。因为这时对于全书梗概已经瞭然,不必再着急,文字的好歹,也因而容易看

出。将我自己的经验当作例子来说,《红楼梦》第三回中黛玉初到贾府与宝玉第一次见面时,写道:

> ……宝玉看毕笑道:"这个妹妹我曾见过的。"贾母笑道:"可又是胡说,你何曾见过他。"宝玉笑道:"虽然未曾见过他,然看着面善,心里倒像是旧相识,恍若远别重逢一般。"

我很赞赏这段文字。因为这一对男女主人公,过去在三生石上赤霞宫中有着那样长久的历史,以后还有许多纠葛,在初会见时,做宝玉的恐怕除了这样说,别无更好的说法的了。故可算得是好文字。可是我对于这几句文字的好处,直到读了数遍以后才发见。(《红楼梦》我曾读过十次以上。)是玩味的结果,并不是初读时就知道的。

好的作品至少要读二遍以上。最初读时,不妨以收得梗概瞭解大意为主眼,再读时就须留心鉴赏了。用了"玩"的心情,冷静地去对付作品,不可再囫囵吞咽,要仔细咀嚼。诗要反覆地吟,词要低徊地诵,文要周回地默读,小说要耐心地细看。

把前人鉴赏的结果,拿来做参考,足以发达鉴赏力。读词读诗,不感到兴趣的,不妨去择一部诗话或词话读读,读小说不感到兴趣的,不妨去一阅有人批过的本子。诗话,词话,文评,小说评,是前人鉴赏的记录,能教示我们以诗词文或小说的好处所在,大足为鉴赏上的指导。举例来说:《水浒》中写潘金莲调戏武松的一节,自"叔叔万福",起至"叔叔不会簇火,我与叔叔拨火,要似火盆常热便好",一直数十句谈话都称"叔叔",下文接着写道"那妇人……便放了火筋,却筛一盏酒来自呷了一口,剩了大半盏看着武松道:'你若有心吃了这半盏儿残酒。'"金圣叹在这下面批着:"写淫妇便是活淫妇","以上凡叫过三十九个叔叔,忽然换做一你字,妙心妙笔。"

这"叔叔"与"你"的突然的变化,其妙处在普通的读者也许不易领会,或者竟不能领会,但一经圣叹点出,就容易知道了。

但须注意,前人的诗话,词话,文评,小说评,是前人鉴赏的结果。用以帮助自己的鉴赏能力则可,自己须由此出发,更用了自己的眼识去鉴赏,切不可为所拘执。前人的鉴赏法,有好的也有坏的。特别是文评,从来以八股的眼光来评文的甚多,甚么"起承转合",甚么"来龙""去脉",诸如此类,从今日看去,实属可哂,用不着再去蹈袭了。

四、关于写作

从古以来,关于作文,不知已有过多少的金言玉律。甚么"推敲"咧,"多读多作多商量"咧,"文以达意为工"咧,"文必己出"咧,诸如此类的话,不遑枚举,在我看来,似乎都只是大同小异的东西,举一可概其余的。例如"推敲"与"商量"固然差不多,再按之,不"多读",则识辞不多,积理不丰,也就无从"商量",无从"推敲",因而也就无从"多作"了。因为"作",不是叫你随便地把"且夫天下之人"瞎写几张,乃是要作的。至于"达意",仍是一句老花头,惟其与"意"尚未相吻合,尚未适切,故有"推敲""商量"的必要,"推敲""商量"的目的,无非就在"达意"而已。至于"文必己出"亦然。要达的是"己"的意,不是他人的意,自己的意要想把它达出,当然只好"己出",不能"他出",又因要想真个把"己"达出,"推敲""商量"的功夫就不可少了。此外如"修辞立其诚"咧,"文贵自然"咧,也都可作同样的解释,只是字面上的不同罢了。佛法中有"一即一切""一切即一"的话,我觉得从古以来古人所遗留下来的文章诀窍亦如此。

我曾在本稿开始的时候声明,我所能说的只是老生常谈。关于写作,我所能说的更是老生常谈中之老生常谈。以下我将从许多老生常谈中选出若干适合于中学生诸君的条件,加以演述。

关于写作,第一可发生的问题是"写作些甚么",第二是"怎样写作"。

现在先谈"写作些甚么?"

先来介绍一个笑话:从前有一个秀才,有一天伏在案头做文章,因为做不出,皱起了眉头,唉声叹气,样子很苦痛。他的妻子在旁嘲笑了说:"看你做文章的样子,比我们女人生产还苦呢!"秀才答道:"这当然! 你们女人的生产是肚子里先有东西的,还不算苦。我的做文章,是要从空的肚子里叫它生产出来,那才真是苦啊!"真的,文章原是发表自己的思想感情的东西，要有思想感情，才能写得出来，那秀才肚子里根本空空地没有货色，却要硬做文章，当然比女人生产要苦了。

照理，无论是谁，只要不是白痴，肚子里必有思想感情，决不会是全然空虚的。从前正式的文章是八股文，八股文须代圣人立言，《论语》中的题目，须用孔子的口气来说，《孟子》中的题目，须用孟子的口气来说，那秀才因为对于孔子孟子的化装，未曾熟习，肚子里虽也许装满着目前的"想中举人"啊，"点翰林"啊，"要给妻买香粉"啊，以及关于柴米油盐等琐屑的思想感情，但都不是孔子孟子所该说的，一律不能入文，思想感情虽有而等于无，故有做不出文章的苦痛。我们生当现在，已不必再受此种束缚，肚子里有甚么思想感情，尽可自由发挥，写成文字。并且文字的形式，也不必如从前地要有定律，日记好算文章，随笔也好算文章。作诗不必限字数，讲对仗，也不必一定用韵，长短自由，题目随意。一切和从前相较，真是自由已极的了。

那末凡是思想感情，一经表出，就可成为文章了吗？这却也没有这样简单。我们有疾病的时候，"我恐这病不轻"是一种思想的发露，但写了出来，不好就算是文章。"苦啊！"是一种感情的表示，但写了出来也不好算是文章。文章的内容是思想感情，所谓思想感情，不是单独的，是由若干思想或感情复合而成的东西。"交朋友要小心"不是文章，以此为了中心，把"所以要小心""怎么小心法""古来某人曾怎样交友"等等的思想组织地系统地写出，使它成了某种有规模的东西，才是文章。"今天真快活"不是文章，把"所以快活的事由"，"那事件的状况"等等记出，写成一封给朋友看的书信或一首自己看的日记，才是文章。

文章普通有两种体式，一是实用的，一是趣味的。实用的文章，为处置日常的实际生活而说，通常只把意思（思想感情）老实简单地记出，就可以了。诸君于年假将到时，用明信片通知家里，说校中几时放假，届时叫人来挑铺盖行李啊，在拍纸薄上写一张向朋友借书的条子啊，以及汇钱若干叫书店寄书册的信啊，拟校友会或寄宿舍小团体的规约啊，都是实用文。至于趣味的文章，是并无生活上的必要的，至少可以说是与个人眼前的生活关系不大，如果懒惰些，不作也没有甚么不可。诸君平日在国文课堂上所受到的或自己想作的文章题目,如"同乐会记事"咧,"一个感想"咧,"文学与人生"咧,"悼某君之死"咧,"个人与社会"咧,小说咧,戏剧咧,新诗咧,都属于这一类。这类文章,和个人实际生活关系很远,世间尽有不做这类文章,每日只写几张似通非通的便条子,或实务信,安闲地生活着的人们。在中国的工商社会中,大部分的人就都如此。这类文章,用了浅薄的眼光从实生活上看来,关系原甚少,但一般地所谓正式的文章,大都属在这一类里。我们现今所想学习的,(虽然也包括实用文,)也是这一类。这是甚么缘故呢?原来人有爱美心与发表欲,迫于实用的时候,固然不得已地要利用文字来写出表意,即明知其对于实用无关,也想把其五官所接触,心所感触的写出来示人,不能自已。这种欲望,是一切艺术的根源,应该加以重视。学校中的作文课,就是为使青年满足这欲望,发达这欲望而设的。

话又说远去了,那末究竟写作些甚么呢?实用的文章,内容是有一定的,借书只是借书,约会只是约会,只要把意思直截简单地写出,无文法上的错误,不写别字,合乎一定的格式就够了,似乎无须多说。以下试就一般的文章,来谈"写作些甚么?"

秀才从空肚子里产出文章,难于女人产小孩。诸君生在现代,不必抛了现在自己的思想感情,去代圣人立言,肚子绝无空虚的道理。"花的开落","月的圆缺","父母的爱","家庭的悲欢","朋友的交际",都在诸君经验范围之内,"国内的纷争","生活的方向","社会的趋势","物价的高下","流行的变更",又为诸君观想所系。材料既无所不有,教师在作文课中,更常替诸君规定题目,叫诸君就题发挥,限定写一件甚么事或谈一件甚么理。这样说来,"写作些甚么?"在现在的学生似乎是不成问题了的。可是事实却不然。所谓写作,在某种意味上说,真等于母亲生产小孩。我们肚里虽有许多的思想感情,如果那思想感情,未曾成熟,犹之胎儿发育未全,即使勉强生了下来,也是不完全的无生命的东西。文章的题目,不论由于教师命题,或由于自己的感触,要之只不过是基本的胚种,我们要把这胚种多方培育,使之发达,或从经验中收得肥料,或从书册上吸取阳光,或从朋友说话中供给水分,行住坐卧,都关心于胚种的完成。如果是记事文,应把那要记的事物,从各方面详加观察。如果是叙事文,应把那要叙的事件的经过,逐一考查。如果是议论文,应寻出确切的理由,再从各方面引了例证,加以证明,使所立的断案坚牢不倒。归结一句话,对于题目,客观地须有确实丰富的知识(记叙文),主观地须有自己的见解与感触(议论文感想文)。把这些知识或见解与感触,打成一片,结为一团,这就是"写作些甚么"问题中的"甚么"了。

有了某种意见或欲望,觉得非写出来给人看不可,于是写成一篇文章,再对于这文章附加一个题目上去。这是正当的顺序。至于命题作文,是先有题目后找文章,照自然的顺序说来,原不甚妥当。但为防止钞袭计,为叫人练习某一定体式的文字计,命题却是一种好方法。近来学校教育上大多数也仍把这方法沿用着,凡正课的作文,大概由教师命题,叫学生写作。这种方式,对于诸君也许有多少不自由的处所。但善用之,也有许多利益可得。(1)因了教师的命题,可学得捕捉文章题材的方法,(2)可学得敏捷搜集关系材料的本领,(3)可周遍地养成各种文体的写作能力。写作是一种郁积的发泄,犹之爆竹的遇火爆发。教师所命的题目,只是一条药线,如果诸君是平日储备着火药的,遇到火就会爆发起来,感到一种郁积发泄的愉快,若自己平日不随处留意,临时又懒去搜集,火药一无所有,那末遇到题目,只能就题目随便勉强敷衍几句,犹之不会爆发的空爆竹。虽用火点着了药线,只是"刺"地一声,把药线烧毕就完了。"写作些甚么"的"甚么",无论自由写作或命题写作,只靠临时搜集,是不够的。最好是豫先多方注意,从读过的书里,从见到的世相里,从自己的体验里,从朋友的触类记说话里,广事吸收。或把它零零碎碎地记入笔记册中,以免遗忘,或把它分类了各装入在头脑里,以便触类记及。

再谈"怎样写作"。

关于写作的方法,我在这里不想对诸君多说别的,只想举出很简单的两个标准:(1)曰明瞭,(2)曰适当。写作文章目的,在将自己的思想感情,传给他人。如果他人不易从我的文章上看取我的真意所在,或看取了而要误解,那就是我的失败。要想使人易解,故宜明瞭,为防人误解,故宜适当。我在前面曾说过：自古以来的文章诀窍，虽说法各各不同，其实只是同一的东西。这里所举的"明瞭"与"适当"，也只是一种的意义，因为不"明瞭"就不能"适当"，既"适当"就自然"明瞭"的，为说明上的便利计，姑且把它分开来说。

明瞭宜从两方面求之：（1）文句形式上的明瞭，（2）内容意义上的明瞭。

文句形式上的明瞭，就是寻常的所谓"通"。欲求文句形式上的明瞭，第一须注意的是句的构造和句与句间的接合呼应。句的构造如不合法，那一句就不明瞭；句与句间的接合呼应如不完密，就各句独立了看，或许意义可通，但连起来看去，仍然令人莫名其妙。这样的例子，举不胜举。例如：

> 国民党是救国救民

这是我在某处看到的标语，就是一句不通的文字。因为句的构造未合，应改为"国民党是救国救民的党"，或"国民党能救国救民"才对。

> 发展这些文化的氏族，当然不可指定就是一个民族的成绩，既不可说都是华族的创造，也不可说其他民族毫不知进步。

这是某书局出版的初中教本《本国历史》中的文字。首句的"氏族"与次句的"成绩"，前后失了照应，"不可说"的"可"字，也有毛病。又该书于叙述黄帝与蚩尤的战争以后，写道：

> 这样经过，虽未必全可信，如蚩尤的能用铜器，似乎非此时所知。不过，当时必有这样战争的事实，始为古人所惊异而传演下来，况且在农业初期人口发展以后，这种冲突，也是应有的现象。

这也是在句子上及句与句间的接合上有毛病的文字。试再举一例：

> 我们应当知道，教育这件事，不单指学校课本而言，此外更有所谓参考和其他课外读物，而且丰富和活的生命，大概是后者而不是前者所产生的。

这是某会新近发表的《读书运动特刊》中《读书会宣言》里的文字。似乎辞句上也含着许多毛病。上二例的毛病在那里呢？本稿篇幅有限，为避麻烦计，恕不一一指出，诸君可自己寻求，或去请问教师。

党部的标语会不通,初中的历史教本会不通,《读书会宣言》会不通,不能不说是"奇谈"了,可是事实竟这样! 足见通字的难讲。一不小心,就会不通的。我敢奉劝诸君,从初年级就把简单的文法(或语法)学习一过,对于辞性的识别及句的构造法,具备一种概略的知识。万一教师在正课中不授文法,也得在课外自己学习。

句的构造与句与句间的接合呼应,如果不明瞭,就要不通。明瞭还有第二方面,就是内容意义上的明瞭。句的构造合法了,句与句间的接合呼应适当了,如果那文字可作两种的解释(普通称为歧义),或用辞与其所想表示的意义不确切,则形式上虽已完整,也仍不能算是明瞭。

> 无美学的知识的人,怎能作细密的绘画的批评呢?

这是有歧义的一例。"细密的绘画"的批评呢,还是细密的"绘画的批评"? 殊不确定。

> 用辅导方法,使初级中学学生自己获得门径,鉴赏书籍,踏实治学。(读"文",作"文",体察"人间"。)

这是某书局初中国文教本编辑要旨中的一条,可作为用辞与其所想表示的意义不确切的例子。"鉴赏书籍",这话看去好像收藏家在玩赏宋版书与明版书,或装订作主人在批评封面制本上的格式哩。我想,作者的本意,必不如此。这就是所谓用辞不确切了。"踏实治学"一句,"踏实"很费解,说"治学",陈义殊嫌太高。此外如"体察人间"的"人间"一语,似乎也有可商量的余地。

内容意义的不明瞭,由于文辞有歧义与用辞不确切。前者可由文法知识来救济,至于后者,则须别从各方面留心。用辞确切,是一件至难之事。自来名文家都曾于此煞费苦心。诸君如要想用辞确切,积极的方法是多认识辞,对于各辞具有敏感,在许多类似的辞中,能辨知何者范围较大,何者较小,何者最狭,何者程度最强,何者较弱,何者最弱。消极的方法,是不在文中使用自己尚未十分明知其意义的辞。想使用某一辞的时候,如自觉有可疑之处,先检查字典,到澈底明白然后用入。否则含混用去,必有露出破绽来的时候的。

以上所说是关于明瞭一方面的,以下再谈到适当。明瞭是形式上与部分上的条件,适当是全体上态度上的条件。

我们写作文字,当然先有读者存在的豫想的,所谓好的文字,就是使读者容易领略感动,乐于阅读的文字。诸君当执笔为文的时候,第一,不要忘记有读者,第二,须努力以求适合读者的心情。要使读者在你的文字中得到兴趣或快悦,不要使读者得着厌倦。

文字既应以读者为对象,首先须顾虑的是:(1)读者的性质,(2)作者与读者的关系,(3)写作这文的动机等等。对本地人应该用本地话来说,对父兄应自处子弟的地位,如写作的动机是为了实用,那末用不着无谓的修饰;如果要想用文字煽动读者,则当设法加入种种使人兴奋的手段。文字的好与坏,第一步虽当注意于造句用辞,求其明瞭,第二步还须进而求全体的适当。对人适当,对时适当,对地适当,对目的适当。一不适当,就有毛病。关于此,日本文章学家五十岚力氏有"六 W 说",所谓六 W 者:

(1)为甚么作这文?（Why）

(2)在这文中所要述的是甚么?（What）

(3)谁在作这文?（Who）

(4)在甚么地方作这文?（Where）

(5)在甚么时候作这文?（When）

(6)怎样作这文?（How）

归结起来说,就是:

"谁对了谁,为了甚么,在甚么地方,甚么时候,用了甚么方法,讲甚么话。"

诸君作文时,最好就了这六项逐一自己审究。所谓适当的文字,就只是合乎这六项答案的文字而已。我曾取了五十岚力氏的意思作过一篇《作文的基本的态度》,附录在《文章作法》(开明书店出版)里,请诸君就以参考。这里不详述了。

本稿已超过豫定的字数,我的老生常谈也已絮絮叨叨地说得连自己都要不耐烦了。请读者再忍耐一下,让我附加几句最重要的话,来把本稿结束吧。

文字的学习,虽当求之于文字的法则,(上面的所谓明瞭所谓适当,都是法则。)但这只是极粗浅的功夫而已。要合乎法则的文字,才可以免除疵病。这犹之书法中的所谓横平竖直,还不过是第一步。进一步的,真的文字学习,须从为人着手。"文如其人",文字毕竟是一种人格的表现,冷刻的文字,不是浮热的性质的人所能模效的,要作细密的文字,先须具备细密的性格。不去从培养本身的知识情感意志着想,一味想从文字上去学习文字,这是一般青年的误解。我愿诸君于学得了文字的法则以后,暂且抛了文字,多去读书,多去体验,努力于自己的修养,勿仅仅拘执了文字,在文字上用浅薄的功夫!

（原载《中学生》第 11 号,1931 年 1 月）

致文学青年

××君：

承你认我为朋友，屡次以所写的诗与小说见示，这回又以终身职业的方向和我商量。我虽爱好文学，但自惭于文学毫无研究，对于你屡次寄来的写作，除于业务余暇披读，遇有意见时复你数行外，并不曾有甚么贡献你过，你有时有信来，我也不能一一作复。可是这次却似乎非复你不可了。

你来书说："此次暑假在××中学毕业后，拟不升学，专心研究文学，靠文学生活。"壮哉此志。但我以为你的豫定的方针大有须商量的地方。如果许我老实不客气地说，这是一种青年的空想，是所谓"一相情愿"的事。你怀抱着如此壮志，对于我这话也许会感到头上浇冷水似的不快吧，但你既认我为朋友，把终身方向和我商量，我不能违了自己的良心，把要说的话藏匿起来，别用恭维的口吻来向你敷衍，讨好一时。

你爱好文学，有志写作，这是好的。你的趣味，至少比一般纨绔子弟的学漂亮，打牌，抽烟，嫖妓等等的趣味要好得多，文学实不曾害了你。你说高中毕业后拟不再升大学，只要你毕业后，肯降身去就别的职业，而又有职业可就，我也赞成。现在的大学教育，本身空虚得很。学费，膳费，书籍费，恋爱费（这是我近来新从某大学生口中听到的名辞），等等耗费很大，不升大学，也就罢了，人这东西，本来不必一定要手执大学文凭的。爱好文学，有志写作，不升大学，我都觉得没有甚么不可，惟对于你的想靠文学生活的方针，却大大地不以为然。

靠文学生活，换句话说，就是卖字吃饭。（从来曾有人靠书法吃饭的叫做"卖大字"，现在卖文为活的人可以说是"卖小字"的。）卖字吃饭的职业（除钞胥外）古来未曾有过。因文字上有与众不同的技俩，因而得官或被任为幕府或清客之类的事例，原很多很多，但直接靠文学过活的职业家，在从前却难找出例子来。杜甫李白不曾直接卖过诗，左思作赋，洛阳纸贵，当时洛阳的纸店老板也许得了好处，左思自己是半文不曾到手的。至于近代，似乎有靠文学吃饭的人了。可是按之实际，这样职业者极少极少，且最初都别有职业，生活资粮都靠职业维持，文学生活只是副业之一而已。这种人一壁从事职业，或在学校教书，或入书店报馆为编辑人，一壁则钻研文学，翻译或写作。他们时常发表，等到在文学方面因了稿费或版税可以维持生活了，这才辞去职业，来专门从事文学。举例说罢，鲁迅氏最初教书，后来一壁教书一壁在教育部做官，数年前才脱去其他职务，他的创作，大半在教书与做官时成就的。周作人氏至今还在教书。再说外国，俄国高尔基经过各种劳苦的生涯，他做过制图所的徒弟，做过船上的仆欧，做过肩贩者，挑夫。柴霍甫做过多年的医生，易卜生做过七年的医铺伙计，威尔斯以前是新闻记者。从青年就以文学家自命想挂起卖字招牌来维持生活的人，文学史中差不多找不出一个。

你爱好文学，我不反对。你想依文学为生活，在将来也许可能，你不妨以此为理想。至于现在就想不作别事，挂了卖字招牌，自认为职业的文人，我觉得很是危险。卖文是一种"商行为"，在这行为之下，文字就成了一种的商品。文字既是商品，当然也有牌子新老，货色优劣之别，也有市面景气与不景气之分。并且，文学的商品与别的商品性质又有不同，文字的成色原也有相当测度的标准，可是究不若其他商品的正确。文字的销路的好坏，多少还要看世人口胃的合否。如果有人和你订约，叫你写甚么种类的东西，或翻译甚书，那是所谓定货，且不去管他。至于你自己写成的东西，小说也好，诗也好，剧本也好，并非就能换得生活资料的。想以此为活，实在是靠不住的事。

你的写作，我已见过不少，就文字论原是很有希望的，但我不敢断定你将来一定能靠文学来生活自己，至少不敢保障你在中学毕业后就能靠卖字吃饭养家。最好的方法是暂时不要以文学专门者自居，别谋职业，一壁继续钻研文学,有所写作,则于自娱以外,不妨试行投稿。要把文学当作终身的事业,切勿轻率地以文学为终身的职业。

鄙见如此,不知你以为何如?

(原载《中学生》第 15 号,1931 年 5 月,署名:丏尊)

1932

开明书法讲义

一、书法练习的必要

文字对于我们人类有重要的关系,无论任何的国家,教育上最初注意的就是读与写。世间职业千差万别,但不需用文字的职业,差不多可以说没有。世事愈烦忙,文字的使用,也愈频繁,只要是现代的人,无论其职业如何,决没有一日能离开笔的。单就书信一端而论,实际已要占日常生活的大部分的工夫了。据西洋某学者说,近代作厨工的人,其往来书简比之古昔的卿相的要多。这可见近代生活与文字的关系了。在过去的时代也许可有终身与笔砚没交涉的人,现代不论性别,不论职业,都非用笔砚来处置日常生活不可。书法在现代,实已成了日常生活上不可缺少的技能了。

中国是个文字之邦,文字向为人所重视,字纸有人敬惜。从前教育不普及,文字的诵读与书写,只有读书人才关心。从前的读书人,因在科举时代,差不多把写字当做重要的功课,早夕揣摩。国家取士,亦把字的好坏,当做一个重要的条件。结果,使全国的士人把毕生光阴大半消耗于写字之中,这原是一种愚举。后来科举废了,继之而起的是学校教育,大家以为字的好坏无关重要了,于是除极少数的爱好书法的所谓书家以外,对于字都很随便。现在小学中虽有书法一科,但除在初年级外,实则等于虚设。这可说是一种矫枉过正的现象。终身埋头于书法原可不必,但鄙视书法,认为不值得注意,也是偏见。以文字传播之广狭而论,现代人对于书法,实更有注意与价值。从前的人生活简单,文字的传播有限,他们虽留意书法,只求悦考试官或亲近的人的眼目而已,与世间接触的范围并不甚广。至于现代则不然,交际日繁,生活情形日形复杂,普通工商社会的人,在业务上每日有许多信件要写,或有许多账单要开;这些信件或账单,接到的人逐一不同。换句话说,就是他的字要受许多人的观看。人有爱美的天性,决不甘把拙劣的笔法迹呈露于大众之前的,要想靠书法糊口的(如书记等的职业)不消说了。普通的青年,对于书法亦有加意练习的必要。

二、书法的今昔

书法应该练习已如上述。同一练习书法,现今与从前目的不同,因之标准及方法亦当不同。从前的人练习书法,或是想成书家,或是为了想猎取功名。他们的书法,与日常业务交涉较少,因之和眼前的实际生活并不生何等密接的关系。他们在日常生活上并无非写字不可的情形,往来书信很少,账单也不用开。他们的写字,完全由于个人嗜好与将来考试的预备,不限时日,不论材料,毫无目的地执笔临摹消遣,甚至有人把印本的书重行抄写一遍的。至于现在,除了极少数的人以外,已没有这样闲空好事的人了。生活与职业逼得你每日非执笔写字不可;而且所写的材料,都与生活职业有着密切的关系,不能丝毫忽略。试想,账单上写错了数目,业务信件上写错了条件,其关系是否与前人钞错了旧书或临坏了碑帖可比?现在的写字的意义确与从前人不同。在现在,写字与实际生活关系很密切,可以说写字就是实际生活的一部分。应考举人进士的人,早已没有了,而大家却都忙迫于写字。嫌毛笔太慢,用自来水笔;用了自来水笔不够,还要用复写纸。在这样烦忙的世界,从前的书法标准,当然不能完全适用的了。

古来论书法的书不知有多少。那种书上所说的书法,是书家的法则,不是为普通人说的法则。从前的书法标准在美观,在像古人(即所谓有帖意);现在的书法标准第一步应该是快速、明确。美观当然也是一种条件,不过所谓美观者,意义亦应分别。从前的所谓美观,境界很是奥妙,有甚么"矫健""柔媚""拙朴"等等说法,大半从碑帖的模仿而来。至于现在,则美观的标准,应该另行判定。现在一般人的练习书法,目的但求处置日常生活,所谓美观,也当以实用为出发点,不必高谈玄妙。匀整、合式是现在的书法美观的标准。至于高深的书法艺术,当让有闲暇的及爱好书法的人们去钻求。

字要写得快速、明确,这是现代生活的自然要求,否则在处置业务上就会感到非常不便。字要写得匀整、合式,这是书法的水平线,不到这水平线,就不免要受人鄙视或令人不快。这是现代社会的实际情形,书法练习该向这几个目标着手。

三、书法练习的实际

上面已把书法练习的标准,定为快速、明确与匀整、合式四者。快速与明确,是书写者执笔时心里所应留意的条件,别人看不出来,也无甚么一定方法可以讨论传授。匀整与合式,是书写出来以后的成绩,却可以凭了书件来讲述的。我们见了他人的书件,只能看得出匀整、合式与否,至于他的写得快速不快速,明确不明确(讹写就是不明确的毛病之一种,但就字论字时,却只能评好坏不能别正讹),常无法判断。书法原是一种技巧,技巧的性质和知识不同,知识可以彼此传授,技巧则非亲身练磨不可。要怎样才能写得快速?怎样才能不写讹字?到底无人能简单回答。就是匀整与合式的法则,可传授的也只是大略的情形而已。现在试就了匀整与合式二项,把我所认为应注意的事情来略述。

匀整可从两方面来讲,第一步是笔划的匀整。一字之中,笔划虽不必一样粗细长短,却不该忽粗忽细忽长忽短。笔划间的空隙要匀称,又笔划的方向也须一致。例如一字中有三横,三横的方向就该彼此调和不背,一横太紧二横太宽或一横向上二横向下,写来就不好看。竖与撇捺亦然。每一个字须求其稳定,自己成一个统一体,勿使有散乱的毛病。下面所举的字例,每字独立看去,都摆得稳,一字之中自有统一,笔划又匀称,可为范式。

　　第二步是字与字间的匀整。一个个的字虽然写得稳当,如果连结起来上下左右不相呼应,仍不好看。普通所谓'笔气一贯'者,就是指这字与字间的匀整的。不善写字的往往逐字无病,而全体不称,看去很是碍眼。善于写字的往往独立就逐字看并不稳定,而就全体看则统一无病,非常美观。这全体的匀整工夫,比逐字匀整工夫当然要困难得多。有了第一步工夫的,还须进而再做第二步工夫。下例(甲)为楷书,逐字看去尚算不十分坏,而全体不统一;(乙)为行书,逐字看去固然统一稳定,全体也一气呵成,统

弘　一　和　尚　书

一不乱。后者当然胜于前者,由此可见书法之巧拙与工力之程度。全体的匀整如果能做到,逐字虽不独立稳定,看去也不会碍眼,名家的书件中颇多这类的样子。例如吴仓硕的题画的字,就是这样。

　　次之讲到合式,式是格式,凡事差不多有通行的格式;不合格式,就要使人见了不快,书件亦然。一种书件,有一种格式,例如:钞写文稿,题目通常比正文低数字,须占正文两行或三行的地位。在书信中,对手者的名字与自己名字,有一定的地位。书信如用两张信纸写,第二张信纸如果只有一行文字,就不好看。诸如此类的格式很多,亦须加以注意书写。合式的字,虽不甚工,亦不十分难看,否则字虽好并不美观。

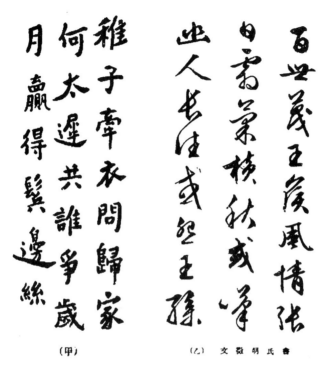

　　书件的格式可因时代而有若干的变迁，但却不可任意胡乱独创。合乎道理的新格式当然可以依从。例如对联的上款"某某先生正之"，向来原写在上联的，近来有人写在下联，和写联的姓名并成一行了。信封面上普通末行要写"某某寄"的，近来有人但写地址及受信者姓名，而把"某某寄"写在信封背后了。这种格式的变更并不背理，不妨自由采用。

　　关于格式无从一一举例，普通人所写的书件，以信札为最多。就用信札来做例吧。以下所列的信札，是当做书法的模范看也可以的。

　　中国文字大别有正、草、隶、篆四种，隶、篆是古代的字体，除当做装饰外，已早经不用了。一般通行的是正楷与草书，此外还有介乎正草之间的行书。正楷太平板不便，非郑重的文件大概不用正楷。草书亦变化多端，难识难写。日常生活上最多用的就是行书一种。初学者原当练习楷书，第二步就该兼学行书，行书比正楷要多用工夫才好。只会作正楷不会作行书的人，在日常生活上是非常不便的。

本来写字是用毛笔与烟墨的,近来因生活与纸料的变更,往往非用钢笔与洋墨水(ink)写字不可了,这是书法上的一大变迁。现在新兴的工商社会中,差不多使用钢笔或自来水笔,中国固有的笔、砚,几乎已束之高阁,非必要时不用了。故钢笔练习亦不可忽。钢笔不能作大字,实用上却很便利。用钢笔作字,写得好的也仍能留存毛笔的姿态。右面所举的例,就是用钢笔写的。

弘 一 删 倘 書

以上已把书法练习的大概说了。前面我曾说过,书法是一种技巧,非亲身练磨不可。请大家向了快速、明确、匀整、合式四个目标,耐心加意练习。练习最好每日有定时,无闲暇的可于执笔时随时留意。现在是多忙的时代,古人的所谓"明窗净几笔精墨良"的生活,普通人是不能获得的了。破笔也好,宿墨也好,钢笔也好,杂乱的办公台子上也好。日常无论写什么,执笔时能努力不草率,求进步;看见他人的好书件,肯揣摩,肯择善而从;积年累月,自有效果可以使你安慰的。

四、实用以上的书法

以上所讲都是从实用出发的。书法在我国自古认为美术之一,除了实用以外,尚有当作艺术加以攻究的价值。这种艺术,富有历史性与民族性,只要有纸有笔,即可从事,不像别的近代艺术需要麻烦的设备与工具,很是轻便经济。生活烦忙的现代人,如能对于书法作艺术的修练,涵养心性,也不失为一种有益的好嗜好。最后试就了实用以上的书法,略说我的意见,来作本回讲义的结束。

弘　一　和　尚　书

　　实用以上的书法，重在美观。美观的标准，说明很不容易，各人的趣味又不尽同。第一步只得在历代名家的书法中选择一二合乎自己趣味者为模范，加以模效。故临摹碑版，为从来学书者所重视。

　　碑版的数目很多，从前盛行的是唐碑，因为当时是科举时代，字体要端方才合式，故颜（真卿）柳（公权）的书体认为正宗，风行了几百年。北魏六朝碑版，学习者极少。科举废后，字体已可自由，不受拘束，大可依雪村兄：

周作人氏书

照自己的趣味选择了。欢喜学那一种都可以。最好就自己笔势相近的学之。

临摹和钞录不同，贵精不贵多。古人有所谓"永字八法"者，盖"永"字共八笔，点、横、竖、折、撇、捺、钩、剔，俱已齐备。"永"字能写，照理就甚么字都能写的了。一本碑帖，字数不少，一个一个地临摹，原也可以。但一字有一字的间架，一字有一字的神韵，变化多端。临了一个又换一个，则功力不能继续，式样、笔法就不能习熟。最好于一本碑帖中，选出可为基本的十字或十五字，取其式样不同，偏旁变化不重出者（如有了'山'字就可不要'出'字，有了'川'字就可不要'用'字之类），就此十字或十五字临摹半个月或一个月，至笔法结构都熟习后，然后再来更换。漫然贪多，结果就等于钞录碑帖，是无济于书法的。今就《张猛龙碑》与《圣

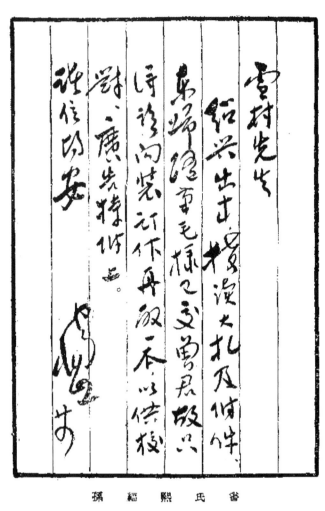

孫福熙氏書

教序》二者各选集十五字,以示选择的范例。

　　临摹最初求形似,须用薄油纸就帖碑印写,待间架结构习熟了然后再随看随写,求其神似。碑帖于临摹以外,还须时时观赏。观赏与临摹,差不多同样重要。把所临摹的碑帖,放在眼前,默然相对,玩其笔法与神味,积久自能使书法大进。临摹往往只能得到形似,观赏可以得到神似的。

男兒事長征，少小幽燕客。賭勝馬蹄下，由來輕七尺。殺人莫敢前，鬚如蝟毛磔。黃雲隴底白雲飛，未得報恩不得歸。遼東小婦年十五，慣彈琵琶解歌舞。今為羌笛出塞聲，使我三軍淚如雨。

豐 子 愷 氏 書

　　临摹碑帖，虽当求似古人，但书法的究竟境界，并不在酷肖古人。书法结果是人格的表现，甲、乙、丙三人共临一种碑帖。结果并不能一式一样，必定同中有异，这'异'的部分，就是与人格有关系的处所。学古人而不为古人所束缚，能表现出自己，才是我们的理想。

　　书法是人格的表现，所谓人格，范围甚广，包含知识、趣味、气度、习性等等。故进一步讲，如果真要字好，结果非修养自己不可。修养自己，目的本非仅仅在书法，但修养却自然会流露于笔端上。书法到了某程度

魏猛龍碑

怀仁集圣教序（王羲之书）

以后，单靠书法练习，本身是不能再有进步的，胸襟俗陋的人无论怎样勤于学书，究竟难能使其书不俗陋，这亦是有志于书法的所不可不知道的事。

（原载《开明中学讲义》第 1 卷第 2 期，1932 年 6 月）

国文科课外应读些甚么

一、引　言

本年《中学生》杂志关于中学科目,登载过许多介绍课外阅读书的文字,国文一科,尚付缺如(关于文学和修辞学原早已有别位先生写了登载过),于是有许多读者来函要求登载此项稿件,而且读者之中还有人用了"点将"的法子,把这职务交给了我,要我写一些。不瞒大家说,当本年本志决定分科介绍课外阅读书的时候,我也曾打算对于整个国文科写一篇东西的;可是终于未曾写,实在因为国文科的性质太复杂太笼统了,差不多凡是用中国文字写成的东西都可以叫做国文,使我无法着笔的缘故。后来乃变更计划,把文学与修辞学当作国文的一分支先特别提出,请别的先生写了登载。还想继续登载一篇关于文法及语法的介绍文字,意思是想把整个的国文科拆作几个小部分,来分别介绍可读的书。不料读者尚认为未能满足,纷纷来函要求介绍关于整个国文科的课外阅读书籍。不得已,就由我来勉强应命,贡献些意见吧。

先要声明:方才说过,国文科的性质太复杂太笼统了,差不多凡是用中国文字写成的东西都可以叫做国文。故我的书籍介绍,不能如别科的一一举出名称,说那一本书该读,那一本不必读。我只能依了若干大纲,来说些话而已。

让我先来下一个中学校国文科的定义,把讨论的范围加以限制。我认为:中学校的国文科的内容不是甚么《古文观止》,甚么《中学国文教本》，也不是教师所发的油印文选讲义，所命的课题，所批改的文卷；乃是整个的对于本国文字的阅读与写作的教养。课本和讲义等等只是达教养目的的材料，并非就是国文科的正体。物理，化学，算术，代数等等的教本，小说，唱本，报纸，章程，契约以及日常的书信，无一不在白纸上印得有本国文字，或写得有本国文字。如果那些课本与讲义等等叫做"国文"，那末凡是有中国文字的东西也都该叫做"国文"。这理由原很正当，也极显然，可是实际上却有许多人不理会。教师与学生都常常硬把印成的文选或"国文课本"当作"国文"，把其余的一切摈斥于"国文"之外。例如《虞初新志》中的《圆圆传》可以被钞印了成"国文"，而全部的《虞初新志》却被认为闲书，《水浒传》中《景阳冈打虎》可以被挑选了成"国文"，而全部的《水浒传》却被认为小说。学生读《景阳冈打虎》，读《圆圆传》，自以为在用功"国文"，而读《虞初新志》，读《水浒传》却自以为在看闲书，小说，更推而广之，看报，看章程，看契约，与"国文"无关，就教本复习历史、地理，与"国文"也无关，国文自国文，其余自其余，于是"国文"科就成了一种奇妙神秘的科目了。以上是就了阅读方面说的，至于写作方面，也同样有此奇怪的误解。照理说，凡用本国文字写记甚么，都应该是"国文"，可是实际情形却不然，平常的人会写信，记日记，可是不自认能作文章，他们把作文章认为了不得的大事。即使自命会作文章的文人，也常把作文章与写信记日记分别看待，一提起"作文章"三个字，往往就现出非常的矜持的神情来。至于学校的教学上，不消说这矛盾更甚。国文科中的所谓"作文"，在中学校里通常只是每月二次，其余如日常的写作笔记，日记，通告，书信之类，全不算在"国文"的账上。真所谓"骑驴寻驴"了。

因了上述的理由，我主张把"国文科"解释得抽象一些，解作"整个的对于本国文字的阅读与写作能力的教养"。以下介绍书籍，也即由此观点出发。我所介绍的书籍可分为三大种类：（1）关于文字理法的书籍，（2）理解文字的工具书籍，（3）文字值得阅读，内容有益于写作的书籍。

二、关于文字理法的书籍

国文科所处理的是文字，文字的理法犹之规矩准绳，当然应该首先知道。文字理法于写作阅读双方都大有关系，我们所以能理解他人的文字，我们的文字所以能使他人理解，都全仗有共认的理法。词与词的关系，句与句的联结，以及文章的体裁，藻饰的方式，都有一个难以随便改易的约束。这约束就是文字的理法了。可分下列诸项来说。

甲、语法或文法　这是讲词与词的关系和句与句的联结的。关于一个一个的单词的如：

《助字辨略》（刘淇）

《经传释词》（王引之）

《古书疑义举例》（俞樾）

《词诠》（杨树达）

之类。至于按照西洋文法的系统，编成词与词及句与句的通则的，则有

《马氏文通》（马建忠）

《初等国文典》（章士钊）

《国语文法》（黎锦熙）

等几种。二者之中，就单词讲述者，不重系统，而搜罗颇富，适于临时检查；先取后者择一二读之，收得系统的知识，较为急务。《马氏文通》为中国第一部有系统的文法书，惟篇幅太繁重，不便初学。章氏《初等国文典》脱胎于《马氏文通》，头绪颇明简，可以一读。语法则黎氏之《国语文法》较完全。（唯分类太琐屑，是其缺点。）语法初步，在高小时理应略已学得，中学时代须注意于语法与文法的比较与联络。最好有一本文言与语体混合的文法书，可惜现在还没有人着手编写。黎氏的《国语文法》，初中一二年级生可读，章氏的《初等国文典》，初中二三年级生可读。《词诠》搜罗字的用例颇富，可补文法书的不足。《古书疑义举例》罗列古代文句变式甚多，读古书时可随时参考。

乙、修辞学　这是讲求使用辞类的一般的法式的，消极方面注意写

作上的疵病,积极方面论到各种藻饰的方法。关于修辞学的书籍,熊昌翼先生已在本志二十六号(本年七月号)介绍过两本书:

  《修辞格》(唐钺)

  《修辞学发凡》(陈望道)

我对于熊先生的介绍,很表赞同。唐著只列修辞格,内容较简单,初中三年或高中一年级生可以先阅。陈著组织严密,搜罗详尽,因之篇幅亦较多,可供详密的钻研之用。

  丙、作文法 这是论文章的体式及其他写作上一般的方法的。这类知识,从前散见于他书者很多,古人集子中论文字的零篇,都可归入此类。近来颇有专为初学者编述的专书,如:

  《作文法讲义》(陈望道)

  《作文论》(叶绍钧)

  《文章作法》(夏丏尊刘薰宇)

  《作文讲话》(章衣萍)

之类。这类书籍,所能教示初学者的只是文章的体式与写作上的普通的心得,在对于文章体式写作方法尚未得门径的中学初年级生原可有些帮助,可任取一种阅之,唯不可一味的当做法宝。老实说,这些书并不是十分有价值的东西。(别人的书我原不敢武断,至于《文章作法》,我自己就是著者,敢这样说。)据我所知,颇有一些人在迷信这类书,故顺便告诉大家一声。

三、理解文字的工具书籍

  所谓理解文字的工具书籍范围很狭小,只指字典,辞书等而言。阅读时遇到未解的字或辞,写作时遇到恐有错误的字或辞,都可乞灵于这些工具。字典是解释单字的,辞书是解释辞与成语的。二者都有用部首排列及用韵排列的两种,如:

  《康熙字典》(字典,用部首排。)

  《经籍纂诂》(字典,用韵排。)

《佩文韵府》(辞书，用韵排。)

《辞源》(辞书，用部首排。)

最近更有用四角号码排列者，如《王云五辞典》就是。《王云五辞典》兼具字典辞书两种用途，颇为便利。

《康熙字典》为字典之最古者，性质普通，解释精当，价值不因其旧而减损，宜购备一册。《经籍纂诂》则多搜古义，为读古书的锁钥，高中学生可购备。《佩文韵府》卷帙较巨，可让图书室购置，个人只须像知其用法，于必要时去翻检就够了。

翻检字典辞书，因了熟习与否，巧拙迟速殊异，宜及早练习。部首位次的记忆固然很要紧，四声的辨别最好也稍加学习，能辨别某字大略在何声，属何韵，就方便得多了。

四、文字值得阅读，内容有益于写作的书籍

我在上面曾说，"国文"的范围很笼统，凡是用本国文字写成的都可叫做"国文"。从另一方面说，文字只是一种形式的东西，甚么内容都可填充。我国古今的书籍，就其形式说，都是用本国文字写的，都可以叫做"国文"，若就其内容说，或属于历史，或属于哲学，或属于地理，或属于政治，或属于艺术，鲜有无所属的。大家都说对于国文要用功，其实纯粹的所谓"国文"，根本就没有这样东西。所谓"用功国文"者，只是把普通一般的书籍，当作文字来用功，把它作为阅读的练习与写作的范例而已。

一种书有种种的读法。例如《史记》本来是历史，但自古就有人把它当文章读，认作文章的模范。《水经注》是一部地理书，因为其中时有描写风景的辞藻，就有人把它当美文读。(我于数年前见到一册谭复堂〔名献，仁和人〕圈点过的《水经注》。他在卷端自定阅读纲领，用种种符号标记各项。水道用══号，河流沿革用△号，描写风景的美文用○号，论断精当处用──号。这是把一部书从各方面阅读的方法，可以为范。)此外如《周礼》的《考工记》可以作状物的范例，《左氏传》可以作叙事的法式，都是很明白的事。这种的利用，推广开去，真是说不尽言。我有一位

朋友,写字很有工夫,他所作的尺牍,文字都简雅高古,没有俗气,不类近人,自成一格。我问他从何学得这种文字,他的回答出乎我的意料之外,说是从晋唐人的字帖上学来的。原来晋唐人的书法(如《淳化阁法帖》,《三希堂法帖》之类)流传者大概是尺牍,普通临帖的人只注意到书法,我这位朋友却能于书法之外,利用了去学文章,可谓多方面学习的了。

读到一部书,收得其内容,同时欣赏玩味其文字,遇有疑难时,就利用了上项的工具书去解索。所收得的内容,成了自己的知识,其效力等于实际体验。积久起来,不但可为写作的材料,而且还可为以后读他书的补助知识。所欣赏玩味过的文字的方式,则可以应用于写作上。能如此打成一片,读书就会有显著的功效了。仅仅留心内容,或只注意于文字的模效,都不是最好的方法。

至于读些甚么,我无法作限定的介绍,只好提出几个选择的目标。最近教育部重订课程标准,关于中学国文科的"阅读"一项分"精读"与"略读"二门。"精读"属于课内,"略读"属于课外。据闻这次新课程标准所定的"略读"的范围如下:

(甲)初中

(子)中外名人传记及有系统之历史记载;

(丑)有注释之名著节本;

(寅)古代语录及近人演讲集;

(卯)古今人书牍;

(辰)古今名人游记日记及笔记;

(巳)有注释之诗歌选本;

(午)古今小品文及短篇小说集;

(未)歌剧话剧之脚本及民众文艺之有价值者;

(申)适合学生程度之定期刊物。

(乙)高中

学生各就其资性及兴趣,由教员指导,选读整部或选本之名著,散见各书之单篇作品及有价值之定期刊物。

新课程标准对于初中的"略读"教材,有较具体的分项规定,而对于高中,则只作概括的指示而已。我个人对于中学生读书的范围,曾有些意见,在本志第十一号《关于国文的学习》一文中发表过。(该文现已收入单行本《中学各科学习法》中)现在也别无新的意见可说,就把那文中关于读书的范围的一段文字重行摘录于下,当作本文的结束吧。

(1)因课堂所习的选文而旁及的　如因在选文中读了《桃花源记》而去读《陶集》,读《无何有乡见闻记》(威廉·马列斯著),读了司马谈的《论六家要旨》而去读《论语》《老子》《韩非子》《墨子》等等。

(2)中国普通人该知道的　如《四书》,《四史》,《五经》,周秦诸子,著名的唐人的诗,宋人的词,元人的曲,著名的旧小说,时下的名作。

(3)全世界所认为常识的　如基督教的《旧约》,《新约》,希腊的神话,各国近代的代表文艺名作。

不消说,上列的许多书,要一一全体阅读,在中学生是不可能的。但无论如何,要当作课外读物尽量加以涉猎,有的竟须全阅或精读。举例来说,《四书》须全体阅读,诸子则可选读几篇,诗与词可读前人选本,《旧约》可选读《创世纪》,《约伯记》,《雅歌》,《箴言》诸篇,《新约》可就《四福音》中择一阅读。无论全读或略读,一书到手时,最好先读序,次看目录,了解该书的组织,知道有若干篇,若干卷,若干分目,然后再去翻阅全书,明白其大概的体式,择要读去。例如读《春秋左传》,先须知道甚么叫经,甚么叫传,从甚么公起至甚么公止。读《史记》,先须知道本纪,世家,列传,书,表等等的体式。

近来有一种坏风气,大家读书不喜欢努力于基本的修习,而好作空泛工夫。普通的学生案头有胡适的《中国哲学史大纲》,《白话文学史》,顾颉刚的《古史辨》,有《欧洲文学史》,有《印度哲学概论》。问他读过《四书》《五经》,周秦诸子的书吗,不曾。问他读过若干唐宋人的诗词集子吗,不曾。问他读过古代历史吗,不曾。问他读过各派代表的若干小说吗,不曾。问他读过欧洲文艺中重要的若干作品吗,不曾。问他读过若干小乘大乘的经典吗,不曾。这种空泛的读书法,我觉得大有纠正的必要,胡适的《中国哲学史大纲》原是好书,但未读过《论语》《孟子》《老子》《庄子》《墨子》等原书的人去读,实在不能得很大的利益。知道了《春秋左传《论语》等原书的大概轮廓,然后去读《哲学史》中关于孔子的一部分,读过几篇《庄子》,然后再去翻阅《哲学史》中关于庄子的一部分,才会有意义,才会有真利益。先得了孔子庄子思想的基本的概念,再去讨求关于孔子庄子思想的评释,才是顺路。用譬喻说,《论语》《春秋》《诗经》《礼记》是一堆有孔的小钱,《哲学史》的孔子一节是把这些小钱贯串起来的钱索子,《庄子》中《逍遥游》《大宗师》等一篇一篇的文字也是小钱,《哲学史》中庄子一节是钱索子。没有钱索子,不能把一个个的零乱的小钱加以贯串整理,固然不愉快,但只有了一根钱索子,而没有许多可贯串的小钱,究竟也觉无谓。我敢奉劝大家,先读些中国关于哲学的原书,再去读《哲学史》,先读些《诗经》及汉以下的诗集词集,再去读《文学史》,先读些古代历史书籍,再去读《古史辨》,万一必不得已,也应一壁读《哲学史》《文学史》,一壁翻原书,以求知识的充实。钱索子原是用以串零零碎碎的小钱的,如果你有了钱索子而没有可串的许多小钱,那末你该反其道而行之,去找寻许多的小钱来串才是。

(原载《中学生》第 29 号,1932 年 11 月)

1933

关于后置介词"之""的"

编辑先生：

　　一般文法教师和文法书的著者都把介词分为前置介词和后置介词两种。说，如"以""为""与""于"等字常置在名词或代名词之前，为前置介词。"之""的"二字常置于名词或代名词之后，为后置介词。他们对于介词所下的定义是："介词是用以介绍名词或代名词和别的词结合的一种词。"

　　我对于前介词尚无疑问，对于后介词却有好几处感到疑难：

　　（一）照介词的定义，后置介词是置于名词或代名词之后的，那末在"之""的"的上面的应该都是名词或代名词了。可是除真正的领格（或称所有格）外，实际上"之""的"所介的不是名词或代名词的很多。例如：

$$\begin{cases} 到自由之路 \\ 处世的方法 \end{cases} \quad \begin{cases} 浩然之气 \\ 断然的态度 \end{cases}$$

$$\begin{cases} 恻隐之心 \\ 红的花 \end{cases} \quad \begin{cases} 赫赫之名 \\ 区区的礼物 \end{cases}$$

以上所举各例，在后置介词"之""的"上的都不是名词或代名词。普通文法书上把这种本来不是名词的词，也强认为名词，替它们取了一个名称，叫做"动名词"或"转成名词"。但我总觉得有些难以自圆其说。如"红的花"中的"红"，"浩然之气"中的"浩然"等，怎么能强作为名词呢？

　　（二）"之""的"二字在行文时，因了语调关系，可用可不用，例如：

　　恻隐之心＝恻隐心　　　　处世之术＝处世术

　　古代的英雄＝古代英雄　　白的纸＝白纸

照定义,介词是介绍名词或代名词与别的词结合的东西,似乎不应该居可有可无有的地位。前置介词原也有可略的时候,但比较起来,并不如此可以随便。

以上二项,敢请费心代为解释。中国文法尚在创造时代,先生们中如关于"之""的"发见有可以对我们青年说及的事项,也请顺便发抒一二,以供我们的参考。

周璋质疑

把"之""的"二字作为后置介词解释,我也和你一样,怀疑了许久了。近来才发见了一个可以把这疑问解决的说法。我想从文法全体的品词中取消后置介词的名目,只留前置介词一种。另在形容词项下,加设形容词语尾一个条目,就把"之""的"二字作为形容词语尾,规定形容词得带语尾,文言文用"之",白话文用"的"。

这样一来,文法上原来的琐细障碍,可以除去不少。因为介词照定义只可介名词代名词,而形容词是任何的词都可做得的,你所举的疑问的例如:

红的花　　浩然之气

都可不成问题了。至于你所举第二项的"之""的"二字可用可不用的疑问,也可因了这新解释来说明,毫无困难。因为形容词可带语尾,也可不带语尾,例如用"恻隐"去形容"心"的时候,带语尾就成"恻隐之心",不带语尾就成"恻隐心"了。

这个说法,我自以为比普通认"之""的"为后置介词的说法爽直得多。不知你以为如何?

此外,你还叫我另外说些关于"之""的"二字的话。关于"之""的"二字,可说的方面当然很多。我在上面既把"之""的"二字干脆地认作形容词的语尾了,为防误会计,再附带把这二字来从一方面加以比较,附说一种可注意的现象吧。

文言的"之"与白话的"的"在平常时候是毫无两样的,不过在习惯上"的"字可省略了其下面的名词,留存于句末,"之"字却不能。这是很可注意的。例如：

　　这本书是我的书——这本书是我的。（A）

　　你是读书的人——你是读书的。（A）

　　此书为吾之书——此书为吾之。（B）

　　君为读书之人——君为读书之。（B）

由上可知，（A）例是白话，可略"的"字下的名词，以"的"字结句，并无不通。（B）例是文言，略去"之"字下的名词，就不成话了。文言文中在这些时候，另有一个"者"字，可以放在句末，和"的"字具同样作用。但"者"字似只能用于动词形容词之下，如"读书者""高者"，如"吾"等代名词之下似不能用。"君为读书者"是通的，"此书为吾者"就不能说了。可见"者"的用法不如"的"字之广。

（原载《中学生》第 36 号，1933 年 6 月，署名：默之）

"文化"与"文字"

　　学员某君,在银行任职,最近来函,云拟弃银行职业,做"文化工作",托为在开明书店谋事;因思现代一般青年,什九作如是想,亟将覆函发表,藉供参考。

　　来书看见了。你说,你厌恶银行职务,想从事文化工作,叫我替你设法在开明书店谋些事情做做。一般人都认银行职业为高等的职业,普通行员住的食的穿的都比他种职业者好,每天工作不过几小时,还有星期的休假。你得在银行中服务,还感到不满足,反而想改入小小的开明书店,真是所谓"吃一行怨一行"的了。

　　你说要改做文化工作,我想,你大概是受了"文化工作"四字的诱惑了。一般人常把"文化"二字,混认为"文字",以为学校才是"文化"机关,书店才是"文化"机关,报馆才是"文化"机关,其余的职业或机关都是与文化无关的。其实这是大错特错的见解,亟须更正才好。

　　"文化"是英文 Civilization 的译语,其意义很广。要而言之,凡自然状态以外的人为的一切有形无形的东西都叫"文化"。与"文化"相对的名词,就是"野蛮"。文字原是"文化"之一,但并非"文化"的全体。用牛耕田,是"文化",用摩托耕田,也是"文化",开钱庄是"文化",办银行也是"文化",所差的只是新旧的不同而已。我们在书店中写文字是"文化工作",你在银行中打算盘何尝不是"文化工作"呢?

　　"文化"的意义已如上述。你想放弃银行职务改入书店,大概想做"文字工作"吧。要做文字工作并不一定要入书店,进了书店也许反不便做文字工作。因为书店的文字工作,大概只是些编校之类,要以书店的营业目的为目的，并不自由。不信，有机会时你可来我们店里看看就知道了。

职业问题现今已迫切得很，已无令人空想的余裕了。关于职业，本社讲义的讲坛中曾好几次说及，都是讲师们从经验发出的亲切之谈，望再留心覆读。

安于现在的职业，将闲暇用在你所爱好的文字工作上，这是我对于你的忠告。

（原载《上海市私立开明函授学校社员俱乐部》第 5 号，1933 年 8月，署名：丏尊）

广泛的读书运动

　　子路说:"何必读书,然后为学。"我虽不是子路,也常想像到人有不必读书的一天。只要有一天,无线电话不放送滩簧,平剧,"哭妙根笃爷"等无聊的节目,改播各种类各程度的学问知识:电影不以甚么香艳,肉感,神怪等无聊的故事为题材,改映各种类各程度的学问上的表演;它们就能把白纸印黑字的书的地位,取而代之,到了这一天,学校不妨其寿终正寝,书店也自然可以关门大吉了。

　　在这时代未到以前,书似乎还有用处,非读不可。因之"读书运动",也似乎还是一个值得讲的题目。

　　当这升官发财不必靠技能学问,毕业文凭不一定能换得饭吃的时代,我不想劝青年大家进大学,成博士,也不想劝青年都手不释卷,成为文质彬彬的"读书人"。我的所谓读书运动,是另有一种解释。

　　我国从前把人民分为士,农,工,商四种。士的解释很麻烦,普通解作"读书人"。士因为是读书的,可以不农,不工,不商;反之,为农,为工,为商的可以不必读书。现在情形虽已与从前不同了,可是这谬见还根深蒂固地存在着。世人常把"书"与"学生""学校"联在一处以为学校才是可读书的地方,学生才是该读书的人。家庭中的父母不读书,商店中的伙友不读书,农村中的农民不读书,衙门中的官吏不读书,兵营中的兵士不读书,工厂中的工人不读书;因为他们不是学生,所处的场所又不是学校的缘故。学生在学校里原是号称读书的,一经走出校门,就了职业,或枯守在家庭里,也就不再读书;因为他们已出了学校已不是学生了。结果,全国四万万人之中,读书的只有现在住在学校里的学生;其余大多数的人,不论其以前曾否读过书,就其现状说,差不多都是与书册无缘的。

有需要才有供给。大家不读书,只有在学校中当学生的读书;于是国内出版界奄奄无生气,著作人也缺乏著述上的鼓励与刺激,国内有益的专门与一般的书类出版不多,而千篇一律的中小学校课本,反成了书店营业的竞争目标。不信,请看最近上海出版界中小学课本的跌价大倾销!

在别国,书册是旅行的伴侣,是家庭的消遣品;在我国,轮船火车中,难得遇到执卷的乘客,普通家庭中不可无麻雀牌,至于不备一本书,却是不足为奇的事。这是何等可叹的现象!

我希望在国内引起一个广泛的读书运动,纠正从来读书限在学校限于学生的误解;凡是已经识字的人,都能各按了程度,于业余读些书。与本身职业有关的书,固然应读,以求业务的改进;与本身职业无关的书,也不妨选读,以求趣味及常识的丰富,遇有合意的书,尽可当作"爱读书"来终身翻阅玩味。银行行员不妨是历史研究者,医生不妨是文学鉴赏者。

我所想引起的读书运动是这样。

（原载《时事新报·国庆纪念特刊》,1933 年 10 月 10 日）

我之于书

二十年来,我生活费中至少十分之一二是消耗在书上的。我的房子里比较贵重的东西就是书。

我向无对于任何一问题作高深研究的野心,因之所买的书范围较广,宗教,艺术,文学,社会,哲学,历史,生物,各方面差不多都有一点。最多的是各国文学名著的译本,与本国古来的诗文集,别的门类只是些概论等类的入门书而已。

我不喜欢向别人或图书馆借书,借来的书,在我好像过不来瘾似的,必要是自己买的才满足。这也可谓是一种占有的欲望。买到了几册新书,一册一册地加盖藏书印记,我最感到快悦的是这时候。

书籍到了我的手里以后,我的习惯是先看序文,次看目录。页数不多的往往立刻通读,篇幅大的,只把正文任择一二章节略加翻阅,就插在书架上。除小说外,我少有全体读完的大部的书,只凭了购入当时的记忆,知道某册书是何种性质,其中大概有些甚么可取的材料而已。甚么书在甚么时候再去读再去翻,连我自己也无把握,完全要看一个时期一个时期的兴趣。关于这事,我常自比为古时的皇帝,而把插在架上的书,譬诸列屋而居的宫女。

我虽爱买书,而对于书却不甚爱惜。读书的时候,常在书上把我所认为要紧的处所标出。线装书大概用笔加圈,洋装书竟用红铅笔划粗粗的线。经我看过的书,统体干净的很少。

据说,任何爱吃糖果的人,只要叫他到糖果铺中去做事,见了糖果就会生厌。自我入书店以后,对于书的贪念,也已消除了不少了。可是仍不免要故态复萌,想买这种,想买那种。这大概因为糖果要用嘴去吃,往往摆存毫无意义,而书则可以买了不看,任其只管插在架上的缘故吧。

（原载《中学生》第 39 号,1933 年 11 月,署名:丏尊）

1934

先使白话文成话

　　五四以来的白话文，因为提倡者都是些本来惯写文言文的人们，他们都是知识阶级，所写的文字，又都是关于思想学术的，和大众根本就未曾有过关系。名叫白话文，其实只是把原来的"之乎者也"换了"的了吗呢"，硬装入蓝青官话的腔调的东西罢了。凡事先入为主，白话文创造不久，就造成了那么的一个腔壳，到今日还停滞在这腔壳里。当时提唱白话文的人们有一句标语叫做"明白如话"。真的，只是"如话"而已，还不到"就是话"的程度。换句话说，白话文竟是"不成话"的劳什子。

　　白话文最大的缺点，就是语汇的贫乏。古文有古文的语汇，方言有方言的语汇，白话文既非古文，又不是方言，只是一种蓝青官话。从来古文中所用的辞类，大半被删去了，各地方言中特有的辞类也完全被淘汰了，结果，所留存的只是彼此通用的若干辞类。于是写小说时一不小心，农妇也喊"革命"，婢女也谈"恋爱"了。编成戏曲的说白可以使台下人听了莫名其妙。

　　举一例说，现在白话文里所用的"父亲""母亲"二语，就很可笑。实际上我们大家都叫"爸爸"，叫"爷"，叫"爹"，"娘"，叫"妈"，或叫"姆妈"，决不叫"父亲""母亲"的。可是白话文里却要用"父亲""母亲"的称呼，甚至于连给六七岁小孩读的初小教科书里也用"父亲""母亲"字样。"爷娘妻子走相送"，唐人诗中已叫"爷娘"了，我们现在倒叫起"父亲""母亲"来，这不是怪事吗？

　　要改进白话文，要使白话文与大众发生交涉，第一步先要使它成话。

　　现在的白话文，简直太不成话了。用词应尽量采取大众所使用着的活语,在可能的范围以内尽量吸收方言。凡是大众使用着的活语,不论是方言或是新造语,都自有它的特别情味,往往不能用别的近似语来代替。例如:"揩油"在上海一带已成为大众使用的话语,自有它的特别的情味,我们如果嫌它土俗,用"作弊""舞弊"等话来张冠李戴,就隔膜了。方言只要有人使用,地方性就会减少。如"像煞有介事"一语,因使用的人多,已有普遍性了。此后的辞典里,应一方面删除古来的死语,一方面多搜列方言。

放弃现成的大众使用着的活语不用,故意要用近似的语言来翻译一次,再写入文中去,这就是从来文言文的毛病。白话文对于这点虽经痛改,可惜还没有改革得澈底,结果所表达的情意还不十分亲切有味。我有一个朋友,未曾讨老婆,别人给他做媒的时候,他总要问"那女子是否同乡人?"他不愿和外省的女子结婚。理由是:如果老婆不是同乡人,家庭情话彼此都须用蓝青官话来对付,趣味是很少的。这话很妙。现在的白话文,作者与读者间,等于一对方言不通的情侣,彼此用了蓝青官话来作喁喁的情话,多隔膜,多难耐啊!

(原载《申报·自由谈》,1934 年 6 月 27 日)

国文科的学力检验

暑假快到,诸君之中有的已将在初中或高中部毕业。毕业的当儿有毕业考试,有会考;如果诸君是升学的,那末还须到大学专门学校或高中部去受入学考试。总之,在毕业诸君,目前已到了学力受总检验的时期了。考试是他人用了某种程限或标准来对诸君作检验的事。检验可由他人来行,也可以由自己来行。诸君此后升学也好,不升学也好,在中学里住了三年或六年,究竟获得了多少知识,固然值得自己先来作一清算,这些知识究竟于将来自己的进修与生活上是否够用,也值得自己来一加反省与考察。诸君在某种功课上造就如何,教师当然是明白的,其实最明白还要推诸君自己。对于诸君的学力,诸君自己是公正的评判官,是最适当的检验者。

中学课程中科目不少,这里试单就国文一科来说。

论理,要检验须有检验的标准。国文为中学科目中最重要的一科,也是最笼统的一科。因为文字原是一切学问的工具,而一国的文字又有关于一国的全文化,所以重要,因为内容包含太广泛,差不多包括文化及生活的全体,教学上苦于无一定的法则可以遵循,所以笼统。一篇《项羽本纪》当作历史来读,问题比较简单,只要记到历史上楚汉战争的经过情形就够了,如果当作国文来读,事情就非常复杂,史实不消说须知道,史实以外还有难字,难句,叙事的繁与简,人物描写的方法,句法,章法以及其他现出在文中的一切文章上的规矩法则,都须教到学到才行。这些工作,往往一项之中又兼含其他各项,倘若要一一教学用遍,究不可能,教者无法系统地教,只好任学生自己领悟,学者也无法系统地学,只好待他日自己触发。结果一篇《项羽本纪》对于一般学生只尽了普通历史材料的责任，无法完全其在国文课上的任务。国文与历史的关系如此，对于其他各科亦然，国文科原是本身并无内容，以一切的内容为内容的，所以教学上常不免有笼统的毛病，不若其他各科的有一定步骤可分。

自古以来不知道有多少人说过多少关于学文字的规范，可是在我们看来都觉得玄虚得很，其玄虚等于中医药方上的医案。文字应该怎样学，怎样作，怎样的文字才算好？至今还未曾有人能说出一个具体的答案来。诸君这三年或六年来日日与国文教师在一堂，国文教师对于诸君的学力当然曾有相当的分别评判：某人第一，某人寻常，某人最坏。但明确的具体的标准，恐也无法对诸君宣布吧。这是难怪的，因为国文原是一个笼统的科目。

民国十八年八月教育部颁布的《中学课程暂行标准》中曾就各科目规定过初中高中学生的毕业最低限度，其中关于国文科规定的最低限度如下：

（甲）初中国文科毕业最低限度：

（一）曾精读选文能透澈了解并熟习至少一百篇，

（二）曾略读名著十二种能了解大意并记忆其主要部分，

（三）能略知一般名著的种类名称，图书馆及工具书籍的使用自由参考阅读，

（四）能欣赏浅近的文学作品，

（五）能以语体文作充畅的文字无文法上错误，

（六）能阅览平易的文言文书籍。

（乙）高中国文科毕业最低限度：

（一）曾精读名著六种而能了解与欣赏，

（二）曾略读名著十二种而能大致了解与欣赏，

（三）能于中国学术思想文学流变文字构造文法及修辞等有简括的常识，

（四）能自由运用语体文及平易的文言文作叙事说理表情达意的文字，

（五）能自由运用最低限度的工具书，

（六）略能检用古文书籍。

这限度中有几项原也定得很笼统，甚么"名著六种"咧，"名著十二种"咧，甚么"略能"咧，"大致"咧，甚么"浅近的"咧，"平易的"咧，都是些不着边际的话。究竟所谓六种或十二种名著是些甚么书，那一种文字叫做"平易的""浅近的"，也不曾下着定义。到怎样程度才是"略能"，才是"大致"，都无法说明其所以然。去年教育部所颁布的正式课程标准中，已把这"毕业最低限度"一项除去了，也许因为各科都难作明确的规定，不仅国文一科是这样吧。

国文科在性质上既如此笼统，检验的标准自然也只好凭检验者的主观来决定。前几年北平清华大学中国文学系入学国文试题之中，有一项是出了一句联语叫学生作对，一时舆论大哗，大家责备那位出题目的教授顽固守旧。后来那位教授陈寅恪氏曾发表了一篇文字，（见《青鹤》杂志一卷三期，）把所以叫学生对对子的理由说明过。他说：对对子最易看出国文的学力。（甲）可以测验应试者能否知分别虚实字及其应用，（乙）可以测验应试者能否分别平仄声，（丙）可以测验读书之多少及语藏之贫富，（丁）可以测验思想条理。大家见了这篇答辩都觉得不错，本来责难的人也不说甚么了。

我写这篇文字的目的，在叫中学毕业诸君自己检验自己的国文科能力，不是我来检验诸君。这里只想提出几项极普通的标准，作诸君自己检验时的参考罢了。

（一）关于写作者　在一般的学校习惯上，教师评定学生国文能力，差不多是全凭写作的。诸君历次写作的成绩，有教师的评语可作依据，甚么方面能力有余，甚么方面能力不足，诸君平日理该自己明白，有余的越使发挥，不足的加修弥补。不过教师的评语每次着眼点或许不同，学校中的写作成绩，又是机械地历年平均的，名为总成绩，其实颇不可靠。今为总检验计，似应另用比较具体的标准来自己检查。第一种标准是翻译，翻文言为白话也好，翻英文为汉文也好，把普通文言诗歌或所读英文的一节，忠实地翻译出来，再自己毫不放松地逐字逐句与原文加以对照，就能看出自己的能力及缺陷所在。因为翻译是有原文的,既须顾到译文,又须顾到原文,一切用字造句都不能随意轻率,一有错误,对照起来,立即现出,所以是试炼写作的好方法。第二个标准是评改他人的文字,把一篇他人的文字摆在面前,细心审读,好的部分加圈,坏的部分代为改窜;但好与坏都须把理由说得出,不准有丝毫的含糊。这两种标准比自由写作及命题作文来得可靠,既用不着滥调子,也用不着虚伪的修饰。而真实的写作能力可以赤裸裸地表现无遗。诸君自己试行了这两种检验,对于成绩如不敢自定,则不妨请师长父兄或靠得住的朋友共同批判。

(二)关于理解者 理解与写作为学习国文的两大目标,一般人日常生活上阅读的时间多于写作的时间,故理解可以说比写作更重要。理解的条件甚复杂,检验理解力最简单的标准是标点与分段。碰到一篇艰深的文章或一本书,如果你能逐句读得断,全体分得成段落,可以说你对于这篇文章或这本书已大致能理解的了。次之是常识的测验,有人把陶潜《桃花园记》中的"晋太原中"解作"山西太原府",把"安禄山"解作西北之高山,这样的大笑话,其原因都是常识不足。以前所说国文科原是本身并无内容,以一切的内容为内容的。在普通文字中所谓内容,无非是些常识而已。中学毕业生尽可不懂偏僻的术语,普通书中常用的名辞究非知道不可。近来大学或专门学校的入学试题中,常有常识测验一个项目,你可以把各校的测验题目拿来测验自己,如自觉能力欠缺,就亟须自己补救。补救的方法是多问,多翻字典。

(三)关于语汇者 我们的言语,是因了性质或门类有着成串的排列的,表示一个意思的辞不止一个,一个辞又可与其他辞合成另一个辞。这种成串的辞类,普通叫做语汇,或叫语藏。语汇分两种:(甲)理解语汇。理解语汇是帮助阅读时的理解的,譬如说,一个"观"字共有多少个解释?和他辞拼合起来,在头上者如"观念","观感","观光","观察",……共有多少个?在末尾者如"楼观","壮观","人生观","达观","贞观",……共有多少个?其中你所知道的有几个?这个检验,某字在头上者,最好用你日常所用的辞典来做依据,至于某字在末尾者可去一翻《佩文韵府》等类书。或任择数字叫朋友和你来竞争了——写出,看谁写得最多,也可以。这类语汇丰富的人,就是理解力丰富的人。(乙)运用语汇,这是从写作方面说的。譬如一个"笑"字,你在写作中运用"笑"字的时候,因了情形,能换出几种花样来?与"笑"一系的辞,有"解颐","哄堂","捧腹","喷饭","莞尔",……形容"笑"的程度的辞,有"呵呵","哈哈","嘻嘻",……你知道的有几个?每一个意思因了情形或程度,自有一串的语汇,语汇丰富的人写作时才能多方应用,各得其所,犹之作战需用多数的军队。你该任就几个意思,把可用的辞列出来,像检阅部下军队似地自己检验一下。如果你自觉所贮藏的可用的辞不多,那就得随时留意,好好加以补充。

(四)其他　学习国文的重要目标,不外写作与理解二事,上面已把写作与理解的检验方法择要说过了。前项所说的语汇,是关系于写作与理解双方的,所以特别提开来说。此外尚有几种值得注意的几方面:(甲)书法。书法在科举时代向为检验国文能力的重要标准,自改办学校教育以来,就被忽视了。其实书法与我们实际生活关系甚密,在现代生活中差不多没有人可以一日不执笔的,现代工商社会中人,用笔的工作比从前士大夫都要忙。书法好坏的标准,现代亦和从前不同,应以敏捷,正确,匀净为目标,不会写端楷,不会临碑版,倒不要紧。寻常需要的是行书,是钢笔字。你对于这二者已用过相当的工夫了没有?如果你只会写那些文课里的方格字,而不能写社会上实际需要的别种样式的字,那末我劝你自己赶快补习。(乙)书写的格式。学校里的文课,所读的选文,书写的格式都是平版一律的,可是我们实际生活上所写的东西,各有一定的格式,不合这些格式,即使你书法很好也不相干。举例说吧,一封信里,受信者的名字与发信人的名字,各有一定的位置。年月日该写在甚么地方,也有一定的规矩。何种字面须提行写,或空一格写?如果这封信不止一张,第二张至少该在第几行完结才不难看?又,信封上地名与人名应该怎样安排?诸如此类,问题不少。此外如契据的格式,章程的格式,公文的格式,简帖的格式,很多很多,你对于这种方面已知道大略的情形了吗?如果你只知道抄录文课的老格式,不懂得别的东西的写法,只会作家书及对于知己友人的通讯,不会对别的生疏未熟的人写一封客气点的信,那末我劝你自己赶快补习。(丙)讹写与音误。这就是所谓"写别字"和"读别字"了。在我所见到的中学生的投稿中,别字是常碰到的,别字和简笔字不同,简笔字近来颇有人提倡,因为书写便利,原该通融采纳。至于别字,究是浅陋幼稚的暴露,而且有碍意思的传达,大宜加以留意。证诸过去的文课,如果你自己知道是常写别字的,最好把《字辨》或《字学举隅》等类的书来补看一遍。至于读别字,在人前常会被暗笑,遇到自己以为靠不住的读音,须得随时检查字典,否则在人前不把未知道读法的字朗读,也是藏拙之一法。

市上正流行着甚么《会考指南》《升学必携》等类的书册,这类书册的效力如何,我不知道。我这篇文字,目的在叫毕业诸君乘此文凭将要到手的时候,自己来作一回检验。不但对于升学的说,也对于不升学的说的,我所说的只是老实话,并无别的巧妙的秘诀,不知读者会失望否。

(原载《中学生》第 46 号,1934 年 6 月,署名:丏尊)

文　心

序

这部《文心》是用故事的体裁来写关于国文的全体知识。每种知识大约占了一个题目。每个题目都找出一个最便于衬托的场面来,将个人和社会的大小时事穿插进去,关联地写出来。通体都把关于国文的抽象的知识和青年日常可以遇到的具体的事情镕成了一片。写得又生动,又周到,又都深入浅出。的确是一部好书。

这部好书是丏尊和圣陶两位先生特为中学生诸君运用他们多年教导中学国文的经验写成的。什么事应该说以及怎样说才好懂,都很细心地注意到,很合中学生诸君的脾胃。我想中学生得到此书,一定好像逢着什么佳节得到亲眷特为自己备办的难得的盛馔。

这里罗列的都是极新鲜的极卫生的吃食。青年诸君可以放心享用,不至于会发生食古不化等病痛。假使有一向胃口不好的也可借此开胃。

以前也曾有过用"文心"这两个字做书名的书,叫做《文心雕龙》,那是千把年前的刘勰做的,也是一部讲全体国文知识的书。也许在子渊的旧书箱里还可以找得着,但是你们如果找来放在自己的书架上,枚叔看见,一定又要来一句"了不得"。我家里也藏着板子不同的好几部,从未拿给还在中学读书的两个女儿看。

世界总是一天一天的进步起来,好像你们总是一天一天的大起来进步起来一样。即就国文的知识来说,我们做中学生的时候所受的,不是一些繁繁碎碎，像从字纸篓里倒出来的知识，就是整部的《诗经》、《书经》、《易经》、《礼记》，从陈年老书箱里搬出来，教我们读了做圣贤的。那里有的这样平易近人而又极有系统的书？即使找出几本古人写的，例如《文心雕龙》罢，也是古人说古文的。有些我们急于要晓得的，他们都还不曾想到。就像这部《文心》里面说的文法之类，那位做《文心雕龙》的刘勰就连梦里也还未曾梦见呢。

我们应谢谢丏尊圣陶两位先生，替青年们打算，把现在最进步的知识都苦心孤诣地收集了起来，又平易地写出来，使我们青年也有机会接近它。

一九三四年五月四日，陈望道。

序

记得在中学校的时候，偶然买到一部《姜园课蒙草》，一部彪蒙书室的《论说入门》，非常高兴。因为这两部书都指示写作的方法。那时的国文教师对我们帮助很少，大家只茫然地读，茫然地写；有了指点方法的书，仿佛夜行有了电棒。后来才知道那两部书并不怎样高明，可是当时确得了些好处。——论读法的著作，却不曾见，便吃亏不少。按照老看法，这类书至多只能指示童蒙，不登大雅。所以真配写的人都不肯写；流行的很少像样的，童蒙也就难得到实惠。

新文学运动以来，这一关总算打破了。作法读法的书多起来了；大家也看重起来了。自然真好的还是少，因为这些新书——尤其是论作法的——往往泛而不切；假如那些旧的是饾饤琐屑，束缚性灵，这些新的又未免太无边际，大而化之了——这当然也难收实效的。再说论到读法的也太少；作法的偏畸的发展，容易使年轻人误解，以为只要晓得些作法就成，用不着多读别的书。这实在不是正路。

丏尊圣陶写下《文心》这本"读写的故事"，确是一件功德。书中将读法与作法打成一片，而又能近取譬，切实易行。不但指点方法，并且着重训练;徒法不能自行,没有训练,怎么好的方法也是白说。书中将教学也打成一片,师生亲切的合作才可达到教学的目的。这些年颇出了些中学教学法的书,有一两本确是积多年的经验与思考而成。但往往失之琐碎,又侧重督责一面,与本书不同。本书里的国文教师王先生不但认真,而且亲切。他那慈祥和蔼的态度,教学生不由地勤奋起来,彼此亲亲热热地讨论着,没有一些浮嚣之气。这也许稍稍理想化一点,但并非不可能的。所以这本书不独是中学生的书,也是中学教师的书。再则本书是一篇故事,故事的穿插,一些不缺少;自然比那些论文式纲举目张的著作容易教人记住——换句话说,收效自然大些。至少在这一件上,这是一部空前的书。丏尊圣陶都做过多少年的教师,他们都是能感化学生的教师,所以才写得出这样的书。丏尊与刘薰宇先生合写过《文章作法》,圣陶写过《作文论》。这两种在同类的著作里是出色的,但现在这一种却是他们的新发展。

自己也在中学里教过五年国文,觉得有三种大困难。第一,无论是读是作,学生不容易感到实际的需要。第二,读的方面,往往只注重思想的获得而忽略语汇的扩展,字句的修饰,篇章的组织,声调的变化等。第三,作的方面,总想创作,又急于发表。不感到实际的需要,读和作都只是为人,都只是奉行功令;自然免不了敷衍,游戏。只注重思想而忽略训练,所获得的思想必是浮光掠影。因为思想也就存在语汇,字句,篇章,声调里;中学生读书而只取其思想,那便是将书里的话用他们自己原有的语汇等等重记下来,一定是相去很远的变形。这种变形必失去原来思想的精彩而只存其轮廓,没有甚么用处。总想创作,最容易浮夸,失望;没有忍耐而求近功,实在是苟且的心理。本书对于这三件都已见到;除读的一面引起学生实际的需要,还是暂无办法外,(第一章,周枚叔论编中学国文教本之不易)其余都结实地分析,讨论,有了补救的路子。(如第三章论作文"是生活中间的一个项目",第九章朱志青论文病,第十四章王先生论读文声调,第十七章论"语汇与语感",第二十九章论"习作创作与应用")此外,本书中的议论也大都正而不奇,平而不倚,无畸新畸旧之嫌,最宜于年轻人。譬如第十四章论读文声调,第十六章论"现代的习字",乍看仿佛复古,细想便知这两件事实在是基本的训练,不当废而不讲。又如第十五章论无别择地迷恋古书之非,也是应有之论,以免学生钻入牛角尖里去。

最后想说说关于本书的故事。本书写了三分之二的时候,丏尊圣陶做了儿女亲家。他们俩决定将本书送给孩子们做礼物。丏尊的令嫒满姑娘,圣陶的令郎小墨君,都和我相识;满更是我亲眼看见长大的。孩子都是好孩子,这才配得上这件好礼物。我这篇序也就算两个小朋友的订婚纪念吧。

朱自清 二十三年五月十七日,北平清华园。

目　次

一、"忽然做了大人与古人了"

正午十二时的下课钟才打过，H 市第一中学校门口蜂也似地涌出许多回家吃午饭去的通学生。女生的华丽的纸伞，男生的雪白的制服，使初秋正午的阳光闪耀得愈见明亮。本来行人不多的街道，突然就热闹起来。

"从今日起，我们是初中一年生了。上午三班功课，英文仍是从头学起，算学还是加减乘除四则，都没有甚么。只有国文和我们在高小时大不同了，你觉得怎样？"周乐华由大街转入小巷，对同走的张大文说。

"我也觉得国文有些繁难。这恐怕不但我们如此，方才王先生发文选时，全级的人看了似乎都皱着眉头呢。"

"这难怪他们。我和你在高小时对于国文一科总算是用功的，先生称赞我们俩在全级中理解力最好，尚且觉得够不上程度。"

"今天发出来的两篇文选，说叫我们豫先自习。我方才约略看了几处，不懂的地方正多哩。你或者比我能多懂些吧。"

"那里那里。反正今天是星期一，王先生方才叫我们在星期三以前把那篇白话体的《秋夜》先豫备好，还有一天半工夫呢。我回去慢慢地豫备，真有不懂的地方，只好去问父亲了。"

"你有父亲可问，真是幸福。我……"失了父亲的大文不禁把话咽住了。

"我的父亲与你的父亲有甚么两样？你不是可以常到我家里去，请我父亲指导的吗？今晚就去吧，我们一同把第一篇先来豫备，好不好？——呀，已到了你家门口了。我吃了饭就来找你一同上课去。下午第一班是图画吗？"乐华安慰了大文，急步走向自己家里去。

周乐华与张大文是姨表兄弟，两人都是十四岁。周乐华家居离 H 市五十里的 S 镇，父亲周枚叔是个中学教师，曾在好几个中学校里担任过国文功课。新近因为厌弃教师生涯，就在 H 市某银行里担任文牍的职务。

暑假时乐华在 S 镇高小毕业了,枚叔因为乡间没有中学,自己又在银行里服务,不能兼顾 S 镇的家,就将全家移居 H 市,令乐华投考第一中学初中部。张大文原是 H 市人,自幼丧父,他的母亲因大文身体瘦弱,初小毕业后,即依从医生的劝告和亲戚间的商议,令转入乡间的 S 镇小学校去住读,只在年假暑假回到 H 市来。乡居两年,大文在高小毕业了,身体也大好了,便留在 H 市与乐华同入第一中学。两人既是亲戚,两年以来又同级同学,情谊真同兄弟一样。

下午课毕后,乐华与大文去作课外运动。阔大的运动场,各种各样的运动器具,比较乡间高小的几有天渊之差。两人汗淋淋地携了书包走出校门,已是将晚的时候了。

乐华走到家里,见父亲早已从银行里回来了。檐下摆好了吃饭桌凳。母亲正在厨下,将要搬出碗盏来。

"今天上了几班课? 程度够得上吗? 好好地用功啊!"吃饭时枚叔很关心地问乐华。

"别的还好,只是国文有些难。"

"大概是文言文罢,你们在小学里是只读白话文的。"

"不但文言文难懂,白话文也和从前的样子不同。今天先生发了两篇文选,一篇白话的,一篇文言的。白话的一篇是鲁迅的《秋夜》,文言的那篇叫做《登泰山记》,是姚……做的。"

"姚鼐的吧。这个'鼐'字你不认识吧。姚鼐,安徽人,是前清有名的文章家。"

"先生交代在星期三以前要把这两篇文章豫备好呢。"

"吃了饭好好去豫备吧。不懂的地方可问爸爸,现在不比从前了。从前爸爸不和你在一起,自修时没有人可问。"乐华的母亲从旁加进来说。

"我也许无法指导呢,"枚叔苦笑。

"为什么? 你不是做过多年的国文教师的吗?"乐华的母亲这样问,乐华也张大了眼睛惊讶地对着父亲。

"惟其做过多年的国文教师,所以这样说。一个孩子从小学升入中学,课程中最成问题的是国文。这理由说来很长,且待有机会时再说吧。"枚叔一壁说,一壁用牙签剔牙。

乐华愈加疑惑。恰好大文如约来了。天色已昏暗,乐华在自己的小书房里捻亮了电灯,叫大文进去一同豫习。枚叔独自在庭间闲步,若有所想。

两人先取出《秋夜》来看,一行一行地默读下去,遇到不曾见过的字类,用铅笔记出,就《学生字典》逐一查检,生字查明了,再全体通读,仍有许多莫名其妙的地方。

"'墙外有两株树,一株是枣树,还有一株也是枣树',你懂得吗? 为什么要这样说?"大文问乐华说。

"不懂,不懂。下面还有呢,'这上面的夜的天空,奇怪而高',天空有什么可奇怪的呢? 不懂,不懂。字是个个认识的,连结起来竟会看不明白,怎样好啊!"乐华皱起眉头埋头再细细默读。

这当儿枚叔踱进小书房来。

"你们看不懂《秋夜》吧。"

"难懂,简直不懂。"乐华大文差不多齐声说,同时现出请求讲解的眼色。

"不懂是应该的。"枚叔笑着说。

"为什么学校要叫我们读不懂的文章呢? 我们在高小读国语课本,都是能懂的。"大文说。

"让我来告诉你们,"枚叔坐下在椅子上说。"你们在小学里所读的国语课本,是按照了你们的程度,专为你们编的。现在中学里,先生所教的是选文,所选的是世间比较有名的文章。或是现在的人做的,如鲁迅的《秋夜》,或是古时的人做的,如姚鼐的《登泰山记》。这些文章本来不为你们写作的,是他们写述自己的经验的东西。你们年纪这样小,经验又少,当然看了难懂了。"

"那末为什么没有人替我们中学生编国文课本呢?"乐华不平地说。

"照理原应该有人来按了年龄程度替你们特地编的,可是这事情并不容易。我从前在中学校教国文时,也曾想约了朋友另编一部中学国文教本。后来终于因为生活不安定,没有成功。你们也许不知道,现在中学以上的教师,位置是很不安定的,这学期这里,下学期那里,要想在一处安心教书,颇不容易。你们的国文教师是王仰之先生吧。他是我的老朋友,是一位很好的教师。他这学期教你们,也许下学期就不教你们了。中学校国文科至今还没有适当的课本,教师生活的不安定也是一个大原因。"枚叔说到这里,似乎感慨无限,聪明的乐华和大文从枚叔的言语中就窥见了他所以抛弃教师生活的原因。

"你们在中学里就学,全要靠自己用功的了。因为教师流转不定,无论那一科,教师是不能负责到底的。"枚叔继续说。

"叫我们对于国文科怎样用功啊!既难懂,又没趣味。"大文说。

"慢慢地来。你们是小孩,是现代人,所读的却是写记着大人或古人的经验的文章。照理,大人的经验要大人才会真切地理解,古人的经验要古人才会真切地明白。你们非从文章中收得经验,学到大人或古人的经验程度不可。"

"叫我们忽然变成大人变成古人吗? 哈哈!"乐华与大文不觉笑起来了。

"现在的情形,老实说是这样。你们还算好呢,从前的人像你们的年龄,还在私塾里一味读《四书》《五经》,不但硬要他们做大人古人,还要强迫他们做圣人贤人呢,哈哈!"

"哈哈!"乐华大文跟着又笑了。

"你们笑什么?"乐华的母亲听见笑声,到房门口来窥看。"外面很凉呢,大家快到外面来,不要挤在一间小房间里。"

于是大家出去,一齐坐在庭心里。这时月亮尚未出来,星儿在空中闪铄着。枚叔仰视天空,对乐华大文说:

"你们不是正在读鲁迅的《秋夜》吗? 现在正是秋夜呢。你看,星儿不是在睐眼吗? 天不是很蓝吗? 现在尚是初秋,一到晚秋,天气愈清,天空看去还要高,有时竟会高得奇怪,还要蓝,有时真是非常之蓝。"

乐华大文点头,如有所悟。

"鲁迅所写的是晚秋的夜,所以文中表现出萧瑟的寒意,凋落的枣树,枯萎了的花草,避冷就火的小虫,都是那时候实在的景物,他对着这些景物,把自己的感想织进去,就成了那篇文章。景物是外面的经验,对于景物的感想是内部的经验。晚秋夜间的经验,你们是有了的,可是因为平常不大留意,在心里印得不深。至于对于景物的感想,那是各人各异的,小孩子所感到的当然不及大人的复杂,即同是大人,普通人所感到的当然不及诗人文人的深刻。你们方才说看不懂鲁迅的《秋夜》,就是经验未到鲁迅的程度的缘故。"

"爸爸,好像比刚才懂了许多了呢。——大文,我们再去豫习吧,看还有甚么地方不懂的。"乐华拉了大文,再到小书房里去。

两人热心地再看《秋夜》,一节一节地读去,觉得比先前已懂得不少,从前经历过的晚秋夜间的景物也一一浮出在眼前,文中有许多话,差不多就是自己所想说而说不出的。两人都暗暗地感到一种愉快。

"已经看懂了没有?"枚叔又踱进书房来。

"大概懂得了。——嗄,大文。"乐华一壁回答,一壁征求大文的同意。

"这一节恐怕你们还未必懂吧。"枚叔指着《秋夜》中的一节读道:"'我忽而听到夜半的笑声,吃吃地,似乎不愿意惊动睡着的人。然而四围的空气都应和着笑。夜半,没有别的人,我即刻听出这声音就在我嘴里,我也即刻被这笑声所驱逐,回进自己的房。灯火的带子也即刻被我旋高了。'这一节恐怕懂不来吧。"

"真的,不懂得。为甚么要笑?为甚么自己笑了会自己不知道?为甚么四周的空气也会应和着笑?"乐华问。大文也抬起头来注视枚叔。

"我方才曾把经验分为两种,一种是外面的经验,一种是内部的经验。外面的经验是景物的状况,内部的经验是作文说话的人对于景物的感想。譬如说天上的星在闪铄,这是景物,是外面的经验。说星在映冷眼,这是作文说话的人对于星的感想,是内部的经验。外面的经验是差不多人人共同的,最容易明白。内面的经验却各人不同。如果和外面的经验合在一处的时候,比较还容易懂得。像这节,全然是写作者那时个人的心境的,却是纯粹的内部的经验。我们除了说作者自己觉得如此以外,更别无甚么可解释的了。"

"那末,爸爸也不懂?"乐华惊问。

"也许比你们多懂得一些。真能够懂的怕只有作者鲁迅自己了。但是鲁迅虽能真懂,却也无法解释给你们听哩!"

才在豫习中感到兴趣的乐华与大文,听了枚叔的这番话,好像头上浇了冷水,都现出没趣味的神情。

"这是无可如何的事。诗词之中,这种情形更多,你们将来读诗词会时时碰到这种境界呢。你们尚是孩子,今后所读的文字却都是现成的东西,不是现代的大人做的,就是古代的大人做的。他们不但是大人而且都是文人,他们只写自己的内外经验,并不豫计给你们读的。你们能懂得多少,就懂多少,从文字里去收得经验,学习经验的方法。你们不久就要成大人了,趁早把思考力想像力练习到水平线的程度,将来才不至于落伍。"枚叔说了就拔步走出。

大文在乐华小书房中又坐了一会才回去。乐华送他出门时,笑着说:

"我们忽然做了大人与古人了!"

二、方块字

星期三下午接连是两班国文课。王先生讲解选文,采取学生自动的方式,自己只处于指导的地位。先叫一个学生朗读一节,再令别一个学生解释。一节一节地读去讲去,遇有可以发挥的地方,他随时提出问题,叫学生们自由回答,或指名叫某一个学生回答,最后又自己加以补充。全课堂的空气非常活泼紧张。

乐华与大文坐在最后的一排。他们已把《秋夜》与《登泰山记》好好地豫习过了,甚么都回答得出。因为怕过于在人前夸耀自己,只是默默地坐在那里静听同学们的讲读和先生的补充。遇到全课堂无人能回答时,才起来说话。在这两班功课中,乐华与大文各得到两三次开口的机会,王先生都赞许说,"讲得不错。"全堂的同学时时把眼光注射到他们身上。

在乐华与大文看来,同学们的讲解,有的似是而非,有的简直错误得可笑。最可注意的是王先生的补充了。乐华把王先生所补充的话择要记录在笔记册上,给大文看。他所记的如下:

　　重复法——一株是枣树,还有一株也是枣树。

　　　　——我即刻听出这声音就在我嘴里,我也即刻被这笑声所驱逐,回进自己的房。灯火的带子是即刻被我旋高了。

　　拟人法——她在冷的夜气中瑟缩地做梦……

　　　　——鬼映眼的天空越加非常之蓝,不安了,仿佛想离去人间,避开枣树,只将月亮剩下。……

　　　　——苍山负雪。　半山居雾若带然。

　　《秋夜》——写景。状物。想像分子多。文字奇倔。

　　《登泰山记》——写景。纪行。朴实的记载。文字简洁。

大文自己也有所记,两人彼此交换了看,把重要的互相补充,彼此所记的条数愈多了。

王先生教授时,很注意于文言与白话的比较,他说:

"诸君第一次读文言文,一定会感到许多困难。但是不要怕,普通的文言文并不难。文言和白话的区别只有两点,一是用字的多少,一是关系词的不同。例如,《登泰山记》是文言,开端的'泰山之阳汶水西流'如果用白话来说,就是'泰山的南面,汶水向西流着',白话的字数比文言多了几个。在文言中,一个'阳'字可作'南面'解,'西流'二字可作'向西流着'解,在白话文中却不行。又如'之'字,在白话文用'的',这是关系词的不同。诸君初学文言,须就这两点上好好注意。"

随后王先生就从《登泰山记》中摘出句子来,自己用白话翻译几句给学生听,再一一叫学生翻译。在这时,乐华知道了许多文言白话用字上的区别。知道'者'就是'的','皆'就是'都','其'就是'他的','也'就是'是','若'就是'像'等等。

一篇《登泰山记》由全体学生用白话一句句翻译过以后,王先生又突然提出一个问题来,说:

"《登泰山记》中说,'苍山负雪,明烛天南'。这'烛'字是甚么意思?"

"这是蜡烛的'烛',"一个学生起来说。

"蜡烛?"王先生摇着头。"谁能改用别的话来解释?"

"方才听先生讲过,'烛'是照的意义,"另一个说。

"是的,我曾这样说,'烛'字作照的意义解。但为甚么作这样解释呢? 有人能说吗?"

全课堂的眼光都集注于乐华大文两人。大文用臂弯推动乐华,意思是叫他回答。

"因为烛会发光,所以可作照字解。——这是爸爸教我的。"同学们太注意乐华了,使他很不好意思,他便把责任推到自己的父亲身上去。

"对了,烛字本来是名词,在这里用作动词了。诸君在高小里,当已知道词的分类,你们入学试验的时候,我曾出过关于文法的题目,大家都还答得不错,词的种类和性质想来大家已明白了。谁来说一遍看!"

"名词,代名词,动词,——动词之中有自动与他动二种——形容词,副词,接续词,介词,助词,还有感叹词。"一个学生很熟地背出文法上品词的名称来。

"不错,有这许多词。"王先生随在黑板上写一个"梦"字,问道:"梦字是甚么词?"

"是名词,"一个学生回答。

王先生又把《秋夜》里的"她在冷的夜气中,瑟缩地做梦,梦见春的到来,梦见秋的到来,梦见瘦的诗人将眼泪擦在她最末的花瓣上"几句话写在黑板上,问道:

"不错,做梦的'梦'字是名词。下面梦见的'梦'字是不是名词呢?"

"不是,不是,"许多学生回答。可是没有人能说出那些'梦'字的性质来。

"那些'梦'字和'见'字联结,成为动词了,"王先生说。"还有我们称一个人睡着了说话叫'说梦话',这'说梦话'的'梦',是甚么词呢?"

"是形容词,"大文回答。

王先生又在黑板的另一角上写了一个"居"字,问:"这是甚么词?"

"普通属动词，"一个学生回答。

"那末《登泰山记》中'半山居雾若带然'的'居'字呢？是不是动词？"先生问。

"刚才先生说，居雾是'停着的雾'的意思，那末这'居'字对于'雾'字是形容词了。"坐在大文前面的的一个学生回答。那个学生名叫朱志青，是和乐华大文同一自修室的，乐华大文在同级中最先认识的就是他。

"不错。是形容词。"王先生说到这里，下课钟响了，杂乱的脚步声从左右课堂里发出，先生用手示意，一壁说道："且慢走，还有几句很要紧的话。——我国文字是方方的一个个的，你们从前幼时，不是认过方块字吗？我国文字没有语尾的变化，真是方块字。甚么字甚么性质，没有一定，因所处的地位而不同。像方才所举的几个字，都是因了地位而性质变易的。这情形在读文字的时候，要随时留意，尤其是文言文。因为文言文用字比白话文简单，一个字弄不明白，解释上就会发生错误的。"

运动场上虽已充满着快活的人声，王先生的课堂里却还没有鞋子在地板上拖动的声音，直到王先生向学生点头下讲台为止。

乐华对于王先生所说的"方块字"三个字，很感到趣味，他不但记起了幼时母亲写给他的红色的小纸片，还得到种种文字上的丰富的暗示。与大文回去的时候，走过一家茶店门口，见招牌上写着"天乐居"三个大字，署名的地方是"知足居士书"，又见茶店间壁的一分人家的墙门头顶有"居之安"三字凿在砖上。就指向大文道：

"方才王先生说过'居'字，恰好这里就有三个'居'字呢。让我们来辨别辨别看。"

"天乐居的'居'是名词，居士的'居'是形容词，居之安的'居'是动词啰。"大文说得毫无错误。

"想不到一个字有这许多的变化。我们在高小时只知道名词动词等的名目，现在又进了一步了。"

两人一壁走，一壁注意路上所见到的字，不论招牌，里巷名称，以及广告，标语，无一不留心到。你问我答，直到中途分别才止。

三、题目与内容

星期六的第一班是国文课的作文。许多同学来到这学校里,这还是第一次作文;大家怀着"试一试"的好奇心,豫备着纸笔,等候王仰之先生出题目。

天气非常好。阳光从窗外的柳条间射进来,在沿窗的桌子上、地板上、同学们的肩背上印着繁碎的光影。王先生新修面颊,穿着一件洗涤得很干净的旧绸长衫,斜受着外光站在讲台上;谁望着他就更亲切地感到新秋的爽气。

"诸君且放下手里的笔,"王先生开头说。"这是第一次作文。关于作文,我要和你们谈几句话。现在我问:在怎样的情形之下,我们才提起笔来作文呢?"

"要和别地的亲友通消息,我们就写信,写信便是作文,"一个学生回答。

"有一种意见,要让大众知晓,我们就把它写成文字;这比一个一个去告诉他们便当得多。"

"经历了一件事情,看到了一些东西,要把它记录起来,我们就动手作文。"

"有时我们心里欢喜,有时我们心里愁苦,就想提起笔来写几句;写了之后,欢喜好像更欢喜了,愁苦却似乎减淡了。有一回,我看见亲手种的蔷薇开了花,高兴得很,就写一篇《新开的蔷薇》;再到院子里去看花,觉得格外有味。又有一回,我的姊姊害了病,看她翻来覆去不舒服,我很难过,就写一篇《姊姊病了》;写完之后,心里仿佛觉得松爽了一点。"

王先生望着最后说话的一个学生的脸,眼角里露出欣慰的光,他点头说:"你们说的都不错。在这些情形之下,我们就得提起笔来作文。这样看来,作文是无所为的玩意儿吗?"

"不是,"全级学生差不多齐声回答。

"是无中生有的文字把戏吗?"

"也不是。"

"那末是甚么?"王先生把声音提高一点,眼光摄住每一个学生的注意力。

"是生活中间的一个项目,"朱志青的口齿很清朗,引得许多同学都对他看。

王先生恐怕有一些学生不很明白朱志青的话,给他解释道:"他说作文同吃饭、说话、做工一样,是生活中间缺少不来的事。生活中间包含许多项目,作文也是一个。"

乐华等王先生说罢,就吐露他的留住在唇边的答语道:"作文是应付实际需要的一件事情,犹如读书、学算一样。"

王先生满意地说:"志青和乐华都认识得很确当。诸君作文,须永远记着他们的话。作文是生活,而不是生活的点缀。"

停顿了一会儿,王先生继续说:"那末,在并没有实际需要的时候,教大家提起笔来作文,像今天这样,课程表上规定着作文,不是很不自然的可笑事情吗?"

"这就叫做练习呀,"大文用提醒的声口说。

"不错。要教诸君练习,只好规定一个日期,按期作文。这是不得已的办法。并不是作文这件事情必须出于被动,而且必须在规定的日期干的。到某一个时期,诸君的习惯已经养成,大家把作文这件事情混和入自己的生活里头,有实际需要的时候能够自由应付:这个不得已的办法就达到了它的目标了。"

王先生说到这里,回转身去,拿起粉笔来在黑板上写字。许多学生以为这是出题目了,都耸起身子来看。不料他只写了"内容"两个字,便把粉笔放下,又对大家谈话了。

"我们把所要写的东西叫做'内容',把标举全篇的名称叫做'题目',依自然的顺序,一定先有内容,后有题目。例如,看见了新开的蔷薇,心里有好多欢喜的情意要写出来,才想起《新开的蔷薇》这个题目;看见了姊姊害病,心里有好多愁苦要想发泄,才想起《姊姊病了》这个题目。但是,在练习作文的当儿,却先有题目。诸君看到了题目,然后去搜集内容。这岂非又是颠倒的事情吗？”

全堂学生都不响，只从似乎微微点头的状态中，表示出“不错，的确是颠倒的事情”的回答。

“颠倒诚然颠倒，”王先生接下去说，“只要练习的人能够明白，也就没害处。练习的人应该知道作文不是遇见了题目，随便花言巧语写几句，就算对付过去了的事情。更应该知道在实际应用上，一篇文字的题目往往是完篇之后才取定的；题目的大部分的作用在便于称说，并没甚么了不起的关系。这些见解很关重要。懂得这些，作文才是生活中间的一个项目；不懂得这些，作文终于是玩意儿、文字把戏罢了。从前有人闲得没事做，取一个题目叫做《太阳晒屁股赋》……”

全堂学生笑起来了。

王先生带着笑继续说：“他居然七搭八缠地写成了一篇，摇头摆脑念起来，声调也很铿锵。这种人简直不懂得作文是怎么一回事，只当它是无谓的游戏。其实，这样地作文，还是不会作的好；因为如果习惯了，对于别的事情也这样‘游戏’起来，这个人就没有办法了！然而，从来教人练习作文，用的就是类乎游戏的方法，诸君恐怕不大知道吧？刚才看了几页历史，就教他作《秦始皇论》、《汉高祖论》，还没有明白一乡一村的社会组织，却教他作《救国的方针》、《富强的根源》：这不但二三十年前，就是现在，好些中学校里还是很通行呢。这些题目，看来好像极正当，可是出给不想作、没有能力作的学生作，就同教他作《太阳晒屁股赋》一样，而且对于他的害处也一样。”

又是一阵轻轻的笑声，笑声中透露出理解的欣快。

“所以，我不预备出这一类的题目给诸君作。本来，出题目可以分做两派。刚才提起的是一派。这是不管练习的人的，要你说甚么你就得说甚么，例如要你论秦始皇你就得论秦始皇；要你怎么说就得怎么说，例如要你说‘我国之所以贫弱全在鸦片’你就得说‘我国之所以贫弱全在鸦片’。另外一派就不然。先揣度练习的人对于甚么是有话说的、说得来的，才把甚么作为题目出给你作。而且这所谓甚么只是一个范围，宽广得很，你划出无论那一角来说都可以。这样，虽然先有题后作文，实则同应付实际需要作了文,末了加上一个题目的差不多;出题目不过引起你的意趣罢了,所写的内容还是你自己原来就有的。我的出题目就属于这一派。"

王先生说到这里,才在黑板上写出两个题目:

《新秋景色》

《写给母校教师的信》

许多学生好像遇见了和蔼的客人,一齐露着笑脸端相这十几个完全了解的字。有小半就拿起笔来抄录。还有几个随口问道:"是不是作两篇?"

王先生一壁掸去衣袖上的粉笔灰,一壁回答道:"不必作两篇,两个题目中拣作一个好了。如果有兴致两个都作,那当然也可以的。——你们且慢抄题目,我还有几句话。对于这两个题目,我揣度诸君是有话说的、说得来的。我们经过了一个炎热的夏季,这十几天来天气逐渐凉快,时令已交初秋,我想大家该有从外界得来的一种感觉,从而想到'这是初秋了'。请想想看,有没有这种感觉?"

"有的,"一个胖胖的学生说。"我家里种着牵牛花,爬得满墙,白色的、紫色的、粉红色的都有。前一些时,朝晨才开的花经太阳光一照就倒下头来了。叶子也软垂垂地没有力气。有一天上午,已经十点钟光景了,我瞥见墙上的牵牛花一朵朵向上张着口,开到好好地。从这上边,我就想到前几天落过几阵雨,我就想到天气转凉了,我就想到'这是初秋了'。"

"你如果作《新秋景色》这一个题目,你将说些甚么呢?"王先生问,声音中间传达出衷心的喜悦。

"我就说牵牛花,"那胖胖的学生不假思索地回答。"牵牛花经得起太阳光照了,这是新秋的景色。"

王先生指着那胖胖的学生对一般学生说:"这是他的文字的内容。这个内容不是他自己原来就有的吗? 你们感觉新秋的到来当然未必由于牵牛花,但一定有各自的感觉;也就是说,各自的文字各自有原来就有的内容。大家拿出来就是了,这是最便利的事情,也是最正当的事情。"

大部分的学生一时沈入于凝想的状态;他们要从他们的储蓄库中检出一些来,写入他们的文字。有好几个分明是立刻检到了,眉目间浮现着得意的神色。

"再来说第二个题目。诸君在小学校里有六年之久,对于小学校里的教师,疏远一点的伯叔还没有这般亲爱。现在诸君离开他们,来到这里,一定时时刻刻想念着他们,有许多的话要告诉他们。不是吗?"

全堂的同学有大半是像乐华大文一样,以前并不在 H 市的小学校读书的,经王先生这么一提,被他钩起了心事,就觉得非立刻写一封信寄去不可;他们用天真的怀恋的眼光望着王先生,仿佛说"是的,正深切地想念着他们呢!"

一个学生却自言自语道:"明天星期日,我定要去看看我的屠先生了。这几天下午总想去,只因在运动场上玩得晚了,一直没有去成。"

"你的屠先生就在本市,"王先生说,"所以明天你可以去看他。他们的先生不在这里,而要同先生通达情意,除了写信还有甚么办法? 现在我要问从别地来的诸君:写一封信寄给你们的先生,是不是你们此刻的实际需要?"

"是的,"大半学生同声回答。

"信的内容是不是你们原来就有的? 换一句说,是不是原来就有许多的话想要告诉你们的先生?"

"是的。"

"那末,我的题目出得并不错。题目虽然由我出,你们作文却还是应付真实的生活。"

王先生挺一挺胸,环视全堂一周,又说:"诸君拣定了题目,就在自修的时候动笔。下星期一交给我。作成了最好自己仔细看过,有一句话、一个字觉得不妥当就得改,改到无可再改才罢手。这个习惯必须养成;做不论甚么事情能够这样认真,成功是很有把握的。"

下了课的时候,乐华和大文并着肩在运动场上散步。乐华问道:"你打算作那一个题目?"

大文说:"王先生说两个都作也可以,我就打算两个都作。"

乐华忽然想起了一个念头,拉着大文的手说:"我们作了《新秋景色》交给王先生看;信呢,我同你两个合起来写,写给李先生;写好了先请我的父亲看过,然后发出。李先生看见我们写的信像个样儿,比以前作文有进步,一定很欢喜的。"

大文听了,跳动着身体说道:"这很好。你我把要对李先生说的话都说出来,共同讨论;去掉那些不关紧要的,合并那些合得起来的,前后次序也要排得好好。只是,誊上信笺去是不是各写一半呢?"

乐华对于大文这带着稚气的问话发笑了。他说:"这当然只须一个人写好了。你的字比我好,你写吧。"

运动场上的那一角忽然发出热烈的呼声,原来有六个学生在那里赛跑,十二只脚尖点着地重又腾起。

"快呀! 快呀!"大文回头望见了,便情不自禁地喊起来。

四、一封信

当天晚上九点钟的时候,乐华和大文把寄给李先生的信稿拟好了。他们先把要说的话都说出来,然后互相批评,这几句是不用说的,那几句是可以归并到那里的。批评过后,再商量那一段应该在前,那一段应该在后。造句也共同斟酌,由乐华用铅笔记录下来。他们的心思很专一,淡青色的月光充满庭心,有好几种秋虫在那里叫,在他们都像是另外一个世界里的事。当一个拟成一句句子,另一个给他修正了,彼此觉得满意的时候,兴奋的微笑便浮现在两人的脸上。从前在小学校里,有时也共同作文,全级的同学合作一篇文字;可是,他们感到今夜的共同写作,那种趣味是绝端新鲜的。

他们的信稿是这样的:

亲爱的李先生:

　　我们进第一中学校一个星期了。这里的情形,大略已经知道。今天国文先生出一个题目,教我们写信给母校里的先生。我们知道你是刻刻记念着我们的;就是国文先生不出这个题目,我们也要写信给你了。

这里教我们功课的先生共有七个,人都很好,待我们很和蔼。但是教英文的一位周先生是河南人,他说的虽然是国语,我们却不容易听懂他的话。我们想,往后听惯了一定会懂得的。现在每逢英文课,我们就格外用心听。

各种功课,我们都不觉得难。不过科目多了,需要预习和温习的多,自修的时间也得比以前多了。我们是走读的,在学校里,每天上下午有两点钟的自修时间,回家来又自修一点半或两点钟,也就弄得清清楚楚,没有积欠了。

这里的同学大半是从别地方来的。他们把本乡的各种情形告诉我们,我们的见识增加了不少。我们也把 S 镇的大略告诉他们。他们听到镇上的那个和尚寺还是唐朝的古迹,都说有机会总要去看一看。

这里校舍很宽大。四面房子,围着中间的花圃。靠东的房子是大会堂,西北两面是教室,南面是办公室、会客室等等。宿舍在后面,是两排楼房。运动场在大会堂的东面,陈设着各样的运动器具。我们最欢喜玩那篮球,但是还不大能够掷中;在一个星期里,乐华只掷中了两回,大文只掷中了一回。

好像还有许多话要告诉你;拿起笔来写信,只写了上面的一些,却又好像已经写完了。到底当面谈话要好得多;你说几句,我们说几句,可以把积存在胸中的许多话说个畅快。甚么时候能得到你那边去玩几天呢?我们常常这样想。你很忙吧?你是常常忙着的。希望你抽出一点忙工夫来给我们写回信。我们接到你的回信,就像和你当面谈话一般地快活了。你爱我们,一定肯依从我们的要求。

校门外池塘里的荷花还没有开完吧?你说过的,清早起来,站在池塘边,闻那荷叶荷花的清淡的香气,是一件爽快不过的事情。这里校舍虽然宽大,门外却没有池塘,想到这一层,更深切地忆念你那边了。

学生周乐华张大文同上。

乐华看着信稿站起来，嘴里说："请爸爸看去。"

大文转身先走。两人踏着高兴的步子来到枚叔的书房里。枚叔正在那里看新出的《东方杂志》，听了两人的陈述和请求，便把信稿接在手里，同时说："你们两个人'合作'，论理应该比独个儿写要好得多。"

乐华大文就站在枚叔的身边，两人的眼光跟着枚叔的眼光在纸面上上下下，好像尚恐有甚么错误漏了网，不曾被发觉出来似的。

枚叔看完了，抬起头来对着两人说：

"这封信写得还好，只是有一个错误，必须修改。"

"在那里呢？"大文带着惊诧问；在他的意思，经过两个人这么仔细商量，该不至于有"必须修改"的错误了。

"爸爸且不要说出来，待我再来看一遍；"乐华的眼光重又在纸面上巡行了。但结果却无所得，回答他父亲的是疑问的瞪视。

"就在第二节，"枚叔指示说。"这一节里，讲到的是中学里的先生。你们以为把讲到先生的话写在一节里，就是有条有理了。不知道这不能一概而论。按照意思讲，开头说七个先生人都很好，待你们很和蔼，接着用'但是'一转折，下面便应该是某一先生在某一点上不大好的话了。可是你们却说周先生的话难懂。这并不是他为人不好，也并不是他待你们不和蔼呵，怎么能够用了一个'但是'，就同上面一句话连起来呢？"

乐华点头说：

"我明白了，这个'但是'是用错的，这里用不到转折。"

枚叔又给他们解说道：

"作文、说话是一样的，在承接和转折的地方最要留心。一句里边有几个词儿不得当，还不过一句的毛病；承接和转折的地方弄错了，那就把一段的意思搅胡涂了。这须得在平日养成习惯，每逢开口说话决不乱用一个承接的、转折的词儿，一定要辨别了前面后面的意思，拣那适当的词儿来用：这样，作文的时候自然不会用错了。"

"那末就把'但是'两个字去掉好了，"大文切心于信稿的修改，他悄然说。

"去掉固然也可以，"乐华想了一想说，"但不如把位置调一下。说周先生的话难听,说我们听它格外用心,这都讲的我们做功课的情形。正好归入第三节里去。爸爸,你说对不对?"

枚叔点头称是。接着说:

"此外讲到校舍的一节呆板一点,不过这算不得毛病。就全体看来,还有一个批评,就是表达情感不充分。你们和李先生非常要好的,写信时应该有深切地表达情感的语句;这封信的第一节和末了两节里有着这类的语句,但都是淡淡的,说不上深切。"

"爸爸说得不错,"乐华恍然说。"刚才我们仿佛觉得还有话要说,可是不知道那些话是甚么;就把这情形老实对李先生说了。现在听爸爸说了,才知道这原来是嫌自己表达情感不充分的一种心理。"

"你们能感到不满足,就好了。这原不是多想便可以成功的事,也不全关于学力。特意求深切,结果往往平平;有时无意中说几句、写几句,重行回味,却便是深切不过的了。关于表达情感,常有这等情形。将来你们写作的经验多了,也就会知道。"

"那末这封信要不要寄出呢?"大文问乐华;按照大文的意思,如果重行写过,能够比这一封好,他是情愿再费一点钟工夫来起草的。

"那当然寄出,"枚叔抢着回答。"你们有这一些意思要告诉李先生,现在把它们写在纸上了,为甚么不寄出呢? 我刚才说你们表达情感不充分,这是深一层的责备。依一般说,这封信清楚明白,末了两节又有活泼趣味,也就可以了。你们究竟还是初中一年级的学生呢。"

乐华说:"我们下一次写信给李先生,仍旧先给爸爸看;希望听得爸爸说'比较前一回进步了'。这一封呢,依刚才说的改一下,就寄出吧。"

大文这才定了心。他偶然抬起头来,看见窗外的月光,便自言自语道:"明天还得作《新秋景色》呢。"

五、小小的书柜

这一天是旧历的中秋,大文的母亲先一天就叫大文邀请乐华全家来家里过节赏月。

中秋日放学后,乐华就和父亲母亲同到张家去。天气很好,人人都豫期着今宵月光的明澈。乐华尤其兴奋,准备晚上和大文共吟王先生昨日选授的李白的《把酒问月》。

到了张家,大文已在门口迎候了。周张两家虽是亲戚,时相往来,像今日这样的双方全家聚会,却是难得的事,主客都非常高兴。张太太邀周太太入内室去,大文邀乐华和枚叔到书房里坐,大文尚有一个七岁的弟弟,在内室跟着妈妈姨母玩耍。

张家原是个世家,上代有好几代是读书的,大文的父亲子渊也是读书人。家产虽越弄越少,书籍却愈积愈多。古旧而宽广的书房中,四壁都是书。六年前子渊突然逝世,张太太因经济困乏,正在无可奈何的时候,曾依了枚叔的主张,将版本值钱的书籍卖去许多部,可是剩下的书籍数量仍旧不少。这藏书总算是张氏一家的纪念品,子渊死后,枚叔每到这书房,不禁感慨无限。

大文今夏自乡间回 H 市就学以后,这书房就是他的用功之地。张太太曾再三叮嘱,不许他乱抽架上的书,可是大文总不免要手痒。他瞒过了母亲,好奇地把架上的书抽来翻看,见有看去略能懂得的,就放在自己的案头,案头堆得满满地,除校中所用的各科教本外,杂乱地摆着许多旧书。这中间经史子集差不多都有些,正翻开着的是一部李太白的诗集。

"了不得,这那里像个初中一年级学生的书案!"枚叔踏进书房,看见书案上杂乱的书籍,不禁皱眉苦笑着说。

大文面红了,乐华默然地看看大文又看看枚叔。

"能课外读书,原是好事。但乱读是不但无益而且有害的。你们在学校里有许多功课,每日自修又需要好几点钟的时间,课外的余暇很是有限,故读书非力求经济不可。"枚叔说。

"那末怎样才是经济的读法呢?"乐华问。

"好,趁此机会,我来对你们谈谈读书的方法吧。大文,先把你的案头整理清楚,把许多书仍旧放到书架上去。"

大文即着手整理案头,乐华也帮同料理。子渊死后,每年晒书,枚叔都来帮忙。所以书架上的书都经枚叔亲手安排,大约依照门类顺次分别安放,每书都有一定的位次的。经大文抽动以后,有的已弄错了部位。枚叔指挥着大文和乐华,将某书应放在某处一一指导。并把分部位门类的大略情形告诉他们。

张太太送月饼出来,见枚叔正指挥大文等清理书籍,书案上已不像方才的杂乱了。笑着对枚叔说:

"究竟你是内行人,说话有力量。我屡次叫大文不要胡乱取书,他总是不听。张家出了好几代的书呆子,不要大文将来也是书呆子啊。"

"请放心,我正豫备和他谈谈,"枚叔安慰张太太。

"请多多指教他,"张太太自去。

大文陪枚叔乐华吃过月饼,静候枚叔发言,乐华望着整理清爽了的大文的书案,也作同样的期待。枚叔环顾室内,打量了好久,指着一个小小的书柜,对大文乐华说。

"你们把这小柜子里的腾清出来,按了方才所说的门类,摆上书架去。这些都是词集,应摆在那一架?"

大文即在摆诗文集的架上依次归并,腾出一些空位,乐华帮同将小柜中的书叠好了去补空。枚叔点头说"好",一壁把小书柜捧到大文的书案上,靠壁摆好。说:

"大文,把这柜子作为你的书架吧。让我来替你选些可读的书进去。"

大文乐华才知道枚叔叫他们腾清小书柜的理由,焦切地等着枚叔开口。枚叔在书架前踱来踱去地巡视了好几次,先取了一部《辞源》给大文道:

"字典是最要紧的。读书有疑难时可以随时查检。你们以前常用的《学生字典》只有字,没有辞,也许不够应用。把这一部和你常用的《学生字典》一起放在柜子里吧。书架上还有《康熙字典》、《经籍纂诂》、《佩文韵府》、《人名大辞典》也都是这一类的书,将来用得着的时候,尽可翻查。但现在却不必放在案头。"

乐华接了《辞源》替大文装在小书柜里。大文跟着枚叔走动。走到

摆小说书的架子旁,枚叔立住了说:

"像你们的年龄,读小说故事是很相宜的。我从乐华口里,知道你们在高小时已读过《三国志演义》了。我国的说部之中,有名的还有《水浒传》、《镜花缘》、《儒林外史》、《红楼梦》、《老残游记》,这架上都有。先读《老残游记》或《镜花缘》吧。翻译的外国小说故事也该选读,这架上有《鲁滨逊飘流记》、《希腊神话》,都是可读的。任你各挑一部去读。读了一部,再读第二部。"

"让我先读《镜花缘》和《鲁滨逊飘流记》,把《老残游记》和《希腊神话》借给乐华去读,大家读毕了再交换,好吗?"大文说。

枚叔点头,把书从架上取下。乐华很高兴地接了书去,枚叔和大文又走到安放诗文集的书架旁,抽出一部《唐诗三百首》来说:

"你方才不是在读李太白的诗集吗?古来诗人的集子很多,仅只唐人的集子已经不少了,那能一一遍读呢?还是先读《唐诗三百首》吧。这部书所收的原只三百首诗,但都是名家的名作,其中分古风、律诗、绝句,你们可先读绝句。诗之外还有词,词原可以不读,如果为求常识起见想读,也好。就读《白香词谱》吧。这里所收的是一百首名词,一百个普通常用的词调。你们到初中毕业,读熟了这些,已尽够了。"枚叔说着,又把《白香词谱》从架上取下,连同《唐诗三百首》交与乐华,叫他替大文装入书柜中。

枚叔忽然在椅上坐下,沉默地向着好几只书架注视了好久,若有所思。大文也默然立在旁边。

"此外还须读些甚么呢。"乐华问。

"此外当然还有。第一是经书类。经书是古代的典籍,在我国已有很久的历史,古人的所谓读书,差不多就是读经书。现在你们的读书是为了养成各种身心能力,并非为了研究古籍,目的与古人大异,经书原可不读,只要知道经书是甚么性质的东西也就够了。《论语》、《孟子》合《礼记》中的《大学》、《中庸》普通称为《四书》。《四书》在我国和西洋基督教的《圣书》一样,说话作文时,常常有人引用,其中所包含的是儒家的思想。既做了中国人,为具备常识计,这些也该知道一点。这学年先读《论语》吧。《论语》读毕再读《孟子》。《大学》、《中庸》就可读可不读了。"枚叔指示一只书架,叫大文自己寻出《论语》来放在书柜里。

"还有子类和史类呢?"乐华居然把方才新收得的部类的知识应用了。

"《论语》、《孟子》普通虽称经,其实就是子。诸子当然是值得读的,但在初中时代恐无暇遍读。史书更繁重,普通读书人向来也只读四史,就是《史记》、《前后汉书》和《三国志》。你们正课中已有历史科,用不着再读了。诸子和史书虽不必读,但当作单篇的文章,国文科中会有教到的时候。那时最好能把原书略加翻阅,明白原书的体裁。譬如先生选了《史记》的一篇列传,当作文章来教你们的时候,你们就得乘此机会去翻翻《史记》原书,那时你们就会知道《史记》有多少卷,列传之外,还有本纪、世家、书、表种种的东西。这是收得概括的知识的方法。"

"方才大文翻《李太白集》,就是为了王先生昨天选授李白的《把酒问月》的缘故啰,"乐华趁机替大文辨白。

"哦,原来如此。很好。大文,以后就用这方法啊。"

大文把学校教本也如数装入书柜中去,小小的书柜已有了十分之六七的容积。枚叔过去打量了一会,说:

"古旧的成分似乎太多了,让我明天和王先生商量,看有甚么好的新出的少年读物没有。开明书店发行的《中学生》杂志是纯粹为中学生办的,明天我去定两份,把一份送你吧。"

乐华大文愈加高兴。

黄昏渐渐侵入室内,窗外传来了"好月亮! 好月亮!"的邻儿们的呼叫声。大文乐华这才重新记起赏月的事来,相将跑出书房去,枚叔也跟着走到中庭。

客堂中已摆好晚餐的酒肴,宾主合起来还不满一桌;大文乐华心不在吃饭,胡乱吃了一些就跑到中庭去了。张太太和枚叔夫妇彼此絮说家常,谈到两家的先世,谈到儿女的将来。月光映在庭阶上,黄黄地,光暗的界线非常分明。

"人攀明月不可得,月行却与人相随。"这是大文与乐华的吟哦声。

"你听,两个书呆子!"张太太笑向周太太说。

"据说这是昨天先生教他们读过的,是李太白咏月的诗哩。他们似乎已读得很熟了,"枚叔代为说明。

饭后又过了好久,枚叔一家才告辞回去。大文对母亲说月色很好,要同走送他们一程,就和乐华前行。

乐华把大文借给他的两部书用纸包了携着,对大文说,"我也要去备一只小书柜呢。"

六、知与情意

"九一八"事变的消息激动了全国的民众,因了当局的退让,民情愈见激昂。其中最感到愤懑的,不消说是青年学生。各地学校纷纷组织抗日会,努力于宣传及抵制仇货的工作。

第一中学是全市学界抗日协会的一分部,校中师生分隶于总务、纠察、宣传、调查诸科。每科之下又设若干组,分头工作,空气非常紧张。校内到处贴着惊心动魄的标语,课外运动停止了,将这时间改行军事训练,各科教师都暂抛了原有的教程,改授与抗日有关的教材。沈先生于算术科的应用问题中用飞机速率、军舰吨数、食粮分配等做题材,张先生教地理,所讲的是东北的地势,李先生教历史,所讲的是历来帝国主义侵略我国的情形。校长黄先生、教务主任陈先生从前都曾留学日本,熟悉日本的一切,每星期给学生讲日本的国情一次。

王仰之先生在国文科中所选授的,也都是与抗日有关系的文字。其中有一篇是《中学生》杂志卷头言《闻警》,乐华大文才知道王先生也是《中学生》杂志的定阅者。

王先生很推许《闻警》一文,他说:

"这篇文字是完全对你们中学程度的青年说的。篇幅虽只千把字,内容很不单薄,尤能表出激昂愤懑的情绪。其中的主旨,叫青年须认识公理,认识帝国主义,认识自己,都切实可行,不是空论。"

乐华大文朱志青及女生汤慧修周锦华因为被推为宣传科中一年级

的编辑股员,所以很关心于抗日文字的写作,在课堂听讲时比别人格外留心。

这天接连有两班国文课,第二班上课时,等到王先生讲话告了一个段落,朱志青以编辑股干事的资格立起来说:

"我们五个——周乐华张大文汤慧修周锦华和我——被推为本级的编辑股员,本周《抗日周刊》评论栏的文字,就轮着本级担任,今晚须缴卷。我们这篇抗日的文字该怎样作才对?就在这一小时中,请先生给我们些指导,并请同学们给我们些意见。"

全班学生都认这要求正当得很,王先生也点头说"可以。"

全堂一时沈寂下来,似乎各自在用心想。王先生先开口道:

"我以为第一步该认清目标。方才那篇《闻警》,是杂志编者对你们中学程度的青年说的。你们在《抗日周刊》上发表的文字,预备给甚么人看?"王先生说时,目光注视着汤慧修和周锦华。

"周刊是宣传品,无论甚么人的手里都会传到,我们的文字是预备给大众看的,要叫大众起来抗日,"汤慧修回答得很直截。

"对,是预备给大众看的,要叫大众起来抗日。如果你们是军事专家,确有军事上的计划,你们将告诉大众以军事上抗日的方法吧。如果你们是对于外交有知识的,你们将告诉大众以外交上的抗日策略吧。现在你们是中学生,你们叫大众抗日,究竟有甚么具体可行的方法没有?叫大众怎样去抗日?"王先生的眼光向全堂四射。

全堂又沈寂了。汤慧修红了脸把头俯着。

"抵制日货啰,"一个胖胖的学生叫做胡复初的回答。

"对,抵制日货,原是抗日的一种易行的手段。但要怎样抵制才有效力?中国抵制仇货不止一次了,每次都虎头蛇尾,此次抵制失败时,该怎样救济?你们都已有方案了没有?"

胖胖的胡复初把头俯下了。全堂又沈寂。

"请大家不要听了我的话就失望。"王先生故意露了笑容继续说:"文章仍是有法做的,我方才的话只是说要把作文的方向弄个明白而已。你们回答的话,其实都不算怎么错。"

　　课堂中的空气突然活动了。汤慧修胡复初都把头抬起,全体学生注视着王先生,露着急切期待下文的神情。

　　"我们的心的作用,普通心理学家分为知、情、意三种。知是知识,情是感情,意是意欲。对于一事物,明了他是甚么,与别的事物有甚么关系,这是知的作用。对于一事物,发生喜悦、愤怒或悲哀,这是情的作用。对于一事物,要想把他怎样处置,这是意的作用。文字是心的表现,也可有三种分别,就是知的文、情的文与意的文。关于抗日事件,外交上、军事上的具体方法,抵制日货的切实方案,这是知的方面的事,我们在这些方面,当然不很有明确的知识。这类文字,只好让专门家去执笔。我们对于东北事变,知的方面虽还缺乏,但情与意的方面是并不让人的。谁对于日人的暴行不愤激呢? 谁不想对日人的暴行作抵抗呢? 我们该明白这道理,从情与意的方面来说话。我们的文字是宣传品,是给大众看的。我们该以热烈的感情激动大众,以坚强的意志鼓励大众,叫大众也起来和我们一起抗日!"王先生这段长长的话,前半说得态度很平静,后半却越说越激昂起来。

　　数十个人头一些都不摇动,直到王先生说完了这一段的话为止。五个编辑股员听毕了王先生的话,不约而同地都吐出一口安心的气来。

　　"从情意方面去说话,但是须注意,"王先生又继续说。"情意与知识,虽方面不同,实是彼此关联的。情意如不经知识的驾驭,就成了盲目的东西。这几天街上到处都贴着标语,大家一定都看见的了,有的写着'扑灭倭奴!'有的写着'杀到东京去!'骂日人为'倭奴',是愤恨的表示,是情。想要'扑灭'日人,想要'杀到东京去',是一种希求,是意。可是按之实际,这种说法都是一厢情愿的胡说。其可笑等于乡下妇女骂人'你是畜生!''杀千刀的!'试问:骂人家'畜生',人家就会成'畜生'了吗? 骂人家'杀千刀的',人家真会被'杀千刀'了吗? 这都是单逞情意,不顾知识的毛病。"

　　全堂哄笑声中,下班铃响了。不久,操场上传来了召集的喇叭声。朱志青叫住乐华大文及汤慧修周锦华暂留在教室里。

　　"就在这两点钟以内大家来商量商量把稿子做好吧。让我到军事训练班上去告假,"说着就去了。

朱志青回到教室,就说:"请先把大意商定,推一个人起草,然后再共同斟酌吧。"说着,拿了粉笔立在黑板旁,等大家开口。

"第一节当然是先叙述经过情形。因为若不叙述,话就无从说起。"汤慧修说。"不过这叙述要简单,只要几句话就够了。"

其余诸人都点头。朱志青就在黑板上写道:"简叙经过情形。"

"其次说甚么呢?"朱志青问。

"其次当然要表示愤恨了。姑且写'感言'二字吧。"大文说。

朱志青照写在黑板上。

"对于政府的依赖国联,似乎也该责备几句,"乐华说。

"还有张学良的不抵抗,也可连带在这里说及,"周锦华说。

"我们的文字,是要叫大众抗日的,对于大众,似乎该抱一种希望吧。"朱志青一壁写"责政府""责张学良"一壁说,最后写道"对于大众的希望。"

大意完成了,推汤慧修起草,汤慧修也不推让,走到教师一隅的坐位上执笔俯首就写,周锦华靠在旁边看她。朱志青与大文乐华凭窗看同学们在操场上受军事训练。

汤慧修起草完毕,交给大家看时,大家看了都满意,只略略更动了几个字就通过了。汤慧修主张大家到王先生房里去,请他看一遍。

五人到王先生房中时,王先生正满身浴着殷红的夕阳,在窗口埋着头不知翻查甚么。案上除了最近一期的高高的一叠作文本以外,杂乱摊着《中国外交史》、《国际现势》、《日本研究》、《约章成案汇览》、《帝国主义》等等的书册。

朱志青申述来意,把稿子交给王先生。

王先生含笑点头把稿子接去看。那稿子是这样的:

上月十八日的夜间,日本军队攻击沈阳的北大营,这好像一个流氓开始伸出他的拳头,他要大大地逞一回凶了。果然,沈阳就在当夜被他们占据去了。二十一日,吉林省城又被占据。辽吉两省的重要地方,十几天内,也接连地失去不少。我们翻开地图来看,辽宁吉林明明是我国的土地,那里住着百千万我们的同胞。但是,此刻在那里杀人放火的是日本的军队,此刻在那里奔跑示威的是日本的战马和炮车,而此刻在那里呼号啼哭受尽痛苦的是我们的同胞!想到这里,心中的愤恨像火一般燃烧起来了。

日本帝国主义是我们的仇敌,我们要有结实的拳头来对付他!但是,我国的政府却去告诉国际联盟,要国际联盟出来说话。国际联盟原来是各帝国主义的集合团体,流氓与流氓是一伙儿,对于我们难道会有好处么?

东北军事长官的不抵抗也是万分可恨的事。花费了民众的赋税,养了许多的兵,制造了许多的军械,敌人来了,却老着脸说"不抵抗",要他们做甚么用!

现在,全国同胞的愤恨都像火一般燃烧起来了。军事长官不抵抗,政府要告诉国际联盟,我们同胞自会伸出拳头来对付敌人的!中国究竟是全国同胞的中国啊!

"很好,就这样去缴卷吧,"王先生看毕说。

过了一歇,王先生又苦笑着说:"外国人讥诮我们中国是'文字之邦',我们只能用文字去抗敌,大家应该怎样惭愧啊!"

五人都像背上被浇了一盆冷水,俯首退出。乐华出了校门,在归途上还深深地觉得无可奈何,心里屡次自问道:"我们只能用文字去抗敌,大家应该怎样惭愧啊!"

七、日记

东北的事变愈弄愈大,民众在激昂的情绪中过了国历的新年,又到了废历的年边。第一中学虽已照章放寒假,但抗日会的工作并不中辍,并且愈做得起劲,师生都趁了闲暇,分头努力,把整个的时间心力集中在这上面。

乐华的父亲枚叔因行务须赴上海。从 H 市到上海,只须乘半日火车就到。乐华家有几个亲戚都在上海工商界服务,他们已先后迁居上海,子弟们就在那里求学。其中有许多自幼与乐华很莫逆,小朋友闲时有书简来往的。这次枚叔因事赴上海,适值学校放假,就带了乐华同去,一则想叫乐华领略领略大都市的情形,二则也想叫小朋友们有个会晤的机会。乐华就向校中抗日会编辑股告了假,很高兴地随着父亲去了。

乐华父子到上海去的第二日,"一二八"事变的警报就传到 H 市。"日兵侵犯闸北","十九路军抵抗胜利","日兵用飞机在闸北投炸弹","闸北已成焦土",诸如此类的标题,连日在报上用大大的字载着。每次由上海开到的火车都挤得不成样子,甚至连货车、牲口车都塞满了人。消息传来,都说日兵如何凶暴,十九路军如何苦战,中国人民如何受伤害。H 市人民大为震动,有家属戚友在上海闸北的更焦急万状。

乐华的安否,很使小朋友们担心。据大文所知,乐华家的亲戚有好几家都在闸北,乐华动身以前,曾和大文说过,到上海后豫备与父亲寄寓在闸北宝山路母舅家里。闸北既为战场,乐华是否无恙,同学中与乐华要好的都不放心,最焦切的当然是大文。大文每日到车站去打听,遇到从上海来的避难者,就探问闸北的情形,愈探问愈替乐华着急。整日到晚盼望乐华有信来,可是因为上海邮局也附近在战区,邮件不免被延搁了。

又过了几日,大文到学校去,照例顺便到乐华家里探问乐华的消息。但见乐华的母亲的神情已不如前几日的愁苦了。据她说乐华父子已避入租界,且交给他乐华附来给他的一封信。这信是托一个逃难回 H 市的亲戚带来的。

大文急把信拆开来看。信是用铅笔写的,信笺是日记册中扯下来的空白页,信以外还有厚厚的一叠日记空白页,用铅笔写着很细的文字。

信中说,"不料我到上海来就做难民。现已与父亲随母舅全家逃出闸北,住在□□旅馆中。"又说,"父亲原想叫我先回 H 市,近日火车轮船都极挤,闻有被挤死的,舅父母不肯放我走。"又说,"这次的经历,在全中国人,在我,都值得记忆。我前次曾和你想找个叙事文的题目,找不出来,现在居然遇到这样的大题目了。"又说,"我从日记册中把这几日的日记摘抄了送给你,你看了也许会比看报明白些吧。"又说,"王先生叫我们写日记,不料我的第一册日记,就要以如此难过的文字开始。"又说,"请把这记录转给王先生和志青慧修锦华几位看看，如果他们觉得还有意义，就登在《抗日周刊》上，作为我所应该担任的稿件吧。"最后又说，"我近来痛感到我自己的无用，日人杀到了我的眼前，我除痛恨他们的凶暴以外，并不能作甚么有效的抵抗行动，真是惭愧。"

大文把信看完，因为急于想把乐华的消息转告同学们，匆匆地就走，一壁走，一壁读着乐华的日记。

过了二日，第一中学的《抗日周刊》上登载着乐华寄来的记录，题目是《难中日记》。

一月二十八日

半日的火车，除看风景外，全赖携带着的《老残游记》和父亲中途购得的当日上海报纸消遣。报上已载日本海军因华人抗日向上海市长提出抗议的消息。车中议论纷纷，都说上海会有不测。到上海后，父亲带我至宝山路母舅家去。宝山路上但见纷纷有人迁居，形势很是严重。到了母舅家里，舅母正和表姊在整理箱箧，似乎也豫备要迁。我们才坐下，舅父表兄都从外面回来，说市长已答应了日人的要求，不会再有事，不必搬了，劝我们就住下。全家于是去了惊慌之念，来招呼我们。晚饭后父亲想出去接洽事务，因外面已戒严，走到弄堂口即回来，舅父虽解释说闸北戒严是常事，大家总似又不安心了。门外甚么声音都没有，比乡村还静，不到九点钟，我们全睡了。

一月二十九日

昨晚大约在十二点钟左右，舅父忽然叫醒我们，似乎有枪声，大家不要熟睡。我们醒了后，果然继续的听见了一种比鞭炮还尖锐而沈着的声响。父亲和表哥都说的确是枪声，看来已经开火了。呀，竟免不了要接触！心里不觉感到一些恐怖。隔了几分钟，枪声竟连续而来了，并且还有机关枪的声音夹杂在里面。舅父说睡在楼上危险，应该睡到楼下去。于是我们就在外面机关枪声连发时，每人顶了一条被头，匆匆地走下楼去，就在客堂的地板上胡乱睡下。外面的枪声一直延续着，没有停止的时候。我们睡在地板上，除了一个还只五岁的表弟外,谁都睡不着觉。我的胆量素来并不算小的,可是今天晚上却无论如何不敢把头伸出到被外,身子在被里老是瑟瑟地抖,头上身上全是汗珠,把一件衬衫都湿透了。呼吸似乎窒塞,每当枪声稍为和缓一些或者稍为远了一些时,便把头探出被来透一口气,正在觉得略为舒适的时候,常常是一声极响的枪声把我的头又吓进被头中去。挂在墙上的钟,一点、两点、三点、四点,没有一次的敲响不钻进我的耳里。但愿天快些亮。

过了四点,除了枪声机关枪声外,又加入飞机声和自飞机上掷下来的炸弹声。飞机声,我虽则平常早已听见过,可是这样的逼近,却是第一遭,飞机内马达开动的震动声都听得十分清楚,不但机叶扫动空气的风声而已,竟可说是活像一辆汽车在门外开过。在这样的响声继续了半个多钟头后,室内忽然非常明亮,我起初还疑心是谁开了电灯,经父亲的说明,方知这是飞机里的探照灯的光线。表哥起来到窗边去偷看了一下,据说,飞机低得仿佛就在屋顶上,连里边的人都看得很清楚呢。

苦苦地捱到了天亮,大家商议怎样逃出这险境的方法。又是表哥起来先到门外面去探听,他回来说,前面宝山路无法通行,只有从后面出去,还可想法。于是大家胡乱吃了一些早饭,便光身走出后门。向西走去,到了中山路,枪炮声是比较远得多了,可是飞机还是要来到头顶上盘旋,我们只好贴近墙壁走路。路上的人多极了,和我们一样,全是"逃难"的。昨天晚上下过雨,地上滑湿得很,走路实在不易。我们随了大众一直向西走去,据说,到了曹家渡,可转入租界;然而又没有人走过这条路,只有像哥伦布航海那样,向前走去是了。走了大约一个钟头的辰光,两腿已经有些酸了,路上没有黄包车可雇,舅父化了三元大洋,才雇到两辆小车。我们盘膝分坐在两辆车上,大约在十点钟左右,终于到达曹家渡了。通租界的那顶桥上,有武装的外国兵防守着,向了桥这边瞄着准,靠在叠得很高的沙袋上,只要这边有一些动静,他们只要手指头在枪机上一扳,随时就可给我们以一个扫射。我们这许多人小心翼翼地通过了这桥。过桥据说就是租界,大家都透一口气,似乎已经获到了安全的保障了。我们平常喊收回租界,现在又要躲到租界里来,我深深觉得矛盾。

我们换乘公共汽车到中心区去找旅馆。旅馆都早已客满了,费了"九牛二虎"之力,才在一家小客栈内得到一间小小的房间。

下午,跟了父亲去打听消息。在路上,只见满是来来往往的行人。走到河南路,忽然有许多黑色的纸灰从天空落下来,我拾起一片来看,原来就是我用惯了的《辞源》的一页,听路人说闸北商务印书馆被焚毁了。

夜报上详载着闸北焚烧的消息,商务印书馆被毁证实。舅父及表兄都是在该馆服务的,一家突然失去生活的根基,愤闷可知。父亲旁晚从朋友处回来,似乎很有忧色,不知听到甚么消息了。

一月三十日

昨夜睡得很酣,虽则那么多的人挤在一起。夜半,曾隐约的听到隆隆的炮声。

一起身,表哥便出去买进一份报来,大字的标题,说我十九路军胜利,大家都为之一乐。舅父说我们个人虽则吃了些苦,只要于国家有利;那么,就再多牺牲一些,也是心愿的!

在旅馆里实在没有事可做,只好跟了父亲到外边去瞎走。外边,市面是全无了,店家都已罢市,门上贴一张红色印刷的纸条,写着"日兵犯境,罢市御侮"八个大字。惟有卖报的生意大好。有日报,还有夜报及号外,差不多每个行人手里都有一张报纸。

外面盛传粮食将起恐慌。各处的交通差不多都已断了,惟有沪杭路还通着,北站听说已被烧,火车只到南站。父亲颇想邀了舅父全家一同回到 H 市去。同旅馆中曾有人从南站折回,说车子无一定班次,妇人小孩竟有在车上挤死的。报上又载着日飞机在南站一带盘旋的消息。看去一时不能脱出上海的了。

夜间炮声甚烈,玻璃窗震动得发响。

乐华寄来的日记原不止三日,这期的《抗日周刊》上只登了这些,末尾注着"未完"二字。

八、诗

"一二八"事变引起了金融恐慌,各业周转不灵,公债的价格暴落,公债交易所至于停市。各地靠公债投机为业务的银行纷纷倒闭。乐华的父亲所服务的 H 市某银行也是其中之一。乐华随父亲回 H 市后,不久父亲就失业了。

乐华本学期的学费是从母亲有限的储蓄项下支出的。母亲把那笔钱交给乐华时曾说:

"如果你父亲在 H 地方一时找不到职业,下半年也许非搬回乡间去不可,你也许不能再进第一中学了。这学期要格外用功啊。"

国难与家难逼迫得乐华很兴奋。枚叔虽不免烦闷,表面却仍泰然自若,除偶然出去探望朋友外,长长的春日,闷在家里,全靠读书消遣。陶渊明的集子是枚叔近来常放在案头的。乐华每当放学回来,常见父亲坐在案前读书,近拢去看,所读的老是一本《陶渊明集》。乐华乘父亲不在家时,也曾取《陶渊明集》来随便翻看,词句间虽偶有看不懂的,大致都已无困难,觉得比别人的诗容易读得多。其中描写田园景物诸佳句,尤中心意。一种冲淡幽玄的情味,被乐华尝到了。

"母亲说,下半年也许非搬回乡间去不可,就回乡间去吧。读书种田,清贫过活,趣味多好!人格多高尚!"这是乐华不曾出口的话。

有一天,王先生选了陶渊明的《归园田居》六首给学生读,几月以来,报上的国难记载与所选读的激昂慷慨的文字,已使学生们的情绪紧张到了极度,突然读这几首诗,都感到异常的松快。犹如战士们从火线中出来,回到故乡一样。乐华的感兴又与别的学生不同,在他,这几首诗已不止是空泛的憧憬,简直想认作实际生活的素描的图案了。

在放学的归途上,乐华与大文谈这几首诗的趣味与陶渊明之为人。且说父亲近来也在每日读陶诗。又把自己近来的感想告诉了大文。

"到我家里去歇一会吧。让我们请父亲讲些关于陶诗的话。"乐华在自己门首邀住大文。

乐华和大文走进自己家里,枚叔在西窗下案前坐着,夕阳半窗,柳丝的影子在窗子玻璃上婀娜地摆动,案上正摊着陶诗。

"爸爸,我们今日也在读陶渊明的诗呢。王先生选了《归园田居》六首。"乐华说。

"哦,"枚叔就案上把《陶集》翻动,很快地把《归园田居》翻出了,指着说,"是这几首吧。你们读了觉得怎样?"

"很好!"乐华大文差不多齐声说。

"陶诗原是好的,我近来也常在读着。但于你们也许不好。我想,王先生选陶诗给你们读,目的大概是供给常识,叫你们知道有陶渊明这样的人,知道有这一种趣味的诗而已。"

乐华大文都露出疑惑的表情,尤其是乐华好像失去了将来的目标,不禁把近日所怀抱的意思吐露了出来。说:

"我觉得过陶渊明那样的生活很有趣味。"

"别做梦吧。在陶渊明的时候,也许可有那样的生活,你们现在却已无法学他。陶渊明派的诗叫做田园诗,田园诗自古在诗中占着重要部分,从前都市没有现在的发达,普通的人都在田园过活一世,他们所见到的只是田园景物,故田园诗有人做,有人读。现在情形大不同了。大多数的人在乡间并无可归的'园田',终身局促在都市'尘网'之中,住的是每月多少钱向房东租来的房子,吃的是每石十几块钱向米店购来的米,穿的是别人替我们织好了的绸布,行的是车马杂沓的马路,'虚室','桑麻','丘山','荆扉',……诸如此类的辞藻,与现在的都市人差不多毫无关系。我们读田园诗觉得有兴趣,只是一种头脑上的调剂,这情形和都市的有钱人故意花了钱到乡间去旅行一次一样。老实说,只是一种消遣罢了。"枚叔说了苦笑,随手把《陶集》翻拢。

"那末我们不能回乡间去了吗?母亲曾和我说过,如果爸爸在 H 市找不到事情,下半年也许非回乡间不可呢。"

"如果不得已,原只好回去,但要在乡间过生活,即使你将来会拿锄头,也很困苦吧。你须知道:现在的乡间决不再会有陶渊明,也决不能再有《归园田居》那样闲适的诗。时代有一定的特色,读古人的书须留心他的时代,古人原并不对你说谎,但你一不小心也许会成为时代错误者,上很大的当呢。"

乐华大文听了这一番话,都似乎大大地感到失望。胸中新收得的闲适的诗趣全失,换进去的是俗恶的现实的悲哀,枚叔忽然走到书柜前面,从许多小册子中抽出一本书来,坐在案前翻寻了一会,把书页折了两处,对乐华大文说道:

"这是一本翻译的新俄作家的诗选。这折着的两首你们去看看。"

乐华大文把书接来看时,第一首是莎陀菲耶夫的《工场的歌》。

> 我今天才感到了,今天才知道了,
> 这里的工场是每天有热闹的狂欢节祭的。
> 每天在一定的时刻举行歌宴,——
> 穿工作服的客,声响与轰击,歌与跳舞,
> 声响与轰击,没有言词,只有音响的谐美的话声,
> 泥醉而高兴着似的车轮的整齐的有节奏的舞蹈。
> 每天往工场去,往工场去是愉快的。
> 懂得铁的话,听得天启的秘密,是愉快的。
> 在机械旁边,学着粗暴的破坏的力,
> 学那不绝地构成那光明的新的东西的力,是愉快的。

两人读毕以后,面面相觑地惊异起来,急急地再去翻第二处折着的书页,那是加晋的《天国的工场》:

> 青石的工场
> 高而又广阔。
> 啵! 刀劈一般的警笛
> 以沈重的声调鸣叫着。
> 于是从各隅
> 穿着黑的,污秽的厚的工作服
> 以风一般的警笛结合着的
> 力强的锻冶工的群,急忙着来了……
> 天空是愈黑暗了。

　　　　暗黑的群众会合着，

　　　　即刻迅速地

　　　　用了气闷的炎热，

　　　　将电光的熔矿炉

　　　　赤红地燃烧着。

　　　　于是快活的锤声

　　　　将广阔的工场颤动了。

　　两人看毕仍是莫名其妙，相对无言。倒是枚叔先发问：

　　"句子是懂得的吧，如何？"

　　"这也是诗吗？"大文问。

　　"是诗啰，是新体诗。你们应该已读过新体诗了吧。"

　　"新体诗是读过了的，胡适的，徐志摩的，刘大白的，都见过几首。不过内容似乎和这完全不同。"乐华回答。

　　"你们觉得有些异样吧，这难怪你们。从前的人大都以'风花雪月'为诗料。新体诗中这类'风花雪月'的词彩也常常见到。我们读惯了这类的诗，于是就容易发生一种偏见。如果陶渊明的是田园诗，这两首俄国作家的诗可以说是工场诗。陶渊明是种田的，故用'野外'，'桑麻'，'锄'，'荆扉'等类的辞，俄国革命以后，做工成为吃饭的条件，大多数的人都要与机械为伍，这几个诗人都是在工场做工的，故用'工场'，'铁'，'熔矿炉'，'锤'，'工作服'等类的辞。田园与工场，同是人的生活的根源，田园可吟咏，当然工厂也可吟咏的了。切不可说关于田园的辞类高雅，是诗的，关于工厂的辞类俗恶，不是诗的。诗的所以为诗，全在有浓厚紧张的情感，次之是谐协的韵律，并不在乎词藻的修饰。这几首是译诗，原来的韵律我们无从知道。但就情感说，仍不失为很好的作品。他们对于工场的爱悦和陶渊明对于田园的爱悦，毫没有不同的地方。"

　　乐华大文都点头，目光重复注在那第二首译诗上。

　　"农村正在急速地破产，都市正在尽力地用了威逼与诱惑，把人吸到它的怀里去，我已是中年的人了，你们正年青，一定要到都会去，在这大时代的旋涡中浮沈的。闲适的田园诗，将来在你们只是一种暂时消遣的东西,你们自己所急切需要的是工场的诗或都市的诗啊。"

"中国现在有作这样的新诗的人吗?"大文问。

"似乎尚没有,不久总应有吧。没有的原因,由于会做诗的不到工场去,在工场里的不会做诗。这情形当然不会再长久继续下去。不过,即使有,一定和你们方才所读的俄国诗人的作品不同。俄国革命成功,工场已是大众的工场,所以诗人那样颂赞它,在别国,也许不能颂赞,反要代以悲苦愤激的情调吧。现在,我们不能有快悦的工场诗,正和不能有闲适的田园诗一样。只好且看将来了。"枚叔说到这里,把眼光平分地注视了乐华与大文一歇,似乎很有感慨。室内昏黄,快已到上灯时候。

乐华见父亲似乎已不愿再说甚么了,就扯了大文默然退出外间。母亲留大文吃晚饭,大文说恐家里等他,匆匆地携着书包去了。

九、"文章病院"

"好新鲜的标题!"汤慧修拿着一本书走进教室来,眼睛看着书页,长长的头发披在肩头。

"什么?"几个同学正在谈论什么事情,被她的这一句引起了注意,便同声问。

乐华认清她手里拿的是《中学生杂志》,欣喜地说:"是二月号吗?他们曾经登过广告,说二月号印成之后,在闸北的炮火中完全毁掉,须待重印,才可寄发。这是重印的版本了。"

几个同学便围拢去看汤慧修手中的杂志。汤慧修指着书页说:"你们看,'文章病院',这标题多么新鲜!"

"是一篇什么性质的文字呢?"

"肺痨病院给人医肺痨病,外科病院给人医外科病,依此类推,文章病院该是给人医文章的毛病的。"

"我们平时作文,常常犯许多毛病。如果送到文章病院去医一医,再给先生看,一定可以得到甲等的品评了。"

"开头有'规约'在这里,我们看呀。'一.本院以维护并促进文章界的'公众卫生'为宗旨。二. 根据上项宗旨,本院从出现于社会间之病患者中择尤收容,加以诊治。'——文章界的'公众卫生',出现于社会间之病患者,看了这两句,可知我们的文字是不收的;要'出现于社会间'的妨碍'公众卫生'的文字才收。难道文字的毛病也有传染性的吗!"

"我想的确有的,"周锦华说,"文字登载在报纸上、杂志上,或者刊印在书本上,在社会间传播开去;一般人总以为这样的文字是了不起的,便有意或无意地仿效它。如果它本身有着毛病,仿效的人就倒楣,患传染病了。所以,我们编《抗日周刊》也得好好用一番心,至少要每一篇文字没有什么毛病才行。"在一年级的编辑股员里头,周锦华是最负责的一个。她不把凑满篇幅认为满意;她要周刊上的每一篇都有精义,都有力量,真能收到文字宣传的效果。她时时刻刻不忘记周刊,现在谈起文字的传染性,她又说到周刊上去了。

"不错,"几个同学点着头。

"写上《抗日周刊》,就是'出现于社会间'的文字了,"胡复初又加以说明。他继续看文章医院的"规约",说道:"这原来是替人家批改文字,同王先生给我们做的工作一样。王先生有时在我们的文稿上画一些符号,表明这地方有毛病,什么毛病要我们自己去想。这杂志上大概不只在有毛病的地方画一些符号吧。"

"你不看见'规约'上说明'将诊治方案公布'吗?犯的什么病,要吃什么药,用什么方法医治才会好,把这些都说明白,才成一个'诊治方案'呢。"

汤慧修说:"把杂志摊在桌子上大家看吧。"她把《中学生杂志》摊在自己的课桌上。七八个人便伛着身躯,头凑着头围着看。外面有脚踢着皮球的蓬蓬的声音,有鼓励赛跑者的热烈的呼喊,但在这里的几个人好像全没有听见,他们的心神正在另一个世界里活动。

"第一号病患者——《辞源续编说例》。《辞源续编》是大书馆里的大工作,'一二八'以前,报纸上登着大幅的出版广告;说例相当于序文,是编辑者的公开宣言,怎么会有了毛病,进了医院!"朱志青惊奇地说。

周乐华翻过几页,悄悄地说:"更奇怪了,《中国国民党第四届第一次中央执行委员全体会议宣言》也在这里,成为第二号病患者!"他看着张大文说"去年我们一同看报,不是把它读过一遍的吗?"

张大文点头说:"当时读下去似乎也能够明白。不知道这篇文字到底有什么毛病。"

"还有第三号病患者吗?"胡复初抢着再翻过几页。

"啊!还有,《江苏省立中等学校校长劝告全省中等学校学生复课书》。"几个人像发见了宝物一般喊起来。

"这一篇应该进病院,"周锦华掠着额发说。"我当时从报纸上看过的,糊里糊涂,不晓得说些什么。我以为我的程度不够,看了一篇再看第二篇,把它仔细地划分段落,希望捉住各段落的要旨;但结果还是糊涂。罢课不足以抗日,大家复课吧,这是很简单干脆的一句话。那些校长先生偏要东拉西扯写上这么多的文字,真是可怪的事。我倒要看病院里的'医生'怎样给它诊治呢。"

胡复初又抢着翻书页了,"看第四号病患者是谁。"翻了一下之后,他才知道没有第四号了,说道:"只有三号。"

"我们写的文字如果送到文章病院里去,恐怕是百病丛生,不堪诊治的了,"张大文凝想着说。

"我想也不至于,"汤慧修说。"王先生从来没有说过我们的文字绝对不通;他只对我们说那一句不妥当,那一节要修改。如果送到文章病院里去,我们的文字至多是一个寻常的病患者。"

"那末,"张大文说,"大书馆里编辑先生写作的文字,国民党中央执行委员全体会议通过的文字,江苏省立中等学校校长公拟的文字,怎么会病得这样利害,烦劳病院里的'医生'写了这么长的三篇诊治方案呢?"

"这要待看完了诊治方案才得明白,"汤慧修回答。

周锦华忽然想起了一个念头,她对大家说:"现在快要上课了,这密密地用小铅字排印的十八页文字,一会儿是看不完的。我们在这几天里作一回共同研究吧,研究的材料就是这个文章病院。"

"怎样研究呢?"

"我们要把这三号病患者所患的毛病归起类来,看它们的毛病大概是那几类。这于我们很有益处。'规约'上边不是说着吗，'知道如此如彼是病，即不如此不如彼是健康，是正常。'我们以后大家当心，不要犯那几类毛病；那末，写下来的一定是健康的、正常的文字了。"

"这很有意思！"汤慧修高兴得拍着手掌。"就是我们这几个人，在自修的时候来做这研究工夫。我们还可以把研究的结果报告给全班同学知道，还可以请王先生给我们批评。"

这当儿，上课的铃声响起来了。

三天之后，他们的研究工夫做完毕了；由朱志青把研究所得记录下来，并且告诉了王先生，说要报告给全班同学知道。

这一天王先生上国文课，讲完了一篇选文，时间还有余多，他就说："有几位同学研究了最近一期《中学生杂志》的'文章病院'，要把研究的结果告诉大家，现在就听他们的报告。那'文章病院'我也看过了，比我平时给你们批改文稿来得详细；他们把它归纳一下，看文字的毛病大概有那几类，这对于写作的练习的确是有帮助的。"

王先生说罢，用右手示意，说："谁到这里来报告；"他就坐在靠近黑板偏右的椅子上。

朱志青站起来，走到讲台上，把胸膛挺一挺，开口道："最近一期《中学生杂志》增加'文章病院'一栏，想来诸位都看过了。我们几个人看出这一栏里提及的三号病患者虽然犯了不少的毛病，但归聚起来，毛病的种类也并不多。因此我们想这几类毛病必然是最容易犯的。写文字如果能够不犯这几类毛病，即使说不上名作，至少不用进'文章病院'了。现在让我逐类逐类提出来说。"

全堂同学都轻轻地舒着气，整顿精神，预备听他的演讲。

朱志青从衣袋里取出几张稿纸来，却并不就看，又说道："那三号病患者——那三篇文字都是文言文，而我们写的是语体文；知道了文言文的毛病，对于写作语体文好像未必会有什么益处。其实不然。我们看出那三篇文字的毛病都是属于思想习惯和言语习惯上的；所以用文言写固然有病，如果用语体写，还是有同样的病。我们要知道思想习惯和言语习惯上通常有那一些病，那就文言的材料也于我们有用处。"

他说到这里，才看一看手里的稿纸，取粉笔在黑板上写了"用词、用语不适当"几个字。

"这是一种毛病。该用这个词的，却用了那个词；该这样说的，却那样说了。那三号病患者差不多都犯这毛病。现在举几个例子来说。'目的'，不是大家用惯了的名词吗？心意所要达到的境界叫做'目的'。而第一号病患者却有'不能不变更去取之目的'的话。编辑辞典，选用条目，那个条目要，那个条目不要，只有依据预定的'标准'来决定；所以，说'去取之目的'不适当，必须说'去取之标准'才行。又如'促进'，原是习用的一个动词。而第二号病患者说'努力促进自治制度'。因为制度只能订定，实行，修改，或者撤废，可是无法促进，所以'促进'这个动词用在这里就不适当。又如'重新'这个副词，本该用在第二回做的动作上；读过书了，再读一回，叫做重新读书，游过山了，再游一回，叫做重新游山。第三号病患者劝学生复课，单说'收拾精神，一律定期复课'，已经很觉不妥了，因为罢课为的是国难，原没有放散精神；而它又在'收拾'上面加上'重新'两字，好像学生已经把精神收拾过一回了，更属不适当之至。以上是用词不适当的例子。他如该说购买力薄弱，而说'物力维艰'，该说整齐全国的步骤，而说'整齐全国一致之步骤'，当时日本武力还只及于我国东北，而说'东北烽烟弥漫全国'，都是用语不适当的例子。这种毛病的原因在于认识词、语的意义不确切；或者因为不曾仔细思量，只顾随笔乱写，便把不适当的词、语写了上去。"

"意义的缺略和累赘，"朱志青又在黑板上写了这几个字，说道："一句话里，意义没有说完足，就不成一句话。反过来，说得太噜苏了，把不相干的东西都装了进去，也同样地不成一句话。这种毛病的原因在于不曾把意义想得周全，便提起笔来写；如果作者的言语习惯不良，平时惯说那些支离的、累赘的话语，写起文字来也就会有这样的病象。试举几个例子。'当《辞源》出版时，公司当局拟即着手编纂专门辞典二十种，相辅而行'，在'相辅而行'上面，怎么少得了'与《辞源》'几个字？'际此内忧外患之时'成什么话？必须说'际此内忧外患交迫之时'才行呀。不说

'以……译音表为标准'或'依……译音表',而说'均依本馆所出外国人名地名译音表为标准',这是累赘不通的话。不说'使国民参与政治',而说'召集国民参与政治机关',这也是累赘不通的话。像第三号病患者因为要说青年感情丰富,关心国事,先把老年人也知爱国来作陪衬;却说什么'明知行将就木,即使国亡,为奴称仆,亦无几时,然犹攘臂切齿,慷慨陈辞,鼓其余勇,义无返顾',仿佛把老年人讥讽了一顿,这更是累赘的无用的话了。"

朱志青停顿了一下,又说:"一句话里,前后不相连贯,一串话里,彼此不相照应,这也是重大的毛病。如第一号病患者说:'此十余年中,世界之演进,政局之变革。在科学上名物上自有不少之新名辞发生'。这只是一句话而已,然而前后不相连贯。正如文章病院的'医生'所说,'揣摩这里的语气,"世界"与"政局"对立,"科学"与"名物"对立,而以"科学"应"世界","名物"应"政局"。世界演进,科学研究益精,因新发明、新发见而产生新名辞;那是不错的。但是,"政局变革"与"名物"有什么关系呢?'没有关系而牵在一起,这句话就前后不相连贯了。又如第二号病患者说:'"一致对外"为本党与全国人民共同之呼声。大会认为尚有急需注意者。国内生产日渐衰落。因生产衰落而……'这是一串的话。那前三句因为没有什么关系词把它们连起来,彼此便不相照应,好像是各各独立的。又如第三号病患者开头说'我国家民族苦东西帝国主义者之侵略压迫也久矣',依理接下去应该说侵略压迫从什么时候起头,直到现在已历多少年,才可把怎样地'久'说明,与第一句相照应。而第三号病患者不然,却说'平时则经济侵略、文化侵略在在足以制我之死命,有事则政治压迫、军事压迫无所不用其极。凡有血气,畴能堪此',好像把自己方才说的第一句话忘记了。这种毛病的原因大概在于思想不精密。犯得太多的时候,虽然说了一大堆,写了一大篇,实际全是瞎说;不是叫听者、读者上当,便是叫听者、读者莫名其妙。真是危险的毛病!"

朱志青又把稿纸上的标题抄在黑板上,一壁说:"这种毛病可以叫做'意义不连贯,欠照应'。"

他把稿纸纳入衣袋里,继续说道:"我们摘录下来的例子还多,完全说出来,未免使诸位生厌,所以只说了一小部分。把许多例子归聚起来,就看出它们犯的不外刚才所说的三种毛病:用词、用语不适当;意义的缺点和累赘;意义不连贯,欠照应。再加仔细分析,毛病的种类当然还可增多。但是,我们想,这三种毛病该是最普遍的了。我们写作文字,如果能够避免这三种毛病,用词、用语处处适当,每一句话意义都完足,也并不累赘,而且一直到底,互相连贯,彼此照应:这样,我们的文字不就通顺了吗?"

下课的铃声催促他赶快作结束,他简括地说道:"我们以为要做到这地步,实在也并不困难,只须在思想习惯和言语习惯上留意。'文章病院'里的三号病患者的思想习惯和言语习惯太不好了,远不如我们,提起笔来又不肯先检点一下;所以犯下这许多毛病。我们从他们的失败上,正可以找到成功的路径。这是我们今天要把研究结果告诉诸位的本旨。"

朱志青说罢便走下讲台,回到自己的坐位上。

王先生站起来了,露出满意的脸色,说道:"志青他们的研究报告虽然简略,可是很扼要。'文章病院'里的三号病患者所患的毛病固然不尽属于这三类,然而多数属于这三类。就是一般不通的文字,你说它这里不通,那里不通,归纳起来,大致也离不了这三类毛病。志青结末说的话是不错的。一个人如果能在思想习惯和言语习惯上留意,写下文字来就不用进'文章病院'了。"

王先生又用慨叹的声调说:"那第三号病患者——《劝学生复课书》最要不得,思想习惯完全是'八股'的。想不到民国二十年的中等教育界中还会出现这样的文字!它为什么要不得,下一次我要给你们仔细地讲一回呢。"

十、印象

离 H 市八里有一座山,并不很高,却多树木。因为没有别的名胜古迹,那座山就成为 H 市一般人游赏的目的地。到那边去可以步行;沿河的一条道路颇宽阔,而且是砖铺的,一路走去很安舒。也可以乘船去;那河道直到山脚下才转湾,所以一上岸就登山了。

这一天,沿河的道路上,乐华大文在前,枚叔在后,在那里对着山走去。他们换穿了轻薄的夹衣,身体松爽,步履非常轻快。枚叔手里虽然拿一根手杖,却并不用来点地,只把它当作游行的符号而已。

可是枚叔这当儿的心情远不及他的步履那么轻快。失业像伤风病一样,一会儿就碰到了;什么时候才得同它分手,却难以预料。妻子的脸一天愁似一天,又加上时时续发的低低的一声叹气。叫她不要发愁、不要叹气吧,实在没有什么话可以安慰她;看她发愁、听她叹气吧,更把自己的心绪搅成一团乱丝。每天看报纸,又填满了令人生气的消息,敌人着着进迫,当局假痴假呆,无非这一类。想到中国前途的苦难,就觉得个人的失业真是不成问题的微细事情。然而这只是理智的想头,实际上还是时时瞥见那黑色的影子——失业,感受到它的强烈的压迫。坐在家里气闷;正好是星期日,乐华大文不到学校,就带他们出来游山,借此舒散一下。然而也并不见得有效果,四望景物,只觉怅然;"草长花繁非我春",意识中渐渐来了这样的诗句。对上一句什么呢?他思忖着,就走得迟缓了。

乐华大文平时难得离开市集。现在依傍着活活的发亮的河流,面对着一抹浓绿一抹嫩绿涂饰着的山容,路旁的柳枝拂着他们的顶头和肩背,各色的花把田野装成一副娇媚的笑脸;他们好像回复到了从前的乡村生活,彼此手牵着手,跳呀跳地走着;他们和枚叔的距离就渐渐地加长了。

"你看,那苍翠的山在那里走近来迎接我们了,"大文用欣快的调子说。

"我们走得更快一点,那山要更快地迎过来呢。"停了一停,乐华又说:"山是不动的,是人走近山去,这谁不知道。然而我们此刻的确有这样的感觉,仿佛山在那里迎过来。这是很有趣的。"

大文指着河面说:"那印在河里的是柳树的影子,谁不知道。然而我此刻有这样的感觉,头发细长的一个女子在那里照镜子。不也很有趣吗?"

"今天回去,我们要写一篇游记,"乐华突然说。

"各写一篇呢,还是合写一篇?"大文问。

乐华不回答大文的问,却继续说他自己的话:"我们不要平平板板记述走过那里,到达那里,看见什么,听见什么。我们要把今天得到的感觉写出来。感觉山在那里迎过来,就写山在那里迎过来;感觉河里的柳树影宛如镜子里的女子,就写河里的柳树影宛如镜子里的女子。这样写的游记,送给别人看,或者留给自己将来看,都比较有意义。"

大文跃跃欲试地说:"好,我们一定这样写。"他又说:"那末,当然各写一篇了。我的感觉和你的感觉未必相同,如果合写一篇,就要彼此迁就,这是不好的。"

"各写一篇好了。就请父亲给我们批评。"乐华说着,回头望枚叔,说:"我们走得太快了,父亲还在后头。等他一下吧。"

待枚叔走近,乐华大文就让他介在中间,三个人缓缓并行,不很长的身影斜拖在砖路上。

乐华把他们要怎样写游记的意思告诉了枚叔。

枚叔说:"游记本来有两种写法。像你所说的,把走过那里,到达那里,看见什么,听见什么,平平板板地记下来,这是一法。依了自己的感觉,把接触到的景物从笔端表现出来,犹如用画笔作一幅画一般,这又是一法。前一法是通常的'记叙',后一法便叫做'印象的描写'。"

大文说:"那末,我们刚才约定的写法就是'印象的描写'了。什么叫做'印象'呢?这个词儿时常碰见,可是我一直不知道它的确切的解释。"

枚叔说:"这原是心理学上的一个名词,解释也不止一个。最普通的解释,就是从外界事物受到的感觉形象,深印在我们脑里的。所以,你第一次遇见一个人,感觉到他状貌举止上的一些特点,这些特点就是他给你的印象;或者你来到群众聚集的大会场,感觉到群众的激昂情绪有如海潮的汹涌,有如火山的喷吐,那末'海潮和火山一般'就是这群众大会给你的印象。"

"我说山在那里走近来迎接我们,这也是一个印象呀,"大文看着枚叔说。

"谁说不是呢？作文如果能把印象写出，就不仅是'记叙'而是'描写'了。你们能说出'记叙'和'描写'的区别吗？"枚叔的两手同时轻叩乐华和大文的肩膀。

乐华接着回答："我可以用比喻来分别它们。单就游记说，仅仅'记叙'，结果犹如画一张路程图，如果能把印象写出，却同画一幅风景画一样，这就是'描写'了。"

枚叔点头说："不错，从这个比喻，就可以知道'记叙'和'描写'对于读者的影响很不相同。人家看了你的路程图，至多知道你到达过那里，看见过什么罢了。但是，人家看了你的风景画，就会感到你所感到的；不劳你解释，不用你说明。一切都从画面上直接感到。所以，'描写'比较'记叙'具有远胜的感染力。"

走了几步，枚叔又说："从前我在学校里教课，一班学生作文，不懂得印象的描写，总是'美丽呀'、'悲痛呀'、'有趣呀'、'可恨呀'接二连三地写着。我对他们说，这些词语写上一百回也是不相干的，因为它们都是空洞的形容，对于别人没有什么感染力。必须把怎样美丽、怎样悲痛、怎样有趣、怎样可恨用真实的印象描写出来，人家才会感到美丽、悲痛、有趣和可恨。他们依了我的话，相约少用'美丽呀'……那些词语，注重随时随地观察，收得真实的印象，用作描写的材料。后来他们的文字就比较可观了。"

乐华忽然指着山的左边说道："看了这条河在山脚下转过了湾那边的景色，就知道柳宗元观察的精密。"

河道在山脚下转湾向左，开始曲折起来。从较高的这边望去，一段是看得见的，反射着白光；忽地一曲，河身给田亩遮没了；但是再来一曲，便又亮亮地好像盛积着水银；这样六七曲，才没入迤长的一带树丛里。

"柳宗元的《小石潭记》不是有这样一句吗？"乐华继续说："'潭西南而望，斗折蛇行，明灭可见'。这'明灭可见'四个字是多么真实的印象呀！我们现在要描写这条河那边的一段，似乎也只有'明灭可见'四个字最为适切。"

枚叔对于乐华的解悟感得欣然,说道:"柳氏的山水记本是古来的名篇,他差不多纯用印象的描写。"

大文昂头四望,用歌唱的调子说:"'天似穹庐,笼盖四野',我觉得是很好的印象的描写。"

枚叔和乐华不觉也抬眼眺望。

平远的原野的尽处,明蓝的天幕一丝不皱地直垂下去。

枚叔沈吟了一会,说:"这一句固然是很好的描写;可是在这一首《敕勒歌》里,末了一句尤其了不得。"

"'风吹草低见牛羊',"大文又歌唱起来。

"这是极端生动的一个印象。这七个字组合在一起,是比较图画更有效果的描写。北方的牧场,我们没有到过。可是读了这一句,就仿佛身临北方的牧场。"枚叔把手杖挥动着说:"你们想,丛生的草,苍苍的天,单调的北方的原野;风没遮拦地刮过来,草一顺地弯着腰;于是牛呀羊呀显露了出来,一头头矗着角,摇着尾巴,奔跑的奔跑,吃草的吃草,这些景象,从这七个字上不是都可以想见吗?"

乐华大文听了枚叔所说的,再来吟味"风吹草低见牛羊"七个字,一时便神往于北方的牧场,大家不说什么。

走了一程,大家微微出汗了。枚叔用手巾按了按前额,又说:"像柳子厚的山水记和刚才说的《敕勒歌》,好处都在捉得住印象,又能把印象描写出来。你们试作游记,预备用印象的描写,这是不错的。不过我们一路谈话,收受印象的机会未免减少了。"

大文说:"不要紧,我的游记预备从登山写起,现在还没有登山呢。"

乐华说:"我预备从出门写起,到登山游览为止。下山走原路回去,就不写了。我一定要把柳宗元描写河道曲折怎样精妙的话带写进去。"

枚叔称赞道:"你们这个主见也很有意思。像这样截取一段来着手,叫做'部分的描写'。大概印象的描写同时须是部分的描写。如果要一无遗漏,从出门写到回家,就难免有若干部分是平平板板的记叙了。"

前面小港口跨着一座石桥,矮矮的石栏正好供行人憩坐。

枚叔跨上石级,说:"快到山下了,我们在这里歇一歇,预备登山。"他就在石栏上坐下,把手杖搁在一旁。

乐华大文坐在枚叔的对面,回身俯首,看小港汩汩地流入河里。

枚叔补充刚才的话道:"你们要记着……"

乐华大文才面对着枚叔。

"也不限于游记;除了说明文字和议论文字,都可有两种写法,一是通常的记叙,一是印象的描写。你们刚才想起了描写风景的好例子,更能想起描写人物的好例子吗?"

"那是很容易从现代人的小说和小品文中去找的,"大文向乐华说。

"我想起了朱自清的《背影》了,"乐华高兴地站了起来。

"你说几处给我听听,"枚叔微笑着说。这当儿,他宛如在从前教授国文的课室中,心神凝集于彼此的讨究;他把满腔的牢愁暂时忘记了。

十一、辞的认识

乐华端着两盏茶走出来,看见父亲与那位卢先生已经在靠西墙的茶几两旁坐下了。

"卢先生,用茶。爸爸,用茶。"

卢先生燃着了雪茄,带着笑颜将乐华端相了一会,问道:

"在中学堂里读书,还有几年毕业?"

"才一年级呢。初中毕业,要在后年。"乐华回答。

"初中毕了业进高中,高中毕了业进大学,大学毕了业出洋游学,"卢先生红润的圆脸耀着光彩,旁睨着枚叔说:"枚翁,你要好好儿给他下本钱呢。"

"那里谈得到这些,我想给他在初中毕了业也就算了。"

由于自家境况的困难以及对于教育现状的不满,枚叔是有一大篇的议论可以发挥,主张即使不在初中毕业也没有甚么关系的;可是这未免使这位热心的客人扫兴,所以给他个并不趋于极端的回答。

"初中毕业不行的,"卢先生把雪茄摘在手里,"现在更不比前十几年了,要赚钱非出洋游学不可。我有一个朋友,他的儿子到德国游学,去年回来,就在上海西门子洋行当买办。七百块钱一个月,出进是汽车,真写意呢。"

枚叔苦笑着说:

"可惜我没有这一大笔本钱。"

乐华对于这位客人所说的话不感得亲切有味,便自去在沿窗的桌子旁坐了,取一本《生理卫生学教本》在手,低头温习。

卢先生似乎方才想起了本钱不是个个人预备着在袋里的,不觉爽然,说道:

"话倒是真的,没有本钱,读书就不容易读上去。——请问枚翁,近来有甚么地方说起,要相烦枚翁帮忙的吗?"轻轻地,是很关切的声调。

"没有,"枚叔简单地说。

"枚翁当过多年的教员,在各处学堂里一定很有交情吧。"言外的意思是生路并不见得断绝,幸勿多所忧虑。

"现在还不到暑假,学校里当然没有甚么更动。再说当教师虽是一只破碎的饭碗,但捧着这只破碎的饭碗总比两手空空好,我又何忍夺了人家的捧在自己手里。"

这不是真个生路断绝了吗?卢先生今天来访问,本希望得到一点好消息,或者枚叔已经有了事情了,或者有甚么人正在给枚叔介绍。而现在枚叔这样说,甚么时候才能够得到一个职业实在难以预料,想给他安慰也无从说起,只得蹙着眉说:

"早知道我们的银行今春就要收场,就不拉枚翁来帮忙了。对于这件事,我十二分抱歉!"

卢先生说罢,又把雪茄衔在嘴里;刚才燃着的火已经灭了,便划一根火柴再把它燃着。

"那有甚么抱歉的!"枚叔以书生的襟怀,又加上对于世事的认识,知道自己直同海滩旁的小草一样,经浪潮的冲击,便会被送到不知甚么地方去的。即使去年不进银行任事,今年此刻一定仍在学校里教课吗,那是没有准儿的。

"况且,你们股东是亏蚀了资本,比起我来,损失大得多了。"枚叔又用这样的话来抵消卢先生抱歉的心思。

"我倒还好，损失不算大。两个月来不到行办事，又觉得很解放。"

枚叔听到这里仿佛觉得不大顺耳，想了一想，方才领会；眼光偶尔投到沿窗乐华那边，只见乐华正把疑问的眼光看着那红润的圆脸。

"这里地方小，干不出甚么事业来。再要开银行决不在这里开了，有机会就得在上海开。不过一个人解放久了也不好。天天打牌有甚么意思，总得找一点事情来做。因此，我想办一点社会主义。"

这个话使枚叔愕然了。这位有点小能干的银行家，难道同一般青年一样，受着时代思潮的激荡，知道资本主义已经到了"临命终时"，从资本主义这个腐烂体里长成起来的将是社会主义吗？但是，社会主义怎样"办"呢？"办"社会主义的人为甚么又说有机会又得在上海开银行呢？

乐华也同样地感得奇怪。社会主义，在杂志和报纸上，在同学间的谈话中，是常常被提及的一个名词，看着、听着、说着都没有什么奇怪；惟独由这位四十光景的、商人风的卢先生吐出来，却异样地不相称，有如矮人穿着长衣服，小孩戴着大帽子。他的社会主义是甚么东西呢？这样的问语咽住在乐华的喉咙口。

卢先生吸了两口雪茄，圆撮着嘴唇呼出了烟缕，继续说道：

"天气热起来了，时疫急痧是难免的事。我预备开两个施诊所，中医西医都有，任病家爱请谁医就请谁医。现在医生都请定了，只地点不曾弄停当，故而还不能贴广告。"

原来如此。乐华咽住在喉咙口的问语有了回答了。不免要笑。但是，真个笑了出来不是很糟吗？乐华只得吻合着上下唇、移过眼光去看父亲。却见父亲正在端相茶几的一角，仿佛那里有甚么好玩的花纹似的。歇了一会，听父亲说道：

"我想两个施诊所应该距离得远一点。一个在南城，一个在北城，对于病家才见得方便。"

卢先生去后，乐华问枚叔道：

"刚才卢先生说的'解放'作甚么意思用的？"

"他说'解放',其实是'自在'、'闲散'的意思。做一点公益事业,他却叫做'办一点社会主义'。他们商界里,这样说话的人很多:不把'辞'的意义辨认清楚,就胡乱使用起来。这使旁人听了觉得好笑,有时竟弄不明白他们说的甚么。"

"岂只商界,便是学界和政界,也有犯着这样的毛病的。《文章病院》里的几个病患者,不就是吗?"

枚叔点点头,接着说:

"市场上有'卫生衫'、'卫生毛巾',又有'卫生酱油''卫生豆腐干';甚么东西都加得上'卫生',实则把'卫生'这个辞的意义完全丢掉了。又如两个人剖分一件东西,就说,'我们来共产主义';'共产主义'这个辞到底是甚么意义,他们却并不去查考。这样的例子很多,如果随时留心,不怕费工夫,把它们记录下来,倒是有益的事;至少不会跟着人家胡乱用辞了。"

"我想,能够时常翻查《辞源》,也就不至于胡乱用辞。"乐华的小小的书柜里有着《辞源》,他像习功课时常常请教着它。

枚叔沈吟了一下,说:

"《辞源》里只收一些通常习用的辞。专靠着它,有的时候是不济事的。我国现在已出有好些专科的辞书,如关于动物、植物的,关于哲学、教育的。那些辞书也要时常翻查,才能把所有的辞认识得真切,运用得正确。这样,自不致使旁人好笑,更不致使旁人弄不明白了。"

"那些辞书,我们学校的图书室里都有的。"

"你能够使用那些辞书吗?"

"我因为豫备功课,曾经取《植物学大辞典》来翻查过几回;那是很容易翻查的,编排的方法同《辞源》相仿佛的。"

"不错,新出的辞书,差不多都像《辞源》那样编排的。可是,你还得懂得我国旧有的'类书'的翻查方法,因为有的时候你或许要翻查类书——刚才我漏说了。"

这一个辞在乐华是生疏的,他就问道:

"甚么叫做类书?我好像从来不曾听见过。"

"类书是和现在所谓辞书同性质的东西。《辞源》里大概有'类书'这一条的,你可以自己去翻来看。"

乐华便到自己的小书房里去,把《辞源》取了来,翻了一会,高兴地说道:

"在这里了! 果然有这一条的。"

他凑近父亲,和父亲一同看如下的语句:

> 采辑群书,或以类分,或以字分,便寻检之用者,是为类书。以类分之类书有二:甲兼收各类,如《艺文类聚》、《太平御览》等;乙专收一类,如《小名录》、《职官分记》等。以字分之类书有二:甲齐句尾之字,如《韵海镜源》、《佩文韵府》等;乙齐句首之字,如《骈字类编》是。

枚叔抬起头来,看着乐华的沈思的脸说:

"看了这几句,恐怕你还是不很明白,须得解释一下。"

乐华点头。

"这里所谓类是事类;如关于天文的事实、典故是一类,关于地理的事实、典故又是一类。这里所谓字是习用的、有来历的一组字;如徘徊、彷徨、十二阑干、九曲回肠、等等。从前人编辑类书,最大的目的在备写作时的采用。以类分的类书供给事实、典故,你要用那一类的材料就到那一类里去寻;以字分的类书供给辞藻,你造句要换点花样,作诗要勉强押韵,它就给你许多帮助。写作而要请教类书,可见其人中无所有。那又何必写作呢? 不必写作而硬要写作,至于有许多类书出来供应需要,那是古来偏重文章的缘故,且不去说他。现在我要告诉你的是:如果像使用辞书那样使用,那末类书对于我们也是有用的。"

枚叔舒了一舒气,接着说道:

"类书的编排方法,大半看了书名就可以知道。凡有一个'类'字的,便是以类分的类书。某一部类书共分多少门类,一看目录便能了然。凡有一个'韵'字的,便是以字分而齐句尾之字的类书。那是按照诗韵编排的;不管甚么事类,却将末一个字同韵的许多辞归在一起。譬如'徘徊'与'黄梅',就事类说是全不相干的;但'徊'字与'梅'字同韵,所以归在一起。如果熟悉诗韵,能够辨别一个字属于某声某韵,翻查这一类类书是很便当的。像你,平上去入四声也许辨得清;而一个字属于诗韵里的甚么韵,那是不熟悉的。这不必定要去熟悉他,一翻《辞源》也就知道了。你看,《辞源》每一个字下,不是注着甚么韵吗?"

乐华向来不曾注意到这一点,他听父亲这样说,随手翻开《辞源》的上册,眼光射到一个"他"字,下面注着"托阿切,歌韵",眼光又移到同页的"仕"字,下面注着"事矣切,纸韵"。他惭愧地说:

"以前我为甚么没有留心!"

"再说以字分而齐句首之字的类书,如《骈字类编》,那是与《辞源》有相同之处的,也是将许多辞凡开头的字相同的都归在一起。不过《辞源》的编排是依照第一个字所属的部首和笔画的多少的,《骈字类编》却分为事类,某个辞的第一个字属于那一类,就到那一类里去翻查。"

枚叔说到这里,因为自己有好些书寄存在乡下,类书之类都不曾搬来,颇感受不能执卷指示的不方便,他搔着头皮说:

"你不妨到学校的图书室里去,见有甚么类书,就看它的编排体例。这样,到用得着它的时候,就可以翻查了。"

他忽又想到了刚才卢先生的用词不切当的话语,感慨地说道:

"一个人不能认识各个辞的确切意义,又懒得动手去翻查,那是常常会闹笑话的。从前有一个人和外国文人通信,自己起了个稿子,托一个通英文的人替他翻译。那稿子里有'驰骋文坛'一句,你道那个通英文的人翻译做甚么?"

"'驰骋文坛',不是说受信人在文坛上很有成就和声名吗?"乐华以为这是并不难懂的。

"照你说的翻译,也就不闹笑话了,"枚叔笑着说。"那个通英文的人却并不这样解释。他知道'驰骋'是马奔跑。他又想'文坛'大概是文字汇聚的地方,再推想开去,便断定是书堆。于是他所翻译的英文句子,就成为'马在书堆里跑来跑去'的意思!"

"哈哈,"乐华禁不住大笑了。

"还有一个笑话,"枚叔忍住了笑说。"有一个姓贺的,写得一手好颜字,可是笔下不很通顺,知识也有限。一天,他送人家一轴祭幛,提起笔来写了'瑶池返驾'四个大字。"

乐华听了茫然,用疑问的眼光望着父亲。

枚叔将手指在桌面上画着那四个字,说道:

"就是这样的'瑶池返驾'。"

乐华看了,记得这四个字曾经在丧事人家看过的,可是不明白甚么意思。

"旁人看他写了这四个字,对他说写错了。他说没有错,祭幛上常常用的。旁人就告诉他瑶池是西王母所居的宫阙,死了回到瑶池去,是专指女人说的;而现在那人家死的是男人,不是写错了吗?他方才明白,只好红着脸把'瑶池返驾'四个字撕了。"

"这四个字,爸爸若不讲明白,我也不知道甚么意思。"

"不知道就得询问,就得翻查。这样成为习惯,然后读书不致含糊,不致误解;说话、作文不致辞不达意,不致'指鹿为马'。"

"刚才卢先生的'社会主义',如果传说开去,也是一个很大的笑话呢。"乐华听父亲讲笑话,引起了深长的兴味。

枚叔却又想到了别的方面去,怅然望着窗外浓绿的柳叶,自言自语道:

"他对我关切,特地来看我,是可以感激的。"

十二、戏剧

"啊,你这里有这许多的戏剧书!"胡复初两手支在桌沿,额上渗出汗滴,他刚从八十多度的阳光中跑来。

"是哥哥理出来给我的,"周锦华说,一壁掠着鬓发,使顺向耳壳后面去。"哥哥听见我们要编戏剧,就说各种戏剧的体裁应该知道一点,古时的,现代的,外国的,都约略地看一下吧。其实我们编抗日的戏剧,那里会像这几部书一样填起曲子来,即使我们能够填,也决不干的。"

先到的朱志青和周乐华各拿着一部线装书站在那里看,锦华说时,指着他们俩手里的书。

"是甚么书?"复初用手巾拭着额上的汗,走进志青身旁。

志青不回答说甚么书,却抑扬顿挫地吟唱道:

"'你记得跨青溪半里桥?旧红板没一条。秋水长天人过少。冷清清的落照,剩一树柳弯腰'。"

"这是王先生前个星期讲过的《桃花扇·余韵》一出里的曲子呀。"

"这就是整部的《桃花扇》,"志青把手里的书扬一扬说。"我要向锦华借回去看呢。"

"你这一部又是甚么?"复初转过身来问乐华。

"叫做《长生殿》。我翻了一下,约略知道是讲唐明皇和杨贵妃的事情的。"

坐在窗前的张大文将眼光从手里的书面离开,说道:

"我从那一大部的《元曲选》里抽了一本,可巧这一本戏也是唐明皇的故事,叫做《唐明皇秋夜梧桐雨》。"

锦华顾盼着志青和乐华说:

"这两本戏曲虽然同样是唐明皇的故事,可是出世的年代迟早不同。《唐明皇秋夜梧桐雨》是元朝人的作品,《长生殿》是清朝一个姓洪的做的。"

"哥哥还告诉我说,"锦华有这样的脾气,把同学看得同姊妹兄弟一样,知道了一点甚么总要让他们都知道,"元朝人的戏曲同《桃花扇》一类的'传奇',体式上是有点儿不同的。一本传奇演一个故事,不限定多少出数,故事繁复的长到四五十出。元朝人的戏曲称为'杂剧',却大抵是四出。"

志青和乐华在一张双人藤椅上坐下,各把手里的书放在膝上,豫备细听锦华所讲的。复初虽已休息了一会,还是觉得热,就拿自己的草帽当做扇子,不停地扇着。

锦华也取一柄葵扇在手,不经意地摇着,说道:

"这几天晚上,我把《元曲选》和几部传奇大略翻看,又翻看了那部专门收集京戏脚本的《戏考》。"

她说着,用葵扇指那书桌上一叠小开本的书册。

"专门收集京戏脚本的?"志青家里有着一具留声机,所有的唱片大半是京戏,现在听锦华这么说,"我本是,卧龙冈,散淡的人","小东人,闯下了,滔天大祸",这一类的腔调便在他的心头摇曳起来。

"不错,《戏考》那部书是专门收集京戏脚本的,《斩黄袍》、《空城计》、《钓金龟》那些戏都有在里头,很丰富的。我翻看了那些杂剧、传奇和京戏,发见它们有共同的两点,是和我们在学校里表演的戏剧不相同的。我们在学校里表演的戏剧,总是几个人在那里对话,在他们的对话里,把故事的前因烘托出来,让看戏的人明白。一个人独白的时候是很少的,即使有,也大都是简短的惊叹语之类。至于一个人来到戏台上,告诉看戏的人他是戏中的某某人,他的境况怎样,他的品性怎样,眼前他遇到了一件甚么事情,那是绝对没有的。"

"是的,"志青接着说。"在京戏里,这却是必不可少的节目。一出戏开场,每一个角色走上戏台,第一件事情就是向看戏的人报告他姓甚名谁,何方人氏,这么一套。"

"杂剧和传奇也都是这个样子,"锦华望着志青说。"并且,岂止在一出戏开场的时候。剧中人在那里想心思了,就把所想的一切唱出来或者说出来;在那里做一种动作了,又把所做的动作唱出来或者说出来;至于回叙故事的前因,更照例是一段独唱或者独白。所以我说,那些戏剧差不多是记叙文。记叙文把人的思想、行动和话语叙在一篇里,那些戏剧呢,把剧中人的思想、行动和话语统教演员唱出来、说出来,不是差不多吗?"

乐华听了,颇有会心,带笑说:

"这等办法,在情理上原是讲不通的。一个人想去访问张三,旁边并没有别个人,他自言自语道:'我要去访问张三,就此拔脚前往',这不是痴汉吗?然而戏剧里不这么办,难以使看戏的人明白剧中人在那里做甚么;就只好这么办了。"

锦华接上说:

"但是,编剧的时候避去这等情节是可以的。把要使看戏的人知道的情节编排在对话里,像我们所表演的戏剧一样,也未尝不可。原来旧时的戏剧和现在的戏剧,在体裁上自有不同。从杂剧到京戏,那是一贯地使用着记叙文似的体裁的。这是我所发见的一点。还有一点呢?"

锦华坐到大文左旁的一只藤椅上。大文颇感兴味地看着她的娇红的脸,仿效她的声调说道:

"还有一点呢?"

"从杂剧到京戏,一出戏里往往不止一个场面。开头是一个人在路上,既而是几个人在屋子里,一会儿又是几个人在湖上的船中了;而且三个场面的时间不一定连续,也许一场是上午,一场是下午,也许一场是昨天,一场是今天。这样的例子很多;只须演员下一回场又上场,或者就在台上绕一个圈子,场面便变换了,路上变为屋子里,屋子里又变为湖上的船中了。这种体裁是和我们所表演的戏剧不同的。我们所表演的戏剧,一幕只有一个场面,路上就始终是路上,屋子里就始终是屋子里;而且从开幕到闭幕,时间是一直延续下去,决不切去一段的。"

志青翻弄着书页在那里作遐想,至此,他点头说:

"你说的不错,我们所表演的戏剧和我国旧时的戏剧,体裁上决不相同的。"

"我们所用的体裁是从西洋的戏剧来的。"锦华指着书桌说:"那一叠是西洋戏剧的译本,我曾经看了一本《易卜生集》,一本《华伦夫人之职业》,体裁都是这样的。"

复初的额上不再出汗了,他坐在大文的右旁,用提示的声调说:

"我们要编戏剧,当然用我们用惯的体裁。锦华,你少讲点你的发见吧,今天我们商量编戏要紧。再过两星期,就要表演了,剧本还没有,怎么行!"

志青接着说:

"题材是选定的了,一二八战役。我们现在先要考虑一下,有几个场面是必需的。然后可以确定编多少幕,然后可以确定每一幕的内容。"

"我曾经想过了,"乐华举一举手说。"一二八战役经历几十天的时间,事情是千头万绪,要全部搬上戏台去表演,是万万不可能的。我们只能从这几十天中截取几小段的时间,在这几小段的时间里发生的事情足以表示各方面的紧张空气的,拿来编成几幕戏剧。"

复初蓦地站起来,激昂地说:

"我想一二八那夜的事情总得编成一幕。兵士的愤激的心情,各色居民的不同的心理,日本军队的骄横而不中用的情形,都可以在这一幕里表现出来。场面是闸北的宝山路。你们说好不好?"

"好,这一幕非有不可,"乐华击掌说。

"让我把它记起来,"锦华改坐到书桌前,从抽屉里取出铅笔和白纸,一壁写着,一壁说。"时间:一二八夜。地点:闸北宝山路。内容:士兵的愤激的心情,各色居民的不同的心理,日本军队的骄横而不中用的情形。这该是第一幕。第二幕呢?"

"我想江湾吴淞一带的战事也得表演一下。"大文走到锦华的背后,看着她的记录说。

志青点头说:

"好的。我们就规定第二幕的地点是江湾的战场。士兵都伏在战壕里。他们怎样勇敢地作战,农民怎样和他们联成一气,各界怎样送食品、运东西接济他们,以及日本的飞机、大炮怎样酷毒地压迫他们的阵地,都可以在这一幕里表现出来。"

锦华记录完毕。回转身来说:

"我想第三幕应该是一二八战役的收场——我国军队撤退到第二道防线了。"

"这样丧气的事情,还是不要编进去的好,"复初的眉头皱了起来。

"为甚么不要编进去呢?"锦华立刻说。"这是事实呀。况且,我们这方面的阵地虽然毁坏到差不多不可收拾,士兵的心里却并不愿意撤退;这在报纸上有记载的。这一点应该把它表现出来。还有,甚么人要他们撤退,甚么人希望战事早一点收场,也该是这一幕的内容。"

"我赞成锦华的意见,"志青举起手臂,仿佛一个乐于回答教师的问题的小学生。

复初向锦华挥手示意道:

"经你这样说明,我当然也赞成有这一幕了。你记录起来吧。"

锦华便又在纸上写她的细小的字,说道:

"那末,这一幕的地点仍旧是战场了。"

"仍旧是战场,"志青接应说。"有三幕也就够了。乐华所说的各方面的紧张空气,差不多已经表现出来了。"

"的确够了。"乐华沈思了一会,又说:

"我们这戏剧和别的戏剧不同,不需要一两个主人翁作为活动的中心。我们这戏剧里,每一个登场人物都是重要的。我正在这里想,第一幕开幕的时候,有三四个兵守在铁丝网和沙袋旁边,他们的对话要极有力量,足以吸住观众的注意。"

"我们一同来想吧。"

室内顿时沈寂起来。急迫的蝉声在窗外噪着。

十三、触发

六星期的暑假已过了三分之一,乐华在家里真是寂寞的很。父亲由朋友介绍,应四川 XX 中学之聘,一则因为路程遥远,二则因为失业已久,家居不免厌腻,一经接到聘书与旅费,就于当地第一中学放假开始时,启程到四川去了。家里除乐华外,只有母亲及小妹,学友们住在本地的原不多,都已各回乡里。唯一的亲友大文呢,放假后只来过两次,每次都和周锦华同来,稍坐即走。乐华有一天曾到他家里去找他,想和他谈谈,却未曾找到。据他母亲说,是和周锦华一淘出去的。

乐华除每日帮母亲料理家事外,只用书册消遣,拿了书躺在藤椅上看,往往不久就睡去,不由自主地让书从手中溜到地上。炫目的阳光,聒耳的蝉声,愈使乐华感到长日如年,倦怠难耐。

有一日,午饭方毕,乐华才帮母亲收拾好了厨下,正在廊檐下的藤椅坐下身来,拿起父亲临行前检给他的一部《西游记》想读,听到邮差在门口喊"有信。"接来看时,是父亲从汉口寄来的家书。乐华拆开信来读给母亲听,其中有几张信笺是专写给乐华的,上面写着这样的话,有许多地方密密地加着点。

　　你大概在以书册消磨着长日如年的光阴吧。你爱好读书，努力学文，当然不能算坏，可是读书与作文实在是两件事，应当分别看待。普通人都以为读书就是学作文，作文须从书上去学习，这实在是大错特错的见解。书籍原用文字写成，但不应只当文字来读，读书的目的，重在收得其内容意趣，否则只是文字的游戏而已。作文的材料，到处都是，并非仅在书中，专从书上去学文字，即使学得好，也只是些陈言老套，有甚么用处呢？我劝你勿只把文字当文字读，勿只从文字上去学文字。

　　读书贵有新得，作文贵有新味。最重要的是触发的功夫。所谓触发，就是由一件事感悟到其他的事。你读书时对于书中某一句话，觉到与平日所读过的书中某处有关系，是触发，觉到与自己的生活有交涉，得到一种印证，是触发，觉到可以作为将来某种理论说明的例子，是触发。这是就读书说的。对于目前你所经验着的事物，发见旁的意思，这也是触发，这种触发就是作文的好材料。举例来说吧。我书房中有一副对子，下联不是"竹解虚心是我师"吗？这一句原是成语（不知作者为谁），作者着眼于竹的中空，觉到和人的虚心相似，可以效法。故就造出了这样有新味的句子。触发要是自己的新鲜的才好，用月的圆缺来比喻人事的盛衰，用逝水来比喻年华难再，用夕阳来比喻老年，诸如此类的话在最初说出来的人原是一种好触发，说来很有新味，我们如果袭用，就等于一味说人家说过的话，自己不说甚么了。

　　触发真是要紧的功夫，我早就想把这话告诉你，可是却没有碰到相当的机会。这次我动身时，你要求我检书给你读，还要求我过上海时替你买些可看的书。我在上海经过，虽也曾想买几本相当的书籍寄给你，一则因为我已把旅费的一部分分给你母亲留作家用了，携带的钱不多，二则因为我觉得你只管把书呆读，也没有意义，所以未曾替你买任何的新书。我已给你选定了好几部的书了，你可拣喜欢的取来重读，读出些新的意味来。书是用文字写成的，我还希望你于有字的书以外,更留心去读读没有字的书。在你眼前森罗万象的事物上获得新的触发。

乐华把信热心地读,读至最后一行附笔"此信可拿去给大文一看"时,不觉自语道:

"大文近来忙得很,那里还有心思管这些啊。"

父亲去后,乐华在寂寞的生活中日日期望有新书从上海寄到,将藉了新书一振日来的无聊与倦怠。自得了父亲的这封信以后,态度为之一变,觉得读过的书重读起来比新书更有味,眼前的一切东西都含藏着多方面的内容,待他去发掘。倦怠无聊之感消灭净尽,他好像换了一个人,换了一个世界了。甚么都新鲜,甚么都有意义。他从蝉声悟到抑扬的韵律,从日影悟到明暗的对照,从雷阵雨感到暴力的难以持久,从雨后的清凉悟到革命的功用,从盆栽的裁剪悟到文字繁简的布置,从影戏的场面悟到叙事文的结构,从照片悟到记事文的法式。

乐华把小小的手册放在衣袋里,心里一有所得,随时就写在手册上。不多几日,就写了许多页了。其中有几条只是零星的一二句话,有几条俨然就是小品文。

有一天下午,大文周锦华朱志青汤慧修大家到乐华家里来。志青问乐华:

"你为甚么不出来走走? 一个人在家里不寂寞吗?"

"因为没有俦伴啊,像你们……"乐华说到这里,觉得不好意思说下去,即改说道:"你们来得正好,我给你们看一样东西。——大文,父亲写了一封信给我,说叫你也看看呢。"乐华说着从抽屉里取出信来递给大文,一壁看锦华慧修,似乎她们还不曾感觉着甚么,这才安了心。

"我们也可以看吗?"锦华问。

"当然可以。"乐华说。

志青走进大文身旁共看那封信。每读完了一页就传给锦华慧修共看。

"看了这封信,可以说'胜读十年书'呢! 乐华,你有这样的父亲,真幸福啊!"锦华看完了信说。

"可见我们平日读书作文都还没有得到好方法。王先生前几日曾提及枚叔先生，说是他所佩服的一个。这封信我想应该给别的同学也看看。同班之中读死书的人多着哩。我想，最好在将来演讲练习的班上，把这作为材料，由那一个去讲述一番。乐华，就请你去讲吧。"志青说。

"也好，其实甚么人去讲都可以。"乐华说。

"那末，你这几天想必已在依照你父亲信上的方法实行了。成绩一定很好吧。"慧修问乐华。

"试行呢在试行，可是自己难得满意，父亲说，'触发要是自己的新鲜的才好'。我所触发到的意思，一时觉得很新鲜，后来看到别的书，知道前人已有过这样的话，于是就兴趣索然了。我曾把这几天所想到的意思，随时写在手册上，豫备从其中录一二条寄给父亲看看，请你们给我选择一下，看那几条比较有意义。"乐华从衣袋中取出手册来交与慧修。

慧修把手册翻开来与锦华同看，志青大文立在她们背后张望。手册里有几条是用铅笔写的，有几条是用墨笔写的。大概是因为自己不满意的缘故吧，其中有十分之三四已用×记或直线取消，可是字迹还看得清楚。

"这条好！"锦华读到"领袖"一条，不禁赞赏着说。那是这样的几句话。

把衣服穿在身上，最污浊的是领和袖。因为污浊的缘故，洗濯时特别吃亏，每件衣服先破损的大概是领袖部分。

领袖是容易染污浊的，容易遭破损的。衣服的领袖如此，社会上的所谓领袖何尝不如此！

"这条值得钞了寄给你爸爸看。我知道，你近来是自己洗衣服的，这几句话大概是在洗衣服的时候触发到的吧。"大文对乐华说。

"是的——你们以为这条还可以吗？我觉得不及后面'鸡叫'一条呢。那是前天晚上我睡不着，在枕上听见鸡叫的时候想到的，——在这里。"乐华从慧修手里取过手册来翻寻给大家看。那是很简短的几句话。

鸡是光明的报道者，它第一次喔喔开声却在夜半，正是世间最黑暗的时候。我听了这夜半的鸡声，不禁想到革命者的呼号。

大家看了都点头表示赞许。

"我出世以来,不知已曾听到多少次的夜半鸡声了,为甚么竟听不出别的意义来?我的头脑真是太简单了!"慧修把手册合拢了感叹地说。

"这有甚么可叹的。我以前也是这样。现在已得了门路了,大家在这上边用些功夫吧。"乐华安慰慧修说。志青锦华大文都点头。

临走的时候,志青提议日内大家同去访王先生,据说,王先生暑假未回乡里,在城外山上法华寺里住着,他前几日曾去过一次,那里地方很清凉呢。

乐华送四位客人至门口,与他们约定了访王先生的日期及集合的地点而别。大文与锦华向东走,志青与慧修向西走,各就归途。两位女友的绸阳伞在夕阳中分外闪耀乐华的双眼。

乐华立在自己门首,好几次地把头回旋,目送这两对小情人远去,忽然从衣袋中取出手册,俯了头不知又在写记些甚么了。

十四、书声

到了访王先生的那一天,乐华天明就出门,先到朱志青家里,待大文锦华慧修陆续到了,才一同出发。因为豫备在山寺作一日的清游,志青曾买好了几种罐头食物,交大家分携了走。

那座山离 H 市不远,乐华在春间曾和大文随了父亲去过。只要走尽街市就可望见。乐华大文志青并着在前,锦华慧修张了阳伞在后。且走且谈。早稻已有一半在收割了,这里那里都有农民在割稻打稻。稻穗重甸甸地垂着,年成似乎很好,可是一路却不曾见到一个有笑容的农民。

"我们该怎样惭愧啊!"志青见路旁有一个农民在割稻,那身上的一件蓝布衫差不多已要被汗湿透了,不禁感激了这样说。

乐华大文默然不响。大家都把脚步改快了前进。三人到了山麓树林下,回头看锦华慧修和他们相差已有半里路,这才停下来休息着等待。王先生所寄住的法华寺已在浓绿的树丛中红红地现出一角了。

一同走进山门以后,远远地就听到琅琅的诵读声。

"和尚在诵经呢。"慧修说。

"这声音不像和尚诵经。"锦华一壁走一壁侧耳审别,"好像是王先生的声音。"

"正是王先生的声音,原来王先生在读书哩!"志青说。

走过了大殿,那声音愈明白,确是王先生的书声。大家打量书声起处知在东厢楼上,也不询问寺僧,一找就把王先生所住的房间找着了。

王先生正捧了一本书高声读着,见乐华等五人来了,即把书放下含笑接待他们。

"你们来得很好! 五个人吗? 这里非常凉爽,玩到旁晚回去吧。"

五人向王先生略作招呼,大家走近案旁,去看王先生放下的那本书。他们以为王先生方才读得那么起劲,一定是非常了不得的书了。不料翻开在案头的不是别的,原来就是一年来王先生在他们一年级所授的选文订本。每行文字之旁,用朱笔加着许多式样的符号,有△,有▽,有·,有＞,有＜,有＜＞,有—,有——,有～～。这些符号,和普通的标点截然不同,五人看了莫名其妙,不禁面面相觑地露出怪异的神情来。

"我们一入寺门就听见先生在高声朗读,原来读的就是这几篇在我们班上教过的文字。不瞒先生说,这几篇文字,我们做学生的已经不读了,不料先生还在读呢。"志青熬不住了,这样说。

其余四人都把眼睛对着王先生,期望王先生快些开口。

"是的,我在读这几篇教过你们的文字。一年以来我对于文字的解释及玩味方面自信已尽了力,做到八九分的地步了。在读的一方面,却未曾费过气力。下学期我想叫你们加做些读的功夫,所以在这里先自豫备。读,原是很重要的,从前的人读书,大都不习文法,不重解释,只知在读上用死功夫。他们朝夕诵读,读到后来,文字也自然通顺了,文义也自然瞭解了。一个人的通与不通,往往不必去看他所作的文字,只须听他读文字的腔调,就可知道。近来学生们大家虽说在学校里'读书'或'念书',其实读和念的时候很少,一般学生只做到一个'看'字而已。我以为别的功课且不管,如国文英文等科是语言学科,不该只用眼与心,须于眼与心以外,加用口及耳才好。读,就是心、眼、口、耳并用的一种学习方法。读的文字须择意义内容已明白的,所以我想从上年讲授过的文字中选取若干篇为将来叫你们诵读的材料。下学年豫备在原有的讲演会以外再设一个朗读会哩。你们觉得怎样?"

王先生用了征求学生同意的态度,把长长的一番话暂作结束以后,平分地把目光分注于五人。

"好!"五人差不多一齐发出赞同的回答来,同时大家又好奇地把目光集注于翻开在案上的书册上。

"这用红笔标着的是符号。"王先生似乎也猜着了他们的注意点了。"喏,△是表示全句须由低而高的,▽是表示全句须由高而低的,‧是表示句中某一字或几字须重读的,这都是高低方面的符号。>是表示句的上半部读音须强的,<是表示句的下半部读音须强的,<>是表示句的中央部分读音须强的。这是强弱方面的符号。—表示须急,——表示须缓。这是缓急方面的符号。声音的差异,不外高低,强弱,缓急三种。此三种符号外还有一个〰〰,是表示读到这里须摇曳的。"

经王先生说明以后,五人才恍然明白,大家把头埋在一处试看那文字与符号的关系。

"让我把这订本来拆开,大家任拿一篇去看吧。这样大热的天气,埋了头聚在一处多热!"王先生拆开那订本,把加了符号的文字分给各人一篇,笑指楼下树林说道:"大家到那树林中去在石上坐了看吧。让我叫寺中替你们豫备午饭。"

志青把携来的食物交给了王先生,就随大家下楼来到了树林里。五人把分得的文字各自依了红笔的符号揣摩了低声仿读,有时也会不自觉地发出高声来朗诵。日光从树叶小空隙中射下,各人的衣服上与手中所执的纸片上荡动着碎小的涡影。

午饭的时候,王先生向乐华询问乐华父亲枚叔动身后的消息,乐华一一告知。锦华顺口提起前几日在乐华家里看到枚叔的信,把大意说给王先生听,且说她曾因此信得了许多启示。慧修与志青也随和着称扬。

"枚叔先生的意见很对。我们读书,作文,以及生活,都全靠能触发。

实对你们说了吧，我近来的留心读法，也是一种触发的结果。我住到这寺里来，每日清晨旁晚都听到和尚的诵经声，那声音高低缓急很有规律，日日听，日日一样。我觉得我们平日读文字，也该有个规则方法，于是对于读法就发生了研究的兴趣了。"

王先生又把话题转到读法上去了。志青乘此机会，急去抓住这话题，说道：

"今天下午就请王先生把读法的大要来教我们吧。方才我们依了王先生的符号去学读，似乎已有些明白了，可是还不得要领，有许多地方，简直莫明其所以然呢。"

"好！"王先生答允了。"这话说起来很复杂，姑且先把高低，强弱，缓急的三种符号来逐一说明吧 。"说着，立起身来从吃饭的客堂走入隔壁房里去了。

五人静肃地等待着，过了一会，王先生拿了一支铅笔与一本拍纸簿出来，在吃饭的圆桌旁坐下，五人也就走拢去。

王先生在纸上作一小小的·号，说这是某字须重读的符号。随写出三句同样的文句分别加了·号：

张君昨天曾来过吗？
张君昨天曾来过吗？
张君昨天曾来过吗？

问道："这句疑问句，可有三种读法，你们看，如果叫人回答，是否相同的？"

"不同。第一句可以回答说'张君的用人曾来过'，第二句可以回答说'张君前天曾来过'，第三句可以回答'不曾来过'。因为三句的着眼点不同了。"锦华很爽利地回答。

"对！·号的用法，大概可以明白了。文句之中，有特别主眼，或是前后的词彼此相关联照应的时候，通常都该重读。举例来说——"又在纸上写道：

这儿是法华寺的客堂。
逐二兔者不得一兔。

不能二字唯愚人之字典中有之。

病从口入，祸从口出。

五人看了都点头，似乎大有所悟的样子。王先生又换了一张纸，作了△▽两个符号，说：

"这是句调升降的符号。△是表升调的，▽是表降调的。"随即写出两句相同的句子来，一加△号；一加▽号：

地是圆形的。
△

地是圆形的。
▽

问道："你们试读看，觉得意义有变化吗？"

大家出声辨别了一会。乐华抢先说：

"不同。用降调读，觉得语气很确定。用升调读，似乎含有疑问呢。"

"不错，就这句说，升调是疑问的，降调是确定的。"王先生点头说。

"确定的语气一定用降调，疑问的语气一定用升调吗？"志青问。

"确定的语句大概用降调读。至于疑问的语句，却并不一定用升调。如果在语句中含有别的疑问的词类时，反须用降调来读才对。举例来说，——"说着又扯下了一张纸写道：

你道我是来做甚么的？
＼ ＼ ▽

为甚么到这时还睡着不起来呢？
＼ ＼ ▽

谁来管你这些？
＼ ＼ ▽

王先生见大家都点头，又继续说道："此外，升调与降调的用法还有许多。概括地说，是这样。——我前几天曾把这写记在一张纸上，让我去拿来给你们看。"

王先生从房间里取出一张纸片来，放在圆桌中央，让大家看。那纸上是这样记着：

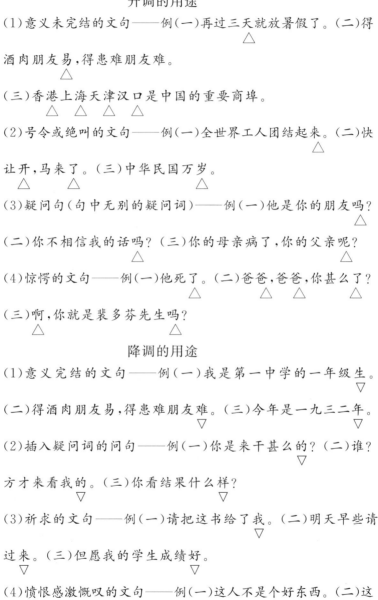

升调的用途

(1)意义未完结的文句——例(一)再过三天就放暑假了。(二)得

酒肉朋友易,得患难朋友难。

(三)香港上海天津汉口是中国的重要商埠。

(2)号令或绝叫的文句——例(一)全世界工人团结起来。(二)快

让开,马来了。(三)中华民国万岁。

(3)疑问句(句中无别的疑问词)——例(一)他是你的朋友吗?

(二)你不相信我的话吗?(三)你的母亲病了,你的父亲呢?

(4)惊愕的文句——例(一)他死了。(二)爸爸,爸爸,你甚么了?

(三)啊,你就是裴多芬先生吗?

降调的用途

(1)意义完结的文句——例(一)我是第一中学的一年级生。

(二)得酒肉朋友易,得患难朋友难。(三)今年是一九三二年。

(2)插入疑问词的问句——例(一)你是来干甚么的?(二)谁?

方才来看我的。(三)你看结果什么样?

(3)祈求的文句——例(一)请把这书给了我。(二)明天早些请

过来。(三)但愿我的学生成绩好。

(4)愤恨感激慨叹的文句——例(一)这人不是个好东西。(二)这

位朋友真难得。（三）呜呼！鉴湖女侠秋瑾之墓。
    ▽   ▽

五人一壁看，一壁把例句默读，更与平日的经验对照，觉得这种法则很相合。脸上都现出理解的喜悦，同时把眼睛再对王先生，似乎在希望他继续讲述。

"高低的符号，大概已明白了吧。次之是强弱。高低是由声带的张弛而起的分别，强弱是肺部发出的空气分量大小的分别。钢琴上的键是因了高低顺列着的，某一键对于两旁的键，声音不同，这是高低。我们用手指去按同一的键的时候，因了指力的轻重，所发的声音也有不同，这就是强弱的不同了。强弱的符号，我所定的是＞，＜，＜＞三种，其用法普通是这样——"王先生说到这里，重复用铅笔在拍纸簿上写道：

＞（句的头部加强）——用之于表悲壮、快活、叱责或慷慨的文句。

＜（句的尾部加强）——用之于表不平、热诚或确信的文句。

＜＞（句的中央部加强）——用之于表庄重、满足或优美的文句。

又继续说道："因为强弱是全关于人的感情的，强弱的分别最多见的是议论文、诗歌及叙事文中的对话，平静的记述文与说明文中的文句，差不多不大有强弱可分。换句话说，就是议论文、诗歌、对话该应用了强弱的法则来读，让我在你们已经读过的文字中，来选读些给你们听罢。"

王先生把方才那本拆散了的文选翻了一会，取出陆次云的《费宫人传》与梁启超的《最苦与最乐》来，各选取一节来读给大家听，遇到可应用强弱法则的地方，随时说明。师生都把整个的心倾注于声音的辨认上，窗外日影的转移，室内时钟的记数，他们都不曾觉得。这时候忽然传来了寺中晚课的钟声。王先生看看壁上的时钟说：

"呀！时候不早了，让我把缓急的法则来说明吧。缓急是声音与时间的关系。假定我们可在一秒钟里发'法华寺'三音，也可以在一秒钟里发'法华寺东厢'五音。在同一时间，音数少的是缓，音数多的就是急了。缓用——号表示，急用—号表示。你们不是已懂得标点了吗？标点之中，'，''；''。''：'这四种，就是表示缓急的。'，'最急。'；'稍缓，'。'更缓，'：'最缓。看这副对联吧，'寒岩枯木原无想''野馆梅花别有春'照普通的标点法则，上联句末加'；'，下联句末加'。'，所以我们读起来，'春'

字应该比'想'字延长些才对。这法则可应用于一切文字,诗与骈文等有对偶的句子,也都可用这法则来读。诗与骈文是有平仄的,平声缓,仄声急,一句之中,平仄既然调和,缓急的法则也就自然而然配好在里面了。另外还有一个〰〰号,这是表示颤动的。我们读一个字,读得很缓的时候,并不只是平板地拖长,喉间往往会发颤动。颤动可以说是一种最缓的读法。让我把这联句加上了符号,你们试读看!"说着在拍纸簿上写记道:

寒──岩〰〰枯──木─原──无〰〰想──

野─馆─梅──花〰〰别─有─春〰〰

五人一一地依符号试读,王先生一一都点头许为无误。神情非常快悦。又继续补足了说:

"方才所说的缓急的分别,都是就了文句的构造上说的。缓急在一方面更与文字所含的感情有关。含有庄重、畏敬、谨慎、沈郁、悲哀、仁慈、疑惑等感情的文句,全体须缓,含有快活、确信、愤怒、惊愕、恐怖、怨恨等感情的文句,全体须急。缓急的法则应用时须顾虑到文句的构造与感情两方面才好。高低与强弱的法则,应用时也是如此。"

寺僧的晚课已开始了,王先生也已露倦意。五人因回去需走好几里路也就向王先生告辞。王先生和他们一同下楼,经过大殿时,寺僧们正在念"南无莲池海会佛菩萨"。

"你们听!"王先生说。

大家听时,接连是三句"南无莲池海会佛菩萨",第一句与第二句都是寻常调子,第三句后半部逐字延长,与前二句调子大异。

"这叫做'南无莲池海会佛菩萨三称',就是将一句念三遍。你们知道为甚么第三句要特别拖长呢? 王先生问,既而自答道:"因为结束的地方照例须缓,不如此,就不能把前二句镇定的缘故。"

大家又得到一个印证。

"我近来留心听名伶唱片的对白与茶馆里说书先生的说书,他们常会给我读法研究上很好的帮助。读法可研究的方面很多,我今天所说的,只不过大纲中的大纲罢了。"王先生到了寺门口,含笑对向他鞠躬告别的五个学生说。

十五、读古书的小风波

　　乐华从会计处走出来,手里拿着会计先生歪歪斜斜填写的墨迹未干的收据;异样的感触占据着他的心。这时候距离开学已经有两个星期了,催缴学费的通告张贴了三回,问起同级的同学,差不多十分之八九是缴过了;他只好回去同母亲商量。原来的预算,枚叔到了四川的学校里该有钱寄回来,学费就从这笔钱里支取。但是枚叔到了那里之后,只来了两封平信,报告起居杂况。薪水呢,却说学校里尚未送来,也不便豫支。母亲知道再延迟下去将使乐华难堪,便把她自己的有限的储蓄悉数拿出,又从家用里支出了一点凑足了数,说道:"你去缴了吧。从此以后,我自己手里没有一个钱了。你爸爸常常说的,他从前进学堂不曾出过一文钱的学费。那里知道现在进学校要这样一批一批地下本钱!且不要说将来能不能加利收还,我只巴望每一次开学都付得出本钱。"接着的是低微到几乎听不清的一声叹息。乐华接钱在手,这钱仿佛有千斤的重,非但手心有重甸甸的感觉,连胸口也像被压得透不转气来。他跑到学校里,偏过了脸把钱授给会计先生,待换到了一张收据的时候,心头突然一空,好像凭高的人偶尔失足,身子掉在半空中,不知落下去将得到甚么结果的样子。

　　"乐华,看见了壁报吗?"

　　乐华从怅惘中清醒过来,回头看见拉住他的肩膀问话的是胡复初,鼓鼓的两颊现出红色,眉棱耸起,表示非常兴奋的神情。

　　"今天星期一,原来是壁报出版的日子,"乐华自言自语。"我还没有看过,我才缴了学费。"说着,颓丧地扬一扬手中的收据。

　　"今天有一篇很好的文章,叫做《谁愿意迷恋骸骨》,非看不可。大家在那里抢着看,差不多要把揭示屏推倒了。"

　　"那篇文章说些甚么? 是谁作的?"

　　"是谁作的可不知道,因为题目下面只署了'宗文'两个字的笔名;但可以断定必然是高中的同学作的。说的是高中新请来的那个国文教员主张教学生专看古书、专读古文的事情。"

乐华忽然想起来了,"他是本地国学会的干事呢,也怪不得他要作那样的主张。那个国学会有四五十个会员,都是些地方绅士、旧学老先生以及官私立学校的国文教员。今年上半年,有人来邀我父亲入会,不知我父亲为着甚么竟没有答应。又不知我们的王仰之先生有没有加入那个会。"乐华侧目凝想,同时把收据藏进衣袋里。

"哈哈,"胡复初对于他自己所发见的矛盾感到了兴趣。"国学会的干事,却是个穿西装、梳西式发的漂亮人物。旁人不知道,总以为他是个英文教员或者美术教员呢。"

"这原是你的错误。"乐华表白他自己的经验说:"服装与思想、见解有甚么必然的关系呢? 好古守旧的人也常常穿西装。你只须到城隍庙里去看,可以看见许多穿西装的人跪在城隍座前的拜台上呢。"

"可是总觉得不很相称。"

乐华不等胡复初说罢,便穿过甬道,向大礼堂那方面跑去。揭示屏前拥挤着大群的学生,清秋的朝阳斜射着他们的项颈和背部。朗诵声和嬉笑声错落可闻。及到加入他们的群里,看见《谁愿意迷恋骸骨》那一篇编排在壁报的开头,便从头默诵。那篇文章的第二节也就讲到了那个国学会。

> 国学会抱着怎样的目的组织起来的? 依普通的想头,无非为着研究国学而已。实际却并不然。他们要借着国学的牌子,收得"正人心、隆世道"的效果。他们以为中国社会所以弄到这样不可收拾,不是甚么经济的关系,也与所谓帝国主义没有关联,而只在于一般青年抛弃了国学、抛弃了礼教的缘故。他们梦想一个古代的封建社会;他们就组织起来,并合力量,追求他们的梦想。国学会是从这样的根原产生的。请看会里的分子是些甚么人。地方上的绅士,顽旧的老先生,中等学校的国文教员。古语说,"同声相应,同气相求";现在,这一批同声同气的人成了群、结了党了!

父亲不肯加入国学会,大概不与那批人同声同气的缘故吧:这样的一念闪电似地在乐华心头通过，他继续看壁报的文字。

他们欢喜集会结社，他们梦想古代的封建社会，只要对于我们没有甚么关系，我们就不去管他们，好像人家在那里抽鸦片、吞红丸，我们也不去管他们一样。但是，他们要在我们身上发生影响，要使我们作他们的牺牲，我们就不能不放开喉咙，大声地喊着"反抗！"

我们是现代的青年，我们是现代中国的青年，我们需要在现代中国做人的知识和经验。儒家的哲学虽然一直被认为维系世道的工具，但是照我们的眼光看来，至多是哲学史的一部分材料罢了。老庄的玄想也于我们没有用处，徒然累得思想在漫无涯岸的境界中乱跑野马。然而，目前我们的国文功课，《礼记》和《庄子》内篇被选定为精读的书籍了！

我们自忖也并不至于那样脆弱，一读这些书籍，思想、行为上就受到多大的影响。可是，我们的精力和时间是有限的，读了这些书籍，就分去了其他方面的学习和研究的精力和时间，这宗损失是非常重大的。还有，要我们读这些书籍的那一副心肠，在客观上是不可容恕的。它要我们成为时代错误者；它要我们成为封建残余的支持分子；它要我们忘记了现实，把"九一八"和"一二八"，反动政治和帝国主义，都忘记得干干净净，好像没有这回事；它要我们甚么也不想，甚么也不做，甚至甚么也不能做，只知道读书呀，读书呀，作一个埋身在古书堆里的蠹鱼。这样的"盛情"，除了痴呆的人，谁甘心领受呢！我们再喊一声，谁甘心领受呢！

须要知道，现代中国的青年是不愿意迷恋骸骨的了，即使你使着魔法……

突然间，嗤的一声，大半张壁报到了伸过去的一只手里，唏豁唏豁，急速地被团紧了。乐华和许多同学仿佛打了一个寒噤的样子，暂时耳根边寂静，可以听到运动场送来的呼笑声。顿了一下之后，大家才想到回转头去看。一个藏青哔叽西服的背影正在移远去，坚强地，挺挺地，是一个含着愤怒的背影。这是绰号"机关枪"的训育主任黄先生。

"发生问题了，"一个学生幽幽地说。

"嘘，"大家禁抑地呼着气，徐徐散开。

"'机关枪'撕了那篇文章，一定跑去告诉校长，'这成甚么话'呀，'学生批评教师的功课还了得'呀，这样地开一阵机关枪。"

"校长的办法该是查究谁作那篇文章吧。"

"那是查究不出的；只要谁都不承认作那篇文章，那是查究不出的。"

"谁都不承认，这怎么行！壁报有负责的编辑人，校长问到编辑人，编辑人能够说不知道谁作的吗？"

"我想编辑人老实说谁作的并不要紧，就是作那篇文章的人先自跑去承认也不要紧。文章上的话并没有错呀，谁愿意迷恋那些骸骨似的古书，我们的精力和时间的确有限，当然要用在最有意思的事情上边。"

"那篇文章到底是谁作的？"是悄悄然的声音。

"动笔的是高二的小李，"声音比发问的更为幽悄；"意思是由高二的七八个人拼凑起来的。"

"喂，任方，假使小李被黜退了，你们高二将有怎样的表示？"

叫做任方的坚决地回答道："我们将要告诉校长说：'文章虽然由李某写，意思却不是他一个人的。你要处罚不能单罚他一个人。你说黜退，好，我们一伙儿走！我们原不稀罕骸骨一类的东西！'我们这样说，看他怎样回答。"

大家感到将有带着英雄气息的故事在学校里发生，各自有一种莫可名状的高兴；脚步不觉改得轻快了；寻到交好的同学，便把刚才看见的一幕描摹给他们听。一会儿，训育主任撕了半张壁报去的消息传遍全校了。全校学生毫无忌惮地谈说着这一事件，时时插入一两声感情激动的笑和叫喊，仿佛说：我们这里快要闹风潮了。

在运动场上，乐华又遇见了胡复初，说道：

"文章看过了。意思确然很好，把迷人眼目的障翳都揭破了。只是先生们一定不高兴那一番话；对于新请来的那个国文教员，也太叫他下过不去了。恐怕——"

"你说恐怕那个小李会吃亏吗？"

乐华倚着栅栏，一只脚拨弄着开在栅栏边的菊科的小红花，沈思了一歇，慢慢地说：

"也许要吃亏的；'整顿学风'是当今的口号，而这事件，他们必然认为大足以破坏学风的。——我又在这里想，我们的王先生对于这个问题不知甚什么评判；如果我们升了高中，如果他还是我们的国文教师，他也要教我们专看古书、专读古文吗？"

"等会儿我们可以问他，"胡复初爽直地说。

"我看要有适当的机会才可以问他，"乐华很老成的样子。"既已出了刚才的那件事情，在课室里当众问他，恐怕会教他为难的。"

"唔，"胡复初点头。

上午第二课是国文。王先生讲授读文方法已经两回了，这一课令学生作朗读练习。各个学生手头的选文上都加上了关于读法的符号，就依照着符号所指示的轮流朗读。读文言文时，声调铿锵，足以传出原文的情趣。读语体文时，就同话剧的演员在舞台上念诵剧辞一般，贴合于语言之自然，表情说理，都能使听者不但了然，而且深深地印在心坎里。朗读的几篇文字原是上一学年读过了的，现在经这样地指导，读来便觉得有不少的新意趣。直到下课钟响了，大家走出课室，每一颗心还是沈浸在这种新意趣里，把早上传遍全校的事件也忘记了。

午饭后，乐华提早到校，胡复初已经在那里等候他了，便一同到王先生房里；原来他们两个在上午约定了的。

乐华问王先生有没有看见壁报上的那篇文字。王先生说早上走过大会堂的时候，那篇文字已经被撕去了，只约略听得同学在那里谈它说些甚么。乐华便把那篇文字的全部内容告诉王先生，末了问：

"请问对于那一番话下甚么评判？"

"这又是一场新旧之争呀，"王先生抚摩着下巴说。

"我们觉得那一番话说得不错。现在有一批人要把我们青年制造成同他们一样顽旧的家伙。那篇文章却把他们的毒害都指出来了。"胡复初说着，像对一个同学说话那么自由；他们这一伙和王先生太稔熟了。

"然而过分露着锋芒了。"王先生停顿了一下，接着说道："被骂的人那里肯承受这样的谩骂呢！给你们读一点古书总是好意，古书又不是毒药,竟会这样胡闹起来,这明明是不识好歹呀! 他们一定从这一条思路想开去的。"

"王先生,"乐华亲切地叫着,"你如果担任了高二的国文课,要教学生精读《礼记》和《庄子》内篇吗?"

王先生闭目想了一想,回答道:

"整部地教学生读这些书,我是不主张的。——我想国文科的教材该以文学作品为范围,一本书,一篇东西,是文学作品才选用,不是文学作品就不选用。高中学生应有一点文学史的知识了。文学史的知识不是读那些'空口说白话'的文学史所能得到的,必须直接与历代的文学作品会面,因此,古书里的文学作品就有一读的必要;如《诗经》和《左传》里叙述几回战役的文章,即使不能够全读,也得选几篇重要的来读。换一句说,高中的国文教材应该是'历代文学作品选粹'一类的东西。"

"好像他们还有'学术文'呢,"胡复初接着说。

"'学术文'指一些说明文、议论文而言。像《庄子》的《天下篇》,说明当时各派思想的分野,《荀子》的《性恶篇》,阐发一己对于人性的认识,这些都是'学术文'。可是,提起学术就得分科归类;笼笼统统混合在一起读一阵,实在很不妥当。就像刚才说及的《天下篇》和《性恶篇》,归属到历史科里作为参考材料岂不更好? 修习历史本要研究周秦诸子的流派和想思的,参考了这些文篇,知解自然更见真切。所有的'学术文'差不多都可以照样归属到各科里去。那末,国文科里也就无所谓'学术文'了。"

王先生喝了一口茶,咂着嘴唇,意兴颇浓地说:

"照这个说法类推,也就无所谓'国学'。"

乐华抢着问道:

"王先生,你不是国学会的会员吧?"

"我怎样会是呢? '国学'是一个异常不妥当的名词。文字学是'国学',历代各家的本体论认识论是'国学',《尚书》和《左传》是'国学',诗、词、歌、赋也是'国学'。好比不伦不类的许多人物穿着同一的外衣,算甚么意思呢? 按照本质归类,称为文字学、哲学、史学、文学,岂不准确、明白？"

"你的意思我很能够了解，"胡复初端相着王先生说。"不过，他们那些人总欢喜'国学''国学'地闹个不休，只消看各书馆在报纸上登载的广告，加上'国学'两个字的书籍非常之多，我们 H 市又有一个国学会，这到底是甚么缘故？"

"你要查问那缘故吗？"王先生微笑着说。"缘故当然不止一端，而把本国的东西看得特别了不得，对它抱着神秘的崇奉观念，却是重要的一端。如果按照本质归类，称为文字学、哲学、史学、文学等等，不是别国也有这些花样的吗？见不得神奇。统而名之曰'国学'，这含含胡胡的称谓里头就包藏着不少珍贵的意味；差不多说，谁要去亲近它，是只许从它那里拾一点宝贝回去的。——我想起那篇文章所用的'骸骨'这一个字眼来了。既然有人把'国学'看作珍贵的宝贝，自然来了反响，另外有人把它看作腐败的'骸骨'。实则双方都是一偏之见。"

"为甚么呢？"乐华与胡复初的疑问的眼光同时向王先生的脸上直射。

"我知道你们要问的。你们以为那些古书已成为'骸骨'是无疑的了。不知道对待思想、学术不能凭主观的爱憎的，最重要在能用批判的方法，还它个本来面目。说得明白点，就是要考究出思想、学术和时代、社会的关联；它因何发生，又因何衰落。这样得来的才是真实的知识，对于我们的思想、行为最有用处。在这样的研究态度之下，古书就和现代的论文、专著同样是有用的材料，而并不是甚么'骸骨'。单说一部《礼记》，要研究古代民俗和儒家思想就少不了它。不过那是专门家，至少是大学生的工作；中学生是不负那种研究责任的。"

"高二那位国文先生要学生精读《礼记》，大概和你所说的研究工作不是同一的事情吧？"胡复初问。

"这个我却不知道，"王先生似乎不愿意谈到这上边去。

乐华和胡复初离开了王先生的房间，听得同学间在那里纷纷传说，作那篇文章的小李和壁报的四个编辑人被"机关枪"叫去了，都在校长室里。不知将有怎样的结局，也许来一个极端严厉的处罚吧；如果这样，那是太专制了，非出来打抱不平不可：大家心头都这样期待着、激动着。

但是事实上的结局并没有料想的那么严重。第二天，小李的家长接到学校送去的一封通知书，说小李思想不纯，言论荒谬，应请加以注意，如果不能悔改，学校就无法容留他了。每星期出版两次的壁报呢，依然容许出版；不过先须送请教师检阅，而负责检阅壁报的教师就是那"机关枪"。

十六、现代的习字

星期日，乐华迎着晴朗的朝阳去访朱志青。小小的一间屋子，却很敞亮，志青靠着前窗在那里习字呢。在乐华的经验里，这是新鲜的事情；和志青同居一间自修室一年之久，从没看见他做过这"水磨工夫"的勾当。

"你闲空到这般地步，竟在这里一笔一画写这么齐整的小楷。"乐华说着，翻看志青所临摹的一本字帖，从封面上知道这叫做《灵飞经》。

"并不是闲空到这般地步，"志青辩解道。"我们写的字实在太不成样子了，莫说别人看了不舒服，自己看了也觉得难为情。所以抽出一点工夫来练习。"

乐华又在《灵飞经》的封面上发现一颗阳文的小方图章，刻的是"慧修"两个字，便明白了这本字帖的来历，也明白了志青为甚么练起字来的真因由；于是拍着志青的肩膀，讥讽地说：

"依我看，'你们'写的字也过得去了。'你们'这样用功练习，大概除了希望写得更好以外，还有甚么神妙的趣味吧。"

志青的脸上有点儿发红，向乐华斜睨了一眼，说道：

"你也来取笑我了；你是向来不取笑别人的。"

一股热烈的欲望突然在志青的心头涌起，他随即拉着乐华的衣袖说：

"这一刻你没有甚么事情吧？我们一同找慧修去。"

"我和你一同去找她，只怕不很方便。"

"有甚么不方便呢？她家里你不是没有去过的。"

"那末一同去就是了。"乐华近来常常怀着矛盾的心情：看见志青和慧修，大文和锦华，他们亲昵地在一起说笑，就觉得他们讨厌，可是又觉得他们中间含着甚么趣味似的，多看他们一眼便是一分快适；此刻答应同去，分明是后一种心情战胜了前一种了。

"坐也没有请你坐，就要你跑路了，"志青尽主人的礼貌，让乐华先走，同时扣上了衣领的钮扣。

通过三条小街，他们便到了慧修家里。慧修也正在那里习字，看见他们到来，便掩转字帖，加在她自己所写的那张纸上面，站起来对志青说道：

"料不到你来得这样早。"

"乐华很早地跑来看我，我说我们一同找慧修谈谈吧，所以这一刻就来了。你的字课还不曾完毕吧？"

乐华看慧修的那一本字帖，封面上题着"赵松雪临《黄庭经》真迹"几个字。

慧修娇憨地一笑，将额发向耳朵后面掠去说道：

"昨天晚上十一点，我的父亲从北平回家了。我们听他谈北平的社会情形和关外义勇军抗日的英勇故事，直到一点多才上床去睡。今天早上不免迟一点起身，所以才写了半张还不到的字。"

乐华听慧修这么说，便想到远在四川的父亲，不知道那一天才得尝到"父亲从四川回来了"的乐趣呢。忽见一个中年人走进室中来，带褐的脸色，上唇有短短的髭须，眉目的部分仿佛含着笑的意味。乐华揣想他一定就是慧修的父亲，及经慧修介绍，果然是的。因为与他初次见面，未免感到一点拘束。溜过眼光去看并肩站着的志青，也正相同：若有意若无意地看着那本字帖的封面，露出一副局促的神情。

那个中年人似乎已经感到了两个青年的习惯上的弱点，便把语调放得十分随便，差不多对他自己的孩子说话一般，说道：

"你们不要拘束，尽管谈你们的，笑你们的，和往日一模一样。以后你们常常到来，常常和我见面，我会成为你们的老朋友的。"

慧修带着骄傲的神态接上说：

"爸爸虽然留着髭须，实在还是个青年人。爸爸，你该没有忘记吧：去年春季，你，我，还有表哥，一同到城外去，沿河一路跑步，直到山上法华寺的门前，大家躺在地上听黄莺呢。"

"那里会忘记，那里会忘记，"父亲端相着发育得比去年更为充实的女儿的躯体，连声应答。他回转头来，移开掩在习字纸上面的字帖，又说：

"你在这里练字，选取这一本东西作范本，这是不错的。字确然应当练习。有些人以为在今日的时代，字是不用练习的了，那是错误的见解。不过同一练字，现在与从前目的不同，因而标准和方法也有不同。"

"现在与从前怎样不同呢？"近来热心于练字的志青不禁脱口而出；他对于站在面前的那个中年人渐渐抱着亲切之感了。

慧修应和着说：

"爸爸，你今天本要在家里休息，不豫备出去看望亲戚、朋友，此刻随便给我们谈谈关于习字的话吧。"

乐华热望地看着那个中年人的脸，说：

"我也很希望听呢。"

"你们要我谈这个吗？好。我们大家坐了再谈。"

慧修的父亲自己坐了，见同学三个也坐了，便和缓地开言道：

"从前的人练习写字，目的在猎取功名，或者在成为书家。他们的写字和日常业务交涉较少；换一句话，就是和眼前的实际生活不发生多大的密切关系。他们在实际生活上并没有非写字不可的情形：往来的信件是很少的，发表文字的机会差不多没有，帐单之类当然也不用开。因此，他们所悬的标准只是合得上考试的'格'，或者是'食古而化，自成一家'。而他们的方法呢，就是这样不限时日，毫无目的地，书写，书写，书写，临摹，临摹，临摹。"

"我们不是正在这里临摹吗？"这样的一念同时通过慧修和志青的脑际，两人正欲开口，慧修的父亲继续说道：

"至于现在，除了极少数的人以外，谁也没有这样的暇闲了。生活和职业逼迫得你非每天执笔写字不可；而且所写的东西都与生活和职业有着密切的关系，不能丝毫忽略。试想，写信不成个样子，钞写一篇文稿糊涂到叫人读不下去，开具帐单又出了多处的错误，那关系的重大岂是从前人钞错了书、临不像碑帖所能比拟的？现在人写字的意义与从前人完全不同了：从前人写字是一种暇闲的消遣，是一种不可必得的'锦标竞赛'；而现在人写字却就是实际生活的一部分。既是实际生活的一部分，自当把从前那种超出实际的标准放过一边，而另外去求适合的标准。"

"适合的标准是甚么呢？"慧修坐出一点，把臂弯支在膝上，手掌承着下巴。乐华和志青也都挺一挺腰身，凝着神听。

慧修的父亲想了一想，说：

"我想现在人写字，该有四项标准，就是迅速、准确、匀整和合式这四项。现在人生活繁忙，做不论甚么事情，都要讲时间经济；写字的必须迅速是当然的。准确呢，就是写下字来没有错误的意思。随笔写错了字，自己不能发觉，以致误事，固是实际上的损害；而写错在先，后经发觉，于是涂抹的涂抹，填注的填注，拿出去竟不像一件东西，也是形式上的缺点。所以必须把准确作为写字的标准，落笔要自始到底没有错误。要达到这两项标准，只有随时留意，随时练习，一定的方法差不多是没有的。再说匀整和合式。匀整和合式是现在人写字美观方面的最低标准，仿佛一条水平线，够不上这条水平线的，就拿不出去；因为拿出去会受人家的鄙视，至少也要引起人家的不快。要达到这两项标准，却有一些话可以讲的。"

慧修的父亲说到这里，从衣袋里取出纸烟盒和火柴盒来，点上吸了一口，把淡白的烟吐到空中，回顾着墙上一幅狄平子所写的对联，重又说道：

"匀整可以分两方面来讲：一是每一个字本身笔画的匀整，二是全幅的字通体款式的匀整。每一个字的许多笔画虽不必长短均等，粗细一律，但也不可相差得太远。笔画间的空隙要匀称，须使多笔画的字不嫌其局促，少笔画的字也不嫌其宽松。你们看那条对子上的一个'作'字和一个'爱'字，——"

三对眼睛一齐直望着那条对子。

"'作'字的人旁虽然略粗一点,与这边的乍字相比,却不见其臃肿。乍字的三画只上边的一画略长,下边的两画便长短均齐。再看,这'作'字的笔画何等少,只因各笔位置匀称,所以不觉得宽松。'爱'字的末了一捺比较粗,但因为在下面笔画稀少的部分,便觉正好。至于上部的三点,中部的心字,由于布置适宜,空隙好像很舒畅的样子。"

慧修若有所悟地接着说:

"经爸爸这样说,对于这副看懂了的对子看出新趣味来了。你们看,上联的那个'诣'字,言旁的几横以及这边很难位置的一个旨字,每一笔都摆在最适当的地位,这一笔不迫近那一笔,那一笔也不远离另外一笔:真是匀整到极点了。"

"那个'人'字也有意思;笔画少极了,可是一点不嫌稀疏,"志青吟味地说。

乐华也悟出了一点意思,他望着慧修的父亲说:

"我看那副对子十四个字个个稳当,好像一个人坐在椅子上很安舒的样子。"

"稳当,"慧修的父亲衔着卷烟点头说,"这个字眼用得很的当。你们要知道,字要笔画和空隙都匀称才会稳当;不然就像醉汉坐椅子,仿佛要跌翻的模样了。古来的碑帖和名家的手迹当然是稳当的;所以,慧修,你在这里临摹这本《黄庭经》是有益处的。现在,我们再说全幅的匀整,也可以看那副对子。"

慧修的父亲把烟蒂丢在灰盂里,舒一舒气,继续说道:

"上联'不好诣人贪客过',下联'惯迟作答爱书来'。把每条七个字结合起来看,上下互相呼应,不偏不倚,距离也正好。再把两条结合起来看,左右好像很调和、很一致的样子。你们不觉得吗?这就是通体的匀整。写下字来如果单是各个匀整,而不能通体匀整,看去就觉得刺眼。在实际生活上,写字又常须连篇累牍;所以你们练字,除了各个匀整以外,更须求通体的匀整。这也可以从碑帖方面得到益处。譬如你们拿一本字帖来看,不只看它每个字怎样结构,还要看它上一字和下一字怎样联络,前一行和后一行怎样照应;这样多多留意,你们的眼睛就有了成竹了。当落笔的时候,更随时相度上下左右,总要把每一个字摆在最适当的地位;这样多多练习,你们的手腕就有了分寸了。眼睛和手腕一致,知其当然,又能实现这个当然,这样,你们的字就够得上水平线了。慧修,试把你刚才写的字拿来看。"

慧修站起来,把自己写的字送到父亲手里,就靠在他旁边,脸上略现忸怩的神色。乐华和志青偏过一点身躯,眼光都投到那带点黄色的八都纸上。

慧修的父亲看了一眼,又把那张纸送远一点,凝神再看,徐徐问道:

"你们看这六行的字,通体怎样?"

慧修抢着先说道:

"我知道第四行和第五行中间太疏阔了,看去便觉得不接气。第二行各个字接连得太紧密了,也和其他几行不一致。"

"慧修说得不错,"乐华和志青差不多齐声说。

"你既看得出自己的毛病,以后就得注意手腕的工夫。写字究竟是一种技术,非加工磨炼不可的。"慧修的父亲这样说,就把手里的纸交还慧修,又说道:

"匀整是说过了,我们再来说合式。甚么东西差不多都有通行的格式,不合格式,人家看了不习惯,就会引起不快的感觉。书件也是这样。一种书件有一种格式:如钞写文稿,题目通常比正文低几个字;写一封信,对手和自己的名号都有一定的地位,如果用到两张信笺,第二张上就不宜只写孤零零的一行。北平某机关里用过一个高中毕业生的书记,教他誊写一件公函,他便不留天地头,不空出行间的空白,把大大小小的字铺满了三张信笺。这怎么送得出去呢?只好由别人重写。那个高中毕业生的饭碗就此打破了。"

"教我们去写公函,饭碗也一准打破的,"慧修爱娇地看着父亲。

"照你这样练习下去,又随时留意各种书件的格式,那就只怕你抢不到饭碗;抢到了饭碗的时候,简直可以吃一辈子的了,哈哈!"那中年人的戏言里分明含有矜夸的意味。

"我要请问,"乐华说。"现在用钢笔、铅笔写字的人很多,我们作文、写练习簿,也常常使用钢笔。这与使用毛笔写字,应该注意之点想来没有甚么不同吧?"

"有甚么不同呢? 在新兴的工商社会里,在一切都讲求快速的现时代,毛笔说不定会被淘汰干净的。但是,使用钢笔、铅笔写字,应当达到的标准还是我们刚才说的四项:迅速、准确、匀整和合式。——喔,我忘记说了。因为讲求快速,行书比楷书更多用处。你们须兼习行书才是。待我想,最好用甚么本子呢?"

乐华望着那中年人的带褐色的和善的脸,心里想着到父亲的书柜里检一本字帖出来临摹的念头。

慧修忽然仰起鼻尖说:

"志青,你闻,甚么香气,浓极了。"

志青嗅了一下,会心地微笑,说:

"甚么地方的木樨花开了。"

十七、语汇与语感

自从四川的战争发生以来,乐华在家里日日盼望父亲的来信,一到校里就先到阅报室看报。平时不甚关心的内江、大足、新津等的四川地名与田颂尧、罗泽洲、黄绍缵等四川武人的名字,都一一地熟习了。每次上课豫备铃一摇,在阅报室中的学生都即把报纸放下就走,乐华常是最后走出阅报室的一个。

星期六下午,第二班国文课,照例是讲演的练习,王仰之先生处置讲演一课,有两种方法,交互参用。一是豫先限定话题,指定讲演的人的,一是并不限定话题,临时叫一人自由讲演的。照顺序,本星期是自由讲演,全班的学生,除几个已经被指派过以外,都在肚里豫备着讲演的材料,恐怕被指派着。上课豫备铃才摇过,教室中的空气已非常紧张了。

乐华走进教室时,见有许多人围绕着一个名叫杜振宇的同学。大文、志青、锦华、慧修也都在他坐位旁。杜振宇今年十七岁,在全班中年龄要算最大,平日不多说话,一向未被大家注意。本学期以来,王先生好几次在课堂上称赞他作文有进步,上星期的作文,王先生评他是第一,把他的课卷黏在壁上叫大家阅看。于是他就成了全体同学目光的焦点了。

"请把你用功的方法告诉我们。为甚么你的进步这样快?"胖胖的胡复初正在央求说。

"我自己并不觉得甚么进步不进步,说不出甚么来。"杜振宇谦逊地谢绝。

"你的进步,一定不是偶然的事。能把经验告诉大家,是于大家有益的。前次乐华不是很坦白地讲过'触发'的题目了吗?"慧修从旁劝诱。

"咿呀,不是不肯说,实在无可说。"杜振宇搔着头皮回答。

"不要卖甚么秘诀啊,哼!"

教室的一隅发出低微的讥诮声。杜振宇顿时脸红起来。大家回头去查究说这话的人时,王先生进教室来了,接着就听见上课的铃声。这才各人就位。

王先生从教室的空气中感到有些异样,问方才有过甚么事,志青立起身来说明方才的经过情形。且提出意见道:

"我们很想听听振宇的用功方法,今天的讲演,就请王先生叫振宇担任,好不好?"

"好!振宇,大家既然希望你讲,就讲吧。"王先生笑向振宇说。"你近来作文很有进步,我也颇想听听你的经验呢。"

振宇仍是搔着头皮。复初坐在振宇后面,用手轻轻地推他起身,在他前面的慧修也回头向他使眼色,催他快上讲台去。全教室的人都把注意集中在他一人了。过了好一会,他才慢慢地立起身来走到讲台上。

振宇上了讲台以后,就态度一变,不再扭扭捏捏了,他很爽朗地开起口来。

"承先生及诸位同学说我作文有进步,要我把近来用功的经验讲给大家听,我自己觉得并没有十分用功,说不出甚么有益于大家的经验来。我在这半年中自己比较注意的只有一件事,如果我的作文成绩果真有进步,这进步也许由这上面来的。现在待我讲出来,供同学们参考。"

"来了!"复初低声叫说,把身子竖得笔直,张了口好像豫备去吞咽甚么好吃的东西似的。其余的人也都怀着迫切的期待。

振宇把方才的一段话作了引言,略停片刻,又继续说道:

"这半年来我所注意的就是辞类的收集和比较的一方面。王先生屡次对我们说'文章的好坏,可从三方面来观察,一是文法上有无毛病,二是用辞适当与否,三是思想的新鲜、正确、丰富与否'。思想内容是靠多读书多体验的,普通人只有普通人的思想,无法可求速效,只好终身修养。一般人平常所犯的毛病是文法的不正与用辞的不当。试看《中学生杂志》的《文章病院》,凡是入病院的文章,所犯的病症差不多有十分之六七就是文法不正与用辞和本来的意思不合拍。我的写文章,于文法上虽一向尚能留意,但用辞不当的毛病是常犯的。王先生在我的文课簿上曾好几次加着'用辞未当'的批语。这才使我留意到辞类的收集和比较上面去。"

"我近来于读书或一人默想时,每遇一辞,常联想到这辞的相似或相近的辞,使在我胸中作成一个系串。譬如说,见到'学习'一辞,同时就想起'练习''研究''探讨''考究''用功'……等的辞来,见到'怒'的一辞,同时就想起'愤''恨''动气''火冒''不高兴''不愉快'等……辞来,见到'清静'的一辞,同时就想起'干净''清淡''安宁''寂静''恬淡'……的辞来。我把这些一串一串的辞在胸中自己细加比较,同一串的里面,那个范围最广?那个范围最狭?那个语气最强?那个语气最弱?一一要弄得很清楚。这是我近来新养成的一个习惯。我在以前初读英文 ABCD 的时候,自以为在'研究英文',对别人也会这么说,在作文的时候也会这么写。现在可不然了,我决不至再把初读 ABCD 当作'研究英文'了,我一定会说'学习英文'或'练习英文'了。因为我已明白了'学习''练习'和'研究'诸辞的区别了。我案上有一部辞典,胸中别有一部辞汇,每遇一个辞,有未解时就翻辞典,然后编入我胸中的辞汇去,每用一个辞,必在辞汇中周遍考量,把适合的选来用。这就是我近来暗中在做的一种工夫。"振宇说到这里,把话带住。

大家听了振宇的话，才明白他进步的由来，不禁都暗暗佩服。在这番谈话上，振宇对于其他的同学俨然取得了先生的地位，全堂肃静得如王先生在讲话。乐华至于暂时忘去了在战乱区域中的父亲的事情。

"现在再把我做这功夫的诱因来说一下。前几星期乐华君讲过'触发'的话，我的做这步工夫，也可以说是一种触发的结果。"振宇又继续说。

大家总以为振宇的讲演已完了，及听他继续再说，都喜出望外似地重复凝神静坐，期待他另有发挥。

"同学中有几位是知道的，我家里光景并不甚好，衣服向是马马虎虎的。自从进了中学校以后，终年都穿制服，平常单夹棉各种的长袍，就是布的也不完全了。有一次，记得是今年三月上旬，亲戚家里有喜事，非去道喜吃酒不可。那家亲戚是一分很旧派的人家。制服已脏得不堪，即使不脏，也不便着了去。家里长袍不全，母亲翻箱倒箧，寻不出一件合身合时令的衣服。论季节是应着夹袍，我却不得已只好着了一件较新的自由布单袍去，那是前年秋季为了去送人家的殡裁成的，短得几乎及膝，我着了出门时并不觉得甚么不好，一到喜庆人家，就不觉自惭形秽起来了。满堂的贺客之中，年老都着着驼绒袍子，年青的或是衬绒袍或是哔叽的夹袍子。身段适宜，色彩材料也都和喜事很调和，我因这衣服的不称时地身段，就想到文章中的辞类的事来了。俗语说：'富人四季衣穿，穷人衣穿四季'，衣服可以比喻辞类，甚么时地该着甚么衣服，和文字中甚么意思该用甚么辞，情形相似。衣服是要化钱做的，我们是穷人，不得已只好照了'衣穿四季'的俗语，用一件自由布长袍去送殡、道喜，不论春夏，不论秋冬，都是它。至于文字上的辞是无须化钱的，尽可照了富人对于'四季衣穿'的态度，尽量搜罗，使其恰合身段时令与场所。胸中辞类贫乏，张冠李戴，把不适切的辞来用，等于把一件不合身段的自由布长袍单夹棉通用，喜吊都是它，怪难看的。我们做穷人的，衣服不周，常会被人原谅，不以为怪，至于辞类是用以达意的，用得不适合，就要被人误会，我们自己的本意也就因而失去了。我们在衣服上或可甘心做穷人，在辞类上却不妨是富人。诸君以为何如？"

振宇在同学的笑声中结束了讲演,回到自己的坐位上。大多数的同学把他注视了一会,表示佩服。同时又把眼光齐向着王先生,看有甚么说的。

王先生含笑对振宇看了一会,即转向大家说道:

"振宇的话很有道理,可以供大家参考。让我再来略加补充。振宇方才所讲的是关于语汇的话,语汇要求其丰富。我所谓丰富,比方才振宇所说的情形要更进一步。语汇是因了地方及阶级而不同的,某地方人有某地方的语汇,某种阶级的人有某种阶级的语汇,使用时要各得其所,才亲切有味。譬如说,'白相'是苏州人的用语,如果写入广东话或北平话中,即使意思不错,就不相入了。学生口中常说的'婚姻问题',如果出诸不识字的乡间农妇之口,也就不对了。'作弊'与'揩油','白相'与'玩耍','结婚'与'成亲',彼此意义虽同,情趣很有区别,这是值得注意的。我有一位朋友,他选择配偶,第一个条件是要同乡女子。别人问他为甚么,他说如果不是同乡人,彼此之间谈话起来趣味很少,这话很妙。近来的白话文,在语汇上是非常贫乏的,因为它把各地方言的辞类完全淘汰了,古文中所用的辞类也大半被除去了,结果,所留存的只是彼此通用的若干辞类。于是写入小说中,一不小心,农妇也喊'革命',婢女也谈'恋爱'了。"

王先生的话,被全教室的笑声打断了。王先生摸出表来一看,急忙继续道:

"振宇方才所举的辞类,似乎着眼只在普通用语,并未注意到语汇因地方与阶级而不同的一方面,这是该补充的一点。我们真要语汇丰富,只留意于普通用语是不够的,须普遍地留意于各地各种人的用语才好。此外,还有一种工夫应该做,就是对于辞类的感觉力的磨练。方才振宇说,他每遇一辞,要连同相近的辞作成一个系串,编入胸中的语汇去。用辞的时候,要在同一系串中辨别其语气的强弱与范围的广狭,择最相当的一个来使用。这话很对。要做这步工夫,非对辞类有锐敏的感觉力不可。两个辞的意义即使相同,情味常有区别。譬如说:'他逃走了','他溜走了','逃'与'溜'虽都是走掉的意思,但情味很不一样。'老屋'与

'旧屋','书简'与'信札',有雅俗之分。'似乎俨然'没有'像煞有介事'的轻松,'快乐'较'欢喜'来得透露显出。振宇方才用衣服来比辞类。讲究著衣的人,不但注意到材料的品质,并且注意到花纹与颜色。讲究用辞的于辞的意义以外,还须留心到辞的情味上。辞的情味可从好几方面辨认,有的应从字面上去推敲,有的应从声音上去吟味。'书简'与'信札'的不同,似处于字面。'萧瑟'与'萧条'的不同,似由于声音。每遇一辞,于确认其意义以外,再从各方面去领略其情味,这是很要紧的工夫。振宇只就辞的意义说,似乎忽略了这方面,所以我再来补充。"

王先生随讲随在黑板上摘写要点,讲到这里,黑板上差不多已写满了字了。

"振宇,你可把这番话写出来到校刊上去投稿,题目是——"

王先生在下课时急忙对振宇这样说,同时在黑板前端空隙处加写了"语汇与语感"五个字。

十八、左右逢源

榆关失陷的恶消息,随着二十二年的新年俱来。乐华在不到一星期的阳历年假中,仍日日到学校里。有时参与抗日会的工作,有时在阅报室里看报,有时找师友谈话。他于放年假前几日接到父亲从四川寄来的信,说"学校停闭,薪水无着,战事稍平静,就要回到家里来。"又说,"下学期的学费无法筹措,到不得已的时候,只好叫你辍学了。"此外还带说有许多关于自学的话。他早自知不能长在学校求学的,自接到父亲这信,知道离开学校的日期,说不定就在眼前了,对于学校不禁越加恋恋起来。

有一天下午,乐华到学校里来,想和王先生谈谈。走到王先生的房间里,见志青、慧修、振宇、复初都在那里,王先生正在和他们谈说甚么。乐华略作招呼后,坐在室隅的椅上,默然静听。

"乐华,你来得正好。我正在和志青、慧修他们说用功不可偏重呢。中学校所施的是普通教育,各种科目都是必要而有关联的,一般中学生往往有把科目来偏重的毛病,因为对于某一科有兴味,就把其余的各科放弃不顾。据我所知现在各校学生中自命为文学家,而对于算学、图画、理化等科漠不关心的人很多。这是很不对的。文字只是发表思想感情的工具,思想感情须从各方面收得,只偏重了文字,结果文字也就空而无实。你们对于国文总算是肯用功的了,不知对于别种功课怎样?我很不放心。"王先生向着乐华说,意思似想叫乐华明白方才的话题。

乐华点头不作声,只注视其余诸人。毕竟是志青先开口:

"我们对于别的科目,也都很有兴味。各位先生似乎都知道我们是用心于文字的,他们教授功课的时候往往和国文关联了来解释。譬如教算学的沈先生,他常常叫我们着眼于问题的要点,叫我们注意于推理的步骤,有一回,他指定一个例题临时叫我在黑板上演算,那题目我牢牢记得,是这样:'某学生每日上午七时二十五分由家到校上课,有一日每分钟走五十步,距上课尚有七分钟,有一日每分钟只走了三十五步,上课迟到五分钟。求学校上课的时间。'我一时昏忙了,想不出头绪来,只是执了粉笔对着黑板发呆,沈先生见我算不出,就叫我回到坐位上,一壁在黑板上写一壁说道:'两次所走速度的差是十五步,两次所走的时间的差是十二分钟。把这两点关联了想,每分钟少走十五步,就迟到十二分钟,假定这学生在走得慢的那一天,在上课前七分钟中途把脚停止了,那末离学校还有十二个三十五步,就是四百二十步。这四百二十步是因每分钟少走十五步积下来的,所以他到上课前七分钟所走的时间是十五除四百二十,得二十八,就是二十八分钟。他是七时二十五分出门的,走了二十八分钟,距上课还有七分钟,所以上课的时间是七点六十分,就是八点钟。'一经沈先生的这样地剖析,我就很明白了。沈先生又说:'题目的要旨是叫你求出上课的时间,这就好比文章里的中心思想,题目中所摆出的条件,如七时二十五分开始出门,每分钟走五十步或三十五步,距上课尚有七分钟或迟到五分钟等,好比作文时可使用的材料。有了中心思想,有了材料,不一定就能写得出文章,第一步先须把材料分别选择,寻出材料与材料的关系,使成为若干组,某组材料该怎样用,用在何时何地,非自己仔细布置不可。捉住了中心思想,将材料从正面反面旁面多方运用,不可专固执着一方面。方才所说的'假定这学生在上课前七分钟中途把脚停止’的想法,可以作反面用材料的方法.’我听他的话,几乎忘记了他在教算学,自己在算学教室中了。”

“沈先生是通晓文章的理法的人,他所写的文章就很精密,我曾在杂志上见到过。算学是锻炼思考力的学科,沈先生的这番话,在作论说文的时候是很可应用的。算学书上的文字,虽说干燥无味,但正确细密,实为他科书籍所不及,科学的文字应以此为模范才好。——还有别的科目呢?”王先生把话头急转了向,眼光朝其余的人四射。

慧修见没人发言,就说道:

“像志青方才所讲的情形,我们在图画课上也常有。我于图画一向不甚感兴味,自从这学期李先生来教授以后,就渐感到兴味了。李先生讲解图画的理法,用各种事物来比喻,把文章作解说的时候尤多。有一次,他讲绘画的背景,就借了文章来说明。他说,‘背景的功用,在乎借了周围的环境把事物衬托,使事物的情味表现得更明显。你们不是读过“风萧萧兮易水寒,壮士一去兮不复还”的古歌吗?这二句中,第一句就是下一句的背景,在“风萧萧兮易水寒”的情景之下与一个壮士长别,一种悲壮苍凉的情味就现出来了。小说之中,凭空写境的文字很多,对于其中人物的行动,常发生着有力的效果。《红楼梦》中于写黛玉的死时,不是兼写着潇湘馆的竹声与空中的雨声等等吗?’被他这末一说,我不但懂得绘画上背景的重要,连文章的鉴赏力也增加了许多了。他讲构图方法的时候,也用文章中结构来譬喻解释,兼说到主宾正干旁枝等等的法则。最妙的是他说文章有远近法。有一日,他教授远近法,就了绘画作过种种说明以后,还恐我们不懂,再用文章来作例证。他先在黑板上速写一株柳树,柳枝垂下的地方画一个月亮,又题‘月上柳梢头’五个字。说道:‘远近法是因了远近而变更物体大小高低的法则。照常识讲,月比柳树要高得多,可是柳树离人近的时候,可以比月亮高。这句词句,是合于远近法的。东坡有一句诗,叫做‘接天莲叶无穷碧’,莲叶可以接天,如果不用远近法来解释,就不可通。此外如‘水天相接’等类,也是应用着远近法的文句。这种文句在描写景物的文章中最多。描写景物的文章本身就是写生画,所不同的只是绘画用形象色彩写,文章用文字写而已。'我近来对于图画愿努力练习,如果成绩过得去,将来竟想入美术学校呢。我们读英文也都大家用着功,——复初,这请你来说给王先生听罢。你是我们一级里面英文成绩最好的。"慧修这样结束了自己的话,同时又豫定好了以后的话题。

"李先生把作写景文和状物文的诀窍教了你们了。文章与绘画,共通的方面原很多。可惜我不会绘画,不能在国文中附带授给你们以绘画的知识,使你们得到联络的印证。——复初,你来讲学习英文的情形吧。"王先生说时露着笑容,似乎他恐学生学习偏重的忧虑已消去了的样子。

复初因慧修方才说他是全级中英文成绩最好,认为是揶揄他,正红了脸对慧修注视。及听到王先生叫他讲,就说道:

"我不承认我是全级中英文成绩最好的,我们这里几个人,英文的能力各有不同。振宇生字记忆得最多,慧修会话很流利,乐华文法极熟,志青发音很正确。我一向只是捧了书死读,比较注意的是翻译一方面。张先生教英文,于发音讲解以外,更顾到英文与国语的比较。他解释一句句子,先依照了原文的构造,说出一句话,再把这一句话改成中国人日常所说的话。譬如说,他教'a mountain, a horse, a pen'的时候,先解释道:'一山,一马,一笔。'继而再补充道:'一座山,一匹马,一支笔。'他教'I am a teacher, he is a boy, has the boy a father?'的时候,先解释道:'我是一个先生,他是一个小孩,这小孩有一个父亲吗?'继而再补充道:'我是先生,他是小孩,这小孩有父亲吗?'他常对我们说,'一国的语言,自有一国语言的构造与习惯,英文和国语的构造和习惯不同,读英文时,须仔细互相比较。翻成国语,要适合国语的构造与习惯才妥当。在英文的习惯上,可以说'这小孩有一个父亲吗?'在国语的习惯上,却不该说'这小孩有一个父亲吗?'该说'这小孩有父亲吗?'因为依照中国人说话的习惯是这样。'有一次,他在读本中摘出一句'A camel must be killed'的句子来叫我们翻译。有一个人说'一匹骆驼应该被杀',他摇头说不像中国话,别一个人说,'一匹骆驼该杀',他沈吟了一会,似乎还不以为然。后来有一个人起来说'非杀一匹骆驼不可',他才点头。又有一次,他叫我们翻译一句'It is a bad habit to speak ill of another behind his back'有的说,'这是一个不好的习惯,说别人的坏话,在他背后。'有的说,'这是不好的习惯,背后说别人的坏话。'他都以为不好。结果译成'背后说别人的坏话,这是不好的习惯',才算讨论完毕。张先生教授英文,原是各方面都顾到的,我的注意却在这一方面。我近来自己做着一种工夫,就是把英文读本中的文字,一课一课地来译。每译一课,自己默诵改窜。要想意义不背原文,而又像中国话,真困难呢。"

"哦,你在做这步工夫!怪不得你近来作文比前好了。"王先生嘉奖说。"学习外国语的时候,能这样留心审查比较,对于本国语的理解也就有进步。哥德曾说,'不懂外国语的,对于本国语也只能懂得一半。'藉翻译来练习作文,是最切实的方法。我也想在作文课中,叫你们试作几次翻译呢。——你们对于各种科目都能这样地学习,那末不但各科成绩都不至过坏,国文科的成绩也一定更会有进步。我听了你们的话,已很安心了。"

正午就有雪意的天空,到傍晚果然飞起雪来了。玻璃窗上已黏缀着许多飘来的雪花。号房送进新到的上海报来。

"天气不好,大家早些回去吧。这样的天气,不知东北的义勇军在冰天雪地中怎样地挣扎着啊!"王先生望着窗外感慨地说,同时把报纸翻开来看。

乐华今天本想把自己的情形告诉王先生的。进来以后,只是默然地坐了听同学们谈说,等着相当的机会。后来听到王先生这叹声,也不禁感从中来,觉得自己的辍学,算不得甚么一回事。即与志青等大家退了出来。

十九、"还想读不用文字写的书"

年假过后三个星期又是寒假了。就在寒假开始的那一天,枚叔冒着风雪到了家里。从兵荒战乱中间辗转奔逃,在峻峭的山道上跑路,在湍急的江滩上过夜,听了不知多少发的枪声,经了不知多少回的搜查,这样约历半个月光景,才得踏上长江轮船的甲板。满脸风尘色是不言可知的,满怀感慨也属当然之事。国情和家况同样地不堪设想。虽然千里回家,坐定下来还是一声叹息开场。

乐华自从枚叔动身以后,只道父亲回来是非常遥远的事,一直在心头描摹父亲回来时候的欢喜的场面。谁知道只去得半个年头,便在风雪中悄悄地回来,又这般唉声叹气地坐下。母亲微蹙着眉头先把父亲的湿罩袍挂起,接着生起一盆炭火来,放在父亲的旁边,她自己也就默默地坐在一旁烘火。这完全不是个欢乐的场面,和平时在心头描摹的绝不相同。又听雪花打在窗子上淅淅作响,远空中风在那里呼啸,不晓得怎么只觉一阵阵的悲凉兜上心来。

"唉!况我堕胡尘,及归尽华发。经年至茅屋,妻子衣百结。恸哭松声回,悲泉共幽咽。"枚叔注视着刚刚烧红的炭块,低吟杜工部《北征》的诗句。

"那边学校就此不开了吗?"枚叔夫人似乎得到了一个机会,便吐出这切心的问语。

"就是再开我也不去了!"枚叔颓丧地说。"走尽了千山万水,受尽了兵威枪胁。那种况味说也说不完,待心情暇闲一点的时候再同你们细说吧。结果却是两手空空,几乎回来不得,在长江边头做一个流民。我为甚么再要去呢!难道真个热心教育,到了非教几个学生、上几点钟功课不可的地步吗? 我自问还没有这么傻样的热心。"

枚叔夫人听得这些话,知道目前真逢到绝路了。枚叔的归囊不问可知是空的。而阴历年底就在眼前,在几家店铺里欠着的一点帐还不曾归还。并且,往后的生活怎么过? 能够用空气作食品,十个指头作燃料,藉此填充肚皮吗? 她想到这些,不由得低下头来,再没有问起旁的甚么的心情。

同时乐华也知道不可避免的事情终于要碰到了。他望着父亲憔悴的脸,幽幽地问道:

"爸爸,下学期只怕我要停学了?"

"当然停学了,还有甚么问题!"

"你的运气太不好了，"母亲看了乐华一眼。她恨自己再没有积蓄着的钱给她儿子做学费了。停了一歇，又说道：

"如果运气好一点的话，总得让你在初中里毕个业。"

枚叔摇摇头，给她解释道：

"太太，你不知道外边的情形，以为毕个业有甚么意思，不毕业就吃亏万分。其实完全不是那么一回事。要讲找事情，弄饭吃，莫说初中毕业，便是高中毕业、大学毕业的都坐在家里空叹气呢！若讲学本领，长见识，我就是当过多年教师、知道学校实情的人，据我的经验，一个大学毕业生未必就胜过了没有一张中学文凭的人。当初我让乐华进中学不过是这么一个意思：我们没有到十分拮据的地步，还付得出一笔学费，就照例送他进学校，让他去过几年学校生活。这好比旅行的人住客栈一样，到付不出房钱的时候，当然只有退了出来，在旅客一览表上抹去了姓名完事。"

"是这样吗？"应接了这么一句，她也不去细辨枚叔的话有没有道理，一心仍牵系在儿子的身上。

"退了学，叫他做甚么呢？"

枚叔的脸上照着通红的炭火光，比较刚坐下来的时候精采了好些，眼睛向上望着，似乎在看认未来的希望，慢慢地说道：

"我想给他找机会。如果有商店、公司要招收学徒、练习生，如果有人肯替他介绍，他就有事情做了。"

不知道怎样乐华只觉得这句话异常刺耳，仿佛不应当从父亲的嘴里说出来的。靠在柜台旁边打包裹，拨算盘，或者捧着一批货物、提着一本回单簿在路上往来，那种近乎卑琐的形相难道就是自己将来的小影吗？和先生、同学疏远了，和学校里诵习讨究的一切疏远了，差不多要重投人身，从头做起。他这样想着，感到极端的怅惘，眼泪便留不住在眼眶里了。

枚叔瞥见乐华在那里掉眼泪，故意把声音发得柔和一点，问道：

"你为甚么难过？说给我听呀。"

母亲不免有一点忌讳的观念，远人方才到家，并没有带来甚么好消

息,又加上流泪哭泣,也许还有料不到的不祥事情来呢。她惶恐地劝阻道:

"乐华,你爸爸刚刚到家,休得这样!"

乐华正在那里预备回答,觉得意念很乱,一时也把握不住,便把差不多浮在嘴边的一句话回答道。

"在学校里学各种科目正有一点头绪,忽然要丢开了,未免恋恋不舍,我因此难过。"

"我写信回来,不是对你说过许多关于自学的话吗?"枚叔恳挚地说,把上身凑近乐华,眼光直注着他晶莹的泪眼。

"我都仔细看了,"乐华两手轮替地拭眼泪。

"现在再提醒你一句,真要求学的人是不一定要进学校的!"枚叔说得响亮而着实。

真要求学的人是不一定要进学校的! 乐华好似在弥漫周围的迷雾中间望见一条清明的路,他直把这一句反覆地念了五六遍。

第二天,乐华跟同父亲到大文家里。父亲和大文的母亲谈说旅川半年间的情况,乐华就把自己不再入学的事轻轻地告诉了大文。大文听罢,喃喃地说:

"你要停学了,好,我也停学吧!"

"你为甚么要停学呢? 你不比我,我是不得已呀!"

"在学校里呕气,还是离开了的好,"大文的脸上现着惨淡的神色,仿佛昨晚不曾好好地睡眠似的。

"谁使你呕气了呢? 前天你还是好好的。"

"不要说吧,"大文看见母亲的眼光射到他们这边来,便警告乐华这样说。

靠着两三处的借贷,乐华家的阴历年关居然过去了。乐华也有了习业的所在,就在本地,叫做利华铁工厂,是从前开银行的那个卢先生给他介绍的。枚叔和卢先生那班人本来落落难合,但是为着儿子的前途,只得去访问这个,请托那个。不到几天,卢先生那方面果然来了信,说那家铁工厂只须招六个练习生,要想进去习业的青年却有两百多;总算是他的面子,替乐华介绍妥当了,只须去检查一下身体就可以算数。枚叔对于卢先生的殷勤自然十分感激。他夫人皱紧的眉头也就舒展了好些。乐华去检查了身体之后,医生并没有话说,办事员就叫他二月十一日带着铺盖进厂。那时候,学校早又开学,许多同学早又聚在一起了。独有他不再能参加在里头,他将去进另外的一个学校。

这个消息传了开去,朱志清胡复初他们就发起给乐华开一个送别会;虽然他还是在本地,可是以后聚首的机会总比往日少了。因为要等待二年级同学到齐,这个送别会到开学那一天的下午才开。他们也请了王仰之先生、教算学的沈先生、教英文的张先生、教图画的李先生、以及别位在二年级任课的先生。各位教师有的说可以到会;有的说还有事情急待料理,不能到会了,请转致乐华吧,愿他努力前途!

乐华成为一个被特别优待的客人,这个同学请他上座,那个同学给他斟茶,使他反而不很自在。他屡次地说:

"请不要这样吧。我们依然是很熟的朋友,还是像往日那样甚么都不拘的好。"

他很觉得奇怪,平时大文与锦华非常亲密,坐着走着往往在一起,现在他们两个却离开得远远地,好像彼此都不相关心似的。再加留心的时候,便觉察他们两个的眼光在那里互相躲避;一个抬起头来,眼光正要触着那个的,立刻把脸转向着别的方面。十天以前大文发着无端的感喟,甚么呕气哩,也要停学哩,乐华总猜不透他为的甚么;此刻可猜透了大半,一定是大文和锦华中间发生了裂痕了。因此想道:

"听说青年人闹这些玩意儿精神上很苦恼的。大文和锦华啊,你们既然还付得出学校的栈房钱,就好好地过几年学校生活吧。弄得颠颠倒倒,神思不定,有甚么好处呢!"

乐华这样想的时候,铃声响了。大家都就了坐位。公推汤慧修作主席。慧修便走上讲台,说了一些惜别的话,末了说,为此所以开这个送别会。接着,她请求王先生说几句话。

王先生昂头想了一想,便走上讲台开口道:

"我听得乐华要离开我们了,心里不免怅怅。可是这不过从友谊上来的;就是刚才慧修所说惜别的意思。本来天天见面,今后却难得碰头了,感得怅怅是谁都难免的。然而我并不替他惋惜,以为他遇到了重大的不幸。"

"我们要知道,进学校求学只是中产以上阶级的事。缴得出学费的,学校才收;缴不出学费的,便无法进学校的门:这种经验你们大家都有,不用细说。大多数人终身和学校无缘,可是他们也能习得了实在技能,竭尽了心思力量,来支持这个社会。一个青年被境况所限制,不得不离开了学校,这不过与大多数人同其命运罢了,就全社会看来,并不是怎样重大的问题。重大的问题乃在大多数人的知识怎样提高,大多数人的生活怎样改进。如果忘记了这些,逢到一个青年中途退学,她自己和旁人便看作天大的不幸事情:那只是中产以上阶级自私心的表现,实在不足取!"

王先生说到这里,把声音发得更沈着一点。

"我们更要知道,进学校固然可以求得知识,但是离开了学校并不就无从学习。学习的主体是我们自己!学校内,学校外只是场所不同罢了。我们自己要学习的话,在无论甚么场所都行。假如我们自己不要学习,便是在最适宜的场所,也只能得到七折八扣的效果。所以,退学不就是'失学';惟有自己不要学习才是真正的'失学'!"

王先生向乐华坐的那一边望着,微笑说道:

"我对于乐华是十分放心的。他有要学习的热心,又有会学习的本领,这从他平时的努力上可以看出。今后他虽然去当铁工厂的练习生,学习的进境却决不会就此为止。不要说别的,一年半载过后,他的国文程度一定又超过现在了。乐华,我没有旁的话向你说,我只愿你不辜负我的预测!"

一阵鼓掌声中,王先生回了原坐。乐华感动得几乎要流眼泪;脸上泛红,直延到颈根;舌头尽舔着上唇。慧修又请志青演说。志青有这么一个习惯,演说总预备着大纲,他站到讲台上,从衣袋里取出写着大纲的纸,看了一眼,开口道:

"我不懂得甚么,只能依据着从杂志上读到的一些意思,同乐华和诸位同学谈谈,我曾看见杂志上讲过,现在的学校制度是精神劳动和体力劳动分离到极度的一种产物。有力量进学校受教育的,就是并不想贪懒,也只做一点精神劳动的工作;实际上是否有益于大众实在很难查考。一切体力劳动的工作呢,专由无缘进学校的大多数人去担任,而这些体力劳动的工作却是社会的支柱,必不可缺少的。这个看法我以为很确切。只须想我们自己,父兄送我们到学校里来,谁不希望我们将来当一个教员、机关职员,或者做一个官僚?再想我们吃的米,是农人种出来的,而农人不进学校;我们穿的布,是工人织成功的,而工人不进学校。"

志青自从王先生注重读书的声调以后,他不只对于读书,就是平时谈话,当众演说,对于高低、强弱、缓急三方面也留心揣摩;所以他的说理很能引起人家的注意。一堂的人都端相着他的脸,仿佛忘记了一切似的。他用曼长而重实的调子接下去说道:

"这样地分离实在不是社会的幸福。若能混合起来,精神劳动与体力劳动相调和,无论干那一种劳动的人都有受教育的机会,社会便将健全得多。那样的社会当然不会一下子出现的。而乐华去当铁工厂的练习生,却给我们一个关于这种境界的深刻的启示。他将去干体力劳动,他将去做真正支持社会的工作,他不希望躲在精神劳动的象牙塔里,专待别人来供给。他的取径是值得追随的。我们父兄对于我们的期望却不足为训。我们不要打算将来当一个教员、机关职员,或者做一个官僚,我们也要准备做一个体力劳动的工人!"

末了志青抱歉地说他想到了这一点意思,没有发挥得透切,很是惭愧。下台的时候,同学都拍着手,惟有王先生望着他微微点头,仿佛在称赏他没有发挥得透切的话确有自知之明似的。

接着又有几个同学起来说话,有的说虽然不在一起,交情还是如旧,有的说工厂方面情况,希望随时见告。最后才轮到乐华。他匆忙地跨上讲台,深深鞠躬,诚恳地发言道:

"诸位先生,诸位同学。你们为我开这个会,把我漫在深浓的爱里头,我感激到万分,要说一句适当的话向你们道谢,一时竟想不出来。你们知道,激动的心是不适宜于想心思的。现在我只能杂乱地说几句话,向你们报告我最近的见解。"

"那一天父亲的朋友来信,说把我介绍到铁工厂里去了,当时我很不愿意。经父亲给我详细开导,我才惭愧起来。我为甚么会抱着那种不长进的观念呢! 铁工,很好的行业。我去做铁工就是! 今天听诸位的话,正同父亲说的一样,我的信念更加增了。我将昂着头,挺着胸,跑进铁工厂,高高兴兴地把蓝色的工服第一次穿上我的身!"

"关于自学的话,父亲和诸位都说了许多。我真诚地相信着,如果自己要学,那是不一定要在学校里的。我当然要学,关于铁工的一切我要学,铁工以外的知识、技能我也要学。我不肯自暴自弃。更要答覆王先生一声,我不敢辜负你先生的期望。"

"书本自然不想放弃。有空闲的时候,我预备跑图书馆。可是我还想读不用文字写的书,我要在社会的图书馆里做一番认识、体验的工夫! 诸位看这个意见如何?"

这个送别会给与大家一个很深刻的印象。乐华回家把开会的情形告诉了枚叔,枚叔也叹息着说:

"可感的友情啊! 中心藏之,何日忘之!"

二月十一那一天,乐华进厂了。对着轮子的飞转,皮带的回旋,火焰的跳跃,铁声的叮当,不由得想起去年父亲翻给他看的两首俄国诗人咏工场的诗。到了晚上,在寄宿舍里就寝,嗅着母亲手洗的被褥上的阳光的甘味,想着今天是完全不同的两种生活的分界线,他好久好久合不拢眼。

二十、小说与叙事文

这几天里头,三本绿色封面的厚厚的书在学校里成为流行品。H市的书店从上海批得少,全学校只买到三本,后来去买就没有了。于是这三本书在几十个学生手头旅行,沾上了无数的手汗,加上了许多处的褶皱和破碎,不多时便同躺在旧书摊上的破书一般面目了。那是茅盾氏的长篇小说《子夜》。

看完了这部小说的,有的说"原来上海这个大都市有这么些事情在那里波澜起伏";有的说"这才懂得了我国工业兴不起来的所以然了";有的说"公债市场的种种花头实在弄不清楚,我们对于这些太疏远了";有的说"作者的手段高明极了,他能把读者的心神吸住,使你看动了头就放不下手,必须看到完了才歇。"

因为有这各各不同的"读后感",于是还没看到的人更急于要看了。

朱志青好容易借到一本在手,汤慧修说"让我先看吧",他就毫不犹豫地移交给她。慧修得空便看,两颗眼珠尽是在书页上奔跑。这一天午后,她坐在教室里看了有半点钟,感觉眼睛有点疲倦,便用一支铅笔夹在看到的地方,阖上书面,站起来散步。看见周锦华一个人靠着廊柱在那里出神,便走近去和她闲谈道:

"我想小说真不是容易作的。譬如叙述一个人在房间里想心事,似乎是简单不过的了;然而作者对于这个房间的位置以及房间里的一切陈设,就非胸有成竹不可。不然,一会儿说右边是四扇窗子,望出去可以看见街树和高楼,一会儿又说右壁全排着书架子,那个主人翁看见满架的书便觉得心烦头痛:这就是破绽了。"

"作小说大概同编戏剧差不多的,"锦华牵着慧修的手说。"编戏剧先要规定场面,我想作小说也是这般。"

慧修点点头,又说道:

"小说的作者还得留意着时令,然后自然景物、人事季节才和叙述到的故事相应。否则便要闹出夏天开梅花、冬令收麦子的笑话来了。"

"这也同戏剧相仿。一幕戏剧,那故事发生在甚么时令,甚至发生在某一天的早上还是晚上,不是都得预先规定吗?"

"还有呢。小说里写一个人物就得有一个人物的性格。同样碰到一件事情,第一个人物非常高兴,第二个人物却看得淡然,第三个人物竟忧愁起来了:这因为他们性格不同的缘故。并且一直叙述下去,那三个人物的性格必须始终一贯;即使高兴的变得颓唐了,淡然的变得热心了,忧愁的变得快乐了,也须有可能的因由,无理取闹地乱变是不容许的。我想这一层比较场面和时令尤其难以照顾,不知道那些作者怎样照顾得来的。"

"你们在讨论文艺上的甚么题目吧?"

慧修和锦华听得这闯进来的问话,同时回头去看,原来是教英文的张先生,他总是那么一副温和的笑容。

慧修略带娇羞,一笑回答道:

"我们并不讨论文艺上的甚么问题,不过在这里说小说不容易作罢了。"接着就把刚才谈过的话重述一遍。

张先生把右手支在廊柱上,徐徐说道:

"这些项目固然难以照顾;可是逐一照顾到了之后,写下来的不一定便是小说,也许还只是一篇叙事文呢。"

"张先生,你这话怎么讲?"慧修好奇地问。

"这就触着'小说的本质'的问题了。你们试想一想看,有两篇文字在这里,同样叙述着一些人事的经过,而我们称一篇为叙事文,称另一篇为小说,究竟凭甚么来区分的?"

慧修和锦华把牵住的手荡了几下,眼光都注定在张先生的脸上,一时回答不出来。锦华爽然说道:

"我们虽然看过好多篇小说,却没有想到这样的问题。小说和叙事文到底有甚么分别呢?"

"且把这问题留下来,让我等一会告诉你们。现在先举认不清这个分别的例子来说。你们看报纸、杂志上的小说,有一些作者不是要加上一个'发端'或是几行'跋尾',说明他们的小说完全根据实事,并非向壁虚造吗?还有,有一些人看完了一篇小说,不是要问'是否真个有这件事情'吗?"

"张先生说得一点不错,"慧修肯定地说,好像一个诚实的证人。"这样的'发端'和'跋尾'我看见过,这样的问语我也听见过。我却要疑惑了,张先生的意思,是不是说根据实事写成的算不得小说,小说必须是凭空构造出来的?"

"我的意思并不如此。我只是说,用这样的态度作小说、看小说的人实在没有懂得甚么是小说。他们以为小说和叙事文不过是一件东西的两种名称罢了。那里知道单只根据实事写成的是报纸的记事、历史的传载之类的东西,便是所谓叙事文。一篇《东北义勇军抗日经过》是叙事文,《史记》的《项羽本纪》也是叙事文,你能硬说是小说吗?"

"那的确不是小说呀,"锦华向慧修告语,仿佛征求她的同意似的。

张先生抚摩着慧修剪得短短的顶发,继续说道:

"小说不一定要根据着实事。即使根据着实事,也不像叙事文那样记叙了实事便完事,还得含有其他的东西在里头。那其他的东西才是小说的本质。"

锦华和慧修又变换了一个姿势,她们各用一条臂膀勾住对手的肩,凝神注视着张先生翕张的唇皮。

"那就是作者从那些实事中看出来的和一般人生有重大关系的意义。这样一句空话似乎不容易明白,须要举个例子来说。最近出版的《中学生杂志》你们看过了吗?"

"只看了开头几篇,其余的还没有工夫看,"锦华回答。

"那上边有茅盾作的一篇《创作与题材》。"

"就是作《子夜》的那个茅盾呢,"慧修很感兴味地说。"我在目录上看到那个题目的,但是还不曾读那篇文章。"

"那篇文章讲选择小说题材的标准,举了两个例子。说假使你有一头心爱的猫,因为偷食,被你家里的人赶走了或者打死了;这样的事情在你虽然非常痛惜,却不配作为小说的题材,因为中间并没有和一般人生有重大关系的意义。但是,假使你有个一小妹妹患了脑膜炎,你主张请新医而你父亲却相信旧医,你的母亲又去求教符水草药的走方郎中,结果是一面旧医诊脉开方,一面走方郎中画符禳神,把小妹妹的性命断送了;从这样的事情中间可以看出很多的和一般人生有重大关系的意义,所以那是一个宜于写小说的题材。"

慧修的手拍着锦华的肩,领悟地说道:

"听了这两个具体的例子,小说的本质是作者所看出的意义,我们很能够明白了。没有这种意义的便不成其为小说。"

张先生用一个指头指点着慧修,接着说道:

"可是还有一点必得注意,须是把这种意义含在故事中间的才是小说。甚么叫做'含'呢? 一碗盐汤,看不出一颗盐来,呷一口尝尝,却是咸的,于是我们说盐味含在这碗汤里。小说的故事含着作者所看出的意义就像这样一碗汤。如果在故事之外,另行把意义说明,那就不是'含'了。我们不妨借用小妹妹送掉性命那个题材来说。如果在叙述一切经过之外,加上许多意见,如非科学的医术贻害不浅呀,符咒之类的迷信尤其可恨呀,世间被这种方技和愚见残害的生命不在少数呀,这就不成为小说而是一篇议论文,那些故事只处于议论文'论断'的'例证'的地位了。"

"张先生,"慧修用一只手轻按张先生的衣袖,"我有点儿悟出来了,你听我说得对不对。我说,小说的作者把意义寄托在故事的叙述上边,并不特别说明,让人家看了他的叙述,自然省悟他的意义是甚么。"

"你的聪明将来正好做个小说家,"张先生听得高兴,不禁击了一下掌。这使慧修的脸红了起来。张先生又道:

"因为要把意义寄托在故事的叙述上边,所以整个故事的每一个节目都须含有暗示的力量;作者便不得不做一番选择和布置的工夫。说到这里,小说大都不照抄实事的所以然也就明白了。世间那有这么巧的事情,一件实事恰正可以寄托作者的意义的? 惟其少有,所以作者丢开照抄实事的办法,而根据他的经验,去选择人物,布置节目,创造出一个故事来。你若说他凭空虚构,那是错误的。他的材料全是社会的实相、人生的体验,何尝凭空? 何尝虚构? 你若问他'真个有这件事情吗?'他将笑而不答,因为你问得太幼稚了。小说该是世间最真实的故事,然而不是某一件事情的实录。你们懂得了吧?"

锦华乘张先生语气一顿,抢着说道:

"现在我知道小说和叙事文的分别了。叙事文的本质是事情,叙事便是它的目的;小说的本质却是作者从人生中间看出来的意义,叙事只是它的手段。这意思怎样?"

张先生激赏地看了锦华一眼,正要开口,却听旁边先有人接上说道:

"锦华的话很扼要的。还可以打个譬喻来说,叙事文好比照相,只须把景物照在上面就完事了;小说却是绘画,画面上的一切全由画家的意识、情感支配着的。"

说这话的是杜振宇,并肩站在那里的还有志青复初等五六个人。他们甚么时候到来的,张先生和锦华慧修都没有知道。

"锦华的话的确很扼要的,"张先生回顾振宇说。"要辨别叙事文和小说,这就足够了。你的譬喻也很有意思。那些只知道根据实事作小说的人就因为不明白这一层,所以用尽了心力,至多只把实事照了一张照相。"

一个比慧修低到半个头的女学生将头靠在慧修的肩上,缓缓说道:

"我们也来学作小说,可以吗?"

"有甚么不可以呢?"

张先生说了这一句,豫备铃响起来了,他就匆匆地说:

"在你们的经验里,你们一定常常发见和一般人生有重大关系的意义。把捉住这些意义,然后去选择材料,布置结构,这样,你们的小说即使不怎么出色,至少是值得一看的习作,不是单只叙事的叙事文了。

张先生走开以后,聚集在廊下的一小群人都进了教室,只听张大文喊道:

"乐华进了铁工厂,今天来信了。他说请各位同学传观。是很长的一封信,等会儿下了课大家看吧。"

慧修侧着头似乎在那里想甚么,随手把那本绿色封面的厚厚的书放到抽屉里,换了算学教本和算草簿出来。

二十一、语调

乐华已过了两个多月的铁工生活了。工厂为了训练职工,每日于工作以外晚上也有一小时功课,所教的是制图,计算公式,及关于材料等普通的知识。乐华日里工作,夜里上课与复习,生活紧张得很。一到睡眠时间,就在上下三叠式的格子铺上甜酣地睡熟。初入工厂的几天,常在梦中见到父母在家里愁苦的情况,自己在学校里的热闹与快活。学校生活的梦不久就没有,自从接到父亲已入本市某报馆为记者的家信以后,连家庭的梦也不常做了。

同学们不时写信给乐华,有的报告学校近况,有的把国文讲义按期寄给他,有的告诉他王先生或别的先生近来讲过甚么有益的话。乐华虽在工厂里,却仍能间接听到学校的功课内容,颇不寂寞。

五一节工厂停工,乐华于清晨就回到家里,入厂以后,这是第一次回家。身材已比入厂时高了好些,蓝布的短服,粗糙的手,顽强的体格,几乎使父母不相信这是自己的儿子了。儿子的壮健快活的神情,使父亲得到了安心,使母亲减少了感伤。这日恰好是星期,乐华于上午匆匆地去望先生们,饭后又到张家去探望姨母和大文。

大文家里有着许多客人,志青慧修振宇都在那里,正在谈论得很起劲,突然看见乐华来了,大家都惊跳起来。

"你来得正好,请加入讨论吧。"志青握着乐华的手时,觉得自己的手的光软,有些难为情了。

"你们在谈论甚么?——今天是五一节,真凑巧,在这里见到许多朋友——好,让我去看看姨母再来。"几个朋友望见乐华工人装束的背影,面面相觑地默然了好一会。

"今天全世界不知道有多少工人在斗争啊!我们却在这里谈这样文字上的小问题!"振宇感慨地说。

"这到不能这样说。我们所讨论的是文字的条理,条理无论在甚么事情上都要紧,况且文字本身就是一种做事的工具。我们现在还是学生,不曾做别的工作,如果连这种问题都不讨论,不是把好好的光阴虚度了吗?"志青说。

乐华急急地从里面出来,和大家重行一一招呼,问道:

"为甚么这样凑巧,大家都在这里?——锦华不来吗?"

"今天是约定在这里聚会的,我们刚在讨论文句的调子呢。你一定有许多好的意见吧。志青,请你再来从头说起啊。"大文怕听关于锦华的话,急急地转换话题。

"我这几月来每日所听到的只是丁东丁东的打铁声和轧拉轧拉的机

器声,对于文句的调子,怕已是门外汉了。你们大家讨论,让我来旁听。"

"前星期王先生发出改好的文课,说全班的作文的成绩都不错,只是有好许多人语调尚未圆熟,文句读起来不大顺口合拍,叫大家注意。他在黑板上把我们的文字摘写了几句例子,一一加以批评,句调上确都是有毛病的。最后他提出了句调的题目,叫我们自己去研究,下星期六的讲演题目,就是'句调'。而且还说要在我们这里四个人之中临时指定一人去讲演,所以在这里急来抱佛脚啊。我们已把这题目关心了好几日了。各人担任一方面,振宇所担任的是字,慧修所担任的是句,大文所担任的是音节,我所担任的是其他的种种。今天要汇集各人的报告来作成一个大纲。振宇,你先来吧。"志青的话,一方面是对乐华说明缘起,一方面又是讨论的开场白。

"我所关心的是字的奇偶。我觉得中国文字有一个特性,是宜于偶数结合的。一辞与别的辞相结合时,如果不成偶数,就觉读来不易顺口。举例说,'父母之命'读来很顺口,'父命'或'母命',也没有甚么不顺口,如果改说'父母命'。读起来就有些不便当了。'办事'是顺口的,但在'办'字改用'办理'的时候,我们须把'事'字也改成偶数的'事务''事情'之类才可以。如果说'办理事',就不太顺口了。这以偶数结合的倾向,白话比文言更明显,文言中'食'字可作名词来单用,白话中就非改作'食物'或'食品'不可。文言中的'道'字,在白话中已变作了'道理',文言中的'行'字,在白话中已变成了'品行'或'行为'。王先生替我们改文课时,有几处地方往往只增加一字或减少一字,也许这就是调整语调的一种方法吧。我这几天仔细从各方面留意,似乎发见到一个原则,单字的辞与其他单字的辞相结合成为双字的辞或句,是没有障害的。如'吃饭''天明''家贫'之类都顺口。双字的辞,如果是形容词,有的勉强可与单字的辞相接,如'毛毛雨''师范部''恻隐心''藏书家'之类,有时非加'之'字'的'字不可,如'先王之道''寂寞的人''美丽的妻''写字的笔',就都是要加字才能顺口的。至于双字的动词,大概不能与单字的辞相结合。'翻阅书籍'是可以说的,'翻阅书'就说不来了,'抚养儿子'是可以说的,'抚养儿'就不成话了。我对于这问题,还想继续加以研究。现在所能报告的,就只这一些,不知大家听了怎样?"振宇说。

大家对于振宇的话都点头。

"慧修,你所担任的是句子排列上的注意,请你报告吧。"志青继续执行他主席的职务。

"一篇文字之中,有许多句子,这许多句子如果都是构造差不多的,读起来就嫌平板不调和了。譬如:这是大文的书房,我们假如作一篇记事文,记述这间书房的光景,倘然说'门在东面,窗在南面,床在北面,书架在西面。门外有一片草地,窗外有一座树林,架上有许多书籍,床旁有一只箱子。……'八句句子中,只有两种句式,一种句式各接连重叠到四次之多,读去就不能上口了。这是关于句的构造的话。还有,句子的末尾的作结,也有可以注意的地方。王先生前次在班上曾批评×××的文章是'了了调',×××的文章是'呢呢调',因为他们不知变化,动辄用'了'或'呢'来结束文句,所以读起来就不顺口了。要想文字的句调流利,句法须错综使用,切勿老用一种句式。关于句式,中国书上查不出一定的种类,我曾去请教过教英文的张先生。他替我在修辞学书里查检,据说文章之中主要的句式不过三种:一种叫散句,例如'我要吃饭,穿衣,睡觉,读书,作工。'是中间截断了一部也可成句的。一种叫束句,例如'吃饭,穿衣,睡觉,读书,作工,是我们生活上所不能缺一的。'这种句子如果截去了下半截,意义就不完全。还有一种叫对称句,例如'世人以我为风狂,我以世人为迷醉。'是上下两截对称的构造。中国文字中的句式,究竟应分为几种,我想好好地加以研究。总之句式的错综使用,是调和句调的一种方法。我的报告完了。请大家加以批评补充。"慧修说罢,把眼光注视其余的人,尤其是对于乐华。

志青刚欲叫大文继续报告,乐华开口道:

"慧修的意见很对,但我觉得有几点要补充。古来的名文中,句式重叠的不少。我们读过韩愈的《画记》,其中就有许多重叠的句式,如'骑而立者五人,骑而被甲载兵立者十人,一人骑执大旗前立,骑而披甲载兵行且下牵者十人,骑且负者二人,……'这样下去,一连有二三十句,记得除第三句'一人骑执大旗前立'变换句式外,其余都是同样的构造。这篇文中有几段都是用着重复的句式的。又如新近你们寄给我的国文讲义中，王先生选着几首古诗，我曾在打铁的时候在肚里默念，读得很熟了。其中有一首题目叫《江南》的，那诗道：'江南可采莲。莲叶何田田。鱼戏莲叶间。鱼戏莲叶东，鱼戏莲叶西，鱼戏莲叶南，鱼戏莲叶北。'七句之中，倒有四句句式重复。至于结束句子的助词，重复用一字的例子也很多。欧阳修的《醉翁亭记》差不多每隔数句都用'也'字作结。这种句式重复的文字能令人感到拙朴的趣味。作者似乎故意把重复的句调来叠用的。慧修方才说句式须错综使用，原则是对的，我觉得应加一个限制，就是说，除了有意义的重复外，句式及助词务使交互错综，勿叠用同一的句式及同一的助词。慧修，你道我的话对吗？"

"你给我补充得很好。名文中确常见到重叠的调子。鲁迅的《秋夜》中，就有'一株是枣树，还有一株也是枣树'的句法。因为一味着眼在句语的调和上，不觉把这一层很重要的反对方面忘却了。"慧修表示感佩。

"乐华在工场里做工，选文比我们读得还熟哩！——现在轮到大文了。大文，你担任的是关于音节一方面，请你报告研究所得吧。"志青说。

"我所担任留意的是音节一方面，音节与文字的调子原有很大的关系，但在普通的文字上，似乎不必有甚么规律。我们所写作的不是诗赋，不是词曲骈文，乃是日常所用的白话。平仄不必拘泥，只求适合乎日常言语的自然调子就够了。古文中尚且有'清风徐来'等全体用平声的句子，'水落石出'等全体用仄声的句子，何况白话文呢？一句之中平仄参用固然可以，不参用也似乎没有甚么不好。我想了许久，觉得只有一件事须注意，就是一句之中，勿多用同音或声音相近的字。我们幼时念着玩的急口令，就是利用许多同音字或声音相近的字编成的。念来很不顺口，听去也就很不顺耳。例如'苏州玄妙观，东西两判官，东判官姓潘，西判官姓管，潘判官不管管判官姓管，管判官不管潘判官姓潘'。'管''潘''判''官'都是声音相近的字，混合在一处，所以念来容易弄错，急口令的特色在此。我们写普通文字，应该避去这种困难。在普通文字中，与其说'洞庭山上一条藤，藤条头上挂铜铃，风吹藤动铜铃动，风停藤停铜铃停'，不如说'洞庭山上一枝藤，藤条顶上挂铜铃，风吹藤摇铜铃响，风止藤歇铃声停',读起来比较容易。"

大文的话引得全室的人都哄笑了。

"对于大文的话,有甚么该补充的地方没有?"志青勉强抑住了笑意这样问。又对乐华道:"你一定会有好的意见吧。"

"我觉得大文的话忽略了一方面,应该补充,"乐华说。"也是我在工场里听惯了'丁东丁东'的打铁声和'轧拉轧拉'的机器声的缘故吧,我近来很留心同声母或同韵母的声音。方才大文说不可多用同音或声音相近的字。多用这种字,弄得文字像急口令,原不好,但两个字是不妨用的。中国文字中叠字与声音相近的辞类很多,如'茫茫''郁郁''萧萧''历历''寥寥'之类都是常用的叠字。至于声音相近的辞类更多见,如'绸缪''历落''缠绵''徘徊''零乱'之类都是常用的声音相近的字。这类的字,用得适当,不但无害于句调,而且能使句调格外顺利。诗总算是最讲句调的文字了,诗中就常用这类的字,方才古诗中'莲叶何田田'的'田田'是叠字。你们前次寄给我的选文中,有杜甫《咏怀古迹》五首。其中用着许多声母或韵母相同的字。如'泯灭''萧条''支离''朔漠''黄昏''漂泊'都是。我以为同音或声音相近的字面固宜避,但也不该一概说煞。两个字的同音或声音相近的字,是可以使句调顺利,应该除外的。"

诸人都点头。

"我真糊涂,王先生前星期才讲过的,说这类的字叫做'连绵字'。为甚么方才竟没有说进去呢?"大文说时很难为情的样子。

"哦,连绵字! 这名词很有趣! 我今天才听到。幸而大文提起。那末我所日日在听的'丁东丁东'和'轧拉轧拉'也都是连绵字哩。哈哈!"乐华心中所牢记的许多声音相近的辞类忽然得到了一个归纳的称呼,感觉到统一的愉快。

"现在要听你的报告了,志青,"乐华转向志青说。

"是的,现在轮到我了。字数,句式,音节,都已有人讲过。我所担任的是他们所剩下来的东西。这几天来我曾就了句子的各方面加以留心,除了方才慧修和乐华所讲的几点外,还想到几件事。第一是句与句间的关系。一篇文字,是一句一句积成的,一句一句的语调虽然已没有毛病,可读得上口,若句与句间的关系不调和,连贯地读起来,仍是不顺。王先生前次教我们读法,很注重上下文的呼应。我以为这呼应关系,犹之曲调中的板眼,在句调上很占重要的位置,大该注意。在字面上上句如果有'从前'字样,下句大概须用'现在'等语来与它相呼应。上句如果有'与其'字样,下句大概须用'不若'等语来与它相呼应。上句用'的'字结尾,如果下句性质相同,也该用'的'字结。譬如说,'这本书是你的,那本书是我的。'如果下句性质不同,就不然了。譬如说,'这本书是你的,我的书那里去了?'诸如此类,要看了上文的情形去一句一句地写。关于这层,标点也该连带注意。因了上文所加的标点是',' 是';'是'。'或是':',接上去的句子就各各不同。我们作文的时候,标点往往都在全篇写好以后再加的。我新近自己养成一个习惯,写一句就标点一句,下句依照了上句的标点去布置安排。有时想不出调和的句子去接,就把上句的标点改过,再想别的法子。我觉得这样写出来的文字,句调容易顺当些。大家以为怎样?"志青说到这里,用眼睛去征求乐华的意见。

乐华拍手表示赞许,其余的人也拍起手来。

"志青的话,使我们得到不少的益处。我才知道'学而时习之,不亦悦乎? 有朋自远方来,不亦乐乎?'二句中用两个'不亦'与两个'乎'的理由。此外如'仁者,人也;义者,宜也。'等句的趣味,也领略到了。"大文说。

最长的初夏的日脚已近傍晚,可是书室中的几个青年书呆子却完全没有觉得。张太太到书室来,说要留乐华早些吃了晚饭去,已摆好了,叫大家都不要走,陪陪客人。

振宇慧修,志青都立起来道谢。

"我的报告还未完呢。我想,句子的长短,也是与句调很有关系的。"志青待张太太走出书室以后说。

"我们一壁吃饭一壁谈吧。"大文把右手伸成一字形,邀大家入客堂去。"乐华,请你坐在上首。今天是五一节,你不但是客人,而且是工人哩。哈哈!"

二十二、两首菩萨蛮

一个星期六的下午,锦华和慧修携着手到图画教师李先生房里去缴本学期最后一张写生成绩,李先生正坐在案头整理学生的图画,一壁和立在案旁的振宇复初二人谈说着。

锦华慧修交出了成绩,仍留在房内细看壁间悬挂着的绘画,究竟是画家的房间,画幅时时更换,每次进来看,都有一种新鲜的印象。她们在一幅新装裱的仕女画前面把脚停住了。

那画是一张小条幅,上面画着一个睡在榻上的美丽的少女,云鬘蓬松。睡榻的后方,背景是一排的屏风。全体的情调艳美得很。题款是"××兄属写温飞卿词意"与"×年×月×××"两行。

两位少女被画中的少女暂时吸引住了,只管立在画前彼此细语,引得振宇和复初也远远地把眼睛移到这幅画上来。

"这幅画是我新近请一个朋友画来的。写的是温飞卿一首词中的意境。王先生还没教你们读过词吧。我一向喜欢读词。因为词与画有许多共通的地方,尤其是中国画。温飞卿的这首词,叫做《菩萨蛮》,是很有名的。喏,在这里。"李先生拉开抽屉,取出一本张惠言的《词选》揭开来叫大家看。

锦华慧修走近拢去看,见李先生所指的恰是书中的第一首,那词句是:

小山重叠金明灭鬓云欲度香腮雪懒起画蛾眉弄装梳洗迟　照花前后镜花面交相映新帖绣罗襦双双金鹧鸪。

大家看着书在心中默念,觉得有些念不断。有几处好像是七字一句,有几处却不是,终于面面相觑地呆住了。

"哦!你们还没有懂得词的构造吧。词一名长短句,和诗不一样,一首之中每句字数有长有短。除极短的小词外,每首都分上下两截,叫做'上阕''下阕'。某句应该有几字,因曲调而不同。《菩萨蛮》上阕共四句,每两句同韵,字数是七、七、五、五。下阕也是四句,每两句同韵,字数是五、五、五、五。《菩萨蛮》是这首词的曲调名称,并非这首词的题目。曲调的名称很不少,如甚么《长相思》咧,《金缕曲》咧,《浪淘沙》咧,《西江月》咧,统共有八百多种。常用的也不过百种左右而已。——我今天又要替王先生教国文了。哈哈!"李先生用了笑声把自己的话作一结束。

锦华依照李先生方才的话再去看那首《菩萨蛮》词,她低声读了一遍,觉得字句虽有几处不十分懂,音节却很和谐,读起来比诗更有趣味。慧修一壁看词,一壁不时回头去看那幅画,想看出画中所描写的是词中的那几句。

"词以表现境界或抒写感情为主,换句话说,词的内容不外是情境。温飞卿的这首《菩萨蛮》,描出一个艳美华丽的境界。词是旧文学中比较难懂的东西,用辞比诗文都艰深。待我把这首词的大意来解释一遍吧。'小山'就是屏风,矗着的屏风,形状凸凹如山,'屏山'是诗词中常用的辞类。词中描写一个豪贵的闺秀在早晨起床前后的情形,朝阳射在画屏上闪烁发光。——用'金明灭'三字多好?——她还睡着未醒,鬓发乱得几乎要盖煞脸上的白色。——'欲度'二字,就是表现这情况的。——她懒懒地起来,画眉,妆扮,过了许久才梳洗完毕。——'弄'字用得非常确切。——梳洗好了,这才对镜戴花。——'前后镜''交相映'是戴花时的描写。——后来再换衣裳。——罗襦就是罗衣,'双双金鹧鸪'是绣花模样。先绣好了模样帖缀在衣服上叫'帖'。——这首词共只四十四字,却能写出早晨的光景,闺房中的陈设,闺秀的姿态神情,以及画眉梳洗戴花照镜著衣等等的动作,连衣服上的花样都写得活灵现活。我们读这首词,能深深地感受到一个艳美华丽的印象。"

大家听了李先生的讲解,于理解的愉快以外又感到一种新鲜的趣味,都把眼睛注在那本《词选》上,再去看别首词。

"那末这幅画上所写的只是第一第二句呢。"慧修对李先生说。

"是的。词中描写着许多连续的动作,要在一幅画中完全表现,是不可能的。普通照相与活动电影的区别在此,文章与绘画的区别也在此。绘画与文章都能表现印象,好的文章功效比绘画大。因为绘画只能表现静境,而文章兼能表现动境。王先生已把记事文与叙事文的分别教过你们了吧。绘画是记事的,不是叙事的。"李先生说。

慧修点头,似有所悟到。

"这许多首词,似乎所描写的都是女子的事情,所用的辞类差不多全是关于女子的。我在别的书上也曾见到过词,虽不甚懂得,字面也好像是属于女性的居多。难道词都是这样的吗?"振宇指着书上一连刻着的许多首温飞卿的《菩萨蛮》词问。

振宇的质问,引得其余的人都注意,尤其是女性的锦华与慧修。大家都把眼光向着李先生。

"那也不尽然,"李先生急急地加以订正。"温飞卿原是一个善于做香奁体的诗人,应该特别看待。咿呀,诗词中写女子的时候,往往意思不一定就只指女子,有许多地方却别有意旨,只把意旨寄托在女子的身上就是了。你们曾听到'香草美人'的话了吧,这典故见于屈原的《离骚》,屈原的写美人,并非一定指美丽的女子,乃是另有寄托的。"

振宇听了李先生的解释,宛如在胸中开辟了一个新境地,觉得平日读过的几首古诗,也于字面以外突然生出新趣味来了。

李先生好像忽然记起了一件甚么事似地,把那本《词选》取到手里急急翻动,翻出一首词来指向大家道:

"哪,这是辛弃疾的词,也是《菩萨蛮》调。你们试读看!"

振宇等走近去看,那首词在《菩萨蛮》的调名下,还有一个题目,叫做"题江西造口壁",词句是:

郁孤台下清江水中间多少行人泪西北望长安可怜无数山　青山遮不住毕竟东流去江晚正愁予山深闻鹧鸪

《菩萨蛮》调的构造,是方才已经明白了的,读去毫不费事。只是内容仍不甚清楚,大家抬起了头齐待李先生开口。

"辛弃疾是南宋时代的词人,这首词作于江西造口。当时金人南侵,国难严重,宋室就从河南汴梁南迁。当南渡时,金人追隆祐太后的御舟,一直追到江西造口才停止。江西造口是从北至南的要道,人民为避金人的侵略,仓皇从这里经过的当然不计其数。'郁孤台'是那里一座山的名称。宋室南渡以后,仍不能恢复。作者经过这里,想到当时避难者颠沛流离由这里向南奔逃的情形,家国之感就勃然无法自遏了。于是做了一首词写在壁上。他说:'江水里大概有许多眼泪是颠沛流离的行人掉下来的吧。要想从这里向西北眺望长安——"长安"是京都的代替辞——可怜云山重叠阻隔,虽然明知道故都在西北方,可是望也望不见,莫说回到那里去了。青山遮不住江水,终于任其向东流去,犹如这造口止不住行人,行人毕竟向南奔窜。此情此景,已够怅惘,又值傍晚的时候,江上的暮色更足引动人的愁怀,而山间又传来了鹧鸪的啼声。'你们看,这词里的意境何等凄惋!"李先生解释毕,把这首词朗声地读了又读。

李先生的解释和诵读,令几个青年突然引起了对于目前国难的愁思。这首词的刺激性,似乎比平日习见的"共赴国难""民族自救"等等的标语,还要深刻些,房间里的空气立时沈重起来。

"巧极了。今天李先生讲的两首词,都是《菩萨蛮》,末尾都用着'鹧鸪'二字哩。"总算是复初打破了一时的沈默。

"咦!真的。两首《菩萨蛮》里都有'鹧鸪'。温飞卿的'鹧鸪'暗示着男女间的情事。'双双金鹧鸪'说'双双'就可作男女一对的联想。至于辛弃疾的'鹧鸪',意义更深。'鹧鸪'的叫声不是'行不得也哥哥'吗?有人说,辛弃疾的'山深闻鹧鸪',就是在感叹恢复之事的行不得呢。"李先生补充说。

"原来词是这样意义丰富,这样不容易读的东西!"锦华叹息着向慧修说。

"读词尚且如此烦难,作词更不消说了。"慧修说。

"作词其实也不难,普通的方法就是按谱填写,平仄字数一一遵守就是。所以作词叫做'填词',又叫'倚声'。在你们,作词已大可不必,只要能读,已经够了。词是我国先代遗下来的文学上一部分的遗产,我们乐得享受。把古来的名词,当作常识来熟读几首,倒是应该的。历代词人的集子不少,读也读不尽,你们读选本就可以了。选本的种类也很多,任拣那一种都可以,选的人眼光虽不同,反正选来选去逃不出顶好的几首。我这一本是张惠言选的,叫做《词选》。"

"我家里有一部《绝妙好词》,还有一部《白香词谱》,先读那一部好?"

锦华问李先生。

"这也都是很好的词选。先读《白香词谱》吧。那里面是一百个曲调，每个曲调选着一首词。这一百首都是名作，熟读了这一部，就可记得一百个常见的曲调和一百首好词，很经济。"

"方才先生说，词以表现境界或抒写感情为主，词的内容不外乎情境。今日读过的两首《菩萨蛮》中，温飞卿的一首似乎是以境为内容的，辛弃疾的一首似乎是以情为内容的。不知道对不对？"振宇问。

李先生微笑点头，似乎表示赞许。过了一会又道：

"境与情原是关系很密切的。只写境，言外也可引起情来，要抒情，也不能全离开境。温飞卿的词虽偏重在写境，而艳情已包含在内。辛弃疾的词虽着重在抒情，究竟也不能不写及'江水''山''晚''鹧鸪'等等的境。所以还是不要强把情境分开来说的好。这两首词，如果要说区别的话，原也有着一种很重大的区别。词里面有两种显著的风格，一种是细致的，一种是豪爽的。温飞卿的词属于细致的一类，辛弃疾的词属于豪爽的一类。这个区别比较来得扼要，将来你们多读几首词，自然能辨别出来的。——呀！天快晚了，我还要画《母亲》呢。怎么讲了这许多时候的词！哈哈，我今天又在替王先生教国文了！"

李先生立起身来，从热水瓶中倒出一杯开水一气喝尽，急急地披上了染有许多颜料渍子的画衣，走到画架旁去。李先生画《母亲》已近两个月，一壁画一壁修改，有时自己觉得不惬意，就全体涂消了开始重画，或竟连画布也换过。学生中关心于这幅画的人很多，特别的是爱好绘画的慧修。她前几天曾见李先生已在画衣服，全体快要完成的了，这次和大家退出房间，立在门外回看时，见又换了一个新轮廓了。

"为甚么又要重新改画呢？"慧修独自再回进来问。

"将来再告诉你。"李先生停了画笔这样回答。

慧修追上走在前面的三个，兴致勃勃地说：

"把刚才的谈话扼要记下来，寄给乐华看，你们想好吗？"

二十三、新体诗

　　张大文和周锦华两人从蜜恋到彼此不理睬还是周乐华离开学校以前的事情。真是极其微细的一个起因,不过锦华要到图书室里去看新到的杂志,大文手头正有事做,说了一声"我不想去看"罢了。当时锦华负气,独自跑到图书室里,拿起一本新到的《现代》在手,呆看了半天,也不曾看清楚上面写着些什么。随后大文也来了,凑近她坐下,问她可有好看的小说没有,她便愤愤地说:"你既不想来看,问我做甚么!"大文才知道她动怒了,百般地向她解释,她只是个不开口。这使他耐不住了,恨恨之声说:"你是甚么心肠?人家好端端向你说话,你却理也不理,好不呕气!"锦华听了这个话开口了,她说:"你去问问自己是甚么心肠吧!又不请你到甚么不好的地方去,你便推三诿四说不想去。无意的流露最显得出心肠的真面目,总之你不屑同我在一起就是了!"接着是一阵的争辩,直到铃声响了,两人才各顾各地走了出来。其时图书室里并没有第三个人,所以这事情没有立刻被传开去,成为学校里的当日新闻。

　　第二天早上,他们两人见面了。好像有谁发出了口令似的,两人同时把头旋过一点,把眼光避了开去。这就是彼此不理睬的开端了,以后每一次对面就演这一套老把戏。渐渐地,这初恋的小悲剧被同学觉察了。有的就同他们开玩笑,说他们从前怎样怎样,现在怎样怎样,多方地揶揄。有的希望他们恢复从前的情分,特地把他们牵在一起,"仍旧握着手吧","彼此同时开口吧",这样从旁劝说。无论揶揄或者劝说,效果是相同的,就是把两个青年男女更隔离地远远了。他们觉得被揶揄的时候固然难以为情,而被劝说的时候也并不好过:所以能够及早避开,不待面对面的时候才旋过头移过眼光,那是更好的事情。不久之后,当初的愤激在两人心头慢慢地消散了,这不可解的羞惭却越来越滋长。表现在行动上便是这一个到那里,那一个就不到那里。只有上课时候没法,两人是坐在同一教室里的;然而上课时候有教师在那里,没有人会向他们揶揄或者劝说的。"只怕彼此永远不再有交谈的机会了",这样的想头,大文曾经有过,锦华也曾经有过。这想头分明含着懊悔的意味,跟在后头的想头不就是"如果恢复了从前的情分岂不很好"吗？他们虽然这么想，可是总被不可解的羞惭拘束住，谁也没有勇气说一声"我们照常理睬吧"；这是一种奇妙的青年心理，为一般成人所不能了解的。

锦华怀着这样的心理度过半年多的光阴，作成了好多首的新体诗，写在一本金绘封面的怀中手册上。这些诗篇一部分是怀想往日的欢爱，一部分是希望将来的重合，而对于目前的对面如隔蓬山，也倾吐了深深的惆怅。她觉得这许多情思是无人可以告诉的，只有写成诗篇，告诉这一本小册子，胸中才见得松爽一点。于是屡次作诗，不觉积有三四十首了。这本小册子平时收藏得好，从不给人看见。当举行暑假休业式的那一天，别的同学聚作一大堆，在那里谈论会考的风潮，锦华和慧修两个却在教室里整理零星用品，这本小册子才被慧修在锦华的小皮箱里发见了。乘其不备抢到手里，便翻开来看；"你作了这许多的新诗体，也不给我欣赏欣赏，"慧修这样喊了出来。锦华立即要取还，可是慧修那里肯还她。慧修说彼此的作文稿向来交换看的，新体诗稿无异作文稿，看看又何妨。锦华和慧修交谊原极亲密，这当儿忽然有一个新的欲望萌生在锦华的心头：她不但切盼慧修完全看她的诗，并且切盼慧修看透她做诗的心。她便和慧修要约：不可在学校里看，必须带回去看，又不可转移给旁的人看。这是很容易接受的条件，慧修都答应了，便把这本小册子放进印白纱衫的袋子里。

慧修到了家里，一手挥着纨扇，一手按着小册子，眼光便投射到书面上去。只见题目是《校园里的石榴花》，后面歪歪斜斜写着一排的诗句：

> 新染的石榴花
>
> 又在枝头露笑脸了，
>
> 鲜红似去年，
>
> 娇态也不差，
>
> 为甚么不见可爱呢？
>
> 去年的花真可爱，
>
> 在绿荫里露出热情的脸儿来，
>
> 旁听甜蜜的低语，

　　　　保证不变的爱情，

　　　　她们笑了，

　　　　至今似乎还听得她们的笑声。

　　　　啊，去年的花真可爱！

　　"原来是回想他们当初的事情，"慧修这样想着，把书页翻过来，只见题目是《无端》，诗句道：

　　　　无端浮来几片黑云

　　　　把晴明的天空遮暗了，

　　　　无端涌来几叠波浪

　　　　把平静的水面搅乱了。

　　　　黑云有消散的时候，

　　　　波浪也会归于平静。

　　　　但是，心头的黑云呢？

　　　　但是，心头的波浪呢？

　　慧修正想再翻过来看，忽见父亲走进室中来了，便爱娇地叫声"爸爸"。父亲新修头发。留剩的头发只有一分光景，差不多像个和尚，他舒快地抚摩着自己的头顶，走进慧修身旁问道：

　　"你刚从学校里回来吗？在这里看甚么东西？"

　　慧修并没有想起刚才锦华不可转移给旁的人看的约言，却下意识地把小册子阖了拢来，拿在手里，站起来回答道：

　　"是周锦华做的新体诗稿。"

　　周锦华常到慧修家里来，慧修的父亲认识她的，他便带笑说道：

　　"她也爱做新体诗吗？"

　　慧修的父亲对于一般学艺，见解都很通达，惟有新体诗，他总以为不成东西。他也并不特地去关心这一种新起的文艺，只在报纸杂志上随便看到一点罢了；看到时总是皱起了眉头，不等完篇，眼光就逃到别处去了。此刻提起新体诗，不由得记起了前几年在报纸上看见的讥讽新体诗的新体诗，他坐定下来说道：

　　"我曾经看见一首新体诗，那是讥讽新体诗的，倒说得很中肯。我来念给你听。

> 新诗破产了!
>
> 甚么诗! 简直是:
>
> 啰啰苏苏的讲学语录;
>
> 琐琐碎碎的日记簿;
>
> 零零落落的感慨词典!"

"我们国文课也教新体诗呢,"慧修坐在父亲旁边,当窗的帘影印在她的衣衫上,她从口气中间辨出了父亲菲薄新体诗的意思,故意这么说。

"这东西也要拿来教学生吗? 真想不到。"

"教是教得并不多,两年中间也不过十来首。"

"这东西怎么好算诗,长长短短的句子,有的连韵都不押;只是随便说几句话罢了。倘若这样也算得诗,我们每天每刻都在做诗了!"

慧修平时和父亲甚么都谈,可是不曾谈到过新体诗,此刻听父亲这样说,心里不免想道:料不到父亲反对新体诗的论据,竟和一般人差不了多少。她自己是承认新体诗的,有时并且要试作几首。便用宣传家一般的热心告诉父亲道:

"我们的国文教师王先生是这样说的:诗这个名称包括的东西很多,凡是含有'诗的意境'的都可以称为诗。所以从前的古风、乐府、律句、绝句固然是诗,而稍后的词和曲也是诗,现在的新体诗也是诗,只要中间确实含有'诗的意境'。他又反过来说:如果并不含有'诗的意境',随便的几句话当然不是新体诗,就是五言七言地把句子弄齐了,一东二冬地把韵脚押上了,又何尝是诗呢? 爸爸,你看他这个意思怎样?"

"他把'诗的意境'来说,我也可以相当承认。但是既不讲音韵,又不限字数,即使含有'诗的意境',和普通的散文又有甚么分别? 为甚么一定要叫它做诗呢?"

慧修的父亲说到这样,抬眼望着墙上挂着的对联,声调摇曳地吟哦道:

"不—好—诣—人～～贪——客—过——,惯—迟～～作—答—爱—书～～来～～。你看,这才是诗呀!"

慧修不假思索,把纨扇支着下巴,回答道:

"关于新体诗和散文的分别,王先生也曾说过。他说诗是最精粹的语言,最生动的印象。普通散文没有那么精粹,所以篇幅大概比诗篇来得多;又并不纯取印象,所以'诗的意境'比较差一点。这就是诗和散文最粗略的分别。"

她停顿了一歇,更靠近父亲一点,下垂的头发拂着他的肩膀,晶莹的眼睛看着他的永远含着笑意的眉目,爱娇地说道:

"新体诗里有一派叫做'方块诗',不但每行的字数整齐,便是每节的行数也是整齐的,写在纸上,只见方方的一块方方的一块;而且押着韵。"

"那我也看见过。一行的末了不一定是话语的收梢,凑满了一行便转行了,勉强押韵的痕迹非常明显。这样的东西我实在看不下去,看了几行便放开了。"

"这是受西洋诗的影响。"

"西洋的诗式便算是新的吗?"

"我们王先生也这么说呢。他说新体诗既不依傍我国从前的诗和词、曲,又何必去依傍外国的诗。新体诗应该全是新的,形式和意境都是新的。"

慧修的父亲点着一支纸烟,吸了一口,玩弄似地徐徐从齿缝间吐出白烟,带笑说道:

"你们的王先生倒是新体诗的一位辩护士。那么,我要问你了,你们曾经读过比较好一点的新体诗吗?"

慧修坐正了,缓缓地摇动着纨扇,一只手把锦华的小册子在膝上拍着,斜睨着眼睛想念头;一会儿想起来了。

"我把想得起来的背两首给爸爸听吧。一首是俞平伯作的,题目是《到家了》。

> 卖硬面饽饽的,
> 在深夜尖风底下,
> 这样慢慢地吆唤着。
> 我一听到,知道'到家了'!"

"北平地方我没有到过,但是读了这一首诗,仿佛看见了寒风凛冽、叫卖凄厉的北平的夜景。爸爸,你是住过北平的,觉得这一首诗怎样?"

慧修的父亲点点头,纸烟黏住在唇间,带点儿鼻音说道:

"还有点意思。"

"爸爸,你也赞赏新体诗了!"慧修推动父亲的手臂,满脸的劝诱成了功的喜悦。"再有一首题目叫做《水手》,刘延陵作的,那是押韵的了。

"月在天上,

　　船在海上,

　　他两只手捧住面孔,

　　躲在摆舵的黑暗地方。

　　他怕见月儿眨眼,

　　海儿掀浪,

　　引他看水天接处的故乡。

　　但他却想到了

　　石榴花开得鲜明的井旁,

　　那人儿正架竹子,

　　晒她的青布衣裳。"

"这一首诗印象极鲜明生动,我非常欢喜它。"

"石榴花开得鲜明的井旁,那人儿正架竹子,晒她的青布衣裳,"慧修的父亲低回地念着,神情悠然,说道:

"这倒是很有神韵的句子。念起来也顺口。像那一首《到家了》,意境虽还不错,只因没有音韵的帮助,我总觉得只是两句话语罢了。"

"我听王先生说,作新体诗的人虽不主张一定要押韵,但自然音节还是要讲究的。那些上不上口的拗强的话语固然不行,便是日常挂在嘴边的普通话语也不配入诗,必须洗炼得十分精粹了的,音节又谐和,又自然,才配收容到新体诗里去。"

"只怕能够这样精心结撰的新诗人不多吧,只怕比得上刚才这两首诗的新体诗也不多吧,"慧修的父亲还是表示着怀疑。

"我们学校的图书室里,新体诗集也有好几十本呢。我是批评不来,不能说有几本好几本不好。不过既然出了诗集,里头总该有几首可以看看的。"

慧修说到这里，忽然想起了编辑《抗日周刊》的时候，每次开投稿箱看，投稿的十分之六七总是新体诗的事情。

"爸爸，你还不知道，我们学校里有很多的新诗人呢，有的写新体诗充作文课，有的投寄到报馆和杂志社去。"

"做得像样的不多吧？"

"不多。听王先生批评，加以赞美的很少。"

"投寄出去，不见得被录取的？"

"也有被录取的，不过数目很少。大多数大概到字纸篓里去了。"

"你也去投稿了吧？"父亲用善意的探测的眼光望着慧修。

慧修只怕自己试作的新体诗给父亲看见了被说得一文不值，便连试作新体诗的事也否认了，她用上排的牙齿嗑着下唇，摇一摇头，笑颜回答道：

"我是连做都不做的，那里会去投稿呢？"

"你们中学生无非是小孩子罢了，却大都要做诗，新体诗实在太容易了！"父亲忽然转为感叹的调子。

"关于新体诗容易不容易的话，王先生是常常说起的。他说你们不要把新体诗看得太容易了。他说随便把几句话分行写在纸上，如果没有'诗的意境'，那是算不得诗的。他说'诗的意境'的得到并不在提起笔来就写，而在乎多体验，多思想。这些话我们差不多听熟了。"

"这些话确是不错，从前作诗的人也是这么主张的，"父亲说着，捻弄着上唇的髭须。

"但是王先生并不反对我们作新体诗。他说你们的生活经验有限，好比小小的溪流兴不起壮大的波涛，做不出怎样好的新体诗来是不足为奇的。他说从前许多的诗人，他们起初执笔的时候，难道就首首是名作吗？他说你们只要不去依傍人家，单写自己的意境，就走上正路了。"

"他倒是很圆通的。"

"我们的王先生真是圆通不过的，他从不肯坚执一种意见，对于甚么事情都说平心的话。同学个个和他很好呢。"

"在他的意思,你们将来也许会成为新体诗的杜工部李太白。"

慧修吻着唇点点头,然后柔声说:

"不错,他说过这样的话。"

"在目前,新体诗的杜工部李太白是谁呢?"

"王先生说目前还没有。不过他说,新体诗从提倡到现在,才只有十几年的历史,便要求有大诗人出现,未免太奢望了。他说旧体诗的历史多么长久,然而大诗人也只有数得清的几个呀。"

"哈哈,他对于新体诗的前途完全是抱着乐观的。"

慧修说得太起劲了,更矜夸地说下去。

"对于一般新体诗作得不见怎么好,他也有解释的。他说好诗本来像珍珠一样,并不是每采取一回总可以到手的。他说从前的诗人像杜工部白香山陆放翁,做的诗都非常之多,然而真是好的也只有少数的一部分;又何怪现在的新体诗不见首首出色呢?"

父亲沈吟了,他想到杜工部一些拙劣的诗篇,又想王先生这个话也是平心之论。一时室中显得很寂静,只听窗外树上噪着热烈的蝉声。

忽然父亲的眼光射到慧修手里,他说道:

"周锦华的新体诗做得怎样,拿来给我看看。"

"爸爸,请你原谅,她和我约定,叫我不要给别人看的,"慧修脸红红地说,执着小册子的一只手便缩到了背后去。

二十四、推敲

乐华在利华铁工厂的训练班里渐渐被认为高材生,受到几个指导教师的奖赞。这原不是甚么可异的事。一般练习生大都是高小毕业的程度,有几个连高小也没有毕业;而乐华却在中学里读了一年半,并且平时不是马马虎虎的,自然会在侪辈里头露出头角来了。他所画的图样有好几幅堂皇地悬挂在教室里;遇到须作记录或者报告的时候,指导教师又常常指派着他。因此,在同学的眼光里,他差不多是次于教师的可以请教的人物。几个用功一点的人便包围着他,询问这个,讨论那个。他虽然觉得繁忙,精神上却是很愉快的。

一天晚上,夜课完毕以后,乐华正预备回到宿舍里去,却给一个叫做宋有方的同学喊住了。

"乐华,慢一点走,请教你一件事。"

"甚么事?"乐华回转头来,窗外射进来的月光正照在他的脸上。

"我做了一篇文字,想请你替我修改一下。"

在训练班里并没有国文的功课;但是这班练习生离开了学校,却从实际经验上感到了读写技能的需要,于是买一些借一些书籍来阅读,更自己拟定了题目练习作文。其中越是用功的几个越嫌得空闲时间太缺少了,从前那样甚么事都不做,只是阅读呀,写作呀,游戏呀,运动呀,真成为遥远的旧梦;而且,近旁没有可以请教的人,一切差不多都在暗中摸索,也是非常寂寞的事。宋有方这一篇文字是在夜课之后就寝以前写的,连续写了三四个晚上,才算完了篇。他自己不知道中间有甚么毛病,心想乐华或者可以给他一点帮助,故而请乐华替他修改;这还是第一次呢。

"甚么题目?"乐华接宋有方的稿纸在手,见第一行写着《机械的工作》五个字,又问道:

"你在这一篇里说些甚么话呢?"

"我说机械的工作比人快,比人准确;工人的职务只在管理机械。这个意思当然很平常,然而是我自己的经验,所以把它写出来,借此练习作文。不过一下笔困难就来了。几句话同时在脑子里出现,不知道先写了那一句好。平常说话说了就算了,似乎没有甚么疑问,现在要把话写到纸面上去,这样说好呢还是那样说好,疑问便时时刻刻发生了。还有,要把一种比较复杂的东西说明白真是不容易,这一篇里说起自动车床,想了好久才写下去,我自己觉得还是没有说明白。"

说到这里,宋有方用诚挚的眼光看定乐华,恳切地说:

"谢谢你,破费一点工夫,替我修改一下吧!我要知道那一些地方不该这样说,应该那样说;更要知道为甚么不该这样说,应该那样说。这并不要紧,随便甚么时候交还我指点我好了。我没有先生,我把你当作先生吧!"

乐华紧紧执着宋有方的手,回答道:

"把我当作先生的话,请你千万不要说;你要这样说,便是拒绝我的效劳了。我所知道的,我所能够看出来的,一定尽量告诉你。"

宋有方的眼睛里放出欢喜和感激的光,重复地说:

"谢谢你! 谢谢你!"

乐华便转身向电灯,看宋有方的文字。

　　一般人站在精美的机械旁边,赞美道:"机械真像个活人,不过是用铁铸成的,不是由血和肉生成的。"

　　机械比人强得多了。这个话是不对的。机械倘若和人一样,用人好了,用机械做甚么? 机械工作比人快,又比人准,力量又大到不知多少倍。

　　机械不止有两只手。人只有两只手。人要机械有几只手,就可以做得它有几只手。

　　两种工具,人不能同时一同拿。机械便能够同时一同拿,就是几十种工具,也可以同时一同拿。

　　同时一同做两件事情,人是办不到的,一壁拉锯,一壁推刨,大家办不到的。这样的工作机械办得到。

　　我们只要看自动车床好了。我们把铁棒装上去,机械就前前后后做着工作。三把粗凿子把铁棒做成一根螺丝杆,三把细凿子把螺丝修好。一把专坐螺丝头的凿子做成螺丝头,一把刻螺丝的凿子把那一头也刻了螺丝。末了一把切刀切一下,螺丝棒切下来了。这些动作快得很,眼睛总没有那样快。

　　一件工具做着工,别件工具并不等的。这架机械共有九件工具,九件工具是同时一同工作的。切刀切第一根螺丝棒下来的时候,刻螺丝的凿子正做第二根,专做螺丝头的凿子也正做第二根,第三根在细凿子那里,第四根在粗凿子那里。

　　人能够做这样的工作吗? 不能的。

　　我们工人做甚么呢? 我们只须把铁棒装上去,做好了螺丝杆,拿开去。这样看来,机械反而像个老手的工人,我们工人反而像个助手了。不过不同,机械像个老手的工人究竟没有心思,我们工人像个助手然而有心思,机械要用我们的心思去管理的。

乐华看罢,带笑向宋有方说道:

"你这一番话说得很有意思。待我细细看过几遍,替你修改好了。明天晚上一准交还你。"

"明天晚上吗?"宋有方虽然说过并不要紧,但听得明天晚上一准交还的话,不禁高兴得涨红了脸。

第二天晚上,训练班的功课完毕,同学都走散了,只乐华和宋有方留在课室里。窗外的月色和前一天一样地好,秋虫声闹成一片。

乐华将宋有方的原稿和另外一份稿纸授给宋有方道:

"你这一篇分段很清楚;只是有些话嫌得累赘,有些话却含糊不清,又有些字眼用得不很适当。凡是我所能够看出来的都替你改了。因为钩钩涂涂看不清楚,索性另外写了一份在这里,请你先看一下,再来给你说为甚么要这样改。"

宋有方欢喜万分,眼光落在乐华的改稿上,是铅笔写的二三十行行书。

> 一般人站在一架精良的机械旁边,往往赞美道:"真像一个铁铸的活人。"

> 这个话是不对的。倘若机械只和一个人一样,那么人为甚么要用机械呢? 机械比人强得多了:做起工作来比人敏捷、准确、有力到不知多少倍。

> 人只有两只手。但是机械可以如人的意,人要它有几只手就有几只手。

> 人不能同时拿两种工具。但是机械不要说两种,就是几十种也可以。

> 人不能同时做两件事情,一壁拉锯,一壁推刨,是谁也办不到的。但是机械办得到。

> 我们看自动车床好了。把铁棒装上去;机械就顺次做着工作。

先是三把粗凿子把铁棒做成一根螺丝杆，接着三把细凿子把螺丝修整。于是一把专做螺丝头的凿子把一头做成螺丝头，一把刻螺丝的凿子把另一头也刻上了螺丝。这就只剩末一步的工作了：一把切刀把做好了的螺丝杆从铁棒上切下来。这些动作都是很快的；我们在旁边看，眼睛总跟不上车床的动作。

这架机械使用九件工具。一件工具做着工，别件工具并不停在那里等。原来九件工具是同时工作着的。切刀把第一根螺丝杆切下来的时候，刻螺丝和专做螺丝头的凿子正做着第二根，细凿子正做着第三根，粗凿子正做着第四根。

人能做这样的工作吗？

站在机械旁边的我们工人干些甚么呢？我们只须把铁棒装上去，把做好了的螺丝杆收拾起来罢了。这样，机械好像熟练的工人，我们工人反而像个助手了。不过究竟有点不同，因为那熟练的工人并没有意识，一切须由助手管理、指挥的。

"太费你的心了。其实就在我的稿纸上修改好了，何必全体誊一过呢。"宋有方看完了，眼光还是逗留在纸面上。

"这并不费甚么事的。"乐华和宋有方并肩站着，一只手帮他执着稿纸，说道：

"我们把两份稿纸对比着看吧。先看第一段。'精美'和'精良'意义虽差不多，可是'精美'比较偏在形式方面，形容一件艺术品或者一间房间的陈设，那是很适合的。现在形容一架机器，不只说它的形式，连它的工作效能都要说在里边，那就用'精良'来得适合了。你那句赞美的话太噜苏。现在我替你改为'真像一个铁铸的活人。'意义并没有减少，然而简炼得多了。"

宋有方只顾点头，眼光在原稿和改稿上来回移动着。

"我们再看第二段。要说那样赞美的话是不对的，应该紧接第一段，在第二段开头就说。你却先说了'机械比人强得多了'，再说'这个话是不对的'，就成为否认'机械比人强得多了'这句话了。不是和你的原意正相反背吗？因此，我替你把'这个话是不对的'提前；把'机械比人强得多了'移后,作为叙说机械的好处的总冒。你的原稿叙说机械的好处连用两个'又'字,累赘而没有力量。试辨一辨看,说'做起工作来比较敏捷、准确、有力到不知多少倍'是不是好一点?"

"唔,好一点。——不止好一点,好得多了。"

"第三、四、五三段都是说人只有什么、只能怎样,而机械远胜于人;所以这三段的形式应该相同,都得用一个'转折连词',现在我一律用了'但是'。话语我都替你改得简炼了。第三段的说法尤其要注意,似乎比你的说法稳健了,你觉得吗?还有,'同时'和'一同'意义相近,叠用在一起便是毛病,单用'同时'好了。"

"第六段的第二句你用了一个很不适当的'副词',便是'前前后后'。我们说'前前后后围着河道',或者说'前前后后都是敌兵',可见'前前后后'是一个表示方位的'副词',在这里是用不到的。你原来是顺次的意思,为甚么想不起'顺次'这两个字来呢?"

"经你说破,我也知道应该说'顺次'的了。可是当初脑子弄昏了,无论如何想不起这两个字来。"

"你写自动车床的动作,没有把先后的次序提清楚,就好像各种动作是同时并作的了。你看我替你加上了'先是'、'接着'、'于是'、'这就只剩末一步的工作了',不就把各种动作的次序说明白了吗?你昨天说,自己觉得没有说明白,原来毛病就在这些地方。"

"不错,照你替我改的看来,就很明白了。"

"第六段的末了是一句含糊的句子。上面说'这些动作快得很',下面为甚么忽然说到了'眼睛'?又为甚么说到了'眼睛'的快慢?粗粗看去,意思是可以懂得的,越加细想便越糊涂了。现在我替你加上了一句'我们在旁边看',点明白是去看这些很快的动作,然后接上去说'眼睛',便不嫌突兀了。'眼睛总跟不上车床的动作'和'眼睛的动作总没有车床那样快'意义相同,但前一个说法用了'跟不上',话语就比较灵活有趣味了。"

"第七段仍旧说自动车床,所以我把'这架机械……'这一句提在前头。其余都是些小改动。第八段的'不能的'可以省去,因为这种反问无须乎回答,谁都知道'不能的'了。"

"末了一段说我们工人把螺丝杆拿开去,并不切当,我替你改为'收拾起来'。前一个'反而'是多余的。'老手'改为'熟练',似乎意义周密一点。末一句也犯噜苏的毛病,照我这样说,已经很明白了。"

宋有方索性坐了下来,把稿纸铺在桌子上,埋着头反覆细看,回味乐华所说的一切。歇了好一会,才抬起头来,热望地说:

"隔几天我再作一篇请你修改,可以吗?"

"当然可以,"乐华亲切地握住宋有方的手。

青纱一般的月光披在他们两个的肩臂上。

二十五、读书笔记

星期六下午第一时上课钟已经打过,第一中学图书室门口这里那里三五成群地聚立着三十个光景的三年级学生。图书室面前的梧桐已落尽了,葵扇样的黄叶不时飘打到瓦檐上,再翻下庭间或廊间水门汀上,"的搭"有声。一群男女青年浴着无力的太阳光,把头齐向着教员宿舍的总门。各级的教室中远远地传来了点名和开讲的声音。

"王先生为甚么还不来呢?"锦华把方才从地上拾起来的梧桐叶拈动着自语。

"也许在找寻管图书室的张先生吧。此刻原不是图书室开放的时候。"大文说。

锦华和大文的交口,在知道他们的过去的人都觉得惊奇,大家都把盼待王先生的目光转移到他们身上来了。慧修却故意离得远远地,暗露微笑,深喜自己苦心的不空费,原来她曾以好意背了锦华的约束,将锦华的新诗告诉过大文,日来在二人中间颇尽了疏通之力的。

不一会,王先生果然邀同了管图书室的张先生从教员宿舍中急急地出来了。张先生取出钥匙开了门,就招呼大家进图书室去。

新近,王先生把作文的时间分出一半叫学生试写读书笔记。读书笔记在这级学生们尚是初试,昨日,第一次的笔记簿发还时,王先生认为样子不像，约定今日大家到图书室去上课，来实际说明关于读书笔记的种种。图书室原是学生们常去的，在里面上课的事，却从未有过，因此大家更觉得高兴得很。大文锦华走进图书室的大门时，彼此面面相觑，似乎感慨多端的样子，他们为了怕引起往事的枨触，已有大半年不踏进这两扇门了。

全体在长长的阅览台旁围坐以后，王先生从衣袋中取出预先写好的书单子来，和张先生两人向书架上去检书，一霎时，王先生的座位前堆满了许多的书册子。王先生从书堆里取出两部书略加翻动。大家凝视着成堆的书册，静待王先生开口。

"现在先讲笔记。古今人所作的笔记，真是数也数不清，仅就我们图书室所备的说，已有一二百种了。书名有的就叫甚么'笔记'，有的叫甚么'随笔'，有的叫甚么'录'，有的叫甚么'钞'，此外还有别的名目。这些笔记，普通都是作者有所见到，随时写录，有的记述见闻，有的记述自己的感想，有的记述读书心得，内容非常复杂。这里有两部极普通的随笔，一部是清人梁绍壬的《两般秋雨庵随笔》，一部是清人姚元之的《竹叶亭杂记》，你们看，其中就是甚么都有的。其中我折着的几页，都是以书本为对象的，可以说是读书笔记了。你们大家传观吧。"

王先生说着，把几册《两般秋雨庵随笔》交与坐在他左旁的志青，又把几册《竹叶亭杂记》递给坐在他右旁的振宇，叫他们顺次传阅。自己仍俯下头来把堆在面前的书抽来一本一本地急急翻动，或把书角折叠。

学生们一一传阅，不一会那两部书又回到王先生面前了。

"笔记的性质与样式，大概已明白了吧。现在再来专讲读书笔记。方才说过，普通笔记之中有关于读书心得的记述，这可称为读书笔记。笔记书类之中，尽有不记别的，专记读书心得的。这种纯粹的读书笔记数量也着实不少。比较古的有宋人王应麟的《困学纪闻》。这里面全体是一条一条的读书笔记。古人所读的书不外经史子集，所以他们所写的笔记，当然都是关于古典的东西。你们未曾多读旧书，看了也许不感兴味。但其中有一部分也很浅易，你们可以懂得。"王先生说着，把一本《困学纪闻》翻开方才折叠了的一页，指示给在左旁的志青，叫他们顺次传阅。

大家看时，那是其中很短的一条：

> 古以一句为一言。《左氏传》：'太叔九言（定四年）。'《论语》：
> '一言以蔽之，曰思无邪。'秦汉以来，乃有句称。今以一字为一言，
> 如五言六言七言诗之类，非也。

一本《困学纪闻》回归到王先生手里以后，王先生又取过几册别的书在一处，继续说道：

"《困学纪闻》是一部比较古而有名的读书笔记，方才给你们看的这条是讲'句'与'言'的分别的。《困学纪闻》以后，读书笔记有名的有杨慎的《丹铅总录》，顾炎武的《日知录》，赵翼的《廿二史札记》，王鸣盛的《十七史商榷》，王念孙的《读书杂志》，王引之的《经义述闻》，钱大昕的《十驾斋养新录》。此外还有很多很多。其中有专就'经史子集'四部的老分类法专攻讨一部的，如赵翼的《廿二史札记》，王鸣盛的《十七史商榷》，就是只关于史的笔记，王引之的《经义述闻》，就是只关于经的笔记。更专门的还有只关于一经一史的笔记书。现在且以王念孙的《读书杂志》与赵翼的《廿二史札记》为例子，大家来读一节，看看样子吧。"

王先生取一本《廿二史札记》翻开那折了角的一页，交给志青，又将一本《读书杂志》翻出一页来指示振宇，叫他们左右传阅。自己立起身来去和张先生谈话。

在《廿二史札记》里，王先生所指给大家看的题目是《唐人避讳之法》的一条。

> 唐人修诸史时避祖讳之法有三：如虎字渊字或前人名有同之者，有字则称其字，如《晋书》公孙渊称公孙文懿，刘渊称刘元海，褚渊称褚彦回，石虎称石季龙是也。否则竟删去其所犯之字，如梁书萧渊明萧渊藻，但称萧明萧藻，《陈书》韩擒虎但称韩擒是也。否则以文义改易其字，凡遇虎字皆称猛兽。李叔虎称李叔彪，殷渊源称殷深源，陶渊明称陶泉明，魏广阳王渊称广阳王深是也。其后，讳世为代，讳民为人，讳治为理之类，皆从文义改换之法。

在《读书杂志》里所指定的是荀子中的"不立"一条。

"君子疑则不言,未问则不立。"念孙案:"立"字义不可通。立亦
当为言。(下文"未问则不立"同)"疑则不言,未问则不言。"皆谓君
子之不易其言也。《大戴记曾子立事篇》:"君子疑则不言,未问则不
言。"此篇之文,多与曾子同也。隶书言字或作音,(若詟作詧詹作詹
詟作善之类皆是)因脱其半而为"立"。(秦策:秦王爱公孙衍,与之
间有所言。今本言讹作"立")杨曲为之说,非。

大家看了,文字内容都尚能懂得,可是因为佩服前人读书的炯眼,好
比乡下姑娘见了大家闺秀,自愧相差太远,各人都不免露出"望洋兴叹"
的神情来。

王先生又捧了一大叠的书出来,除线装书之外,还夹着几本新的洋
装书。

"怎样?方才我所指出的几条,你们是看得懂的吧。——古人所作
的读书笔记,普通都是关于经史子集的。另外还有一种,是专关于诗词
的,叫'诗话'或'词话',这也可说是读书笔记。词话不多,古今人所作的
诗话数量却不少。这里有一部《苕溪渔隐丛话》,是比较古而有名的东
西,我指出一条给你们看吧。"王先生翻出一条来,指示志青,叫他依次传
递过去。

那是《苕溪渔隐丛话》前集卷二十七中的这么一条:

鲁直诗云"黄花晚节尤可惜,青眼故人殊不来"与魏公"且看黄
花晚节香",皆与黄花用晚节二字。盖草木正摇落之际,惟黄花独
秀,故可用此二字。

这条笔记的内容与文字比较浅易,大家自然更没有甚么困难了。

"读书笔记的式样与轮廓,应该已懂得了吧。这类的笔记,现代人作
的也很多,不过大概都收在文集里,不是单行本罢了。这里有周作人的
《谈龙集》,俞平伯的《杂拌儿》,和胡适的《胡适文存》,其中就有许多关于
读书的文字。你们但看目录吧,如《谈龙集》里的《旧约与恋爱诗》、《摆伦
句》、《杂拌儿》里的《孟子解颐零札》、《长恨歌及长恨歌的传疑》《胡适文
存》里的《尔汝篇》、《吾我篇》、《诸子不出于王官论》,但看题目,就可知道
是属于读书笔记的文字。"王先生说着,把方才取来的几部新式的洋装书

的目录递给大家看。

外面已打下课钟，王先生说不休息了，叫大家任意取台上的书翻阅，看看各种书的卷数和式样。随后他亲自把书一种种地叠好，叫大家相帮着去送还张先生。到第二班上课钟响时，台上已一本书都没有了。

"你们看了方才这些读书笔记，觉得怎样？"王先生待大家围坐了以后这样问，说时把目光向各人遍转。

"我觉得我们从前没有把笔记和读书笔记分清楚，大家在笔记簿上所写的，有许多都是与书无关的，或是极浅薄的空谈。今天看见了这些真正的读书笔记，式样是已经懂得了，可是这种笔记我们恐怕尚不配作，因为我们读书太少了。"慧修说。

王先生略微把头点了一点，说道：

"看了前人的读书笔记的精严，知道自己的所作的不合式，这是对的。但因前人读书笔记写得好，自己怕难，说不配写，这却大可不必。前人所读的书和你们中学生所读的不同。你们有你们的书在日日读着，如果你们的读书不是浮光掠影的，必能随时有所见到，把见到的写出来，就是你们的读书笔记了。读书要精细，才能写得出读书笔记，反过来说，试写读书笔记，也就是使读书不苟且的一种方法。我的叫你们试写笔记，用意大半在此。"王先生说。

慧修听了王先生的话，俯首似在沈思。其余的人也噤不开口。

"请王先生给我们讲些具体的例子，我们还不知道甚么材料是值得写笔记的。"振宇说。

"好！"王先生说。"笔记的材料，可大可小，小的只着眼于字或辞，如方才《困学纪闻》中的一条，只说'言'字与'句'字的区别，《读书杂志》中的一条，只论断'立'字是'言'字之误，《苕溪渔隐丛话》中的一条，所论的亦只'黄花'与'晚节'两辞类的关系。至于《廿二史札记》中的《唐人避讳之法》一条就不同了，那是就了避讳的一件事，整个地加以考察，把唐人所作的史书全体网罗起来加以论断的，范围就大了。你们平日阅读的时候，可加探讨的事项其实是很多的。例如，你们已知道'所'字的意义了，但'所'字有几种用法，你们知道吗？如果能够随处留意，遇到新的用例，归纳起来,不是一条很有意义的笔记吗?又如,有些文章读起来觉得雄健,有些文章读起来觉得柔婉,你们是知道的,但怎样才会雄健,怎样才会柔婉,这条件你知道吗?如果能把这关心,去多读雄健或柔婉的文例,发见出若干法则来,不是很好的笔记吗?又如,你们是喜欢读小说的,小说开端和结末几行的文字,作者往往费过许多苦心才下笔。你们看过许多小说了,开端或结末共有多少写法,也不妨当作笔记写记出来。又如,你们读了某篇文章,某首诗或词,觉得其中有几句是好句,如果你们能说出其所以好的理由,写出来也是笔记。此外如阅读时对于书中的话有疑点,或与你们自己的生活有可相印证的时候,也都不妨写记出来。读书笔记的材料随处都是,大家尽可随意选取,决不愁没有的。"

"经王先生这么一说,我们已知道着手的方面了。可是我们学识有限,这样写记出来的东西,也许都是别人说过了的陈套哩。"复初说。

"这不要紧。只要你的见解不是钞袭别人,完全出于自己思索的,那与人家说过不说过毫无关系。写笔记的本意,原为了自己记述读书的心得与研究结果,以备将来的查考与运用,并非像书简或传单似地豫备给人看的。自古以来,读书笔记当作书籍刊行的原很多很多,可是写作者当时的目的决不在乎刊行。你们是中学生,写笔记只是一种学习,当然不必以发明发见自期。你们不是在学习代数与几何吗?我告诉你们,那里面无论任何一个公式、一个定理、一个问题,都是数千年的陈套,都是人家早已知道了的东西啊。哈哈……"

王先生的话引得大家都笑了,复初也自己觉得可笑起来。室中的空气因此松了许多。

"读书笔记是读书时的一种判断,似乎应该用了作议论文的态度去写。不知道对不对?"大文问。

"对!对!"王先生点头。"议论文照例是须有证据的,不能凭空瞎说。方才给你们看过的四则笔记,都引着两个以上的例子作凭证,例证愈多,论断就愈精当。你们第一次的笔记所以不好,大半就是因为没有例证。你们之中有好些人只把读过的书摘钞了几行或是几句,说很好或很不好。你们想,这有甚么意义?"

一座的人都又笑起来了。

王先生待大家停了笑,又继续说道:

"读书笔记虽是议论文,全体却须简洁,和普通的议论文不同。读书笔记不须词藻修饰,以简短朴实为宜。除了论断、理由、例证以外,不必多说无谓的话。这是你们看了方才所举的几个例子,也可知道的。"

学生们正听得起劲,忽然门外传进了"王先生"的叫音,接着是下课的钟声,"那里不寻到! 原来在这里。王先生,电报!"号房气喘喘地跑进来说。

学生们正豫备退去,听到"电报"二字,以为王先生有了事故了,暂时都立着不走,目光齐向王先生注视。王先生拆开电报看毕,见学生们都现着不安的神情,笑说道:

"没有甚么。是一个在福建教书的亲戚发来的,说已出战区,不久就回来。自从福建事变以来,我很挂念他,现在总算放心了。唉,在中国差不多每年要逃难,怎么好啊! ——这位先生是研究修辞学的,有机会时,我想请他来讲演一次呢。"

二十六、修辞一席话

王仰之先生邀他的亲戚赵景贤先生来校对三年级学生作关于修辞学的讲演,已是学期试验快要开始的时候。时间是授课最末一星期的星期四下午三时,地点就在三年级教室。

自从前数日王先生在授课时报告这消息以后,学生们就非常高兴,巴不得这日期快到。有些学生且到图书室去借阅关于修辞学的书类,以期收得豫备知识,听讲时可以格外容易了解。

届时,王先生陪了赵先生到教室来了。学生全体起立致敬。王先生叫志青复初二人担任记录,说了几句介绍词,就请赵先生讲演。

这位赵先生年龄和王先生差不多,朴素的衣服,和蔼的神情,一望就知道是个好教师。他开端说了几句谦虚的话,又说自己才从战地归来,心绪未宁,恐讲不出好成绩来,继而就讲到本题上去。他先取粉笔在黑

板右端写了"修辞学"三字,说:

"修就是调整,辞就是语言,修辞就是调整语言,使它恰好传达出我们的意思。事情极平常,可以说是日常茶饭事,同时,亦极切要,和吃饭喝茶一样,是我们大家早晚不能缺少的。"

"所谓调整语言,乃是依照了我们的意思去调整。我们所想发表的意思有如不同,被调整的语言也便该有不同,假如世间有千千万万的意思,照理便该有千千万万的调整方式。我们只好随机应变,不能拢统固执。不过许多小异之中,也尽有大同的成分存在,倘若除去小异抽出大同,也未始没有若干条理可讲。所谓修辞学,便是在依照意思调整语言这一件事情上面,把那千千万万具体的说话与文章中的千千万万小异抽去,将一些大同抽出来详加研讨的学问。简略地说,就是说述依照意思调整语言的一般现象的一种学问。"

赵先生说到这里,略一停顿,在黑板上加写了"消极修辞与积极修辞"数字。随又继续说道:

"方才所讲的是修辞学的意义,以下再讲修辞学的本身。"

"作文或说话,普通总不外两件事:一是'说甚么',一是'怎样说'。'说甚么'就是内容,'怎样说'就是形式或方法。内容与形式或方法,其实不应分开来说。'说甚么'与'怎样说'有关系,'怎样说'与'说甚么'也有关系。从修辞学看来,'怎样说'处处都得依据了'说甚么'来确定。假如说的东西是抽象的,知识的,如诸君所学习的算学之类,那么只要说得明明白白,没有不可通、不可解之处就可以了。这时的注意,几乎整个都在乎语言文字的意义,但求意义上没有毛病,这在修辞学上叫做消极的修辞。假如说的东西是具体的,情绪的,例如我想把这次自己在福建逃难的情形写成一首诗,那就不但要把意思说得很明白,还要把情景说得很活现,当运用语言或文字的时候,不但须消极地把意义弄正确,还须把语言、文字的声音乃至形体也拿来运用。情景有感觉性,是意思的感觉的要素,语言、文字的声音或形体也有感觉性,是语言、文字的感觉的要素。形容战地人民的恐慌,从来有'风声鹤唳草木皆兵'的名句。这句子的所以为名句,就因为不抽象地说恐慌,利用周围的情境风、鹤、草、木等等的缘故。至于语言、文字的声音与形体,运用得适当,更有利于表现。'风萧萧兮易水寒','风飘飘兮吹衣',这两句古文句,诸君是知道的吧。一句很悲壮,一句很闲适。同时从风说起,所以如此不同者,不得不说和'萧萧'与'飘飘'的声音有关系。这是就了声音说的。至于形体,范围更广,凡句语之构造、排列以及文体的选择等皆是属于形体的事。这样利用了感觉的要素,积极地使所说、所写的语言增加力量的事,在修辞学上叫做积极的修辞。"

赵先生说到这里,又把话暂停,取了粉笔回头在黑板上续写"两种修辞方式的用处"一行。再重新开始他的讲演:

"消极修辞与积极修辞的区别,想诸君已明白了。这两种修辞方式用处是不同的,我们如果有意于修辞,首先不能把这两种手段用错。同是一个字,在只可用消极手段的如算学之类的文语中,只能呆板用,而在可用积极手段的如诗歌及其他的文语中,却可灵活用。例如一个'千'字,在算学中一定是比九百九十九多了一,比一千零一少了一,决不是九百九十九,也不是一千零一。而在诗歌中说'千山万水'的时候,则并不能像这样一般看。我们平常说'千不该万不该'的时候,也如此。这所谓'千',只是表示多的意思而已。因为'千'比'多'较具体,所以就用'千'来代'多'了。这种方式在说具体的、情绪的东西的时候,只要不妨碍意思的明白,是不妨用的,可是在以明确为主的如算学之类的文语中,却绝对不能用。这是修辞学上的大条理,非首先遵守不可的。"

赵先生又把话暂停,回头去写黑板了。他的讲话步骤精严,条理不乱,很能吸收学生的注意力。全室中的三十多个人头没有一个转动的,大家只是眼看着黑板上新写好的一行"积极修辞与情境"静待再听。

"以下应该讲修辞的各种方式了,"赵先生继续说道。"修辞的方式,普通叫做辞格,很多很多,如甚么拟人格咧,层递格咧,一一列举,不但不胜其烦,也难得要领。我在这里想对诸君提出情境二字。修辞在一方面固然与所说的事情有关系,在一方面也与说那事情时所感受到的情境有关系。这情境二字包含很广,不只所说事情的形相、环境包含在内,就是说者与听者的关系以及说者所居的地位、所处的时代、所有的心情乃至说话的上下文的关系也都包含在内。情境与修辞,关系非常密切,不论在消极修辞或积极修辞。诸君所用的算学书,不是用现代语写的吗?这也不外乎是顾到情境的一种现象。因为写的、看的都是现代人,用现代语比较明白的缘故。算学书之类,性质是抽象的、知识的,所注意的只是消极修辞,利用情境之处尚有限,与情境关系最多而最可利用的当然是积极修辞。"

"积极修辞中所用的各种方式或各种的格,都以适合情境为条件。换句话说,就是应看情境而运用。譬如我们对于尊上的人说要死应说甚么'不可为讳',在绅士社会里说小便、大便处便要说甚么'盥洗室'、'更衣室',在病院里说陈尸入殓处要说甚么'太平房',这种说法在修辞上叫做'讳饰格',是在难言或不便明言的情境中自然发现的一种修辞方式。反之,因了情景可以放言无碍的时候,我们又会用张大其辞的说法。说小会说甚么'渺沧海于一粟',说长会说甚么'白发三千丈',说难会说甚么'比骆驼穿孔还难',说易会说甚么'如反掌'了,这种说法在修辞学上叫做'铺张格',和方才所说的'讳饰格'情形恰恰相反。甚么情境之下该讳饰,甚么情境之下可铺张,不可弄错。对赤脚的农民说便所为'更衣室',在身体检查单上写'白发三千丈',便可笑万分了。"

赵先生的话引得大家都哄笑起来。赵先生把话暂停了一会,待大家止了笑又继续道:

"修辞学上的辞格,名目繁多,无一不以情境为条件。如果能着眼于情境,不一一在琐碎地方讨究也可。这些辞格之中,有许多是相共通、相关联的。例如方才的'铺张格',所谓铺张,就是张大,张大是就这种说法的作用说的。有时作用相同,构造可以不同,辞格的名目也就改变了。'白发三千丈'就作用说是铺张,构造却不过是平常的句法,即所谓平句。至于'如反掌',作用也是铺张,就其构造说,却属于修辞学上另外的一种方式。这种方式叫做'譬喻',也是我们说话、写作的时候常用的。如'犹火也','乱如麻',通常句中都用着'如''犹'等字以表示两种事物的相像,使听者、读者可因了较亲近、较熟悉的另一件事物领略某事物的状况。有时太过明显,将这'如''犹'等表示相像的字略掉也可。例如,我这次在福建逃难,如果把情形写记出来,也许会用到'枪林弹雨'的话。'枪林'就是'枪如林','弹雨'就是'弹如雨',可是'如'字已略掉了。虽没有'如'字,人家也决不至误解枪真作怪而成林,弹真变异而为雨。在不至误解的情境中,有时更可省略,单把譬喻留着,将本文完全略掉。如说这次内战为'阋墙',便是最简省的譬喻的说法。修辞学上对于这三种譬喻,各有各的名目。如上文有'如''犹'等字的叫'明喻格',略掉'如''犹'等字的叫'隐喻格',像最后一个省至无可再省的叫'借喻格'。"

"辞格名目繁多,其间互相共通关联的情形,因了方才的话,想可明白了。现在再来讲一个关联的例子。方才所讲的譬喻,目的在'以其所知喻其所不知',是使人于两种事物之间认识相似之点,感到一种调和的。与调和相反的还有对比。调和的作用在叫人发见同点,对比的作用在叫人发见异点。把相反的事物放在一起说,使它们交映成辉,事物的异点就分外显出了。这种修辞方式叫做'映衬格'。例如说'君子喻于义,小人喻于利','君子和而不同,小人同而不和',这样把君子和小人对照起来说,就可叫人看清分别,不致混同了。"

赵先生讲到这里,又拿起粉笔来在黑板上接写"几种常用的辞格"一行。把"讳饰""铺张""明喻""隐喻""借喻""映衬"这几个名目也附注在旁边。接续又另行写"作风"二字,说:

"修辞学上的辞格名目繁琐得很。依据了情境,用了共通关联的眼光去看,不难得到要领的。修辞学还应讨论到作风,现在要就作风来谈谈。作风也称风格,诸君读别人的文字,不是感到情味不同吗?有的觉得读去很松快,有的觉得读去很诚挚,有的觉得幽默,有的觉得冷酷。这种不同,就是作风的不同。作风是甚么呢?"

"我们平常说话、作文,总有内容,这内容二字,范围可以狭,可以广。如果包得狭,单指所说的事情,如果包得广,便连方才所说的情境也包括在里面。譬如我今天对诸君讲修辞学,诸君于受到修辞学的知识以外,还会收得许多东西。我的讲话的态度、姿势、口气等等也都可以和修辞学的知识同时被吸收到诸君的心目之中吧。同样这几句话,今天如果换一个人来说,在诸君心目之中的印象也许会不同吧。这就是作风的不同了。作风可以说就是说话者的风度的表出,是在生活上、品性上有着很深的根源的。没有深刻的生活,决不会有深刻的作风,没有幽默的天性,决不会有幽默的作风。生活——日常的或学术的——从作品讲是作品的源头,从修辞的技术讲也是修辞技术的源头。从这源头上着力,才算不是舍本逐末的努力。"

赵先生愈讲声音愈高起来。讲到这里,又回转头去拿起粉笔来大大地在黑板上写道:"一般人对于修辞的误解。"

"寻常讲到修辞,总以为就是雕琢粉饰一类的玩意儿。这是一个严重的错误。我国古来有许多文人从事袭用词藻,在文字的表面形式上用功夫,其实只是所谓雕虫小技而已。五四以来的文学运动,在消极方面所做的就是破除这一类的玩意儿。这工作表面上是消极的,实际却是积极的。正像反对女子缠脚一样,看似消极的,对于女子身体的健全与健康却是积极的。诸君是初中三年生,初中并无修辞学一科。我今天所讲的只是一个大略的轮廓而已。这些大略的知识,也许可以助诸君读书时的理解与鉴赏,供写作时的参考与运用吧。但希望能致力于生活上的修养,从生活的根源立脚来做修辞工夫,切勿误信说话与写作可以雕琢粉饰取胜的。错误的修辞见解,古来固然多,现代也不少。正如古来女子有三寸金莲、现代女子有高跟皮鞋一样。"

天已快晚,赵先生的讲演就在笑声与拍手声中结束了。

二十七、"文章的组织"

初春的一个星期日的下午,第一中学的会堂里坐着满堂的听众,都是男女学生。讲台上并坐着三个评判员,靠左的一个便是王仰之先生。这天是演说竞赛会的会期,与赛的有 H 市几个中学和邻近四五县的中学,每校推举代表一人参加竞赛。第一中学的代表是周锦华。经过了校内的预赛,锦华的成绩最好,她就充当了代表。这在第一中学里是一件非常兴奋的事,大家希望她得到优胜,所以大多数的学生都到场来听。此外的听众便是别校的学生,他们也不乏好胜之心,个个怀着站在运动场旁边观战的情绪，凝着神思静听演说员的话，谁也不肯放过一个音、一个词儿。

一个男学生演说《我国的前途》收了场，便轮到锦华了。她的题目是《文章的组织》，早经写在讲台旁边贴着的纸上，大众都已看见。待她从第三排座位上站起，轻快地走上讲台的时候，一阵轻轻舒气的声音霎时浮起，一会儿便又回到寂静。锦华穿着阴丹士林布的长袍，新式的裁剪，窄而长的袖口，抹到脚背的下摆，给与人一种朴素而雅洁的印象。她鞠躬之后，眼光承受着全堂听众的凝视，不慌不忙开口道。

"我选定这一个题目，想说一些关于写作方面的话。写作这一件事情，在座的诸位同学和我一样，正在逐渐逐渐地修练着。我不比诸位同学会得多，知道得多，那是不用说的；可是从前人说的，'愚者千虑，必有一得'，我愿意把'愚者'的'一得'贡献给诸位同学，作为修练时候的参考。这一点微薄的诚意先要请诸位同学鉴谅！"

"在说到我这个题目以前，有一层必须先行提及的，就是：写作是生活中间的一个项目，并不是随便玩玩的一种游戏。这一层很关重要，必须认清。认清原也并不难；譬如说，作工是生活中间的一个项目，或者说，说话是生活中间的一个项目，谁都觉得是当然之事；写作同说话、作工一例，它也是生活中间的一个项目自然没有问题。可是，有一批人把写作的性质认错了，他们以为这是生活的一种点缀，好比这会堂中挂着的柏枝和万国旗；他们忘记了写作便是生活的本身，所以没有甚么意思、情感的时候，也可以提起笔来写作长篇大论，有了甚么意思、感情的时候，又可以迁就格式，模仿老调，把原来的意思、情感化了装。总之，他们对于写作不当一回事，不用真诚的态度去对付，只看作同游戏差不多的玩意儿。这样认错了的人历来都有。他们对于写作方法自有他们的专门研究。在我们，这等专门研究是无所用的。我们为要充实我们的生活，所以必须修练写作的技能；在这样的情形之下，对于写作方法的研究非从实际生活出发不可。惟有这样，研究得来的结果才有用处，才会增进我们写作的技能。"

"我的题目中用了'组织'这一个词儿。许多人聚在一起，共同办一件事,派定甲担任这一项职务,派定乙担任那一项职务,所有的人都派定了,都有了适当的职务可做,这叫做'组织'。某君要在多少大的一块空地上盖一所房子,那所房子必须有一间客室、一间书室、两间卧室以及其他应用的房间,他托建筑师替他打图样,建筑师依着他的嘱咐打成图样,把他所需要的房间配置得很适宜,这叫做'组织'。一篇文章犹如一个团体,每一节就同团体中的每个人一样,都应该担任相当的职务。一篇文章犹如一所房子,每一节就同整所房子中的每间房间一样,都应该有它的适宜的位置。所以,写作文章必得讲究'组织'。"

"一篇文章可以比做一个团体、一所房子,就因为它是一个独立的单位。一串的意思、情感和其他的意思、情感不相连系,可以自管自地发表出来,这就是一个独立的单位。譬如,讲到这所会堂要用许多的话,这许多的话自成一个单位,和讲到某座山、某个城镇的话不相连系;议论抗日应该取甚么步骤要用许多的话,这许多的话自成一个单位,和议论某人做某事对于他自己有没有益处的话不相连系。这自成一个单位的许多话如果用言语来发表便叫做'一番话'或者'一席话',用文字来发表便叫做'一篇文章';所以称为'一番'、'一席'以及'一篇',无非表明这是一个单位罢了。晚饭过后,炉火旁边,家庭中间的随便谈话是不成为一个单位的:母亲说起姑母那里好久没有来信了,弟弟说起邻家的猫生了四头小猫,父亲忽然提及某个同事的趣事,姊姊又抢着说她的衣衫太背时了,这简直可称为'话语的杂货摊'。还有,怀中杂记册上所记的各条是不成为一个单位的:第一条记着明天下午三点要赴某君的约会,第二条记着一个感想,'瘠瘦的老头子拖着人力车跑,正是我国农民担负着国命的象征',第三条记着一个同学的通信址,第四条记着某君相规劝的一句话,这简直可称为'文字的百衲衣'。当随便谈话的时候,固然无须乎组织,多说几句无妨,少说几句也不要紧;当写怀中杂记的时候,同样地用不到组织,每条和前条、后条全无关联,形式也简略到极点,只须自己看得明白就是了。但是,凡自成一个单位的意思、情感,无论用言语或者文字来发表,就必得讲究组织。讲究了组织,发表出来的才是个健全的单位,能使听者、读者满意,同时也使发表者自己感到快适,他正发表了他所要发表的。譬如我今天到这里来演说,整篇演说辞自成一个单位,就得在预备的时候先做一番组织的工夫。如果我不先做这一番工夫,仅仅怀着一腔杂乱的意思跑上台来,前言不搭后语,记起一句说一句,一会儿说这一层,一会儿说那一层,不将使诸位同学听得莫名其妙,因而疑心我或许在做白天的梦吗?"

满堂听众轻快地笑了。锦华乘此舒一舒气,把垂到右眉前的头发掠到耳朵背后去,略微提高一点声音继续说道:

"关于文章的组织,我国向来的说法就很多,其中比较繁密的,有分为'起、承、铺、叙、过、结'六个段落的组织法。西洋在很早的时代,盛行着'序论、立论、论证、结论'四个段落的组织法,那是指议论文章而言的。佛教学者写文章分为三个段落,便是'序分、正宗分、流通分'。这些组织法的由来当然也根据着说话、作文的经验;但是,如果认为一定的公式,凡说话、作文都要合上去,那就反客为主,不是我们说话、作文,却是让文章公式拘束我们的说话、作文了。所以我们尽可以不管这些组织法,单从平日的生活经验讨究应该怎样组织我们的文章就是。这样讨究出来的结果不是公式而是原则;原则却是随时随地可以应用的。"

"根据平日的生活经验来讨究,那末,组织文章的原则,说起来也很简单、寻常。就同我今天到这里来演说一回一样,只要解决了'怎样开场、怎样说出主要的意思、怎样作个收束'这三个问题,再没有旁的事情了。换句话说,组织文章的原则只有三项,便是'秩序、联络、统一'。把所有的材料排列成适宜的次第,这是'秩序';从头到尾顺当地连续下去,没有勉强接笋的处所,这是'联络';通体维持着一致的意见、同样的情调,这是'统一'。这样,写出来的文章即使不怎样好,至少是的确可以独立的一个单位,至少是不愧为名副其实的'一篇'了。"

"一般写作文章的人,从他们的组织方法看去,大概可以分为三个流派。一派是就意念的次第信手写着的;一派是拘守着公式,把自己的意念像填表格一般填进去的;第三派呢,是把怎样起讫、怎样贯穿先作个大体的规定,然后一步一步写下去的。第一派实在是无所为组织;意念萌生的次第不一定有条有理,如果把未经整理的意念照样写出来,他们的失败就无可挽回了。第二派有形式整饬的好处；然而这样的倾向太过利害的时候，就不免有刚才我所说的反客为主的弊病。第三派比较上最为妥当，他们有第一派的活动而不如第一派的纯任自然，有第二派的审慎而不如第二派的拘守成规；他们只悬着'秩序、联络、统一'的标准，做他们的组织工夫。像我们中学生，写作文章是生活中间的一个项目，并不是随随便便的一种玩戏，那末，在讲究组织方法这一点上，自然非归入第三派不可。"

"说到这里，听的人必然要问道：请问具体的组织方法怎样呢？换一句说：秩序该怎样排列呢？联络该怎样着手呢？统一该怎样顾到呢？"

"这是无法回答的。因为各人所要发表的意思、情感千差万别，要有了具体的意思、情感，然后有具体的组织方法，凭空是无从说起的。然而也不妨举出一个总方法来，那就是'回问自己'四个大字。"

"回问自己就是具体的组织方法吗？不错，就是具体的组织方法。我们回问自己道：为着要说些甚么才写这篇文章呢？这时候我们自然会回答，为着要讲一件东西的性状，或者，为着要讲一件事情的经过，或者，为着要发表怎样怎样的一种主张。回答有了，同时这篇文章的中心意旨也就认定了。我们又回问自己道：这个中心意旨在我们的意念中间怎样来的呢？这时候我们自然又会回答，从某种因缘引起的，或者，从许多事理、物理中间发现的。回答有了，同时材料的先后排列、段落的互相衔接也就有所依据了。我们又回问自己道：这项材料可能增加中心意旨的力量吗？那样说法可要打消中心意旨的存在吗？这时候我们自然又会回答，能够增加中心意旨的力量的，或者，和中心意旨完全矛盾的，或者，和中心意旨风马牛不相及的。回答有了，同时对于'统一'这个标准也就顾到了。刚才所说的信手写来的第一派乃是绝对不肯回问自己的人物。第二派呢，不注重回问自己，却用了很大的力量去问文章公式。我们第三派与他们都不同：我们不绝地回问自己，就从这上边得到每篇文章的具体的组织方法。"

"回问自己对于组织文章有极大的帮助，如果举一些例子来说，那就更容易使人相信。譬如我们看见一幅很好的图画，想把它记述出来，其时我们回问自己道：记那画面上的景物呢？记那幅画的布局和设色的技巧呢？还是景物和技巧都记？这样一问，中心意旨就决定了。又问道：我们从甚么地方看见那幅画呢？这样一问，不是开端便是结尾的部分就成立了。又问道：如果记景物，那一景、那一物最引起我们的注意呢？如果记技巧，那一部、那一色最受到我们的赞赏呢？这样一问之后，或者准备把最引起注意，最受到赞赏的部分作主，依次说开去；或者准备把这等部分留在最后说，前面先说及那些比较不主要的部分：于是全篇的次第便确定了。"

"这是指记述文而言。我们还可以举叙述文来作例子。譬如，我们今天来参加这个演说竞赛会，事后想把所历的一切叙述出来，其时我们回问自己道：这个会自始至终是怎样经过的呢？这样一问，这篇叙述文的次第就成立了；依照事情发生的先后来叙述，原来是叙述文的最自然的次第。或者嫌完全叙述未免噜苏，又可以问道：那些是一切经过中间的不重要的项目呢？这样一问，可以从略的部分就决定了。或者我们觉得某人的演说特别出色，非把它叙述在最前不可，又可以问道：把某人的演说叙述在最前之后，以下叙述其他的人的演说以类相从呢，还是怎样？这样一问，另是一种次第就成立了。"

"此外作解说文，譬如要说明道德是甚么，作议论文，譬如要主张解放中国必须反抗帝国主义，也都可以从回问自己的方法解决组织的问题。所说明的是甚么？所主张的是甚么？例证是甚么？论据是甚么？反衬的例证是甚么？旁及的论据是甚么？把甚么列在前面最引人注意？把甚么放在后面最具有效果？——这一串问题的答案便规定了《说道德》和《解放中国必须反抗帝国主义》两篇文章的组织法。"

"普通文如此，便是文艺文又何尝不如此？几百个字的短篇如此，便是成千成万的长篇大论又何尝不如此？"

"一篇文章的写成，最要紧的自然是'说些甚么'。这是所谓内容。有甚么可说了，最要紧的是'怎样把它着手组织'。这好像属于形式的问题，但实际上却并非可以这样判然划分的。组织得适当，内容就见得完满、充实；组织得不适当，甚而至于没有组织，那就影响到内容，使它不成一件东西。所以,内容靠着组织而完成,组织也就是内容的一部分。"

"诸位同学,我的话说完了。我的话不能十分显豁,要烦诸位同学想了一想才会明白,这是我的说话技能的缺点,非常抱歉,非常惭愧!"

锦华在拍掌声中回到第三排坐位坐下。旁边的张大文用欢喜的眼光迎接她,看她泛红的双颊比平时格外娇艳可爱,不由得伸过右手去握住了她的左手。

八九个竞赛员说完毕的时候,会堂里已经显得阴暗了。三个评判员随即把个人所得的分数平均,由坐在中间那个秃头短髭的先生站起来作总报告。关于锦华的评判是以下的几句话:

"第一中学的周锦华成绩列在第二。她所选择的题目很切要;她不依甚傍甚么书上的说法,却把自己的体验来告诉人家:这是她的长处。她自己说,她的话不能十分显豁,人家听了,要想了一想才会明白。是的,我们对于她的演说的确有这样的感想。还有,她的演说如果能举一些文章来作例子,必然更使我们感到兴趣。但这一个缺点是可以原谅的。举出来的文章未必为大家所熟悉,这是一层;对听众念诵例子,或许会分散了他们对于本旨的注意力,这又是一层。反正没有多大的效果,那就不举也属无妨。——她的演说。声音很清朗,抑扬顿挫都极自然;姿态毫不局促,目光和手势都能作表达意思的帮助。因此,关于声音和姿态两项,我们都给了她满分。"

二十八、关于文学史

一天晚上,王仰之先生正在那里批阅前一天剩留下来的学生的作文簿,校工走了进来,说"王先生,有信。"王先生接信看时。见封套上写着"周乐华缄"的字样,"他好久没有信来了",这样想着,同时开封抽出信笺来看。

仰之我师:

年初见了一面之后,到如今又是两个多月了。那天因为先生处有两位朋友在座,不能和先生多谈,很觉可惜。我们厂里放假日子少，逢到放假又未必是学校里的假期，所以难得有机会去拜访先生。然而想念先生的心思是差不多时时刻刻都有的。一年半的受教，从先生那里得到的影响太深了。不只读书、看报遇见疑难的时候，会想起如果仍在先生旁边，只须请教一声，疑难立即解决，那是多么愉快的事情；便是工作非常顺利的时候，或者心情上有甚么懊恼的时候，也会想起如果仍在先生旁边，把那些告诉先生，便受到先生的奖励或者安慰，那是多么乐意的事情。自从进厂以来，一年间总是这样想着、想着，恐怕往后去五年、十年，还得照样地这么想着、想着呢。

厂里的情形同去年一样，我每天作工以外，晚上仍旧上训练班的功课。全天计算起来，尚有一点半钟的余暇可由自己去支配使用。近来忽然想读一点我国的文学史，便取各家书局的书目来选择。各家书局都有文学史出版，有几家出版到七八种之多，看他们所撰的提要，没有一本不是"精心结撰之作"。这使我迷惑了，到底取那一种来读好呢？为此特地向先生请教，希望先生提出一两种来告诉我。

学生周乐华。

王先生读罢，想起了甚么似的，昂首凝望窗外点缀着几点疏星的天空。一会儿，把乐华的信放在一旁，继续批阅学生的作文簿。轻轻的风吹进来带着微寒，这种微寒给与人一种清爽的感觉。摆在墙角边圆几上的一盆春兰有三四剪开了，时时有一缕香气打从鼻头边拂过。在这样清静的境界中工作着，心和手都极顺利，还没到十点钟，他已经把十几本作文簿批阅完了。于是喝了一盏茶，起来往回地走了一阵，再坐下去写寄给乐华的回信。

乐华：

读到你的来信，承你时时念着我，感感。

你忽然想读一点文学史，我不知道你的动机是甚么。最近十几年来，很有人提倡阅读文学史，跟着就有人需求文学史，有人编撰文学史。这些人互相影响，于是文学史越出越多，文学史的阅读成为一般的风尚了。在提倡的人自有他们的见地,当然不能一概抹杀,说他们完全没有道理;可是,从实际的效果上看,这种提倡却有引导人家避去了切实修习而趋重于空泛工夫的弊病。曾经在一篇论国文学习法的文章里看到一段话,现在抄给你看。

"普通的学生案头有胡适的《中国哲学史大纲》、《白话文学史》,顾颉刚的《古史辨》,有《小说作法》,有《欧洲文学史》,有《印度哲学概论》。问他读过《四书》、《五经》、周秦诸子的书吗,不曾。问他读过若干唐宋人的诗词集子吗,不曾。问他读过古代历史吗,不曾。问他读过各派代表的若干小说吗,不曾。问他读过欧洲文艺中重要的若干作品吗,不曾。问他读过若干小乘、大乘的经典吗,不曾。这种空泛的读书法,觉得大有纠正的必要。胡适的《哲学史大纲》原是好书,但在未读过《论语》、《孟子》、《老子》、《庄子》、《墨子》等原书的人去读,实在不能得很大的利益。知道了《论语》、《礼记》等原书的大概轮廓,然后去读哲学史中关于孔子的部分,读过几篇《庄子》,再去翻阅哲学史中关于庄子的部分,才会有意义,才会有真利益。先得了孔子、庄子思想的基本的概念,再去研求关于孔子、庄子思想的评释,才是顺路。用譬喻来说,《论语》、《礼记》是一堆有孔的小钱,哲学史中关于孔子的部分是把这些小钱贯串起来的钱索子,《庄子》中《逍遥游》、《大宗师》等一篇一篇的文字也是小钱,哲学史中关于庄子的部分是钱索子。没有钱索子,不能把一个个的凌乱的小钱贯串起来,固然不愉快;但是只有一条钱索子,而没有许多可以贯串的小钱,岂不也觉得无谓? 我敢奉劝大家,先读些中国哲学的原书,再去读哲学史;先读些《诗经》以及汉以下的诗集、词集,再去读文学史;先读些古代历史书籍,再去读《古史辨》。万一必不得已,也该一壁读哲学史、文学史、一壁翻读原书,以求知识的充实。钱索子原是用来贯串凌乱的小钱的,如果你有了钱索子而没有可串的许多小钱,那末你该反其道而行之,去找寻许多的小钱来贯串才是。"

这一段话说得很明白。如果丢开哲学、古史等,单就文学来说,便是先要接触了文学作品,然后阅读文学史才有用处。因为文学史上所讲的以文学作品为主,对于文学作品若还不曾认识,徒然知道一些"作家"哩,"派别"哩,"源流"哩,"演变"哩,便完全是隔靴搔痒的事情。而现在一般人似乎正在干这等隔靴搔痒的事情。只看学校里的考试题目便可知道其中的消息了。"何谓唐宋八大家?""何谓公安体、竟陵体?""五言诗起于何时?""词源于何体?"这些题目都是常见的。其实,一个学生回答得出这些题目,不过有了一点关于文学的常识罢了,这并不足以证明他真个懂得了文学。而这些常识又是工具书上所备载的;一个学生如果回答不出这些题目,他只须翻开《辞源》来一查便知道了。那末,回答得出无异于证明他曾经查过《辞源》罢了。比较起"人体常温为摄氏三十七度"、"居室须常开窗以通空气"那些常识来,这些文学常识便见得毫无实用的价值。倘若破费了好多的工夫,专为求得这样毫无实用价值的常识,可说全无是处。

你平时能够切实修习,未必爱做这等空泛的工夫。我不知道你为甚么想读起文学史来。希望告知,然后再和你商论。

仰之手复。

第三天的晚上,王先生在室内预备明天讲授的功课,校工又把乐华的信送进来了。展开来看,是铅笔写的字,笔势颇潦草,末尾写着"学生周乐华书于清晨号钟未鸣时"。他的信如下:

仰之我师:

昨晚读到赐复,蒙先生详细指导,感极快极。

我想读一点文学史,一层呢,就为要从文学史中间接触历代的代表作品。这不只是扩充知识的问题,以我想来,接触文学代表作品对于精神的修养尤其有关系。而自己去选择代表作品,现在还苦于没有这样的眼力。我看见有几家的书目提要里说,他们的文学史是采辑作品的。如果从这些中间选择一本来读,不就把这一层困难解决了吗?

第二层呢,就是先生复信中所提及的,我要知道一点我国文学的源流和演变。各时代怎么会有各时代的特产呢?每一代的大作家,他们从前代承受了些甚么,他们自己又创造了些甚么呢?关于这等问题,都想知道一个大概,因此,我就预备去叩文学史的门。

先生,我每当夜间课罢,就杂乱地想这样想那样;有时把想到的写在日记簿上,有时想了也就算了。上面说的便是近来想到的,先生看这些意思怎样?

王先生把明天讲授的功课预备好了,又提起笔来写复信如下:

乐华:

你以为文学史里所采辑的必然是代表作品,其实不尽然。我看过几本文学史,只觉编辑者惟贪抄录的便利,就手头的书本随意引几篇罢了。如果认被引的便是代表作品,你就至少会上一半的当。还有些编辑者对于作品的评论,不是说这一篇多么优秀,便是说那一篇多么雄健,这殊不足取,"优秀"和"雄健"都是不着边际的形容词,主观地用来评论作品,叫人家何从捉摸。所以,你要读历代的代表作品,你要体会作品的"真味",与其去求教文学史,还不如去求教比较好的选本。例如:要读诗,就读沈归愚的《古诗源》、曾国藩的《十八家诗钞》;要读词,就读张惠言的《词选》;要读明清小品文,就读近人沈启无的《近代散文抄》。这类选本不像文学史那样对于每家只选一两篇,然而比较起全集、总集来,却已做了一番删繁就简、取精去粗的工夫:这样,正好使你认得那些作家,亲自辨认他们的代表作品。

再说文学的源流和演变,那是不能离开了作品空讲的。这层意思前信已经说过。那些不举作品单作叙论的文学史,原来假定读者对于作品已经有相当的认识了。如果你并没有相当的认识,那末读文学史只能得到一些概念,未免是空泛的工夫。但是你们中等程度的学生确也应该知道一点文学的源流和演变;不过照我的意思,其着手的路径并不是取一本文学史来读,却是依文学史的线索去选读历代的名作。从去年下半年起,我对于这里的三年级就试用这个方法。作品是主脑,同以前一样;我的讲说是辅佐,所讲的就是简略的文学史。这样试了半年多,我觉一班同学读得颇有兴味,而理解上也比较切实。油印的选文尚有多余的,现在检点一份另封寄给你。至于我的讲说,大文他们都有笔记,希望你向他们借来看。看了之后,你或者觉得可以满足你的欲望了,或者还是有点吃东西吃不饱的感觉,都盼你写信来告诉我。

仰之手复。

王先生写罢封讫,便站起来,走到书架子前,检取油印的选文。

从学生的自习室里,传来几个人合唱的歌声。

二十九、习作创作与应用

图画教师李先生因 H 市美术展览会将在春假中举行,急忙把他的大幅油画"母亲"完成,预备送到展览会里去。李先生为了这幅"母亲",曾经过长期间的惨澹经营,中途易稿了好几次。第一中学的师生们对于这幅巨作人人怀着远大的期待。这次听到完成的消息,大家都非常快活,有许多人跑到他房间里去看,李先生为供全校观览起见,把这画移挂在图画教室的墙壁上。这几日来,图画教室里自早至晚人迹不断。上图画课的时候固然有人,不上图画课的时候人来得更多。

画幅有六尺多宽,四尺多高,画着三个人,一个三十岁光景的中年妇人,一个八九岁的小孩,还有一个卧在摇篮里的婴儿。桌子上摆着洋灯书册石版和针线匾,小孩在灯下读书,妇人靠桌子坐着,一壁缝缀着衣服,一壁在用脚踏动摇篮。全幅的布局色彩以及笔致,无一样不妥帖,最动人的是那中年妇人的面容,看去既端庄,又慈祥,还流露着一种说不出的严正与辛苦的表情。看了这幅画,会令人忆起儿时生活的一幕来,觉得这画中的妇人在许多点上是和自己的母亲相髣髴的。学生们都不只来看一次,有些人几乎日日来看,如汤慧修就是日日来看的一个。

放春假的前一日,下午课毕,锦华从图书室借了几本春假中想看的书正预备回家,在廊下遇到慧修,就被拉了到图画教室里去。二人踏进图画教室,见王先生立在画幅前面和李先生谈着话,志青大文振宇和几个别级的男女同学都在围着听呢。

"'母亲'在西洋原是一个老画题。古来曾有过好几张名画,那都是写基督教的圣母的,大都着眼在圣洁庄严的表现。我所想表现的是慈爱与辛苦,完全想写出一个中国式的母亲。中国的家庭制度与妇女地位使做母亲的非备尝困苦不可,因之中国的母亲更不易做。我所想表现的,就只是这一点。"李先生说。

"中国自古就有'母氏劬劳'的话,从来文人写他们的母亲很有许多艰辛的记载。如归有光的《先妣事略》,汪容甫替他母亲作的墓志铭,都写得非常凄怆。至于用绘画描写的却不多见,前人曾有过甚么《灯影机声图记》一类的文字,足见也曾有过这类的绘画,可惜流传下来的只是关于这些绘画的文字而已,绘画就少有人见到了。"王先生说。

"中国原是文字之邦呀。哈哈!"

李先生笑着把目光转移到周围立着的学生们,突然好像记起一件甚么事来的样子,对着慧修道:

"咿呀,去年我把这幅画改稿重画的时候,你曾问我为甚么要屡次改画,我不是答应有机会再对你说吗?"

"是的,我正想有机会时请教先生,为甚么一张画要费去一年多的工夫?怀这疑问的恐不止我一个人吧。"慧修答说,同时用眼去征求同学们的同意。

"这是一个关于创作的问题,请王先生解答吧。文章与绘画原有许多共通之点,我在图画课中也曾替王先生讲过好几次国文功课哩。"李先生含笑说。

学生们都注视着王先生。有几个竟拍起手来。人围聚得愈多愈挤了。

"李先生今日要讨还债了。好!就由我来解答。——这样挤着不好讲话,大家坐下来吧。"王先生挥着手令学生们散开,自己跑到讲台上去。坐位不够,沿壁都立着人。

"问题是:为甚么一幅画改了又改,想了又想,至于费去了一年多的工夫?提出这问题的人,大概以为如果画家每幅要如此,那么一生只可作几幅画,很不经济。对不对?"王先生先向大家反问。

许多听众都点头。

"据我所知,李先生教学生时也曾在数分钟内在黑板上作成静物写生的范画,有时应朋友的要求也常在半小时内画好一把扇子或一张小品,平日自己练习,也曾在一二小时的短期间作完一幅石膏模型或人体的写生画。何尝每幅画都像这次'母亲'样地费去长期间的工夫。方才李先生说文章与绘画有许多共通点,这话很对。我是不懂得绘画的,用文章来作比喻吧。诸君在家里可以于几分钟内写好一张便条或明信片,在课堂上可以于一二小时内完成一篇记事文或说明文议论文,但将来也许会费了一年半载的工夫去写一篇小说、诗歌或别的文章。"

王先生说到这里,取起粉笔来在黑板上写了"应用之作""习作""创作"三个项目。

"文章与绘画都可分这三个项目来讲。先说绘画,李先生在教室中作写生范画,替朋友写扇子,是应用之作;自己练习石膏模型或人体写生是习作;这次的'母亲'是创作。再说文章,诸君的写书信是应用之作;作文课是习作;将来择定了题材自由地无拘束地去写出文艺作品来,便是创作。"

"习作只是法则与手腕的练习;应用之作只是对付他人和事务的东西;创作才是发挥自己天分的真成绩。无论绘画和文章都如此。习作是毕生随时都可做的,每次大概有一定的着眼点,一次习作,不必花过多的时间和劳力;应用之作是对付他人和事务的东西,有他人和事务在眼前,也不许我们多费时间,致与他人和事务有妨碍阻滞;至于创作,全是自由的天地,尽可尽自己的心力忠实地做去,做到自己认为满意了才放手。李先生在黑板上替你们作范画,如果多花了时间,于你们就有妨碍了;可是他画'母亲'即使再多画几年也可以。你们在教室中作文课,如果到了规定的时刻不缴卷,我就要催促责备了,可是你们自己在课外爱写甚么,无论怎样慢,我决不会干涉。因为创作全是自己的事,忠于创作,就是忠于自己。真正的创作决不该有丝毫随便不认真的态度,古来的山水名画家有'五日成一山,十日成一水'的话,左太冲为作一篇赋竟至费去了十年的光阴。创作贵精不贵多,时间和劳力是不能计较的。"

"我对这问题的解答完了,李先生以为怎样?"王先生笑问杂坐在学生丛中的李先生说。

李先生含笑点头不说甚么。学生们因问题得了明快的解释,都露出愉悦的神情,尤其是提出这问题的慧修。

"我们才知道创作如此可贵。请先生再带便给我们说些创作的方法或经验。"杜振宇立起身来要求说。

王先生拭好黑板,方从讲台下来,听振宇这样说,就在讲台旁立住回答道:

"这提议很好,关于创作,应该有许多事情可讲的。可惜我至今尚未有甚么创作成就,让我们请李先生指教吧。他是有过创作经验的人。——李先生,请你发表些意见。"

王先生一壁说一壁向李先生方面走近去。学生们又拍起手来。

李先生也不推辞,就在人丛中立起来说道:

"王先生说得太谦虚了,我曾读过他的诗和小说呢。我的绘画的创作,连这幅'母亲'也不过三四次,够不上甚么创作的经验和方法。姑且对诸君随便谈谈吧。"

"创作是一种创造,其生命就在乎有新鲜的意味。无论文章或绘画,凡是摹仿套袭的东西,决不配称为创作。创作第一步的工夫是发见题材,题材须是有新鲜意味的才值得选择认定。世间的事物,原都是现成的,平凡的,旧有的,所谓新鲜的意味,完全要作者自己去发见。恋爱这一个题材,不知自古以来曾被多少文学家描写过,'花''月'在诗歌里不知曾出现过若干次。能在平凡的事物之中看出新的意味来,这是创作家的第一种资格。我的这幅'母亲',题材不消说是很旧的,西洋早已有许多人画过,他们所画的是'圣母图',我所着眼的方面,却和他们不一样,中国古来关于母亲的文章虽不少,而流传的绘画却不多见,故不失为值得选择的题材。"

"题材的发见,并非一定是难事。能够留心,随时随地都可发见的。诸君每日在街上行走会碰到各种各样的人物和事件,平时读书或独坐,会起各种各样的心念和情感,这种时候,事物的新鲜的意味常会电光似地忽然自己投入到头脑里来。随时把它捉住了就是题材。题材选定了以后,第二步还要使它成熟,无论在读书的时候,看报的时候,听别人谈话的时候,独自散步的时候,都要到处留心,遇有和这题材有关系的事项,一一搜集拢来,使内容丰富,打成一片。这情形正和做母亲的用了自己的血液养分去培养胎儿一样。"

李先生越说态度越紧张,学生们听得比上课还要认真,连王先生也只管目不转睛地兀自在微微点头。

"题材成熟了,这才可以写出。用文章来写,或用绘画来写,都是创作。仅有题材是无用的,要写成作品,就非有熟练的手腕不可。如果一个画画的人有了某个很好的题材,而手腕不够,画起来脸不像脸,手不像手,成甚么话?文章的创作亦如此,题材虽已整备得很成熟很好了,如果他基本工夫没有打实在,文句未通顺,用辞多错误,那末即使写了出来也是糟糕。我方才说过,发见题材并非难事,一般人只要能留心,随时随地都可发见的,可是一般人却不能像文学家画家似地写出像样的作品来,这就是因为一般人未曾预备好创作上所需要的手腕的缘故。他们尽会有很可贵的题材,但可惜无法写出,任其葬送完事。唉!自古以来,不知有多少的好绘画好文章被埋没在人的肚子里啊!"

李先生说到这里,似乎有些感慨无量的样子,把话暂停一会,又继续道:

"方才王先生把作品分为创作习作与应用之作三种,这是很对的。三者之中,最基本最重要的是习作,习作是练习手腕的基本工夫,要习作有了相当的程度,才能谈得到应用,才能谈得到创作。近来有许多青年,想从事创作,我知道诸君之中,也有这样的人。如果想创作,非先忠实地在习作上做工夫不可。学绘画的先在形象及色彩上用功,学文章的先求文从字顺,熟悉种种文章上的普通法则。习作是一切的基础,应用之作和创作都由习作出发。应用之作的目的,在对付当前的事务,就大体说,原用不着过于苛求,只要在习作上用功至相当的程度,也许已够了。至于创作,是无程限的,所需要的习作根底也无程限,习作的根底越深越好。越是想从事创作的人越应该重视习作。至少该一壁创作,一壁习作。真正的画家,终身在写生上用功,真正的文学家,虽至头白亦手不释卷,寻求文章的秘奥。"

"诸君是中学生,中学原是整个的习作时代,创作虽不妨试试,所当努力的还应该是习作。近来颇有一派青年爱好创作,目空一切地自认为创作家,把习作认为卑鄙不足道的工夫。学绘画的厌恶写生,专喜随意乱涂,学文章的厌恶正式教室功课和命题作文,专喜写小说诗歌,这不消说是错的。希望诸君勿走这条错路,我的意见就只这些。"

李先生说完了话,就邀王先生一同走出教室去。学生们也各自散出。

"今天两位先生的话都很有意思。"锦华在方才的廊下对慧修说。

"这应该谢我才好,如果我不拉你去,你就失去这机会了。"慧修笑着说。

"你看,后面!"锦华把口靠近慧修的耳朵低语。

慧修向后看时,见有两个同学低着头在她们背后走来,头发留得长长地,脸孔都泛红得异常,似乎有些赧赧然。那是她们高中部的同学,一个是别的功课不用功,专喜欢绘画的,大家都叫他"艺术家";还有一个绰号叫做"诗人",是日日做诗,诗以外甚么文字都写不来的。

三十、鉴赏座谈会

旧历清明节是美术展览会最着末的一日,天气很好。乐华清晨从工厂里放假回家,就匆匆地跑到会场里去了。回来的时候,背后跟着一大批客人,大文、志青、锦华、慧修,还有振宇、复初。同学们多时不看见乐华了,今日难得在会场中碰到,谈谈说说,不愿就散,于是不知不觉齐到了乐华家里。

乐华家自乐华入工厂后,一年以来,罕有学校青年来往。今日突然到了这许多青年客人,枚叔夫妇都非常高兴,款待得很殷勤。

吃饭的时候,大家从枚叔口中,得到许多报上尚未发表过的美术展览的消息与批评,其中关于李先生的"母亲"的好评,更使大家感到兴味。"母亲"就成了宾主间的话题。

"我昨天也去看过了,李先生这幅'母亲'画得真好! 真能表现出中国做母亲的辛苦。"枚叔夫人出来冲茶,听见大家在谈起"母亲",就加入说。

"你本身就是一幅'母亲'画啊!"枚叔苦笑着对夫人说,同时又把眼光向大家看。

大家听了这话都深深地有所感触,可是却没有人能说甚么。枚叔摸出表来一看:

"我要到报馆里去了,有许多展览会特刊的稿件待整理呢。——乐华,你留他们多坐一会吧。"说着匆匆地管自走了。

乐华让客人到父亲书室里坐。谈了一会,话题仍移到展览会上去了。

"我们应该另找一个题目来谈谈,老是浮浮泛泛地谈展览会有甚么意义呢?"锦华说。

"赞成,赞成! 前次乐华回来时,我们不是在大文家里对于'语调'的题目,谈出许多有意义的话来吗? 今日也来限定题目吧。让我来提出一个题目,'鉴赏',不论是关于绘画的或文章的,大家来谈谈鉴赏的意见、方法或经验,好不好?"志青说。

"好! 好!"大家差不多齐声这样说。

"我是提出题目的人,由我来开场吧。近来杂志上座谈会很流行,这里一共有七个人,每人自由地发表意见,将来记录出来,也就是一个座谈会了。"志青这样开始说。"鉴赏二字,粗略地解释起来只是一个'看'字。真的,所谓鉴赏,除音乐外,离不掉'看'的动作。看文章,看绘画,看风景,都是'看'。鉴赏的'鉴'字,就是'看'字的同义语。不过同是一个看的动作,有种种不同的程度,和'看'字相似的字,从来有'见'、'视'、'观'三个,这三个字,如果查起字典来,都是'看'的意思,其实程度各各不同。'见'只是见到,看见,并无别的复杂的心理作用可言,'视'就比较复杂了,'视'不但见到,看见,还含着查察的分子,医生看病叫'诊视',调查某地方的情形叫'视察',凡是与'视'字合成的辞,差不多都有查察的意义。'观'字更复杂,与'观'字合成的辞,意义都不简单,如'观念'、'观感'、

'人生观'、'宇宙观'之类,都是难下简括的注释的。同是一个看,有'见''视''观'三个阶段,我们看到别人的一篇文章或是一幅画是'见',这时只知道某人曾作过这么一篇文章或一幅画,其中曾写着甚么而已。对于这一篇文章或一幅画去辨别它的结构、主旨等等是'视',比'见'进了一步了。再进一步,深入其境地用了整个的心去和它相对,是'观'。'见'只是感觉器官上的事,'视'是知识思辨上的事,'观'是整个的心理活动。不论看文章或看绘画,要到了'观'的境界,才够得上称鉴赏。'观'是真实的受用,文章或绘画的真滋味,要'观'了才能亲切领略,用吃东西来做譬喻,'观'是咀嚼细尝,'见'和'视'只是食物初入口的状态而已。鉴赏是心理上的事情,本来难以用言语表达,我的话又说得很空泛,也许大家已觉得厌倦了吧。"志青这样结束了他的话。

大家听了志青的话,觉得新鲜警策,都表示佩服。各人正在自己搜寻谈话的资料,室中寂然了一会。第二个开口的是大文。

"志青方才把'看'字加以分析,用一个'观'字来说明鉴赏的意义。让我也来用一个字谈谈鉴赏。我在一本书上读过《美感与实用》的文字,大旨说:艺术与实用之间须保有着相当的距离;一把好的茶壶,可以盛茶,但目的不止于盛茶;一封写得很好的书信,可以传情达意,但目的决不止于传情达意;美的一种条件是余裕。这话原是就创作上说的,我觉得在鉴赏上也可应用。"

大文说到这里,向书室中看了一会,既而走到枚叔的案旁,在案头上很熟悉地取过一个墨盒来指给大家看道:

"这墨盒盖上刻着山水画,不是写着'枚叔先生清玩'一行字吗?'玩'字很有意味,我以为可以说明鉴赏的态度。鉴赏有时也称'玩赏'或'玩味',可以说'玩'就是'鉴赏'。'玩'字在习惯上常被人轻视,提起玩,都觉得有些不正经。其实,玩是再正经没有的,我们玩球玩棋的时候,不是忘了一切,把全副精神都放在里面的吗?对于文章绘画要做到'玩'的地步,并不容易。单就文章说吧,一篇好的文章,或一本好的小说,非到全体内容前后关系明了以后,决不能'玩'。我们进中学校以来,已读过不少篇数的文章,许多本数的书了,自己觉得能够玩的实在不多。大都只是囫囵吞枣,诗不能反覆地去吟,词不能低回地去诵,文不能畅适地去读,小说不能耐心地去细看。这很可惜。我近来在试行一种工作,从读过的文章中把自己所欢喜的钞在一本小册子里,短篇的如诗词之类全钞,长篇的只选钞一节或几句,带在身边,无事时独自读着背着玩,随时觉有新意味可以发见呢。——喏,这就是。"大文说时,从衣袋中取出一本很精致的小手册来给大家看。

　　那本小手册写得很工整,所钞的文章并不多,尚留一大半空页,诸人匆匆翻过一下,就还给大文。锦华接上来说道:

　　"志青所讲的是鉴赏的意义,大文所讲的是鉴赏的态度,现在我来换一个方面,谈谈我自己幼稚的经验吧。我于读文章的时候,常把我自己放入所读的文章中去,两相比较。一壁读一壁在心中自问:'如果叫我来写将怎样?'对于句中的一个字这样问,对于一句的构造和说法这样问,对于句与句的关系这样问,对于整篇文章的立意布局等也这样问。经过这样自问,文章的好坏就显出来了。那些和我写法相等的,我也能写,是平常的东西,写法比我好的就值得注意。我心中早有此意见或感想,可是写不出来,现在却由作者替我写出了,这时候我就觉到一种愉快。我们平常所谓'欣赏'者,大概就是这愉快的心情吧。文章之中,尽有写法与我全然不同,或在我看去不该如此写,读去觉得有些与我格格不相入的。我对于这种文章,如果当时未曾发见它的错处,常自己反省,暂时不加判断,留待将来再读。我以为鉴赏是作者与读者之间的共鸣作用,读者的程度如果和作者相差太远了,鉴赏的作用就无从成立。这就是所谓'仁者见仁,智者见智'了。我有一部《唐诗三百首》,在中学一年级的时代随读随圈,曾把认为好的句子用双圈标出,普通的句子只加单圈,这次春假无事,偶然取出来重看。就自己觉得好笑起来了。觉得有些加双圈的地方并不好,有许多好的句子,当时却不知道它的好处,只加着单圈呢。也许再过几年见解会更不同吧。我想,鉴赏的本体是'我',我们应把这'我'来努力修养锻炼才好。这是我近来才想到的一点。"

　　锦华把自己的意思说毕,用手臂去触动坐在她旁边的慧修,意思是叫慧修接说下去。其余诸人也都向慧修看。

"有许多好的意思已被你们说完了,叫我再来说些甚么呢?"慧修略作沈思,既而又说道:"我来讲鉴赏的豫备知识吧。鉴赏本来是知解以上的事情,但豫备知识却不可没有。一首好诗或一首好词,大概都有它的本事与历史事实,我们如果不知道它的本事与历史事实,往往不能充分领会到它的好处。例如曹子建的七步诗'煮豆燃豆箕,豆在釜中泣。本是同根生,相煎何太急。'这首诗意义不晦,在不知道他们兄弟相残的历史的事实的人,看了也许亦会感到趣味,但若能知道这历史的事实,当然更有味了。辛弃疾的那首起句'郁孤台下清江水'的《菩萨蛮》词,题目只作《题江西造口壁》,如果我们不知道宋室南渡的变乱,及造口的位置,读去会有甚么趣味呢? 韩愈的《原道》,我未入中学时,父亲已教我读过,当时莫名其妙。入中学后,从历史课里知道了唐代思想界的大概与韩愈的传略,回头再去重读那篇《原道》,就觉得句句有意味了。对于一篇作品,如果要好好地鉴赏,豫备知识是必要的。作者的生平,作品的缘起,以及其他种种与这作品有关联的事件,最好能先知道一些,至少也该临时去翻检或询问别人。这种知识本身原不是鉴赏,却能作我们鉴赏上的帮助,不可轻视的。"

"话越说越切实了。后面讲话的颇不容易呢。"乐华听慧修讲毕,这样说。

许多人都看着乐华,待他讲下去。

"今日我是主人,当然排在最末一个。请振宇复初先讲吧。振宇,你先来。"乐华说。

"我想就想像二字来说几句话。"振宇说。"方才锦华说,鉴赏是作者与读者之间的共鸣作用,这话很对,作者与我们不相识,大多数是古人,不会来和我们共鸣,所谓共鸣,无非是我们自己要去和作者共鸣罢了。作者在作品中所描写的,有些是生活经验,有些是想像所得。我们的生活经验与作者不同,不能一一从生活经验去领会作品,所靠的大半是想像。对于作者的想像的记录固然要用想像去领略,对于作者的生活经验的记录也只好用想像去领略。文章是无形的东西,只是白纸上的黑字,我们读了这白纸上的黑字,所以会感到悲欢,觉得人物如画者,全是想像的结果。作者把经验或想像所得的具体的事物翻译成白纸上的黑字,我们读者却要倒翻过去,把白纸上的黑字再依旧翻译为具体的事物。这工作完全要靠想像来帮助。譬如说吧,'山高月小,水落石出',是好句子,但这八个字的所以好,并非白纸上写着的这八个字特有好处,乃是它所表托的景色好的缘故。我们读这八个字的时候,如果同时不在头脑里描出它所表托的景色,就根本不会感到它的好处了。想像是鉴赏的重要条件,想像力不发达,鉴赏力也无法使之发达的。这是我的意见。"

大家听了振宇的话点点头,同时又都把眼光移向复初。复初笑着说道:

"我实在没有甚么可说的,只好来做反面文章了。方才诸位的话都是对好的文章说的,说好文章应该怎样去鉴赏。我现在想反一个转身,来谈谈坏的文章的鉴赏。"

复初这几句开场白,使大家露出惊讶的神色。谈话开始以来的一室中平板的空气,突为一变。

"坏的文章值得鉴赏吗?诸位也许会怀疑吧。我以为好与坏是事物的两方面,无论从那一方面着眼,结果都一样。知道甚么东西不好,就知道甚么是好东西了,我们读了一篇不好的文章,如果能一一指摘出它的毛病,等于读一篇好文章能一一领会它的好处。并且,实际上真正好的文章,自古以来就不多,我们日常所见到的往往都是有些毛病的文章。犹如人的相貌一样,我们一生之中难得见到绝代的美人或美男子,日常所碰见的都是些普通的人物,不是鼻子太低就是眉毛太浓,或是眼睛旁有个小疤点。如果我们定要遇到好的才去鉴赏,不是机会就很少了吗?我近来常从坏的文章中试炼自己的鉴赏力,甚么报纸上的评论咧,街上黏贴着的标语咧,都留意。我这见解,是读了《中学生》杂志中的《文章病院》以后才发生的。我想,日日与病人接触的医生才是真正知道健康的人,一味从健康去着眼,健康的意义反会茫然吧。"

复初的话引得大家都笑了。

"乐华,现在轮到你了。"志青对乐华说,似乎已期待得很久的样子,其余的诸人也都向乐华看。

"我是个工人,配讲些甚么? 鉴赏原是我所向来留意的,自入工厂以来,苦于没有闲暇读书。我现在偷闲在读的只是诗话文话一类的东西。诗话文话是前人鉴赏所得的记录,它会告诉我们某几句诗某几句文的好处所在。我们可由它间接地得到鉴赏的指示。我是工人,要一一直接去读名作,去自己鉴赏,是无望了的,只好利用前人所做的诗话文话之类来补救这缺陷。这种书的体裁是一条一条的随笔,每条都很简短,而且逐条独立,分条看和接连看都可以。像我这种读书无一定时间的人,读这种书最适当没有了。不过这究竟是别人的鉴赏的结果,常常有许多不合我的意见的地方——"

枚叔走进书室来,乐华的话突然被打断了。

"我到报馆里去了半天,你们还在谈吗? 谈的是甚么?"枚叔问。

"我们在谈文章的鉴赏。"乐华回答。

"真清闲! 好题目哩。不要大家变成书呆子! 喏! 你们看看!"

枚叔把卷在手中的本日上海报摊开,指着核桃样大字的标题给大家看,那标题是"华北情势危在旦夕"。

三十一、风格的研究

已是榴花照眼的时节了。大气中充满着温暖,使人卸去了夹衣,只穿着单衫,四肢百骸都感到轻松舒适的快感。这一天是星期日,大文早上起来,并不见谁来找他闲谈。也没有预期的约会,便展开当天的报纸来看。看报纸总引起迫切的焦虑,这样的世界大势,这样的政治局面,这样的自国同胞,中国的出路在那里呢? 尽想尽想,不免陷入于茫然的惆怅,直到母亲唤他用早餐,大文才截断了他的独念。

早餐过后,他预备做功课了。坐到椅子里,书桌上一本薄薄的线装书吸引住他的注意。这是唐朝司空图的《诗品》,他依从了王先生的指点,昨晚上从父亲的书箱里检出来的。他记起王先生对一班同学说的话:

"研究文章的风格,司空图的《诗品》不妨找来一看。《诗品》讲的是诗,分为二十四品,就是说好诗不出那二十四种境界,也就是二十四种风格。但并不限于诗，鉴赏文章也可以用作参证的。"

昨晚上他已曾约略翻过，知道这书用的是四言韵语的体裁，每品十二语。此刻从头循诵，觉得那些语句在可解不可解之间，好像障着一重雾翳似的。可是读到第三品《纤秾》，他眼前就仿佛展开了一幅鲜明的图画。

> 采采流水，蓬蓬远春。窈窕深谷，时见美人。碧桃满树，风日水滨。柳阴路曲，流莺比邻。乘之愈往，识之愈真。如将不尽，与古为新。

他想像这幅图画所含有的色彩，绚丽极了，明媚极了；又想像这幅图画所摄住的意态，浑成极了，生动极了。如果世间真有这么一种境界，涉足其间的人将要应接不暇，终于陶醉了吧。比拟到诗、文方面，这该是富于辞藻而又充满着生意的那一派吧。他继续读下去读到"典雅"一品，不禁又抬起头来凝想。

> 玉壶买春，赏雨茅屋。坐中佳士，左右修竹。白云初晴，幽鸟相逐。眠琴绿阴，上有飞瀑。落花无言，人淡如菊。书之岁华，其曰可读。

他觉得这是另一种境界，闲适而淡泊。人处其间，惟有时雨、白云、修竹、幽鸟、落花、飞瀑为伴，简直可以忘掉一切。这个初中学生一时间耽于古人的那种隐逸情味，便低声吟着陶渊明的诗句："采菊东篱下，悠然见南山。山气日夕佳，飞鸟相与还。此中有真意，欲辩已忘言"。忽然远远地送来一阵摇曳的汽笛声，他才梦醒一般，意识到自己，意识到不容隐逸的现时代。顺次读下去读到"自然"一品，他又仿佛颇有所悟。

> 俯拾即是，不取诸邻。俱道适往，着手成春。如逢花开，如瞻岁新。真与不夺，强得易贫。幽人空山，过雨采蘋。薄言情语，悠悠天钧。

他想写作诗、文而能"俯拾即是"，不去强求，不讲做作，那就是所谓"有甚么说甚么"，"爱怎么说、该怎么说就怎么说"，真达到"自然"的极点了。这又与漫无节制，信笔乱挥不同。一方面"俯拾即是"，一方面却又"着手成春"，只因为工夫已经成熟，在无所容心之间，自能应节合拍的缘故。所以一篇完成,就像花一般开得异常美好,节令一般来得异常适合。花开和节令迁流看来都是自然不过的事,然而雨露的滋润,土壤的荣养,日月的推移,气候的转换,中间费却造物的几许匠心啊。这便是"真与不夺";换句话说,必须内里充实,作起诗、文来才能"俯拾即是",才能"着手成春"。如果内里并不充实,也想信口开河,提笔乱挥,取得"自然"的美名,结果必然不成东西,徒然使自己后悔,供人家嘲笑;这便是"强得易贫"了。他把这一点心得玩味了一会,眼光重又注射到书页上。对于"含蓄"一品的"不着一字,尽得风流";"精神"一品的"明漪绝底,奇花初胎";"疏野"一品的"倘然适意,岂必有为";"清奇"一品的"神出古异,淡不可收,如月之曙,如气之秋";"委曲"一品的"似往已回,如幽匪藏;水理漩洑,鹏风翱翔;道不自器,与之圆方";"形容"一品的"风云变态,花草精神,海之波澜,山之嶙峋,俱似大道,妙契同尘;离形得似,庶几斯人":他都能深深地领会。他好似神游于文艺的展览会,那些展览品完全脱去形迹,各标精神,使他不得不惊叹于文艺界的博大和繁富。他想起现代一班作家的作品:朱自清的称得起"缜密",周作人的可以说"自然",茅盾的不愧为"洗炼",鲁迅的应号作"劲健"。他又想起古昔文学家的作品:同样是词,而苏辛的与温飞卿的不同,苏辛的"豪放"而温飞卿的"绮丽";同样是散文,而司马迁的与陶渊明的不同,司马迁的"浑雄"而陶渊明的"冲淡"。如果把读过的一些散文、诗、词,逐一给它们比拟,这近于甚么风格,那近于甚么风格,倒也是有味的事情呢。但是他随即想到司空图的二十四品实在也未尝不可增多,不然,何以王先生又曾提及还有人作《续诗品》及《补诗品》呢?既可以增补,当然也不妨减少或者合并。可见二十四品并非绝对的标准,又何能据此来衡量一切的作品。况且,王先生提出的题目原是很宽广的,只说"对于文章的风格作一点研究,写一篇笔记"罢了,并不曾教大家去判别读过的文篇的风格呀。他这样想着,便放下《诗品》,另取一份油印的选文在手。这是姚姬传的《复鲁絜非书》,王先生发给大家作为参考资料的。书中说道:

> ……鼐闻天地之道,阴阳刚柔而已。文者,天地之精英,而阴阳刚柔之发也。惟圣人之言统二气之会而弗偏;然而《易》《诗》《书》

《论语》所载,亦间有可以刚柔分矣;值其时其人,告语之体各有宜也。自诸子而降,其为文无弗有偏者。其得于阳与刚之美者,则其文如霆,如电,如长风之出谷,如崇山峻崖,如决大川,如奔骐骥;其光也,如杲日,如火,如金镠铁;其于人也,如凭高视远,如君而朝万众,如鼓万勇士而战之。其得于阴与柔之美者,则其文如升初日,如清风,如云,如霞,如烟,如幽林曲涧,如沦,如漾,如珠玉之辉,如鸿鹄之鸣而入寥廓;其于人也,漻乎其如叹,邈乎其如有思,暖乎其如喜,愀乎其如悲。观其文,讽其音,则为文者之性情形状举以殊焉。……

他看到这里,眼光便离开纸面,凝视着照在墙上的晴明的阳光;头脑里却在细细思量。他以为开头几句话实在有点弄玄虚,甚么"天地之道",甚么"天地之精英",甚么"圣人之言统二气之会而弗偏",都近乎方士的派头。可是以下的话就说得非常亲切有味;标明文章的风格,全用景物或者事态来作比喻,所以能给与人家一种具体的印象,使人家从霆、雷、长风等等认识阳与刚之美,从初日、清风、云、霞等等认识阴与柔之美。这种方法正与《诗品》相同,《诗品》也是借用种种景物或者事态来显示诗的各种风格的。所不同者,《诗品》把风格分得很繁多,多到二十四品,而姚姬传这封书信里,却分得很简单,止有阳与刚、阴与柔两大类。与其繁多而有琐碎、重复、缺漏的毛病,倒不如简单而能包举一切来得妥当了。他试自寻味,在读过的文篇里,那一篇具有阳与刚之美? 一时间竟指说不定,似乎这篇也不是,那篇也不是。他又换个题目自问,那一篇具有阴与柔之美? 那就觉得这篇也是,那篇也是了。他不禁疑怪起来,为甚么读过的文篇差不多都具有阴与柔之美呢? 他继续看姚姬传的这封书信,直到完篇,也不再有甚么解悟。

求知心鞭策着他,使他急切地取起另一份印发的参考资料来看。那是从曾国藩的《求阙斋日记》节钞下来的:

吾尝取姚姬传先生之说,文章之道分阳刚之美、阴柔之美。大抵阳刚者气势浩瀚,阴柔者韵味深美;浩瀚者喷薄而出之,深美者吞吐而出之。

文章阳刚之美莫要于慎、涌、直、怪四字,阴柔之美莫要于忧、茹、远、洁四字。惜余知其意而不能竟其学。

　　尝慕古文境之美者约有八言：阳刚之美曰雄、直、怪、丽，阴柔之美曰茹、远、洁、适。蓄之数年，而余未能发为文章，略得八美之一，以副斯志。是夜将此八言者各作十六字赞之，至次日辰刻作毕。

　　附录如下：

雄　划然轩昂，尽弃故常；跌宕顿挫，扪之有芒。

直　黄河千曲，其体仍直；山势如龙，转换无迹。

怪　奇趣横生，人骇鬼眩；《易》《玄》《山经》，张韩互见。

丽　青春大泽，万卉初葩；《诗》《骚》之韵，班扬之华。

茹　众义辐凑，吞多吐少；幽独咀含，不求共晓。

远　九天俯视，下界聚蚊；窬寂周孔，落落寡群。

洁　冗意陈言，颣字尽删；慎尔褒贬，神人共监。

适　心境两闲，无营无待；柳记欧跋，得大自在。

　　他看罢这几则简短的札记，觉得也与《诗品》和姚姬传的说法没有甚么两样；他们都是凭着主观的观感，见到文章风格有怎样的几种，便选用一些字眼来作标题罢了。他又自问：阳刚、阴柔之说为甚么似乎可以包举一切？《诗品》分为二十四品，曾国藩分为八言，为甚么反而觉得不很清醒呢？他突然想起 H 市郊外美国教会新建筑的一座宫殿式的教堂来了。粗大的石柱，直长的门窗，高高耸起的飞檐，那是阳刚之美。如果将这座教堂和水榭、回廊、花院、草舍对比，那末后者都是阴柔之美。他又将几个同学的体态来对比，胡复初那样长和胖，是阳刚之美，锦华和慧修那样爱娇，当然是阴柔之美。更想到曾经入目的一些书、画，以及曾经听过的一些音乐，差不多都可以主观地给它们一个批判，不是阳刚，便是阴柔。他于是恍然省悟：阳刚、阴柔之说似乎可以包举一切，其原因就在于它的笼统。用了笼统的概念，主观地对付一切，自然无施不可。而其实呢，阳刚、阴柔并没有甚么确定的界限；如果把美国的摩天楼和那座宫殿式的教堂对比，说不定又会觉得教堂是阴柔之美了。对于同一篇文章、同一件艺术品乃至同一个人物，一个人认为阳刚之美，而另一个人却认为阴柔之美：这样的事情也许会有吧？他相信这样的事情一定会有。不然,他刚才衡量读过的文篇,为甚么觉得篇篇近乎阴柔之美呢? 篇篇近乎阴柔之美,就由于他对于阴柔这个概念比较体会得深啊。他又想如果用了《诗品》的二十四个品目或者曾国藩的雄、直等等八个字,教几个人去衡量同一篇文章,判定的结果更不会完全相同。各人体会那些品目先就不能一致,鉴赏一篇文章又各本各的素养,各依各的心思,判定的结果不会完全相同是当然的。他才知道,朱自清"缜密"哩,周作人"自然"哩,茅盾"洗炼"哩,鲁迅"劲健"哩,苏辛"豪放"哩,温飞卿"绮丽"哩,司马迁"浑雄"哩,陶渊明"冲淡"哩,这些只是他一个人的主观罢了;如果教另一个人去品评这些作家作品的风格,说不定会全不相同,可是也言之成理呢。

　　王先生指定的参考材料还有一本陈望道的《修辞学发凡》,大文站起来斟了半杯茶喝罢,重又坐到椅子里,便展开这本洋装金脊的书册。王先生吩咐大家看的是这书的第十一篇,篇目是"语文的体类"他说,所谓"体类",含义和风格实在差不多。大文看书上说:

　　　　体性上的分类,约可分为四组八种如下:

　　　　(1)组——由内容和形式的比例,分为简约,繁丰;

　　　　(2)组——由气象的刚强与柔和,分为刚健,柔婉;

　　　　(3)组——由于话里辞藻的多少,分为平淡,绚烂;

　　　　(4)组——由于检点工夫的多少,分为谨严,疏放。

　　下面给每一体举一篇文章作例子,例子之前都有简要的说明。

　　　　简约体是力求言辞简洁扼要的辞体。

　　　　繁丰体是并不节约辞句,任意衍说,说至无可再说而后止的辞体。

　　　　刚健是刚强、雄伟的文体;柔婉是柔和、优美的文体。

　　　　平淡与绚烂的区别是由话里所用的辞藻的多少而来。少用辞藻,务求清真的,便是平淡体;尽用辞藻,力求富丽的,便是绚烂体。

　　　　疏放体是起稿之时,纯循自然,不加雕琢,不论粗细,随意写说的语文;谨严体则是从头至尾,严严谨谨,细心检点而成的辞体。

　　大文把作例的八篇文章循诵一过,再细细辨认这四组八种的风格,就觉得这书的分类虽然也是用形容词来作类名,可是它分为四组,就有一种好处,这见得每组的成立是各有各的条件的。这些条件都是客观的,如内容和形式的比例,话里辞藻的多少,检点工夫的多少,都是谁也可以指说出来的;只有气像的刚强与柔和同所谓"阳刚"、"阴柔"以及"浑雄"、"高古"、"劲健"、"豪放"等等相近,似乎是主观的评判;然而,如果把气像两个字往着实一方面去体会,认为"意境"、"语调"等等的总和,那就也是客观的条件了。大文刚才看了一遍《诗品》,又揣摩了一番阳刚、阴柔,心意中含含糊糊地,好像有所理解,却是不着边际。此刻他才真个明瞭,要判别许多篇文章的风格,原来不必凭主观的观感,只须从文章的本身上检点客观的条件就是了。这是今人的见解胜于古人处;古人把文章看做了不得的东西,仿佛其中含有好多的神秘性,所以说来说去总带点玄味;今人把文章看做人类日常生活的一部分,研究文章惯用分析、归纳、说明的方法,其结果当然简单而明显。得为今人是何等的幸运啊!大文这样想着,眉目间便浮起一层乐生的笑意。

一会儿,他拿起一支铅笔,在一张白纸上记上"取材的范围"五个字。他从八种风格推想开去,觉得许多作家执笔作文,他们取材往往不知不觉偏注在某一个范围里,或者议论时事,或者摹写山水,或者叙往古的史迹,或者记身边的琐事。这由于许多作家所营的生活、所处的环境各不相同,因而心意所注的范围也就各不相同。一个生于安乐的作家不知道人间有饥寒困苦的事,他的文章自然不会涉及饥寒困苦;但是一个沈溺在饥寒困苦中间的作家,他不但能写饥寒困苦的事象,更能剖析饥寒困苦的所以然。一个拘守一隅的作家所见无非家庭、里巷,他的文章自然不会涉及山岳的伟大、河海的浩瀚;但是一个习于行旅的作家他不但能写山岳、河海的形态,他更能由山岳、河海的影响,解悟人生的意义。取材的范围不同,文章的风格也从而各异了。

他又记上"作者的品性"五个字。他想人的品性是千差万殊的,有些人温和,有些人急躁,有些人宽大,有些人褊狭,在同一品目之中又有程度深浅的分别。品性温和的作家即使在震怒的时候也写不出十分刻厉的文章,犹之品性急躁的作家即使在暇豫的时候也写不出十分闲适的文章。可见作者的品性也是规定文章风格的一个条件。

他又记上"作者的语言习惯"七个字。他想一个人从小学习语言,一方面固然得到了生活上最重要的一种技能,而另一方面不能不受环境的限制,学会了这一套,就疏远了那一套。因此,语调的差异和词汇的不同,精密说起来,差不多每两个人之间就存在的。同样一个意思,教两个人说出来未必会是同样的一句话,也许一个人说得很简单,以为这就够了,而另一个人却说得很噜苏,以为非如此不可:这是各人的语言习惯不同的缘故。读文章、看书又各有机缘和偏好。偶然接触某种作品,不知不觉受了它的影响,这是寻常的事;特别偏好某种作品,心悦诚服受了它的影响,更是当然的事。各个作家凭了各自的语言习惯以及从别人的作品里受到的影响,提起笔来写作文章,他们的风格就分道扬镳了。

他又记上"写作的习惯"五个字。他看许多同学作文,有些人信手写来,意尽而止,也不再加工修改;有些人下笔很慢,句斟字酌,似乎不放心的样子,等得完了篇,还要仔细修改,涂去了一部分,又加上了一部分。这是各人写作的习惯不同之故;成绩的优劣却并不纯在这上边区分。信手写来的未必定是潦草的东西,而斟酌再四的未必定是完美的作品。可是,就风格说,便有显然的不同了,如《修辞学发凡》上所说,前者是疏放的,而后者是谨严的。

他看看写在纸上的几个纲领,觉得自己对于文章的风格已有了一点知识。他相信风格存在于作品的本身,形成一种风格自有客观的条件。鉴赏一篇文章,如果依着客观的条件去推求,便会见到他的风格的真际。如果不走这一条路,单凭主观的观感来下评判,那就迷离惝恍,只能在带着玄昧的一些形容词中间绕圈子罢了。他就想把这一点写成一篇笔记;又自嫌还缺少具体的例证,须得找几个作家、几个作品来检点一番,如果证明所想的不错,写成笔记才可以放心。他想这一步工夫且待下午再做吧,便欣然站了起来。

日影差不多移正了。他闻到一阵新熟的午饭的香气。

三十二、最后一课

这一课是最后的国文课了,下星期起,便开始举行毕业考试。王先生走进了教室,声明他不再作正式的讲授,希望大家对于国文一课,随便谈谈。他不像平日那样安详,他的感情有点激动,神态之间流露着惜别的意思。三年的聚首,父子兄弟一般的亲密,无所不谈,无所不了解,可是从今以后至少要疏阔一点了。想起这一层,谁能不感到异样呢?

同学间起初谈着毕业考试。大家的意思,对于学校里的考试并不感觉恐慌,只有会考却有点儿为难。他们不知道自己的程度比旁的学校的学生怎样,如果落在人家的后头,或者竟有几科考不及格,那岂不很糟。

一个学生忽然说:

"你们没有留心今年年头上上海市中学毕业会考的国文题目吗?叫甚么《礼义廉耻国之四维论》。我去会考倘然遇见这样的题目,只有交白卷完事。我不知道这样的题目该怎样下手呀。"

慧修带笑回顾那发言的同学,说:

"该怎样下手倒有人说过了,《中学生杂志》的五月号里有振甫的一篇文字,就讲到这一层。不过上海市这个题目是出给高中学生做的,我们初中学生想来不会遇见这样的题目吧。"

王先生听了他们的话有所感触,他举手示意,随即发言道:

"你们去会考会遇见怎样的题目,确是料不定的。这须看出题目的人如何而定。出题目的人如果是懂得教育的意义的,自能出适宜于你们的题目给你们做;如果是随随便便的人,那末你们就有遇见古怪生疏的题目的机会了。不过,你们的程度我知道得最亲切,依照你们的程度,即使遇见了古怪一些生疏一些的题目,及格的分数总可以得到的。"

他这样说着,眼睛放出欣慰的光辉,似乎表示他三年间的勤劳的成功。但是一会儿他的眼光又显得非常严肃,声音沈着地说:

"会考到底不是甚么紧要的事,只要应付得过去,能够及格,这就好了。紧要的还在于学习了各种科目,是否真能充实你们自己,是否随时随地可以受用。这是成功与失败的标准,你们学习一切,都可用这个标准去考量自己,从而知道自己是成功还是失败。现在单就国文一科,你们各自考量一下吧。"

全堂沈默了一歇,志青开口说:

"要精密地考量,那是很不容易的事。因为国文和旁的科目有性质上的不同:旁的科目像算学,有甚么甚么几种确定的算法,像历史、地理,有史事和地方作为确定的材料;然而国文完全不是这么一回事。学习算学,那些算法都学会了,学习历史、地理,那些材料都明白了,能不能受用且不要说,至少可以说一句我们充实了;然而对于国文就很难说,国文根本上没有那样确定的尺度呀。"

王先生点头表示赞可。志青继续说:

"精密地考量固然不容易,而粗略地考量却又谁都能够的。我们只须把现在的自己和初到这里的时候的自己比较一下就行了。试想我们初到这里的时候,看惯的只是一些儿童的读物,写惯的只是一些浅近的话语。我们很少有综合的能力,看了一页书就只是一页书,难得有独自的发见。我们又不免有文法上的错误和修辞上的缺点,时时劳王先生给我们在作文本上打上种种的符号。我们对于我国的文学差不多一无所知,历代文学的主潮是甚么,一些大作家的作品是怎样,都是从不曾梦见的事。但是,现在,我们能够看各种的书了;看一般的报纸、杂志几乎可以说没有问题,对于各科的参考书也能利用了工具书去对付;我们又约略懂得了一点演绎和归纳的方法,应用了这等方法我们居然有我们的心得,可以写下读书笔记来。至于写作方面,啊,王先生,你的好处将使我们永远忘不了,你在这方面给我们指点,真是无微不至,你不但传授我们一些知识,你更注意于养成我们的习惯;因此,不是我今天在这里夸口,我们一班同学可以说个个达到'通顺'的地步了。最近一年间,你又从文学史的见地选一些文章给我们读,我们虽没有读过一本文学史,但是对于我国的文学已认识了一个大概的轮廓;近来那些文学杂志上常常提起'文学的遗产'这个名词,我们很荣幸,手掌里也有了一部分的遗产了。各位同学,我所说的是不是实际的情形?"

一堂同学都不作声,只是欣喜地、感激地望着他和王先生,算是给他个肯定的回答。

王先生用手巾拭着前额的汗,眼注着志青说:

"我如果有甚么好处,那也只是我的本分,当不起'永远忘不了'这一类感激的话头的。我不希望你们永远不忘记我的好处，我只希望你们永远不忘记我这一点对于你们的真诚！刚才志青说的话确是实情，我可以给他作保证；这是你们自己努力的报酬呀。你们得到了这样的报酬，我也可以自慰，总算三年间的勤劳并没有换来个失败。不过，我对于志青的话还要作进一步的说法。"

全堂同学都凝一凝神，准备听他的致辞。

"照志青的说法，看书能力有了，写作达到'通顺'的地步了，手掌里承受了一部分'文学的遗产'了，换句话说，就是对于国文这一门功课做得差不多了。但是，学校里所以分设各种科目原为着教学的便利起见，最终的目的还在于整个生活的改进。这一点必须认识得清楚；否则就将陷于错误，认为为有国文科目而学习国文，为有算学科目而学习算学。这样，学习各科岂不等于无益费精神的傻举动吗？我不是说志青就有这种错误的认识；我只是说对于某一门功课既已做得差不多了，就该离开了这门功课的立场来考核自己，看整个生活是否因而改进了多少。单把国文这一门来说吧。看书不只限于看国文课内指定的几种书，也不只限于看各科的参考书；须要从此养成习惯，无论去经商，去做工，总之把行动和看书打成一片，把图书馆认为精神的粮食库，这才能收到莫大的实益。再说写作，当然不只限于文课以及应考试的作文；这些都只是习作，没有多大的意义。但是我也不是要人人做文学者，大家都从事于创作；文学者不是人人能够做的，须视各人的生活、修养以及才性而定，并且，事实上也没有人人做文学者的道理的。我只是说对于写作既已学习到了相当的地步，就该让这写作的技能永远给你们服务；无论是应用之作，或者兴到时所写的一篇东西、一首诗，总之用创作的态度去对付，要忠于自己，决不肯有半点的随便和丝毫的不认真。文学者固不必人人去做，然而文学者创作的态度却是人人可以采取的。惟能如此，才真受用不尽呢。"

王先生说到这里，又拭了一下额汗，并且改换了站立的姿势，以苏因天气骤热而感到的疲劳，然后继续说：

"再说到接受'文学的遗产'。几篇著名的文篇读过了，几个有名的文学家约略认识了，历代文学的源流和演变也大概有数了，这自然是很好的事。但是，如果单把这些认为一种知识，预备在大庭广众之间夸耀于人，以表示自己的广见多闻，那就没有甚么意义。原来所谓接受'文学的遗产'是别有深远的意义的。先民的博大高超的精神，我们要从文学里去领会；历代的精美的表现方法，我们要从文学里去学习；换一句话，文学是我国文化的一部分，我们要把它容纳下去，全完消化了，作为我们的荣养料，以产生我们的新血肉！这意思你们了解吗?"

王先生的眼光里流露着热诚，向全堂同学一个个看望，切盼大家的回答。

全堂同学差不多个个吻着嘴唇，点一点头，也用热诚的眼光回望着他；在衷心深深激动的时候，这种神态是一个最适当的回答，比较用几个字眼说一句话来回答切挚得多了。

复初在点头之后发言道：

"王先生这一番话正好作三年来教我们国文功课的序言，在今天最后一课说给我们听，尤其有深长的意义。我们自当终身不忘，永远受用。我毕业以后不再升学了，家长的意思要我去投考商业机关，我有点儿懊丧，以为从此至少要和各种功课疏阔一点了。现在听了王先生的话，便好似受了一番热切的安慰。我知道只要我自己不和各种功课疏阔，各种功课决不会和我疏阔的。"

大文接着说：

"我想我们从前的确有点错误。虽然并没有明说，但是在我们的下意识里，不免偏于'为有国文科目而学习国文，为有算学科目而学习算学'。现在经王先生点醒了，不再升学的人倒不必措意，因为再没有甚么特设的科目摆在面前了；而升学的人却必须特别牢记，要使一切科目与生活打成一片，那才是真正的'升学'。我是预备升入高中的，所以想到了这一层。"

听了大文的话，王先生忽然有所触发，随即说：

"你们在初中毕了业，有的升学，有的就业，所走的路途各各不同。此刻不妨'各言尔志'，在国文方面预备怎样具体地进修？我刚才说的不过是抽象的意见呀。"

　　于是有人说将来预备当小学教师,拟从事儿童文学的创作;有人说拟特别用心,精读某一位文学家的专集,因为他爱着这一位文学家;慧修却说她拟在诗词方面多做一点工夫,她近来很欢喜图画,她相信诗画相通之说是有道理的。更有几个人说升学是无望了,就业又没有路向,下半年大概是坐在家里。那时候虽然也可以读书、作文,做一点切实的工夫,然而精神上的不安定必然非常难受的。

　　下课的铃声响起来了。

　　王先生不由得感喟地说:

　　"那真没有法子! 现在要下课了,我教你们的课算是完毕了!"

　　全堂同学站起来行礼,目送王先生走出教室,感到一种怅然的况味。众人陆续地走到廊下,见一个校工手里拿着一封信,迎上来说:

　　"这里有一封信,给你们三年级的。"

　　锦华接信在手,看到封面的字就认识了,她喊道:

　　"是乐华的信!"

　　她随即拆开来,许多同学围绕着她一同看。

　　诸位同学:

　　　　你们快要毕业了。我虽不悔恨我的中途退学,但对于你们的毕业却表示真诚的欣慰。

　　　　你们的毕业式在何日举行? 大概已经确定了吧? 希望早日告诉我。到那一天,我要向厂里请一天假,去参加你们的毕业式。我有一点意见预备贡献给你们,请分配给我十分或一刻钟的演说时间。在听受教师、来宾致辞的当儿,也听一听一个工人的话,我想你们一定很乐意的。

　　　　　　　　　　　　　　　　　　　　　　　　　　　周乐华。

　　(《文心》,开明书店,1934 年,夏丏尊、叶圣陶合著)

1935

推行手头字缘起

我们日常有许多便当的字,手头上大家都这么写,可是书本上并不这么印。识一个字须得认两种以上的形体,何等不便。现在我们主张把"手头字"用到印刷上去,省掉读书人记忆几种字体的麻烦,使得文字比较容易识,容易写,更能够普及到大众。这种主张从前也有人提出过,可是他们没有实在做,所以没有甚么影响。现在我们决定把"手头字"铸成铜模浇出铅字来,拿来排印书本。先选出手头常用的三百个字来作为第一期推行的字汇,以后再逐渐加添,直到"手头字"跟印刷体一样为止。希望关心文化的先生们,赞同我们的主张,并且尽量采用这个字汇。

手头字第一期字汇

本　字	呀	於	倆	爹	區	從	衆	勞	惡	異	絲	塊	碎
手头字	吓	于	俩	爹	区	从	乑	劳	恶	异	絲	块	碎
本　字	夾	爭	飛	畝	參	掃	第	單	惱	發	陽	愛	經
手头字	夹	争	飞	亩	参	扫	苐	单	恼	敨	阳	爱	经
本　字	災	狀	剛	紙	執	掛	莊	喪	棄	筍	亂	會	義
手头字	灾	状	刚	帋	执	挂	庄	丧	弃	笋	乱	会	乂
本　字	來	俠	時	脈	堂	條	處	報	殼	筆	勢	歲	聖
手头字	来	侠	时	脉	坐	条	处	报	壳	笔	势	岁	圣
本　字	兩	後	氣	豈	够	殺	這	幾	猶	等	園	爺	肅
手头字	两	后	气	岂	勾	杀	这	几	犹	苲	园	爷	肃
本　字	卒	風	泰	務	婦	淵	麥	復	畫	答	圓	當	腦
手头字	卆	凨	太	务	妇	渊	麦	复	画	荅	园	当	脑

手头字第一期字汇

本　字	與	過	嘔	對	盡	臺	銀	儀	憐	磅	賣	噢	戰
手头字	与	过	呕	对	尽	台	艮	仪	怜	卩	卖	哝	战
本　字	腰	鄒	嘗	慘	禍	蓋	際	劉	撈	穀	質	囕	擅
手头字	胦	邹	尝	惨	祸	盖	际	刘	捞	谷	质	哈	扙
本　字	萬	像	圖	榮	稱	賓	鳳	嬌	數	窮	遲	壇	擔
手头字	万	象	図	荣	称	宾	凤	娇	数	穷	迟	坛	担
本　字	葉	僑	壽	滬	簡	趕	麼	寫	歐	節	養	學	據
手头字	叶	侨	寿	沪	丆	赶	么	寫	欧	节	养	孝	拋
本　字	號	劃	夢	漢	算	遠	齊	廟	樓	罷	齒	憑	曉
手头字	号	刓	梦	汉	祘	远	齐	庙	楼	罢	齿	凭	晓
本　字	裏	嘆	實	爾	粹	輕	價	憂	熱	賢	儘	懊	樸
手头字	里	叹	实	尔	粹	轻	价	爱	热	贤	侭	忶	朴

手头字第一期字汇

本　字	橋	興	隨	懇	氈	環	舉	隱	斷	雜	覆	寶	繩
手头字	桥	臾	随	恳	毡	环	夅	隐	断	枈	覄	宝	绳
本　字	橘	蕭	頭	應	濟	總	艱	雖	櫃	擴	豐	廬	繫
手头字	桔	萧	头	应	济	揔	艰	虽	柜	扩	丰	庐	系
本　字	機	親	餐	戲	濤	聯	薦	黏	歸	繡	醫	懷	羅
手头字	机	亲	湌	戏	涛	联	荐	粘	归	绣	医	怀	罗
本　字	燈	辦	龍	擠	濱	聰	虧	點	禮	職	釐	癡	藝
手头字	灯	办	龙	挤	浜	聪	亏	点	礼	戠	厘	痴	苅
本　字	獨	遷	壓	遞	營	聲	講	齋	穢	舊	雙	礙	藥
手头字	独	迁	压	逓	营	声	譜	斋	秽	旧	双	碍	药
本　字	縣	選	彌	擬	燭	膽	趨	叢	糧	蟲	雞	穩	襖
手头字	県	选	弥	拟	烛	胆	趋	从	粮	虫	鸡	稳	袄

手头字第一期字汇

本　字	證	關	獻	覺	譽	彎	竊	響	變	靈	灣
手头字	証	关	献	竟	齐	弯	窃	响	变	灵	湾
本　字	譏	離	癢	譯	贓	歡	籠	巖	驗	鬥	蠻
手头字	讥	离	痒	訳	赃	欢	笼	岩	验	门	蛮
本　字	贊	難	竈	議	鐵	權	聽	戀	驚	鹼	觀
手头字	赞	难	灶	议	铁	权	听	恋	惊	碱	观
本　字	轎	麗	繼	黨	顧	灑	覽	疊	體	鹽	豔
手头字	轿	丽	继	党	顾	洒	览	叠	体	盐	艳
本　字	辭	懸	蘆	屬	驅	灘	讀	曬	蠶	囑	驢
手头字	辞	悬	芦	属	驱	滩	读	晒	蚕	嘱	驴
本　字	邊	爐	蘇	襪	囉	癮	鑄	纔	讓	廳	叠作
手头字	边	炉	苏	袜	啰	瘾	铸	才	让	厅	字々

发起人　　个人（照笔画多少排列）

丁淑静	万迪鹤	万家宝	小　默	王人路	丰子恺	方光焘
巴　金	王纪元	王独清	王特夫	王国秀	王集从	王屏南
方景略	叶圣陶	朱自清	叶　放	左胥之	白　薇	叶籁士
朱少卿	朱文叔	任白戈	刘延陵	刘廷芳	刘良模	老　舍
余之介	沈子丞	李公朴	吴文祺	沈西苓	沈体兰	沈志远
吴泽霖	李长之	米星如	艾思奇	沈兹九	沈起予	李南苓
李冠芳	陆高谊	吴朗西	吴组缃	吴研因	吴清友	苏雪林
艾寒松	伍联德	李贻燕	余楠秋	吴敬恒	吴廉铭	沈端先
李辉英	杜钢百	艾　芜	辛树帜	汪静之	吴翰云	刘薰宇
伯　韩	汪馥泉	吴耀宗	邵力子	孟十还	周木斋	周予同
林汉达	林本侨	东　平	金兆梓	金仲华	欧阳山	周伯棣
周伯勋	邵宗汉	罗叔和	阿　英	邰爽秋	周越然	征　农
金　焰	胡仲持	胡　风	洪　深	姚绍华	姜　琦	柳　湜
范　扬	胡愈之	郁达夫	夏丏尊	倪文宙	祝百英	奚　如
祝佛朗	马宗融	草　明	唐　弢	马星野	孙俍工	孙师毅
高梦旦	马国亮	马国英	席涤尘	高铁郎	徐蔚南	徐懋庸

郭一岑	章乃器	曹小端	陈子展	张天翼	曹礼吾	陶行知
张仲实	陆衣言	张肖梅	张良辅	陈君冶	陈克承	陈君涵
许幸之	郭沫若	曹亮	陈致道	郭挹清	陈望道	张梦麟
陈彬龢	毕云程	许杰	许达年	许钦文	曹聚仁	陈维姜
陈端志	陆德音	陈樟生	章锡琛	陆锡桢	庶谦	张耀翔
黄石	顾君义	傅东华	冯和法	黄素封	舒新城	黄源
程演生	顾树森	黑婴	靳以	臧克家	杨青田	杨东莼
路敏行	葛乔	葛绥成	杨潮	杨骚	杨霁云	赵义凭
熊昌翼	赵家璧	蒯斯曛	赵景深	管萃真	蔡元培	潘公弼
潘式	樊仲云	郑君里	郑伯奇	蔡希陶	鲁彦	郑振铎
黎烈文	蒋径三	邓裕志	乐嗣炳	蒋弼	蔡慕晖	黎锦明
蒋镜芙	钱亦石	卢冀野	穆藕初	谢六逸	钟天心	谢扶雅
钟韶琴	聂绀弩	魏猛克	谭友六			

机关(照笔画多少排列)

小朋友社　　　小朋友画报社　　太白社　　文学社
中学生杂志社　中华教育界社　世界知识社　生活教育社
时事类编社　新中华杂志社　新生周刊社　译文社
现代杂志社　漫画生活社　读书生活社

(原载《太白》第 1 卷第 12 期,1935 年 3 月)

读什么书

对于这问题我想提出三个标准，（甲）关于本务的，（乙）关于修养的，（丙）关于趣味的。（甲）最重要，（乙）（丙）次之。

学校青年的本务在学习规定的学科，各学科的教本当然要好好地读。各科除教本外，还有许多参考书，也该尽量去读。如有余力，可再读些有关修养或趣味的书。修养重在实践，趣味各有方向。（例如有的喜欢绘画，有的喜欢文艺）这两类的书，在学生时代选择要精，种数却不必多。耽读杂书忘了自己目前的正经功课的，不能算好学生。

从事职业的人，首先该读的是关于本身职业的书。做工程师的该搜集关于工程的新书杂志来读，做医生的该搜集关于医学的新书杂志来读。次之还该读些和自己的职业有间接关系的东西，例如建筑师应该读美学、美术史、市政学、文化史等等。银行行员应该兼留意于国内外各种统计报告、物产志、交通志和农民状况等等。如有余力，可再读些有关修养或趣味的书类。自己觉得身体不十分好的读有关卫生炼锻的书。有志于品性修养的可选读经典、格言集，或中外名人传记。喜欢文艺的可读新旧各种创作。喜欢养鱼鸟的可读关于鱼鸟的书。喜欢摄影的可读摄影的书。喜欢围棋的可读关于棋道的书。我们该把读书认作供给生活需要，培养自己的手段，切实有效地做去。从前传下来的错误的读书观，如把读书看作雅事，一把读书当作消遣之类，都该抛弃。

（原载《晨报·晨曦》"读书指导专号"，1935 年 4 月 22 日）

胡愈之叶圣陶等
发起中国语言学会

　　胡愈之、夏丏尊、叶圣陶、舒新城、陈望道、曹聚仁等最近组织中国语言学会，研究关于语言的学术，以促进其发展，业已组织筹备委员会，拟订简章，现正积极征求会员入会，以扩大其会务，将来关于我国语言的学术，行见渐臻普遍，以打破目前百里之外，方言各异之畸形现象。该会对于手头字之推行，亦为其最大之任务，实为我国语言学前途之一颗明星，现筹备委员会会址，设在上海拉郡路敦和里五十九号，将其缘起及简章，分志如下：

缘　起

　　我们最近想联络同志，研究关于中国语言的学术，共同来促进中国语言的发展。前经推举筹备委员胡愈之、叶圣陶、陈望道、夏丏尊、舒新城、曹聚仁、乐嗣炳七人，组织筹备会，迭次商量进行事项，并拟订中国语言学会简章一份，欢迎对于语言学极有研究之同志，参加本会共同研究。

简　章（中国语言学会简章草案）

　　中国语言学会简章

　　一、本会定名为中国语言学会。

　　二、本会宗旨在联络同志，研究关于语言的学术，促进中国语言的发展，增加中国语言的功能。

　　三、本会工作分为下列各项：

甲.研究,批判;

乙.调查,搜集;

丙.报告,讨论;

丁.编辑,出版与创导,推行。

四、本会工作对象包括:(甲)语言的声音;符号(文字),意义;(乙)语汇,语法,修辞;(丙)语言理论及历史;(丁)语言艺术;(戊)盛放语言教育各门。

五、凡赞成本会宗旨,愿参加本会工作的,由会员两人以上的介绍,经理事会通过,都得做本会会员。

六、凡赞成本会宗旨,愿捐纳会费一百元以上者,无论个人或团体,由本会会员介绍,经理事会通过,都得做本会名誉会员。

七、会员有下列各义务:

甲.就自己专门研究范围,拟定专题,从事切实有用的工作;

乙.遵守本会议决案;

丙.每年纳会费两元。

八、会员有违背本会宗旨或议决案的行动,经会员举发,得由理事会四分之三的多数议决宣布除名。

九、会员大会 每年举行一次,由理事会召集,任务如下:

甲.决定工作纲领;

乙.宣读论文;

丙.选举理事。遇有必要时,得由理事会召集临时大会。

十、理事会由会员选出理事十一人组成,每月举行常会一次,任务如下:

甲.执行会员大会议决案;

乙.通过会员及名誉会员名单;

丙.分配会员工作;

丁.处理其他一切事务。

十一、干事部 由理事互推总干事及干事二人组成,任务如下:

甲.处理文件;

乙.处理出版事务；

丙.司理本会财政出纳；

丁.其他经常事务。

十二、专门委员会由理事会议决分门组成。

十三、本会章程经成立大会通过，发生效力，修改权属于会员大会。

（原载《时事新报》，1935 年 6 月 6 日）

1936

阅读什么

（二十四年十二月十日在中央广播电台讲）

中学生诸君：

我在这回播音所担任的是中学国语科的节目。国语科有好几个方面，我想对诸君讲的是些关于阅读方面的话。豫备分两次讲，一次讲"阅读什么"，一次讲"怎样阅读"。今天先讲"阅读什么"。

让我在未讲到正文以前，先发一句荒唐的议论。我以为书这东西是有消灭的一天的。书只是供给知识的一种工具，供给知识，其实并不一定要靠书。试想，人类的历史不知已有多少年，书的历史比较起来是很短很短的。太古的时代并没有书，可是人类也竟能生活下来，他们的知识原不及近代人，却也不能说全没有知识。足见书不是知识的唯一的来源，要得知识，并不一定要靠书的了。古代的事，我们只好凭想像来说，或者有些不可靠，再看现在的情形吧。今天的讲演是用无线电播送给诸君听的，假定听的有一万人，如果我讲得好，有益于诸君，那效力就等于一万个人各读了一册"读书法"或"读书指导"等类的书了。我们现在除无线电话以外还有电影可以利用，历史上的事件，科学上的制造，如果用电影来演出，功效等于读历史书和科学书。假定有这么一天，无线电话和电影发达得很进步普遍，放送的材料有人好好编制，适于各种人的需要，那末书的用处会逐渐消灭，因为这些利器已可代替书了。我们因了想像知道太古时代没有书，将来也可不必有书，书的需要，可以说是一种过渡时代的现象。

今天所讲的题目是"阅读什么"，方才这番议论，好像有些荒唐，文不对题。其实我的意思只是想借此破除许多读书的错误观念。我也承认书本在今日还是有用的，我们生存在今日，要求知识，最普通、最经济的方法还是读书。可是一向传下来的读书观念，很有许多是错误的。有些人把读书认为高尚的风雅事情，把书本当作玩好品古董品，好像书这东西是与实际生活无关，读书是实际生活以外的消遣工作。有些人把书认为唯一的求学的工具，以为所谓求知识就是读书的别名，书本以外没有知识的来路。这两种观念都是错误的，犯前一种错误的以一般人为多，犯后一种错误的大概是青年人，尤其是日日手捏书本的中学生诸君。

我以为书只是求知识的工具之一，我们为了要生活，要使生活的技能充实，就得求知识。所谓知识，决不是甚么装饰品，只是用来应付生活，改进生活的技能。譬如说，我们因为要在自然界中生存，要知道利用自然界理解自然界的情形，才去学习物理、化学和算学等科目，我们因为要在这世界上做人，才去学习世界情形，修习世界史和世界地理等科目，我们因为要做现在的中国人民，才去学习本国历史、地理、公民等科目，学习的方法可有各式各样，有时须用实验的方法，有时须用观察的方法，有时须用演习的方法，并不一定都依靠书。只因为书是用文字写成的，文字是最便利的东西，可把世间一切的事情，一切的道理都记载出来，印成了书，随时随地可以翻看，所以书就成了求知识的重要的工具，值得大众来阅读了。

以上是我对于书的估价，下面就要讲到今天的题目"阅读什么"了。

青年人应该读些什么书？这是一个从古以来的大问题，对于这问题从古就有许多人发表过许多议论，近十年来这问题也着实热闹，有好几位先生替青年开过书目单，其中比较有名的是梁启超先生和胡适之先生所开的单子。诸君之中想必有许多人见过这些单子的。我今天不想再替诸君另开单子，只想大略地告诉诸君几个着手的方向。

我想把读书和生活两件事联成一气，打成一片来说，在我的见解，读书并不是风雅的勾当，是改进生活丰富生活的手段，书籍并不是茶余酒后的消遣品，乃是培养生活上知识技能的工具。一个人该读些什么书，看些什么书，要依了他自己的生活来决定，来选择。我主张把阅读的范围,分成三个,(一)是关于自己的职务的,(二)是参考用的,(三)是关于趣味或修养的。举例子来说,做内科医生的,第一应该阅读的是关于内科的书籍杂志,这是关于自己职务的阅读,属于第一类。次之是和自己的职务无直接关系,可以作研究上的参考,使自己的专门知识更丰富确切的书,如因疟疾的研究,而注意到蚊子的种类,便去翻某种生物学书,因了疟蚊的分布,便去翻阅某种地理书,因了某种药物的性质,便去查检某种的植物书矿物书,因了某一词儿的怀疑,便去翻查某种辞典,这是参考的阅读,属于第二类。再次之这位医生除了医生的职务以外,当然还有趣味或修养的生活,在趣味方面他如果是喜欢下围棋的,不妨看看关于围棋的书,如果是喜欢摄影的,不妨看看关于摄影的书,如果是喜欢文艺的,不妨看看诗歌小说一类的书,在修养方面,他如果是有志于品性的修炼的,自然会去看名人传记或经典格言等类的书,如果是觉得自己身体非锻炼不可的,自然会去看游泳运动等类的书,这是趣味或修养方面的阅读,属于第三类。第一类关于职务的书是各人不相同的,银行家所该阅读的书和工程师不同,农业家所该阅读的书和音乐家不同,第二类的参考书,是因了专门业务的研究随时连类牵涉到的,也不能划出一定的种数,至于第三类的关于趣味或修养的书,更该让各个人自由分别选定。总而言之,读书和生活应该有密切的关联。

上面我把阅读的范围分为三个,(一)是关于个人职务的,(二)是参考的,(三)关于趣味或修养的。下面我将根据这几个原则对中学生诸君讲"阅读什么"的问题。

先讲关于职务的阅读。诸君的职务是什么呢?诸君是中学生,职务就在学习中学校的各种功课。诸君将来也许会做官吏,做律师,开商店,做教师,各有各的职务吧,现在却都在中学校受着中等教育,把中学校所规定的各种功课,好好学习,就是诸君的职务了。诸君在职务上该阅读的书,不是别的,就是学校规定的各种教科书。诸君对于我这番话也许会认为无聊吧,也许有人说,我们每日捧了教科书上课堂,下课堂,本来天天在和教科书作伴侣,何必再要你来嘈杂呢?可是,我说这番话,自信态度是诚恳的。不瞒诸君说,我也曾当过许多年的中学教师,据我所晓得的情形,中学生里面能够好好地阅读教科书的人并不十分多。有些中学生喜欢读小说,随便看杂志,把教科书丢在一边,有些中学生爱读英文或国文,看到理化算学的书就头痛。这显然是一种偏向的坏现象。一般的中学生虽没有这种偏向的情形,也似乎未能充分地利用教科书。教科书专为学习而编,所记载的只是各种学科的大纲,原并不是甚么了不得的著作,但对于学习还是有价值的工具。学习一种功课,应该以教科书为基础,再从各方面加以扩充,加以比较、观察、实验、证明等种种切实的工夫,并非胡乱阅读几遍就可了事。举例来说,国语科的读本,通常是用几篇选文编成的,假定一册国文读本共有三十篇文章,你光是把这三十篇文章读过几遍,还是不够,你应该依据了这些文章作种种进一步的学习,如文法上的习惯咧、修辞上的方式咧、断句和分段的式样咧,诸如此类的事项,你都须依据了这些文章来学习,收得扼要的知识才行。仅仅记牢了文章中所记的几个故事或几种议论,不能算学过国语一科的。再举一个例来说,算学教科书里有许多习题,你得一个一个地演习,这些习题,一方面是定理或原则的实际上的应用,一方面是使你对于已经学过的定理或原则更加明瞭的。例如四则问题有种种花样,龟鹤算咧,时计算咧,父子年岁算咧,你如果只演习了一个个的习题,而不能发见这些习题中的共通的关系或法则,也不好称为已学会了四则。依照这条件来说,阅读教科书,并非容易简单的工作了。中学科目有十几门,每门的教科书先该平均地好好阅读,因为学习这些科目是诸君现在的职务。

次之讲到参考书。如果诸君之中有人问我,关于某一科应看些什么参考书? 我老实无法回答。我以为参考书的需要因特种的题目而发生,是临时的,不能豫先决定。干脆地说,对于第一种职务的书籍阅读得马马虎虎的人,根本没有阅读参考书的必要。要参考,先得有题目,如果心里并无想查究的题目,随便拿一本书来东翻西翻,是毫无意味的傻事,等于在不想查生字的时候去胡乱翻字典。就国语科举例来说,诸君在国语教科书里读到一篇陶潜的《桃花源记》,如果有不曾明白的词儿,得翻辞典,这是辞典(假定是《辞源》)就成了参考书。这篇文章是晋朝人做的,如果诸君觉得和别时代所写的情味有些两样,要想知道晋代文的情形,就会去翻中国文学史(假定是谢无量编的《中国文学史》),这时文学史就成了诸君的参考书。这篇文章里所写的是一种乌托邦思想,诸君平日因了师友的指教,知道英国有一位名叫马列斯的社会思想家写过一本《理想乡消息》和陶潜所写的性质相近,拿来比较,这时《理想乡消息》就成了诸君的参考书。这篇文章是属于记叙一类的,诸君如果想明白记叙文的格式,去翻看《记叙文作法》(假定是孙俍工编的),这时《记叙文作法》就成了诸君的参考书。还有,这篇文章的作者叫陶潜,诸君如果想知道他的为人,去翻《晋书·陶潜传》或《陶集》,这时《晋书》或《陶集》就成了诸君的参考书。这许多参考书是因为有了题目才发生的,没有题目,参考无从做起,学校图书室虽藏着许多的书,诸君自己虽买有许多的书,也毫无用处。国语科如此,别的科目也一样。诸君上历史课听教师讲英国的工业革命一课,如果对于这件历史上的事迹发生了兴趣或问题,就自然会请问教师得到许多的参考书,图书馆里藏着的《英国史》,各种经济书类,以及近来杂志上所发表过的和这事有关系的单篇文字,都成了诸君的参考书了。所以,我以为参考书不能豫先开单子,只能照了所想参考的题目临时来决定。在到图书馆去寻参考书以前,我们应该先问自己,我所想参考的题目是什么?有了题目,不知道找什么书好,这是可以问教师,问朋友,查书目的,最怕的是连题目都没有。

　　上面所讲的是关于参考书的话。再其次要讲第三种关于趣味修养的书了。这类的书可以说是和学校功课无关的,不妨全然照了自己的嗜好和需要来选择。一个人的趣味是会变更的,一时喜欢绘画的人,也许不久会喜欢音乐,喜欢文学的人,也许后来会喜欢宗教。至于修养,方面更广,变动的情形更多。在某时候觉得自己身心上的缺点在甲方面,该补充矫正,过了些时,也许会觉得自己身心上的缺点在乙方面,该补充矫正了。这种自然的变更,原不该勉强拘束,最好在某一时期,勿把目标更动。这一星期读陶诗,下一星期读西洋绘画史,趣味就无法涵养了。这一星期读曾国藩家书,下一星期读程朱语录,修养就难得效果了。所以,我以为这类的书,在同一时期中,种数不必多,选择却要精。选定一二种,豫定了时间来好好地读。假定这学期定好了某一种趣味上的书,某一种修养上的书,不妨只管读去,正课以外,有闲暇就读,星期日读,每日功课完毕后读,旅行的时候在车上船上读,逛公园的时候坐在草地上读,如果读到学期完了,还不厌倦,下学期依旧再读,读到厌倦了为止。诸君听了我这番话,也许会骇异吧。我自问不敢欺骗诸君,诸君读这类书,目的不在会考通过,也不在毕业迟早,完全为了自己受用,一种书读一年,读半年,全是诸位的自由,但求有益于自己就是:用不着计较时间的长短。把自己欢喜读的书永久地读,是有意义的。赵普读《论语》,是有名的历史故事,日本有一位文学家名叫坪内逍遥新近才死,他活了近八十岁,却读了五十多年的莎士比亚剧本。

我的话已完了。现在来一个结束。我以为:书是供给知识的一种工具,读书是改进生活丰富生活的手段,该读些什么书要依了生活来决定选择。首先该阅读的是关于职务的书,第二是参考书,第三是关于趣味修养的书。中学生先该把教科书好好地阅读,因为中学生的职务就在学习中学校课程。参考书可因了所要参考的题目去决定,最要紧的是发见题目。至于趣味修养的书可自由选择,种数不必多,选择要精,读到厌倦了才更换。

(原载《中学生》第 61 期,1936 年 1 月)

怎样阅读

（二十四年十二月十二日在中央广播电台讲）

　　前天我曾对中学生诸君讲过一次话，题目是《阅读什么》。今天所讲的，可以说是前回的连续，题目是《怎样阅读》。前回讲"阅读什么"，是阅读的种类，今天讲"怎样阅读"，是阅读的方法。

　　"怎样阅读"，和"阅读什么"一样，也是一个老问题，从来已有许多人对于这问题说过种种的话。我今天所讲的也并无前人所没有发表过的新意见，新方法，今天的话是对中学生诸君讲的，我只希望我的话能适合于中学生诸君就是了。

　　我在前回讲"阅读什么"的时候，曾经把阅读的范围划成三个方面：第一是职务上的书，第二是参考的书，第三是趣味修养的书。中学生的职务在学习中学校的课程，中学校的各科教科书属于第一类，学习功课的时候须有别的书籍作参考，这些参考书，属于第二类，在课外选择些合乎自己个人趣味或有关修养的书来阅读，这是第三类。今天讲"怎样阅读"，也仍想依据了这三个方面来说。

　　先讲第一类关于诸君职务的书，就是教科书。摆在诸君案头的教科书，有两种性质可分，一种是有严密的系统的，一种是没有严密的系统的。如算学、理化、地理、历史、植物、动物等科的书，都有一定的章节，一定的前后次序，这是有系统的。如国文读本，如英文读本，就定不出严密的系统，一篇韩愈的《原道》可以收在初中国文第一册，也可以收在高中国文第二册，一篇《佛兰克林的传记》，可以摆在初中英文第三册，也可以摆在高中英文第二册。诸君如果是对于自己所用着的教科书留心的，想来早已知道这情形。这情形并不是偶然的,可以说和学科的性质有关。有严密的系统的是属于一般的所谓科学,像国文,英文之类是专以语言文字为对象的,除文法修辞教科书外,一般所谓读本教本,都是用来作模范,作练习的工具的东西,所以本身就没有严密的系统了。教科书既然有这两种分别,阅读的方法就也应该有不同的地方。

如果把阅读分开来说,一般科学的教科书应该偏重于阅,语言文字的教科书应该偏重在读。一般科学的教科书虽也用了文字写着,但我们学习的目标并不在文字上,譬如说,我们学地理,学化学,所当注意的是地理、化学书上所记着的事项本身,这些事项除图表外原用文字记着,但我们不必专从文字上去记忆揣摩,只要从文字去求得内容就够了。至于语言文字的学科就不同,我们在国文教科书里读到一篇文章——假定是韩愈的《画记》,这时我们不但该知道韩愈这个人,理解这篇《画记》的内容,还该有别的目标,如文章的结构,词句的式样,描写表现的方法等等,都得加以研究。如果读韩愈的《画记》,只知道当时曾有过这样的画,韩愈曾写过这样的一篇文章,那就等于不曾把这篇文章当作国文功课学习过。我们又在英文教科书里读华盛顿砍樱桃树的故事,目的并不在想知道华盛顿为什么砍樱桃树,砍了樱桃树后来怎样,乃是要把这故事当作学习英文的材料,收得英文上种种的法则。所以阅读两个字不妨分开来用,一般科学的教科书应懂它的内容,不必从文字上去瞎费力,只要好好地阅就行,像国文英文两门是语言文字的功课,应在形式上多用力,只阅不够,该好好地读。

不论是阅或是读,对于教科书该毫不放松,因为这是正式功课,是诸君职务上的工作。有疑难,得去翻字典,有问题,得去查书。这就是所谓参考了。参考书是为用功的人豫备的,因为要参考先得有参考的项目或问题,这些项目或问题,要阅读认真的人才会从各方面发生。这理由我在前回已经讲过,诸君听过的想尚还能记忆,不多说了。现在让我来说些阅读参考书的时候该注意的事情。

第一,我劝诸君暂时认定参考的范围,不要把自己所要参考的项目或问题抛荒。我们查字典,大概把所要查的字或典故查出了就满足,不会再分心在字典上的。可是如果是字典以外的参考书，一不小心，往往有辗转跑远的事情。举例来说，你读《桃花源记》，为了"乌托邦思想"的一个项目，去把马列斯的《理想乡消息》来作参考书读，是对的，但你得暂时记住，你所要参考的是"乌托邦思想"，不是别的项目。你不要因读了马列斯的这部《理想乡消息》就把心分到很远的地方去。马列斯是主张美术的，是社会思想家，你如果不留意，也许会把所读的《桃花源记》忘掉，在社会思想咧美术咧等等的念头上打圈子，从甲方面转到乙方面，再从乙方面转到丙方面，结果会弄得头脑杂乱无章。我们和朋友谈话的时候，常有把话头远远地扯开去，忘记方才所谈的是什么的。这和因为看参考书把本来的题目抛荒，情形很相像。懂得谈话方法的人，碰到这种情形，常会提醒对手把话说回来，回到所要谈的事情上去。看参考书的时候，也该有同样的注意，和自己所想参考的题目无直接关系的方面，不该去多分心。

第二，是劝诸君乘参考之便留意一般书籍的性质和内容大略。除了查检字典和翻阅杂志上的单篇文字以外，所谓参考书者，普通都是一部一部的独立的书籍。一部书有一部书的性质、内容和组织式样，你为了参考既有机会去见到某一部书，乘便把这一部书的情形知道一些，是并不费事的。诸君在中学里有种种规定要做的工作，课外读书的时间很少，有些书在常识上将来应用上却非知道不可，例如，我们在中学校里不读《二十四史》《十三经》，但《二十四史》《十三经》是怎样的东西，却是该知道的常识。我们不做基督教徒，不必读圣书，但《新约》和《旧约》的大略内容，却是该知道的常识。如果你读历史课，对于"汉武帝扩展疆土"的题目，想知道得详细情形，去翻《史记》或是《汉书》，这时候你大概会先翻目录吧，你翻目录，一定会见到"本纪""列传""表""志"或"书"等等的名目，这就是《史记》或《汉书》的组织构造，你读了里面的《汉武帝本纪》一篇，或全篇里的几段，再把这些目录看过，在你就算是对于《史记》或《汉书》发生过关系，《史记》《汉书》是怎样的书，你可懂得大概了。再举一个例来说，你从植物学或动物学教师口头听到"进化论"的话，你如果想对这题目多知道些详细情形，你可到图书馆去找书来看，假定你找到了一本陈兼善著的《进化论纲要》，你可先阅序文，看这部书是讲什么方面的，再查目录，看里面有些什么项目，你目前所参考的也许只是其中的一节或一章，但这全书的概括知识，于你是很有用处的。你能随时留心，一年之中，可以收得许多书籍的概括的大略知识，久而久之，你就知道那些书里有些什么东西，要查那些事项，该去找什么书，翻检起来，非常便利。

以上所说的是关于参考书的话。参考书因参考的题目随时决定，阅读参考书的时候，要顾到自己所参考的题目，勿使题目抛荒，还要把那部书的序文目录留心一下，记个大略情形，豫备将来的翻检便利。

以下应该讲的是趣味修养的书。这类的书，我在上回曾经讲过，种数不必多，选择要精。一种书可以只管读，读到厌倦才止。这类的书，也该尽量地利用参考书。例如：你现在正读着杜甫的诗集，那末有时候你得翻翻杜甫的传记，年谱，以及别人诗话中对于杜诗的评语等等的书。你如果正读着王阳明的《传习录》，你得翻翻王阳明的集子，他的传记以及后人关于程朱陆王的论争的著作。把自己正在读着的书做中心，再用别的书来做帮助，这样，才能使你读着的书更明白，更切实有味，不至于犯浅陋的毛病。

上面所讲的是三种书的阅读方法。关于阅读两个字的本身，尚有几点想说说。我方才曾把教科书分为两种性质，一种是属于一般的科学的，有严密的系统，一种是属于语言文字的，没有严密的系统。我又曾说过，属于一般科学的该偏重在阅，属于语言文字的，只阅不够，该偏重在读。现在让我再进一步来说，凡是书，都是用语言文字写成的，照普通的情形看来，一部书可以含有两种性质，书本身有着内容，内容上自有系统可寻，性质属于一般科学，书是用语言文字写着的，从形式上去推究，就属于语言文字了。一部《史记》，从其内容说，是历史，但是也可以选出一篇来当作国文科教材。诸君所用的算学教科书，当然是属于科学一类的，但就语言文字看，也未始不可为写作上的参考模范。算学书里的文章，朴实正确，秩序非常完整，实是学术文的好模样。这样看来，任何书籍，都可有两种说法，如果就内容说，只阅就可以了，如果当作语言文字来看,那末非读不可。

这次播音,教育部托我担任的是中学国语科的讲话,我把我的讲话限在阅读方面。我所讲的只是一般的阅读情形,并未曾专就国语一科讲话,诸君听了也许会说我的讲话不合教育部所定的范围条件吧。我得声明,我不承认有许多独立存在的所谓国语科的书籍,书籍之中除了极少数的文法修辞等类以外,都可以是不属于国语科的,我们能说《论语》《孟子》《庄子》《左传》是国语吗?能说《红楼梦》《水浒》《三国演义》是国语吗?可是如果从形式上着眼,当作语言文字来研究,那就没有一种不是国语科的材料,不但《论语》《孟子》《庄子》《左传》是国语,《红楼梦》《水浒》《三国演义》是国语,诸君的物理教科书,植物教科书也是国语,甚至于张三的卖田契李四的家信也是国语了。我以为所谓国语科,就是学习语言文字的一种功课,把本来用语言文字写着的东西,当作语言文字来研究来学习就是国语科的任务。所以我只讲一般的阅读,不把国语科特别提出。这层要请诸位注意。

把任何的书,从语言文字上着眼去学习研究,这种阅读,可以说是属于国语科的工作。阅读通常可分为两种,一是略读,一是精读。略读的目的在理解,在收得内容,精读的目的在揣摩,在鉴赏。我以为要研究语言文字的法则,该注重于精读。分量不必多,要精细地读。好比临帖,我们临某种帖,目的在笔意相合,写字得它的神气,并不在乎钞录它的文字,假定这部帖里共有一千个字,我们与其每日瞎钞一遍,全体写一千个字,倒不如拣选十个或二十个有变化的有趣味的字,每字好好地临几遍,来得有效。诸君读小说,假定是茅盾的《子夜》,如果当作语言文字的学习的话,所当注意的不该但是书里的故事,对于书里面的人物描写,叙事的方法,结构照应以及用辞造句等等该大加注意,诸君读诗歌,假定是徐志摩的诗集,如果当语言文字学习的话,不但该注意诗里的大意,还该留心它的造句用韵音节以及表现着想对仗风格等等的方面。语言文字上的变化技巧,其实并不十分多的,只要能留心,在小部分里也大概可以看得出来。假定一部书有五百页,每一页有一千个字,如果第一页你能看得懂,那末我敢保证,你是能把全书看懂的。因为全书所有的语言文字上的法则在第一页一千字里面大概都已出现。举例来说,文法上的法则,像动词的用法,接续词的用法,形容词的用法,助词的用法,以及几种句子的结合法,都已出现在第一页了。我劝诸君能在精读上多用力。

为了时间关系,我的话就将结束。我所讲的话,乱杂疏漏的地方自己觉得很多,请诸君代去求教师替我修正。关于中学国语科的阅读,我几年前曾发表过好些意见,所说的话和这回大有些不同。记得有两篇文章,一篇叫做《关于国文的学习》,载在《中学各科学习法》(《开明青年丛书》之一)里,还有一篇叫《国文科课外应读些甚么》,载在《读书的艺术》(《中学生杂志丛刊》之一)里,诸君如未曾看到过的,请自己去看看,或者对于我这回的讲话,可以得到一些补充。我这无聊的讲话,费了诸君许多课外的时间,对不起得很。

(原载《中学生》第 61 期,1936 年 1 月)

关于《国文百八课》

　　《国文百八课》出到第三册了。第一册出版于去年六月，第二册出版于去年九月，至今才出第三册。所以如此延缓者，实因为丏尊丧女以后，心境不好的缘故。丏尊的女儿吉子，曾替父亲抄录过本书的许多材料和卡片，为了怕触动悲怀，丏尊把这类文件藏搁了好几个月。第四册已在编辑中，年内定可出版。自出书以来，一学期一册的供给，自问尚不至于脱误，采用者可不必顾虑。

　　这是一部侧重文章形式的书，书中所选取的文章，虽也顾到内容的纯正和性质的变化，但对于文章的处置，全从形式上着眼。

　　依我们的信念，国文科和别的学科性质不同，除了文法修辞等部分以外，是拿不出独立固定的材料来的。凡是在白纸上写着黑字的东西，当作文章来阅读来玩索的时候，甚么都是国文科的工作，否则就不是。一篇《项羽本纪》是历史科的材料，要当作文章去求理解，去学习章句间的法则的时候，才算是国文科的工作。所以在国文科里读《项羽本纪》，所当着眼的不应只是故事的开端，发展和结局，应是生字难句的理解和文章方法的摄取。读英文的人，如果读了"龟兔竞走"的故事，只记得兔怎样自负，龟怎样努力，结果兔怎样失败，龟怎样胜利等等的故事的内容，而不记得那课文章里的生字，难句，以及向来所未碰到过的文章上的某种方式，那末他等于在听人讲"龟兔竞走"的故事，并不在学习英文。故事是听不完的，学习英文才是目的，不论国文英文，凡是学习言语文字如不着眼于形式方面，只在内容上去寻求，结果是劳力多而收获少。竟有许多青年在学校里学过好几年国文,而文章还写不通的。其原因也许就在学习未得要领。他们每日在国文教室里对了书或油印的文选,听教师讲故事,故事是记得了,而对于那表现故事的方法仍旧茫然,难怪他们表现能力缺乏了。

因此之故,我们主张把学习国文的目标侧重在形式的讨究,同时主张把材料的范围放宽,洋洋洒洒的富有情趣的材料,固然选取,零星的便笺,一条一条的章则,朴实干燥的科学的记述等也选取。

本书在编辑上自信是极度认真的,仅仅每课文话话题的写定,就费去了不少的时间。本书豫定分一百零八课,每课各说述文章上的一个项目。那些项目需要,那些项目可略,颇费推敲。至于前后的排列,也大费过心思。

文话的话题决定以后,次之是选文了。文章是多方面的东西,一篇文章可从种种视角来看,也可应用在种种的目标上。例如一篇朱自清的《背影》可以作"随笔"的例,可以作"抒情"的例,可以作"叙述"的例,也可以作"第一人称的立脚点"的例,此外如果和别篇比较对照起来,还可定出各种各样的目标来处置这篇文章。(如和文言文对照起来,就成语体文的例等等。)我们豫定的文话项目有一百零八个,就代表着文章知识的一百零八个方面,选文每课两篇,共计二百十六篇,要把每一篇选文用各种各样的视角去看,使排列成一个系统,既要适合又要有变化,这是一件难得讨好的事。我们在这点上颇费着不少的苦心。

最感麻烦的是文法修辞的例句的搜集。关于文法和修辞的每一法则,如果凭空造例,或随举前人的文句为例,是很容易的,可是要在限定的几篇选文中去找寻,却比较费事了。我们为了找寻例句,记忆翻检,颇费尽工夫。非不得已,不自己造句或随取前人文句。

选古今现成的文章作教材,这虽已成习惯,其实并不一定是好方法,尤其是对于初中程度的学生。现代的青年有现代青年的生活,古人所写的文章内容形式固然不合现代青年的需要,就是现代作家所写的文章,写作时也并非以给青年读为目的,何尝能合乎一般青年的需要呢? 最理想的方法,是依照了青年的需要,从青年生活上取题材,分门别类地写出许多文章来,代替选文。

我们多年以来,也曾抱有这种理想。这次编辑本书,一时曾思把这理想来实现,终于因为下面所说的两个原因中止了。第一,叫青年只读我们一二人的写作,究竟嫌太单调。第二,学习国文的目的,一部分在习练写作,一部分在养成阅读各种文字的能力。一个青年将来必将和各种各样的文字相接触,如果只顾到目前情形的适合,对于他们的将来,也许是不利的。犹之口味,他们目前虽只配吃甜,将来难免要碰到酸的苦的辣的东西。豫先把甜酸苦辣都叫他们尝尝,也是合乎教育的意义的事。

说虽如此,我们总觉得现成的文章不适合于青年学生。现在已是飞机炸弹的时代了,从《三国志演义》里选出单刀匹马式的战争故事叫青年来读,固然不对劲,青年是活泼的,叫他们读现代中年人或老年人所写的感伤的文字,也同样不合理。

初中国文科的讲读材料,是值得研究的大问题。本书虽因了上面所举的两个原因,仍依向来旧习惯,选用着古今现成的文章,但自己并不满意。

前面已经讲过,本书是侧重文章形式的,从形式上着眼去处置现成的文章,也许可将内容不适合的毛病减却许多。时下颇有好几种国文课本是以内容分类的。把内容相类似的古今现成文章几篇合成一组,题材关于家庭的合在一处,题材关于爱国的合在一处。这种办法,一方面侵犯了公民科的范围,一方面失去了国文科的立场,我们未敢赞同。

本书每课附有修辞法或文法。修辞法和文法在中国都还是新成立的学问。

修辞法在中国自古就有不少的零碎的宝贵的遗产,近来有人依靠了外国的著作,重新加以系统地演述,其中最完整的有陈望道先生的《修辞学发凡》。这是一部近年来的好书,有了这部书以后,修辞法上的问题,差不多都已头头是道地解决了。我们依据的就是这部书。

至于文法,名著《马氏文通》只是关于文言的,本身也尚有许多可议的地方。白话文法虽也有几个人写过,差不多都是外国文法的改装,不能用来说明中国语言的一切构造。文法一科,可以说尚是有待开垦的荒地,尤其是关于白话方面的。朋友之中,颇有从各部分研究,发见某一类词的某一法则,或某一类句式的构造的新说明的。我们也曾努力于此,偶然有所发见。这些发见都是部分的,离开系统地建设尚远。

本书介绍文法,大体仍沿用马氏及时下文法书的系统,对于部分如有较好的新说者,在不破坏现在的系统条件之下,尽量改用新说(如第一册关于叙述句和说明句的讨论,关于句的成分的排列法的讨论等)。在此青黄不接的时代,我们觉得除此更无妥当的方法了。

本书问世以来,颇得好评,至于缺点,当然难免。

我们自己发觉的缺点有一端,就是太严整,太系统化了些。本书所采的是直进的编制法,步骤的完密是其长处,平板是其毛病。例如把文章分成记述,叙述,说明,议论四种体裁,按次排列,在有些重视变化兴味的人看来,会觉得平板吧。

但本书是澈头澈尾采取"文章学"的系统的,不愿为了变化兴味自乱其步骤。为补救平板计,也曾于可能的范围内力求变化。例如第三册里所列的大半虽为说明文的材料,但着眼的方面却各自不同。

我们以为杂乱地把文章选给学生读,不论目的何在,是从来国文科教学的大毛病。文章是读不完的,与其漫然的瞎读,究不如定了目标来读。本书每课有一目标,为求目标与目标间的系统完整,有时把变化兴味来牺牲,亦所不惜。所望使用者一方面认识本书的长处,一方面在可能的时候,设法弥补本书的短处。(如临时提供别的新材料等。)

拉杂写了许多话,一部分是我们对于中学国文科教学的私见,想提出来和教学者商量的。一部分是本书编辑上的甘苦之谈,无论做甚么事,做的人自己最明白,所谓"冷暖自知"之境者就是。编书的人把关于编书的情形,以及书的长处短处,供状似地告诉给读者听,应该是有意义的事,尤其是有多数人使用的教本之类的书。

（原载《申报·读书俱乐部》,1936 年 9 月 1 日,署名:夏丏尊、叶绍钧）

学习国文的着眼点

（二十五年九月二十四二十六两日
教育部中等学校播音讲演稿）

上

中学生诸君：

这回我承教育部的委托，来担任关于国文科的讲演。讲演的题目叫做"学习国文的着眼点"。打算分两次讲，今天先来一个大纲，下次再讲具体的方法。

为了要使听众明瞭起见，开始先把我的意见扼要地提出。我主张学习国文该着眼在文字的形式方面。就是说，诸君学习国文的时候该在文字的形式方面去努力。

所谓形式，是对内容说的。诸君学过算学，知道算学上的式子吧，"1＋2＝3"这个式子可以应用于种种不同的情形，譬如说一个梨子加两个梨子等于三个梨子，一只狗加两只狗等于三只狗，无论甚么都适用。这里面，"1＋2＝3"是形式，"梨子"或"狗"是内容。算式上还有用"x"的，那更妙了，算式中凡是用着"x"的地方不拘把甚么数字代进去都适合，这时候"1""2""3"等等的数字是内容，"x"是形式了。

让我们回头来从国文科方面讲，文字是记载事物发挥情意的东西，它的内容是事物和情意，形式就是一个个的词句以及整篇的文字。文字的内容是各各不同的，同是传记，因所传的人物而不同，同是评论，有关于政治的，有关于学术的，有关于经济的，同是书信，有讨论学术的，接洽事务的，可以说一篇文字有一篇文字的内容，无论别人所写或自己所写，每篇文字决不会有相同的内容的。内容虽然各不相同的，形式上却有相同的地方，就整篇文字说，有所谓章法段落结构等等的法则，就每一句说，有所谓句子的构成及彼此结合的方式，就每句中所用的词儿说，也有各种的方法和习惯。此外因了文字的体裁，各有一定共通的样式，例如，书信有书信的样式，章程有章程的样式，记事文有记事文的样式，论说文有论说文的样式。这种都是形式上的情形，和文字的内容差不多无关。我以为在国文科里所应该学习的就是这些方面。

国文科是语言文字的学科，和别的科目性质不同，这只要把诸君案头上的教科书拿来比较，就可明白。别的科目的教科书如动物、植物、历史、地理、算术、代数，都是分章节的，全书共分几章，每章之中，又分几个小节，前一章和后一章，前一节和后一节，都有自然的顺序，系统非常完整，可是国文科的教科书就不是这样了。诸君所读的国文教材，大部分是所谓选文，这些选文是一篇一篇的东西，有的是前人写的，有的是现代人写的，前面是《史记》里的一节，接上去的也许可以是《红楼梦》或《水浒传》的一节，前面是古人写的书信，接上去的也许会是现代人的小说。这种材料的排列，谈不到甚么秩序和系统，至于内容更是杂乱的很。别的科目的内容，是以我们所需要的知识为范围排列着的，植物教科书告诉我们关于植物的一般常识，历史教科书告诉我们人类社会活动进步的经过，地理教科书告诉我们地面上的种种现象和人类的关系，都有一定的内容可说。但是国文教科书的内容是甚么呢？却说不出来。原来国文科的内容甚么都可以充数，忠臣孝子的事迹固然可以做国文的内容，苍蝇蚊子的事情也可以做国文的内容，诸君试把已经读过的文字回忆一下，就可发见内容上的杂乱的情形。国文科的内容不但杂乱，而且有许多不是我们所需要的。譬如说：现在已是飞机炸弹的时代了，我们所需要的是最新的战争知识，而在国文教科书里所选到的还是单刀匹马式的《三国志演义》或《资治通鉴》里的一节。我们已是二十世纪的共和国公民了，从前封建时代的片面的道德观念已不适用，可是我们所读的文字，还有不少以宗祧贞烈等为内容的。我们是青年人，青年人所需要的是活泼勇猛的精神，可是国文教科书里尽有不少中年人或老年人所写的颓唐感伤的作品，甚至于还有在思想上态度上已经明白落伍了的东西。国文科的教材如果从内容上看来，真是杂乱而且不适合的，有些教育者见到了这一层，于是依照了内容的价值来编国文教科书，他们豫先定下了几个内容项目，以为青年应该孝父母，爱国家，应该交友有信，应该办事有恒，于是选几篇孝子的传记排在一组，选几篇忠臣烈士的故事排在一组，这样一直排下去。这办法无异叫国文科变成了修身科或公民科，我觉得也未必就对。给青年读的文字当然要选择内容好的，但内容的价值，在国文科究竟不是真正的目的。

我的意思，国文科是语言文字的学科，除了文法修辞等部分以外，并无固定的内容的。只要是白纸上写有黑字的东西，当作文字来阅读来玩味的时候，甚么都是国文科的材料。国文科的学习工作，不在从内容上去深究探讨，倒在从文字的形式上去获得理解和发表的能力。凡是文字，都是作者的表现。不管所表现的是一桩事情，一种道理，一件东西或一片情感，总之逃不了是表现。我们学习国文，所当注重的并不是事情、道理、东西或情感的本身，应该是各种表现方式和法则。诸君读英文的时候，曾经读过"龟兔竞走"的故事吧。诸君读这故事，如果把注意力为内容所牵住，只记得兔最初怎样自负，怎样疏忽，怎样睡熟，龟怎样努力，怎样胜过了兔等等一大串，而忘却了本课里的所有的生字难句，及别种文字上的方式，那末结果就等于只听到了"龟兔竞走"的故事，并没有学到英文。国文和英文一样，同是语言文字的科目，凡是文字语言，本身都附带有内容，文字语言本来就是为了要表现某种内容才发生的，世间决不会有毫无内容的文字语言。不过在国文科里，我们所要学习的是文字语言上的种种格式和方法，至于文字语言所含的内容，倒并不是十分重要的东西。我们自己写作的时候，原也需要内容，这内容要自己从生活上得来，国文教科书上所有的内容，既乱杂，又陈腐，反正是不适用，不够用的。我们的目的，是：要从古人或别人的文字里学会了记叙的方法，来随便叙述自己所要叙述的事物,从古人或别人的文字里学会了议论的方法,来随便议论自己所想议论的事情。

学习国文,应该着眼在文字的形式上,不应该着眼在内容上,这理由上面已经说了许多,诸君想来已可明白了。有一件事要请大家注意,就是文字的内容是有吸引人的力量的东西,我们和文字相接触的时候,容易偏重内容忽略形式。老实说,一般的文字语言的法则,在小学教科书里差不多已完全出现了的,诸君在未进中学以前,曾经读过六年的国语,教科书共有十二册。这十二册教科书照理应该把一般的文字语言的法则包括无遗。可是据我所知道的情形看来,似乎从小学出来的人都未能把这些法则完全取得。这是不足怪的,文字语言具有内容形式两个方面,要想离开内容去注意它的形式,多少需要有冷静的头脑。小学国语教科书的内容更不同,总算是依照了儿童生活情形编造的,内容的吸引力更大,更容易叫读的人忽略形式方面。用实在的例来说,依年代想来,诸君在小学里学国语,第一课恐怕是"狗,大狗,小狗。大狗叫、小狗跳"吧。这寥寥几个字,如果从文字的形式上着眼去玩味,有单语和句子的分别,有形容词和名词的结合法,有押韵法,有对偶法,有字面重叠法。但是试问诸君当时读这课书,曾经顾着到这些吗?那时先生学着狗来叫给诸君听,跳给诸君看,又在黑板上画大狗画小狗,对诸君讲狗的故事,诸君心里又想起家里的小花或是间壁人家的来富,整个的兴趣都被内容吸引去了,那里还有工夫来顾到文字形式上的种种方面。据我的推测,诸君之中大多数的人,在小学里学习国语,经过情形就是如此的。不但小学时代如此,诸君之中有些人在中学里读国文的情形,恐怕还是如此。诸君读到一篇烈士的传记,心里会觉得兴奋吧。读到一篇悲情的小说,眼里会为了流泪吧。读到一篇干燥无味的科学记载,会感到厌倦吧。这种现象在普通读书的时候,是应该的,不足为怪,如果在学习文字的时候,大大地要自己留意。对于一篇文字或是兴奋,或是流泪,或是厌倦,都不要紧,但得在兴奋,流泪或厌倦之后,用冷静的头脑去再读再看,从文字的种种方面去追求,去发掘。因为你在学习国文,你的目的不在兴奋,不在流泪,不在厌倦,在学习文字呀。

竟有许多青年，在中学已经毕业，文字还写不通的，其原因不消说就在平时学习国文未得要领。文字的所以不通，并不是缺乏内容，十之八九毛病在文字的形式上。这显然是一向不曾在文字的形式上留意的缘故。他们每日在国文教室里对了国文教科书或油印的选文，只知道听教师讲典故，讲作者的故事，典故是讲不完的，故事是听不完的，一篇一篇的作品也是读不完的。学习国文，目的就在学得用文字来表现的方法，他们只着眼于别人所表现着的内容本身，不去留心表现的文字形式，结果当然是劳而无功的。

从前的读书人学文字，把大半的工夫花在揣摩和诵读方面。当时可读的东西没有现在的多，普通人所读的只是几部经书和几篇限定的文章。说到内容，真是狭陋的很。所写的文字也只有极单调的一套，如"且夫天下之人……往往然也"之类。他们的文字虽然单调，在形式上倒是通的，只是内容空虚顽固得可笑而已。近来学生的文字，毛病适得其反，内容的范围已扩张得多了，缺点往往在形式上。这是值得大大地加以注意的。

我的话完了，今天说了不少的话，最重要的只有一句，就是说，学习国文应该着眼在文字的形式方面。至于具体的学习方法，留到下一回再讲。

下

中学生诸君：

前两天，我曾有过一回讲演，题目叫做学习国文的着眼点，大意是说，学习国文应该从文字的形式上着眼。今天所讲的是前回的连续，前回只讲了一番大意，今天要讲到具体的方法。

学习国文的方法，从古到今不知道已有多少人说过，我今天所讲的不消说都是些"老生常谈"，请勿见笑。我是主张学习国文应该着眼在文字的形式的，我所讲的方法也是关于文字形式方面的事情。打算分三层来说,(一)是关于词儿的,(二)是关于句子的,(三)是关于表现方法的。

先说关于词儿所当注意的事情,第一是词儿的辨别要清楚,中国的文字,是一个个的方块字,本身并无语尾变化,完全由方块的单字拼合起来造出种种的功用。中国文字寻常所用的不过一二千个字,初看去似乎只要晓得了这一二千个字,就可看得懂一切的文字了,其实这是大错的,中国常用的文字数目虽有限,可是拼合成功的词儿数目却很多,例如"轻""重"两个字,是小学生都认识的,但"轻"字"重"字和别的单字拼合起来,可以造成许多词儿,如"轻率""轻浮""轻狂""轻易""轻蔑""轻松""轻便"都是用轻字拼成的词儿,"重要""重实""严重""厚重""沈重""郑重""尊重"都是用重字拼成的词儿,此外还可有各种各样的拼合法。这些词儿当然和原来的"轻"字"重"字有关联,可是每个词儿意思情味并不一样,老实说每个都是生字。你在读文字的时候必会和许许多多的词儿相接触,你在写文字的时候必要运用许许多多的词儿,词儿的注意,是很要紧的。中国从前的字典只有一个个的单字,近来已有辞典,不仅仅以单字为本位,把常用的词儿都收进去了。每一个词儿的意义似乎可用辞典来查考,但是你必须留意,辞典对于词儿的解释,是用比较意思相像的同义语来凑数的,譬如说"轻狂"和"轻薄"两个词儿,明明是有区别的,可是你如果去翻辞典,就会见"不稳重"或"不庄重"等类的共通的解释。这并不是辞典不好,实在是无可奈何的事,一个词儿的意义是多方面的,辞典当然不能一一列举,只能把大意用别的同义语来表示罢了。词儿不但有意义,还有情味,词儿的情味,完全要靠自己去领略,辞典是无法帮忙的。犹之吃东西,甜、酸、苦、辣是尝得出,说不出的东西。文字语言是社会的产物,词儿因了许多人的使用,各有着特别的情味,这情味如不领略到,即使表面的意义懂得了,仍不能算已瞭解了这词儿。再举例来说,"现代"和"摩登",意思是差不多的,可是情味大大不同。"现代学生""现代女子"并不就是"摩登学生""摩登女子"的意思。这因为"摩登"二字在多数人的心目中已变更了意义,"现代"二字不能表出它的情味了。又如"贼出关门"和"亡羊补牢"这两句成语,都是事后补救的譬喻,意思也是差不多的,但使用在文字语言里情味也有区别,"贼出关门"表示补救已来不及，"亡羊补牢"表示尚来得及补救，这因为"亡羊补牢"一向就和"未为晚也"联在一处，而"贼出关门"却是说人家失窃以后的情形的缘故。对于词儿，不但要知道它的解释，还要懂得它的情味。你在读文字的时候，如果不用这步工夫，那末你不但对于所读的文字不能十分瞭解，将来自己写起文字来也难免要犯用词不当的毛病。

上面所讲的是词儿的解释和情味两方面。关于词儿，另外还有一个方面值得注意，就是词儿在句子中的用法，这普通叫词性，是文法上的项目。我在前面曾经讲过，中国文字本身是一个个的方块字，一个词儿用作名词动词形容词副词有时候都可以的。譬如"上下"一个词儿，就有各种不同的用法，这里有几句句子："上下和睦""上下其手""张三李四成绩不相上下""上下房间都住满了人"这几句句子里都有"上下"的词儿，可是文法上的词性各不相同。"上下"是两个单字合成的词儿，尚且有这些变化，至于单字的词儿变化更多了。这些变化，在普通的辞典里是找不着的。你须得在读文字的时候随处留意，你已记得梅花兰花的"花"字了，如果在读文字的时候碰到花钱的"花"字，花言巧语的"花"字，或是眼睛昏花的"花"字，都应该记牢，再如果碰到别的用法的"花"字也应该记牢，因为这些都是"花"字的用法，你如果只知道梅花兰花的"花"，不知道别的"花"，就不能算完全认识了"花"的一个词儿。

关于词儿，可说的方面还不少，上面所举出的三项，就是词儿的意义，情味，在句子中的用法，是比较重要的，学习的时候，应该着眼在这些方面。

以下要讲到句子了。关于句子，第一所当着眼的是句子的样式。自古以来用文字写成的东西，不知有多少，即就诸君所读过的来说，也已很可观了。这些文字，虽然各不相同，若就一句句的句子看来，我以为样式是并不多的。我曾经有一个志愿，想把中国文字的句式来作归纳的统计，办法是取比较可做依据的书，文言的如《四书》《五经》，白话的如《红楼梦》《水浒》，一句句地圈断，剪碎，按照形式相同的排比起来，譬如说，"子曰""曾子曰""孟子曰"和"贾宝玉道""林黛玉道""武松道"归成一类，"不亦悦乎""不亦乐乎""不亦快哉"归成一类，"穆穆文王""赫赫泰山"

"区区这些礼物"归成一类,"烹而食之""顾而乐之""垂涎泣而道之"归成一类,这样归纳起来,据我推测,句子的种类是很有限的。确数不敢说,至多不会超过一百种的式样。诸君如不信,不妨去试试。读文字,听谈话,能够留心句式,找出若干有限的格式来,不但在理解上可以省却气力,而且在发表上也可以得到许多便利。诸君读文言传记,开端常会碰到"××,××人"或"××者××人也"吧,这是两个式样,如果有时候碰到"一丈,十尺"或"仁者人也"不妨把它归纳起来当作一类的格式记在肚子里。诸君和朋友谈话,如果听到"天会下雨吧""我要着皮鞋了",就把它归纳起来当作一类格式来记住。

这样把句子依了式样来归并,可以从繁复杂乱的文字里看出简单的方法来,在学习上是非常切实有用的。此外尚有一点要注意,句子的式样是就句子独立着的情形讲的。一篇文字由一句句的句子结合而成,句子和句子的关系,并不简单。平常所认定的句子的式样,和别的辞句连在一处的时候,也许可以把性质全然变更。譬如说,"山高水长",这句句式和"桃红柳绿"咧,"日暖风和"咧,是同样的。但如果上面加成分上去,改为"先生之风山高水长"的时候,情形就不同了。光是从"山高水长"看来,高的是山,长的是水,至于在"先生之风山高水长"里面,高的不是山,是先生之风,长的不是水,也是先生之风,意思是说"先生之风像山一般地高,水一般地长"了。这种情形,日常语言里也常可碰到,譬如说,"今天天气很好","我和你逛公园去吧"。这是两句独立完整的句子,如果连结起来,上一句就成了下一句的条件,资格不相等了。一句句子放在整篇的文字里和上文下文可以有种种的关系,连接的式样很多,方才所举的只不过一二个例子而已。读文字的时候对于每一句句子不但要单独的认识它,还要和上下文联络了认识它,自己写作文字的时候,对于每一句句子不但要单独地看来通得过,还要合着上下文看来通得过。尽有一些人,在读文字的时候,逐句懂得,而贯串起来倒不清楚,写出文字来,逐句看去似乎没有毛病,而连读下去却莫名其妙,这都是未曾把句子和句子的关系弄明白的缘故。

上面已讲过词儿和句子,以下再讲表现的方法。文字语言原是表现思想感情的工具,我们心里有一种意思或是感情,用文字写出来或口里讲出来,这就是表现。表现有各种各样的方法,同是一种意思或感情,可有许多表现的方式,同是一句话,可有各种各样的说法。譬如说"张三非常喜欢喝酒",这话可以改变方式来说,例如"张三是个酒徒"咧,"张三是酒不离口的"咧,"酒是张三的第二生命"咧,意思都差不多,此外不消说还可有许多的表现法。"晚上睡得着"一句话可以用作"安心"的表现;骂人"没用",有时可以用"饭桶"来表现,有时可以用反对的说法,说他是"宝贝"或"能干"。意思只是一个,表现的方法却不止一个,在许多方法之中,究竟用那一种好,这是要看情形怎样,无法豫定的。读文字的时候最好能随时顾到,看作者所用的是那一种表现法,用得有没有效果?自己写作文字,对于自己所想表现的意思,也须尽量考虑,选择最适当的表现法。

文字语言的一切技巧,可以说就是表现的技巧。写一件事情,一种东西或是一种感情,用甚么文体来写,先写甚么,后写甚么,写得简单或是写得详细,诸如此类,都是表现技巧上的问题,所以值得大大地注意。

我在上面已就了词儿、句子、表现法三方面,分别说明应该注意的事情,这些都是文字的形式上应该着眼的。诸君学习文字,我觉得这些就是值得努力的地方。

末了,我劝诸君能够用些读的工夫,从前的读书人,学习文字唯一的方法就是读。自有学校教育以来,对于文字往往只用眼睛看,用口来读的人已不多了。其实读是很有效的方法,方才所举的关于词儿、句子、表现法等类的事项,大半是可在读的时候发现领略的。我以为诸君应该选择几篇可读的文字来反复熟读,白话文也可用谈话和演说的调子来读。读的篇数不必多,材料要精,读的程度要到能背诵。读得熟了,才能发现本篇前后的照应,才能和别篇文字作种种的比较。因为文字读得会背诵以后,可离开书本,随时记起,就随时会有所发现,学习研究的机会也就愈多了。不但别人写的文字要读,自己写文字的时候也要读,从来名家都用过就草稿自读自改的苦工。

关于国文的学习,可讲的方面很多。时间有限,今天所讲的只是这些。我对于中学国文教学,曾发表过许多意见,有两部书,一部叫《文心》,一部叫《国文百八课》,都是我和叶绍钧先生合写的,诸君如未曾看到过,不妨参考参考。

（原载《中学生》第 68 号,1936 年 10 月）

1937

我们的态度

有人把"经"看作符咒，我们觉得"其愚不可及"。有人想把"经"这种符咒来"治"青年，希望青年成为违反时代的人物，我们反对这种荒谬的见解和举动。我们编辑国文教本，也偶尔要从所谓"经"里选取一点材料，但是我们只把它看作普通的文章罢了。文笔不坏，没有古奥难懂的词句。内容也还适宜于现代青年，这样，我们就把它选来了。这正和从其他书籍中选取材料的办法相同。

（原载《写作与阅读》第 2 卷第 2 期，1937 年 6 月，署名：王伯祥、夏丏尊、叶圣陶）

1938

文章讲话

　　自从去年夏天从南中国回来,又得时常和丏尊先生会面谈天。丏尊先生非常关心中等学生的语文教育,我们谈的自然仍旧多是这方面的事,但他这时的神情已和往时大不相同,往往有一种难言的抑郁流露在语里言间。这抑郁的根源,我是明白的,并不在语文教育的本身,但我只能劝他致力语文教育的工作来排解。结果他就整理旧稿编成了这一部书。

　　他在这书里面很用过一些心。在几个问题上,如《文章的静境》、《动态》(应为《文章的动态》——编者注)、《句子的安排》、《句读和段落》,都有他独特的见解,(圣陶先生的一篇《开头和结尾》,也是如此,)在其余的几个问题上,也都说得非常深入而浅出。虽然只有短短的十篇,说到的问题并不多,也不亏为语文教育上一种郑重其事的工作,我相信对于中等语文教育上一定有相当的贡献。

　　语言的教育上现在还有许多问题等候大家解决。例如读文的层次问题就是一个相当严重的。现在一篇归有光的《项脊轩志》,会选给初中学生读,也会选给高中学生读,有时也会选给大学初年级的学生读。虽然读法尽可以不相同,在读法的标准未定之间总不能不使人有漫无层次之感,而读法现在又似乎还没有确定的标准。这样漫无标准的选读,不但容易犯重复,也很容易犯深浅倒置的毛病。要去这种毛病,据我个人的意思,必须在内容和形式两方面都能够找出些条件来做层次先后的标准。在内容方面,或者可以从(1)背景的亲近不亲近,(2)需要的迫切不迫切,(3)头绪的简单不简单,这几个方面来划分先后的层次。将内容的背景比较亲近的,需要比较迫切的,头绪比较简单的列在前。在形式方面,或者可以从(1)需要的迫切不迫切(2)结构的普通不普通,(3)规律的简单不简单,这几个方面来划分先后层次。也将需要比较迫切的,结构比较普通的,规律比较简单的列在前面,循次递进。这内容形式两方面究竟应该有几个条件,以及应该有哪几个条件,尽可以由大家商酌决定,但必有条件才会有标准,才可以使层次有方法相当的确定。又这种条件具体地应用起来,也许很可以发生错综纠结不易解决的问题,但总比漫无标准随意安排好些。至于选读注意选文内容的背景和不注意背景,注意选文形式的规律和不注意规律,我以为简直是划分新教育和旧教育的一条鸿沟,为现今的语文教学者所不可不注意的。注意背景,语文才是历史的教授,读一篇文知道一篇文不过是一时一地的需要的反映,不见得真地可以百世以俟圣人而不惑,如果真有百世以俟圣人而不惑的东西存在,那一定不是篇中的每一字每一句,而是这些字句和那背景的关系。注意背景的读法,不妨说是立体的读法。读文能够立体的,这才没有一文没有作用,没有正作用,也一定有反作用,而正作用和反作用之间也不愁其有冲突。这立体的读法,实际也可以应用在形式方面。形式也是历史的。不过形式方面因袭性比较的重,可以用类推法的地方也比较的多。所以形式方面的教学,比较的重在使知类推,但又不能推出了界。要使人能够闻一知二;却又不致混二为一,才算合乎理想。这只有用科学的教授法,将形式上所含的规律一一指出,而说明其所以同所以异,才能做到这个地步。用过去与耳谋与口谋的方法,难保不会从"未之能行"类推出"卒不之踏"来的。我因为怀着这样的见解,故颇切望有不堕入形式主义的阐明语文规律之学术书陆续出现,使语文教育上严重的问题能够有一个可能解决的学术基础。

像丏尊先生和圣陶先生的这部书,不但处处说得很具体,而且还能在几个问题上披露出自己的独特的见解来的,便是我所希望陆续出现的书之一。

一九三八年一月,陈望道。

前回我和圣陶因一时的兴趣合写《文心》，在《中学生》上连续登载，意外地得到好评。《文心》完结以后，就有许多读者写信来要求再续下去，来一个《文心续编》。《文心》已无兴趣再续了，读者们的要求信却老是不绝地来，为想不叫他们过于失望，于是在《中学生》里辟了《文章偶话》一栏，就文章的各方面随时写些讲话式的东西登载。我们自己约定；每年各写若干篇，每期不必全有，决勿苟且塞责，敷衍读者。

《中学生》登载《文章偶话》自二十四年九月第五十七期开始，到二十六年六月第七十六期止，共只登过七篇稿子，平均起来，要每三期才见一次。所以如此难产，一半固然是因为我们生活忙乱，一半也是因为想不苟且，太矜持了些的缘故。圣陶忙于别种写作，写得更少，只有一篇，就是《开头和结尾》。

二十六年暑假，《中学生》照例停刊两个月，我略得闲暇，就鼓起兴头，赶写了三篇。打算从九月号的《中学生》起，连载几期，弥补过去的缺憾。不料八一三事变突然发生，一切都变了个样子，《中学生》九月号在排印中付诸劫火，截至现在还复刊无望。这新写的几篇稿子，不知在那一天才能叫读者读到。于是将旧稿七篇和新写的几篇合起来先行出版，改称《文章讲话》。

本书所收共止十篇讲话，当然不能说尽文章的各方面。圣陶带了一家从苏州逃难，展转入川。读他来信，壮怀犹昔，毫不颓丧，最近且在巴蜀中学担任国文教师，关于中学国文教学，当有更切实的新收获。我虽垂老，饱经忧患，也还勉强活着，愿以余年继续文章学究的工作。只待局面好转了，《中学生》复刊了，本书一定还会有续编的，敢在这儿向读者先作下一个豫约。

中华民国二十七年二月，夏丏尊。

目　次

句读和段落

从前的人写文章，不加句读，不分段落。假如所写的文章有一万个字，就老老实实把一万个字连写在一起，看去好像黑漆一团。加句读，分段落，都是读者的工作。因此，古来的书有许多很不容易读，并且因了读者的见解，一句句子可以有好几种读法，结果意义大不相同。例如《论语》里的"民可使由之，不可使知之。"可以读作"民可，使由之；不可，使知之。"（据梁启超说。）《老子》里的"故常无欲以观其妙，常有欲以观其徼。"可以读作"故常无，欲以观其妙，常有，欲以观其徼。"（据释德清说。）因为作者自己不加句读，所以发生歧义，这情形和普通所说的笑话："今年真好，晦气全无，财帛进门"；"今年真好晦气，全无财帛进门。"没有两样。

近来的文章已流行加句读、分段落了，不但自己写的文章要加句读、分段落，并且把前人所写的文章也加了句读、分了段落来重新印行。这不能不说是一种进步。

句读和分段的法则，普通文法书上都讲到，只要是中学程度的青年，大概都已知道了的。不过加句读、分段落，在法则上虽然说来很简单，实际运用的时候，颇不容易。如果文章有技巧的话，句读法和分段法也是技巧的一部分，值得好好注意的。

先讲句读。

句读用"、""，""；""。"":"等几个记号表出，古来所用的只"、""."两个，近来喜欢简单的也只用"，""。"两个。这些记号看似没有甚么，用在文章中就成了文章的一部分，竟是有生命的会起作用的东西。为说明简单计，姑就最简单的句读记号"，""。"来说。"，"是表示读的，"。"是表示句的。一句完整的句子，"。"只用一个，地位是有一定的；"，"的地位和数目，往往可以不一定。例如朱自清的《背影》开端一句，就可有几种不同的句读法：

我与父亲不相见已二年余了，我最不能忘记的是他的背影。

（甲）

我与父亲，不相见已二年余了，我最不能忘记的，是他的背影。
（乙）

我与父亲不相见，已二年余了，我最不能忘记的是他的背影。
（丙）

我与父亲不相见已二年余了，我最不能忘记的是，他的背影。
（丁）

这里面（甲）是依照《背影》原书的，大概是作者朱自清先生的原来的句读样子吧。（乙）以下三式是我试加的句读。这四种句读法都有人用，不过文章的意味在各部分的强弱颇不一样。

依我的经验看来，一句句子作一气读的时候，断落的部分意味比别部分强。作两口气读的时候，有两个断落的部分，就有两部分意味加强了。现在用简单的句子来作例：

仁者人也。

仁者，人也。

第一例"仁者人也"作一口气读，"人也"部分较强。第二例"仁者，人也。"作两口气读，"仁者"和"人也"两部分意味都强，因为，原来是"仁者人也"四字合成一个单位，分断以后是"仁者"为一个单位，"人也"为一个单位了。凡是断落的地方，意味都会增强，一句句子，断落的地方越多，意味增强的地方也越多。这差不多可以说是一个原则。

根据了这理由，让我们再来吟味上面所举的《背影》的文句。先就上半截说，得三式如下：

我与父亲不相见已二年余了，（一）

我与父亲，不相见已二年余了，（二）

我与父亲不相见，已二年余了，（三）

（一）式只作一口气读，（二）（三）两式都作两口气读。（二）式中的"我与父亲"不相见因为分断了的缘故，读起来意味都比（一）式中的强，（三）式中的"不相见""已二年余了"读起来意味也比（一）（二）两式中的强。

再就下半截说，也可得三式：

我最不能忘记的是他的背影。（一）

我最不能忘记的,是他的背影。(二)

我最不能忘记的是,他的背影。(三)

(一)式只作一口气读,(二)(三)两式都作两口气读,(二)式中的"不能忘记的""是"二部分读起来比(一)式中的意味强,(三)式中的"是"字意味特别强,"他的背影"也比(一)(二)两式中的都要强。

就一般文法上的规定说,上面所举的《背影》文句的各种句读法,以第一种(甲)为最适当,最合论理,可是习惯上却也容许有别的句读法,(乙)以下诸式,有时也不妨使用。自古以来,颇有许多句读法不甚合论理的。例如曹孟德的诗句:

月明星稀,乌鹊南飞。

普通皆用这句读法,如依照文法上论理上说来,应该作"月明,星稀,乌鹊南飞。"才对。因为句子中包含着"月明""星稀""乌鹊南飞"三部分的缘故。从来的断作四个字一节,实因它是四言诗的一部分而已。又如苏东坡《念奴娇·赤壁怀古》词句:

乱石穿空,惊涛拍岸;卷起千堆雪。

向来都把"乱石穿空,惊涛拍岸"两节作为对偶,把"卷起千堆雪"作为结句。如果依文法和论理来说,"乱石穿空"与"卷起千堆雪"没大关系,和"卷起千堆雪"有关系的只是"惊涛拍岸"四字,句读应该如下:

乱石穿空;惊涛拍岸,卷起千堆雪。

可是因为它是词的一部分,有一定的句式,所以即使句读法和文法论理稍有不合,也就大家不以为怪了。

归结起来说,句读法尽可不死守文法上论理上的规矩,相当变化活用。但变化活用要有目的,要合乎情境。我们自己写作的时候不妨依照自己的意思情感的重点决定文章的句读。平日在谈话上也可应用这法则把语言加以顿挫,传出自己心情来。

以上只是就","""。"两个句读符号说的,此外还有许多符号也都值得注意。符号的使用,在规则以外尚有技巧。这技巧要对于文章有敏感的人才能体会得到。

次讲段落。

段落和句读性质相同,都是把文章来分割的一种方法。句读是对于一句的分割,段落是对于整篇的分割。把整篇的文章分成相当的几个部分,各部分另行分写,这叫做分段。

从前人的写文章,只分几卷或几章,其他的小部分要读者自己用笔加斜横线或折钩来隔开。在我们父兄所读过的旧书里,尚可看见许多这种笔迹。现在的作者大概都自己分好段落了。

分段的规则,最普通的是依照文章的内容。例如一篇文章,如果有一部分是总说,那末总说就成一段,一部分是分说;假如分三项,那末每项各成一段,就成三段;最后如果还有总结,那末也成一段。这样,这篇文章就该有五个段落,应该分五段来写了。这种分段法最合乎论理,为向来所采用,现在还大部分沿用着。

分段的规则,说来虽不过如此,在实际运用上也和句读法一样,可有种种的变化。有些时候,因了分段的不同,文章的意味和情调也会不同起来。现在试以归有光的《项脊轩志》为例,说明一二。这篇文章在《归震川集》里本不分段,收在普通中学国文课本里已分了段了。我所见到的一本国文课本,《项脊轩志》的分段样式如此:

　　项脊轩志(甲)

　　项脊轩,旧南阁子也。室仅方丈,可容一人居。百年老屋,尘泥渗漉,雨泽下注。每移案,顾视无可置者。又北向,不能得日;日过午已昏。余稍为修葺,使不上漏。前辟四窗,垣墙周庭,以当南日;日影反照,室始洞然。又杂植兰桂竹木于庭,旧时栏楯,亦遂增胜。借书满架,偃仰啸歌,冥然兀坐,万籁有声。而庭阶寂寂,小鸟时来啄食,人至不去。三五之夜,明月半墙,桂影斑驳,风移影动,珊珊可爱。然余居于此,多可喜,亦多可悲:

　　先是,庭中通南北为一。迨诸父异爨,内外多置小门,墙往往而是。东犬西吠;客逾庖而宴;鸡栖于厅。庭中始为篱,已为墙,凡再变矣。家有老妪,尝居于此。妪,先大母婢也,乳二世,先妣抚之甚厚。室西连于中闺,先妣尝一至。妪每谓余曰:“某所,而母立于兹。”妪又曰:“汝姊在吾怀,呱呱而泣。娘以指叩门扉曰:‘儿寒乎?

欲食乎?'吾从板外相为应答。"语未毕,余泣,妪亦泣。

余自束发读书轩中。一日大母过余曰:"吾儿,久不见若影,何竟日默默在此,大类女郎也?"比去,以手阖门,自语曰:"吾家读书久不效,儿之成则可待乎?"顷之,持一象笏至,曰:"此吾祖太常公宣德间执此以朝,他日汝当用之。"瞻顾遗迹,如在昨日,令人长号不自禁。

轩东故尝为厨。人往,从轩前过;余扃牖而居,久之,能以足音辨人。轩凡四遭火,得不焚,殆有神护者。项脊生曰:"蜀清守丹穴,利甲天下,其后秦皇帝筑女怀清台。刘玄德与曹操争天下,诸葛孔明起陇中。方二人之昧昧于一隅也,世何足以知之?余区区处败屋中,方扬眉瞬目,谓有奇景。人知之者,其谓与坎井之蛙何异。"

余既为此志,后五年,余妻来归,时至轩中从余问古事,或凭几学书。吾妻归宁,述诸小妹语曰:"闻姊家有阁子。且何谓阁子也?"其后六年,吾妻死,室坏不修。其后二年,余久卧病无聊,乃使人复葺南阁子,其制稍异于前。然自后余多在外,不常居。庭有枇杷树,吾妻死之年所手植也,今已亭亭如盖矣。

这分段法照一般的规则看来,原也可以通得过,可是如果细加推敲,还可有别的分段法如下:

项脊轩志(乙)

项脊轩,旧南阁子也。室仅方丈,可容一人居。百年老屋,尘泥渗漉,雨泽下注。每移案,顾视无可置者。又北向,不能得日;日过午已昏。余稍为修葺,使不上漏。前辟四窗,垣墙周庭,以当南日;日影反照,室始洞然。又杂植兰桂竹木于庭,旧时栏楯,亦遂增胜。借书满架,偃仰啸歌,冥然兀坐,万籁有声。而庭阶寂寂,小鸟时来啄食,人至不去。三五之夜,明月半墙,桂影斑驳,风移影动,珊珊可爱。

然余居于此,多可喜,亦多可悲:

先是,庭中通南北为一。迨诸父异爨,内外多置小门,墙往往而是。东犬西吠;客逾庖而宴;鸡栖于厅。庭中始为篱,已为墙,凡再变矣。家有老妪，尝居于此。妪，先大母婢也，乳二世，先妣抚之甚厚。室西连于中闺，先妣尝一至。妪每谓余曰："某所，而母立于兹。"妪又曰："汝姊在吾怀，呱呱而泣。娘以指叩门扉曰：'儿寒乎？欲食乎？'吾从板外相为应答。"语未毕，余泣，妪亦泣。

余自束发读书轩中。一日大母过余曰："吾儿，久不见若影，何竟日默默在此，大类女郎也？"比去，以手阖门，自语曰："吾家读书久不效，儿之成则可待乎？"顷之，持一象笏至，曰："此吾祖太常公宣德间执此以朝，他日汝当用之。"瞻顾遗迹，如在昨日，令人长号不自禁。

轩东故尝为厨。人往，从轩前过；余扃牖而居，久之，能以足音辨人。轩凡四遭火，得不焚，殆有神护者。项脊生曰："蜀清守丹穴，利甲天下，其后秦皇帝筑女怀清台。刘玄德与曹操争天下，诸葛孔明起陇中。方二人之昧昧于一隅也，世何足以知之？余区区处败屋中，方扬眉瞬目，谓有奇景。人知之者，其谓与坎井之蛙何异。"

余既为此志，后五年，余妻来归，时至轩中从余问古事，或凭几学书。吾妻归宁，述诸小妹语曰："闻姊家有阁子。且何谓阁子也？"其后六年，吾妻死，室坏不修。其后二年，余久卧病无聊，乃使人复葺南阁子，其制稍异于前。然自后余多在外，不常居。

庭有枇杷树，吾妻死之年所手植也，今已亭亭如盖矣。

把（甲）（乙）两种分段法比较起来，有三点不同，（1）是"然余居于此，多可喜亦多可悲"句的位置，（2）是"余既为此志"一段与上文的分隔远近，（3）是"庭有枇杷树，吾妻死之年所手植也，今已亭亭如盖矣"句的位置。大体地说（乙）比（甲）似乎好些。"然余居于此，多可喜亦多可悲"句是承上文而又总冒下文的，下文关于可悲的记叙既已分两段来写了，那末就不应该附在第一段之末，应该使它独立成一段才系统明白。"余既为此志"以下，是作志以后的追加附记，和前文不应并列，（乙）或空一行排列，是对的。至于"庭有枇杷树，吾妻死之年所手植也，今已亭亭如盖矣"在论理上原不必独立成一段，但独立成一段，情味较强。因为把这寥寥几句占了一单位了。这理由和句子的成分因分割而意味增强一样。

对于一篇《项脊轩志》可有（甲）（乙）两种分段的样式，如果仔细考察起来，当然还可有别的样式。（如"家有老妪"以下诸句和上文全不相关，"家有老妪"就可再另成一段。）足见分段的样式是可以变化的。我们自己写文章任凭怎样分段都可以，只是要根据两个条件，一是文法的论理的法则，二是作者心情的自然流露。有时应注重前者，有时应注重后者。

近来的文章段落，逐渐在趋向于短而多的一方面，向来认为不必分段的地方，往往也分段另行写。这实是新闻文字的影响。原来，新闻纸每栏高不过二寸，每行字数不过一二十个，段落如果太长了，就要眉目不清，令人难读，所以段落愈短愈好。只要留心去读每日的新闻记载，就能发见这情形。新闻文字（Jouernalism）是可以左右文章界的风气的，现代的新闻不但要求文章内容的浅显，同时还要求文章形式的简短，现今的文章在各方面大都脱不掉新闻文字的影响，分段的简短只是一端而已。

开头和结尾

写一篇文章，预备给人家看，这和当众演说很相像，和信口漫谈却不同。当众演说，无论是发一番议论或者讲一个故事，总得认定中心，凡是和中心有关系的才容纳进去，没有关系的，即使是好意思、好想像、好描摹、好比喻，也得丢掉。换一句说，一场演说必须是一件独立的东西。信口漫谈可就不同。我们只要留心，随时可以听到两个以上的人的漫谈，说话像藤蔓一样爬开来，一忽儿谈这个，一忽儿谈那个，全体没有中心，每段都独立不来。这种漫谈本来只求当时的消遣，话说过了也就完事了，彼此都没有甚么目的。若是抱有目的，要把自己的情意告诉人家，用口演说也好，用笔写文章也好，总得对准中心用功夫，总得说成功业写成功一件独立的东西。不然，人家就会弄不清楚你在说甚么写甚么，因而你的目的就难达到。

中心认定了，一件独立的东西在意想中形成了，怎样开头怎样结尾原是很自然的事,不用费甚么矫揉造作的功夫,因为开头和结尾也是和中心有关系的材料,也是那独立的东西的一部分,并不是另外加添上去的。然而有许多人往往为了习惯不良或者少加思考,就在开头和结尾的地方出了毛病。在会场里头,我们时常听见演说者这么说:"兄弟今天不曾预备,实在没有甚么可以说的。"一番演说完了,又说:"兄弟这一番话只是随便说说的,实在没有甚么意思,要请诸位原谅。"谁也明白,这些都是谦虚的话。可是,在说出来之前,演说者未免少了一点思考。你说不曾预备,没有甚么可以说的,那末为甚么要踏上演说台呢?随后说出来的,无论是三言两语或者长篇大论,又算不算"可以说的"呢?你说随便说说,没有甚么意思,那末刚才的一本正经,是不是逢场作戏呢?自己都相信不过的话,却来说给人家听,又算是一种甚么态度呢?如果这样询问,演说者一定会爽然自失,回答不出来。其实他受的习惯的累,他听见人家演说这么说,自己也就习惯了这么说,不知道这样的头尾对于演说是并没有帮助反而有损害的。不要这种无谓的谦虚,删去这种有害的头尾,岂不干净而有效得多?还有,演说者每每说:"兄弟能在这里说几句话,十分荣幸。"这是通常的含有礼貌的开头,不能说有甚么毛病。然而听众听到的时候不免想:"又是那老套来了。"听众这么一想,自然而然把注意力放松,于是演说者的演说效果就跟着打了折扣。甚么事都如此,一回两回见得新鲜,成为老套就嫌乏味。所以老套以能够避免为妙。演说的开头要有礼貌,应该随时找一些新鲜而又适宜的话来说。原不必按照着公式,说甚么"兄弟能在这里说几句话,十分荣幸"。文章里头,书信的开头和结尾差不多是规定的。书信的构造通常分做三部分;除第二部分叙述事务,为书信的主要部分外,第一部分叫做"前文",就是开头,内容是寻常的招呼和寒暄,第三部分叫做"后文",就是结尾,内容也是招呼和寒暄。这样构造原本于人情,终于成为格式。从前的书信,往往有前文后文非常繁复,竟至超过了叙述事务的主要部分的。近来流行简单的了,但大概还保存着前文后文的痕迹。有一些书信完全略去前文后文,使人读了感到一种隽妙的趣味。如周作人致俞平伯书:

印了这么一种信纸,奉送一匣,乞察收。此像在会稽妙相寺,为南朝少见的石像之一,有曾拓其铭,故制此以存纪念,亦并略有乡曲之见焉,可一笑。匆匆。

这样的书信宜于寄给亲密的朋友。如果寄给尊长或者客气一点的朋友,还是依从格式,具备前文后文,才见得合乎礼意。

记述文记述一件事物,必得先提出该事物,然后把各部分分项写下去。如果不先提出该事物,开头就写各部分,人家就不明白你在说甚么了。我曾经记述一位朋友赠我的一张华山风景片。开头说:"贺昌群先生游罢华山,寄给我一张十二寸的放大片。"又如魏学洢的《核舟记》,开头说:"明有奇巧人曰王叔远,能以径寸之木为宫室、器皿、人物以至鸟、兽、木、石,罔不因势象形,各具情态。尝贻余核舟一,盖'大苏泛赤壁'云。"不先提出"寄给我一张十二寸的放大片"以及"尝贻余核舟一",以下的文字事实上没法写的。

各部分记述过了,自然要来个结尾。像《核舟记》统计了核舟所有人物器具的数目,接着说"而计其长曾不盈寸,盖简桃核修狭者为之。"这已非常完整,把核舟的精巧表达得很明显的了。可是作者还要加上另外一个结尾,说:

> 魏子详瞩既毕,诧曰:嘻,技亦灵怪矣哉!《庄》《列》所载称惊犹鬼神者良多,然谁有游削于不寸之质而须麋了然者?假有人焉,举我言以复于我,亦必疑其诳,乃今亲睹之。繇斯以观,棘刺之端未必不可为母猴也。嘻,技亦灵怪矣哉!

这实在是画蛇添足的勾当。从前人往往欢喜这么做,以为有了这一发挥,虽然记述小东西,也可以即小见大。不知道这么一个结尾以后的结尾无非说明那个桃核极小而雕刻极精,至可惊异罢了。而这是不必特别说明的,因为全篇的记述都暗示着这层意思。作者偏要格外讨好,反而教人起一种不统一的感觉。我那篇记述华山风景片的文字,没有写这种"结尾以后的结尾",在写过了照片的各部分之后,结尾说:"这里叫做长空栈,是华山有名的险峻处所。"用点明来收场,不离乎全篇的中心。似乎还过得去。

叙述文叙述一件事情,事情的经过必然占着一段时间,依照时间的顺序来写,大致不会发生错误。这就是说,把事情的开端作为文章的开头,把事情的收梢作为文章的结尾。多数的叙述文都用这种方式,也不必举什么例子。又有为要叙明开端所写的事情的来历和原因,不得不回上去写以前时间所发生的事情。这样把时间倒错了来叙述,也是常见的。如丰子恺的《从孩子得到的启示》,开头写晚上和孩子随意谈话,问他最欢喜什么事,孩子回答说是逃难。在继续了一回问答之后,才悟出孩子所以欢喜逃难的缘故。如果就此为止,作者固然明白了,读者还没有明白。作者要使读者也明白孩子为什么欢喜逃难,就不得不用倒错的叙述方式,回上去写一个月以前的逃难情形了。在近代小说里,倒错叙述的例子很多,往往有开头写今天的事情,而接下去却写几天前、几月前、几年前的经过的。这不是故意弄什么花巧,大概由于今天这事情来得重要,占着主位,而从前的经过处于旁位,只供点明脉络之用的缘故。

说明文大体也有一定的方式。开头往往把所要说明的事物下一个诠释,立一个定义。例如说明"自由",就先从"什么叫做自由"入手。这正同小学生作《房屋》的题目用"房屋是用砖头木材建筑起来的"来开头一样。平凡固然平凡,然而是文章的常轨,不能说这有什么毛病。从下诠释、立定义开了头,接下去把诠释和定义里的语义和内容推阐明白,然后来一个结尾,这样就是一篇有条有理的说明文。蔡元培的《我的新生活观》可以说是适当的例子。那篇文章开头说:

> 什么叫做旧生活?是枯燥的,是退化的。什么叫做新生活?是丰富的,是进步的。

这就是下诠释、立定义。接着说旧生活的人不做工又不求学,所以他们的生活是枯燥的、退化的,新生活的人既要做工,又要求学,所以他们的生活是丰富的、进步的。结尾说如果一个人能够天天做工求学,就是新生活的人,一个团体里的人能够天天做工求学,就是新生活的团体,全世界的人能够天天做工求学,就是新生活的世界。这见得做工求学的可贵,新生活的不可不追求。而写作这一篇的本旨也就在这里表达出来了。

再讲到议论文。议论文虽,总之是提出自己的一种主张。现在略去那些细节目不说，单说怎样把主张提出来，这大概只有两种开头方式。如果所论的题目是大家周知的，开头就把自己的主张提出来，这是一种方式。譬如今年长江、黄河流域都闹水灾，报纸上每天用很多的篇幅记载各处的灾况，这可以说是大家周知的了。在这时候要主张怎样救灾、怎样治水，尽不妨开头就提出来，更不用累累赘赘先叙述那灾况怎样地严重。如果所论的题目在一般人意想中还不很熟悉，那就先把它述说明白，让大家有一个考量的范围，不至于茫然无知，全不接头，然后把自己的主张提出来，使大家心悦诚服地接受，这是又一种方式。胡适的《不朽》是这种方式的适当的例子。"不朽"含有怎样的意义，一般人未必十分了解，所以那篇文章的开头说：

> 不朽有种种说法，但是总括看来，只有两种说法是真有区别的。一种是把"不朽"解作灵魂不灭的意思。一种就是《春秋左传》上说的"三不朽"。

这就是指明从来对于不朽的认识。以下分头揭出这两种不朽论的缺点，认为对于一般的人生行为上没有什么重大的影响。到这里，读者一定盼望知道不朽论应该怎样才算得完善。于是作者提出他的主张所谓"社会的不朽论"来。在列举了一些例证，又和以前的不朽论比较了一番之后，他用下面的一段文字做结尾：

> 我这个现在的"小我"，对于那永远不朽的"大我"的无穷过去，须负重大的责任；对于那永远不朽的"大我"的无穷未来，也须负重大的责任。我须要时时想着，我应该如何努力利用现在的"小我"，方才可以不辜负了那"大我"的无穷过去，方才可以不遗害那"大我"的无穷未来？

这是作者的"社会的不朽论"的扼要说明，放在末了，有引人注意、促人深省的效果。所以，就构造说，这实在是一篇完整的议论文。

普通文的开头和结尾大略说过了，再来说感想文、描写文、抒情文、纪游文以及小说等所谓文学的文章。这类文章的开头，大别有冒头法和破题法两种。冒头法是不就触到本题，开头先来一个发端的方式。如茅盾的《都市文学》，把"中国第一大都市，'东方的巴黎'———上海，一天比一天'发展'了"作为冒头,然后叙述上海的现况,渐渐引到都市文学上去。破题法开头不用什么发端,马上就触到本题。如朱自清的《背影》,开头说"我与父亲不相见已二年余了,我最不能忘记的是他的背影",就是一个适当的例子。

曾经有人说过,一篇文章的开头极难,好比画家对着一幅白纸,总得费许多踌躇,去考量应该在什么地方下第一笔。这个话其实也不尽然。有修养的画家并不是画了第一笔再斟酌第二笔的,在一笔也不曾下之前,对着白纸已经考量停当,心目中早就有了全幅的布置了。布置既定,什么地方该下第一笔原是摆好在那里的事。作文也是一样。作者在一个字也不曾写之前,整篇文章已经活现在胸中了。这时候,该用什么方法开头,开头该用怎样的话,也都派定注就,再不必特地用什么搜寻的功夫。不过这是指有修养的人而言。如果是不能预先统筹全局的人,开头的确是一件难事。而且,岂止开头而已,他一句句、一段段写下去将无处不难。他简直是盲人骑瞎马,哪里会知道一路前去撞着些什么?

文章的开头犹如一幕戏剧刚开幕的一刹那的情景,选择得适当,足以奠定全幕的情调,笼罩全幕的空气,使人家立刻把纷乱的杂念放下,专心一志看那下文的发展。如鲁迅的《秋夜》,描写秋夜对景的一些奇幻、峭拔的心情,用如下的文句来开头:

> 在我的后园,可以看见墙外有两株树。一株是枣树,还有一株也是枣树。

"还有一株也是枣树"是并不寻常的说法,拗强而特异,足以引起人家的注意,而以下文章的情调差不多都和这一句一致。又如茅盾的《雾》,用"雾遮没了正对着后窗的一带山峰"来开头,全篇的空气就给这一句凝聚起来了。以上两例都属于显出力量的一类。另有一种开头,淡淡着笔,并不觉得有什么力量,可是同样可以传出全篇的情调,范围全篇的空气。如龚自珍的《记王隐君》,开头说:

> 于外王父段先生废簏中见一诗,不能忘。于西湖僧经箱中见书《心经》,蠹且半,如遇簏中诗也,益不能忘。

这个开头只觉得轻松、随便,然而平淡而有韵味,一来可以暗示下文所记王隐君的生活,二来先行提出书法,可以作为下文访知王隐君的关键。仔细吟味,真有说不尽的妙趣。

现在再来说结尾。略知文章甘苦的人一定有这么一种经验:找到适当的结尾好像行路的人遇到了一处适合的休息场所,在这里他可以安心歇脚,舒舒服服地停止他的进程。若是找不到适当的结尾而勉强作结,就像行路的人歇脚在日晒风吹的路旁,总觉得不是个妥当的地方。至于这所谓"找",当然要在计划全篇的时候做,结尾和开头和中部都得在动笔之前有了成竹。如果待临时再找,也不免有盲人骑瞎马的危险。结尾是文章完了的地方,但结尾最忌的却是真个完了。要文字虽完而意义还没有尽,使读者好像嚼橄榄,已经咽了下去而嘴里还有余味,又好像听音乐,已经到了末拍而耳朵里还有余音,那才是好的结尾。归有光《项脊轩志》的跋尾既已叙述了他的妻子与项脊轩的因缘,又说了修葺该轩的事,末了说:

> 庭有枇杷树,吾妻死之年所手植也,今已亭亭如盖矣。

这个结尾很好。骤然看去,也只是记叙庭中的那株枇杷树罢了,但是仔细吟味起来,这里头有物在人亡的感慨,有死者渺远的惆怅,虽则不过一句话,可是含蓄的意义很多,所谓"余味"、"余音"就指这样的情形而言。我曾经作过一篇题名《遗腹子》的小说,叙述一对夫妇只生女孩不生男孩,在绝望而纳妾之后,大太太居然生了一个男孩;不久那个男孩就病死了;于是丈夫伤心得很,一晚上喝醉了酒,跌在河里淹死了;大太太发了神经病,只说自己肚皮里又怀了孕,然而遗腹子总是不见产生。到这里,故事已经完毕,结句说:

> 这时候,颇有些人来为大小姐二小姐说亲了。

这句话有点冷隽,见得后一代又将踏上前一代的道路,生男育女,盼男嫌女,重演那一套把戏,这样传递下去,正不知何年何代才休歇呢。我又有一篇小说叫做《风潮》,叙述中学学生因为对一个教师的反感,做了点越规行动,就有一个学生被除了名;大家的义愤和好奇心就此不可遏制,捣毁校具,联名退学,个个人都自视为英雄。到这里,我的结尾是:

> 路上遇见相识的人问他们做什么时,他们用夸耀的声气回答

道:"我们起风潮了!"

这样结尾把全篇停止在最热闹的情态上,很有点儿力量,"我们起风潮了"这句话如闻其声,这里头含蓄着一群学生在极度兴奋时的种种心情。以上是我所写的两篇小说的结尾,现在附带提起,作为带有"余味"、"余音"的例子。

结尾有回顾开头的一式,往往使读者起一种快感:好像登山涉水之后,重又回到原来的出发点,坐定下来,得以转过头去温习一番刚才经历的山水一般。极端的例子是开头用的什么话结尾也用同样的话。如林嗣环的《口技》,开头说:

京中有善口技者,会宾客大宴,于厅事之东北隅施八尺屏幛,口技人坐屏幛中,一桌、一椅、一扇、一抚尺而已。

结尾说:

忽然抚尺一下,众响毕绝。撤屏视之,一人、一桌、一椅、一扇、一抚尺而已。

前后同用"一桌、一椅、一扇、一抚尺而已",把设备的简单冷落反衬口技表演的繁杂、热闹,使人读罢了还得凝神去想。如果只写到"忽然抚尺一下,众响毕绝",虽没有什么不通,然而总觉得这样还不是了局呢。

句子的安排

句子是文章的较大的单位,文章的研究,方面很多,从一句句的句子来考察,也是重要的着手方法。

句子的构造,大家从小学时代就学习。只要是懂得文法 ABC 的人,即会知道句子的成分和构造的式样。可是文法上讲句子,是以独立的句子为对象的。从文章中把一句句的句子提了出来,说明它构造怎样,属于甚么句式,合乎那些律令,那一部分是主语,那一部分是述语,诸如此类是文法所讨论的项目。至于一句句子摆入文章里面去是否妥当,在甚么条件之下才合拍,是一概不管的。原来,文法上的句子和文章中的句子,研究目标彼此不同。从文法上看来毫无毛病的句子,摆入文章中去并不一定就妥帖。例如这里有两句句子：

> 三月廿九号七十二烈士在广州殉难。

> 革命军于十月十日起义于武昌。

这两句句子，在文法上是毫不犯律令的，我们如果在文章里把它连结起来，照一般的情形看，却不免有问题。

> 三月廿九号七十二烈士在广州殉难；

> 革命军于十月十日起义于武昌。（甲）

联读起来，觉得两句句子各自独立，并未串成一气。本来有关系、相类似的事情，也像互相龃龉格格不相入了。如果把句子的式样改变，安排像下面各式，就不会有原来的毛病。例如：

> 三月廿九号七十二烈士在广州殉难；

> 十月十日革命军在武昌起义。（乙）

> 七十二烈士于三月廿九号在广州殉难；

> 革命军于十月十日在武昌起义。（丙）

乙丙两式比甲式调和，是显而易见的。由此可知，文法上通得过了的句子，摆入文章中去看，因了上文下文的情形，也许会通不过去。要补救这毛病，唯一的方法是改变句式，使它合乎上文或下文的情形。

　　同是一句话，可有好几种的说法，所以一句句子可有种种的构造式样。越是成分复杂的句子，可变化的式样也越多。例如：

> 人来
> 来的是人　} A

> 猫捉老鼠
> 猫是捉老鼠的
> 老鼠是猫捉的
> 猫所捉的是老鼠　} B
> 老鼠被猫捉
> 捉老鼠的是猫

A组句子的成分简单，可成两种句式，B组就比较复杂，句式加多了。一组里面的句子,如果严密地吟味起来,意义并不完全一样,"人来"句是就了"人"而说他"来","来的是人"句是就了"来的"事物而说他"是人"。说话的方向、观点彼此不同,这是应该首先知道的。

依照这方法,把开端所引的两个例句改变种种的式样来看:

　　　七十二烈士于三月廿九号殉难于广州。(甲)

　　　三月廿九号是七十二烈士在广州殉难的日子。(乙)

　　　广州是三月廿九号七十二烈士殉难的地方。(丙)

　　　三月廿九号在广州殉难的是七十二烈士。(丁)

　　　七十二烈士在广州殉难是三月廿九号。(戊)

　　　革命军于十月十日在武昌起义。(甲)

　　　十月十日是革命军在武昌起义的日子。(乙)

　　　武昌是十月十日革命军起义的地方。(丙)

　　　十月十日在武昌起义的是革命军。(丁)

　　　革命军在武昌起义是十月十日。(戊)

为避繁计,上面只各写出五种句式。就这两组的句子来加以吟味,彼此结合起来的时候,最自然最便当的是甲和甲,乙和乙,丙和丙,丁和丁,戊和戊的格式。此外尚有各种错综的结合方式,如甲和乙,戊和乙等等。这些错综的句式,在平常的情形之下,颇不自然妥帖,在相当的条件里才适当。例如:戊和乙的结合:

　　　七十二烈士在广州殉难是三月廿九号;十月十日是革命军在武昌起义的日子。

这结合照平常的情形看来,是很不自然的。但如果前面尚有文句,情形像下面的时候,也并不会觉得不自然。例如:

　　　"十月十日是七十二烈士在广州殉难的日子吗?"

　　　"七十二烈士在广州殉难是三月廿九号;十月十日是革命军在武昌起义的日子。"

在这段对话里,本来不大适当的句子,居然也可以通得过去,并不觉得有甚么勉强的地方了。从此类推开去,只要情形条件相当,任何结合方式都可用,反之,便任何结合方式都不对。换句话来说,一句句子在文章里安排得好和不好,问题不只在句子本身,还要看上下文的情形或条件。

写作文章,句子的安排,是一种值得留意的功夫。要句子安排得适当,第一步是各种句式的熟习。一句句子摆上去,如果觉得不对,就得变更了别种样式的句子来试,再不对,就得再变更了样式来再试,直到和上下文妥贴才止。越是熟习句式的人,越能应用这方法。犹之下棋的名手能用了有限的棋子布出各种各样的阵势,去应付各种各样的局面。

句式熟习以后,能自由把句子改变种种形状了,才可以讲到安排。安排的原则是谐和。一句句子和全篇文章许多句子能不冲突,尤其和上下文能合拍,这就是谐和的现象。要分别谐和不谐和,最好的方法是读。不论是别人所写的文章或是自己所写的文章,句子上如有毛病,只用眼睛来看,很不容易看出来,读下去才会自然发见。我所谓读,不一定要高声唱念,低声读或在心里默读也可以。就普通人的读书习惯来说,看和默读的两种工作,是在同时行着的。古人练习写作,唯一的功夫就是读,读和写有密切的关系。文章的秘奥要用读的功夫才能发掘。"吟"字的对于诗学有伟大的效用是颠扑不破的事实。所谓"吟",无非最讲究最仔细的读法而已。

句子的安排以谐和为原则,谐和与否的识别方法是读。结果,所谓安排者就是调子问题。一句句子摆入文章里去,和上下文联结了读起来,调子适合的就是谐和,否则就是不谐和。关于句子的安排,自古未曾有人说过具体的方法。写文章的人在推敲时所依据的,只是优侗的个人的经验和习惯罢了。以下试就我个人平日所关心的方面,来提出几件可注意的事项。

第一,留心于句子的"单""排"。文章之中,有些是句句独立的,这句和那句并无关涉,每句可以读断,自成一个起讫,这叫单句。有些是几句成为一串,不句句独立,读起来的时候,几句成一个起讫,这叫排句。例如:

　　睡了一夜,爸爸清早就跑出去。我不到学校,帮助妈妈理东西。一会儿爸爸回来了,说租定了朋友人家一间楼面,同时把搬运夫也雇了来。

——叶圣陶《邻家》

依照圈点来计算,上例共三句。句句可以独立,和旁的句子并无对待的关系。这是单句。又如:

> 他有一双眼睛,但看的不很清楚;有两只耳朵,但听的不很分明;有鼻子和嘴,但他对于气味和口味都不很讲究;他的脑子也不小,但他的记性却不很精明;他的思想也不很细密。
>
> ——胡适《差不多先生传》

这一串句子,情形就和前例不同,不能每句独立,要连读到底,才能成一段落。所以中间不用"。"分割,只用";"来隔开。这就是排句。一篇文章全部是单句或排句的并不多见,普通的文章里,往往有单句也有排句。又有一种句子,性质上只是一句,可是其中有一部分的成分,却包含着许多同调子的分子。例如:

> 岸上四围的橘叶,绿的,红的,黄的,白的,一丛一丛的倒影到水中来。
>
> ——冰心《给小读者通讯七》

> 你发愁时并不一定要著书,你就读几篇哀歌,听一幕悲剧,借酒浇愁,也可大畅胸怀。
>
> ——朱光潜《谈动》

> 我的生活曾是悲苦的黑暗的。然而朋友们把多量的同情,多量的爱,多量的眼泪都分给了我。
>
> ——巴金《朋友》

这种句子,原是由排句转变来的,如果把其中的成排的成分抽出来使它一一独立,就可造成一串的排句,如"朋友们把多量的同情多量的爱多量的眼泪都分给了我"一句分解起来,就得下面的排句了:

> 朋友们把多量的同情分给了我;把多量的爱分给了我;把多量的眼泪分给了我。

所以形式上虽然是单句,也可作排句看。

就普通的情形说,单句间忌用同一的字面,同一的句调。整篇文章之中,要全然避去同字面同句调,原是不可能。不过,在同一行内或附近的地方,最好不使有同字面同句调出现,否则就不容易谐和。例如:

烟酒都是要中毒的。我们吸烟饮酒，如果不加节制，我们的血液就要中毒的。这是非注意不可的。

　　×君××乡人，是一个很聪明的人。他的父亲是一个工人。对他期望很殷，苦心培植他，期望他将来是一个有出息的人。

上面两个例，都是逐句在文法上并无毛病，而实际不谐和的。第一例"要中毒的"见两处，句末用"的"字见三处。第二例句末用"人"字见四处，"是一个……人"见三处。只要全体通读起来，就会发见重复格阂的缺点，补救的方法，唯有把原来重复的字面、句法改换数处。改换的方式是多种多样的，下面所列的，只是其中的一种改换法：删节原文处加括弧，换字处加黑点在旁标出：

　　烟酒都是要中毒的。我们吸烟饮酒如果不加节制，（我们的）血液就要中毒（的）。这是非注意不可的事情。

　　×君，××乡人，（是一个）很聪明（的人）。他的父亲是一个工人，对他期望很殷，苦心培植他，（期）希望他将来（是）成（一个）有出息的人物。

经过这样改换，原来的毛病已经除去，比较谐和得许多了。

　　同字面同句调在零句里应该力避，因了上面的引例，已很明白了。可是，在排句里，却不必忌用同字面或同句调。排句里面的同字面同句调，读去并不会觉得不谐和。例如：

　　我们同住的三五个人就把白鲁威当作一个深山道院，巴黎是绝迹不去的，客人是一个不见的，镇日坐在一间开方丈把的屋子里头傍着一个不生不灭的火炉，围着一张亦圆亦方的桌子，各人埋头埋脑做各自的功课。

　　　　　　　　　　　　——梁启超《欧游心印录楔子》

　　朋友，闲愁最苦。愁来愁去，人生还是那么样一个人生，世界也还是那么样一个世界。假如把你自己看得伟大，你对于烦恼当有不屑的看待，假如把你自己看得渺小，你对于烦恼当有不值得的看待。我劝你多打网球，多弹钢琴，多栽花，多搬弄砖瓦。

　　　　　　　　　　　　——朱光潜《谈动》

上面两个例里,各有同字面同句调,我们读起来并不觉得有甚么阻碍,仍是很谐和的。这种例子,从来的名文里可常见到,欧阳修的《醉翁亭记》,每节末句都用"也"字结尾,屈原的《离骚》,结尾都用"兮"字,就是好例。总之,成排的句子,字面句调可以不嫌重复。所谓成排,有各种的排法,上面所举的例,都是排成一处,排句叠在上下的,其实,相隔若干距离也可成排,这时字面句调相同也无损于谐和。例如《旧约创世记》开端叙上帝创造万物共分六节,每节的起句都是"上帝说",结末都用"这是第×日"就是。排句里不但不忌同字面同句调,而且还以用同字面同句调为宜,上面所引各例,如果依了零句的办法,把同字面同句调改换,反不谐和了。

　　一篇文章,不能全用一种样式的排句来写,有时须转换成零句或别种样式的排句。换句话说,排句也得有完结改变的时候。冗长的呆板的排列,如果不在相当的地方加以变化,读起来也很不便,有碍于谐和的。从来的作者,对这种方面都很为注意。例如前面所引胡适的《差不多先生传》里的一段:

　　　　他有一双眼睛,但看的不很清楚;有两只耳朵,但听的不很分明;有鼻子和嘴,但他对于气味和口味都不很讲究;他的脑子也不小,但他的记性却不很精明,思想也不很细密。

这里面写"眼睛"和"耳朵"是同调子的,写"鼻子"和"嘴"是改变句法了,写"脑子"又改变了一次句法。倘若照开始的句法一直写下去,也并非不可以,不过究竟没有原文样的谐和。这里面有着作者的技巧。又如:

　　　　通计一舟,为人五,为窗八,为箬篷,为楫,为炉,为壶,为手卷,为念珠各一;对联,题名并篆文,为字共三十有四。

　　　　　　　　　　　　　　　　　　——魏学洢《核舟记》

这一段句子,成排而不呆板,锤炼的苦心历历可见。韩愈的那一篇《画记》,在句子安排上是向被推为典型的作品的,可以参看。

　　句子的安排,因句子"零""排"而不同。这是就句子本身的性质说的。第二,应当注意的是句中所用的辞类的字数。我们的文字是方块字,可以用一个字来做一个辞儿,也可以用两个或三个字四个字来做一个辞儿。就一个"书"字说吧，英文里只有 book 一语，我们就有"书""书籍""书本"等等的说法。为了句调关系，有时可以通用，有时这里用着的，那里用了就读起来不便。例如：

> 你在读书吗？
>
> 书店是以刊行书籍为业的。
>
> 书本知识一出校门就无用处。

这三句话里的"书""书籍""书本"如果彼此互换，不是句调不顺，就是意义不合。这在文法上毫无理由可说，只可委之于习惯。在我国文字语言的习惯上，字数的奇偶很有问题。不论动词或名词，用在句子里，有时一个字就可以了，有时非加上一字拼成两个字，就不合拍。例如：

> 笔砚精良人生一乐。
>
> 闺房乐事有甚于画眉者。

"人生一乐"改作"人生一乐事"，"闺房乐事"改作"闺房乐"，读起来都不谐和，但倘若变更字数，改成：

> 笔砚精良人生乐事。
>
> 闺房之乐有甚于画眉者。

似乎就通得过去了。由此可知，每个辞儿所含的字数，和句的谐和不谐和有重大关系。我国的辞类有许多是双字的，如：

> 聪明　正直　房屋　衣服　器具　事情　行为　议论　快乐
> 归还　嗜好

这些辞类，都把同义字凑成双数，大部分是古来的人为了谈话和写作上的便宜制成的。

除上面所举的同义字以外，为了调节句调起见，还有别种加字的方法。介词"之""的"，是常被用来作这调节的工具的。例如"王道"，读去很顺口，"先王道"就不顺口了，这时普通的写作者就加一个"之"字，变成"先王之道"。"我家"是顺口的，"我家庭"就不顺口了，这时普通的谈话者就加一个"的"字，变成"我的家庭"。此外还有种种加字的式样，如：

> 鞋子　帽子　刀子　　（加子字）
> 鞋儿　帽儿　刀儿　　（加儿字）

光头　件头　话头　　（加头字）

船只　纸张　银两　　（加单位字）

看看　走走　谈谈　　（加叠字）

这些双字的辞儿，若论意义，和单字的无大不同，可是在字数上却有奇偶的分别，因了句子的情形，有时应用单字，有时应用双字。例如：

请到我家里去坐坐。　　我有事想和你谈谈。　　关吏检查船只。

防止私运银两。

倘若把附加的字除去，念起来都不如原文的谐和。反之，应该用单字的时候，用双字的辞儿也不妥当。

辞儿的字数，可以影响到整句的字数，一句句子的字数，除诗歌韵文等外，原不必有一定的限制，但求念去读去谐和就够了。懂得字数的增减法，在造句的时候比较便宜得多。至于句的字数应怎样增减，到了怎样程度才算适当，这也说不出甚么标准，唯一的方法仍是读。欧阳修的《昼锦堂记》的开端是"仕宦而至将相，富贵而归故乡"，据说当时写成的时候，是"仕宦至将相，富贵归故乡"，稿子已差人骑马送出了，经过了一会，忽然叫人用快马把那人追回，在开端两句里加添两个"而"字。这是相传的一个轶事，从来文章家对于一字增损的苦心，由此可以想见了。试取句调很好的名文一篇，逐句在文法许可的范围内，增加一字或减去一字，诵读起来，就会觉得不若原来的谐和，可知原来的句子，是曾经过推敲，并非偶然的。

关于句子的安排，除上面所说的句式字面和字数诸项以外，可考究的方面当然还有。并且对于这诸项，我所提出的都很粗显，并未涉及精密的探讨。有志写作文章的读者，如果因了我这小小的示唆，引起兴味，留心到这些方面，也许在文章的阅读和写作上是一件有益的事。

句子的安排，以谐和为原则，只合文法上的律令，还是不够。话虽如此，文法上的律令究竟不失为消极的条件。凡是句子，第一步该合乎文法。古人尽有为了谐和而牺牲文法上的律令的事，如因为字须取偶数，把"司马迁"和"诸葛亮"无理地腰斩，改为"马迁""葛亮"。（见刘知几《史通》）明明应该说"孤臣垂涕，孽子危心"的，因为怕平仄不谐，硬把它改作

"孤臣危涕，孽子垂心"。（见江淹《恨赋》）此外如杜甫的"香稻啄残鹦鹉粒，碧梧栖老凤凰枝"（照理应是"鹦鹉啄残香稻粒，凤凰栖老碧梧枝"）之类，也是为了谐和而牺牲文法的律令的好例。这种情形，近乎矫揉造作，在从前的骈文和诗里，也许可以受人原谅，依现代人的眼光看来，究竟是魔道，不足为法，这是应该注意的。

文章的省略

文章家向有"剪裁""含蓄"一类的说法，所谓"剪裁"是把无关紧要不必说的部分淘汰，所谓"含蓄"是把重要的该说的部分故意隐藏起来或说得不显露。这两种工夫是文章家向所重视的，这里把它们包括在"省略"二字之下，来作一次考察。

文章是用文字记载事物传达思想情意的，可是不幸得很，文字本身就是一种不完全的工具，无论记载事物或是传达情意，文字的力量都是很有限的。作者的本领只是利用了这不完全的文字工具把要说的话说出一部分，其余让读者自己去补足去想像。越是聪明的作者，越知道文字并不是万能的东西，他们当执笔的时候，所苦心的是怎样才能把文字使用得较有效？决不干吃力不讨好的勾当。世间的万事万物，都是有着无限的内容的，任何一件小东西，如果要写得周遍无遗，听凭你写几十万字也写不尽。例如写一个人的面貌吧，眼睛、鼻子、眉毛、耳朵、嘴巴、头发、轮廓、表情等，如果你仔仔细细地按了次序去写，包管你会写成功无数的文字，结果必至于搁笔兴叹，太息于文字的无用和不完备了。

> 面若中秋之月。色如春晓之花。鬓若刀裁。眉如墨画。鼻如悬胆。睛若秋波。虽怒时而似笑。即瞋视而有情。

这是《红楼梦》里描写宝玉面貌的文章，其中用着许多的"如""若"等比拟的麻烦手法，而且又假想到他在"怒""瞋"的时候的神情，这种写法对于读者总算是极忠实的了，为要使读者明白宝玉的面貌怎样，作者费了这么多的气力，其实是吃力不讨好的事情。读者读了这一串的文章，如果不自己加以补足想像，还是不明瞭的。

籍长八尺余,力能扛鼎,才气过人。

高祖为人隆准而龙颜,美须髯,左股有七十二黑子。

这是《史记》写项羽写高祖的文章,对于项羽只说他身有多长力有多大,关于面貌的话一概从略,对于高祖只说他鼻子高,脸像龙,须髯好看,左股有七十二个黑痣,关于眼睛、眉毛等等一些也不提,我们读去,也并不会嫌作者写得欠详细,照普通的见解说,反觉得比那《红楼梦》的一段来得不琐碎杂乱。

文字毕竟是力量有限的东西,作者对于文字的效力首先得加以估计,在可以生效的方面好好运用,切勿在无效的方面去瞎卖弄。与其对读者谆谆地絮说,令读者厌倦,不如信任读者的理解力想像力,说得简略些,让读者有发见的欢喜。文章的省略,可以说就是文章技巧之一。

省略可分三种,一是字面的省略,二是意义的省略,三是事件的省略。

字面的省略,这是把文句间的可省的字面尽量省去,是最初步的省略法。我十岁左右的时候,从塾师学习书信,塾师曾教我一个书信文的评判法,他说,书信中自称的"鄙人"、"弟"和称对方的"阁下"、"仁兄"等字面不可到处连用,如果"鄙人""阁下"等字面用得触目都是,就不是好书信。这话我到现在还记得,觉得很不错。凡是可看可读的书信文,差不多都合乎这个法则的。案头有袁小修的《珂雪斋集》,把其中的尺牍选录一首作个例子。括弧内的字,是我依照了文义故意增加上去的。

(弟)自君山归来,怀想(兄)不置。(弟)老父体中已安。(弟)稍稍葺理旧业。(弟于)八月初七之日,已移亡兄灵柩入村。(弟)断肠之泣,久而愈新,奈何!承(兄)教(弟)讯扫身心如老头陀,甚善甚善。……(弟)近与苏潜夫聚首数日,商榷一番,彼此洒然凛然,恨不令兄闻之耳。曾太史体中尚未平复。(兄)所云云(弟)当转致之。

——《寄王章甫》

这里面依照文法上的规则看来,省略的地方不少,不但古人的书信文如此,近人写作的书信里也常见到这情形。例如周作人氏给俞平伯氏的信:

> 前寄一函至园,想已达览。久不见绍原,又未得来信,于昨日便
> 道去一访。云卧病未晤,不知系何病。独卧旅邸,颇觉可念。兄在
> 城时,不知有暇能去一访否。并乞去后以其近状见示为感。匆匆,
> 即颂雪佳。

"兄"字只一见,"弟"字连一个都没有。如果增加进去,当然有几处可以
增加的。

书信的读者就是受信人,彼此之间关系不致模糊,有许多字面当然
可以省略,上面所着眼的,只是彼此的称呼方面而已。至于书信以外的
一般的文章,字面的省略也极要紧。《史记·张苍传》记张苍说,"年老口
中无齿",刘知几在《史通》里评它太繁,说六字之中有三字可省,改作"老
无齿"就可以了。如果我们用这样的眼光去读一切的文章,觉得每篇文
章可省略的字面是很多很多的。"与其不自由毋宁死"可以删削为"不自
由毋宁死","年已七十矣"可以删削为"年已七十"或"年七十矣"。因为
删掉了些字面,意义并不会有甚么欠缺。

自从语体文流行以来,文言派的人动辄批评语体文冗蔓。其实我们
日常所用的白话本身并不冗蔓,如果依照了日常的白话写作,决不至有
冗蔓的毛病的。语体文的所以冗蔓,我以为是受了翻译文的影响。外国
文和中国文习惯不同,例如英文里有"a""the"等的冠词,而中国文就没
有,有些译书的把英文的"I gasing at the moon through a telescope"不
译作"我就望远镜注视月亮",硬译作"我注视这个月亮从一个望远镜",
字面就平空地增加了。这翻译文的影响,流行到一般的写作上,于是本
来不是外国文的文章,也像是翻译文了。下面所引的是创作小说里的一
节,和从来的文章相比固然繁简大异,和日常的白话相比,调子也不
一样。

> 时节是阴历六月中旬的一日。微细到分辨不清的油一般的小
> 汗粒从肥壮的章君的鼻头和颊上续续渗出,随后竟蔓延到颈际了。
> 他睡在一间胡乱叫做书斋的房中一张藤躺椅上;照那样子看去,可
> 以称为是午后二时光景的夏天的打盹。一只赤露的胳膊旁逸到藤
> 椅的外侧,软软地向下垂着,那一只却弯曲在椅扶手上;两条腿和脚

挺直伸出，又开来搁在椅前的地方；那全身颇像一个三岁孩子用秃笔涂成畸形的"大"字。他朦胧合着眼皮；那歪在椅顶枕上的发毛毯毯的脑袋，有时因为一两匹小蝇在他眼缝或嘴角的湿津津的处所吮咂的厉害，便"唔？"的在梦中发出了向来不曾有仇但为什么定要来烦扰的不得已的抗议，于是只得摆动一下，随即那鼻孔里似乎又有了小的鼾声了。

　　窗外的天空不像是可以教人看了会愉快的天空：说是夏天，总应该是清清朗朗有润凉的西南风吹送着一小片白云过来的，可以起人悠然遐思的天空；可是那在四边地平线上层层叠叠堆上了还要堆上去似的隐藏在树林背后的云，不绝地慢慢向天顶推合，虽不曾响着雷声，人的心里总以为"快响雷了吧？"的这样沈闷暑湿的天气，所以竟使大小的蝇时刻攒围在这个有些汗臭的肉体的身旁，而且一只很大的蚊虫钉在他的屁股旁边；反应的作用使他那条大腿上的肉不时颤动。

——罗黑芷《雨前》

这两段文章，描写的忠实细致，总算费尽了气力，可是词句的拖沓累坠也到了极度了。如果从字面上一一推敲起来，有许多是闲字，应该删汰。例如"他睡在一间胡乱叫做书斋的房中一张藤躺椅上，照那样子看去可以称为是午后二时光景的夏天的打盹"，"一间"和"一张"，都是不必要的字面，"照那样子看去""可以称为"也是不必要的声明，实际是在"打盹"，有甚么"可以称为""照那样子看去"呢？"夏天的"也可省，因为上文已有"时节是阴历六月中旬"的话了。"午后二时光景"也无大意味，因为"午后二时光景的夏天的打盹"，不能成功一个熟语，说"打午盹"就够了。又"胡乱叫做书斋的房中"虽然用了许多字，意义仍不明白，如果本来不是书斋，号称书斋的，那末把它加上括弧写作"书斋"就行了。所以这一串文句，不妨将闲字删去，改成"他在'书斋'里藤躺椅上打午盹"。经过这样省略，和原文比较也不见得缺少了甚么效果。原文虽然增加了许多字面，其实这些字面用得都不大有效果的。

　　以上所说的是字面的省略，次之要说到意义的省略了。我们写述一件东西或是一件事情，当然是因为自己对于那东西那事情抱有某种意义,觉得非表达不可,才去执笔的。如写某孝子的传,当然意义在佩服某孝子,记某地名胜,当然意义在赞扬某地的风景。决不会有毫无意义漫然去写文章的作者。有时候作者要想表达某种意义,甚至于虚构了世间没有的东西或事情来写,(如寓言、童话、小说等类的文章里,常有这种情形。)足见意义在文章上的重要了。这重要的意义,照理应该表达得很透澈明白,可是实际的情形却不然。除论说文外,作者往往把自己所想表达的意义说得非常简略,不随处吐露,或竟隐藏起来,在全篇文章里不露一言半句,让读者自己去探索。越是高级的作品越是如此。常见有人作《义犬记》,把义犬的故事写明白了以后,结末再来把自己的意义表白清楚,说甚么“呜呼,如斯犬者可以风世矣,余有感其事,故记之”或“犬尚知忠于主人,可以人而不如犬乎。”这种表达意义的方法,其实很笨。聪明的作者只把所要写的东西或事情好好地写出,至于自己所怀抱的意义却竭力隐藏起来,不多说,或竟一字不说。例如:

　　太形、王屋二山,方七百里,高万仞。本在冀州之南,河阳之北。北山愚公者,年且九十,面山而居,惩山北之塞,出入之迂也,聚室而谋曰,“吾与汝毕力平险,指通豫南,达于汉阴,可乎?”杂然相许。

　　其妻献疑曰,“以君之力,曾不能损魁父之丘,如太形、王屋何!且焉置土石?”杂曰,“投诸渤海之尾,隐土之北。”遂率子孙荷担者三夫,叩石垦壤,箕畚运于渤海之尾。邻人京城氏之孀妻,有遗男,始龀,跳往助之;寒暑易节,始一反焉。

　　河曲智叟笑而止之曰,“甚矣汝之不惠! 以残年余力,曾不能毁山之一毛,其如土石何!”北山愚公长息曰,“汝心之固,固不可彻;曾不若孀妻弱子。虽我之死,有子存焉;子又生孙,孙又生子,子又有子,子又有孙,子子孙孙,无穷匮也;而山不加增,何苦而不平?”河曲智叟无以应。

　　操蛇之神闻之,惧其不已也,告之于帝。帝感其诚,命夸娥氏二子负二山,一厝朔东,一厝雍南。自此冀之南汉之阴无陇断焉。

　　　　　　　　　　　　　　　　　　　　——《列子·汤问》

《列子》据说是伪书，不知这故事的作者究竟是谁，作者写这故事，意义不消说在表达"锲而不舍的精神可以宝贵"的大道理，从全体看来，作者所写记的只是故事本身，不曾对于自己所怀抱的意义说过甚么话。作者虽然不说出自己的意义，意义却很明白，对于读者，效果不但并未减少，反而深切。因为这时读者所获得的效果，是从言外自己得来的，带有着发见的欢喜，悟得的自信，和作者所明白谆谆提示的情形不同。

作者抱了某种意义去写文章，不将意义尽情写出，这在作者也许是难过的事。可是在普通文章的情形看来，却是无可如何的。作者的意义，有关于整篇的题材的，也有关于部分的材料的。关于整篇的题材的意义，有许多作者因为熬不住了，往往在文章结尾或开端的地方表出，如为悲悼良友写祭文，用"呜呼×君"起或用"呜呼哀哉"结，是常见的。至于关于部分的材料如果要一一表出意义，那就不胜其烦。结果会一段叙述一段说明或论断，弄得文脉杂乱不一致。试取前人名文一节，逐处添加了意义来看。例如归有光的《项脊轩志》末一段：

> 余既为此志，后五年，余妻来归，时至轩中从余问古事，或凭几学书，（甚乐焉。）吾妻归宁，述诸小妹语曰："闻姊家有阁子，且何谓阁子也？"（盖余妻在归宁时常与诸小妹言及南阁子，诸小妹怪而问之，足见余妻之恋恋于斯室矣。）其后六年，吾妻死，室坏不修。（恐引起悲怀，不敢复居此室，故任其坏也。）其后二年，余久卧病无聊，乃使人复葺南阁子，其制稍异于前。（庶几前尘影事，免萦余怀，可以安居。）然自后余多在外，不常居，（心与愿违，可叹也！）庭有枇杷树，吾妻死之年所手植也，今已亭亭如盖矣。（睹物思人，曷胜悼伤。）

括弧内的文句是我依了原文的情形胡诌了增加进去的，这对于原文，实在等于佛头着粪，大是一种冒渎。可是一般所谓作者的意义，其实就是这类东西。经过这样画蛇添足的增加以后，在读者的眼里，文章的力量不但不增加，反会减损。因为读者已无自由探索意义的余地了。

以上所说的是意义的省略，再次之是事件的省略。我们写述一件事情，并不要一五一什丝毫不漏地如数写述下来。有许多事情，经过很复杂,关系方面很多,或本身范围极大,要写也无从写起,如战争的实况。此外,还有许多事情在普通事情里是不便露骨地写的,如男女间秽亵的情事,杀人的惨酷的情形。幼稚的旧剧优伶,往往把舞台上演不相像的事件来瞎演一阵,他们用八个"跑龙套"来打仗,"当场出彩"杀人,或描摹男女间的秽亵,甚至于恐怕演得不像,有时还要弄些"真山真水""真马上台"的把戏。他们自以为最忠于观客没有了,其实在聪明的观客,这些扮演却是一种苦痛的负担。文章和演剧一样,文字不是万能的东西,如果把写不像或不必写的部分也一一来硬写,结果对于读者是吃力不讨好的。聪明的作者决不干此愚事,他们先打算效果,认为无甚效果的部分,不重要的固然省略,就是重要的也省略。他们只用经济的手腕,以"一笔带过"的方法,来弥缝事件和事件间的窟洞。例如下文:

马伶者,金陵梨园部也。金陵为明之留都,社稷百官皆在;而又当太平盛时,人易为乐。其士女之问桃叶渡,游雨花台者,趾相错也。梨园以技鸣者,无虑数十辈;而其最著者二,曰兴化部,曰华林部。

一日,新安贾合两部为大会,遍征金陵之贵客文人,与夫妖姬静女,莫不毕集。列兴化于东肆,华林于西肆。两肆皆奏《鸣凤》,所谓椒山先生者。迨半奏,引商刻羽,抗坠疾徐,并称善也。当两相国论河套,而西肆之为严嵩相国者曰李伶,东肆则马伶。坐客乃西顾而叹,或大呼命酒,或移更近之,首不复东。未几,更进,则东肆不复能终曲。询其故,盖马伶耻出李伶下,已易衣遁矣。

马伶者,金陵之善歌者也;既去,而兴化部又不肯辄以易之,乃竟辍其技不奏。而华林部独著。

去后且三年,而马伶归,遍告其故侣,请于新安贾曰,"今日幸为开宴,招前日宾客,愿与华林部更奏《鸣凤》,奉一日欢。"

既奏,已而论河套,马伶复为严嵩相国以出。李伶忽失声,匍匐前称弟子。兴化部是日遂凌出华林部远甚。

其夜,华林部过马伶曰,"子,天下之善技也,然无以易李伶。李伶之为严相国,至矣;子又安从授之而掩其上哉?"

马伶曰,"固然。天下无以易李伶,李伶又不肯授我。我今闻相国昆山顾秉谦者,严相国俦也。我走京师,求为其门卒三年。日侍昆山相国于朝房,察其举止,聆其语言,久乃得之。此吾之所为师也。"

华林部相与罗拜而去。

马伶名锦,字云将,其先西域人,当时犹称马回回云。

——侯方域《马伶传》

这篇文章里面所记的事件并不连续,有着许多的窟洞,作者用"一日""去后且三年""既奏""其夜"等说法,一方面把本来连续着的事件任意割取,一方面又把窟洞弥缝着。依文章所表达的内容说,马伶走京师入相国昆山顾秉谦门下为门卒,是经过三年的光阴的,应该有大大的一段经过,可是作者却全部省略,只在马伶的谈话中"一笔带过"了。如果作者用了五百字或一千字来把这段经过详叙,效果也不会比原文增加吧。没有效果的文字,当然应该省略。再举一例如下:

唧唧复唧唧,木兰当户织;不闻机杼声,惟闻女叹息。

问女何所思,问女何所忆。女亦无所思,女亦无所忆。昨夜见军帖,可汗大点兵;军书十二卷,卷卷有爷名。阿爷无大儿,木兰无长兄;愿为市鞍马,从此替爷征。

东市买骏马,西市买鞍鞯,南市买辔头,北市买长鞭。旦辞爷娘去,暮宿黄河边,不闻爷娘唤女声,但闻黄河流水鸣溅溅。旦辞黄河去,暮至黑水头,不闻爷娘唤女声,但闻燕山胡骑声啾啾。

万里赴戎机,关山度若飞。朔气传金柝;寒光照铁衣。将军百战死,壮士十年归。

归来见天子,天子坐明堂,策勋十二转,赏赐百千强。可汗问所欲,木兰不愿尚书郎;愿借明驼千里足,送儿还故乡。

爷娘闻女来,出郭相扶将。阿姐闻妹来,当户理红妆。小弟闻姊来,磨刀霍霍向猪羊。开我东阁门,坐我西阁床。脱我战时袍,着我旧时装。当窗理云鬓,对镜贴花黄。出门看火伴,火伴皆惊惶;同行十二年,不知木兰是女郎。

　　　　雄兔脚扑朔，雌兔眼迷离，两兔傍地走，安能辨我是雄雌。

　　　　　　　　　　　　　　　　　　　　　　　——《木兰诗》

这是写木兰从军的，战争当然是题材的中心部分。作者对于出征前的情形写得很周详，对于凯旋后的光景也写得很热闹，写战争的部分却只"万里赴戎机，关山度若飞。朔气传金柝；寒光照铁衣。将军百战死，壮士十年归"六句，而且"万里赴戎机，关山度若飞"二句是未战以前的事，"将军百战死，壮士十年归"是既战以后的事，真正和战事有关系的情景只有"朔气传金柝，寒光照铁衣"十个大字。这十个大字，所表达的只是一时的战场上的光景，并不是战争的本身。木兰从了十二年的军，这首诗又是写她的从军的，对她作战的经过居然不着一字，这不是作者的疏忽，倒是作者的技巧。文字不是万能的工具，如果作者用了文字想把十二年的长期的战争来描绘来传述，结果等于旧剧伶人带了几个"跑龙套"来扮演打仗，有甚么效果呢？

　　凡是一种事件，方面都很广，内容都很庞杂。作者只能选写一部分一方面，其余让读者自己去补足想像。有许多事件，像战争之类，不实写，表达的效果倒反完全，挂一漏万的写出来，事件本身就倒反会有欠缺的。绘画上有"空白"的用语，画家作画不论人物、花卉或是山水，没有把画面全体涂满的，常空出一处或几处，这叫"空白"。画家对于空白常大费苦心，一幅画的好坏，空白的适当与否是重大的条件。空白也是画，不是普通的白纸，这是凡能看画的人都知道的事。文章和绘画有许多共同之点，事件的省略，和空白对比起来，不是很易明瞭的吗？

　　关于文章的省略，值得注意的事项，当然还很多，这里只就字面、意义、事件三个方面说了一个大概。文章上许多法则，大之如章法布局，小之如炼字造句，差不多都和省略有关，可以当作省略的另一方面来连带考察的。

文章中的会话

　　在普通文章中含有会话的大概是叙述文。因为议论文、说明文和记述文普通只是作者一个人在说话,文中即使写有作者以外的人物,往往没有说话的机会的。

叙述文也可不含会话,我们叙一个人或一件事,即使那个人说过许多话,那件事的经过上曾有许多人说了许多话,也竟可全不用会话的方式来写。例如:"星期日下午张三跑到李四那里说,'今日天气很好,去逛逛公园好吗?'李四说,'我想买书去,还是同我上书店去吧。'张三说,'也好,'于是两人就走出校门。"这段叙述,原是含有会话的,如果改写成"星期日下午,天气很好,张三跑到李四那里邀他去逛公园,李四因想买书,叫张三同上书店,张三也赞成,于是两人就走出校门,"就没有包含会话了。再试以前人的文章为例来说,《水浒传》景阳冈一段:

> 武松在路上行了几日,来到阳谷县地面。此去离县治还远。当日晌午时分,走得肚中饥渴;望见前面有一个酒店,挑着一面招旗在门前,上头写着五个字道,"三碗不过冈。"武松入到里面坐下,把哨棒倚了,叫道,"主人家,快把酒来吃!"只见店主人把三只碗、一双筷、一碟熟菜,放在武松面前,满满筛一碗酒来。武松拿起碗一饮而尽,叫道:"这酒好生有气力。主人家,有饱肚的,买些吃酒。"酒家道,"只有熟牛肉。"武松道,"好的,切二三斤来吃酒。"店家去里面切出二斤熟牛肉,做一大盘子,将来放在武松面前,随即再筛一碗酒。武松吃了道:"好酒!"又筛下一碗。恰好吃了三碗酒。再也不来筛。武松敲着桌子叫道,"主人家,怎的不来筛酒?"……

这段文章中含有许多会话,可以把会话的形式除去,改写为普通的叙述,如下:

> 武松在路上行了几日,来到阳谷县地面。此去离县治还远。当日晌午时分,走得肚中饥渴,望见前面有一个酒店,挑着一面招旗在门前,上头写着五个字道,"三碗不过冈。"武松入到里面坐下,把哨棒倚了,叫主人取酒来吃。只见主人把三只碗、一双筷、一碟熟菜,放在武松面前,满满筛一碗酒来,武松拿起碗一饮而尽,向主人称赞酒有气力,问他有甚么可饱肚的下酒物。酒家回说有熟牛肉。武松叫切二三斤来下酒。店家去里面切出二斤熟牛肉,做一大盘子,将

来放在武松面前,随即再筛一碗酒。武松吃了,赞酒好,又筛下一碗。恰恰吃了三碗酒,再也不来筛。武松敲着桌子问主人怎不来筛酒。……

由此可知,叙述一个人物或一件事情,并非必须用会话,实际上作者写文章的时候,在有许多该有会话的地方也略去不记,只用自己的个人立脚点来作简单的叙述,例如朱自清氏的《背影》里:

> 到南京时有朋友约去游逛,勾留了一日。第二日上午便须渡江到浦口,下午上车北去。父亲因为事忙,本已说定不送我,叫旅馆里一个熟识的茶房陪我同去,他再三嘱付茶房,甚是仔细。但他终于不放心,怕茶房不妥帖,颇踌躇了一会。

这段文章中,有几处原该有会话,如"父亲因为事忙,本已说定不送我"一句,原来的情形当然是用会话来表出的。也许有过"我本来想送你上车,可是还有别的事,没工夫了"的会话吧。"叫旅馆里一个熟识的茶房陪我同去,他再三嘱付茶房,甚是仔细"的部分,当时不消说是有"茶房,托你代我送少爷上车,你代他买车票,行李共几件,当心失少,……"样的会话的,可是作者在文章中都不把原来的会话照样写下来。

叙述文遇到会话的地方,可以用会话的形式来写,也可以不用会话的形式来写,一篇叙述文中往往在有些地方用着会话,有些地方虽然依情形看来原该是会话的部分,却不列会话,在文章的研究上这是一个值得注意的方面。

原来文章中所用的会话和我们日常所说的会话是不一样的。我们每日从朝到晚,不知要说多少的会话,如果照样地写入文章中去,就会发生许多不妥当的毛病。第一是芜杂,譬如记主客谈话,如果从"久违了"到"再见"一连写记起来,结果便要乱杂不堪,主要的意旨反而不明白。第二是不完密,实际上的会话,有时一句话可以重复颠倒,有时一句话可以不完全说出。当面谈话,因为有表情动作等的帮助,彼此尚不致发生误解,可是写入文章中去,读者所依据的只是白纸上的几个黑字,当然就有隔膜了。所以日常的会话并不都可成文章中的会话,日常会话要写入文章中去,有两种工夫先得做,一是要精选,二是弄明确。

　　会话不但是传达思想情意的东西，也是各人特色所寄托的一方面。每个人的特色，不外从会话、行动、颜相、服装等几方面显出，用文章来描写人物，行动、颜相、服装等虽都该顾及，可是究竟不易充分表现，因为文字不像绘画，无法把这些确肖地写出。文字所比较能够容易描写的只是会话。所以会话可以说是文章中描写人物最重要的工具。人物的感情意志，要想用文字来表现，最适切的手段是利用人物自己的会话。

　　上面曾说过，作者叙述人物或事件，可以用会话，也可以不用会话。文章中本来用会话的部分也可改去会话的形式，使成普通的叙述。其实普通的叙述只能写事件的轮廓和人物与事件的关系外形，至于人物的感情意志是不能表现的。试看方苞的《左忠毅公逸事》：

　　　先君子尝言乡先辈左忠毅公视学京畿，一日风雪严寒，从数骑出微行，入古寺。庑下一生伏案卧，文方成草。公阅毕，即解貂覆生，为掩户。叩之寺僧，则史公可法也。及试，吏呼名至史公，公瞿然注视；呈卷即面署第一。召入使拜夫人，曰，"吾诸儿碌碌，他日继吾志事惟此生耳。"

　　　及左公下厂狱，史朝夕狱门外；逆阉防伺甚严，虽家仆不得近。久之，闻左公被炮烙，旦夕且死，持五十金涕泣谋于禁卒。卒感焉；一日，使史更敝衣草屦，背筐，手长镵，为除不洁者，引入，微指左公处，则席地倚墙而坐，面额焦烂不可辨，左膝以下筋骨尽脱矣。史前跪抱公膝而呜咽。公辨其声，而目不可开，乃奋臂以指拨眦，目光如炬。怒曰，"庸奴！此何地也，而汝来前？国家之事，糜烂至此，老夫已矣，汝复轻身而昧大义，天下事谁可支拄者？不速去，无俟奸人构陷，吾今即扑杀汝。"因摸地上刑械作投击势。史噤不敢发声，趋而出。后常流涕述其事以语人，曰，"吾师肺肝皆铁石所铸造也！"

　　　崇祯末，流贼张献忠出没蕲、黄、潜、桐间，史公以凤庐道奉檄守御。每有警，辄数月不就寝，使将士更休，而自坐幄幕外；择健卒十人，令二人蹲踞而背倚之，漏鼓移则番代。每寒夜起立，振衣裳，甲上冰霜迸落，铿然有声。或劝以少休。公曰，"吾上恐负朝廷，下恐愧吾师也。"（下略）

这篇文章中用会话来写出的共有四处,左公说话的二处,史公说话的二处,用得都非常有效果。左、史二人的忠义之情,左对史的知遇之感,(这些是这篇文章的主要题旨)以及当时的情形,都从这几句会话里传出着,如果把这些会话改去,用普通叙述来写,就会失去原来的力量,减色不少。依照这篇文章的内容来看,文中人物不止左、史二人,他人也必曾有过许多会话,左、史二人所说的会话也当然不止这些,可是作者所用会话写出的,却只这几处,而且只是这寥寥的几句。这里面有着作者的选择力的。唯其作者能把芜杂的会话淘汰净尽,只把留剩下来的几句最重要的会话写入文章中去,这几句会话才能分外有力,所要写的题旨也分外显明。

　　会话在文章中占着重要的地位,叙述一个人物或一件事情,用会话的形式和用普通叙述的形式,原可任作者自由,作者所当注意的就是甚么部分该用会话来写,甚么部分该用普通的叙述。有时一行的会话,效果可以胜过十行的叙述,有时十行的会话毫无意义,徒使文章散乱,效果反不及一行的叙述来得好。再举一个例子如下:

　　　　"这是怎么一回事? 你知道这信里说些什么?"

　　　　"我知道。你让我走,让我过去。"

　　　　"你到那里去?"

　　　　"我不要你救我,滔佛。"

　　　　"当真吗! 他说的都是真的吗? ——没有的事,这断不会是真的。"

　　　　"全是真的。我只知道爱你,别的什么都不顾了。"

　　　　"呸! 不要把这种蠢话来推托!"

　　　　"滔佛——!"

　　　　"你这混帐的妇人——干得好事!"

　　　　"让我去——我不要你救我! 我不要你把这桩罪名担在你身上!"

这是易卜生所作的戏剧《娜拉》中的一节,(据潘家洵氏译本)娜拉的丈夫发觉娜拉背夫向人借款,夫妻间曾起一个口角的场面,这几句是口角的开始。因为是剧本,不像普通文章的有事件的说明,有动作的叙述,只以会话表现。从这些会话里丈夫的愤不可遏的神情,娜拉的屈服之中带有某种决心的态度,都活跃地可以看出来。

各种文章之中,会话最占地位的是剧本,次之是小说,再次之是普通的叙述文。会话的地位虽有轻重的分别,可是一样须有技巧。用会话的目的,在传出人物的神情、个性,就普通的叙述文来说,在普通叙述的时候,写一人物,是以作者的立脚点写的,换句话说,就是作者用了自己的口吻把某人物介绍给读者,成立着"人物——作者——读者"的关系。至于用会话来写的时候,是作者暂时把自己躲开,让人物直接说话给读者听,成了"人物——读者"的关系了。作者在写作时所当留意的问题有两个,一是该让甚么人物在甚么时候说话?二是该叫人物怎样说话?

关于第一个问题,上面已大致讲到,一篇叙述文中,可有许多人物,并不是每个人物都要有会话,并不是每句会话都要写记下来,把主要人物的主要会话写出就够了。平凡的空泛的会话,漫然写记下来,是毫无意味的。

说到这里,有一点应该注意,所谓主要的会话,乃是可以表现人物性格或有关题旨的会话,并非一定对事件有重大关系的东西。一串极平常的谈话,有时可暗示人物或事件的很深刻的方面。例如:

"今天天气好,啊!"

"呃,天气真好!"

"明天也不会下雨吧。"

"呃,不会吧。"

这是极无聊的寒暄语,原无大意味的。但若写入剧本或小说里,假定有一个人想替甲青年、乙少女撮合作媒,约双方在某处会面,男女彼此面面相觑了作这些会话时,这些会话就是表现当时情形的好材料,一对陌生男女的羞赧的神情,完全可以由此表现,并不是闲话了。归有光的《项脊轩志》最后一段:

余既为此志,后五年,余妻来归,时至轩中从余问古事,或凭几学书。吾妻归宁,述诸小妹语曰:"闻姊家有阁子。且何谓阁子也?"

　　其后六年,吾妻死,室坏不修。其后二年,余久卧病无聊,乃使人复葺南阁子,其制稍异于前。然自后余多在外,不常居。庭有枇杷树,吾妻死之年所手植也,今已亭亭如盖矣。

这里面"闻姊家有阁子,且何谓阁子也?"是归妻口中传出来的妻家诸小妹的会话。这会话的人(诸小妹)并不重要,会话本身在表面看来也无大意味,近于闲文。作者归有光是有名的文章家,为甚么会有这种闲文呢?原来这段文章是一个跋尾,题旨在纪念他的亡妻。《项脊轩志》正文作在归妻未至以前,这段跋尾是归氏在妻死后追加的。"吾妻来归,时至轩中从予问古事,或凭几学书。"这些叙述,说明着归氏夫妻和这间屋子(旧南阁子)的关系,这间屋子是他们不能忘怀的地方。"吾妻归宁,述诸小妹语曰,'闻姊家有阁子,且何谓阁子也?'"由这会话里,可以窥见妻在归宁时常提到这间屋子的事,因为"阁子"是一种特别的名称,诸小妹因为常常听到,才有这样的话。这会话在这段文章里,表现着归氏夫妻间的情爱,和归氏自己对于这间屋子的眷恋,可以说是很有意义的。

　　用平淡无奇的会话来表现人物内心的秘奥,这种技巧在好的戏剧或小说里面是常可发见的。我们读戏剧、小说时该随处留意,领略这种会话的妙味。

　　第二是该叫人物怎样说话的问题。会话和叙述不同,是人物自己的口吻,不是作者的口吻,文章里所写的人物可以不一,有农工、有官吏、有小孩、有少女、有村妇、有学者,地域、时代、阶级、年龄、性格等等又可各不一样,应该还他本来面目,各用适当的口吻来表现,官吏有官吏的用语,农工有农工的用语,知识分子间的"婚姻问题",叫村妇来说就不逼肖,上海、苏州一带的"白相",在北方人口头非用"逛"或"耍"不可。

　　科斗成群的在水里面游泳,爱罗先珂君也常常先来访他们。有时候,在旁的孩子们告诉他说,"爱罗希珂先生,他们生了脚了。"他便高兴的微笑道,"哦!"

　　　　　　　　　　　　　　　　　　　——鲁迅《鸭的喜剧》

　　"这一次我们打得有意思。"沈默了一会之后,他又对我说了。他告诉我他的经历,在广东当兵,到过江西打共产党,后来调到南

京,又调到昆山,这会儿到闸北来。打过很多的仗,这一次才打得有
意思。

　　"我们打江西的时候,打进一个地方,一个老百姓也不见,要吃
的呒吃,要住的呒住,墙头上写了许多大字:'穷人呒打穷人。'老百
姓见了我们比鬼还怕。"

——适夷《战地的一日》

第一例把"爱罗先珂"说作"爱罗希珂"是在想表现小孩的口吻,第二例是
记十九路军兵士的谈话的,努力保存着广东语的分子。为求会话适切起
见,这种方面的留心,非常重要。

　　从前的文章用文言写,所用的会话也都是文言,村妇、小孩在文章中
也只好用"之乎哉也"一套的字眼来说话,并且可使用的句读符号也很简
单只有"、""。"两种。这对于表现上,实大不便利。例如上面所举的方苞
的《左忠毅公逸事》里,左公在狱中对史可法所说的末尾几句话:

　　　不速去,无俟奸人构陷,吾今即扑杀汝。

这会话用文言写记,在当时原是不得已的事。仔细玩味起来,就可觉得
这三句话语气有不贯串的地方,和普通的会话结合情形不同。"不速去,
吾今即扑杀汝"是顺口的,中间插入一句"无俟奸人构陷"很不顺口。作
者在这上面似乎曾大费过苦心,故意叫它不贯串,藉以表出当时愤怒急
迫的神情的。如果在句读符号完备的今日来写,就成:

　　　不速去,——无俟奸人构陷!——吾今即扑杀汝!

即使仍用文言来写记,也容易表现得多了。此外,如感叹词、助词种类的
增多,如注音字母的表音法,如方言的可以任意运用,都是以前未曾有过
的便利。我们只要能留意,便容易写出适合人物的会话来。

文章的静境

　　文章上描写事物,有动的和静的两种境界。这动静两种境界,普通
常混合在一处。如:

　　　我满腔的愤怒,再有露胸朋友那样的话在路上吧? 我向前

走去。

依然是满街恶魔的乱箭似的急雨。

——叶绍钧《五月卅一日急雨中》

就这几句文章中来看,前一段是动的,后一段和前一段比较,可以说是静的。"我满腔的愤怒","我向前走去",固然是含有动作的说法,"再有露胸朋友那样的话在路上吧",是作者的推想,也是一种动作的表现。"依然是满街恶魔的乱箭似的急雨",所表出的只是当前一时的光景,并无甚么动作可言。用电影的用语来说,只是一种特写的场面而已。

以上所述的是动静的最初步的分别,让我们来再作进一步的考察。

文章中所表现的动作,依性质细分起来,可有好几种不同。

(一)文章中事物本身的动作　文章既然是描写事物的,当然有事物,这些事物的动作,也就在文章中表现着。如果那文章有一部分是写作者自己的,作者本身就成了文章中的事物,所表现出来的动作,也和这性质相同。如:

那日正是黄梅时候,天气烦燥。(静)王冕放牛倦了,在绿草地上坐着。(王冕动)须臾浓云密布。(云动)一阵大雨过了,(雨动)那黑云边上镶着白云渐渐散去。(云动)透出一派日光来,照耀得满湖通红。(日光动)湖边上山,青一块,紫一块,绿一块,树枝上都像水洗过一番的。尤其绿得可爱。(静)湖里有十来枝荷花,苞子上清水滴滴,荷叶上水珠滚来滚去。(水在荷上动)王冕看了一回,心里想道,"古人说,人在画图中,其实不错。可惜我这里没有一个画工,把这荷花画他几枝,也觉有趣。"又心里想,"天下那有学不会的事,我何不自画几枝?"(王冕动)

——《儒林外史》

于是携酒与鱼,复游于赤壁之下。(作者动)江流有声,断岸千尺,山高月小,水落石出。(静)

——苏轼《后赤壁赋》

(二)作者对于事物的感觉或解释　事物本身并不曾有动作,因了作者的感觉或解释,好像有某种动作的样子,于是把这些动作也在文章上表现出来了。如：

> 但闻四壁虫声唧唧，如助予之叹息。

——欧阳修《秋声赋》

这里面"闻"的动作为作者所发，是实在的。至于"助"的动作，完全出于作者的感觉或解释，和真正的动作性质不同。这种例子很多，如：

> 平林漠漠烟如织，寒山一带伤心碧。

——李白《菩萨蛮》

> 数峰清苦，商略黄昏雨。

——姜夔《点绛唇》

所谓"织""商略"都是作者的感觉或解释，作者为了要写出某种情感，不但费了许多苦心去选择适当的事物，还给事物加了自己所需要的色彩。这种描写方法在诗词里常常可碰到。

文章中的动的境界，似乎不出上面的两种，一是文章中的事物自己在那里动作，一是事物本身并无动作，作者因了某种感觉或解释，赋给它一种动作。如果分别起来，前一种可以说是动境；后一种可以说是静境，因为事物本身原无动作，那动作是作者故意赋给它的。

上面两种境界，句子里都含有动词，不论那动作是事物本身的或作者赋给的。文章中尚有一种句中只有形容词不见一个动词的描写法。这境界更静了。如前例中的

> 寒山一带伤心碧。

> 数峰清苦。

都没有动词，只有"寒""伤心""碧""清""苦"等类的形容词。这些形容词也是作者的感觉或解释。作者因了自己的情感，任意地把事物来作各种各样的形容修饰，同是对于风，心绪爽朗的时候可以说"飘飘"，阴惨的时候可以说"萧萧"或"飒瑟"，目的就在想借了这些字面来表达自己所要表出的情感。这些加形容的静的景物，在文章中有着背景的力量，利用得好的时候，可以收到画面的效果。如：

> 风萧萧兮易水寒，壮士一去兮不复还。

——《击筑歌》

枯藤老树昏鸦,小桥流水人家,古道西风瘦马,夕阳西下,断肠
人在天涯。

——马致远《秋思》《天净沙》

第一例上句没有动词,是静境,第二例前三句没有动词,每句只用三个加
了形容的名词叠在一处,也是静境。作者在这些景物上除加形容词外不
曾表示甚么意见,有甚么做作,可是对于文章全体却有很大的效力,从文
章全体看来,并不是闲文字。试把这些静的景物除去或更换别的,就会
失掉文章原来的情味。

静境之中还有更进一步的,作者不但不依照了自己的情感赋给事物
以动作,也不给事物擅加形容和修饰,不但没有动词,连形容词也不漫然
使用,只照事物本来的名称写在文章中就算,结果所写出的只有寻常的
事物名。这种描写的方法,在诗词里很多,如:

鸡声茅店月,人迹板桥霜。

——温庭筠《商山早行》

春去也,归来否? 五更楼外月,双燕门前柳。人不见,秋千院落
清明后。

——赵闻礼《千秋岁》

这里面写景物,完全是景物和景物的排列,把许多景物如"鸡声""茅店"
"月"摆在一处,"双燕""门前""柳"摆在一处,此外作者并未有甚么说明,
事物本身的动作也丝毫没有,可以说是静境的极致了。作者赋给事物以
动作,或给事物加上合乎自己情感的形容词,在那些文章里,显然露出着
作者的主观,换句话说,就是从文章里可以找得出作者的影子的。到了
只有事物名称的时候,作者的影子已完全躲闪干净,他只拣选了几种可
以暗示某种情感的事物,巧妙地加以排列,用字面写记出来,让读者自己
去领略他所发抒的情感。这种技巧是值得注意的。

用静的事物来示唆情感的描写方法,诗歌中最多,小说中也有,普通
散文中似乎并不多见。龚自珍的《记王隐君》的末段好像应用着这方法
的。原文不长,把它全录在下面:

于外王父段先生废簏中,见一诗,不能忘。于西湖僧经箱中,见

书《心经》，蠹且半，如遇篋中诗也，益不能忘。

春日，出螺师门，与轿夫戚猫语。猫指荒冢外曰："此中有人家。段翁来杭州，必出城访其处。归，不向人言。段不能步，我异往。独我与吴轿夫知之。"循冢得木桥，遇九十许人，短褐曝日中。问路焉，告聋。予心动，揖而徐曰："先生真隐者。"答曰："我无印章。"盖隐者与印章声相近。日晡矣，猫促之，怅然归。

明年冬，何布衣来，谈古刻，言"吾有宋拓李斯郎邪石。吾得心疾，医不救。城外一翁至，言能活之。两剂而愈。曰：'为此拓本来也。'入室，径携去。"他日，见马太常，述布衣言。太常俛而思，仰而掀髯曰："是矣是矣！吾甥锁成，尝失步，入一人家。从灶后甽户出，忽见有院宇，满地皆松化石。循读书声速入室，四壁古锦囊，囊中贮金石文字。案有《谢朓集》，借之，不可，曰：'写一本赠汝。'越月往视，其书类虞世南。曰：'蓄书生乎？'曰：'无之。'指墙下锄地者：'是为我书。'出门，遇梅一株，方作华，窃负松化石一块归。若两人所遇，其皆是与？"

予不识锁君，太常布衣皆不言其姓，吴轿夫言仿佛姓王也。西湖僧之徒取《心经》来，言是王老者写。参互求之，姓王何疑焉！惜不得锄地能书者姓。

桥外大小两树，依倚立，一杏，一乌柏。

这末尾的"桥外大小两树，依倚立，一杏，一乌柏"数语，很突兀，可是意境却很丰富。第一，可以窥见作者"不能忘"的依恋情怀，和重来寻访的热意。第二，可以表出隐士所居地的幽邃自然。第三，文中记着两个异人，一是"王老者"，一是"锄地能书者"，所谓"大小两树，依倚立"云云，也许就可作为并耕偕隐的象征。是非常耐人寻味的文字。

依上所说，文章中的描写有动静二境，静境之中又可分为三种：（一）是作者赋给事物以动作的，（二）是作者给事物加上了形容修饰的，（三）是不赋给动作，也不任意附加形容修饰，只把事物的名称关联了写记的。这三种静境，对于文章全体都有背景或画面的效力。描写静境对于表达情感是有效的手段。在这里，我们碰到了事物和情感的关系的问题了。

　　我们自有生以来,直接间接的经验过许多事物,每次和事物接触的时候,就生一种情感,结果这一种情感就和事物联结在一处,只要一提到那事物的名称,某种情感就引来了。我们从经验知道"血"是可怕的,一听到"血"字,就会起恐怖之情,知道"花"是美丽的,一提到"花"字,就会起美丽之感。花的谢落,在经验上是觉得可惜的,于是"落花"一语,就带了惆怅的情味。事物可以寄托情感,结果那表达事物的字面,也含有寄托情感的力量了。所以,文字并不只是白纸上的点画撇捺,俨然是个有生命的东西。事物所寄托的情感因人的感觉锐敏与否原可有多少的差异,最大的差异倒在经验(不论直接的或间接的)的多寡。对于荆棘的实物,不论识字的或不识字的,所发生的情感大概差不多,用字面表示出来,只要是识得这"荆棘"二字的就会引起同样的情感。可是"荆棘铜驼",在未从书本上的间接经验懂得这典故的人,就不会起"荒凉""感慨"等等的情感了。

　　事物和情感既有如此密切的关系,事物的名称本身就可利用了来暗示情感,因此之故,文章中在描写一桩事件的时候,常常有牵涉到别的和本文不大有关的事物的事。本文在说"壮士一去兮不复还"却先说甚么"风萧萧兮易水寒",本文是要说"有人楼上愁"(李白《菩萨蛮》)却先说甚么"平林漠漠烟如织,寒山一带伤心碧"。作者的目的,都在利用景物做背景来烘托自己所描写的情感。

　　文章中利用别的事物作背景的方法有两种,一是选取和自己所想表现的情感一致的,如写悲哀的情感的时候,用可悲的事物来附加进去。一是选取和自己所想表现的情感反对的,如写寂寞的情感的时候,故意兼写热闹的场面。白居易的《长恨歌》写玄宗还宫以后悼亡的悲怀,利用这各种各样的事物。试取一节为例:

　　　　归来池苑皆依旧,太液芙蓉未央柳。芙蓉如面柳如眉,(以上反用)对此如何不泪垂。春风桃李花开日,(反用)秋雨梧桐叶落时。(正用)

　　以上所述,都是关于静境的。其实,既承认事物可以暗示情感,只要是用到事物的地方,都可用同样的眼光去对付,不必拘泥于是静境不是静境。文章里的字面，往往可以决定文章的内容。试观下例：

> 海潮东来，气吞江湖。快马斫阵，登高一呼。如波轩然，蛟龙牙
> 须。如怒鹃起，下盘浮图。千里万里，山奔雷驱。元气不死，乃与
> 之俱。

——郭麐《词品·雄放》

这是描写"雄放"的情感的，其中有静境，也有动境。如果把里面所有的
事物名称一一摘出来，如"海潮""江湖""快马""阵""波""蛟龙"等等在字
面上都能引起雄健奔放之情感。这是当然的，因为作者对于这些事物曾
经依了自己的目的严加选择，字面上所发生的效果，并非偶然。

纯粹静的描写以诗词中为多，至于不论动静，用一般事物名称来
诱致情感的方法，寻常散文里当然可以普遍应用。例如：

> 当时黛玉气绝，正是宝玉娶宝钗的这个时辰。紫鹃等都大哭起
> 来。李纨探春想他素日的可疼，今日更加可怜，便也伤心痛哭。因
> 潇湘馆离新房子甚远，所以那边并没听见。一时，大家痛哭了一阵，
> 只听得远远一阵音乐之声，侧耳一听，却又没有了。探春李纨走出
> 院外再听时，惟有竹梢风动，月影移墙，好不凄凉冷淡。

——《红楼梦》第九十八回

这不消说是一段悲哀的文章，从来不知道曾有多少读者下过眼泪。试把
其中所用的字面检查起来，可以发见有许多事物名用得很有效果。如
"宝玉娶宝钗的这个时辰"，"素日的可疼"，"今日"，"新房子"，"远远一阵
音乐声"，"竹梢"，"月影"，有的正用，有的反用，安排得很好。这段文章
的所以能教唆作者引起悲怀，大半的原因恐怕就在于这些字面上。

文章的动态

前回写过一篇"文章的静境"，因而连类所及想到文章的动态。"文
章的静境"里所讲的是文章中不用动词的部分，现在讲文章的动态，不消
说所关涉的是用动词的部分了。

动词原是用来记述事物的动作的，但只是记述动作，并不一定就会

有动态。文章的工具是文字语言。文字语言只是一种符号，和事物本身的情形不同。事物的动作如果只用文字语言记述下来，未必就能在读者听者心里引起动作的印象。例如说"花落""鸟啼"，只是一种事物动作的记述，并不就能叫读者听者感觉到"花在怎样落""鸟在怎样啼"的光景，换句话说，记述事物的动作，并不就可算表达了事物的动态。

就许多艺术看来，戏剧以外，真能表达事物的动态的是电影，此外如绘画、雕刻、文章等都不及电影的便利。这是艺术工具各不相同，本身性质使然，无可如何的事。电影的所以能充分表达事物的动态，不外乎连续和展进两个原因。电影本身原是一张张的连续照片，因为转动得相当快速，观者眼里前一张照片的残像尚未消失，第二张照片又映到眼里来了。这样连续进行，于是观者觉得事物在那里动，完全收获了事物的动态。用文章来比电影，究竟望尘莫及。不信，试到电影院去，把看电影和看电影故事说明书的印象双方对照一下就可明白。电影故事说明书是依照了所放映的电影内容编写的，所用的工具就是文字语言，你看比电影相差多远呢？

可是，除了电影以外，比较可以表达事物的动态的还要推文章，绘画、雕刻在这点上更比文章不如。原因是绘画、雕刻是展开在一时的，看去一目瞭然。文章以文字语言为工具，文字语言虽写在纸上或只是一种声音，却可以叫人一字一句地读去听去，逐渐理解，保持住若干的连续性展进性，不像绘画、雕刻的在最初就全体展开在观者眼前，丝毫无连续展进可言。《虬髯客传》是用文字语言写的，读去虽不及看电影，却可以知道事情先是怎样，后来怎样，结果怎样，是连续的展进的。可是绘画或雕刻呢，只能表达一个场面，如我们常见到的《风尘三侠图》就是。论其位置，在电影里，只是一小段中的一张片子罢了。

由此可知，文章是可以表达事物的动态的，表达动态，最便利的是电影，要在文章上表达动态，似乎也可应用电影的原理，归纳出几个原则来。

以下把事物的动作分作两类来加以考察，（一）是连续的动作，（二）是片段的动作。凡是动作，原都前后连续着，可是我们在文章里，有只记述一个动作的，也有把两个以上的动作顺次记述的。如"花落""鸟啼"各记述一个动作"落""啼",属于片断的动作。"举杯邀明月"把"举"和"邀"两种动作连续着,先"举"后"邀",属于连续的动作。试再看下例:

> 孺人之吴家桥则治木棉,入城则缉纑。灯火荧荧,每至夜分。外祖不二日使人问遗,(孺人不忧米盐,乃劳苦若不谋夕。)冬月炉火炭屑,使婢子为团,累累暴阶下。……儿女大者牵衣,小者乳抱,手中纫缀不辍。
>
> ——归有光《先妣事略》

> 我看见他戴着黑布小帽,穿着黑布大马褂,深青布棉袍,蹒跚地走到铁道边,慢慢探身下去,(尚不大难,可是他穿过铁道要爬上那边月台,就不容易了。)他用两手攀着上面,两脚再向上缩,他把胖胖的身子向左微倾,显出努力的样子。这时我看见他的背影,我的泪很快地流下来了。我赶紧拭干了泪,(怕他看见,也怕别人看见。)我再向外看时,他已抱了朱红的橘子望回走了。过铁道时,他先将橘子散放在地上,自己慢慢爬下,再抱起橘子走。过这边时,我赶紧去搀他,他和我走到车上,将橘子一股脑儿放在我的皮大衣上,于是扑扑衣上的泥土,心里很轻松似的。
>
> ——朱自清《背影》

上面两段文章,有一部分是作者的解释,不是事物本身的动作,特用括弧为记。除此以外都是记动作的了,第一例各种动作有许多是不连续的,片段的,第二例是连续的。

现在先讲连续的动作。连续在电影里原是一个重要的条件,电影的所以能表达动态,就一半靠有连续。连续越紧凑越能表达动态。平剧《乌盆记》丑角张别古有一段说白,听去很有动态的,现在录在这里:

> 我搁下了盆,放下了罐,拿起钥匙,通开了锁的屁股门,推开了门,拿起了盆,拿起了罐,进了门,搁下了盆,放下了罐,关上了门,拿起床来顶上了门。

这段说白的所以有动态,句式构造的流利和用韵,也许亦是原因之一,但最大的原因,就是动作连续的紧凑。用电影上的话来说,就是在观者网膜上留着前片残像的时候,再接上一张片子去。

为要保持动作的连续紧凑,文章上常用着种种方法,下面两种是最普通的。

(甲)利用短促的句逗。繁长的词句,念去看去都费时间。接续起来,前动作的残像容易在念头上消去,前印象和后印象的连续,就不紧凑。若用短促的句逗,可以免掉这缺陷。所以从来描写动态的文章十之八九都是用短句逗的。如:

> 轲既取图奏之,秦王发图,图穷而匕首见。因左手把秦王之袖,而右手持匕首揕之,未至身,秦王惊,自引而起,袖绝,拔剑,剑长,操其室。时惶急,剑坚,故不可立拔。荆轲逐秦王。秦王环柱而走,群臣皆愕。(卒起不意,尽失其度。而秦法:群臣侍殿上者不得持尺寸之兵,诸郎中执兵皆陈殿下,非有诏召不得上。方急时不及召下兵,以故荆轲乃逐秦王,而卒惶急无以击轲,而以手共搏之。)是时侍医夏无且以其所奉药囊提荆轲也。秦王方环柱走,卒惶急不知所为,左右乃曰:“王负剑,”负剑,遂拔以击荆轲,断其左股,荆轲废,乃引其匕首以擿秦王,不中,中铜柱。秦王复击轲,轲被八创。

> ——《史记·刺客列传》

> 项王至阴陵,迷失道,问一田夫,田夫绐曰“左,”左,乃陷大泽中。

> ——《史记·项羽本纪》

这都是叙述动作的典型的文章,句逗何等简洁,迫促。有两三个字成句逗的,还有以一个字为句逗的,第一例的用“而”字的地方,特别值得注意。上下两种动作用“而”字连结起来的时候很多。如:

> 齐侯游于姑棼,遂田于贝丘,见大豕,从者曰,“公子彭生也。”公怒曰,“彭生敢见?”射之,豕人立而啼。公惧,队于车,伤足,丧屦。反,诛屦于徒人费,弗得,鞭之见血,走出,遇贼于门,劫而束之,费曰“我奚御哉?”袒而示之背,信之。费请先入,伏公而出斗,死于门中。

> ——《左传·庄公八年》

这段文章中有四处用着“而”字,“而”字上下的两种动作都是连续的。语体里的"了"字,有时也有这种功用,如说"吃了饭上车","吃饭"和"上车"就有连续关系了。用"而"字或"了"字的句逗虽较长,其实是两个句逗的连合,如"袒而示之背"可以除去"而"字分成"袒""示之背"两个句逗,"吃了饭上车"可以除去"了"分成"吃饭""上车"两个句逗。这种用"而""了"的句逗,虽然多加了一个字,仍不失短句逗的功用。

(乙)提示短迫的时间。动作和动作间的时间相隔越小,越能表出连续的紧凑。电影里影片的转动可以快慢自由,容易做到任意的时间距离,文章上对于这一点,则有提示时间的办法,声明动作和动作间的时间距离多少。在描绘动态的文章里,这时间往往声明得很短。如:

　　仰视浮云驰,奄忽互相逾。

　　　　　　　　　　　　——李陵《答苏武》

　　手执生绡白纨扇,扇手一时如玉。

　　　　　　　　　　　　——苏轼《贺新凉》

　　应把花卜归期,才簪又重数。

　　　　　　　　　　　　——辛弃疾《祝英台近》

　　探春、紫鹃正哭着叫人端水来给黛玉擦洗。李纨赶忙进来了,三个人才见了不及说话,刚擦着猛听黛玉直声叫道:"宝玉,宝玉,你好! ……"说到"好"字,便浑身冷汗,不作声了。

　　　　　　　　　　　　——《红楼梦》第九十八回

这类提示时间短迫的方式很多很多。普通文章上用"忽""于是""遂""即""未几""顷之""同时"等字语的地方都在利用这技巧。旧小说里的所谓"正……时""说时迟,那时快"也是表明时间相隔极短的。此外还有许多限制时间的方法,如"一"字在语体里往往被用到动词上来表达动作经过的快速。例如:

　　那大虫又饥又渴,把两只爪在地上略按一按,和身望上一扑,从半空里撺将下来。武松被那一惊,酒都做冷汗出了。说时迟,那时快,武松见大虫扑来,只一闪,闪在大虫后背。

　　　　　　　　　　　　——《水浒》第二十二回

诸如此类的方法,说也说不尽,只要在读文字、听言语的时候,随时留意,自然还可有所发见。要之,文章中所写的动作如果是连续的,应保持它的连续的紧凑。上面所举的各种方法,目的都无非为图动作的连续紧凑而已。

以下再讲片段的动作。连续的动作是有两个以上的动作连续在一处的,这动作和那动作间天然有着前后的时间关系,仅只动作和动作,已呈露出连续和展进的形式,本身就是动的。如说"举杯邀明月","举"和"邀"两个动作是连续的,展进的。若只说"举杯"或"邀明月",就成片段的动作,"举"只是"举","邀"只是"邀",本不连续,更无展进可言。这只能说是动作的记述,不能表达动态。

让我们再来说电影。"举杯""邀明月"这两个动作,在文章里是片段的,在电影里却是连续的,假定从桌上举起杯子来,举到二尺高,电影里就有好几张片子来表达。对于"邀"的动作,亦应有好几个姿势,用好几张片子来表达。如果是有声电影,还可用声音来做表现动作的帮助,动态仍能完全表达的。文章中对于片段的动作要想表达动态,也得把电影的方法来应用。

(丙)把动作的顺序步骤来分析。事物的动作虽只有一种,如果分析起来,自有着许多顺序步骤,从这些顺序步骤里也可看出连续和展进来。说"花落"是片段的动作,说"花片片地落",是带说着"落"的顺序步骤,是连续的展进的。后者较之前者,容易叫人引起动的幻觉,容易表达动态。这方法被许多文章家运用着,如:

> 兵入,以戈刺床下,数刺,数抵其隙。
>
> ——王猷定《钱烈女墓志铭》
>
> 一杯劝一杯,沈沈虎竟醉。……一刀初刺虎犹纵,三刀四刀虎不动。
>
> ——袁枚《费宫人刺虎歌》
>
> 军书十二卷,卷卷有爷名,……愿为市鞍马,从此替爷征。东市买骏马,西市买鞍鞯。南市买辔头,北市买长鞭。
>
> ——《木兰诗》
>
> 见渔人乃大惊。问所从来,具答之,……村中闻有此人,咸来问

讯……此人一一为具言所闻,皆叹惋。余人各复延至其家,皆出酒食。……既出,得其船,便扶向路,处处志之。

——陶潜《桃花源记》

(丁)把从动作得到的感觉来摹写。事物在动作的时候对于我们的感官给予各种各样的感觉,把这感觉扼要地记述出来也是传出动态的一种方法。为了要表达动态,与其说"金鱼在玻璃缸中游行",不如说"金鱼在玻璃缸中闪烁着红光"。与其说"天打雷了",不如说"天隆隆地打雷了",来得动人。前者只是片段的动作的记述,后者比较能表现动态。在我们的感觉当中,文章上最被采用的是视觉和听觉,尤以用听觉为最便利,最直捷。例如:

伐木丁丁,鸟鸣嘤嘤。

——《诗·伐木》

哗啦啦打罢了头通鼓。

——平剧《珠帘寨》

唧唧复唧唧,木兰当户织。

——《木兰诗》

适有大星,光煜煜自东西流。

——程敏政《夜渡两关记》

船尾跳鱼拨剌鸣。

——杜甫《漫成一绝》

写片段的动作,要想表达动态,上面的两种方法是可用的。这两种方法不但在片段的动作上可以,也可用在连续的动作上。因为在连续动作之中,把某一种动作抽出来看,就是片段的动作了。

(甲)(乙)(丙)(丁)四种方法,并不各自独立的,前面把它分项叙述,只是谋瞭解上的便利而已。这几种方法在文章里往往被参互夹杂使用。试看下例:

那大虫又剪不着,再吼了一声,一兜兜将回来。武松见那大虫复翻身回来,双手轮起哨棒,尽平生气力,只一棒,从半空劈将下来。只听得一声响,簌簌地将那树连枝带叶劈脸劈将下来。定睛看时,一棒打不着大虫,正打在枯树上。把那哨棒折做两截,只拿一半在手里。那大虫咆哮性发起来,翻身又只一扑扑将来。武松又只一跳,却退了十步远。那大虫却好把两只前爪搭在武松面前。武松将半截丢在一边,两只手就势把大虫顶花皮肐搭地揪住,一按按将下来。

——《水浒》第二十二回

在这段文章里(甲)(乙)(丙)(丁)四种方法都用到,并不只限定用某一种。

文章的动态,这题目如果从各方面来探讨,当然尚有不少可以发掘的地方。本文所说的,只是我个人的浅陋的考察的结果。

所谓文气

前人论文章,常提出"文气"的一个名词。学校里的国文教员批改学生的文课,也有"文气畅达"或"气势欠流利"等类的评语。所谓"文气",究竟是什么?

凡是称为"气"的东西,都是不可捉摸的,中国医学上讲到"气",理学上也讲到"气",讲得都很玄妙神秘,似可懂,似不可懂。从来文章家关于文气,也有种种说法,可是都说得并不具体。

本篇谈文气,想摆脱从来的玄妙神秘的态度,作个比较具体的说明。在未入正文之前,试先把"气"字的解释来规定,我想把文气的"气"解释作俗语所谓"一口气""两口气"的"气"。文气这东西,看是看不出的,闻也闻不到的,唯一领略的方法,似乎就在用口念诵。文章由一个个的文字积累而成,每个文字在念诵时所占的时间,因了情形并不一致相同。假如这里有甲乙两段文字,甲段是若干个字,乙段也是若干个字,我们念诵起来,往往会快慢不同,例如:

饮马渡秋水,水寒风似刀。平沙日未没,黯黯见临洮。昔日长城战,咸言意气高。黄尘足今古,白骨乱蓬蒿。(甲)

——王昌龄《塞下曲》

国破山河在。城春草木深。感时花溅泪。恨别鸟惊心。烽火连三月,家书抵万金。白头搔更短,浑欲不胜簪。(乙)

——杜甫《春望》

这两首五言诗,同是八句,字数同是四十个,我们念诵起来,觉得(甲)快(乙)慢,假如(甲)的念诵时间是十五秒钟,(乙)的念诵时间就要十五秒以上。这理由全在句式的情形不同,(甲)例的五言句并不每句都完成一个意义的,如:

平沙日未没,黯黯见临洮。

昔日长城战,咸言意气高。

要两句合起来才完成一个意义,单独说

黯黯见临洮。

咸言意气高。

是不成话的。虽然两句,要一口气去念诵,中间不能停顿过多,所以念诵起来就快了。至于(乙)例,除末两句外,都是可以每句自成一个意义的,如:

国破山河在。城春草木深。

烽火连三月。家书抵万金。

等每句各有一个完成的意义,如果分析起来,像"国破山河在"可以说有两个意义,一是"国破",一是"山河在",一句等于两句。念诵的时候,句和句的停顿不妨长久,而且也要保持相当的距离,才能分出句和联(两句叫一联)的关系来,所以念诵就慢了。

同样的情形,也常在词里碰到,例如《高阳台》是一百个字,《金缕曲》是一百十六个字,我们念诵起来,《高阳台》字少,占时间反多;《金缕曲》字多,占时间反少。

念诵是一个进行的动作,文章一句一句念下去,自然就发生流动,像流水一样。所以可说文气是篇篇文章都有的,所差者只是强弱。用前面所举的(甲)(乙)两首五言诗来说,(甲)的气势可以说比(乙)的强。文气的强弱,和文章的好坏本来没有密切的关系,我们不能说(甲)诗一定比(乙)诗好,也不能说凡是《金缕曲》调的词,一定比《高阳台》调的词好,我们所能承认的只是文气确有强弱之分罢了。唐、宋以来的文章批评家颇多以文气的强弱为批评的标准者,我们不必附和其说,本文所想加以考察的只是文气加强的条件。前面以诗词为例,说念诵起来快的文气较强,念诵起来慢的文气较弱,以下试就普通文章来作更进一步的考察,看所谓文气旺盛的文章,形式上构造上有甚么特殊的地方。

一、以一词句统率许多词句,足以加强文气,因为许多词句为一词句所统率,读去就不能中断,必须一口气读到段落才可停止。凡具有这种构造的文章,文气都强。例如:

> 仆之先非有剖符丹书之功,文史星历,近乎卜祝之间,固主上所戏弄,倡优所畜,流俗之所轻也。

——司马迁《报任少卿书》

> 秦孝公据殽、函之固,拥雍州之地,君臣固守,以窥周室,有席卷天下,包举宇内,囊括四海之意,并吞八荒之心。

——贾谊《过秦论》

第一例一串文句由"仆之先"统率,非从"仆之先"连念至"也"字不能停止,第二例一串文句由"秦孝公"统率,非从"秦孝公"连念至"心"字不能停止,中间虽有若干逗点,都只许暂停而已,一壁暂停,一壁仍须接上去念,念到相当的地方才完结,这样,文章的气势就觉得旺盛了。

二、在一串文句中叠用调子相同的词句,也足以加强文气。我们叙述一件事情或说述一件事物,可以统括地说,也可以分别列举地说。如说"张三生活很阔绰",这是统括的说法。说"张三住的是洋房,坐的是汽车,着的是皮大衣……"这是分别列举的说法。后者文气比前者强,因为虽然有好几句,念起来须保持前后的联络,无法中断的缘故。凡是列举说述的言语,大概各部分调子相同的。例如:

> 匹夫而为百世师,一言而为天下法,是皆有以参天地之化,关盛衰之运。其生也有自来,其逝也有所为。故申吕自岳降,傅说为列星。古今所传,不可诬也。孟子曰,我善养吾浩然之气。是气也,寓于寻常之中,而塞乎天地之间,卒然遇之,则王公失其贵,晋楚失其富,良平失其智,贲育失其勇,仪秦失其辩。是孰使之然哉,其必有

不依形而立,不恃力而行,不待生而存,不随死而亡者矣。故在天为星辰,在地为河岳,幽则为鬼神,而明则复为人。此理之常,无足怪者。

——苏轼《潮州韩文公庙碑》

故绝圣弃知,大盗乃止。摛玉毁珠,小盗不起。焚符破玺而民朴鄙。掊斗折衡而民不争。殚残天下之圣法而民始可与论议。擢乱六律,铄绝竽瑟,塞瞽旷之耳而天下始人含其聪矣。灭文章,散五采,胶离朱之目,而天下始人含其明矣。毁灭钩绳而弃规矩,攦工倕之指,而天下始人有其巧矣。

——《庄子·胠箧》

上面所引两文,文气的旺盛,是一般文章家所公认的。试看,其中就有不少调子相同的部分,这些调子相同的词句,都是列举式的,如果用一句统括的话来改说,念起来文气就要减弱许多了。

调子相同的词句,虽能使文气加强,但也须运用得适可而止,于必要时善为变化。上两例中,第一例苏轼文有好几组调子相同的词句,各组有不变化的,有变化的,如:

王公失其贵,晋、楚失其富,良、平失其智,贲、育失其勇,仪、秦失其辩。(不变化)

故在天为星辰,在地为河岳,幽则为鬼神而明则复为人。(变化)

第二例《庄子》文在一组同的调子的词句里,亦颇参着变化。如:

擢乱六律,铄绝竽瑟,……而天下始人含其聪矣。

灭文章,散五采,……而天下始人含其明矣。

毁灭钩绳而弃规矩,……而天下始人有其巧矣。

一组共三排,上段句式就各不相同。又如前所举贾谊《过秦论》云:

有席卷天下,包举宇内,囊括四海之意,并吞八荒之心。

"席卷天下""包举宇内""囊括四海""并吞八荒"都是同调子的词句,可是偏用得这样不平均,不说"有席卷天下、包举宇内之意,囊括四海、并吞八荒之心",也是于同调子中故意求变化的缘故。同调子的词句便于快速诵念下去,固是一个原则,小施变化,使同中有异,反足以助长波澜,叫文气更能生动。句调平板的文章,念诵起来等于宣卷,反足减损文气,唐、宋以来的古文家看不起六朝的骈文,就因为骈文句法平板变化不多的缘故。

三、多用接续词,把文句尽可能地上下关连,也是加强文气之一法。接续词的功用在使两词连成一词,两句连成一句,甲乙两句话,本来可以先说甲句再说乙句,中间留出停顿的时间,如果用接续词连了起来,就成了一句话,非作一口气说完不可了,说来就自然要快速些。又,接续词有彼此互相呼应的,如"虽——然而""与其——毋宁"等上下相呼应,上面既然念到"虽","然而"就会跟着上口来,念到"与其","毋宁"也就立刻在嘴边了。接续词不但自相呼应,还可和别的词相呼应。如"况"常和疑问词"哉""乎"等相应呼,"虽"也可和"亦""犹"等字相呼应。牵用其一,就连及其伴侣。因了接续词的关系,可以叫念诵的时间短缩,这是很明显的。例如:

传曰:"古之欲明明德于天下者,先治其国;欲治其国者,先齐其家;欲齐其家者,先修其身;欲修其身者,先正其心;欲正其心者,先诚其意。"然则古之所谓正心而诚意者,将以有为也。今也欲治其心而外天下国家,灭其天常,子焉而不父其父,臣焉而不君其君,民焉而不事其事。孔子之作《春秋》也,诸侯用夷礼则夷之,进于中国则中国之。经曰:"夷狄之有君,不如诸夏之亡。"《诗》曰:"戎狄是膺,荆舒是惩。"今也举夷狄之法而加之先王之教之上,几何其不胥而为夷也!夫所谓先王之教者何也?博爱之谓仁,行而宜之之谓义,由是而之焉之谓道,足乎己无待于外之谓德。其文《诗》、《书》、《易》、《春秋》;其法,礼,乐,刑,政;其民士,农,工,贾;其位君,臣,父,子,师,友,宾,主,昆,弟,夫,妇;其服麻,丝;其居宫,室;其食粟,米,果,蔬,鱼,肉;其为道易明而其为教易行也。是故以之为己则顺而祥;以之为人则爱而公;以之为心则和而平;以之为天下国家无所处而不当。是故生则得其情,死则尽其常;郊焉而天神假,庙焉而人鬼飨。曰,斯道也,何道也?曰,斯吾所谓道也,非向所谓老与佛之道也。尧以是传之舜,舜以是传之禹,禹以是传之汤,汤以是传之文武周公,文武周公传之孔子,孔子传之孟轲。轲之死,不得其传焉;荀与扬也,择焉而不精,语焉而不详。由周公而上,上而为君,故其事行;由周公而下,下而为臣,故其说长。然则如之何而可也?曰,不塞不流,不止不行。人其人,火其书,庐其居。明先王之道以道之,鳏寡孤独废疾者有养也,其亦庶乎其可也。

——韩愈《原道》

苏子曰,客亦知夫水与月乎?逝者如斯而未尝往也。盈虚者如彼而卒莫消长也。盖将自其变者而观之,则天地曾不能以一瞬。自其不变者而观之,则物与我皆无尽也。而又何羡乎。且夫天地之间,物各有主。苟非吾之所有,虽一毫而莫取。惟江上之清风,与山间之明月,耳得之而为声,目遇之而成色,取之无禁,用之不竭,是造物者之无尽藏也,而吾与子之所共适。

——苏轼《赤壁赋》

上二例中,接续词有仅接词或句的,如:

客亦知夫水与月乎("与"接上下二词)

其为道易明而为教易行也("而"接上下二句)

又有接上下二段的,如:

客亦知夫水与月乎,逝者如斯而未尝往也。盈虚者如彼而卒莫消长也。盖将自其变者而观之,则天地曾不能以一瞬。自其不变者而观之,则物与我皆无尽也,而又何羡乎。

上下二段,用一"盖"字连结着,前后就成一串了。此外如"然则""是故""且夫"也都有这样的功用。仅接词句的接续词,助长文气的力量尚小,至于把两段文句接合的接续词,助长文气的力量就甚大。

以上三项,都是加强文气的方法,念诵起来气势旺盛的文章,似乎都含有这些条件。这些条件,在一篇文章中都是相互混合着的,一一分别了说,只是为说明上的便利而已。加强文气,也许尚有其他的方法,这里所说的只是作者个人的一时的考察。

总而言之,要领略文章的气势,念诵是唯一的途径,念诵起来须急忙追赶,不能中途滞停的就是所谓气势旺盛的文章。一般文章家评文章,有所谓"洋洋洒洒""一泻千里""波澜壮阔"等类的话,可以说都是说明这境况的。

文气旺盛的文章,念诵起来须急忙追赶不能中途停滞。但其中各部分仍须独立自然,并无缺损,句子非一定冗长,前后合起来固成一串,分开来也仍自然,最要紧的是便于念诵。念诵不便的词句,反足阻滞文气。近代欧化的语体文,往往有佶屈聱牙不便念诵的,如:

我们现在说明科学名词存在的理由分三层来说:第一,科学研究的东西往往不是平常人知道有的东西。氢二氧,固然可以叫它"水",温度达到沸点固然可以叫做"开",或是"滚",但是像钠、铝、声浪、电浪、微菌、维他命都是平常不知道有的东西,所以不得不给它们些名词,以便称述。

第二,科学家所研究的事情往往不是平常人所问的事情。比方东西动的快慢科其名曰"速度",其实就是快慢;可是比方东西望下掉的时候它的速度越变越快,它的变法究竟变得有多快,这是科学要问而平常人不大问的事情,因而不得不给它个名词叫"变速度"。再比方一个病人跟一好人在一处,分开之后第二人好像没有过着那个人的病,可是过了几天那个病发出来了。并且查各种传染病从染着过后到发出来有各种不同的期限,因而就给这期限一个名词,叫某种传染病的"潜伏期"。

第三,也是最要紧的,就是科学所以要用科学名词是为着要改组日常所见的东西跟事情的观念。因为咱们日常所用的名词,跟这些名词所代表的观念往往是很不清楚很不一致的,只要一仔细认真的想要把他弄清楚,想要找出它所代表的实在的东西跟事情,就会发觉出来许多分歧跟矛盾的地方。

比方"力"是一个很笼统没有清楚范围的观念,科学就分出力(狭义的),是质量乘变速度(ma);动量,是质量乘速度;动能,是半质量乘变速度平方($\frac{1}{2}mv^2$);等等不同的事情,冷热就分出温度、热量、比热、皮肤上的冷觉点的感觉,都是各有各的意义跟范围的。照平常观念鲤鱼也是鱼,鲸鱼也是鱼。科学就根据卵生、胎生等现象分出鱼类跟哺乳类,而把鲸鱼跟猫狗人类一同归在哺乳类。年的观念比较清楚一点,但是细追起来,又有以四季定年(回归年),以地球公转真周期定年(恒星年),以地球近日点周期定年(近点年),以黄白道交点周期定年(交食年)的四种长短不同的年。

还有假如平常的名词。经查考的结果知道他所指的东西并不存在,所说的事情并无其事,或是所指的事物经分析过后内容各部太不相干,不成有意义的观念,例如神仙、手气(赌钱的手气)、药的寒性热性、发(吃鸡是发的)等等,科学轧根儿就不谈这一套,如果要谈的话就拿它们当语言学跟社会科学的材料了。

总结起来可以说,科学的所以用名词,不是因为好好儿的老牌名词不够时髦必得改了洋装才够引人注意,也不全为科学要研究平常不知道有的东西跟不注意的事情而题新名词,乃是因为咱们平常所持的观念跟这所用的名词太含糊太不一致,一经细查就觉出来或者是没有这回事,或者它并不是一类事,因而不得不另造一些分析严密范围清楚的名词,才可以作散布跟推广正确知识的合用的工具。这是科学名词存在的主要的理由,并且也应该作用科学方法研究向来不认为在科学范围内的任何类问题的榜样。

——赵元任《科学名词跟科学观念》

此文字句正确,限制严密,可算是近代的好文字,但若用旧式的念诵法来念诵,有些部分就觉不大流利畅快。原来同是对于文章,古代人和近代人,所取的手段不同,古代人重在用口念,近代人重在用眼看。近代人从早晨接到报纸起,到晚上睡觉为止,不知道眼睛上要经过多少字数的文章,可是都只在眼睛上经过而已,用口念诵的真是极少极少。所以文气是近代文章上所忽略的一方面,本文谈文气不取近代语体文作例,就为了这个缘故。

意念的表出

文章的内容不外乎作者的意念,意念可以从外界的事物收得,如观察某一件东西,经验某一件事情,可以收得许多意念,把这许多意念写出来,就成记叙式的文章。意念又可从内部发生,如眼前并无某一件东西或事情,作者可以对某一件东西或事情发生个人的感想或意见,这感想或意见,就是意念,写出来或成感想式议论式的文章。

意念是无形的东西,文字是它的符号,一个意念,可有许多符号,我们在辞书里检查字义,常看见一个字用别的字来解释,如《说文》"今"字下说"是时也",《尔雅·释诂》说"初、哉、首、基、肇、祖、元、胎、俶、落、权舆,始也"。"今"和"是时"同是一个意念符号,"初""哉""首""基""肇""祖""元""胎""俶""落""权舆"和"始"也同是一个意义符号。一个意义符号可随时代演进增加,如依我们今日的用语来说,"今"不止可解作"是时",还可解作:

目下　目前　现在　眼前　当代　现代　斯世　并世　我们的时代　这个年头……

"始"字除了那些古义以外,也还可有各种各样的解释。如:

滥觞　渊源　开端　起头　起源　发生　发端　发轫　起首
开始　开头　开创　开场　揭开序幕　第一步　暴　破题儿第一遭　行剪彩礼……

这些词儿,虽有雅有俗,可是都可作"始"的解释。

一个意念,符号可以多至不遑枚举。"死"的一个字,据我所知,从"崩""薨""卒""亡""物故""物化""即世""逝世"等等起到"翘辫子""口眼闭""两脚直""见阎王""着木头长衫""呜呼哀哉"等等止,差不多可有近二百种的说法,符号之繁多,真是可惊。任何一个意念,只要从多方面去考察,就会发现各式各样的符号,这些符号,往往是辞书上所不载的,林语堂先生曾有编纂《义典》的计划,拟将意义相同的词儿或成语,按事类辑在一处,可惜还没有成书。(《编纂义典计划书》见开明出版《语言学论丛》)

一个意念有许多符号,我们在写作或说话中,对于这些符号,应该怎样去使用呢?符号好比俳优的服装,要表出一个意念到语言或文章上,好比送一个俳优出舞台去给观众看,这俳优该怎样装束,怎样打扮,是戏剧家所苦心考虑的。文章家也该用和这同样的苦心去驱遣符号。

第一,符号既是意念的服装,服装要收藏得多,才能供给需要,如只有一身,就枯窘可怜了。从前有句老话叫"学文须先识字",字原是符号,但一个个的方块字是意义不完足的;我们不妨把"字"改作"词儿"或"用语",对于某一个意念,知道的"词儿"或"用语"越多,运用起来越便当。例如:

> 惠王用张仪之计,拔三川之地,西并巴、蜀,北收上郡,南取汉中,包九夷,制鄢、郢,东据成皋之险,割膏腴之壤,遂散六国之从,使之西面事秦,功施到今。
>
> ——李斯《谏逐客书》

这里面的"拔""并""收""取""包""制""据""割"等字,所寄托的意念可以说只是一个。彼此互易,也没有甚么不可以。如果老是用其中的一个,毫无变化,就觉得窘态毕露,不好看了。文章家在有变化符号的必要时,常费了心思去求变化,如韩愈《画记》云:

> 牛大小十一头,橐驼三头,驴如橐驼之数而加其一焉。

"橐驼三头","如橐驼之数而加其一"等于说"四头",可是作者不直说"四头",却应用了算术上 $3+1=4$ 的计算方式,故意作着弯曲的说法。这明明是为了求变化的缘故。

第二,须依照情境,把符号严密选择。"词儿""用语"既认识得多了,选择的功夫更不可忽。选择的标准,积极的只有一个,就是求适合情境。这情境一语,包含甚广,说者作者自己的心境,对听者或读者的关系,以及谈话或文章的上下部分等等,都可以包括在情境一语里面。同是一个意念在不同的情境之下,该有不同的说法。如:

> 高皇帝弃群臣,孝惠皇帝即世,高后自临事,不幸有疾,日进不衰,以故悖暴乎治。
>
> ——汉文帝《赐南粤王赵佗书》

> 不上一点钟,差不多先生就一命呜呼了。
>
> ——胡适《差不多先生传》

"弃群臣""即世""一命呜呼"都是死的意思。"弃群臣"是表示君之死的,

"即世"可通用于诸侯大夫,现在甚至一般人的死去也可适用了。汉文帝为"高皇帝"的儿子,"孝惠皇帝"之异母弟,所以称"高皇帝"的死叫"弃群臣",称"孝惠皇帝"的死叫"即世"。至于"一命呜呼"只是一种谐谑的说法,《差不多先生传》原是一篇有谐谑性的文章,所以可用"一命呜呼"的谐谑语。

　　一串意念相同的符号,普通叫做同义语,其实符号与符号决不会全然同义的,只是一部分的意义互相共通罢了。例如"人口""人手""人头"都可作"人"解释,但如果说在表达"人"的意念时,任何符号都可通用,这就大错。这些符号各有各的特色。如说:

　　　　家里人口多,生活就不容易了。(甲)

　　　　这工作太烦重,怕人手不够。(乙)

　　　　人头税是一种按人征收的捐税。(丙)

(甲)从食物说,所以用"人口",(乙)从工作说,所以用"人手",(丙)从个数说,所以用"人头"。如果彼此互易,就不成话。

　　还有,言语这东西是会因了时代而变迁生长的。一个符号,本身意味往往会今昔不同。例如,"少爷""小姐"本来是对青年男女的尊称,近来意味已转变许多,含有讥笑鄙薄的意味,虽生在富贵之家的青年男女,也不愿接受这些称呼了。又如:"情人""相好"都是表达未经正式婚姻的相爱的男或女的,但在现今,你如果对在恋爱中的朋友称他或她的对手叫"情人"或"相好",必会引起不快,于是"恋人""爱人"等新语就应运而生了。政治的纠纷,非常微妙,近来报纸上常见到×派与×派间发生"摩擦"的标题,这摩擦是新语,放着"冲突""斗争"等等陈语不用,故意把"摩擦"作如此解释,也是有意义的。诸如此类的变化,只好随时随地去体会,用锐敏的感觉力去辨别,寻常的字典上是翻查不出的。

　　选择符号的积极的标准是求适合情境。此外还有一个消极的标准,就是求意念明确。选择符号从积极的标准说来,固然要叫它适合情境,如果找不到适合情境的符号,就是创造新符号也不妨。可是消极的方面也须顾到。我们用符号来表示意念,最要紧的是照意念明确表出,不致发生误解。例如:

　　　　东亚大战是在卢沟桥揭开序幕。

这用"揭开序幕"来表出"始"的意念,是很明确的,如果说:

> 我整理书籍昨天已揭开序幕了。

这里的"揭开序幕"如果也是表示"始"的意念的,那末就不明确。听到这话的人也许以为"已把藏书室的门幕拉开"了呢。又如:

> 今日是十四天,再过六日就是二十天了。(甲)
>
> 今天是十四日,再过六天就是二十日了。(乙)

"天""日"原同是表日子的符号,可是习惯上用法有时有分别,说"今天""明天"和说"今日""明日"原没有两样,说"十四天""二十天"和说"十四日""二十日"是不同的。譬如今天是一月五日,要说"一月五日",不该说"一月五天"。上面两个例,(甲)只是计算日数,说话的时候不限在某月十四日,(乙)在计数日历上日子,这话正是在某月十四日说的。此种关系,如果弄错了也便会犯不明确的毛病。

不明确的原因,大半由于歧义。一个符号可作这样解,又可作那样解,于是就不明确了。这种毛病,是容易犯的,甚至文章家也难免。如:

> 世有伯乐,然后有千里马。千里马常有,而伯乐不常有。故虽有名马,祇辱于奴隶人之手,骈死于槽枥之间,不以千里称也。
>
> ——韩愈《杂说》

有人批评这里面的两个"千里马",所代表的并非同一意念。因为上文说"世有伯乐然后有千里马","有伯乐"是"有千里马"的条件。下文说"千里马常有而伯乐不常有"岂非先后自相矛盾?所以这两个"千里马",并非同一意念的符号,上面的"千里马"是名实合一的"千里马",下面的"千里马",是有"千里马"之实而无"千里马"之名的"千里马"。用譬喻来说,上面的"千里马"犹之"博士",下面的"千里马"犹之"有学问的人"。如果要明确地说,应该是"世有伯乐然后千里马获有千里马之名……"。

以上所说的意念和符号的关系,是全从词儿或用语着眼的,意念的表出,还可再把观点扩大,从整串的说话或文句着眼。一串说话或文句,常有可用一二字包括的,例如:

> 吾年未四十而视茫茫而发苍苍而齿牙动摇。
>
> ——韩愈《祭十二郎文》

　　　　今农夫五口之家，其服役者不下二人，其能耕者不过百亩，百亩
　　之收不过百石。春耕夏耘，秋冬获藏，伐薪樵，治官府，给徭役。春
　　不得避风尘，夏不得避暑热，秋不得避阴雨，冬不得避寒冻。四时之
　　间，无日休息。

　　　　　　　　　　　　　　　　　　　——晁错《论贵粟疏》

第一例"而"字以下数句，等于说"衰"。如果说吾年未四十而"衰"，原也
足以表出同样的意念的，第二例"春不得避风尘，夏不得避暑热，秋不得
避阴雨，冬不得避寒冻"，就是下文"四时之间无日休息"的意念，可以说
是一种重复的说法。

　　"衰"和"视茫茫发苍苍齿牙动摇"在一例里是表达同一意念的符号，
作者何以不取"衰"而取"视茫茫发苍苍齿牙动摇"呢？这是效果上的问
题，在这情境中"视茫茫发苍苍齿牙动摇"比只说"衰"还具体得多，动人
得多。第二例只说"四时之间无日休息"，还是概括的，上面"春不得避风
尘，夏不得避暑热，秋不得避阴雨，冬不得避寒冻"是一一列举的诉说，因
为这段文章的目的就在诉说农民的苦痛，所以不觉其重复，反觉适合情
境，效果增加了许多。

　　一串说话或文句该怎样说？换句话说，该用什么符号来表出？这标
准也可有两个，一是积极的，求适合情境。"不战"和"不费斗粮，未烦一
兵，未战一士，未绝一弦，未折一矢"（见《国策·苏秦以连横说秦》）是同
一意念的符号，"天下乌鸦一般黑"，"东山老虎要吃人，西山老虎也吃人"
（皆俚谚），和"滔滔皆是"也可做同一意念的符号。这些符号有简说的，
有详说的，有直说的，有用譬喻的，此外更有各种各样的方式。表示意念
的时候，用得合乎情境，用得有效果，就任何符号都好，否则就任何符号
都不好。

　　还有一个是消极的标准，一串说话或文句之中，各句都自占着地位，
同时对于上下文也各有关系。逐句的安排，要合乎习惯没有毛病。试用
前面举过的韩愈《画记》的例来说：

　　　　牛大小十一头，橐驼三头，驴如橐驼之数而加其一焉。

不说"驴四头"，前面曾说过为求变化，如果就一串文句看，还有一个理由

可说,就是为了要用"驴"来把这一小段结束。如果说"牛大小十一头橐驼三头驴四头",不但缺乏变化,语气不能完结,全篇的段落就因之不分明了。平心而论,"驴四头","四头"就是了,故意说作"如橐驼之数而加其一焉",原有矫揉不自然的缺点,但这样改说,在结束上究竟收到了效果。功过利害可以相抵而有余的。又如《杂说》中两次用"千里马",意念不一致,是一个缺点,但在别方面颇获得了奇警的效果。如果改作"世有伯乐然后千里马有千里马之名"就平凡得多了。

要将一句句子摆入一串文句里面去,从一串文句或全篇文章考察起来,问题是很多的。用一个意念来造句,可有各种各样的方式。譬如:一匹马在路上跑过,把一只黄犬踏死了,这事可有好几种写法。关于这,从前的文章家曾有好几个人造过句,叫做"黄犬奔马"句法,是很有名的。如下:

> 马逸,有黄犬遇蹄而毙。(穆修)(甲)
>
> 有犬死奔马之下。(张景)(乙)
>
> 适有奔马践死一犬。(沈括)(丙)
>
> 逸马杀犬于道。(欧阳修)(丁)
>
> 有犬卧通衢,逸马蹄而死之。(欧阳修之友)(戊)

(甲)(乙)(丙)见《扪虱新话》,(丁)(戊)见《唐宋八家丛话》,前人对于这些句法,孰优孰劣,批评不一。其实,一句句子的好或不好,要看上下文的情境,单独抽出一句来看,是无从批评的。上面五种句法,有观点上的不同,有的从"犬"方面说,有的从"马"方面说,又有繁简上的不同,有的只六个字,有的多至十余字,可是当作表出意念的符号来看,是同一的。犹之"四"是"四","三加一"也是"四",说"四"好呢? 说"三加一"好呢? 要看情境才能决定。

以上已就词儿、文句两方面略论意念和表出符号的情形,意念的表出方式和符号的运用,还可更进一步,扩大范围,从篇章方面来考察。意念可大可小,可以用一个词儿来做符号,可以用一串文句来做符号,也可用一篇文章或一首诗来做符号。有许多文章,全篇可以用一个意念来简单地概括。如:

煮豆燃豆萁，豆在釜中泣。本是同根生，相煎何太急？

——曹植《七步诗》

大家知道这首诗是讽示曹氏兄弟间猜忌的，兄弟间不该猜忌，是意念，这首诗就是寄托意念的符号，由此类推起来，《列子·愚公移山》可以说是"精诚感神"或"有志竟成"的意念的符号，柳宗元的《捕蛇者说》可以说是"苛政害民"的意念符号，易卜生的《娜拉》，《镜花缘》的《女儿国》，可以说是"妇女地位应改革"的意念的符号了。表出一个意念，用诗呢，用故事体裁呢，还是用小说或剧本的形式呢？是作家们所苦心考虑的问题。这话牵涉文艺作品全体，和普通的所谓文章法则相去太远，不详说了。

感慨及其发抒的法式

就古今抒情诗文检查起来，最多见的是发抒感慨的文章。抒情文是以情为内容的，所谓情，有喜、怒、哀、乐、恐怖，有崇高、幽美、滑稽、悲壮等等。我曾想按照情的种类，把从来的抒情的诗文来分配辑集，结果除滑稽之情的文章另有专书（如笑话）外，发现最多的是抒写感慨的文章。诗集词集里最多的要算"伤春""悲秋""怀古""有感"一类的题目，文集里常碰到"噫""呜呼"等类的感叹词。

这类感慨的诗文自古为人传诵，甚至现在中学校的国文教本里也选入若干供学生诵读，影响所及，青年人的笔下，也染了感慨的色彩，这是值得注意的现象。怪不得胡适氏在《文学改良刍议》里要把"不作无病呻吟"列在"八不"之中。

本文想就感慨的文章略作考察。先来谈谈感慨之情的本身。

感慨的情绪成立于今昔的对比，"今不如昔"是一个条件。例如：

桓公（温）北征，经金城，见前为琅邪时种柳皆已十围。慨然曰：木犹如此，人何以堪！攀枝执条泫然流涕。

——《世说新语》

见树之长大而感到种树者自己的年老，今昔对比发生感慨，至于"流涕"。所以感慨的原因，当然不在树之长大而在自己的年老，就是今不如昔。

事物的变迁,也有今胜于昔的,可是从要感慨的人看来,一定是今不如昔,例如现世的也有比古代进步的事情,但在顽固的老人却对甚么都会叹息"世风不古","江河日下",就是这缘故。又例如:一书画家到了老年,就用"人书俱老"(唐孙过庭《书谱》语)的印章,落款书"时年八十有五"或"年政九十",在书画家看起来,年老不但不是可悲事,而且是可夸的事,(至少在书画的造诣上是这样,)所以不致有感慨了。

感慨的成立,由于今昔对比,今不如昔是一个条件,此外还有一个条件,感慨的情绪,往往是退婴的,消极的,对于今不如昔的事实,如果有谋恢复求改进的积极的意志,感慨就不会发生。例如:

> 怒发冲冠,凭栏处萧萧雨歇。抬望眼仰天长啸,壮怀激烈。三十功名尘与土,八千里路云和月。莫等闲白了少年头,空悲切。
> 靖康耻,犹未雪。臣子恨,何时灭。驾长车踏破贺兰山缺。壮志饥餐胡虏肉,笑谈渴饮匈奴血。待从头收拾旧山河,朝天阙。

——岳飞《满江红》

> 夫难平者事也。昔先帝败军于楚,当此时曹操拊手,谓天下已定。然后先帝东连吴越,西取巴蜀,举兵北征,夏侯授首;此操之失计而汉事将成也。然后吴更违盟,关羽毁败,秭归蹉跌,曹丕称帝。凡事如是,难可逆料。臣鞠躬尽瘁,死而后已。至于成败利钝,非臣之明所能逆睹也。

——诸葛亮《后出师表》

这两位作者都在忧患之中,眼前都是"今不如昔",可是他们的语气中虽有悲愤,却没有感慨。因为他们有积极的意志,"待从头收拾旧山河","鞠躬尽瘁,死而后已",在有这样意志的人,感慨的情绪是无从乘隙而入的。试再看下例:

哀江南

(北新水令)山松野草带花挑,猛抬头秣陵重到。残军留废垒,瘦马卧空壕。村郭萧条,城对着夕阳道。

(驻马听)野火频烧,护墓长楸多半焦,山羊群跑;守陵阿监几时逃?鸽翎蝠粪满堂抛,枯枝败叶当阶罩,谁祭扫?牧儿打碎龙碑帽。

（沈醉东风）横白玉八根柱倒，堕红泥半堵墙高。碎玻璃瓦片多，烂翡翠窗棂少。舞丹墀燕雀常朝，直入宫门一路蒿。住几个乞儿饿莩。

（折桂令）问秦淮旧日窗寮，——破纸迎风，坏槛当潮。目断魂消；当年粉黛，何处笙箫？罢灯船，端阳不闹；收酒旗，重九无聊。白鸟飘飘，绿水滔滔。嫩黄花有些蝶飞，新红叶无个人瞧。

（沽美酒）你记得跨青溪半里桥？旧红板没一条，秋水长天人过少；冷清清的落照，剩一树柳弯腰。

（太平令）行到那旧院门，何用轻敲；也不怕小犬哰哰。无非是枯井颓巢，不过些砖苔砌草。手种的花条柳梢，尽意儿采樵，这黑灰是谁家厨灶？

（离亭宴带歇拍煞）俺曾见金陵玉殿莺啼晓，秦淮水榭花开早，谁知容易冰消？眼看他起朱楼！眼看他宴宾客！眼看他楼塌了！这青苔碧瓦堆，俺曾睡风流觉；将五十年兴亡看饱。那乌衣巷不姓王，莫愁湖鬼夜哭，凤凰台栖枭鸟。残山梦最真，旧境丢难掉；不信这舆图换稿，诌一套《哀江南》，放悲声唱到老。

——《桃花扇·余韵》

这是明亡后《桃花扇》的作者借了苏昆生的口唱出来的曲子，是写故国之感的有名的文章。把许多事物今昔对比，都显出着"今不如昔"。全体看不见一些些的积极的意志，只觉得"无可奈何"。明亡以后，谋恢复的人不少，在史可法、郑成功、张苍水等有积极意志的人的笔下，怕不会有这样以感慨始以感慨终的文字吧。

感慨是一种"无可奈何"的情怀，大至兴亡之感，小至时序之感都一样。关于"春去"，可有两种说法，有人在立夏前一日的深晚，说"未到晓钟犹是春"（贾岛句），有人在春光尚好的时候却说"雨横风狂三月暮，门掩黄昏，无计留春住，泪眼问花花不语，乱红飞过秋千去！"（欧阳修词）前者并不感慨，后者才是感慨。

感慨之中有一种，是由把人和大自然相对比而发生的，人和自然的对比，会使自己感到渺小，也会觉得无可奈何，抑灭积极的意志，自然发出感慨来。例如：

前不见古人，后不见来者。念天地之悠悠，独怆然而涕下。

———陈子昂《登幽州台歌》

客有吹洞箫者，倚歌而和之。其声呜呜然，如怨如慕，如泣如诉。余音袅袅，不绝如缕。舞幽壑之潜蛟，泣孤舟之嫠妇。苏子愀然正襟危坐而问客曰：何为其然也？客曰：月明星稀，乌鹊南飞。此非曹孟德之诗乎？西望夏口，东望武昌，山川相缪，郁乎苍苍。此非孟德之困于周郎者乎？方其破荆州，下江陵，顺流而东也，舳舻千里，旌旗蔽空，酾酒临江，横槊赋诗。固一世之雄也，而今安在哉？况吾与子渔樵于江渚之上，侣鱼虾而友麋鹿。驾一叶之扁舟，举匏尊以相属。寄蜉蝣于天地，渺沧海之一粟。哀吾生之须臾，羡长江之无穷。挟飞仙以遨游，抱明月而长终。知不可乎骤得，托遗响于悲风。

———苏轼《赤壁赋》

这种感慨，比较玄妙，在寻常人看来，也许可以说是"事不干己"。如果把自己认作大宇宙大自然的一部分来看，谁也会觉得自己的渺小孤独，起无可奈何之感。一般所谓"怀古"的文章，那情怀和这颇有相通的地方。如：

六代豪华，春去也更无消息。空怅望山川形势，已非畴昔。王谢堂前双燕子，乌衣巷口曾相识。听夜深寂寞打孤城，春潮急。

思往事，愁如织。怀故国，空陈迹。但荒烟衰草，乱鸦斜日。《玉树》歌残秋露冷，胭脂井坏寒螀泣。到而今只有蒋山青，秦淮碧。

———萨都拉《满江红·金陵怀古》

越王勾践破吴归，战士还家尽锦衣。宫女如花满春殿，至今惟有鹧鸪飞。

———李白《越中怀古》

这种感慨，也由今昔对比，觉得今不如昔而生，但这所谓"昔"，远在数百年或数千年，对于作者亦可说"事不干己"的。这时作者的情怀另有一种，就是把自己短短的生命，投入在无限的时间的大流里，于是数百年数千年前的盛况，好像和自己也有过关系似的，这才抚今追昔，生出感慨来。

感慨文章中所含有的感情，分析起来似乎就不过上面所说的几种。

无论那一种,其性质都是退婴的、消极的、无意志的。如果以现实的人生为标准评价起来,那种自己觉得渺小孤独,觉得无可奈何的心情是害多利少的。感慨的结果原也可引起积极的情怀,如有感于年龄已老,益思效力于国家社会,目睹世事日非,发心改革恢复,悟到人生的无常,就去积极的作宗教上的修证等等,古今原有其人。但这时感慨的情怀已被破坏变质,感慨早已不复存在了。所以就感慨的本质说,完全是退婴的、消极的、无意志的东西。

感慨之情的性质大约如上面所说。次之,再来看看感慨文章中发抒感慨的方法。文章发抒感慨,不消说有种种技巧,种种方式。我觉得归纳起来只有一个法则,就是把时间郑重点出。这法则并不是偶然的,因为感慨之情原由今昔对比觉得"今不如昔"才发生,所以时间观念与感慨之情就有密切的关系。凡是感慨文章,记述事物的变迁,都把时间郑重点出。如:

　　昔我往矣,杨柳依依。今我来思,雨雪霏霏。行道迟迟,载渴载饥。我心伤悲,莫知我哀。

——《小雅·采薇》

　　于我乎,夏屋渠渠,今也每食无余,于嗟乎不承权舆。

——《秦风·权舆》

　　朱雀桥边野草花,乌衣巷口夕阳斜。旧时王谢堂前燕,飞入寻常百姓家。

——刘禹锡《乌衣巷》

　　今日忽开此书,如见故人。因忆侯在东莱静治堂,装卷初就,芸签缥带,束十卷作一帙,每日晚吏散,辄校勘二卷,跋题一卷。此二千卷有题跋者五百二卷耳。今手泽如新而墓木已拱,悲夫!

——李清照《金石录·后序》

　　噫!余之手摹也。亡之且二十年矣。余少时尝有志乎兹事,得国本,绝人事而摹得之,游闽中而丧焉。居闲处独,时往来余怀也,以其始为之劳而夙好之笃也。今虽遇之,力不得为已,且命工人存其大都焉。

——韩愈《画记》

这些例里的"今""昔""旧时""后"等字,都是用来点出时间的,以前所举的诸例,差不多也都有这类点出时间的字面。偶然有表面上不说出时间的,实际暗中仍有时间观念。如:

> 夫天地者万物之逆旅,光阴者百代之过客,而浮生若梦,为欢几何!
>
> ——李白《春夜宴桃李园序》
>
> 寥落古行宫。宫花寂寞红。白头宫女在,闲坐说玄宗。
>
> ——元稹《行宫》

"浮生若梦"就是说"人生短促","为欢几何"就是说"为欢不久","白头宫女"是尚存的"今人","说玄宗"是"话旧"。前者是人和宇宙的对比,后者是今昔的对比,时间的观念仍是存在的。

事物的变迁,于时间的关系以外,原还有空间的关系,似乎空间的对比,也可发生感慨,如见"王孙泣路隅",见名人的藏书摆在摊肆上,都会引起感慨。但细按之,这也可以用时间的关系来说明,仍可以说是"今不如昔"。因为在同一时间中,不会发生空间上的变动,一切空间的变动,都是有时间关系的。用时间可以说明一切的事物变动,有些情形用空间是不能说明的,如前面所引的桓温对柳树流涕的情怀,就不能用空间来说明。所以我只认点明时间为发抒感慨的方式。前人的诗品、词品或文品,大都依情感的种类来作品定诗、词的风格,他们关于感慨之情,也常讲到。试举一二则来证明我的话吧。

> 人生一世,能无感焉。哀来乐往,云浮鸟仙。铜驼巷陌,金人岁年。铅水逆泪,鹃鸡裂弦。如有万古,入其肺肝。夫子何叹,唯唯不然。
>
> ——郭麐《词品·感慨》
>
> 旧地重来,亭台成薮。禾黍秋风,斜阳疏柳。江山今古,日月飞走。鸿雁归来,言念我友。烈士穷途,美人不偶。击碎唾壶,何堪回首!
>
> ——许奉恩《文品·悲慨》

(《文章讲话》,开明书店,1938 年,夏丏尊、叶绍钧合著)

1942

谈小品文

小品文自身原有独立的价值，且不论。练习小品文，对于作文很有帮助，就是可以增进关于作文所需要的各种能力：所以对于作文练习上利益很多，兹述一二于下：

（一）可为长文的准备，画家所画，须先从小部分起：非能完全描一木一石的，决不能画全幅的风景；非能写一手一足的决不能画整个人物。文章也是这样，不能作部分的文字的，即使作了长篇的文字，也决不曾有可观的价值。所以与其乱作无谓的长文，不如多作正确的小品文。换句话说，就是作文须从小品文入手。

（二）能多作，文有三多：多读，多作，多商量：这是作文者无可反对的条件。但长篇文字要多作，实不容易，小品文内容既自由，材料又随处可得，并且因字数很少，推敲布局都比较容易，很便于多作。能多作，作文的能力就自然进步了。

（三）能养成观察力，小品文形既短小，当然不能容纳大的材料。因此，要作小品文无论写情写景，非注意到眼前事物底小部分，将它底特色生命来捕捉不可。这么一来，结果就可使观察力细密而且锐敏，细密而且锐敏的观察力实在是文人最要条件之一。

（四）能使文字简洁，要作小品文，因它字数有限，断用不着悠缓的笔法，非有扼要的手腕不可，所以学习小品文，可以使文字简洁，初学作文，最普通的毛病是冗漫，宽泛，因为初学者对于材料还没有选择取舍的能力，不容易得着要领的缘故，若作小品文，这毛病立即现出，渐渐自然会简洁起来，而对于材料也能精于选取择舍，这种工作，原是作文底第一步,也就是作文法底一切,如果真能通达,已可算得有作文底能力的了。

(五)能养成作文兴味,初学作文的人往往因为作得不好,且断兴味而自觉失望,这是常见的事,长篇文字所要的材料既多,安排也不容易,初学的人当然没有作得好的可能,屡作都不好,兴味就因而萎缩了。小品文以平常生活为材料,并且是片段地收取,因而容易捕捉,材料既不复杂,安排也容易,即使作了不好,改作也不费事,为了这样,学作小品文;既容易像文字,而很好的文字偶然也可得着:作者底兴味当然可以渐渐浓厚。

学作小品文的好处如要细述,还不止此,但这已很足证明有学它的必要了。读者要学作文章吗?先努力作小品文罢。

(原载《读书通讯》第 33 期,1942 年 1 月)

1945

台湾的国语运动

最近台湾长官陈仪氏赴台履新,转道上海,发表治台政见三项。其第二项是:注重公民教育,推行国语运动,希望台民于四年以后均能说国语,写国文。台湾既回入祖国的怀抱,人民自应改用祖国语言文字。陈氏把推行国语运动,列为重大政纲之一,可谓有见。唯是此项工作颇为艰巨,不知陈氏发表此政见时会预想到困难困难情形否? 所定四年之期过促否?

第一,台湾受日本统治已五十年。住民所操者皆日语,所写者皆日文,在所用的文字语言上看来,与日本人已没两样。现在要改转来,教他们学习国语,教授者非懂日语不可。其情形好比在日本向日本人教授中国语言。假定台湾全地需要国语教师十万人,这些师资从何觅得? 怎样造成?

第二,国语教育的根本内容有发音与文法二大方面。关于发音方面,幸而已有国定的注音字母可作依据,不成问题。所成问题的,就是文法方面尚无可以公认的一个纲领。中国自马建忠的《文通》以来,始有文法研究。可是数十年来迄至现在,学者间所发表的或只是些零星的研究,未成体系。有些人或已有体系了,却各有各说,未得大家公认为定则。例如章士钊,王了一,陈望道,刘复,黎锦熙诸氏都有关于文法或语法的著述;而说来往往有各不相同的地方。注音字母是集合许多专家于一室,经过讨论,才决定下来,由国家公布的。关于文法,可惜一向不被国家与学界重视,未曾打定基础。中国文字是方块字,没有语尾变化,拚合组织远较读法为难。换句话说,文法的知识比发音的知识更为重要,特别在教授外国人以国文国语的时候是这样。对台民作国语运动,等于往外国推行国语,不能不于单语或语汇以外兼授以词句联结的法式,以期速成。可是不幸得很,关于这些,国内尚无公认的纲领可以带到台湾去应用。

陈氏治闽多年,闽人对其政绩或毁或誉,言人人殊。其唯一足称道者,厥为在闽推行国语教育一事。闽省方言复杂,自陈氏长闽后,长期间推行国语,闽人在言语方面,隔膜大减。这当然是一个大大的功绩。可是同一国语运动,在闽省易行,而在台湾难办。在闽省推行国语,师资是易得的。方言与国语,只是发音不同,词语组织上并没两样,把现成的注音字母好好利用就够。至于台湾的国语运动,情形就完全不同。陈氏在闽省所没有遭到过的困难,将在台湾遭到。事在人为,陈氏努力吧。

（原载《新语》第 3 期,1945 年 11 月,署名:默）

中国古籍中的日本语

现在的日本语,除语助词和语尾变化用假名(日本的注音符号,其功用和我国的注音字母同)写着外,大部分都用汉字。在古代的日本书里假名用得很少,有的竟全用汉字,所以一向中日有"同文"之号。但日本语虽大部用汉字表出,读法是不同的。用罗马字音把"长崎"读作 Nagasaki,把"人"读作 hito(训读)jin,或 nin(音读),把"物"读作 mono(训读)或 butsu(音读)才是日本语。如果把"味の素"(ajinomoto)读作"味四素",便不成话。把"铃木内阁"(Suzuki naikaku)读作"铃木内阁",虽然成话,究竟仍不是日本语。在西洋人的报章或日语上遇到日本的人名地名或日本特有的名词时,必以日本语原音拼出了来表示。如"广田"作 hiroda,"神户"作 kobe,"浮世绘"作 ukiyoe,他们没有汉字,不得不用日本原音,虽然麻烦,倒和日本语相合,我们因为有汉字之故,往往依汉字的读音来说,结果所说的仍是中国语,就和日本语相差很远。

这情形古人似乎早知道,古籍中曾有把日本原音记录下来的,如《后汉书·东夷传》:

倭在韩东南大海中,依山岛为居,凡百余国。自武帝灭朝鲜,使驿通于汉者三十许国,国皆称王,世世传统,其大倭王居邪马台国。(章怀注云,按今名邪摩推,音之讹反。)

行来渡海,令一人不栉沐,不食肉,不近妇人,名曰持衰,若在涂吉利,则雇以财物,如病疾遭害,以为持衰不谨,便共杀之。

桓灵间倭国大乱，更相攻伐，历年无主，有一女子名曰卑弥呼，年长不嫁，事鬼神道，能以妖惑众，于是共立为王。

"邪马台"（按《隋书》和《北史》均作"邪靡台"）当是"大和"yamato 的译音，这依章怀注，"马"读"摩"，"台"读"推之讹反"更明显。"持衰"疑是"持斋"jisai 的译音，把"斋"写作"衰"，目的似为保存原来的语音。至于"卑弥呼"当然是直接的人名音译了。此三语实为日本语见于汉籍之最早者。

次之，是《三国志·魏书》中的《倭人传》，为倭人设专传，始于《三国志》，记述较《后汉书·东夷传》详得多。那里有许多地名人名，尤可注意者是官名。

从郡至倭，循海岸水行历韩国，乍南乍东，到其北岸狗邪韩国，七千余里始度一海，至对马国，其大官曰卑狗，副曰卑奴母离，所居绝岛，方可四百余里。……

据日本某考证学者说，"卑狗"读作 hiko，"卑奴母离"读作 hinamori，是对马，壹岐地方的官名。

到了隋唐时代，日本与中国之间交通更频烦了。日本语流入中国者当更多。可是在史传中所新见到的也只是寥寥数语。

开皇二十年倭王姓阿每，字多利思北孤（按《宋史·日本传》作"名自多利思比"），号阿辈鸡弥，遣使诣阙。……王妻号鸡弥，后宫有女六七百人，名太子为利歌弥多弗利。无城郭，内官有十二等，……有军尼一百二十人，犹中国牧宰。八十户置一伊尼翼，如今里长也。十伊尼翼属一军尼。

——《隋书·倭国传》

其国居无城郭，以木为栅，以草为屋，四面小岛五十余国皆附属焉。其王姓阿每氏。

——《旧唐书·倭国传》

日本皇室无姓，这里面的"阿每"，据日本某学者说，当是"天"ame 之译音。"鸡弥"疑是"君"kimi 之译音。"利歌弥多弗利"、"伊尼翼"、"军尼"均未详。

以上所举，都是史传中的记录。其实隋唐以后，中国人与日本人交通机会益多，如果民间有人把日本语记录下来，其数目当远在史传所收者之上。试看宋时罗大经所作的笔记《鹤林玉露》卷四中就有一段记录，收罗着二十个日本语。

余少年时，于钟陵邂逅日本国一僧，名安觉。自言离国已十年，欲尽记一部藏经乃归。念诵甚苦，不舍昼夜，每有遗忘，则叩首佛前，祈佛阴相。是时已记藏经一半矣。……僧言其国称其国王曰天人国王，安抚曰牧队，通判曰在国司，秀才曰殿罗罢，僧曰黄榜，砚曰松苏利必，笔曰分直，墨曰苏弥，头曰加是罗，手曰提，眼曰媚，口曰窟底，耳曰弭弭，面曰皮部，心曰毋儿，脚曰又儿，雨曰下米，风曰客安之，盐曰洗和，酒曰沙嬉。

这段记录，很足重视。其中如"僧曰黄榜"（obo），"笔曰分直"（fude），"墨曰苏弥"（Sumi），"头曰加是罗"（kashira），"手曰提"（te），"眼曰媚"（me），"口曰窟底"（kuchi），"耳曰弭弭"（mimi），"雨曰下米"（ame），"盐曰洗和"（Shio），现在的日语读法完全相同。也有大同小异的，如砚曰"松苏利必"，今则读 Suzuri，无"必"字音，"酒"今读 Sake，不读"沙嬉"（Sashi），这也许是日本语本身古今有变迁，或所注中国方言语音，因空间时间有不同的缘故。其余未详。

用汉字的音来注日本语，原是不得已的办法，当然不能十分准确。前人所加的音注，我们念起来的时候，容易走样。如果用日本的假名来注音，就不会有这毛病了。日本的四十八假名，流入中国的年代不可考。最初的记载，见于元末明初陶宗仪所著的《书史会要》，称之曰"以路法"（今称"伊吕波"）。据说陶氏在禅寺中邂逅一个名叫克全字大用的日本僧，"以路法"的读音，就从这位僧人习得的。陶氏在《书史会要》也曾附收着"天地山水"等十个日本语。

把日本语重视，加以讨究，广泛介绍到中国来的，要算明代中叶。明代受倭寇的刺激，故在嘉靖万历间有不少关于日本研究的书。这些书于叙述日本地理风俗习惯以外，还附带介绍日本的语言，把日本语分门别类，作成一部语汇，以便检查。如：

《日本考略》	（薛俊著）	收日语三五八个	分十五类
《筹海图编》	（胡宗宪著）	收日语三五八个	分十五类
《音韵字海》	（周钟等著）	收日语三八九个	分十五类
《日本考》	（李言恭、郝弈著）	收日语一一八六个	分五十六类
《日本一鉴》	（郑舜功著）	收日语三四○一个	分十八类
《武备志》	（茅元仪著）	收日语三五八个	分十五类

这些书的著作，目的全在通晓倭情，冀收防寇之用，原不是研究日本语的专书，可是在四百年后的今日，我们翻阅之余，其精博颇为可惊。想不到古人在四百年前已有这样的成就。

试就《日本考》一书来看。该书共五卷。第一卷为日本国图与倭国事略。第二卷述日本的官制，风俗，产物等。第三卷为以路法字样与歌谣。第四卷为语音。第五卷为文辞，诗赋，山歌，琴及象棋，围棋，双陆等技艺。第三卷第四卷固然全是属于言语方面的不消说了。其余各卷的记载，也都随处用着日本的原语音，如第二卷"时令"一篇说：

> 新正日少完之，正字呼为少，完之即月。……朔日贺岁，口称红面的例。……元宵日默之寿五……三月三日，九月九日日设孤……端午日少蒲……于七月半中元节，大家小户，皆拽升天灯于高竿，名曰拖录……

"少完之"读作 Shogutsu，"红面的例"当是"红面的倒"Omedeto 之讹。"默之寿五"读作 mochijugo，"设孤"即节句（令节之意）读作 sekku，"少蒲"即菖蒲，读作 Shobu，"拖录"即灯笼 toro 之译音。

书中对于一般的叙述，尚这样地保存着日本语，至于直接介绍语言的部分，当然可知了。为使读者一窥原书的样子计，把原书二面制图附入。第一图从卷四中选出，是语汇的一部分，第二图从卷五中选出，上面写着一首山歌。

明人对于日本的研究，在言语方面有如此的成就，不消说由于防卫上的需要。最近五十年来，日本侵华，咄咄逼人。我国赴日本留学的先后达数十万人，到日本考察，在日本经商的更不知有多少。可是关于日本的研究,除黄遵宪的《日本国志》,戴传贤的《日本论》等寥寥几本外,可举的有几。比起日本人研究我国的著述来,数量上真有天渊之差。至于论到语言研究方面,懂日语的人也不算少了。竟没有甚么像模像样的东西,甚至连一本字典也找不出,真是可以愧死。

（原载《新语》第 4 期,1945 年 11 月）

1946

双字词语的构成方式

我国文字是一个个的方块字，词与语都用这方块字来做。每个词语的字数不等，最少的是一个字，多的在双字以上，其中以双字的为最多，尤其在近代是这样。现今的言语文章之中，凡是古人用一字来表达的词语，大都改成双字，如"朋"与"友"在古代是单独使用的，今则作"朋友"或"友人"了。"道"的一字古人有时用以表"理"，有时用以表"路"，有时用以表"法术"，有时用以表"称说"，今则分别说作"道理""道路""道术""称道"了。不但如此，甚至本来是字数很多的词语，便利上也都把他任意割截缩成双字来说。如"台湾同胞"叫"台胞"，"中央宣传部"叫"中宣"，"中国共产党"叫"中共"，"国际联盟"叫"国联"之类都是。双字词语可以说是造句的基本材料，于语汇中占有很大的地位，在语文学上是值得研究的一个方面。本文所想讲的只是其结构的式样。

甲 本来双字的

有些词语，本来就是双字，不能分析解剖的，其中有下列几种。

(1) 外来语 　如：琵琶 　秋千 　喇叭 　玻璃

(2) 方言 　　如：阿堵 　宁馨 　劳什 　於菟

(3) 连绵字 　如：绸缪 　盘桓 　徜徉 　栗六

(4) 拟音 　　如：欸乃 　丁东 　隆隆 　劈拍

(5) 感叹 　　如：呜呼 　夥颐 　啊唷 　呵呵

这类的双字词语都是声音的直写，在字的本身上，别无意义可寻，故用字

也可不必一致,如"秋千"可写作"鞦韆","盘桓"可写作"徘徊""襄裏",
"丁东"可写作"丁冬","呜呼"可写作"於戏""乌虖"。

乙　附加一字于本字而成的

双字词语除了上面本来双字的以外,以合成的居多。合成的双字词
语之中,有附加一字于本字而成的,附加的方式有下面几种。

(6)接头　如:有夏　於越　老虎　阿娘

(7)接尾　如:石头　瓶儿　金子　鞋子　(a)

　　　　　勃然　菀尔　突如　确乎　(b)

"有夏"等于"夏","老虎"只是"虎","石头"只是"石",上下所附加的字,
并无意义,无非凑成双字而已。"然""尔""如""乎"也都是语尾。

(8)附量　如:纸张　船只　马匹　银两　案件

纸以"张"计,"张"是纸的量词,船以"只"计,"只"是船的量词,余同。本
字与量词合成双字者很多,如"人员""热度""水分"等都是。

(9)带数　如:三友　百事　万卷　一杯　(a)

　　　　　三楼　四号　二哥　五更　(b)

同是带数,(a)例与(b)例不同,"三友"真有三个友,而"三楼"却只指一
楼,是第三层楼房的意思。前者叫计数,后者叫序数。

(10)限义　如:菊花　毛笔　书房　石板　(a)

　　　　　我国　彼邦　此人　乃兄　(b)

　　　　　大国　黄鱼　富家　仁人　(c)

　　　　　走狗　画像　卧床　摇篮　(d)

上述四种,是用上一字来限定下一字的意义的。在上面的都是形容
词。其中(b)(c)二式,语义确定。(a)(d)二式则因了用法,有歧义可以
发生。(a)式是以名词为形容词的,解释最为复杂,如以"书"字为形容
词,就"书价""书包""书店""书生""书声"等来看,就可知道。"书价"是
书的价值,"书生"是读书的人,同一"书"字,含义大不相同了。(d)式是
以动词为形容词的,也可因了用法解释不同,"画像"一语就可有两种解

释,如"这是一幅画像,不是照相","某画家为我画像",同是"画像"二字,用法不同。

（11）副状　如：大叫　痛打　急行　酣睡　（a）

　　　　　　　抢救　坐视　卧游　走访　（b）

　　　　　　　风行　壁立　蜂起　牛饮　（c）

　　　　　　　雷同　漆黑　冰冷　火急　（d）

　　　　　　　国营　民选　省立　官办　（e）

这是在动词形容词上加副词的方式,(a)(b)二式甚明显。(c)(d)二式因为以名词为副词的缘故,会有歧义。如"牛饮"在这里是作"牛喝水一般地饮",在他处也许可作为一句,解作"牛喝水"。"冰冷"如"桃红""柳绿"一样,可成独立句,但在这里却该解作"冰一般冷"。"山高水长"本是独立的二句,但如果说"先生之风,山高水长",就成为"山一般高,水一般长"的意思,应该归入本项的(d)式了。(e)式是比较新创的词语,意义简单明白。

（12）因果　如：打倒　推翻　洗清　病死

上式上一字与下一字成因果关系。有两种看法。如"打倒"二字,可解作"打到倒为止",这时"倒"为"打"之副词。但有时亦可解作"因打而倒",这时"打"就转而为"倒"之副词了。

丙　上下二字等列的

合成的双字词语之中,又有上下二字等列,不相从属的。其方式有下面几种。

（13）复叠　如：日日　人人　处处　树树　（a）

　　　　　　　来来　吃吃　看看　试试　（b）

　　　　　　　大大　小小　远远　薄薄　（c）

　　　　　　　绰绰　断断　一一　寥寥　（d）

此四式中,(a)(c)(d)三式都意义明确,唯(b)式可有二义。(b)式是以动词复叠的,如"看看"可解作"看一看"也可解作"随时连续看"。"这幅画请你看看"属于前者，"无事时就看看书"属于后者。

  (14)类同 如:房屋 器皿 图画 师傅 （a）

       行动 买办 保管 表示 （b）

       光亮 宽大 繁多 仁厚 （c）

  上三式中，(b)式是以动词合成的,可有二义,"买办"本是一种动作,有时亦可用以表动作的人,如"洋行买办"。其他如"稽查""经理""编辑""校对""书记""教授""监督"等名称,都该属于这一项。

  (15)反对 如:行止 买卖 来往 兴亡 （a）

       善恶 是非 邪正 贵贱 （b）

  (16)并列 如:耳目 笔墨 党国 鱼肉

上二项,论其结构是相同的,"行止"是"行与止","善恶"是"善与恶","耳目"是"耳与目",不过一是上下二字意义相反,一则不相反,所以分列为二项。并列一项是名词与名词的结合,可有歧义。如"党国"可解作"党与国",也可解作"党的国","鱼肉"可解作"鱼与肉",也可解作"鱼的肉"。

丁 由句或兼词而成的

  合成的双字词语中,有一种是句子。句子有主语与述语二部分,以自动词形容词为述语的句子原可以双字完成,而以他动词为述语的句子,因为下面要带宾语(目的格)之故,至少要用三个字来构造。因此只好把主语省略,使成双字。这种无主语的句,文法上叫做兼词。

  (17)整句 如:水落 石出 牛鸣 鱼跃 （a）

       花好 月圆 山高 水长 （b）

上二式都可有歧义,如(a)式中"牛鸣"可以解作"牛叫",也可以解作"牛一般地叫","鱼跃"是"鱼跳",但"雀跃"却是"雀一般地跳"了。(b)式中之"山高""水长"亦然。参照(11)副状项(c)(d)。

  (18)兼词 如:读书 吃饭 管家 执政

这是他动词带宾语的格式,所表达的本是一种行动,但颇多歧义。有时用以指人,如"管家"可解作"管家的人",为佣人之称,"执政"可作"主持政柄者"的称号。许多职司名称如"相国""掌柜""将军""督学"都属此类。有时又可以用以指物,如文房具中有"镇纸",菜肴叫"下饭",收藏文件的纸夹叫"护书",裹扎腿部的布叫"裹脚"。

戊　由分析或割截而成的

双字词语除了上面本来双字与合成双字的以外,尚有矫揉造作而成者,有分析与缩截二种。分析是把一字分成双字,缩截是把多字缩约为双字。

　　(19)析音　如:不律　蒺藜　窟窿　勃阑

这是把一个字音延长,分析成为二音的方式,"不律"是"笔","蒺藜"是"茨","窟窿"是"孔","勃兰"是"槃"。在元人戏曲唱词中,常遇到这种的双字词语。

　　(20)析形　如:丘八　八乂　言午　立早

这是把一个字形分拆成为二字的方式,"丘八"是"兵","八乂"是"父","言午"是"许","立早"是"章"。庾词及江湖切口语中多见此式。

　　(21)缩截　如:无电　北大　中委　文协

"无电"是"无线电"之略,"北大"是"北京大学"之略,"中委"是"中央执行委员"之略,"文协"是"文艺协会"之略。这种缩截的方法,古代早有,如把"司马迁"缩作"史迁""马迁",把"诸葛亮"缩作"葛亮"就是。

以上把双字词语列成五大类,二十一项,有的每项更分为若干式。双字词语的构成方式由此可得到一个大概,但只是个大概而已,若再细加考察必可更有新的发见。至于各式彼此,也有关联之处,如"马班史笔"中之"马班",就缩截一点说,可属(21)式,若就其合成方式说,是并引,应属(16)式。又如(17)中之(a)(b)二式,与(11)中之(c)(d)二式,亦有相通之点。仔细研究起来,兴味是很多的。

(原载《国文月刊》第 41 期,1946 年 3 月)